BASTEI
LÜBBE

Von Mani Beckmann sind als Bastei-Lübbe-Taschenbücher lieferbar:

14 272 Moorteufel
14 797 Die Kapelle im Moor

Über den Autor:

Mani Beckmann, 1965 in Westfalen geboren, lebt als Filmjournalist und Schriftsteller in Berlin. Nach MOORTEUFEL und DIE KAPELLE IM MOOR beschließt er mit TEUFELSMÜHLE die Trilogie um das münsterländische Moordorf Ahlbeck. Weitere Informationen unter www.manibeckmann.de

Mani Beckmann

Teufels Mühle

Historischer Roman

BASTEI LÜBBE

BASTEI LÜBBE TASCHENBUCH
Band 15 538

1. Auflage: August 2006

Vollständige Taschenbuchausgabe

Bastei Lübbe Taschenbücher in der Verlagsgruppe Lübbe

Originalausgabe

Einbandgestaltung: Gisela Kullowatz
Titelbild: © VG Bildkunst, Bonn/akg-images
Illustrationen: Tina Dreher
Satz: hanseatenSatz-bremen, Bremen
Druck und Verarbeitung: GGP Media GmbH, Pößneck
Printed in Germany
ISBN-13: 978-3-404-15538-5 (Ab 01.01.2007)
ISBN-10: 3-404-15538-6

Sie finden uns im Internet unter
www.luebbe.de

Der Preis dieses Bandes versteht sich einschließlich
der gesetzlichen Mehrwertsteuer.

INHALT

Die wichtigsten handelnden Personen

Im 16. Jahrhundert

AMBROS VORTKAMP, Köttersohn und Schäferjunge
GEERT VORTKAMP, sein Vater, ehemaliger Kolkmüller, »Molenkötter«
EUPHEMIA VORTKAMP, geb. SUDEMA, Geerts Frau

LUBBERT GERWING, Schulze und Landwehrmann, »Brookbauer«
JOSEFA GERWING, seine Frau
LUDGER GERWING, der lallende Ludger, jüngster Schulzensohn
MARIA JOHANNVATER, geb. GERWING, Schulzentochter, »Johannvaterin«
HERMANN & JOSEF GERWING, Schulzensöhne

GUUS TER HAER, niederländischer Müller, »Haermöller«
ANNELIES TER HAER, geb. GERWING, Guus' Frau, Schwester des Schulzen

HEINRICH VERNHOLT, der neue Kolkmüller

JOHANNES BOECKBINDER, Pfarrer der Gemeinde »St. Katharina« zu Ahlbeck

SIMEON, Trödlerjude und Wucherer

ANTONIUS DENNEKAMP und HENK SCHABBINCK, ehemalige Kolkmüller

Im 19. Jahrhundert

HERMANN VORTKAMP, Altertumsforscher
JOHANN VORTKAMP, sein Großonkel, Molenkötter und Spökenkieker

ANTONIUS GERWING, Schulzenbauer, »Lanvermann«
ELISABETH GERWING, gen. Lisbeth, jüngste von drei Schulzentöchtern

HENK VAN WEYCK, Lisbeths Verlobter
LEO VAN WEYCK, Henks Vater, holländischer Textilfabrikant

MATTHIAS UPPENKAMP, Pastor der Gemeinde »St. Katharina«

JEREMIAS VOGELSANG, »Magisterbauer«

MARGRET, Magd im Gasthof »Zur alten Linde«

JAAP NETENKAM, Hermanns Freund in Amsterdam

Prolog
Der braune Koffer

Vor etwas mehr als dreißig Jahren, im Sommer 1974, musste das alte Bauernhaus meiner Großeltern, Heinrich und Anna Vortkamp, dem Neubau einer Landstraße zwischen der münsterländischen Kreisstadt Altheim und dem niederländischen Enschede weichen. Das winzige und windschiefe Häuschen, das von allen im Dorf nur Molenkotten* genannt wurde, hatte mehrere hundert Jahre an dieser Stelle im Ahlbecker Bruch gestanden. Einige Heimatkundler behaupteten gar, bei dem Kotten handele es sich neben der gotischen Dorfkirche und der an der holländischen Grenze gelegenen Wassermühle um das älteste Gebäude des Dorfes. Alle Proteste, Petitionen und Leserbriefe an die lokalen Zeitungen nützten jedoch nichts, das uralte backsteinerne Kötterhaus mit dem niedrigen Schindeldach, der kleinen Holzscheune nebenan und dem verrotteten Brunnen vor der Tür wurde niedergerissen und dem Erdboden gleichgemacht, ebenso wie das umliegende Moor trockengelegt und die Feuchtwiesen dräniert wurden. Nur eine knorrige alte Eiche neben der Landstraße, direkt am Abzweig zum Dorf Ahlbeck, deutet heute darauf hin, wo einst der Molenkotten zu finden war. Meine Großeltern zogen in die nahe gelegene, in den fünfziger Jahren für die Vertriebenen gebaute Hölderlinsiedlung, wo sie jedoch wenig später, in kurzem Abstand zueinander, verstarben. Obwohl ich damals erst sechs Jahre alt war, habe ich noch sehr genaue Erinne-

* Anmerkungen und Übersetzungen im Anhang ab Seite 501

rungen an den Bauernhof mit seinen niedrigen Decken, winzigen Butzenscheiben und rußgeschwärzten Wänden, und diese Erinnerungen sind unauslöschlich mit einem Koffer aus braunem Leder verbunden.

Heinrich Vortkamp, ein runzelhäutiger und gebückt gehender Mann von über achtzig Jahren, war ein begnadeter Geschichtenerzähler und ich ein ebenso fleißiger Zuhörer. Wenn ich sah, dass Opa Heinrich den braunen Handkoffer aus dem Schrank im Wohnzimmer holte und hinüber zu seinem Sessel schlurfte, dann setzte ich mich zu seinen Füßen auf den Boden und wartete gespannt. Der Koffer war randvoll gefüllt mit Papieren, Büchern und Bildern jeglicher Art, doch nie las mein Großvater aus den Aufzeichnungen vor, und nicht ein einziges Mal gab er mir die Bilder in die Hand. Es schien eher, als benötige er den braunen Koffer, um sich erinnern zu können. Er öffnete den Deckel, betrachtete den Inhalt wie einen geheimnisvollen Schatz, strich gedankenverloren und ein wenig wehmütig mit den Fingern über die Fotografien und Zeichnungen und begann zu erzählen. Von der verfluchten Mühle und wie sie unsere Familie zerstört hat, von mörderischen Kolkmüllern und verbrecherischen Pfahlbürgern, von der vermaledeiten Landwehr und dem Landwehrmann, von den Geistern und Teufeln, die nicht ruhten und im Moor herumirrten, vom Schafottfeld und dem Galgenbülten.

Meine Mutter sah es gar nicht gern, wenn ihr Schwiegervater solch blutrünstige und unheimliche Geschichten vortrug, und protestierte: »Jetzt hör schon auf mit den alten Schauermärchen! Michael ist viel zu jung dafür.«

Doch Opa Heinrich ließ sich nicht beirren und antwortete: »Oh nein, der Kleine versteht das schon, immerhin ist er ist ein Vortkamp. Nicht wahr, Michael?«

Ich hatte keine Ahnung, was ich verstand oder verstehen sollte, aber dass ich ein Vortkamp war, stand außer Frage. Und ich wusste, dass ich um nichts in der Welt auf Opas spannende Geschichten verzichten wollte, und so nickte ich eifrig. Dass ich anschließend schlaflose Nächte hatte und von Albträumen geplagt wurde, hielt mich nicht davon ab, beim nächsten Besuch auf dem Molenkotten meinen Opa anzuflehen: »Bitte, erzähl von der Mühle am Kolk!«

Nach dem zwangsweisen Umzug meiner Großeltern in die Hölderlinsiedlung habe ich den braunen Handkoffer nicht wiedergesehen, an seinem üblichen Platz im Wohnzimmerschrank war er jedenfalls nicht, und mein Großvater hat nie wieder von der Mühle erzählt. Er verstummte, zog sich zurück, saß regungslos in seinem Lehnstuhl und vergreiste zusehends. Nur ein halbes Jahr später starb er an einer Lungenentzündung. Es schien beinahe so, als habe man ihn wie einen alten Baum samt Wurzeln aus der Erde gerissen und in einen viel zu kleinen Topf gepflanzt, wo er augenblicklich verdorrt war. Opa Heinrich war mit dem Molenkotten und der umgebenden Scholle, wie er es nannte, auf eine heute kaum noch begreifliche Weise verbunden gewesen. Er war in dem Häuschen geboren worden und hatte hier sterben wollen, doch nach seiner Umsiedlung lebte er als Vertriebener unter Vertriebenen, wie er seufzend sagte. »Das Schicksal der Vortkamps!«, murmelte er immer wieder und nickte bedächtig. »Der Fluch der Familie.«

Oma Anna konnte oder wollte nach Opas Tod über den Verbleib des Koffers nichts berichten, schüttelte lediglich den Kopf, wenn ich sie danach fragte, und starb ein Jahr nach ihrem Gatten an einer eigentlich harmlosen Blutvergiftung. Beide liegen auf dem Ahlbecker Friedhof begraben, umgeben von einigen der Namen, die mir aus Opas Erzählungen so vertraut sind. Von seinen gruseligen Geschichten ist mir das meiste in der Zwischenzeit entfallen oder hat nur als schemenhafte Erinnerung in meinem Kopf überlebt. Dass ich nun dennoch in der Lage bin, die Geschichte der Kolkmühle im vorliegenden Buch zu erzählen, verdanke ich einem bloßen Zufall. Opa Heinrich hätte es vermutlich Schicksal oder Vorherbestimmung genannt.

Vor zwei Jahren, am Karsamstag, unternahm ich mit meinem

Vater eine Radtour durch die Gegend. Es war der erste sonnige Tag nach wochenlangem Regenwetter, und wir beschlossen, auf einen Kaffee in die Kolkmühle einzukehren, die inzwischen zum Ausflugslokal samt Mühlenmuseum umgebaut worden ist. Da der Ahlbach Hochwasser führte und an einigen Stellen bereits über die Ufer getreten war, hatte der Pächter der Mühle die Umflutschleusen geöffnet, um das Mühlenwehr vor dem enormen Druck des Wassers zu schützen. Als wir die Mühle verließen und über das Wehr fuhren, schaute ich gebannt auf die Wassermassen, die aus den Schleusen schossen, auf das große eiserne Rad, das sich ächzend drehte und im Inneren der frisch renovierten Mühle einen modernen Stromgenerator antrieb. Und plötzlich hatte ich den Einfall, den Molenkotten zu besuchen.

»Den Molenkotten?«, wunderte sich mein Vater.

»Ich war seit Jahren nicht mehr da«, antwortete ich.

»Aber da gibt es nichts zu sehen.«

»Es ist kein großer Umweg«, sagte ich und trat in die Pedale.

Das war es tatsächlich nicht. Nur etwa zwei Kilometer radelten wir über Wirtschafts- und Feldwege, passierten den ehemaligen Hessenweg, ließen den Galgenbülten, der vom Ahlbecker Heimatverein vor kurzem wieder an Ort und Stelle aufgebaut worden war, links liegen, sahen zur Rechten den heute eher unscheinbaren Hof des ehemaligen Landwehrmanns und standen kurze Zeit später an dem Landstraßenabzweig mit der alten Eiche. Mein Vater hatte Recht, nichts erinnerte an den Kotten. Das ehemals leicht hügelige Gebiet war eingeebnet worden und wurde jetzt als Weideland benutzt. Dennoch stieg ich vom Rad und ging in Richtung der Eiche.

»Was machst du denn, Michael?«, rief mein Vater hinter mir. »Das Land ist mistnass. Du versaust dir nur die Kleider.«

Auch damit hatte er Recht. Der Boden hatte sich wie ein Schwamm voll gesogen, an einigen Stellen hatten sich regelrechte Lachen auf dem morastigen Untergrund gebildet. Die Trockenlegung der Moore, die in den Siebzigern als Fortschritt gefeiert worden war, hatte sich inzwischen als bedauerlicher Fehler entpuppt und war zum Teil rückgängig gemacht worden. Zwar würde es im Ahlbecker Bruch nie wieder das unwegsame Hochmoor von einst geben, aber zumindest entstanden abermals Feuchtwiesen und dienten den Brachvögeln, Sumpfschnepfen und Kiebitzen als Brutstätten.

Ich hatte inzwischen die knorrige Eiche erreicht, versuchte mich zu orientieren und schaute zu der Stelle, an der früher der Kotten meiner Großeltern gestanden hatte, als ich eine seltsame Mulde in der Erde entdeckte. Etwa zehn Meter von der Eiche entfernt war eine Stelle des Bodens nicht mit Gras bewachsen; der prasselnde Regen der letzten Wochen hatte offensichtlich etwas freigelegt, was mit Mutterboden bedeckt gewesen war.

»Der alte Brunnen«, sagte mein Vater, der nun doch vom Rad gestiegen war und sich zu mir gesellt hatte. »Das muss der Brunnen sein.«

Wie wir feststellten, hatte man sich vor dreißig Jahren nicht die Mühe gemacht, den Brunnen komplett abzubauen und zuzuschütten, sondern hatte lediglich das Mauerwerk oberhalb der Erde abgetragen, das Loch im Boden mit einer Metallplatte verschlossen und diese mit Mutterboden bedeckt. Nun aber lag die Platte frei, der Boden hatte sich ringsum abgesenkt, und an einer Stelle war das übrig gebliebene Mauerwerk des Brunnens zu sehen. Ohne lange darüber nachzudenken, stapfte ich zu dem Brunnen, versank bis über die Knöchel im Schlamm und zerrte an der Eisenplatte. Zwar bewegte sie sich und war nicht mit einem Schloss versehen, aber allein war ich nicht in der Lage, sie anzuheben.

»Nun hilf mir schon!«, rief ich meinem Vater zu.

»Mutter wird schimpfen«, murmelte dieser, krempelte sich die Hosenbeine hoch und fasste mit an.

Tatsächlich konnten wir die schwere Metallplatte hochheben und zur Seite schieben, und als wir in den Brunnen sahen, erlebten wir eine Überraschung. Da das Grundwasser so hoch stand, war der Brunnenschacht, dessen Mauerwerk noch völlig intakt zu sein schien, bis zum Rand gefüllt. Und auf dem braunen, schlammigen Wasser schwamm eine blaue Mülltüte.

»Oh mein Gott!«, rief mein Vater, der Böses ahnte.

Ich bückte mich hinunter und zog die Tüte heraus. Sie war nicht besonders schwer und dem Anschein nach kaum mit Wasser voll gelaufen. Als wir die doppelt verknotete Tüte öffneten, fanden wir darin eine weitere, ebenfalls sorgsam verschlossene Plastiktüte. Diese war aus schwerer, schwarzer Plane, wie man sie zum Abdichten eines Fischteichs benutzt, und in der Tüte fanden wir schließlich den seit dreißig Jahren verschollenen braunen Handkoffer meines Großvaters.

Oft habe ich mich seitdem gefragt, wieso Opa Heinrich den Koffer in den Brunnen geworfen hat und ob er es womöglich selbst gewesen war, der den Brunnen auf die beschriebene Weise »versteckt« hatte. Der Koffer war sein Allerheiligstes, sein Gedächtnis, die Geschichte seiner Familie. Warum hatte er ihn nicht seinem ältesten Sohn vermacht oder seinem kleinen Enkelkind, das so gespannt den Geschichten aus vergangenen Zeiten gelauscht hatte? Vielleicht glaubte er, mit dem Abriss des Molenkottens sei auch die Geschichte der Familie Vortkamp beendet. Wenn er schon nicht selbst auf der Scholle beerdigt werden konnte, so sollte wenigstens sein Vermächtnis dort ruhen. Womöglich handelte es sich aber auch nur um die Laune eines schrulligen alten Mannes, der sich von der Welt und seinen Angehörigen verraten und verkauft fühlte.

Wie dem auch sei, der Koffer war auf wundersame Weise wieder aufgetaucht, und zum ersten Mal hatte ich die Gelegenheit, in den Papieren zu stöbern und mir die Bilder anzuschauen. Einige Fotografien zeigten meinen Großvater und seine Frau als junge Kötterbauern, auf Schützenfesten oder am heimischen Herd. Auf anderen Fotos war Heinrich Vortkamp als kleiner Junge mit seinem Vater und den Geschwistern vor dem Kotten zu sehen. Ein sehr altes, leicht unscharfes Porträt zeigte eine mir unbekannte junge Frau mit schwarzen Locken und sommersprossigem Gesicht. »Für meinen lieben Freund Hermann« stand in altdeutscher Handschrift auf dem unteren rechten Rand geschrieben. Darunter der Buchstabe »L«. Dieses Foto war mittels einer Schleife mit einem alten Glasnegativ verbunden, wie man es in den ersten Jahren der Fotografie benutzte. Darauf war ein junger Mann zu sehen, der vor einem Steinhügel posierte und eine Art Forke in der Hand hielt. Neben den Bildern befanden sich auch zahlreiche Briefe in dem Koffer; sie waren allesamt mit dem Namen Hermann Vortkamp unterzeichnet und stammten aus den siebziger Jahren des neunzehnten Jahrhunderts. Verfasser der Briefe war offensichtlich mein Ur-Ur-Großvater, von dem auch eine Art Kladde vorhanden war, die er als Tage- und Notizbuch verwendet hatte. Ergänzt wurden diese Schriftstücke durch Rechnungen, Inventarlisten, Zeitungsartikel und Landkarten aus dieser Zeit.

Doch die Papiere und Aufzeichnungen reichten viel weiter in die Vergangenheit zurück. Ich fand Urkunden aus dem sechzehnten Jahrhundert, Gesindelisten und Stammbäume sowie lose, mit merkwürdigen Zeichen bekritzelte Zettel, die beinahe zu Staub zerfielen, wenn man sie berührte. Mehrmals las ich das Kürzel »DWWF« und verschiedene Zitate aus der Bibel. Außerdem Kohlezeichnungen und Kupferstiche mit Ansichten des Dorfes, der Kolkmühle und des Molenkottens, die laut Signatur mehr als vierhundert Jahre alt waren. Und zu guter Letzt stieß ich auf ein abgegriffenes, in Leder gebundenes Oktavbüchlein, das mit krakeligen, fast kindlich wirkenden Großbuchstaben beschrieben war und mit den Worten endete: »Ambros Vortkamp, Ahlbeck im Holzmonat des Jahres 1536«.

Schon beim ersten Betrachten des Kofferinhalts war mir klar, dass ich einen regelrechten Schatz gefunden hatte. Wie durch ein Wunder hatte das Wasser den Papieren nichts anhaben können; die anscheinend wasserdichte und säurefeste Plane hatte die Dokumente und Fotos vor der Zerstörung bewahrt. Einige der auf den Papieren beschriebenen Ereignisse, Geschichten und Personen kannte ich aus den Erzählungen meines Großvaters. Doch schon bald stellte sich heraus, dass Opa Heinrich nur einen Teil der Wahrheit in seinen unheimlichen Geschichten verarbeitet hatte, dass er einiges mit gutem Grund verschwiegen hatte. Manches war mir neu, und vieles erschien mir beinahe unglaubwürdig. Ich stöberte in der Ahlbecker Pfarrchronik und blätterte in alten Kirchenfolianten, um das Bild, das sich aus den Aufzeichnungen ergab, abzurunden, und fand in groben Zügen bestätigt, was ich im braunen Koffer entdeckt hatte.

Vieles ist schon über die Mühle am Kolk gesagt und geschrieben worden, Schauergeschichten und Spukmärchen wurden von Generation zu Generation weitergegeben, im Volksmund erhielt die Mühle Namen wie »Haarmühle« oder »Teufelsmühle«, ein ganzer Roman ist über den Überfall holländischer Räuber im Jahre 1814 geschrieben worden, doch die Ereignisse, die auf den folgenden Seiten zu lesen sein werden, sind bislang nicht erzählt worden. Dies ist nicht nur die Geschichte der Kolkmühle, sondern auch die der Familie Vortkamp und des Molenkottens. An einigen Stellen, an denen die Aufzeichnungen und Tagebücher nicht genügend oder nur vage Aufschluss über die tatsächlichen Ereignisse geben, habe ich die Lücken mit Mutmaßungen und Spekulationen gefüllt. Ich behaupte also nicht, dass alles genauso geschehen ist, wie ich es hier beschreibe, und in jedem Detail der Wahrheit entspricht, aber ich glaube, dass es sich so oder ähnlich zugetragen haben könnte.

Michael Vortkamp, im Mai 2006

Die Mühle am Kolk
1ter Teil

»Der Münsterländer ist überhaupt sehr abergläubisch, sein Aberglaube aber so harmlos wie er selber. Von Zauberkünsten weiß er nichts, von Hexen und bösen Geistern wenig, obwohl er sich sehr vor dem Teufel fürchtet.«

Annette von Droste-Hülshoff, »Bilder aus Westfalen«

Erstes Kapitel

Führt durchs Moor und zu den Überresten einer Mühle

Es war im Erntemonat des Jahres 1535, an einem lauen Sommerabend. Obwohl die Sonne tief und dunkelrot über dem Horizont stand und ein aufkommender Westwind über das Moorland und den nahe gelegenen Schwarzerlenwald wehte, war es immer noch angenehm warm im Ahlbecker Bruch. Vor einem kleinen, backsteinernen Kotten mit niedrigem, schindelgedecktem Dach saß ein Junge von etwa zehn Jahren im Schatten einer Eiche, schnitzte an einem Stück Wurzelholz und pfiff gedankenverloren eine monotone Melodie. Neben ihm lag ein schwarzer Holländerhund mit zotteligem Fell, das an der Schnauze bereits ergraut war. Die Arbeit des Tages war getan. Seit den frühen Morgenstunden war der Junge mit den Schafen in der Heide gewesen und hatte sie am Abend in der Hürde in der Nähe des Galgenbültens eingesperrt. Auch die Kuh war gemolken, und die beiden Schweine hatten ihr Futter erhalten. Der Vater war wie immer keine große Hilfe gewesen, er lag schnarchend im Alkoven neben dem Herd und schlief seinen Rausch aus. Das war auch besser so, dachte der Junge, denn wenn der Alte Wacholderschnaps getrunken hatte, war er unausstehlich, schrie wie besessen und schlug ohne Grund um sich. Eigentlich war er auch unausstehlich, wenn er keinen Schnaps getrunken hatte. Der Junge schloss die Augen und fuhr sich mit der Hand über das sonnengebräunte und sommersprossige Gesicht, als spüre er noch die Ohrfeigen auf seinen Wangen. Die flachsblonden Haare standen ihm wie struppige Borsten vom Kopf ab, seine spitze, mit Staub und

Schweiß verschmierte Nase und die buschigen, dunkelblonden Augenbrauen gaben ihm ein keckes, beinahe wildes Aussehen. Gekleidet war der Junge in Hose und Hemd aus grobem Sackleinen, beides zerrissen und vor Dreck strotzend. Auch die nackten Füße waren fast schwarz und vermutlich seit Wochen nicht mit sauberem Wasser in Berührung gekommen.

Plötzlich schlug der Junge die Augen auf und schaute zum Sandweg, der sich unweit des Kottens durch Venn und Bruchwald schlängelte und in nordwestlicher Richtung zur holländischen Grenze führte. Es schien, als habe er etwas gehört oder instinktiv gespürt. Auch der Hund hob den Kopf und knurrte leise. Der Junge blickte nach Süden, in Richtung Ahlbeck, und tatsächlich erkannte er einen Einspänner, einen kleinen Kutschwagen ohne Verdeck, der sich dem Kotten näherte. Der Junge knurrte skeptisch und zog die Augenbrauen zusammen, was ihm ein noch wilderes Aussehen verlieh. Reisekutschen waren in dieser Gegend so gut wie nie zu sehen; zwar führte der Weg zur Grenze, endete aber an der Altheimer Landwehr, die das Bistum Münster von der niederländischen Provinz Overijssel trennte. Der holprige und sehr schmale Weg wurde nur von den umliegenden Bauern und Köttern benutzt, aber niemand von diesen besaß oder benutzte eine Reisekutsche. Diesen begegnete man nur auf dem Hessenweg, der alten Handelsstraße, die die Hansestadt Münster mit der holländischen Messestadt Deventer verband. Nur dort, unweit des Schulzenhofes, gab es einen Durchlass durch die Landwehr.

Der Wagen hatte sich inzwischen bis auf wenige Schritte genähert, und der Junge erkannte eine schwarze, männliche Gestalt auf dem Kutschbock. Der Mann war nach Patrizierart gekleidet, er trug eine Schaube, einen knielangen, weiten Mantelrock mit breitem Kragen und geschlitzten Öffnungen für die Arme, darunter ein steifes Wams und auf dem Kopf ein Barett, alles von schwarzer oder dunkelbrauner Farbe, ohne jegliche Verzierung oder Ausschmückung und für die heiße Jahreszeit gänzlich unpassend.

»Heda, Bursche!«, rief der Mann und winkte den Jungen zu sich.

Dieser reckte zwar den Kopf, bewegte sich jedoch nicht von der Stelle.

»Wie komme ich zur Ahlbecker Mühle?«, fragte der Fremde.

»Da seid Ihr hier falsch, Herr«, antwortete der Junge.

»Das habe ich mir bereits gedacht. Deswegen frage ich ja. Kannst du mir den Weg weisen? Kennst du die Wassermühle?«

Statt einer Antwort fing der Junge krächzend an zu lachen, es klang nicht wirklich belustigt, eher bitter und zugleich überrascht.

»Was gibt's denn da zu lachen?«, erboste sich der Schwarzgekleidete.

»Das ist eine lange Geschichte, Herr«, antwortete der Junge mürrisch.

Der Mann wartete vergeblich auf eine Erklärung, sprang schließlich vom Kutschbock und ging zum Kotten. Er baute sich vor dem Jungen auf, stemmte die rechte Hand in die Seite und wiederholte seine Frage.

Der Hund knurrte.

»Aus!«, befahl der Junge, der nun aufgestanden war und den Fremden misstrauisch beäugte. Der Mann war etwa vierzig Jahre alt, recht groß und hatte dunkelbraunes Haar, das ein für die Sommerzeit viel zu bleiches Gesicht umrahmte und bis zu den Schultern reichte. Außerdem fiel dem Jungen auf, dass der Mann den linken Arm unter der Schaube versteckt hielt, nur der rechte ragte aus der seitlichen Öffnung.

»Die Mühle ist vor Jahren abgebrannt«, sagte der Junge schließlich. »Es ist bloß eine Ruine übrig. Alles verkohlt.«

»Ich weiß«, erwiderte der Mann. »Deswegen bin ich hier.«

Die hellblauen Augen des Jungen leuchteten neugierig, er reckte das Kinn vor, schwieg jedoch und nickte bedächtig.

»Wie ist dein Name?«, fragte der Mann.

»Ambros Vortkamp, Herr«, sagte der Junge.

»Ambros? Das ist ein seltener Name in der hiesigen Gegend.«

»Meine Mutter war keine Hiesige.«

»Kann ich sie sprechen?«

»Sie ist tot.«

Der Mann senkte den Kopf und fragte: »Und dein Vater?«

»Hmm«, machte Ambros, fuhr sich über die geschwollene Wange und sagte: »Das ist keine gute Idee. Dann müsste ich ihn wecken.«

»Willst du dir einen Schilling verdienen?«

Erneut leuchteten die Augen des Jungen für einen kurzen Moment, doch sofort verzog er wieder die Schnute und schüttelte den Kopf. »Der Hof«, sagte er, »der Vater schläft. Das Vieh und so. Und der Hund natürlich. Wenn Ihr versteht, was ich meine.«

Der Mann schien die verworrenen Worte durchaus zu verstehen und erwiderte: »Zwei Schillinge.«

Ambros grinste unmerklich, zuckte mit den Schultern und sagte: »Der alte Saufbold wird schon noch ein paar Stunden schlafen. Also meinetwegen.«

»Du solltest nicht so abfällig über deinen Vater reden«, tadelte ihn der Mann. »Ehren sollst du Vater und Mutter, so steht es in der Heiligen Schrift.«

»Die Mutter ist tot, und der Vater macht's auch nicht mehr lang«, antwortete der Junge. »Ich red, wie's mir passt. Wenn es Euch nicht gefällt, könnt Ihr ja die Mühle auf eigene Faust suchen. Im Dunkeln wünsch ich Euch viel Spaß dabei. Ihr wärt nicht der erste, der aus dem Moor nicht mehr herausfindet.« Er ging an dem Mann vorbei und betrachtete den Wagen. Das rechte Rad saß schräg auf der Achse, außerdem fehlten zwei Speichen. Ambros runzelte die Stirn, stieg auf den Kutschbock und befahl dem Hund, der freudig aufgesprungen war: »Du bleibst hier, Müntzer!«

Der Hund kniff den Schwanz ein und trollte sich.

»Müntzer?«, wunderte sich der Schwarzgekleidete, setzte sich neben den Jungen und nahm die Zügel. »Ein seltsamer Name für einen Hund.«

»Vater hat ihm den Namen gegeben. Nach dem Bauernführer. Er meint, das würd die Pfaffen ärgern.«

»Da mag er wohl Recht haben«, murmelte der Fremde. Er rümpfte die Nase, als nehme er einen strengen Geruch wahr, und schaute den Jungen skeptisch an. »Stinkst du so?«

»Das sind die Schafe«, sagte Ambros und grinste. »Wenn's Euch nicht passt, könnt Ihr …«

»Ja, ja«, unterbrach ihn der Fremde. »Also, wohin?«

»Eigentlich müsstet Ihr zurück ins Dorf und dort auf den Hessenweg einbiegen, aber das dauert zu lange«, antwortete Ambros und hielt dem Mann die offene Handfläche fordernd unter die Nase. »Ich kenne eine Abkürzung. Wenn Ihr Euch beeilt, schaffen wir es vor Sonnenuntergang.«

Der Mann kramte an seinem Gürtel nach dem ledernen Geldbeutel, öffnete ihn umständlich mit der rechten Hand und holte einige Münzen heraus. Ambros erkannte große und wie neu glänzende Silbertaler. Wenn er sich nicht irrte, war auf der Vorderseite das Wappen des Bischofs zu sehen: ein achtzackiger Stern im Schild. Es waren die größten Silbermünzen, die der Junge bisher zu Gesicht bekommen hatte. Silbertaler waren sehr selten in der Gegend, üblicherweise wurde im Münsterland mit Gulden gerechnet und bezahlt. Schließlich hatte der Fremde die Kleinmünzen gefunden und gab dem Jungen die versprochenen Schillinge. Wieder fiel Ambros auf, dass der Mann die linke Hand nicht benutzte, und er fragte sich, ob der Mann vielleicht nur einen Arm hatte. Und ob er die viel zu warme Schaube womöglich nur trug, um seine Versehrtheit zu verbergen.

»Wie willst du anschließend zurückkommen?«, fragte der Fremde. »Hast du kein Pferd?«

Wieder lachte der Junge bitter, rieb sich die Nase, drehte den gefundenen Dreck zwischen zwei Fingern und raunzte: »Versoffen hat er den Gaul!« Er deutete mit der Hand nach Westen und sagte: »Da lang!«

»Bist du sicher?«, antwortete der Mann.

»Wenn nicht ich, dann niemand.« Ambros verschränkte die Arme vor der Brust und lächelte. »Kein Mensch kennt das Moor so gut wie ich«, fügte er prahlerisch hinzu, trat dem Pferd mit dem Fuß in die Flanke und rief: »Hü!«

Hinter ihnen bellte der Hund. Es klang ein wenig beleidigt.

Die Sonne berührte mittlerweile die Wipfel der Schwarzerlen. Die Kutsche fuhr auf dem sich merklich verengenden und zunehmend holprig werdenden Sandweg in Richtung Grenze. Links und rechts des Weges befand sich nichts als morastige Brache. Das von Torfmoosen und Wollgras bewachsene Hochmoor erstreckte sich über viele Morgen. Umgeben war das niedrig bewachsene und fast baumlose Moor vom Bruchwald, dem sie sich nun näherten und in dem das Grundwasser so hoch stand, dass sich zwischen den Erlen und Birken große Lachen bildeten. Weder der Junge noch der Fremde sprachen ein Wort. Aus dem Wald erschallte das rollende Schnurren eines Ziegenmelkers, hin und wieder schlug Ambros nach den Mücken, die sich in riesigen Schwärmen auf sie stürzten. Dem Mann jedoch schienen die Blutsauger nichts auszumachen, oder er war nicht in der Lage, nach ihnen zu schlagen, da er genug damit zu tun hatte, mit nur einer Hand das Pferd und den Wagen auf dem Weg zu halten. Als sie nach einer Viertelstunde etwa einen Steinwurf weit entfernt den mannshohen und doppelten Wall der Landwehr ausmachten, rief Ambros plötzlich: »Har!«

»Har?«, wunderte sich der Mann.

»Nach links, Herr!«

»Ich weiß, was ›har‹ bedeutet«, erwiderte der Fremde und schaute erstaunt zur Seite, wo der Bruchwald dicht und düster stand. »Aber hier gibt es keinen Weg.«

»Im Frühjahr hättet Ihr sicherlich Recht«, antwortete der Junge. »Dann würden wir nach wenigen Schritten im Morast feststecken. Aber im Sommer geht's.«

»Das rechte Rad des Wagens ist lose«, sagte der Mann.

»Das hab ich schon bemerkt«, erwiderte Ambros, »aber es wird gehen, wenn Ihr vorsichtig fahrt.«

Der Mann zögerte kurz, lenkte dann den Wagen nach links und schlug dem sich sträubenden Pferd mit den Zügeln aufs Hinterteil. Der Rappe machte einen Satz nach vorn, die Kutsche schwankte, und dem Mann schlug der Ast einer Birke gegen die linke Seite. Schmerzerfüllt schrie er auf, ließ die Zügel fahren und hielt sich die Schulter.

»Seid Ihr verletzt, Herr?«, fragte Ambros.

»Das hat dich nicht zu kümmern!«, fauchte der Mann. Schweiß stand auf seiner Stirn, und mit gepresster Stimme fügte er hinzu: »Rotzlöffel!«

»Es kümmert mich nicht«, antwortete der Junge verstockt. »Aber vielleicht wäre es einfacher, Ihr würdet Euch nach hinten setzen und mir die Zügel geben. Ich bin ein guter Kutscher, und im Moor kennt sich niemand …«

»Meinetwegen«, knurrte der Fremde, reichte Ambros die Zügel und kletterte nach hinten. »Aber mach keine Dummheiten, Bengel!«

»Zu Befehl, Euer Gnaden!« Ambros grüßte militärisch, strahlte übers ganze Gesicht und legte die beiden Schillinge, die er die ganze Zeit in der Hand gehalten hatte, unter den Kutschbock. Einen Geldbeutel besaß er nicht, wozu auch? Dann rief er dem Pferd zu: »Hü, Alter! Braver Kerl!«

Mit erstaunlicher Geschicklichkeit und sichtbar guter Laune lenkte der Junge die Kutsche durch das Dickicht, machte Bögen um unsichtbare Schlammlöcher, redete dem Pferd gut zu, streichelte dessen Hinterteil und lenkte es mehr mit Worten und Händen als mit den Zügeln. Nicht ein einziges Mal scheute das Tier; auch als eine schwarze Kreuzotter sich zischelnd über den Weg schlängelte, wurde das Pferd nur kurz unruhig. Ambros kommentierte alles voll freudiger Erregung, unterhielt sich mit den trällernden Wiesenpiepern und Blaukehlchen, als könnten sie ihn verstehen. Nur der Mann hinter ihm schwieg beharrlich und starrte ins Nichts.

Nach einer weiteren Viertelstunde hatten sie das Ende des Waldes und die ersten Ausläufer der Heide erreicht. Wieder änderte sich die Umgebung auffallend, der Boden wurde sandig und hügelig und war mit Rosmarinheide, Wacholder und Ginster bewachsen. Da die Sonne inzwischen untergegangen war, wirkten die üppigen Sträucher und Büsche wie schwarze Riesen, die sich ihnen in den Weg stellten. Doch das zunehmend dämmrige Licht schien Ambros nicht zu beunruhigen, vermutlich hätte er den Weg auch mit verbundenen Augen gefunden. Er fuhr in Schlangenlinien um die mehr als mannshohen Sanddünen herum, fand Durchlässe, wo das ungeübte Auge nur Dornengestrüpp und Heidedickicht sah, und drehte sich schließlich zu dem Mann in der Kutsche um.

»Gleich sind wir da«, sagte er und deutete nach links, »seht Ihr den Galgen?«

Der Mann schaute in die gewiesene Richtung, erkannte das Holzgerüst, das auf einem Hügel stand und den umliegenden Bruchwald überragte, und nickte.

»Dort ist der Hessenweg«, fuhr Ambros fort und klopfte dem Rappen aufs Hinterteil. »Und auf der anderen Seite führt ein Weg zur Mühle.«

Kurze Zeit später hatten sie den relativ breiten und befestigten Handelsweg erreicht, und der Fremde atmete erleichtert auf. Er fuhr sich über die schweißnasse Stirn, was Ambros wunderte, denn die Hitze hatte merklich nachgelassen und der Wind zugenommen.

Sie standen nun direkt an der Landwehr, die an dieser Stelle einen Durchlass bot, aber mit einem Schlagbaum versperrt war. Ein riesiges Vorhängeschloss sorgte dafür, dass kein Wagen die Grenze passieren konnte. Nur Fußgänger und einzelne Reiter konnten die Landwehr durch eine kleine Pforte passieren.

»Den Schlüssel hat der Landwehrmann«, erklärte Ambros, der mit seinen Augen dem Blick des Mannes gefolgt war. »Aber er öffnet die Schranke nur gegen eine Maut.«

»Wer ist der Landwehrmann?«

»Der Schulze.«

»Und wie heißt dieser Schulze?«

»Lubbert Gerwing«, antwortete der Junge. »Sein Hof ist gleich dort drüben, hinter dem Galgenbülten. Im Dorf nennen Sie ihn den Brookbauer, weil er mitten im Bruchwald wohnt. Wenn Ihr genau hinseht, Herr, könnt Ihr das Licht durch die Bäume sehen. Sein Hof ist der größte weit und breit.«

Wieder nickte der Mann, schaute jedoch nicht zum Schulzenhof, sondern befahl: »Weiter!« Seine Stimme klang nun leise und zittrig.

Auf halbem Wege zwischen Landwehr und Galgen führte ein schmaler, aber ebenfalls befestigter und von Buchen bestandener Pfad in südlicher Richtung zur Kolkmühle. Ihren Namen hatte die Mühle nach einem Moortümpel, dem so genannten Kolk, der unweit des Ahlbachs lag und dessen abgestandenes, fauliges Wasser schwarz wie Pechkohle war. Es war mittlerweile so dunkel, dass die Gebäude zwischen den Bäumen kaum auszumachen waren. Erst als die Kutsche das unversehrte Mühlenwehr oberhalb der Umflutschleuse überquerte, konnte Ambros die Ruine der Wassermühle und das verwahrloste Wohnhaus des Müllers im fahlen Licht des beinahe vollen Mondes erkennen.

Wie oft hatte ihm sein Vater von der Mühle erzählt, aber da er meistens betrunken gewesen war, wusste Ambros nicht, ob er den Tiraden des Vaters glauben durfte. Dennoch lief ihm ein Schauer über den Rücken, und ein pochender Schmerz fuhr ihm in die Schläfen, wie jedes Mal, wenn er die Überreste der Kolkmühle sah. Denn dies war der Ort, an dem seine Mutter ums Leben gekommen war.

»Oh, Herr Jesus!«, rief der Fremde beim Anblick der rußgeschwärzten Mühle und stieg schwerfällig aus der Kutsche. »Was für eine Schande!«

Er ging zu dem backsteinernen Gemäuer, das wie ein hohler Zahn aus dem Mühlwehr herausragte. Zwar war das Fundament, das aus großen Sandsteinquadern gemauert war, noch intakt, doch der Rest der Mühle war in sich zusammengesackt. Hinter den fenster- und türlosen Backsteinmauern, die auf dem Fundament ruhten, befand sich nichts als gähnende Leere, Moder und Asche. Das Dach und die hölzernen Decken waren eingestürzt, nur einige verkohlte Balken und die aus dem Schutt ragenden Mühlsteine auf dem Grund der Mühle deuteten darauf hin, dass hier einst mehrere Mahlgänge in Betrieb gewesen waren. Auch das große äußere Mühlrad war nicht mehr an Ort und Stelle, die eiserne Antriebswelle ragte wie ein Stumpf aus dem Keller der Mühle. Die Ruine war ein trostloser und gespenstischer Anblick. Da sämtliche Schleusen geöffnet waren und sich der Ahlbach somit nicht zum Mühlteich staute, wirkte das mächtige, weit aus dem Wasser ragende Mühlenwehr völlig deplatziert und überdimensioniert. Wie ein schlechter Scherz seines Erbauers.

»Warum fragst du eigentlich nicht, was du fragen willst?«, wandte sich der Fremde plötzlich flüsternd an Ambros und nahm das Barett vom Kopf.

»Was, Herr?«, antwortete der Junge und glaubte im Mondlicht zu erkennen, dass die Haare des Mannes klitschnass waren. Und in dem fahlen Licht sah das Gesicht des Fremden noch blasser aus.

»Du wunderst dich, wer ich bin«, sagte der Mann, »und was ich an diesem garstigen Ort will; ist es nicht so?«

Ambros zuckte mit den Schultern.

»Mein Name ist Heinrich Vernholt. Ich bin der neue Pächter der Mühle.« Da der Junge nicht reagierte, setzte der Mann hinzu: »Der Bischof hat mich beauftragt, die Mühle zu reparieren und wieder in Betrieb zu nehmen.«

»Der neue Müller?«, entgegnete Ambros nach einer Weile und kratzte sich den Schädel. »So seht Ihr gar nicht aus. Ich hätte Euch eher für einen Amtmann oder Prediger gehalten. Kennt Ihr Bischof Franz persönlich?«

Der Fremde zuckte unmerklich zusammen, als habe er wieder Schmerzen in der Schulter, doch bevor er auf die Bemerkung des Jungen eingehen konnte, wurde er durch ein seltsames, kratzendes Geräusch abgelenkt. Auch Ambros hatte es gehört und zunächst für den nächtlichen Lockruf eines Ziegenmelkers gehalten. Doch dann gewahrte er, dass das Geräusch aus dem unweit der Mühle gelegenen Müllerhaus kam. Es klang rasselnd und schnarrend und war viel zu laut für einen Vogel.

»Was ist das?«, fragte Vernholt.

»Vermutlich Wildschweine«, antwortete Ambros, nahm einen abgestorbenen Ast zur Hand und näherte sich dem Haus. »Wölfe und Luchse grunzen nicht.«

»Wölfe?«, erwiderte Vernholt und ging hinter der Kutsche in Deckung.

Und das will ein Müller sein, dachte Ambros kopfschüttelnd. Bislang hatte er Männer dieses Berufes nur als verwegene, rauflustige und draufgängerische Kerle kennen gelernt. Wie die letzten beiden Müller. Oder sein Vater vor ihnen. Früher einmal. Heinrich Vernholt jedoch erschien ihm beinahe weibisch in Gehabe und Aussehen. Er mochte der neue Pächter der Mühle sein, ein waschechter Müller war er nicht.

Ambros hatte sich dem Haus mittlerweile bis auf wenige Schritte genähert. Das Geräusch hatte noch zugenommen, es kam aus dem links vom Eingang gelegenen Raum, der einst als Wohn- und Kochstube gedient hatte. Der Junge schaute durch das Fenster, in dem schon lange weder Glas noch Rahmen waren, konnte jedoch in der Dunkelheit nichts erkennen. Keine Umrisse, keine Bewegung. Dennoch ließ er den Knüttel sinken und lächelte erleichtert. Er hatte erkannt, dass es sich bei dem Geräusch um menschliches Schnarchen handelte, und er wusste auch, von wem es stammte.

»Aufwachen, Ludger, sonst sag ich's deinem Vater!«, rief er und schlug mit dem Ast gegen die Wand. »Rauskommen, sonst setzt es was!«

Sofort verstummte das Schnarchen, ein kurzer krächzender Schrei folgte, dann völlige Stille. Nach wenigen Sekunden bewegte sich etwas, Stroh raschelte, eine Bohle knarrte, und im nächsten Moment schoss ein kleiner Junge wie ein Blitz zur Tür hinaus. Ambros, der mit diesem Verhalten gerechnet zu haben schien, stellte dem Jungen ein Bein, dass dieser kopfüber hinfiel, wie ein Käfer auf dem Rücken zu liegen kam, mit den Beinen strampelte, sich aber nur im Kreis drehte und nicht vom Fleck rührte.

Der Junge, den Ambros mit Ludger angesprochen hatte, war einen Kopf kleiner als er und höchstens acht Jahre alt. Doch davon abgesehen glich er Ambros auffallend, er hatte die gleichen strubbeligen, verfilzten Haare, ein ähnlich dreckiges Gesicht, ebenso schwarze Füße und trug gleichfalls zerrissene Kleidung. Er hätte sein jüngerer Bruder sein können.

»Bist wieder ausgerissen, was?«, fragte Ambros und half dem Kleinen auf die Beine. »Oder hat der Alte dich vom Hof gejagt?«

»Lah, lah, lah«, machte der Junge und zog eine Grimasse.

Ludger Gerwing, »der lallende Ludger«, wie ihn die Ahlbecker wegen seines unverständlichen Gebrabbels nannten, war der jüngste Sohn des Brookbauern. Ein harmloser Schwachkopf, sagten die Leute und lachten über ihn. Eine Strafe Gottes nannte ihn sein Vater, der Schulze. Da es die Mühe nicht wert war, sich mit dem hirnlosen Idioten zu befassen, ließ der Brookbauer ihn wie einen Köter herumstreunen, gab ihm morgens und abends zu essen und prügelte ihn, wenn er der göttlichen Strafe überdrüssig war. Sonst jedoch konnte Ludger tun und lassen, was er wollte. Er ging wintertags nicht wie die anderen Söhne der Erbbauern in die Schule (er hätte ohnehin nichts begriffen), er half im Sommer nicht auf den Feldern (von Hilfe hätte man nicht reden können), er schlief auf dem Heuboden oder im Pferdestall und lungerte die übrige Zeit in der Gegend herum. Wie ein wildes Tier. Ambros sah ihn häufig in der Heide und ließ ihn sogar dann und wann neben sich Platz nehmen. Ludger verstand jedes Wort, und manchmal hatte Ambros den Eindruck, der Schwachkopf sei nicht ganz so verrückt, wie alle Leute glaubten. Er konnte nicht reden, weil seine Zunge ein winziger Stummel war. Deshalb gab er auch im

Schlaf die seltsam rasselnden Geräusche von sich. Außerdem klaffte in seinem Oberkiefer eine Lücke, und die Oberlippe war doppelt gespalten, wie bei einem Hasen. Vielleicht war dies der Grund, warum sämtliche Hunde des Dorfes sich zähnefletschend auf ihn stürzten, sobald sie ihn sahen oder rochen. Nur Müntzer ließ ihn in Ruhe, denn der war lammfromm und ließ sich weder von Mensch noch Tier von seinen Pflichten als Schafhütehund ablenken.

»Ab nach Hause!«, befahl Ambros und gab Ludger einen freundschaftlichen Klaps auf den Rücken. »Alles in Ordnung, Meister Vernholt«, wandte er sich an den Müller, »es ist nur der lallende Ludger.« Doch der Schwarzgekleidete war verschwunden, zumindest stand er nicht mehr hinter der Kutsche. »Was für ein Feigling«, lachte Ambros leise.

»Aah aah«, machte Ludger, scharrte mit den Füßen, zupfte an Ambros' Ärmel und deutete zur Kutsche.

Jetzt sah auch Ambros, was den Jungen so erregt hatte. Der reglose Körper des Fremden lag neben der Kutsche auf dem Boden. Ambros lief zu dem Müller und stellte erstaunt fest, dass er in Ohnmacht gefallen war. Der Junge lachte zunächst, doch als er den Mann an den Schultern fasste, um ihn wachzurütteln, bemerkte er, dass die Schaube an der linken Schulter durchnässt war. Ambros betrachtete seine Hand im Mondlicht, roch daran und erkannte, dass sie blutverschmiert war.

»Jesses!«, rief er und horchte an der Brust des Müllers. Das Herz schlug, aber der Brustkorb hob und senkte sich nicht. Der Atem ging flach und kaum spürbar.

»Ist Maria zu Hause?«, rief er Ludger zu.

Der Junge antwortete mit einer verstörten Grimasse.

»Ja oder nein?«

Ludger nickte und zuckte dann mit den Schultern.

»Los!«, befahl Ambros und packte den Müller am Oberkörper. »Nimm du die Beine. Wir legen ihn in den Wagen. Und dann bringen wir ihn zu deiner Schwester. Vielleicht kann die ihm helfen.«

Ludger schaute alarmiert drein, schüttelte den Kopf, half Ambros aber dennoch, den schweren Körper auf den Rücksitz der Kutsche zu hieven.

Ambros sprang auf den Kutschbock und zog den sich vergebens wehrenden Ludger mit sich. Wenige Sekunden später war der Wagen auf dem Hessenweg, unterwegs zum Hof des Brookbauern.

Zweites Kapitel

Handelt von zwei gestohlenen Schillingen und einem geheimen Auftrag

Obwohl der Schulzenhof von dichtem Bruchwald umgeben war, überragte das Dach des Bauernhauses die Baumwipfel um etliche Klafter und war weithin sichtbar. Der gesamte Hof stand auf einer Warft, einem aufgeworfenen Erdhügel, und war mit einem Entwässerungsgraben umgeben. Eine breite hölzerne Brücke verband den Hof mit der Zufahrt zum Hessenweg. Der Bauernhof lag so einsam und abgeschieden, wie es sich nur denken ließ, ringsum nichts als Wald und Moor, die Grenze nicht weit, der Galgenbülten gleich nebenan. Ambros schauderte es, als er die Kutsche über den sich schlängelnden Pfad lenkte und nun an der Brücke anlangte. Die Lichter, die er noch vor einer halben Stunde von der Landwehr aus gesehen hatte, waren inzwischen erloschen. Nichts regte sich auf dem Hof, gespenstische Stille, die nur vom Ruf einer Eule und dem Knarren der Bohlen unter den Kutschenrädern gestört wurde. Ambros lenkte die Kutsche auf den zentralen Platz unter der alten Linde, die majestätisch in der Mitte thronte.

»Hol deine Schwester!«, befahl Ambros und stieß Ludger, der sich nicht vom Fleck rühren wollte, mit einem Fußtritt vom Kutschbock.

Der stumme Junge landete wie eine Katze auf den Füßen, rannte im Zickzack über den Platz und verschwand durch einen Nebeneingang im Haus des Bauern, einem typisch westfälischen Hallenhaus, unter dessen mächtigem Dach Mensch und Tier gemeinsam lebten. Das Haus war im Fachwerkstil errichtet, das reetgedeckte Dach reichte an den Seiten beinahe bis zum Boden, und das Tor an der Stirnseite des Gebäudes war so breit und hoch, dass eine fuderhohe Wagenladung spielend hindurchpasste. Umgeben war das Bauernhaus von kleineren Gebäuden, einem Stall für die Schweine, einem Häuschen für die Hühner und einer zusätzlichen Scheune für Futter und Gerätschaften. Der Hof des Schulzen war auch der einzige in Ahlbeck, der ein eigenes Gesindehaus hatte. Aus dem winzigen und windschiefen Häuschen, das sich direkt neben der Brücke befand, trat nun ein großer, stämmiger Mann und rief: »Heda, was gibt's? Was wollt Ihr?« Der Mann kam schlurfend näher, gähnte mehrmals, erkannte den Jungen auf dem Bock und sagte: »Ach du bist's, Ambros. Was führt dich her? Was ist das für eine Kutsche?«

»Guten Abend, Bernhard«, antwortete Ambros, winkte dem Stallknecht zu und verkündete stolz: »Ich bringe einen Verwundeten.«

Im selben Moment war der Brookbauer mit seiner Tochter Maria aus dem Bauernhaus getreten, in der einen Hand hielt er eine rußende Fackel, mit der anderen zog er den sich sträubenden Ludger am Ohr hinter sich her. »Was ist das für ein Radau?«, rief er und wollte Maria, die nur mit einem Nachthemd und einem Mantel bekleidet war, zurück ins Haus schicken. »Du bleibst hier!«

Doch Maria hatte Ambros' Worte gehört, kümmerte sich nicht um den tobenden Vater, lief hinüber zur Kutsche und kletterte in den Fond.

»Was fällt dir ein, hier mitten in der Nacht einen solchen Lärm zu machen!«, rief der Brookbauer und trat seinem Sohn ins Hinterteil. »Und du da!« Er fuchtelte mit der Fackel herum und deutete auf Ambros. »Scher dich zum Teufel!«

Ambros betrachtete den Bauern wie einen bösen Waldgeist. Lubbert Gerwing war ein riesiger Kerl, weit über sechs Fuß groß und von enormem Umfang. Seine Oberschenkel waren so dick wie Ambros' Brustkorb; so kam es dem Jungen zumindest vor. Noch nie war er dem Schulzen so nah gewesen. Er kannte ihn aus der Kirche oder von den öffentlichen Gerichtsverhandlungen, die in unregelmäßigen Abständen auf dem Schulzenhof abgehalten wurden, aber stets hatte er ihn nur aus der Ferne und in vollem Ornat gesehen. Jetzt stand der Brookbauer direkt vor ihm, nur in Hose und Hemd, sein mächtiger Bart reichte ihm bis auf die Brust, das lichter werdende Haupthaar hatte er zum Zopf gebunden. In der Eile hatte der Bauer vergessen, eine Mütze aufzusetzen, und vielleicht war Ambros nur deshalb so perplex, weil er den Schulzen zum ersten Mal barhäuptig sah.

»Der Mann blutet stark«, sagte Maria, die sich inzwischen um den immer noch bewusstlosen Vernholt kümmerte. »Wir müssen ihn ins Haus schaffen. Hilf mir, Bernhard! Und du, setz den Kessel auf!«, wandte sie sich an ihren Bruder.

»Nichts da!«, polterte der Bauer und packte Ludger wie ein Kaninchen am Genick. »Ihr bringt mir kein Gesindel ins Haus. Weiß der Henker, was mit dem Kerl los ist. Geht uns auch nichts an. Der bleibt, wo er ist!«

»Er sieht nicht wie Gesindel aus«, erwiderte Maria.

»Der Mann heißt Heinrich Vernholt, er ist der neue Pächter der Mühle«, sagte Ambros, die Augen immer noch starr auf den Schulzen gerichtet. »Der Bischof schickt ihn, die Kolkmühle wieder aufzubauen. Vernholt ist an der Mühle zusammengebrochen. Wie vom Teufel niedergestreckt.«

Gerwing zuckte einen Moment zusammen, ließ seinen Sohn los und deutete mit der Fackel auf die Kutsche. »Der Bischof?«, fragte er. »Bist du sicher?«

Ambros zuckte mit den Schultern und nickte dann.

»Was ist mit ihm geschehen? Warum blutet er?«

»Die Mühle ist verhext«, antwortete Ambros, stieg vom Kutschbock und nickte bedeutsam. »Sie bringt jedem Müller Unglück, weil sie verflucht ist. Das sagt Vater immer. Und der muss es ja wissen.«

»Dein Alter ist ein verdammter Säufer!«, schnauzte der Schulze, stieg in die Kutsche, reichte Maria die Fackel und nahm den Müller wie ein Kind auf beide Arme. »Was starrt ihr so?«, rief er und trug Vernholt zum Haus. »Der Mann braucht Hilfe. Bernhard, fach die Glut in der Lucht an! Und schaff Heu heran, damit wir ihn irgendwo hinlegen können! Was glotzt ihr denn wie die Ölgötzen?«

Maria sprang vom Wagen, lief zum Haus, öffnete ihrem Vater eine kleine Pforte neben dem Haupttor und ließ auch Bernhard und Ludger hinein. Da niemand ihn daran hinderte, betrat Ambros hinter ihnen das Haus. Obwohl die Tenne nur von der einen Fackel erleuchtet wurde, erkannte er die riesigen Ausmaße der seitlichen Stallungen und des Dreschplatzes in der Mitte. Mächtige Eichenbalken durchquerten die Decke der Tenne, mannsdicke Pfeiler warfen düstere Schatten, große steinerne Tröge standen vor den Holzverschlägen, in denen jedoch sommertags kein Vieh stand. Am Ende der Diele befand sich der vom Bauer und seiner Familie bewohnte Flett, und direkt davor, unter einer Öffnung in der Decke, sah Ambros die Lucht, eine Art Wohn- und Schlafstelle für das Hausgesinde, mit einem offenen Herd in der Mitte. Zwei Männer hatten dort auf Strohsäcken neben einem alten, ausgedienten Bauernschrank gelegen, standen nun verschlafen vor dem niedrigen Seiteneingang, durch den Ludger vorhin das Haus betreten hatte, und warteten auf weitere Befehle des Bauern.

Lubbert Gerwing bettete den Bewusstlosen auf einen der Strohsäcke, während Bernhard das Feuer anfachte, einer der Hausknechte Wasser holte und Maria dem Verwundeten die Schaube und das Wams mit einem Messer aufschnitt.

Die Schulzentochter war erst sechzehn Jahre alt und bereits Witwe. Vor zwei Jahren hatte sie den Altheimer Wundarzt Johannvater geheiratet, doch den hatte nur wenige Monate später der schwarze Tod geholt. Da die Verwandten des Medicus die junge Frau für den Tod verantwortlich machten und sie für eine Unglück bringende Kräuterhexe hielten, kehrte die Witwe nur ein halbes Jahr nach der Hochzeit auf den väterlichen Hof zurück.

Ambros wusste nicht, ob sie während ihrer Ehe das wundheilende Handwerk gelernt hatte, aber da sie die Witwe eines Arztes war, hatte er an der Mühle sofort an die Johannvaterin gedacht. Schließlich war der Altheimer Arzt auch deshalb auf Maria aufmerksam geworden, weil diese in dem Ruf stand, ein Kräuterweib zu sein. Genau wie ihre vor Jahren verstorbene Mutter, die Brookbäuerin. Außerdem war Maria eine schöne Frau, die mit Abstand schönste Frau, die Ambros in seinem ganzen Leben gesehen hatte. Nur die andere Maria auf dem alten Gemälde, das er sonntags in der Ahlbecker Kirche immerzu anstarrte, war ähnlich schön. Aber das zählte vermutlich nicht, denn die war schließlich eine Heilige und die Mutter eines Gottes obendrein.

»Was suchst du hier?«, wurde der Junge aus seinen Gedanken gerissen. Der Brookbauer stand breitbeinig vor ihm, hatte die Arme in die Seite gestemmt und setzte knurrend hinzu: »Scher dich weg, Bengel!«

»Jawohl, Herr!«, rief Ambros erschrocken, duckte sich und rannte durch die Seitentür nach draußen. Beinahe wäre er mit dem Hausknecht zusammengestoßen, der mit einem Eimer Wasser zur Tür hereinkam. Durch ein kleines Fenster warf Ambros einen letzten Blick ins Innere und sah die Johannvaterin, die mit einem feuchten Lappen die Wunde an der Schulter des Müllers reinigte. Ambros zog den Rotz hoch, spuckte verächtlich auf den Boden und schlich sich an der Hauswand entlang zum Platz unter der Linde. Gerade als er den verwaisten Hof betreten wollte, trat der Schulze aus dem Haus und ging schnurstracks zur Kutsche. Er betrachtete das rechte Rad mit den fehlenden Speichen und wackelte daran. Dann schaute er unter die Sitze, durchsuchte die Gepäckablage und fand schließlich unter dem Kutschbock, was er gesucht hatte: die lederne Reisetasche des Fremden. Er öffnete sie, kramte darin herum, schien jedoch in dem fahlen Mondlicht nichts erkennen zu können, und zog sie unter dem Sitz hervor. Er stutzte einen Augenblick, fasste erneut unter den Kutschbock, steckte etwas in seine Hosentasche und verschwand dann samt Reisetasche im Haus.

Ambros fuhr ein Schreck in die Glieder, er riss die Augen auf und hielt sich die Hand vor den Mund: die beiden Schillinge! Sie lagen immer noch unter dem Kutschbock, in all der Eile und Aufregung hatte er sie völlig vergessen. Er lief zur Kutsche, sprang auf den Bock und suchte nach den Münzen. Vergeblich. Sie waren nicht mehr da. Der Schulze hatte sie eingesteckt.

»Krr, krr«, machte ein Kolkrabe auf dem Reetdach.

Ambros hätte vor Wut und Enttäuschung weinen mögen. Er ballte die Faust, und tatsächlich lief ihm eine Träne über die verdreckte Wange.

»Krr, krr«, wiederholte der Rabe. Und dann: »Ksch, ksch.«

Ambros stutzte, drehte sich um und grinste. Der Kolkrabe hieß Ludger, und er saß nicht auf dem Dach, sondern stand in einer kleinen Tür im Vordergiebel des Hauses und deutete auf eine Leiter, die neben dem Haupttor an die Wand gelehnt war. Ambros verstand und nickte. Er wischte sich mit dem Ärmel über die Wange, rümpfte die Nase und lief zum Haus. Er stellte die Leiter unter die Giebelöffnung, vergewisserte sich, dass ihn niemand sah, und stieg hinauf. Als er oben angekommen war, zog ihn Ludger zu sich, schloss die Tür und legte den Zeigefinger auf Ambros' Lippen. Dieser nickte erneut und schaute sich auf dem Dachboden um.

Der gesamte Balken war bis unters Dach mit Heu und dem vor wenigen Wochen geernteten Roggen gefüllt. An den kleinen Gängen und Tunneln, die sich durch Gras und Getreide zogen, erkannte Ambros, dass Ludger nicht zum ersten Mal hier oben war. Der Kleine deutete mit dem Finger zur Flettseite des Hauses und kroch voran. Obwohl Ambros nur unwesentlich größer als der Schulzensohn war, hatte er Schwierigkeiten, dem anderen durch die winzigen Löcher und Durchlässe zu folgen.

Als Ludger sich das nächste Mal zu Ambros umdrehte und ihm mit der Hand »Halt!« gebot, befanden sich die beiden Jungen direkt über der Lucht. Durch die Öffnung im Boden konnte Ambros den verwundeten Müller auf seinem Lager erkennen. Die

Johannvaterin beugte sich über den Kessel, rührte in dem köchelnden Sud und tunkte ein Leinentuch hinein, das sie anschließend dem Mann um die Schulter band. Den Schulzen konnte Ambros nicht sehen, aber er hörte das Rascheln von Papier und das missfällige Grummeln des Brookbauern.

»Der verdammte Lausebengel hat Recht«, murmelte der Bauer und trat an die Herdstelle, sodass Ambros in seinem Versteck ihn beobachten konnte. In der Hand hielt er einen Siegelbrief, und ein kurzen Moment lang schien es, als wolle er das Papier ins Feuer werfen.

»Welcher Lausebengel?«, fragte Maria abwesend.

»Der Junge vom Molenkötter«, antwortete ihr Vater. »Er hat nicht gelogen. Der Mann heißt Heinrich Vernholt, und dieses Schreiben stammt von Franz von Waldeck und ist mit dem bischöflichen Siegel versehen.« Er hielt Maria das Papier unter die Nase, die jedoch nur mit den Schultern zuckte. Sie wischte dem Bewusstlosen mit einem Tuch über die schweißnasse Stirn.

»Aber verstehst du denn nicht?«, fauchte der Brookbauer. »Der Bischof schickt einen neuen Müller. Begreifst du nicht, was das heißt?«

»Durchaus«, erwiderte Maria. »Irgendwann musste es wohl passieren. Es ist sein Land und seine Mühle. Warum sollte er es nicht nutzen? Nur weil er in den letzten Jahren zu wenig Zeit hatte, sich darum zu kümmern?«

»Pah!«, stieß Gerwing ärgerlich hervor, und dann: »Wird der Kerl überleben?«

»Er hat viel Blut verloren, und die Wunde ist entzündet«, sagte Maria und säuberte ein Messer mit dem Sud aus dem Kessel. »Aber die Kräuter werden den Eiter herausziehen, und wenn ich ihn erst einmal zur Ader gelassen habe und er eine Nacht geschlafen hat, dann wird er es schon schaffen.«

»Leg dich nicht zu sehr ins Zeug«, brummte der Vater und steckte das Schreiben unters Hemd. »Tot nützt er uns mehr als lebendig. Vergiss das nicht!«

»Vater!«, empörte sich Maria und schnitt dem Müller mit dem Messer in die Armbeuge, dass das Blut in einem dicken Strom herausquoll. »Versündige dich nicht! So redet kein Christenmensch.«

»Ach was!«, knurrte der Schulze. »Was ist das überhaupt für eine Verletzung? Sah mir verdammt nach einer Schnittwunde aus.«

»Die Verletzung ist schon einige Wochen alt«, sagte die Tochter, ließ das Blut rinnen und band dann den blutenden Arm mit einem Seil ab. »Die Wunde ist sehr tief und nur teilweise verheilt. Sie scheint wieder aufgebrochen zu sein. Ich schätze, sie stammt von einem Messer oder einem Degenhieb. Außerdem sind zwei Rippen gebrochen. Vermutlich eine Kampfverletzung.«

»Ein Rad seines Wagens ist kaputt, vielleicht hatte er einen Unfall. Seltsamer Müller«, knurrte Gerwing kopfschüttelnd, machte plötzlich eine Kehrtwende und schritt aus Ambros' Blickfeld. »Bernhard!«, schallte es über die Tenne. »Sattle das Pferd!«

»Das Pferd, Herr?«, hörte Ambros die erstaunte Stimme des Stallknechts.

»Hörst du schlecht? Den Schimmel, verdammt, aber hurtig!«

»Jawohl, Herr!«

Schritte entfernten sich, eine Tür quietschte in den Angeln. Dann knallte es laut. »Wer hat denn die verfluchte Leiter hier hingestellt?«, schimpfte Bernhard. Wieder schepperte es. »Weg damit!« Dann war es still.

Ambros wollte Ludger bereits bedeuten, dass die Leiter verschwunden war und sie nun in der Falle saßen, als plötzlich die Treppe knarrte, die zur Galerie über dem Flett führte. Dort, oberhalb der Wohnstube, befanden sich die Schlafkammern der Herrschaft, nur wenige Schritte von der Stelle entfernt, an der Ludger und Ambros im Heu lagen. Da es jedoch auf dem Dachboden finster war und der Schulze kein Licht bei sich hatte, konnte er die reglos daliegenden Jungen nicht in ihrem Versteck erkennen. Er kam schwerfällig die Treppe hinauf, ging die Galerie entlang, lehnte sich über das Geländer und schaute ein letztes Mal zu dem verletzten Müller auf dem Tennenboden. Mit einem unverständlichen Fluch verschwand er in einer der Kammern.

Ambros schaute sich Hilfe suchend auf dem Dachboden um, doch außer der kleinen Tür über dem Tennentor, der Öffnung über der Lucht und der Treppe zur Galerie gab es keinen weiteren Fluchtweg. Das dachte er zumindest, bis Ludger ihn am Ärmel zupfte und zur Seite deutete. Ambros sah in die gewiesene Richtung, gewahrte aber nichts als Heuballen und Getreidegarben. Ludger winkte ihm zu, schlüpfte durch ein unsichtbares Loch und war verschwunden. Ambros folgte ihm, kroch durchs Heu und erkannte, dass der Kleine eine Bohle im Boden zur Seite geschoben hatte und an einem Pfeiler nach unten geklettert war. Er befand sich nun in einem der seitlichen Kuhställe. Ambros sah außerdem, dass der Stützpfeiler mit winzigen angenagelten Sprossen versehen war, die auf den ersten Blick kaum auffielen. Und wieder dachte der Junge, dass der lallende Ludger bei weitem nicht so dumm sein konnte, wie die Leute glaubten. Ambros kletterte hinunter und schaute durch den Holzverschlag zur Tenne, wo der Schulze in diesem Moment in Joppe und Stiefeln erschien und sich einen breiten Schlapphut aufsetzte.

»Wo willst du hin?«, fragte Maria.

»Ich werde Guus Bescheid geben«, lautete die Antwort des Bauern. »Schließlich geht es um seine Mühle.«

»An der du nicht schlecht verdienst«, antwortete die Tochter.

»Wir sind immerhin eine Familie«, knurrte Gerwing und stapfte in großen Schritten über die Tenne. »Was treibt ihr euch denn da rum?«

Ambros zuckte zusammen, weil er glaubte, der Schulze habe ihn und Ludger entdeckt, doch die Frage galt den beiden Hausknechten, die beschäftigungslos auf der Tenne herumlungerten.

»Wo sollen wir schlafen?«, fragte einer der Knechte.

»Wo ihr immer schlaft.«

»Aber der Fremde.«

»Was ist mit ihm?«

»Er ist uns nicht geheuer, Herr.«

»Abergläubisches Pack!«, fauchte der Brookbauer. »Wie die Weibsbilder. Dann schert euch gefälligst ins Gesindehaus oder schlaft im Pferdestall! Morgen ist ein langer Tag!« Plötzlich wandte er sich zu seiner Tochter um und rief: »Und du! Leg dich schlafen, Maria! Man kann es mit der christlichen Nächstenliebe auch übertreiben.«

»Im Moment kann ich ohnehin nichts weiter tun«, antwortete sie.

Während ihr Vater wutschnaubend über die Tenne schritt und die beiden Hausknechte vor sich herscheuchte, schaute Maria nachdenklich zu dem Bewusstlosen, der im Fieber delirierte und leise stöhnende Geräusche von sich gab. Sie schüttelte unmerklich den Kopf und murmelte: »Heinrich Vernholt.« Dann schnaufte sie abfällig, wandte plötzlich den Kopf zur Seite und rief: »Und ihr beiden könnt auch herauskommen!«

Ambros schaute sich auf der Tenne um, aber außer ihm und Ludger war niemand mehr anwesend. Die beiden älteren Söhne des Schulzen schliefen in ihren Kammern oder trieben sich wie so häufig in der Heideschänke herum, und auch vom Gesinde war niemand zu sehen. Draußen waren die Hufschläge des Schimmels zu hören, der Schulze ritt galoppierend vom Hof.

»Na, wird's bald, Ludger!«

»Kch, kch«, machte der Schulzensohn und kletterte über den Bretterverschlag.

Ambros folgte ihm und trat mit gesenktem Kopf auf die Tenne.

»Was soll das Versteckspiel, du Nichtsnutz?« Maria empfing ihren kleinen Bruder mit einer Maulschelle und holte bereits ein zweites Mal aus, um auch Ambros eine Backpfeife zu geben, als sie durch ein leises, kaum vernehmbares Flüstern unterbrochen wurde.

»Wo … bin … ich?«

Heinrich Vernholt war aus seiner Ohnmacht erwacht und tastete mit der rechten Hand um sich. Er versuchte, sich auf dem Ellbogen abzustützen, war aber zu schwach und blieb schließlich liegen. Wispernd wiederholte er seine Frage.

»Ihr seid beim Ahlbecker Schulzen«, sagte die Johannvaterin, beugte sich über den Mann, hob vorsichtig seinen Kopf und gab ihm aus einem Holzbecher Wasser zu trinken. »Ihr seid ohnmächtig geworden, der Molenköttersohn hat Euch gebracht. Könnt Ihr Euch erinnern, dass Ihr mit ihm an der Mühle wart?«

Vernholt nickte zaghaft und fragte: »Und Ihr?«

»Ich bin Maria, die Tochter des Schulzen.«

»Sie hat Eure Wunde verbunden«, mischte sich Ambros in das Gespräch ein.

»Danke, gute Frau«, sagte Vernholt schwach und hob abwehrend die Hand, als Maria ihm erneut den Becher an den Mund setzen wollte. Er atmete tief aus, blickte angestrengt zur Decke, als wolle er sich auf irgendetwas besinnen, und flüsterte dann: »Ich muss mit dem Jungen sprechen.«

»Ihr braucht Schlaf«, antwortete Maria.

»Ich muss mit Ambros sprechen«, wiederholte der Mann.

Die Schulzentochter schaute überrascht und, wie es Ambros schien, ein wenig beleidigt drein, zuckte mit den Schultern und trat zur Seite.

Ambros blieb an Ort und Stelle stehen und fragte: »Herr?«

»Näher«, murmelte Vernholt, hob die rechte Hand und krümmte den Zeigefinger. Ambros trat heran und kniete nieder, damit der Mann ihm ins Ohr flüstern konnte.

»Kann ich dir trauen?«, fragte Vernholt.

»Mir schon«, antwortete Ambros und zog die Stirn kraus.

»Und wem nicht?«

Der Junge schaute sich nach der mürrisch dreinschauenden Johannvaterin und dem lallenden Ludger um und hob die Achseln. Schließlich flüsterte er: »Nehmt Euch vor dem Vater in Acht.«

»Warum?«

»Er ist der Landwehrmann«, antwortete Ambros geheimnisvoll.

»Du bist ein seltsamer Bursche«, erwiderte der Mann.

Das sagt mein Vater auch immer, dachte Ambros, allerdings nicht in so harmlosen Worten. Und wenn selbst ein Wildfremder dies auf Anhieb erkennt, dann muss es wohl stimmen. Er sagte: »Ja, Herr.«

»Kennst du Pastor Boeckbinder?«

Diese Frage war so dumm, dass Ambros nicht glaubte, darauf antworten zu müssen. Er grinste nur.

Vernholt griff in eine Tasche, die außen an seinem Wams angebracht war, und holte eine kupferne Münze hervor, die er dem Jungen in die Hand drückte.

»Gib dies dem Pastor und sag ihm, was passiert ist!«

Ambros betrachtete die Kupfermünze und erkannte, dass weder Bild noch Wappen darauf zu sehen waren, nur Buchstaben auf beiden Seiten. Es war also kein Geldstück, sondern eine Art Medaille.

Vernholt hob warnend die Hand und sagte: »Du musst mir versprechen, es nicht zu lesen.«

Der Junge lachte. »Ich kann überhaupt nicht lesen«, rief er und verstaute die Medaille in seinem Hosenbund. Und wie einem eigenen Gedanken nachhängend, sagte er plötzlich: »Der Brookbauer hat die beiden Schillinge gestohlen.«

Vernholt lächelte und erwiderte: »Wenn du verlässlich bist, werde ich es dir in Silber lohnen. Aber zu keiner Menschenseele ein Wort!«

»Ihr könnt Euch auf mich verlassen, Meister. Soll ich gleich gehen?«

»Morgen in aller Frühe«, murmelte der Müller, seufzte tief, krümmte sich unter Schmerzen und schloss die Augen.

»Das reicht!«, fuhr die Johannvaterin dazwischen. »Der Mann braucht Ruhe. Es ist jetzt keine Zeit für Geheimniskrämerei.« Sie war sichtlich schlecht gelaunt, zog Ambros an den Ohren und scheuchte ihn fort: »Mach dich davon, Junge! Erst muss der Müller gesund werden, dann könnt ihr Sachen aushecken.« Dabei schaute sie auf Ambros' Hosenbund.

Der Junge starrte sie sekundenlang an. So wütend und außer sich, wie sie momentan war, erschien Maria ihm noch schöner als sonst. Schöner sogar als die Mutter Gottes. Als sie jedoch erneut zu einer Ohrfeige ausholte, sprang er zur Seite und rannte wie ein Hase davon.

Er lief durch die Seitentür hinaus, überquerte den Hof, stieß beinahe mit Bernhard zusammen, der neugierig die Kutsche des Müllers in Augenschein nahm, erreichte die Brücke und lief durch den Bruchwald. Erst als er den Hessenweg erreicht hatte, hielt er an, schaute sich um und vergewisserte sich, dass die Medaille noch im Hosenbund steckte.

»Morgen in aller Frühe«, wiederholte er die Worte des Müllers.

Drittes Kapitel

Stellt ein krummes Haus, einen strengen Priester und einen alten Griesgram vor

Im Jahre 1535 zählte die Gemeinde St. Katharina zu Ahlbeck lediglich zweihundert Seelen und bestand aus einem guten Dutzend Bauernhöfen und Kotten, die sich um die kleine gotische Kirche gruppierten oder in unmittelbarer Nähe des Ahlbachs gelegen waren. Der alte backsteinerne Kirchturm mit seinem auffälligen Treppengiebel stand seit fast zweihundert Jahren an Ort und Stelle und war zum Wahrzeichen und Wappenbild Ahlbecks geworden. Direkt neben der Kirche befand sich der von einer mannshohen Mauer umgebene Friedhof, in dessen hinterster Ecke ein kleines, schmuckloses Häuschen stand. An dem Kreuz, das mit weißem Stein in den Giebel eingelassen war, konnte man erkennen, dass es sich um das Pfarrhaus handelte. Das Schindeldach und die Lehmwände waren moosbewachsen, das Haus war vom Alter so gebeugt, dass es aussah, als lehne es sich in seiner Ecke an die Mauer. Während das Dach an die Mauerkrone stieß, war das steinerne Fundament einige Ellen von der Umfriedung entfernt. Die Ahlbecker, die eine Vorliebe für anschauliche Namen hatten, nannten das Gebäude »das Krummhaus«.

Etliche Vorgänger des jetzigen Pastors hatten sich beim Bischof in Münster dafür eingesetzt, ein neues Pfarrhaus bauen zu lassen, doch die Fürstbischöfe waren der Meinung, dies sei allein Aufgabe des Kirchspiels und müsse aus eigener Kraft und Kasse geschehen. Seit Jahrzehnten war keiner der hohen Stiftsherren zur Visitation in Ahlbeck gewesen. Auch Ludolph von Altheim, der bischöfliche Droste, hatte stets nur seine Büttel und Schergen gesandt, um den Zehnten und die jährlichen Pachterträge der Kötterbauern einzusammeln. Das kleine Dorf an der holländischen Grenze war nicht nur wegen seiner abgeschiedenen Lage mitten in Moor und Heide ein gottverlassener Ort.

Johannes Boeckbinder, ein noch junger Mann von kaum dreißig Jahren, der erst seit kurzer Zeit Pastor in Ahlbeck war, hatte einen schweren Stand in der Gemeinde. Als gebürtiger Niederländer wurde er von den westfälischen Bauern mit Misstrauen beäugt, auch sein geringes Alter ließ ihn in den Augen der Ahlbecker nicht gerade als Respektsperson erscheinen, und Boeckbinders enorme Sittenstrenge und asketische Lebensweise hatten ihm schon bald offene Feindschaft eingetragen. Seine Vorgänger im Amt waren allesamt sinnenfrohe und irdisch geprägte Kirchenmänner gewesen, ebenso wohlwollende wie wohlbeleibte ältere Herren, die im Stande waren, auf den Kirchweihen und Hochzeiten den stärksten Bauer unter den Tisch zu trinken. Auch dem weiblichen Geschlecht waren sie nicht abhold gewesen; einige von ihnen hatten Konkubinen um sich geschart, andere hatten regelrechte Pfarrfamilien gegründet. Die Gemeinde wie auch die Kirchenobrigkeit drückten in dieser Hinsicht beide Augen zu. Bischof Franz von Waldeck stand sogar in dem Ruf, selbst seit Jahren in einer eheähnlichen Verbindung zu leben und während dieser Zeit etliche fürstbischöfliche Bastarde gezeugt zu haben.

Johannes Boeckbinder jedoch war aus anderem Holz geschnitzt. Er lebte ganz und gar nach dem Vorbild Jesu, hielt sich strikt an den Wortlaut des reinen Evangeliums, wie er es nannte, und mahnte die Leute, sie sollten sich auf die unmittelbar bevorstehende Ankunft des Menschensohnes vorbereiten und entsprechend leben, um ihren Platz im Himmel zu finden. So kündigte er schon bald nach seiner Ankunft dem Lindenwirt, der seinen Gasthof am Kirchplatz unter der Dorflinde hatte, den Pachtvertrag und wetterte in seinen Predigten gegen Trunkenbolde und Hurenböcke, die sich in der Schänke herumtrieben und damit Gott lästerten. Am letzten Tage, der nicht mehr fern sei, würden sie alle in der Hölle schmoren.

Der Wirt, ein alteingesessener Ahlbecker namens Olbring, wandte sich Hilfe suchend an den Schulzen, der neben dem Bischof der größte Grundherr des Dorfes war. Da die Schänke jedoch zum fürstbischöflichen Besitz gehörte, konnte und wollte der Brookbauer nichts unternehmen. Allerdings verpachtete er dem Wirt einen alten Kotten in der Heide, südlich des Dorfes, den Olbring binnen kurzer Zeit zur Schänke machte. So wurde aus dem Lindenwirt der Heidewirt, und der Pastor nannte den Schulzen vor versammelter Gemeinde einen gottlosen Pharisäer, was den endgültigen Bruch zwischen dem geistlichen und dem weltlichen Führer des Dorfes besiegelte. Kein Wort hatten sie seitdem miteinander gesprochen, und zumindest von Schulzenseite war nicht damit zu rechnen, dass sich die Wogen glätteten. Er schimpfte den Pastor einen Neugläubigen und Ketzer, der eine Schande für sein Amt und überhaupt ein niederträchtiger Lump sei. Das Krummhaus jedenfalls würde unter Pastor Boeckbinder ein krummes Haus bleiben. Spenden aus der Gemeinde waren nicht zu erwarten.

All dies wusste Ambros von seinem Vater, der einer der wenigen im Dorfe zu sein schien, die dem strengen Pastor und seinen Predigten etwas abgewinnen konnten. Was umso erstaunlicher war, da Geert Vortkamp ziemlich genau dem Trunkenbold und Hurenbock entsprach, den Boeckbinder mit so glühenden Worten der Verachtung beschrieb. Schon morgens trank er Branntwein, er fluchte wie ein Gottloser, suchte mit jedermann Händel und stieg den Mägden hinterher. Einmal hatte Ambros den Vater gefragt, ob der Pastor womöglich ihn, den Molenkötter, in seiner Predigt gemeint habe, doch der Vater hatte nur gelacht, dem Jungen eine Ohrfeige gegeben und gesagt, er trinke und streite sich ja nicht zum Vergnügen.

»Sondern?«, hatte Ambros gefragt.

»Um zu vergessen.«

Es war eine Stunde nach Sonnenaufgang, und schon herrschte eine drückende Hitze. Die Nacht hatte kaum Abkühlung gebracht, der Wind hatte sich gelegt, die Blätter der alten Linde auf dem Kirchplatz bewegten sich nicht. Der Junge stand mit Müntzer, seinem schwarzen Holländerhund, auf dem Friedhof, nahe dem Krummhaus, und schaute zur Kirche, in der der Pastor die morgendlichen Laudes betete.

Eigentlich hätte Ambros längst mit den Schafen im Venn sein sollen, doch der Auftrag des Müllers hatte Vorrang, fand er. Er war stolz darauf, das Vertrauen Vernholts gewonnen zu haben, auch wenn er es eigentlich schon missbraucht hatte. Mit dem ersten Sonnenstrahl hatte er die geheimnisvolle Medaille hervorgekramt und sie angeschaut. Dem Meister Vernholt hatte er schließlich nur das Versprechen gegeben, die Worte nicht zu lesen. Von bloßem Betrachten war nicht die Rede gewesen. Und so starrte er die seltsamen Zeichen und Buchstaben an, die für ihn ohne jeden erkennbaren Sinn waren.

Die eine Seite der Kupfermünze war so mit Buchstaben übersät, dass es für Ambros wie Kraut und Rüben aussah. Die Inschrift der anderen Seite jedoch bestand nur aus einer Zeile, eigentlich nur einem einzigen Wort. Das erste Zeichen sah aus wie ein zunehmender Halbmond, dann folgte eine waagerechte Zickzacklinie, und ganz rechts stand eine Art doppelter Galgen. Obwohl Ambros nicht lesen konnte, verstand er doch, dass es sich bei der Medaille nicht um ein übliches Schmuckstück, sondern um ein Erkennungszeichen handelte. Wie ein Siegelring oder Wappen. Nur ohne Bilder.

Der Hund knurrte leise, und als Ambros aufschaute, stand der Pastor direkt vor ihm. Ganz in Schwarz gekleidet, die Hände vor der Brust gefaltet, das hagere Gesicht weiß wie Schnee. Johannes Boeckbinder erinnerte den Jungen an einen Vogel, allerdings wusste er nicht, ob Taube oder Habicht. Vielleicht lag es an den Augen, die zu nah an der spitzen Nase standen und einen anstarrten, als wollten sie eine Beichte erzwingen. Der Pastor schaute zunächst den Jungen und dann den immer noch knurrenden Hund missbilligend an und sagte: »Zur Seite, Junge! Und gib auf deinen Hund Acht!«

»Ich komme mit einer Medaille.«

»Vater«, sagte der Pastor und machte eine strenge Miene.

Ambros verstand nicht.

»Ich komme mit einer Medaille, ehrwürdiger Vater«, wiederholte Boeckbinder, dem man seine holländische Abstammung kaum anhörte.

Ambros nickte und bestätigte: »Richtig, Herr. Der Müller schickt mich.«

»Guus ter Haer?« Das gerade noch so gebieterische Gesicht nahm einen überraschten Ausdruck an. »Der Schwager des Schulzen? Was könnte der wohl von mir wollen?«

»Nicht der holländische Haermöller«, erklärte Ambros und fuhr sich mit der Hand durch das Strubbelhaar. »Ich meine den Kolkmüller. Den Ahlbecker Müller.«

»Aber es gibt keinen Kolkmüller«, sagte Boeckbinder. »Was redest du da?«

Ohne weitere Umschweife griff Ambros in seinen Hosenbund und holte das Kupferstück heraus, das er dem Pastor kommentarlos reichte.

Boeckbinder betrachtete die Medaille eingehend von beiden Seiten. Sein Gesicht zeigte keine sichtbare Reaktion, es wurde zur steinernen Maske, allerdings verharrte der Pastor zu lange in dieser Starre, es schien beinahe so, als wage er nicht einmal zu atmen. Schließlich stieß er ärgerlich die Luft durch die Nase aus und fragte: *»Wat heeft dat te betekenen?«* Zum ersten Mal war ihm ein holländischer Satz entschlüpft, und er beeilte sich, auf Deutsch hinzuzufügen: »Was soll mir dieser Unsinn sagen? Das ist doch dummes Zeug!« Gleichzeitig steckte er die Medaille in die Seitentasche seiner Soutane und setzte hinzu: »Hast du die Worte gelesen?«

Ambros verdrehte die Augen. Allmählich hatte er von diesem Getue die Nase voll. »Sehe ich so aus, als könnte ich lesen, Herr?«, antwortete er patzig.

Der Pastor überhörte diese Unverschämtheit und schien seinen eigenen Gedanken nachzuhängen. Er starrte in den Himmel, rieb sich die Schläfe und schob die Unterlippe vor. Schließlich fragte er: »Wo ist dieser Müller?«

»Beim Brookbauern.«

»Beim Schulzen?«, wunderte sich Boeckbinder und befahl: »Jetzt rede schon, Junge! Wer ist dieser Mann, und was will er von mir?«

Ambros erzählte in knappen Worten, was sich am gestrigen Abend an der Mühle und auf dem Schulzenhof zugetragen hatte, und schloss mit dem Auftrag des Müllers, dem Pastor die Medaille zu überreichen.

»Der Mann heißt Heinrich Vernholt?«, fragte Boeckbinder.

Ambros nickte und fügte hinzu: »Er hat einen Brief mit einem Siegel vom Bischof. Das hat der Schulze gesagt. Und in seinem Geldbeutel sind lauter Silbertaler mit dem Bischofswappen.«

»Ist gut«, sagte der Pastor, wandte sich abrupt ab, ließ den Jungen grußlos auf dem Friedhof stehen und verschwand im Krummhaus.

Ambros, der insgeheim auf ein Dankeschön in Form einer Münze gehofft hatte, schüttelte ärgerlich den Kopf und spuckte zu Boden, auch wenn sich dies auf einem Kirchhof nicht schickte. Und er war froh, dass er sein Versprechen gebrochen und sich die Zeichen auf der Medaille eingeprägt hatte. Wer konnte wissen, ob sie ihm nicht irgendwann einmal von Nutzen sein würden. Dieser Gedanke verbesserte seine Laune schlagartig, und mit einem Grinsen im Gesicht trat er durch die eiserne Pforte auf den Dorfplatz.

Außer der Kirche, dem Friedhof samt Krummhaus und der leer stehenden Schänke befanden sich drei Bauernhöfe in unmittelbarer Nähe des Platzes. Rechts neben dem Gasthof stand ein ziemlich verwahrloster Kotten, der einst als Domizil der Pfarrersfrauen und sonstigen kirchlichen Gäste gedient hatte und mittlerweile von drei landarmen Kötterfamilien bewohnt wurde. Ambros hatte nie recht herausfinden können, welche der zahlreichen Kinder des Hofes zu welchem Bauern gehörten, und ähnlich erging es ihm mit den Bauersfrauen. Der Hof schien aus allen Nähten zu platzen, und auch jetzt wimmelte und krakeelte es dort wie in einem Bienenstock. Ein einziges Tohuwabohu. Auf der gegenüberliegenden Seite des Platzes, direkt neben dem Friedhof, befand sich der Erbhof des Totenbauern, dessen Familie seit Generationen den Küster stellte und zudem für die Aufbahrung und Beerdigung der Dahingeschiedenen verantwortlich war. Der letzte Kotten am Dorfplatz, zwischen Lindenschänke und Totenbauer gelegen, gehörte dem alten Melchior Timmermeester, der sich neben seiner Landarbeit als Zimmermann und Tischler verdingte. Er stand in Holzpantinen auf seinem Hof und werkelte an einem riesigen Eichenbalken, der auf zwei Böcken ruhte und von dem Meister mit Säge und Hobel bearbeitet wurde. Gerade als Ambros den Kirchplatz verlassen wollte, näherte sich von Westen her ein Reiter, galoppierte ins Dorf und sprang unter der Linde vom Pferd. Der Junge erkannte Bernhard, den Stallknecht des Schulzen, und dieser schritt zielstrebig zum Hof des Zimmermanns.

»Guten Morgen, Vater!«, rief Bernhard und nahm die Mütze vom Kopf.

»Morgen«, knurrte Melchior, ohne seine Arbeit zu unterbrechen. »Was führt dich denn so früh ins Dorf? Hast du beim Brookbauern nichts zu tun?«

Das war typisch für den Zimmermann, dachte Ambros und näherte sich dem Hof, ohne von den beiden Männern gesehen zu werden. Melchior Timmermeester war ein alter Griesgram und vermutlich der mürrischste Mensch, den der Junge je zu Gesicht bekommen hatte. Noch nie hatte er ihn lachen sehen, stets machte er eine Miene, als habe er das Grimmen im Bauch. Wenn man ihn grüßte, bellte er wie ein Kettenhund zurück. Mit Menschen wusste er offensichtlich nichts anzufangen, aber mit Brettern und Baumstämmen konnte er umgehen wie kein zweiter. Das große eichene Mühlrad, das einst der Stolz der Kolkmühle gewesen war, hatte Melchior Timmermeester angefertigt.

»Der Bauer will wissen, wann die Dachbalken fertig sind«, antwortete Bernhard ungerührt und führte das Pferd zu einer Tränke neben dem Haus. »Wenn das restliche Getreide eingefahren wird, will er die Balken ersetzt haben. Er scheint Angst zu haben, das Dach könnte ihm überm Kopf einstürzen.«

»Ich kann nicht hexen«, erwiderte Timmermeester und fuchtelte mit dem Hobel in der Luft herum. »Ich hab Lubbert schon beim letzten Tennenfest gesagt, dass das Holz gammelt. Aber er wollte nichts davon hören. Und jetzt kann's mit einem Mal nicht schnell genug gehen. Alles hat seine Zeit. Bestell ihm das!« Er schaute seinen Sohn mit funkelndem Blick an und fügte hinzu: »Sonst noch was? Bist du den weiten Weg aus dem Venn hergeritten, nur um mir das zu sagen?«

Bernhard schüttelte den Kopf, näherte sich seinem Vater und flüsterte ihm etwas ins Ohr. Ambros fluchte leise, weil er kein Wort verstand, und schlich sich hinter die kleine Holzscheune, die dem Zimmermann als Werkstatt diente und zugleich den Kotten von der benachbarten Schänke trennte.

Im selben Moment rief Timmermeester über den Hof: »Die Kolkmühle? Bist du sicher?«

Der Stallknecht nickte und legte den Finger auf die Lippen. »Sie soll wieder aufgebaut werden«, sagte er und schaute sich um, als habe er Angst, dass ihn jemand hörte. Plötzlich stutzte er, sein Gesicht verfinsterte sich, dann grinste er und rief: »Das stimmt doch, Ambrosius?«

»Mein Name ist Ambros«, antwortete der Junge und trat hinter der Scheune hervor. Er wunderte sich, dass der Knecht ihn durch die Bretterwand gesehen hatte, doch dann fiel sein Blick auf Müntzer, der mitten in der Hofeinfahrt stand und mit dem Schwanz wedelte. »Dummer Hund«, murmelte Ambros und schlenderte umher, als sei er nur zufällig in der Gegend. Er verschränkte die Arme hinter dem Rücken und schaute abwechselnd zu Boden oder in den Himmel.

»Dein Vater will die Mühle wiederhaben?«, wunderte sich der Zimmermann und starrte den Jungen erstaunt an.

Schön wär's, dachte Ambros und schüttelte den Kopf.

Wieder flüsterte Bernhard dem Alten etwas ins Ohr, und jetzt schien Timmermeester zu verstehen. Er nickte und klopfte dem Sohn auf die Schulter. »Werd mich drum kümmern. Sag dem Mann, dass ich am Nachmittag komme. Und jetzt lass mich in Ruhe! Ich hab zu tun.« Er wandte sich wieder dem Dachbalken zu und fuhr knurrend mit dem Hobel über das Holz. Einen Knecht, der aus dem Haus trat und dem Meister zur Hand gehen wollte, fuhr er an: »Nimm deine dreckigen Griffel weg, Hundsfott!«

Bernhard holte das Pferd, verließ grußlos den väterlichen Hof und ging auf Ambros zu, der vor dem Knecht zurückwich, als erwarte er eine Ohrfeige. Die Großen gaben immer Backpfeifen, das wusste Ambros aus Erfahrung, ob sie nun berechtigt waren oder nicht. Erst schlagen, dann fragen, so lautete ihr Motto.

»Was lungerst du hier herum?«, wollte Bernhard wissen.

»Ich lungere nicht. Ich habe nur dem Pastor …« Der Junge biss sich auf die Lippen und verstummte. Er schaute nicht den Stallknecht, sondern das Pferd an und erkannte erst jetzt, dass es sich um den Rappen des Müllers handelte. Er war nicht gesattelt und hatte keine Kandare im Maul.

»Soll ich dich ein Stück mitnehmen?«, fragte Bernhard und schwang sich aufs Pferd. »Du musst doch sicherlich zu deinen Schafen. Oder hat dein Alter die auch schon versoffen?«

»Er trinkt ja nicht zum Vergnügen«, antwortete Ambros mit finsterer Miene. Er konnte es nicht leiden, wenn andere Leute seinen Vater einen Säufer nannten oder sich über ihn lustig machten. Auch wenn sie natürlich allen Anlass dazu hatten.

»Jetzt zieh keine Flappe, Kleiner«, sagte Bernhard, reichte dem Jungen die Hand und hievte ihn aufs Pferd. »War nicht böse gemeint.«

»Hmm«, machte Ambros und umklammerte den Knecht, um nicht vom Hinterteil des Pferdes herunterzufallen.

»Dein Vater war heute bei Sonnenaufgang wieder nicht auf dem Schulzenhof«, fuhr Bernhard fort und trat dem Pferd in die Flanke. »Es ist Erntezeit, Ambros, sag das deinem Vater. Ob es ihm schmeckt oder nicht, er hat seine Pacht abzuarbeiten. Der Brookbauer ist nicht gut auf ihn zu sprechen und hat schon gedroht, ihm den Molenkotten zu nehmen und euch ins Armenhaus zu stecken.« Dabei wies er auf die verfallene Kate neben der Schänke, vor der eine Schar von Kindern herumtollte.

»Der Vater wird schon noch auftauchen«, sagte der Junge und schaute zur Kirche, um nicht den Hof der landlosen Häusler betrachten zu müssen. »Er schläft nur seinen Rausch aus. Ihr kennt ihn doch.«

»Eben«, erwiderte Bernhard und ritt ohne Hast vom Dorfplatz. Der Hund folgte ihnen kläffend und tänzelte um die Beine des Pferdes herum. Sie passierten den nördlich der Kirche gelegenen Hof des Schmiedebauern, dessen Name zugleich seine Profession verriet, und erreichten am Ortsausgang die kleine Holzbrücke, die den Ahlbach überquerte und wenig später in den Hessenweg einmündete. Von hier aus folgte der Weg dem Flüsschen und führte direkt zur Grenze. Ambros wurde auf dem Hinterteil des Pferdes durchgeschüttelt und dachte daran, dass es so nicht weitergehen konnte. Etwas musste sich ändern. Der Vater musste sich ändern und wieder so werden, wie er einst gewesen war. Das war so lange her, dass Ambros keinerlei Erinnerung daran hatte. Damals war Geert Vortkamp noch der Kolkmüller gewesen und seine Frau die Kolkmüllerin. Dann war die Mutter plötzlich gestorben, vor nunmehr acht Jahren, und fortan war nichts mehr wie zuvor gewesen.

»He, schläfst du?«

Ambros fuhr hoch und wäre beinahe vor Schreck vom Pferd gefallen.

»Ich hab gefragt, ob du die Nachrichten aus Münster schon gehört hast.«

»Von den Wiedertäufern?«, fragte Ambros.

»Der Bischof hat die Stadt endlich von dem gotteslästerlichen Gesindel befreit«, bestätigte Bernhard nickend. »Wir haben's vom Juden Simeon gehört. Und der hat es auf dem Markt in Altheim erfahren. Ein Herold war in der Stadt. Die verdammten Ketzer sind allesamt getötet oder gefangen. Vor sechs Wochen schon. Auch der so genannte König ist arretiert. Es müssen fürchterliche Zustände in der Stadt geherrscht haben. Ein einziges Tollhaus. Jeder Mann hatte ein Dutzend Frauen, und am Ende haben sie Hunde und Katzen gegessen und sich gegenseitig niedergemetzelt. Ein regelrechtes Sodom soll's gewesen sein.«

Ambros wusste nicht genau, was die Erwachsenen unter diesem Sodom verstanden, von dem sie so oft sprachen, und wenn er sie danach fragte, dann hieß es, das sei nichts für Kinder. Aber über die Wiedertäufer hatte der Junge schon einiges gehört. Seit über einem Jahr hatten sie in Münster geherrscht und waren von den Bischöflichen, die sie zuvor aus der Stadt getrieben hatten, belagert worden. Als Gottlose und holländische Plage wurden sie in Ahlbeck beschimpft, sie seien mit dem Teufel im Bunde und hielten in ihrem »Königreich Zion« Hexensabbate ab. Ambros verstand die Aufregung der Leute nicht ganz. Wenn eine Taufe beim ersten Mal von Gott gewollt war, warum galt sie dann beim zweiten Mal als teuflisch? Doppelt hält besser, dachte er und erinnerte sich, dass der Vater sich ähnlich ausgedrückt hatte. Wer gegen den Bischof sei, so Geert Vortkamp, der könne nicht ganz übel sein. Aber vermutlich hatte die Abneigung des Vaters gegen den Bischof eher mit der Kolkmühle als mit den Wiedertäufern zu tun. Schließlich war es der Vorgänger des heutigen Bischofs gewesen, der ihn vor Jahren durch seinen Drosten aus der Mühle gejagt hatte.

»Die drei Anführer sind jedenfalls im Gewahrsam des Bischofs«, fuhr Bernhard fort und grüßte einen Kötterbauern, der mit einem roggenbeladenen Handkarren auf dem Weg zur holländischen Windmühle war. »Das muss man sich mal vorstellen«, sinnierte der Stallknecht weiter, »da könnte sich ja jeder Dahergelaufene zum König erklären, alles auf den Kopf stellen und eigene Gesetze machen. So ein Irrsinn! Die Idee mit der Vielweiberei ist allerdings gar nicht so schlecht, finde ich. War vielleicht nicht alles von Übel, was die Ketzer so getrieben haben.« Er lachte lauthals und schaute über die Schulter zu Ambros. »Was schaust 'n so bedeppert?«

»Was wird mit den Männern geschehen?«

»Mit den Täufern?« Bernhard zuckte mit den Schultern. »Sie werden sie hinrichten und vorher tüchtig foltern. Ich möchte jedenfalls nicht in deren Haut stecken. Der Jude Simeon sagt, man müsse ein Exempel statuieren. Ich versteh gar nicht, was den das angeht. Verdammter Jidde. Dem kann doch der Papst den Buckel runterrutschen. Was meinst du?«

Ambros meinte gar nichts. Er war lediglich verwirrt. Das mit den Religionen und Glaubenskämpfen verstand er nicht. Die einen waren für den Papst, die anderen gegen ihn. Aber wer gegen den Papst war, musste noch lange nicht für den jeweils anderen sein. Es gab Lutherische und Täufer, Zwinglianer und Evangelische, Reformierte und Friesen (auch wenn Ambros nicht glaubte, dass das eine Religion war, schließlich war seine Mutter eine Friesin gewesen), und natürlich waren da noch die Juden, aber die zählten nicht, weil sie Gottlose waren. Obwohl sie in gewisser Weise auch einen Gott hatten, aber eben den falschen oder einen zu wenig. Ganz wie man wollte.

»Vater sagt, Gott ist immer auf der Seite der Sieger.« Ambros wusste selbst nicht, warum er das gesagt hatte. Er hatte keine Ahnung, was der Vater damit gemeint hatte, aber es schien dem Jungen eine angemessene Antwort zu sein.

»Dein alter Herr wird sich noch mal das Maul an seinen Worten verbrennen«, erwiderte Bernhard. »Du solltest besser nicht nachplappern, was Geert so von sich gibt. Das bringt euch noch in Teufels Küche.«

Dort sind wir längst, dachte Ambros, sprach es aber nicht aus, weil er sich nicht das Maul an seinen Worten verbrennen wollte. Erst letzte Woche hatte er sich die Zunge an einer heißen Milchsuppe verbrüht, und das war keine angenehme Erfahrung gewesen. Wie überhaupt das Essen eine eher traurige Angelegenheit war. Jeden Tag Haferbrei, Milchsuppe und ein Stück steinharten Fladen, den man erst in Wasser aufweichen musste, um ihn essen zu können. Wie sollte ein Junge davon wachsen? Ohne die Eier und Würste, die er dann und wann den Bauern aus den Ställen oder Vorratsräumen entwendete, wäre er längst vom Fleisch gefallen. Ambros aber wollte groß und stark werden, so riesig wie Bernhard oder der Schulze, dann würde niemand mehr auf ihnen herumtrampeln. Auf Ambros nicht und auch nicht auf dem Vater.

Sie hatten mittlerweile die Hälfte des Weges hinter sich. Linker Hand schlängelte sich der Ahlbach durch die karger werdende Ebene, und zur Rechten sahen sie einige Schnitter bei der Weizenernte. Das mussten die Kötter des Schulzen sein; zur Erntezeit wurden sie auf den Hof des Grundherrn bestellt, um ihre Pacht in Form von Frondienst abzuliefern. Dass sie selbst auch einen kleinen Hof hatten und die eigene Ernte einfahren mussten, wurde häufig vergessen. Wenn der Schulze sie zu sich befahl, dann mussten sie auf den eigenen Feldern Sense und Sichel fallen lassen und dem Herrn Spann- oder Handdienste leisten. Die einen besaßen das Land, die anderen hatten zu gehorchen. So war es seit Jahrhunderten, egal ob sich der Landeigner nun Bischof oder Schulze nannte. Und wenn die Bauern sich erhoben, wie vor einigen Jahren im fernen Thüringen, dann wurden sie bitter dafür bestraft, und weder Gott noch Kaiser standen ihnen bei. Deshalb hatte der Vater gesagt, Gott sei immer mit den Siegern. Und Luther, dieser verlogene Heuchler, sei überhaupt ein verdammter Verräter und Bauernfeind. Was auch immer das bedeuten mochte.

Plötzliches Hufgetrappel riss Ambros aus seinen Gedanken. Als er den Hals verrenkte, sah er hinter sich den Pastor auf einem Falben heranjagen. Die schwarze Soutane flatterte im Wind, das Pferd galoppierte in einem halsbrecherischen Tempo über den holprigen Weg, und ehe Bernhard auch nur die Mütze zum Gruß anheben konnte, hatte Boeckbinder ihn bereits überholt und war um die nächste Wegbiegung verschwunden.

»Das ist auch so einer«, knurrte der Stallknecht.

»Was für einer?«, fragte Ambros.

Bernhard legte den Finger auf die Lippen und sagte: »Ich schweig stille.«

Das war wieder typisch für die Erwachsenen. Erst sagten sie etwas, dann behaupteten sie, sie hätten nichts gesagt und würden überhaupt nie wieder etwas von sich geben. Aber ihre Schandmäuler konnten sie trotzdem nicht halten. Das galt für Weiber wie Mannsbilder. Wenn Ambros groß wäre, das gelobte er in diesem Moment, dann würde er nicht wie ein Erwachsener sein. Mit diesem Vorsatz sprang er vom Pferd, bedankte sich bei Bernhard, sprang über den Graben und schlug sich seitlich durch den Buchenhain in Richtung Heide. Der Hund Müntzer bellte vorfreudig und folgte ihm.

Viertes Kapitel

Handelt von alten Göttern und einer unbekannten Mutter

Es lag ein Fluch auf der Kolkmühle. So dachten nicht nur Ambros und sein Vater, so lautete die einhellige Meinung im Dorf. Niemals hätte an dieser Stelle im Bruchwald eine Mühle erbaut werden dürfen, es war Frevel gewesen, von Beginn an, und nun rächten sich die alten Götter. Die münsterischen Kirchenfürsten, denen der Grund und Boden seit Jahrhunderten gehörte, sprachen von heidnischem Aberglauben, denn ihre Religion verbot ihnen, die Existenz anderer Götter anzuerkennen. Die Ahlbecker Bauern jedoch wussten, wovon sie sprachen, wenn sie das Gebiet rund um den Kolk den »Blutanger« nannten. Wie jedes Kind im Dorf kannte auch Ambros die Erzählungen, die von Generation zu Generation weitergereicht worden waren.

Vor langer, langer Zeit hatte sich an dieser Stelle im Moor eine germanische Heiligtumsstätte befunden, davon kündeten nicht nur die zahlreichen Grabhügelfelder in der Nähe des Kolks, sondern auch der Name des Dorfes und des Flusses: Ahlbeck. Die erste Silbe deutete keineswegs darauf hin, dass sich in dem Bach Aale tummelten, sondern leitete sich von dem altsächsischen »alah« ab, was nichts anderes als »Tempel« bedeutete. Der Ahlbach war also ein Tempelfluss, zur Zeit der heidnischen Sachsen hatte sich hier eine Opferstätte befunden. Viele Sagen und Schauergeschichten rankten sich um diesen Ort, der einst dem Donnergott Donar, dem Gott der Bauern und der Ernte, geweiht war. Ambros hatte von den lange zurückliegenden Kriegen der Sachsen gegen die Franken gehört, von dem grausamen König Karl, den man heute den Großen nannte und der die heidnischen Westfalen unter ihrem Herzog Widukind besiegt und sie zur Taufe gezwungen hatte. Auch der Fluch der Mühle hatte mit einer Taufe begonnen. Und mit einer Gräueltat.

Nachdem die Franken in zahlreichen Schlachten das Sachsenland erobert und die Stammesherzöge bekehrt hatten, blieben viele West- und Ostfalen den alten Göttern treu und den Franken feindlich gesinnt. Auch am Ahlbach, dem heiligen Fluss, weigerten sich die Priester des Donar, den neuen Glauben anzunehmen, und sie wussten die Bewohner des Dorfes hinter sich. Wer würde den Bauern eine gute Ernte bescheren, wenn sie sich nicht an Donar wenden durften? Und würde der Sohn Odins nicht mit seinem Wagen über den Himmel fahren, seinen Hammer schleudern und sie allesamt mit Blitz und Donner vernichten, wenn sie nun dem fremden und so grausamen Gott huldigten? Der Aufstand der Altgläubigen wurde bald ruchbar und von den neuen Herren blutig niedergeschlagen. Viele Bauern fanden den Tod, der Tempel am heiligen Fluss wurde zerstört und die Priester vor die Wahl gestellt: Entweder sie ließen sich taufen, oder sie starben als Gottlose durch das Schwert. Sämtliche Priester wählten den Tod, sie wurden in den Überresten ihres Tempels enthauptet und wie totes Vieh im Kolk versenkt. Sämtliche Priester bis auf einen. Dieser eine hieß Widimar, er war ein noch junger Mann und hatte schon seit geraumer Zeit eine Zuneigung zu dem Christengott verspürt. Es hieß, Widimar habe die fränkischen Kriegsherren von den aufständischen Priestern unterrichtet und sie zum Ahlbach geführt. Inmitten der Enthaupteten empfing er die Taufe, ließ zu Ehren der neuen Herren eine Kirche im Dorf errichten und wurde erster Priester der christlichen Gemeinde.

Ein Kirchspiel, auf Verrat errichtet, sagten die Leute.

Das Ahlbecker Gotteshaus wurde später der heiligen Katharina geweiht, einer tapferen Märtyrerin, die ebenfalls für ihren Glauben gekämpft hatte und enthauptet worden war.

Einige hundert Jahre nach der Bluttat am Ahlbach wurde im Bruchwald die Wassermühle errichtet, und seit dieser Zeit lag ein Fluch auf ihr. Die alten Götter gerieten zwar bald in Vergessenheit und lebten nur in Sagen und Liedern weiter, doch bei jedem Gewitter fürchteten die Menschen die Rache des geschmähten Donnergottes. Als schließlich im Jahre 1331 die Mühle in den Besitz der Fürstbischöfe überging, muss der Groll Donars unbändig gewesen sein, denn immerhin war das Bistum Münster einst von den siegreichen Franken gegründet worden.

Ambros kannte unzählige Geschichten, die von Geistern und Spukgebilden handelten. Die heidnischen Priester wandelten darin kopflos umher und lockten die Menschen ins Moor. Sie zogen rund ums Grabhügelfeld und beklagten ihr Schicksal. Einige Bauern wollten auch den Verräter Widimar im Venn gesehen haben, im christlichen Priestergewand, mit einem blutigen Schwert in der Hand. Ihm schien es wie den gemeuchelten Priestern zu ergehen, er fand keine Ruhe im Jenseits und wandelte zwischen den Welten.

Ambros wusste nicht, ob er diesen Erzählungen glauben durfte, denn er selbst war noch keinem Geist oder Gespenst im Moor begegnet. Vor Gewittern hatte aber auch er Angst. Und dass die Mühle verflucht war, das stand ohne Zweifel fest. Sie hatte seinen Vater zum Witwer gemacht und ihn anschließend in die Trunksucht getrieben, und auch den beiden Nachfolgern des Molenkötters war es nicht besser ergangen.

Antonius Dennekamp, der Geert Vortkamp einige Monate nach dessen schmählicher Vertreibung aus der Mühle als Pächter gefolgt war, wurde nur anderthalb Jahre später tot aus dem unteren Mühlteich gefischt. Beim Sturz vom Wehr hatte er sich das Genick gebrochen. Seine Witwe behauptete lautstark, bei dem Tode des Müllers sei es nicht mit rechten Dingen zugegangen, doch der Schulze und der bischöfliche Droste stellten bei der gerichtlichen Untersuchung fest, dass Dennekamp zuvor in der Dorfschänke über Gebühr gezecht hatte und vermutlich unglücklich vom Pferd gestürzt war. Tatsächlich fand man einen Stiefel des Müllers im Steigbügel des frei herumlaufenden Pferdes. Niemand wollte dieser Sicht der Dinge widersprechen, kein Mensch konnte etwas Anderslautendes beweisen, und auch die Witwe fand keinen Augenzeugen, der ihre vagen Anschuldigungen unterstützt hätte. Doch die Ahlbecker hatten ihre eigene Theorie. Wahrscheinlich hatten die Moorgeister das Pferd in die Irre gelockt, vor Schreck hatte es sich aufgebäumt und den Kolkmüller in den Mühlteich geworfen. Am Abend des tödlichen Sturzes hatte es ein schweres Gewitter gegeben.

Auch Henk Schabbinck, dem vorerst letzten Kolkmüller, war die Mühle zum Verhängnis geworden. Bei einer gewaltigen Explosion war er vor drei Jahren ums Leben gekommen und die Mühle bis auf die Grundmauern niedergebrannt. Der Knall war bis ins Dorf zu hören gewesen, und noch auf dem Schulzenhof hatten die Wände gewackelt. Der lallende Ludger, damals gerade fünf Jahre alt, war ganz in der Nähe der Mühle und somit Zeuge der Explosion gewesen und hatte die Katastrophe nur wie durch ein Wunder überlebt. Immer wieder ereigneten sich solche Verpuffungen in Mühlen, ohne erkennbaren Grund flogen die Gebäude plötzlich in die Luft. Auch die Kolkmühle war in den vergangenen Jahrhunderten mehrmals in Schutt und Asche gelegt worden. Man rätselte über die Ursache dieser Unglücke, glaubte jedoch zu wissen, dass Zugluft und offenes Feuer die Explosionen begünstigten. Vermutlich hatte Schabbinck eine brennende Kerze in die Mühle getragen und vergessen, die Fenster und Türen zu schließen. Ein ebenso unverständlicher wie verhängnisvoller Fehler. Auch ein Blitz hätte der Grund für die Explosion sein können, doch an dem betreffenden Tag hatte es kein Gewitter gegeben. Nur den plötzlichen Donnerknall der Kolkmühle.

Verflucht war sie, das stand für Ambros fest. Und dem neuen Müller würde sie ebenfalls kein Glück bringen.

Der Junge saß im Schneidersitz neben seinem Hund auf dem Galgenbülten und wachte über die Moorschnucken, die regungslos im Bruchwald standen, Pfeifengras und Birkenlaub fraßen und der brütenden Mittagshitze trotzten. Normalerweise mied Ambros den Galgenhügel, die Gegend war ihm nicht geheuer, schließlich wurden die Gehenkten zu Füßen des Galgens verscharrt, in ungeweihter Erde, was sie fast zwangsläufig zu Geistern werden ließ. Niemand hielt sich freiwillig hier auf. Doch Ambros hatte gute Gründe, warum er am heutigen Tag den Bülten als Weideplatz für seine Schafe ausgesucht hatte. Der Galgen lag direkt oberhalb des Hessenwegs; von hier aus hatte man sowohl die Kolkmühle, den Wall der Landwehr und auch den Schulzenhof im Blick. Der Junge wollte auf keinen Fall verpassen, wenn sich etwas Wichtiges ereignete. Denn *dass* sich etwas ereignen würde, davon war er überzeugt. Irgendetwas Merkwürdiges ging in Ahlbeck vor, das hatte er instinktiv gespürt. Warum hätten sonst sowohl der Schulze wie auch der Pastor derart seltsam und alarmiert auf die Ankunft Vernholts reagiert? Und auch die Johannvaterin hatte gestern Abend so komisch geschaut, als sie den Namen des Müllers vernommen hatte. Als sei er ihr bekannt, als habe sie ihn schon einmal gehört.

Etwa eine Stunde nachdem Ambros die Schafe aus der Hürde befreit und zum Weideplatz geführt hatte, war Guus ter Haer, der holländische Müller, auf dem Hessenweg erschienen und im Galopp zum Schulzen geritten. Nur kurze Zeit später war er gemeinsam mit seinem Schwager Lubbert wieder aufgetaucht, in Richtung Grenze, diesmal im Trab. Die beiden Männer schienen sich zu streiten, vor allem der Schulze redete aufgeregt und mit lauter Stimme auf den anderen ein.

»Das hat aufzuhören, Guus!«, rief er und fuchtelte mit dem rechten Arm. »Das werde ich nicht dulden.«

Ter Haer nickte nur und schaute schlecht gelaunt drein.

»Habe ich dein Wort darauf?«

Wieder nickte der Schwager. »Es wird aufhören. Es *muss* aufhören.«

»Das wollte ich hören«, antwortete Gerwing und trat dem Schimmel in die Flanke. Kurz darauf hatten sie den Bülten passiert, ohne den kleinen Schäfer unter dem Galgen bemerkt zu haben.

Ambros konnte sich denken, was die beiden Männer mit ihren Worten gemeint hatten. Für Guus ter Haer bedeutete die Ankunft des neuen Müllers eine ernsthafte Bedrohung. Seine Mühle stand etwa eine halbe Meile jenseits der Grenze auf einer kleinen Anhöhe, der so genannten Haer, die der Mühle und der Familie des Müllers ihren Namen gegeben hatte. Es handelte sich um eine moderne, steinerne Windmühle nach Holländerart, die erst vor fünfzig Jahren errichtet worden war. Wie ihr Pendant auf deutscher Seite war sie eine Bannmühle; alle Bauern der Provinz Overijssel mussten dort ihr Korn mahlen lassen, auch wenn die deutsche Mühle womöglich näher lag oder einfacher zu erreichen war. Umgekehrt galt dies genauso. Verfehlungen gegen das Bannrecht wurden streng bestraft. Wenn jedoch eine der Mühlen aus irgendeinem Grund nicht in Betrieb war, galt dieser Bann nicht mehr, und so hatte der Haermöller in den letzten Jahren doppelten Verdienst eingefahren. Deutsche wie Niederländer waren gezwungen, bei ihm ihr Getreide mahlen zu lassen und dem Müller einen bestimmten Anteil des Mehls beim so genannten »Multern« zu überlassen. Ganz nebenbei verdiente auch der Schulze als Landwehrmann an dem bäuerlichen Grenzverkehr, denn für jede Fuhre hatten die Bauern eine Maut zu entrichten. Doppelt gemultert hält besser, schimpften die Kötter. All dies würde sich nun ändern, wenn die Kolkmühle wieder in Betrieb genommen würde.

Des einen Freud, des anderen Leid, sagte sein Vater oft.

Vielleicht wäre alles anders gekommen, wenn Geert Vortkamp nicht der Trunksucht verfallen wäre und der Bischof von Münster sich nicht gezwungen gesehen hätte, ihn aus der Mühle zu vertreiben. Ambros hatte kaum eine Erinnerung an diese ferne, vergangene Zeit; er wusste aus den Tiraden seines Vaters, dass ihr Leben einmal anders und besser gewesen war, aber er hatte keine Bilder vor Augen, nur die wirren Erzählungen im Ohr. Auch an seine Mutter konnte Ambros sich nicht erinnern, weder an ihr Leben noch an ihren Tod, ja nicht einmal an ihre Beerdigung. Wenn er seinen Vater danach fragte, dann reagierte dieser unwirsch und schlug um sich. Euphemia sei nicht mehr und damit Schluss! Es nütze nichts, dem Vergangenen nachzuweinen. Was Ambros vor allem nicht verstand, war die Tatsache, dass es auf dem Ahlbecker Friedhof kein Grab der Mutter gab, zumindest keines, das der Vater ihm gezeigt hatte oder von Zeit zu Zeit besuchte. Kein Weinen am Todestag oder zu Allerseelen, keine Blumen auf dem Grab. Da Ambros die Inschriften der Grabsteine und Holzkreuze nicht lesen konnte, wusste er nicht, wo seine Mutter beerdigt lag und ob man sie überhaupt begraben hatte. Die verdammte Mühle sei Euphemias Grab gewesen, sagte der Vater immer. Und der Junge solle endlich Ruhe geben.

Das Wenige, das Ambros über seine Mutter wusste, hatte er vom Vater gehört oder den vereinzelten Erzählungen im Dorf entnommen. Sie sei eine schöne, aber eigensinnige Frau gewesen, hatte der Schmiedebauer einmal gesagt, als Ambros den betrunkenen Vater aus der Dorfschänke nach Hause geholt hatte. Eine Friesin eben, was beinahe noch schlimmer als eine Holländerin war, aber ein verflucht hübsches Weibsbild. Woraufhin der Molenkötter und der Schmiedebauer sich angebrüllt und die Köpfe blutig gehauen hatten. »Kein Wort über Euphemia!«, hatte der Vater geflucht. »Sonst bring ich dich um, Schmied!«

»Wär nicht der Erste«, hatte der Schmiedebauer geschrien, und dann waren sie erneut aufeinander losgegangen, bis der Wirt sie vor die Tür gesetzt hatte.

Erwachsene, dachte Ambros, das Reden ist ihre Sache nicht. Schweigen können sie. Und streiten.

Euphemia! Der Name der Mutter stammte aus dem Griechischen, hatte der Vater einmal gesagt, und er bedeutete »schönes Reden«. Wie gern hätte Ambros sich an die Stimme der Mutter erinnert. Aber sosehr er sich auch mühte, es gelang ihm nicht. Und das ließ ihn manchmal verzweifeln.

»Kch, kch«, machte es plötzlich, und als Ambros aufschaute, stand Ludger auf dem Hessenweg und winkte mit einem Stock. »Lah, lah, lah.«

»Sei froh, dass du nicht reden kannst, Ludger!«, rief Ambros und winkte den Jungen zu sich. »Ersparst dir einigen Ärger.«

Ludger schaute ihn verständnislos an, stieg auf den Bülten und ließ sich neben Ambros nieder. Er lächelte und zeigte dabei seinen gespaltenen Kiefer.

»Ist der Müller noch bei euch?«, fragte Ambros.

Ludger nickte und klopfte Müntzer auf den Rücken.

»Und der Pastor?«

Ludger faltete die Hände wie zum Gebet und verdrehte die Augen, als sei er nicht bei Sinnen. Wieder grinste er. Dann kritzelte er mit seinem Stab in der Erde des Galgenbültens herum.

»Ob die beiden sich kennen?«, dachte Ambros laut. »Würd mich nicht wundern, wenn die was …« Plötzlich verstummte er und starrte ungläubig auf Ludgers Gekritzel. »Was machst du da?«

Mit seinem Stock hatte der lallende Ludger etwas in krakeliger Schrift in den Boden gekritzelt: »MARIA«

»Was heißt das?«

Ludger hielt sich die Hände wie zwei weibliche Brüste vor den Oberkörper, klimperte mit den Augenlidern und deutete dann mit dem Stock zum Hof seines Vaters.

»Eine Frau?«, schlussfolgerte Ambros und sah zum Schulzenhof. »Deine Schwester?«

Ludger nickte.

»Maria«, murmelte Ambros und starrte nachdenklich auf das Gekritzel. Überrascht fragte er: »Du kannst schreiben? Und lesen?«

Erneut nickte Ludger stolz und lallte: »Lah, lah, lah!«

»Hmm«, machte Ambros und lächelte, als sei ihm gerade etwas eingefallen.

Fünftes Kapitel

Bringt ein Gespräch in der Heideschänke und eine Begegnung an der Kolkmühle

Warum konnten sie ihn nicht einfach in Ruhe lassen? Was wollten sie noch von ihm? Wieso mussten sie ihn peinigen und in den alten Wunden bohren? Als bereitete es ihnen Vergnügen, ihn an seine Schande und sein Elend zu erinnern. Nun würde alles wieder von vorne beginnen. Wie ein Ochse in einer Drehmühle stapfte er seit Jahr und Tag im Kreis und kam nicht von der Stelle. Deshalb trank er, aber selbst das wollten sie ihm jetzt austreiben.

Es war die Nacht vor der Kräuterweihe, gegen Mitternacht, aber die Hitze des Tages hatte den Sonnenuntergang überdauert. Die Heideschänke war beinahe leer. Nur an einem grob gezimmerten Tisch im hinteren Teil des Schankraums, der früher einmal die Tenne des Kottens gewesen war, saßen Geert Vortkamp und Hermann Gerwing, der älteste Schulzensohn, beisammen, starrten auf die rußende Talgkerze und schwiegen beredt. Der Molenkötter hatte einen Krug Grutbier vor sich stehen, das statt mit Hopfen mit wildem Rosmarin gebraut wurde. Das Heidekraut wuchs schließlich überall ringsum und gab dem Bier einen starken, wenn auch etwas bitteren Geschmack. Lieber hätte Geert den selbst gebrannten Genever des Heidewirts getrunken, doch Olbring hatte ihm den Wacholderschnaps verwehrt. Erst solle er seine Schulden bezahlen, dann könne er wieder Branntwein trinken. Bis dahin müsse er sich mit dem Grutbier zufrieden geben. Der Heidewirt wolle ja kein Unmensch sein.

»Was sagst du dazu?«, fragte der Schulzensohn, als die Stille zu bleiern wurde. Er war ein exaktes Abbild seines Vaters, ebenso groß und stämmig, ebenso bärtig und bezopft, ebenso einschüchternd und unerbittlich.

»Schert euch zum Teufel!«, fauchte der Molenkötter.

»Aber überleg doch mal, Geert«, fuhr Hermann fort und legte seine riesige Pranke auf den Unterarm des anderen. »Es könnte alles so sein wie früher. Du wärst wieder Müller. Gewissermaßen.«

»Das ist es ja eben«, knurrte Geert, schüttelte die Hand ab und nahm einen Schluck Bier. »Keine zehn Pferde bringen mich in die Mühle zurück. Und Vernholt kann mir gestohlen bleiben. Das ist mein letztes Wort.«

»Denk doch auch einmal an die anderen«, beharrte Hermann und rückte auf der Bank ganz nahe an den Molenkötter heran. »Was ist mit deinem Jungen? Soll er den Rest seines Lebens mit den Schafen in der Heide verbringen? Vernholts Angebot ist wie eine glückliche Fügung des Schicksals, er scheint einen Narren an deinem Jungen gefressen zu haben. Sicherlich wärst du nicht der Herr der Mühle, aber solange der Müller versehrt ist ...« Er ließ den Satz unbeendet und klopfte stattdessen mit den Knöcheln auf die Tischplatte.

»Den Brookbauern geht es immer nur um die Brookbauern«, sagte Geert und schnaufte wütend. »Tut doch nicht so, als würdet ihr euch auch nur einen Deut um mich oder meinen Jungen scheren. Ich weiß genau, was ihr vorhabt, du und dein Vater und der verdammte Haermöller! Aber nicht mit mir! Mich könnt ihr nicht hinters Licht führen. Und jetzt lass mich, verdammt noch mal, in Frieden!«

»Das ist sehr unvernünftig von dir, Geert.« Hermann setzte eine mitleidige Miene auf, die eher bedrohlich wirkte. »Wenn du dich weigerst, dem neuen Müller zur Hand zu gehen, dann wird dir das nicht gut bekommen. Vergiss nicht, der Molenkotten gehört meinem Vater, ebenso das Land und die Schafe. Wenn er dich vor die Tür setzt, dann bleibt dir nur das Armenhaus. Oder die Straße.« Er lächelte eisig und deutete zu Matthes Olbring, der gelangweilt an einem Tisch an der Flettseite des Kottens saß. »Auch die Heideschänke gehört unserer Familie. Wo willst du dein Bier trinken, wenn dir das Betreten des Gasthofs untersagt wird? Nimm endlich Vernunft an, Mensch!«

Geert Vortkamp starrte den anderen mit funkelnden Augen an und senkte sofort wieder den Blick. Erst jetzt schien dem Molenkötter klar zu werden, wie aussichtslos seine Lage war. Er steckte in einer Zwickmühle. Ging er auf den überraschenden und vermutlich auf dem Mist des Schulzen gewachsenen Vorschlag des Müllers ein und wurde dessen Gehilfe, so würde der Brookbauer ihm keine ruhige Minute mehr gönnen. Gerwing würde ihn drangsalieren und unter Druck setzen, bis er ihn zu seiner Marionette gemacht hatte. Wie er es schon einmal getan hatte. Schlug Geert Vortkamp hingegen Vernholts Angebot aus, dann konnte er sich gleich den Strick nehmen. Lieber würde er sterben, als im Armenhaus zu enden und von Almosen zu leben.

»Vater findet, du könntest ruhig etwas mehr Dankbarkeit zeigen«, sagte Hermann und griff dem anderen wie einem Kaninchen in den Nacken.

»Dankbarkeit?«, rief Geert und fuhr unter Schmerz zusammen. »Dass ihr mich zum Schäfer gemacht habt? Dass ich den einen unehrlichen Beruf gegen einen anderen tauschen durfte? Pah! Zum Gespött der Leute habt ihr mich gemacht. Meine Ehre habt ihr mir genommen.«

»Als hättest du je eine gehabt«, lachte der Schulzensohn und winkte dem Wirt, der sofort zur Stelle war und sich tief verneigte. »Wacholder!«, bestellte Hermann und klopfte dem Molenkötter auf den Rücken. »Zur Feier des Tages. Und ab morgen ist Schluss mit der Sauferei. Ein Müller muss nüchtern sein.«

Geert Vortkamp konnte sich nicht erinnern, dem Vorschlag zugestimmt zu haben, aber hatte er eine Wahl? Machte es überhaupt noch einen Unterschied? Sollten sie ruhig glauben, dass sie ihn um den Finger gewickelt hatten und er Wachs in ihren Händen war. Sie würden sich schon noch wundern, das schwor er sich in diesem Moment, so wahr er ein Vortkamp war. Er mochte ein elender Säufer sein, ein ehrloser Schäfer, ein Taugenichts und Halunke, aber er hatte ein gutes Gedächtnis. Das war ja das Problem. Er vergaß nie etwas. Der Schulze glaubte wahrscheinlich, dass eine dreckige Hand die andere gewaschen hatte. Der Schafskotten im Tausch gegen eine kleine Gefälligkeit. Eine Belohnung für wohlfeile Dienste. Vielleicht auch als Wiedergutmachung. Aber es gab eben nichts mehr gut zu machen. Euphemia war nicht mehr, und dafür trugen allein der Brookbauer und seine Sippe die Verantwortung.

Der Wirt brachte den Genever und füllte die Holzbecher.

»Prost!«, rief Hermann. »Auf Geert Vortkamp, den baldigen Kolkmüller!«

»Auf Heinrich Vernholt!«, erwiderte Geert und stürzte den Genever hinunter, ohne dem Schulzensohn zugeprostet oder ihn auch nur angesehen zu haben. »Und dass er lange leben möge.« Er lachte bitter und wischte sich angewidert über den Mund, als habe er gerade einen Becher voll Schierling ausgetrunken. Er starrte aus dem kleinen Fenster auf der gegenüberliegenden Seite, und eine wütende Träne hing in seinem Augenwinkel, die er wegwischte, als sei sie ein Staubkorn. Wie hatte er nur so tief sinken können!

War Hermann Gerwing ein genaues Abbild seines voluminösen Vaters, so handelte es sich bei dem Molenkötter um eine fünfunddreißigjährige Version des kleinen Ambros. Die flachsblonden Haare standen ihm struppig vom Kopf, hellblaue Augen leuchteten unter dunklen, buschigen Augenbrauen, und das vom Alkohol aufgedunsene Gesicht war übersät mit Sommersprossen. An den Falten um Mund und Nase konnte man erkennen, dass Geert früher gern und viel gelacht hatte, aber der Branntwein hatte ihn mit der Zeit abstumpfen und übellaunig werden lassen. Kaum etwas erinnerte an den fröhlichen und unternehmungslustigen Rabauken von einst, an dem die Weiber Gefallen gefunden hatten, obwohl er im eigentlichen Sinne kein schöner Mann gewesen war. Als Müller hatte er nicht zu den angesehenen Pfahlbürgern gezählt, doch sein gewinnendes Wesen und das lose Mundwerk hatten ihm, wenn schon nicht den Respekt, so doch die Sympathie der Leute eingebracht. Auf diese Weise hatte er auch die schöne Euphemia für sich gewinnen können. Davon war wenig übrig geblieben. Die Weibsleute machten sich mittlerweile über ihn lustig, tuschelten hinter seinem Rücken über ihn oder gingen ihm aus dem Weg. Manchmal musste er sie mit Gewalt nehmen, andere ließen ihn gegen Geld oder Schnaps gewähren. Wie elendig!

Wenn Geert seinen kleinen Sohn betrachtete, dann erkannte er sich selbst, wie er früher einmal gewesen war. Wie ein Spiegelbild vergangener Zeiten. Und das war eine Qual, die er nicht ertragen konnte, die ihn außer sich geraten ließ. Er sah Ambros' trauriges, manchmal stoisches Lächeln, das ihm wie ein stiller Vorwurf erschien, wie ein Ausdruck der Enttäuschung und Anklage, und dann verlor er die Beherrschung und prügelte auf den Jungen ein, als gelte es, sich selbst zu bestrafen. Geert liebte seinen Sohn abgöttisch, daran war nicht zu zweifeln, aber seinen Anblick scheute er, er hielt ihm nicht stand, fürchtete ihn. Ambros war ein Frechdachs und Schelm, wie er selbst einer gewesen war, aber sein Lachen klang meistens bitter oder erschrocken. Das Lachen eines Erwachsenen aus dem Mund eines Kindes. Darum schlug Geert wie wild auf ihn ein und hasste sich anschließend dafür.

Auch Ambros liebte den Vater, das wusste und fühlte der Molenkötter, aber der Junge achtete ihn nicht, er hatte keinen Respekt vor ihm. Wie sollte er auch, wenn Geert sich selbst nicht achtete. Wenn er den Jungen prügelte und trat, dann beklagte sich Ambros nie mit Worten, nur mit Blicken. Doch die waren schlimmer als die gottlosesten Flüche und Verwünschungen. Denn innerlich wusste Geert, dass er von seinem Sohn abhängig war, dass er ohne Ambros längst verreckt wäre. Und das ließ ihn in seiner Selbstachtung nur umso mehr sinken. Es war ein Teufelskreis.

»Geert?«

»Hmm?«, machte der Molenkötter.

»Ich sagte, morgen nach dem Hochamt wirst du alles Nötige erfahren«, wiederholte Hermann, klopfte auf den Tisch und stand auf. »Der Müller wohnt beim Ketzer im Krummhaus, solange die Mühle in Schutt und Asche liegt. Vater hat ihm angeboten, auf unserem Hof zu bleiben, aber der Kerl wollte lieber im Dorf wohnen. Kein höflicher Mensch, dieser Vernholt. Schließlich würde er ohne Maria vermutlich gar nicht mehr leben. Auch jetzt ist er noch wacklig auf den Beinen und bleich wie Heidesand bei Vollmond. Doch Boeckbinder hat um ihn herumscharwenzelt, als sei er der Bischof persönlich. Komischer Kauz!« Er ließ offen, ob er den Müller oder den Pastor meinte.

Geert winkte unwirsch ab. Hermanns Gerede interessierte ihn nicht. Er hielt ihn am Ärmel fest und fragte: »Was soll ich überhaupt machen? Ohne Mühle?«

»Timmermeester wird in den nächsten Tagen das Haus am Kolk herrichten und dann die Mühle wieder aufbauen«, antwortete Hermann und setzte seinen Hut auf. »Du sollst ihm zur Hand gehen. Morgen nach der Kräuterweihe kannst du alles Weitere mit ihm besprechen.«

»Mit Timmermeester oder Vernholt?«

»Mit meinem Vater«, antwortete Hermann, lachte dröhnend, klopfte dem anderen auf den Rücken und verließ die Schänke.

»Feierabend, Geert!«, rief der Wirt, der dem Schulzensohn die Tür aufgehalten hatte und nun nach draußen wies. »Schluss für heute!«

»Mein Bier werde ich wohl noch austrinken dürfen.«

»Wenn du's bezahlt hättest«, antwortete Olbring grinsend.

»Wirst dein Geld schon noch bekommen, Matthes. Du hast ja gehört, ich bin der baldige Kolkmüller.« Er lachte und kippte sich das Bier in den Rachen, als müsse er einen schlechten Geschmack hinunterspülen.

Olbrings Miene wurde eisig, er setzte sich an Geerts Tisch, wartete, bis der andere ihn anschaute, und sagte leise, aber eindringlich: »Ich hab überhaupt nichts gehört. Und niemanden gesehen. Du hast den ganzen Abend allein am Tisch gesessen und mit keiner Menschenseele ein Wort gewechselt. Verstehst du mich?«

»Sie haben eine Sauerei vor«, antwortete Geert mit finsterer Miene. »Und ich werde das Schwein sein, das sie am Ende abstechen.« Wie im Selbstgespräch fügte er hinzu: »Jetzt beginnt alles wieder von vorne.«

»Das geht mich nichts an«, knurrte der Wirt und räumte die Becher vom Tisch.

»Wenn du dich da nur nicht täuschst.« Geert Vortkamp stand schwerfällig auf, setzte seinen fleckigen und an den Rändern eingerissenen Schlapphut auf und wankte zur Tür. »Wir werden diesen Tag noch alle verfluchen.«

»Geh nach Hause und schlaf deinen Rausch aus!«, rief Olbring ihm hinterher, doch Geert war bereits zur Tür hinaus und stapfte schwankend davon.

Die Schänke lag südöstlich des Dorfes, in unmittelbarer Nähe des Ahlbachs, umgeben von mannshohen Dünen und dichtem Heidegesträuch. Wacholder und Besenginster wuchsen hier auf lockerem Bleichsand. Einige Birken und ein paar Kiefern ragten aus der hügeligen Landschaft. Es gab keine befestigten oder ausgefahrenen Wege durch die Heide, nur schmale Rollbahnen, die bei Nacht kaum auszumachen waren. Doch Geert hätte den Weg auch mit verbundenen Augen gefunden, er hielt sich stets in der Nähe des Baches und kam auf diese Weise zwangsläufig zum Dorf und auf den Hessenweg, den er dann kurz vor dem Schulzenhof verließ, um sich in nördlicher Richtung durchs Moor zu schlagen. Die erste Hälfte des Weges war ein Kinderspiel, in der Wacholderheide konnte man sich zwar verirren, aber man kam nicht darin um. Die zweite Hälfte jedoch war schwieriger, ein falscher Tritt, eine Unachtsamkeit, und man versank in einem Moorloch. Eine Dreiviertelstunde brauchte er von der Heideschänke bis zum Molenkotten; es war aber auch schon vorgekommen, dass Geert auf halbem Wege eingeschlafen und am nächsten Morgen mitten auf dem Hessenweg aufgewacht und beinahe von einem herannahenden Fuhrwerk überrollt worden war.

Dem Molenkötter brummte der Schädel, und er wusste nicht, ob es am Grutbier oder an den Ereignissen und Neuigkeiten des Tages lag. Warum war der neue Müller ausgerechnet auf ihn verfallen? Wieso wollte er einen Säufer und Tunichtgut zum Gehilfen, wenn es im Armenkotten von kräftigen, jungen Burschen wimmelte, die für einen Hungerlohn alles tun würden? Er hatte sich wahrlich nicht aufgedrängt, ganz im Gegenteil. Vermutlich steckte der Schulze dahinter, dachte Geert, oder hatte der nur die Gunst der Stunde ausgenutzt und setzte ihm nun die Klinge an den Hals? Was hatte Hermann gemeint, als er davon gesprochen hatte, der Müller habe offensichtlich einen Narren an Geerts kleinem Jungen gefressen? Was hatte Ambros mit dem fremden Kerl zu schaffen? Er hatte den verletzten Müller zum Schulzen geschafft, das hatte der Junge dem Vater erzählt, aber sonst? Plötzlich kam dem Molenkötter der Gedanke, der Müller habe ihn nicht *trotz*, sondern *wegen* seiner Sauferei ausgewählt. Aber das war natürlich Unsinn. Mit Vernholt selbst hatte Geert noch kein Wort gesprochen, das würde er morgen nachholen. Dann würde er ja sehen …

Geert hatte inzwischen den Dorfplatz erreicht. Kein Mensch war mehr auf den Beinen, kein Laut war zu vernehmen, nirgendwo brannte Licht, nur im Krummhaus war ein Fenster erleuchtet. Ein Schatten huschte über den Vorhang. Der Molenkötter ließ den Friedhof rechts liegen, passierte die Kirche und den Hof des Schmiedebauern, überquerte die hölzerne Ahlbrücke und bog linker Hand in den Hessenweg ein. Noch eine halbe Meile bis zur Grenze. Gedankenverloren schritt er dahin. Der Vollmond beleuchtete den Weg, doch Geert schaute nicht nach vorne, sondern an sich herab. Auch hinsichtlich der Kleidung glich er seinem Sohn auffallend. Er trug Fetzen am Leib, die man kaum noch als Hose und Hemd erkennen konnte, und seine Beine steckten in Leinenwickeln, die schwarz wie Pech waren. Seine Finger waren von der gleichen Farbe, unter den Nägeln hatte sich der Dreck von Monaten gesammelt, und um den Hals trug er eine Krause von Schmutz, wie ein breites Halseisen. Für wen sollte er sich auch schön machen oder sauber halten? Niemand störte sich daran, dass er stank wie ein Iltis – die Läuse und Flöhe bestimmt nicht, und am wenigsten er selbst.

Er hatte beinahe den Schulzenhof erreicht, als plötzlich Hufgetrappel zu hören war, das sich rasch aus westlicher Richtung näherte. Nur wenige Augenblicke später galoppierte eine schwarze Gestalt auf einem Falben an ihm vorbei, ohne zu grüßen oder ihn auch nur wahrzunehmen. Geert glaubte, Pastor Boeckbinder im Sattel erkannt zu haben. Zumindest war es dessen Pferd gewesen. Geert schüttelte den Kopf. Eine unchristliche Zeit für einen Ausritt! Und eine unwirtliche Gegend obendrein.

Die Warft des Schulzenhofes ragte rechts aus dem Bruchwald heraus, direkt daneben zeichnete sich schemenhaft der Galgen am sternenklaren Himmel ab, und den Molenkötter zog es immer weiter geradeaus, obwohl er längst den Hessenweg hätte verlassen und sich durchs Venn in Richtung Molenkotten aufmachen müssen. Er hatte mittlerweile den Weg zum Brookhof und den Galgenbülten hinter sich gelassen und stand am Abzweig zur Mühle. Seit sechs Jahren war er nicht mehr hier gewesen. Seit jener Nacht im Sommer 1529. Sechs elendig lange Jahre, die er auf einem alten Schafskotten im Moor verbracht hatte, den die Leute aus purer Bosheit Molenkotten nannten, weil der Herr des Hauses früher einmal Müller gewesen war. Das war ein Scherz nach Art der Ahlbecker. Verdammte Bande!

Und nun trieb es ihn zur Wassermühle, immer weiter, wie von einem Magnetberg angezogen. Dort vorne war die Umflutschleuse, dahinter das Mühlenwehr, zur Linken der obere Mühlteich, der diesen Namen im Moment wahrlich nicht verdiente. Die Anlegestelle für die Boote auf der anderen Seite des Teichs ragte wie ein Turmgerüst aus dem Niedrigwasser des Ahlbachs. Dafür war der untere Mühlteich auf der rechten Seite, der sonst nur aus einem ärmlichen Rinnsal bestand, zu einem kleinen Tümpel geworden. Vorsichtig und tastend wagte sich Geert weiter, über das Wehr und auf den Platz vor der Ruine. Eine uralte Linde überragte die Mühle und das Wohnhaus, der Mond schien hell und tauchte alles in ein milchiges Licht.

Als er das Rascheln hörte und eine plötzliche Bewegung hinter sich wahrnahm, fuhr er herum, hob abwehrend die Hände und atmete erleichtert auf, als er vor sich das hübsche Gesicht der Johannvaterin sah. Sie jedoch schrie erschrocken oder überrascht auf, als habe sie ihn nicht gesehen oder jemand anderen erwartet.

»Was machst du denn hier?«, rief sie und fasste sich an die Brust.

»Das Gleiche könnte ich dich auch fragen, Maria«, sagte Geert und hatte Mühe, sein rasendes Herz zu beruhigen. »Wandelst du im Schlaf?« Er deutete auf das leichte Gewand aus weißem Leinen, das an ein Nachthemd erinnerte. Die Johannvaterin trug weder Joppe noch Brusttuch und hatte keine Haube auf dem Kopf, das lockige, braune Haar fiel ihr über den Rücken bis zum Gesäß.

»Ich konnte nicht schlafen«, antwortete Maria und schaute sich vorsichtig um, als habe sie Angst, jemand könne sie zusammen sehen. »Bei Vollmond finde ich keinen Schlaf«, setzte sie hinzu und raffte ihr Hemd über dem Busen.

»Tatsächlich?«, wunderte sich Geert, der mit einem Mal völlig nüchtern war. »Oder wartest du auf jemanden?«

»Auf wen sollte ich wohl warten?«, erwiderte sie schnippisch.

Geert überlegte, ob er ihr von dem Pastor auf dem Pferd erzählen sollte, nahm aber Abstand davon, als er ihren funkelnden Blick sah. Ein absurder Gedanke schoss ihm plötzlich durch den Kopf. Aber nein, schalt er sich im selben Moment, nicht Pastor Boeckbinder!

Um das Schweigen nicht zu lang und quälend werden zu lassen, fragte er: »Wolltest du einen Spaziergang um den Kolk machen?«

Die Johannvaterin antwortete nicht, aber Geert hatte den Eindruck, als sei sie ein wenig rot geworden, auch wenn das bei dem Licht schwer zu sagen war. Ihre Mundwinkel zuckten, als überlege sie eine Antwort, und plötzlich fuhr sie ihn an: »Was schert dich das? Kann ich nicht machen, was ich will? Warum treibst du dich überhaupt hier herum? Verdammter Trunkenbold!«

Geert kannte die Schulzentochter nur vom Sehen und hatte bislang kaum mehr als drei Sätze mit ihr gesprochen, wenn er zu Kötterdiensten auf dem Hof des Brookbauern gewesen war, aber aus den Erzählungen der Leute wusste er, dass sie ein aufbrausendes Wesen hatte und wie ihr Vater zum Jähzorn neigte. Es hieß, sie besitze ein Mundwerk wie ein Schinder und habe schon mehr als einen Knecht mit dem Flegel verdroschen. Auch darin glich sie ihrem Vater.

»Ich soll dem alten Melchior beim Aufbau der Mühle helfen«, sagte Geert und versuchte sich an einem Lächeln, das ein wenig ungelenk wirkte. »Wollte mir das Gelände mal ansehen. Dein Bruder Hermann hat mir ausgerichtet, dass der neue Müller mich als Gehilfen will. Seltsam, nicht?«

»Hermann?«, erwiderte Maria, ohne auf seine Frage einzugehen. »Hast du ihn gesehen? Wann?«

»Vorhin in der Schänke«, bestätigte der Molenkötter.

»War er allein?«

Geert stutzte, nickte dann und kniff die Augenbrauen zusammen. Wieder schaute Maria sich suchend um und starrte über die Schulter des Molenkötters. Als er sich ebenfalls umwandte, fasste sie ihn plötzlich an den Unterarm und fragte: »Merkwürdiger Kerl, oder?«

»Hermann?«, fragte Geert und sah die Johannvaterin überrascht an.

»Nein, der Müller. Vernholt.«

»Ich hab ihn bisher noch gar nicht kennen gelernt«, antwortete Geert und fuhr sich mit der Hand über das stoppelige Kinn. »Was ich über ihn weiß, hab ich von Hermann oder meinem Jungen gehört. Warum merkwürdig?«

»Nur so«, sagte Maria und wandte sich zum Gehen. Sie raffte ihr Kleid und eilte über den Platz in Richtung Mühlenwehr.

Geert folgte ihr, holte sie auf der Brücke ein und wiederholte seine Frage.

»In Altheim habe ich vor einigen Jahren einen gewissen Vernholt kennen gelernt, einen alten Öhm«, sagte Maria und schien es plötzlich sehr eilig zu haben, nach Hause zu kommen. »Der Alte hat von einem Neffen oder Enkel gesprochen, einem Müller aus Billerbeck.«

»Das wird der Mann sein«, mutmaßte Geert.

Maria nickte und bog auf den Hessenweg ein. »Der Öhm hat meinem Mann berichtet, dass sein Verwandter an den Blattern erkrankt ist, und wollte von ihm wissen, ob man die Krankheit heilen kann.«

Geert verstand nicht ganz, worauf Maria hinauswollte, und sagte: »Offensichtlich hat er 's überstanden. Soll schon vorgekommen sein.«

»Durchaus«, erwiderte die Johannvaterin und blieb ruckartig stehen. Sie standen nun am Abzweig zum Brookhof. »Die Blattern kann man überleben«, setzte sie hinzu, »aber die Narben wird man nicht mehr los.«

»Und?«, fragte Geert.

Als Antwort zuckte sie mit den Schultern und schüttelte dann den Kopf.

Er verstand und sagte: »Keine Narben.«

»Keine Narben«, bestätigte Maria, »außer denen an der Schulter, und die stammen von keiner Krankheit!« Sie nickte bedeutsam, fuhr auf dem Absatz herum und verschwand grußlos im Hohlweg.

Sechstes Kapitel

Beginnt mit schönem Reden und endet mit einem hässlichen Gesicht

Mariä Himmelfahrt fiel in diesem Jahr auf einen Sonntag. Die traditionelle Segnung der Kräuterbüschel sollte nach Ende des Hochamts auf dem Kirchplatz unter der Linde stattfinden. Händler aus der Umgegend und fahrendes Volk würden sich im Laufe des Morgens einfinden, um farbenfrohe und prächtige Krautbunde zum Verkauf anzubieten. Nicht alle Bauern hatten die Zeit und das Wissen, die seit alters vorgeschriebenen Kräuter selbst zu sammeln, manche Pflanzen wuchsen nicht in Heide und Moor, andere waren nur schwer und in unzugänglichem Gelände zu finden. Mindestens sieben verschiedene Kräuter sollten es sein, aber die meisten Gläubigen brachten Krautbunde mit siebenundsiebzig oder mehr Sorten. Die heilige Zahl sieben spielte eine wichtige Rolle bei der Weihe, und je größer der Bund, desto heilbringender der Segen. Pastor Boeckbinder betrachtete das Treiben zu »Unser Frauen Würzweih« mit offensichtlichem Argwohn und prangerte insgeheim den Festtag als heidnischen und weibischen Volksglauben an, aber für die Ahlbecker war die Kräuterweihe ein wichtiger Tag. Die Gottesmutter galt schließlich als Beschützerin der Feldfrüchte, und kein Bauer würde es wagen, ohne gesegneten Würzbüschel nach Hause zu gehen. Dort wurde der Krautbund im »Herrgottswinkel« der Stube zum Schutz von Haus und Stall aufgehängt. Aus den Kräutern konnte Tee bereitet werden, der bei Krankheiten verabreicht wurde. Geweihtes Getreide wurde dem neuen Saatgut untergemischt, um eine reiche Ernte zu sichern, und bei Gewitter warf der Hausherr Kräuter ins Feuer, um den Hof vor Blitzeinschlag zu bewahren.

Ambros wusste, dass die Kräuter auch gegen Verwünschungen und Hexenflüche halfen, und wenn jemand starb, so legte man dem Verstorbenen ein Kreuz aus Weihkräutern in den Sarg. Ambros wusste allerdings auch, dass der Pastor die Segnung nur widerwillig vollzog, wie er überhaupt der Verehrung der Muttergottes nicht viel abgewinnen konnte. Die Kräuterweihe abzusagen kam jedoch nicht infrage, dies hätte einen Sturm der Entrüstung entfacht und zum offenen Aufstand gegen den verhassten Kirchenmann geführt. So fügte er sich dem Volkswillen und ließ das Fest wie ein Martyrium über sich ergehen.

Noch war von dem Treiben auf dem Dorfplatz jedoch nichts zu sehen. Es war kurz nach Sonnenaufgang, und wie vor einigen Tagen, als er dem Pastor die kupferne Medaille überreicht hatte, schlich Ambros auf dem Friedhof herum und schien auf etwas oder jemanden zu warten. Magus, der Totenbauer, war vor wenigen Minuten in die Sakristei gegangen, um den Gottesdienst vorzubereiten. Vom Friedhof aus führte eine niedrige Holztür zum Chorraum der Kirche, in dem sich seitlich des Altars die Sakristei befand. Beim Auftauchen des Küsters hatte Ambros sich hinter einem Grabstein versteckt, wo er nun hockte und Ausschau hielt. Als er plötzlich den rasselnden Atem hinter sich hörte, fuhr er zusammen und gab Ludger vor Schreck eine Ohrfeige.

»Schleich dich gefälligst nicht so ran!«, fluchte er und bereute es im selben Moment. »Kannst einen ja zu Tode erschrecken!«

Ludger machte eine betretene Miene, schob die Unterlippe vor und stand mit hängenden Schultern da.

Ambros hätte gern gesagt, dass es ihm Leid tat, aber das schickte sich nicht. »Niemand achtet dich, wenn du um Vergebung winselst«, sagte der Vater immer, und auch wenn Ambros im

Geheimen den Weisheiten des Vaters misstraute, so folgte er ihm in diesem Punkt aufs Wort. Niemals eine Schwäche zeigen!

»Duck dich!«, sagte er und zog den Schulzensohn zu sich herab, wobei er wie beiläufig über dessen Haar streichelte. »Du kommst spät.«

Ludger schüttelte den Kopf und deutete zur Sonne, die einen Fingerbreit über dem Krummhaus stand.

»Hmm«, machte Ambros und nickte. Er wusste, dass Ludger Recht hatte. Zum Lesen brauchte man Licht, im Dunkeln ließ sich nichts erkennen. Er deutete zur Kirche. »Lass uns dort anfangen«, knurrte er und wusste selbst nicht, warum er so schlecht gelaunt war. Vielleicht weil er an die schallende Ohrfeige dachte, die der Vater ihm am gestrigen Abend gegeben hatte, weil ihm das Fragen und Bohren seines Sohnes auf die Nerven ging. »Lass mich mit deiner Mutter in Frieden«, hatte er geschimpft und war wutentbrannt zur Schänke gestapft.

Ambros und Ludger schlichen an der Friedhofsmauer entlang zur Kirche und krochen von Grab zu Grab. In diesem Teil des Friedhofs waren die Grabsteine besonders groß und kunstvoll gestaltet, vermutlich lagen hier die Großbauern und Würdenträger begraben, und Ambros bezweifelte, dass seine Mutter neben Priestern und Schulzenbauern bestattet war.

»Euphemia«, sagte Ambros, »das heißt ›schönes Reden‹. Wirst du es erkennen, wenn du es siehst?«

Ludger nickte, betrachtete mit ernster Miene die Inschriften der Grabsteine und schüttelte mehrmals den Kopf. Manchmal machte er Zeichen, wenn er die Verstorbenen oder ihre Familien kannte, aber den Namen der Mutter schien er nicht zu entdecken. So arbeiteten sie sich von Reihe zu Reihe vor, erst entlang der Kirchmauer, dann in Richtung Krummhaus.

An einer gemauerten Gruft, die unweit der nördlichen Umfriedung des Kirchhofs gelegen war, blieb Ludger plötzlich stehen, deutete auf das mit kleinen Säulen und grünlich angelaufenen Statuen geschmückte Gemäuer und tippte sich dann mit dem Finger auf die Brust. Er schloss die Augen, legte den Kopf schräg, klappte den Kiefer herunter und streckte die winzige Stummelzunge heraus, als weile er nicht mehr unter den Lebenden.

Ambros nickte und betrachtete die Gruft der Gerwings. Eine winzige Eisentür versperrte den Zugang zur Treppe, die hinunter ins Reich der Toten führte. Hier lag Ludgers Mutter Josefa begraben, die kurz nach dessen Geburt am Kindbettfieber gestorben war, und hier würde Ludger einst selbst liegen. Außer dem Familiengrab des Schulzenbauern gab es noch drei weitere gemauerte Grüfte auf dem Friedhof, die aber bei weitem nicht so aufwändig und kunstvoll gestaltet waren.

»Los!«, riss Ambros sich selbst aus den Gedanken. »Weiter!«

Je näher die Jungen dem Krummhaus kamen, desto kleiner und schmuckloser wurden die Grabsteine, und schließlich ragten nur noch Holzkreuze aus der Erde, manche verwittert, andere ganz ohne Inschrift. Als Ambros an einem solchen namenlosen Grab stand, erkannte er, wie müßig und unsinnig ihr Treiben war. Er würde seine Mutter niemals finden. Leider hatte er sonst keine Verwandten, und den Vater würde er nicht ein weiteres Mal fragen.

»Kch, kch«, machte Ludger und zupfte aufgeregt an dem Ärmel des anderen.

Ambros' Blick folgte Ludgers ausgestrecktem Arm, und er sah den Pastor mit dem Müller aus dem Krummhaus treten. Beinahe hätte er Vernholt gar nicht erkannt, so verändert sah er aus. Statt Schaube, Wams und Barett trug der Müller nun einfache, fast bäuerlich wirkende Kleidung aus hellem Leinen. Die strumpfartigen Beinlinge waren knielangen, weiten Hosen gewichen. Den linken Arm trug er in einer Schlinge, der Schulterverband ragte unter dem Rüschenhemd hervor und reichte bis an den Hals. Das Einzige, was noch an den Mann in Schwarz erinnerte, war die auffallende Blässe des Gesichts und die steinerne Miene, die Ambros wie eine undurchdringliche Maske erschien.

Wieder zupfte Ludger an seinem Ärmel. Er deutete auf einen Ginsterbusch in der Nähe und verkroch sich dahinter. Eigentlich gab es keinen Grund, sich zu verstecken, dachte Ambros. Schließlich war der Kirchhof für jedermann, zu jeder Zeit zugänglich, dennoch folgte er dem anderen hinter das Gebüsch.

»Wie hast du die Krypta entdeckt, Johannes?«, fragte Vernholt und schaute sich nach allen Seiten um.

»Das eigentliche Kellergewölbe ist kleiner als die Kirche darüber«, antwortete der Priester und ging über einen kleinen Weg voran. »Nur das Langhaus ist unterkellert, der Chorraum jedoch nicht. Und das ist äußerst ungewöhnlich.«

Vernholt nickte und folgte dem anderen, wobei sie direkt an dem Busch vorbeischritten, hinter dem Ambros und Ludger atemlos hockten und horchten.

»Außerdem fehlen die Gräber der frühen Priester auf dem Friedhof«, fuhr Boeckbinder fort und wies zur Kirchmauer. »Das älteste Grab stammt aus dem vorigen Jahrhundert, damals ist die Kirche umgebaut worden, doch an gleicher Stelle hat es schon vorher ein Gotteshaus gegeben.«

»Verstehe«, antwortete Vernholt.

Ambros verstand kein Wort. Was zum Teufel war eine Krypta? Und was hatte das Alter der Kirche mit den Gräbern der Priester zu tun? Als er sich ein wenig hinter dem Gebüsch hervorwagte, sah Ambros, dass die beiden Männer den Fußweg zur Sakristei verließen und sich zur Gruft des Schulzen begaben. Zunächst schien es, als wollten sie die Grabstätte betreten, doch statt die Eisentür zu öffnen und die Treppe hinabzusteigen, verschwanden sie hinter dem Gemäuer.

Die beiden Jungen warteten einige Minuten, doch die Männer tauchten nicht wieder auf. Schließlich verließ Ambros das Versteck und näherte sich der Gruft. Als er hinter das Gemäuer blickte, sah er die Eisenpforte in der wenige Schritte entfernten Friedhofsmauer. Sie war völlig verrostet und mit dornigem Gestrüpp überwuchert. Bislang hatte Ambros immer gedacht, der Zugang auf der Nordseite des Kirchhofs sei verschlossen. So konnte man sich irren.

»Suchst du was, Junge?«

Ambros fuhr erschrocken herum und sah Magus, den Totenbauern, der gerade die Sakristei verließ und mit einem riesigen Schlüssel die Eichentür verriegelte.

»Die Pforte«, sagte Ambros, räusperte sich und wies zur Mauer.

»Ist zu«, antwortete Magus und zuckte mit den Schultern, als wolle er sagen: Kann man nichts machen.

Denkst du, dachte Ambros und nickte.

»Willst du Kräuter für die Weihe sammeln?«, wunderte sich der Totenbauer und fuhr sich über den speckig glänzenden Glatzkopf. »Oder was treibst du um diese Zeit auf dem Kirchhof? Hat dich dein Vater geschickt?«

»Nein, Gevatt …« Ambros biss sich auf die Lippen und schaute zu Boden. Gevatter Tod, so nannten die Kinder des Dorfes den Totenbauern, aber nur wenn er es nicht hörte, denn der alte Küster war ihnen unheimlich. Der Name Magus komme aus dem Lateinischen, hatte der Vater einmal gesagt, und er bedeute »Magier«. Ein Totenzauberer. Einem plötzlichen Impuls folgend sagte Ambros: »Ich will zum Grab meiner Mutter.«

»Deine Mutter?«, erwiderte Magus überrascht. »Hier?« Er zupfte an seinem Kinnbart, setzte zu einer Antwort an, schüttelte dann den Kopf und beließ es bei einem abermaligen Schulterzucken. »Ach, Junge!«, seufzte er und ging davon.

Während der Totenbauer schlurfend und seufzend den Friedhof verließ und über den Dorfplatz zu seinem Hof ging, hockte Ludger wie ein verängstigtes Kaninchen hinter dem Ginsterbusch und traute sich nicht hervor.

»Du kannst rauskommen, Angsthase«, rief Ambros und lachte. »Gevatter Tod ist fort.« Plötzlich schoss dem Jungen ein Gedanke durch den Kopf. Irgendetwas irritierte ihn. Aber das hatte nichts mit dem Gevatter zu tun. Etwas an dem Gespräch des Pastors mit dem Müller war ihm seltsam erschienen, und nun fiel es ihm wieder ein. Der Müller hatte den Pastor geduzt und mit dem Vornamen angesprochen. Johannes! Wie einen alten Bekannten. Wie einen Freund.

Wieso auch nicht, dachte Ambros achselzuckend. Warum sollten ein Müller und ein Kirchenmann nicht befreundet sein? Das war schließlich nicht verboten. Vielleicht gehörten sie ja einem geheimen Orden oder einer Bruderschaft an. Das würde auch die Münze als Erkennungszeichen erklären.

»Komm«, sagte er und nahm Ludger bei der Hand. »Das geht uns nichts an.«

Ludger schaute den anderen verwirrt an, ließ sich aber bereitwillig an der Hand führen. Gemeinsam verließen sie den Friedhof und betraten den Dorfplatz.

Die ersten Krämer und Händler hatten sich mittlerweile unter der Linde eingefunden und breiteten auf Stoffbahnen oder auf dem blanken Boden ihre Waren aus. Das Feilbieten der Krautbunde am heiligen Sonntag war eigentlich eine Sünde, aber das fahrende Volk schien sich nicht darum zu kümmern, ob ihr Treiben dem dritten Gebot widersprach. Die ersten Bettler und Krüppel lungerten ebenfalls schon vor dem Eingang der Kirche herum, wo sie ihre Gebrechen zur Schau stellten und auf Almosen hofften. Ambros wusste, dass es gut und gottgefällig war, den Armen zu geben und die Not der Leidenden zu lindern. Wer auf Erden barmherzig war, der wurde im Himmel belohnt, das war allgemein bekannt, doch die Krüppel, Blinden und Kranken machten ihm Angst. Ihre klaffenden Wunden, eitrigen Augen und nässenden Beulen verfolgten den Jungen in seinen Träumen, ihre zerschundenen, von Blattern und Skrofeln entstellten Visagen konnten einem das Kribbeln über den Rücken jagen. Seltsam war es schon, dass die Bettler im Augenblick so ausgelassen und fast heiter miteinander plauderten, obwohl der Eiter quoll und das Blut durch die schmutzigen Verbände sickerte. Direkt vor und nach dem Hochamt, wenn es auf dem Platz vor Menschen wimmelte, würde aus den Mündern der Versehrten nur noch Wehgeschrei und Zähneknirschen dringen. Jetzt aber war davon nichts zu hören. Vermutlich sparten sie sich ihre Schmerzen für den rechten Moment auf.

Auf dem Hof des Melchior Timmermeester sah Ambros den Juden Simeon stehen, einen Mann von vielleicht fünfundzwanzig Jahren, mit langem, lockigem Haar, das unter dem spitzen, gelben Judenhut hervorlugte. Simeon stammte aus der einige Meilen entfernten Bischofsresidenz Altheim, seine Familie lebte im so genannten Siechenkamp, einer winzigen Judensiedlung vor den Toren der Stadt. Zur Zeit der großen Pest, vor beinahe zweihundert Jahren, hatte der Siechenkamp als Lager für die Erkrankten gedient, wie eine kleine Festung vor der Stadt. Heute hatten sich dort auf Befehl des Bischofs die Juden anzusiedeln. Es gab nicht wenige, die glaubten, die Juden seien damals für das Ausbrechen des schwarzen Todes verantwortlich gewesen. Es geschehe ihnen also nur recht, wenn sie nun selbst wie Pestkranke zu wohnen hatten.

Simeon jedoch war selten bei seiner Familie. Als Trödler und Wucherer besaß er einen Schutzbrief des Bischofs, zog mit dem Wagen quer durchs ganze Land, gab Geld gegen Zinsen, belieh Waren gegen Pfand und wurde von den Ahlbeckern als verhasstes, wenn auch mitunter notwendiges Übel betrachtet. Einen elenden Wucherjidden schimpften sie ihn, er sei ein Hals- und Beutelschneider, weil seine Zinsen jedes anständige Maß überschritten. Aber er war eben ein Gottloser und durfte Geldgeschäfte machen; ihm war gestattet, was Papst und Kaiser allen Rechtgläubigen untersagt hatten. Die Ahlbecker spuckten vor ihm aus, aber sein Geld nahmen sie, auch wenn sie anschließend nicht wussten, wie sie Zins und Zinseszins aufbringen sollten.

Ambros kannte Simeon nur flüchtig, aber er mochte ihn, weil er immer interessante Neuigkeiten zu erzählen wusste. Er hatte Orte bereist, die Ambros vermutlich niemals in seinem Leben sehen würde. Er trieb Geschäfte mit jedermann, und leider war auch Geert Vortkamp darunter. Simeon war ein lustiger Geselle und schien sich nicht um die Meinung der Leute zu scheren. Den

Judenhut trug er mit einer Art Stolz, ja beinahe Hohn, wie eine Narrenkappe; er hatte sogar eine kleine Schelle an der Spitze angebracht. Auch der gelbe Fleck auf dem Gewand schien ihm wie ein Orden auf der Brust zu prangen. Im Moment sprach Simeon mit Maarten, dem jüngsten Sohn des Zimmermanns, und unterstrich seine Worte mit ausladenden Gesten.

»Kannst es mir ruhig glauben, Timmermeester«, rief Simeon und griff sich einen Holzkeil, mit dem er sich über den Hals fuhr. »Die Kehle haben sie dem armen Kerl durchgeschnitten. Ausgeraubt haben sie ihn und dann in den Ahlbach geworfen. Wie einen toten Hund.«

»Und wo soll das gewesen sein?«

»Kurz hinter Altheim. Auf dem Deventerweg. Vor nicht mal einer Woche.« Er sprach hastig, in abgehackten Sätzen.

»Du meinst, es waren Zigeuner?«, fragte der Bauernsohn und prüfte mit einem Sägespan die Schärfe seines Hobels.

»Wer sonst?«, antwortete der Jude und nickte. »Die Straßen sind unsicher heutzutage. Lauter Gesindel unterwegs. Wegelagerer und Zigeunerbanden. Doch bevor sie den Bauern umbringen konnten, hat er sich tapfer gewehrt. Die ganze Straße war voller Blut. Vielleicht hat er sogar einige der Angreifer getötet, wer will das wissen. Die Räuber haben nur die Leiche des Bauern zurückgelassen.«

»Wer sagt, dass es ein Bauer war?« Maarten fuhr mit dem Hobel über einen Balken. »Warum sollten Räuber einen armen Landmann überfallen? Aus dem ist doch nichts herauszuholen.«

»Kleinvieh macht auch Mist!«

»Du musst es ja wissen«, knurrte Maarten und sah den anderen nicht eben freundschaftlich an. »Hast du den Mann gekannt?«

»Niemand kennt ihn«, antwortete Simeon und zwirbelte eine Locke an der Schläfe. »Er scheint nicht aus der Gegend zu sein. Sie haben die Leiche auf den Marktplatz gebracht, aber keiner konnte sich an ihn erinnern. Dabei hat der Kerl ein Gesicht, das man so schnell nicht vergisst.«

»Wieso?«

»Eine Visage wie ein Schlachtfeld«, sagte der Jude und schaute nun zu den beiden Kindern, die sich unmerklich genähert hatten und mit offen stehenden Mündern zuhörten. »Als hätte er eine Ladung Schrot abbekommen.«

»Guten Morgen, Simeon«, begrüßte Ambros den jungen Mann. »Wovon sprichst du? Hat es eine Bluttat gegeben?«

»Gott zum Gruße, Kleiner«, antwortete Simeon, nickte und klopfte dem Jungen auf die Schulter. »Die ganze Stadt spricht davon. Räuberische Zigeuner haben einen Mann überfallen. Ein einziges Gemetzel.«

»Zigeuner. Papperlapapp!«, knurrte Maarten und trieb einen Keil ins Holz. »Die einzigen Räuber, die ich kenne, seid ihr Juden. Verfluchte Brunnenvergifter!«

»Wenn du mir nicht glaubst, dann frag doch den alten Köhler, der hat die Bande im Wald nahe Altheim gesehen. Mindestens zwölf Mann.« Simeon erkannte, dass der Sohn des Zimmermanns nicht gewillt war, weiter zuzuhören, zuckte mit den Schultern und wandte sich an Ambros: »Na, mein Junge! Hab die gute Nachricht schon gehört. Freut mich für deinen Vater. Wird auch Zeit, dass die Mühle wieder mahlt.«

Ambros nickte unsicher und kratzte sich hinterm Ohr.

»Du freust dich nur, weil du jetzt wieder Geld aus ihm herauspressen kannst«, schimpfte Timmermeester und spuckte zu Boden. »Verschwinde endlich, du verdammter Schmuel! Wenn du dein Geld wiederhaben willst, solltest du mich nicht von der Arbeit abhalten.«

»Am heiligen Sonntag, dem Tag des Herrn?«, erwiderte Simeon und duckte sich, als das Holzscheit flog. »Schalom, Maarten«, rief er lachend und wandte sich dann an Ludger, der sich die ganze Zeit regelrecht hinter Ambros versteckt hatte: »Na, du Rotzlöffel, immer noch so gesprächig?«

Ludger zuckte zusammen, als habe der Jude ihn geschlagen.

Simeon schüttelte erstaunt den Kopf. Zu dritt verließen sie den

Hof des Bauern, Simeon mit Ambros an der Hand, Ludger in einigem Abstand dahinter. Im gleichen Moment erwachten die Glocken im alten Kirchturm und riefen die Gläubigen zum Hochamt.

Siebentes Kapitel

Handelt von einem seltsamen Hochamt und einem bösen Verdacht

Seit Monaten war Geert nicht mehr in der Kirche gewesen. Trotz kaiserlicher Verordnung und wiederholter priesterlicher Aufforderung war er den ganzen Sommer über der sonntäglichen Messe ferngeblieben, und er war überrascht, wie sehr sich das Innere des Kirchraums in der Zwischenzeit verändert hatte. Eigentlich waren es nur Kleinigkeiten, jede für sich ohne große Bedeutung, doch in ihrer Gesamtheit hatten sie eine erstaunliche Wirkung. So waren die Heiligenbilder zwischen den hohen Spitzbogenfenstern neben dem Haupteingang verschwunden, das Gemälde der in den Himmel auffahrenden Madonna war abgehängt, die gelehrte Katharina, mit Buch in der Hand und Schwert über dem Kopf, schaute nicht länger wissend auf die Gläubigen hinab, und auch die keusche Agnes mit dem Lamm auf dem Arm und dem Palmwedel in der Hand war nirgends zu sehen. Die Wände waren geweißt und beinahe schmucklos, lediglich der niedrige und mit Holz vertäfelte Chorraum war wie ehedem mit bunten Ornamenten und lateinischen Inschriften geziert. Hier befand sich der prachtvolle, mit Zinnen und Türmchen verzierte Hochaltar, vor dem der Pastor stand, die Hände ausbreitete und die Lesung aus dem Evangelium ankündigte.

»*Verbum Domini*«, sang Boeckbinder mit schöner, hoher Stimme.

»*Deo gratias*«, antwortete die Gemeinde mit einiger Verzögerung.

Erst jetzt bemerkte Geert eine weitere Änderung in der Ausstattung der Kirche, und diese war im Vergleich zu den anderen wirklich gravierend. Der seitliche Nebenaltar zwischen Chor und Kirchenschiff war nicht mehr vorhanden, der Marienaltar samt Gebetsbank und Blumenschmuck war verschwunden. Einst hatte hier eine Pieta auf hölzernem Sockel gestanden, eine Figur der Gottesmutter mit dem toten Jesus auf dem Schoß, doch jetzt war nur der Sockel übrig geblieben. Ein aufgeschlagener Foliant in Ledereinband lag darauf. Zu diesem Sockel trat in diesem Augenblick der Pastor, verbeugte sich vor der Heiligen Schrift und las mit bebender Stimme: »Aus dem Evangelium des Johannes: ›Im Anfang war das Wort, und das Wort war bei Gott, und Gott war das Wort.‹«

Geert hatte für das Gotteswort kaum ein Ohr. Wie gebannt starrte er zur Schulzenfamilie, die auf einer Holzbank in der ersten Reihe saß und dem Evangelium ebenfalls nicht sehr andächtig lauschte. Neben Lubbert Gerwing, dem Brookbauern, der in seinem schwarzen Sonntagsstaat sehr imposant aussah, waren auch Maria sowie die beiden Brüder Hermann und Josef zugegen.

Hermann hatte sich bereits mehrmals zu Geert umgeschaut und ihm verschwörerisch zugezwinkert. Auch Maria hatte sich zu Beginn der Messe dem Molenkötter zugewandt, doch ihr Blick war lauernd gewesen, als traue sie Geert nicht über den Weg, als ahne sie Unheil aus seiner Richtung. Vielleicht hatte sie Angst, er könnte ihre nächtliche Begegnung im Gespräch mit dem Vater erwähnen, was allerdings keineswegs seine Absicht war.

Geert nahm erstaunt zur Kenntnis, dass die Johannvaterin statt eines einfachen Krautbundes zwei große Körbe mit Pflanzen und Kräutern vor sich auf dem Boden abgestellt hatte. Hunderte von Kräutern mussten sich darin befinden, neben der majestätischen Königskerze, die in keinem Bund fehlen durfte, und einigen weiteren vorgeschriebenen Kräutern wie Löwenmäulchen und Tausendgüldenkraut hatte die Schulzentochter alles zusammengetragen, was in Wald und Heide zu finden war. Kein Wunder, dass die Leute sie eine Kräuterhexe nannten. Maria war die einzige Person im Dorf, die wusste, wo solche Pflanzen zu finden und zu was sie nütze waren. Eine Hexe, dachte Geert, wie ihre Mutter.

Direkt hinter dem Schulzen in der zweiten Reihe, ganz für sich und im Gebet vertieft, saß ein großer Mann in einfacher Kleidung, mit langem schwarzen Haar und bleichem Gesicht. Da seine Schulter verbunden war und er zudem der einzige Fremde in der Kirche war, fiel es dem Molenkötter nicht schwer, in ihm den neuen Kolkmüller zu erkennen. Er schien der Einzige der Anwesenden zu sein, der den Worten des Priesters mit Andacht lauschte. Ja, Geert hatte sogar den Eindruck, als forme der Müller mit den Lippen die Worte, die der Priester aussprach, was natürlich gar nicht denkbar war, da Boeckbinder inzwischen die Lesung aus dem Evangelium beendet und mit der Homilie, der erbaulichen Predigt über das gerade Gehörte, begonnen hatte. Und woher hätte Vernholt wissen sollen, mit welchen Worten der Pastor die Bibelauslegung gestalten würde?

»... nämlich von Maria gesät worden sei«, rief Boeckbinder mit zunehmender Erregung und Lautstärke. Er sah übernächtigt aus und hatte dunkle Ränder um die Augen. »Denn das ist ein gräulicher und lästerlicher Abfall von der rechten Erkenntnis Christi gewesen.«

Erstauntes Grummeln war als Antwort darauf zu hören, zwei Frauen in der Reihe vor Geert tuschelten miteinander und schüttelten die Köpfe, ärgerliches Schnaufen machte sich breit. Geert riss sich vom Anblick des Müllers los und schaute überrascht zum Altar.

»Wir erkennen und bekennen, dass Christus, unser Herr und Heiland, nicht von Mariens Same oder ihrem allerreinsten Blut Fleisch und Mensch geworden ist.« Der Pastor baute sich vor dem Hochaltar auf und deutete zur Heiligen Schrift auf dem ehemaligen Marienaltar. »Gottes Wort und einziger Sohn ist selbst vom Himmel gekommen. Das Wort ist Fleisch geworden, spricht die Schrift, nicht Mariens Spross.« Und gegen die zunehmende Empörung der Gemeinde wiederholte Boeckbinder mit zitternder Stimme: »Das Wort wurde Fleisch, so steht es geschrieben!«

»Ave Maria, gratia plena«, wisperte die alte Schmiedebäuerin neben Geert und bekreuzigte sich kopfschüttelnd. »So weit ist es also schon gekommen. Was für eine Schande! Heilige Maria, steh uns bei!«

»Was ist los?«, murmelte ein Kötterbauer auf der anderen Seite, der offensichtlich eingeschlafen und nun von der Unruhe geweckt worden war.

»Der Ketzer leugnet die Gottesmutter«, antwortete die Bäuerin empört, und erneut ließ sie ihr *»Ave Maria«* vernehmen, diesmal lauter und für alle hörbar.

»Ave Maria«, erwiderte die versammelte Gemeinde wie aufs Stichwort, *»gratia plena. Dominus tecum!«*

Pastor Boeckbinder, der offensichtlich nicht mit einem solch spontanen Protest gerechnet hatte, stand mit offenem Mund vor dem Altar und schickte Hilfe suchende Blicke in die Runde und dann zum Himmel.

»Benedicta tu es in mulieribus«, schallte es durch die Kirche. Es klang beinahe bedrohlich, und der Pastor wich instinktiv einen Schritt zurück.

Im gleichen Moment geschah etwas Seltsames. Der Müller stand plötzlich auf, faltete die Hände vor dem Bauch und rief mit tiefer Bassstimme: »Ich glaube an den einen Gott, den Vater, den Allmächtigen, der alles geschaffen hat, Himmel und Erde, die sichtbare und die unsichtbare Welt!«

Die Gemeinde verstummte. Tatsächlich hätte an dieser Stelle der Messe das große Glaubensbekenntnis folgen sollen. Aber wie kam der Fremde dazu, den Part des Priesters vorzutragen? Und wieso verkündete er das »Credo« in deutscher Sprache? Alle starrten ihn ungläubig und verwundert an. Eine Totenstille herrschte.

Dann jedoch erhob sich die Johannvaterin und antwortete an Stelle der Gemeinde, allerdings wie gewohnt auf Lateinisch: *»Et in unum Dominum Jesum Christum, Filium Dei unigenitum.«*

Diesmal übernahm Pastor Boeckbinder wieder den Text des Vorbeters, doch wie der Müller tat er es auf Deutsch: »Aus dem Vater geboren vor aller Zeit.«

»Deum de Deo, lumen de lumine«, rief die Gemeinde trotzig und lautstark im Chor. *»Deum verum de Deo vero!«*

Der Pastor wechselte einen Blick mit dem immer noch stehenden Müller, dieser hob die Achseln und nickte kurz, so kam es Geert zumindest vor, und dann setzte Boeckbinder das »Credo« in lateinischer Sprache fort: *»Genitum, non factum.«*

So etwas Merkwürdiges hatte Geert noch nicht erlebt. Die heilige Messe schien zu einer Art Machtkampf zwischen dem geistigen Hirten und seiner Herde zu werden, ein Krieg der Worte und Sprachen, wobei allerdings der Pastor auf verlorenem Posten zu stehen schien.

Im Dorf galt Pastor Boeckbinder seit langem als verkappter Lutheraner und Protestant, doch Geert wusste es besser. Bei einem Dorffest im vergangenen Jahr hatte er ein langes Gespräch mit dem Kirchenmann über die einst so blutig niedergeschlagenen Bauernaufstände im Süden des Reiches geführt, und Boeckbinder hatte dem Molenkötter sehr deutlich zu verstehen gegeben, dass er den inzwischen so hoch geachteten Martin Luther für einen Verräter und Feind des Volkes hielt. Dessen verleumderisches Traktat »Wider die räuberischen und mörderischen Rotten der Bauern« lasse an Deutlichkeit nichts vermissen und verrate dem Leser, auf wessen Seite der Reformator stand: auf der Seite der Mächtigen und Unterdrücker. Nein, ein Bauernfreund war der Wittenberger nicht. In dieser Hinsicht waren Geert Vortkamp und Johannes Boeckbinder einer Meinung. Zum Teufel mit Luther!

Was allerdings der Pastor mit seiner Hetze gegen die Gottesmutter bezweckte, wollte dem Molenkötter nicht einleuchten. Ob es nun in der Bibel so oder anders geschrieben stand, war den Ahlbecker Bauern eins. Die Mutter Maria war ihnen heilig, sie war die geliebte Schutzpatronin der Landmänner, und sie von ihrem angestammten Thron zu stoßen war mehr als fahrlässig: Es war dumm und töricht. Das hätte Boeckbinder eigentlich wissen müssen.

Doch mit dem Wortgottesdienst war es um die Seltsamkeiten des Hochamts noch nicht geschehen. Es folgte die Eucharistiefeier, samt Gabenbereitung und Kommunion, und Pastor Boeckbinder überraschte und verstörte die Gemeinde damit, dass er statt ungesäuerter Hostien gewöhnliches Weißbrot für die Wandlung benutzte. Als handele es sich um ein ganz normales Abendmahl. Oder um ein Frühstück. Erneut erhob sich missfälliges Murmeln, als der Pastor das »Agnus Dei« sprach und dabei das Weißbrot brach. Was hatte das nun wieder zu bedeuten?

Als der Priester die Gemeinde zur Kommunion rief, blieb die Schmiedebäuerin auf der Bank sitzen und schüttelte nur störrisch den Kopf, als der Kötter neben ihr sie zum Aufstehen bewegen wollte.

»Ich fress doch keinen Stuten!«, schimpfte sie und verschränkte die Arme. »Das ist Gotteslästerung!«

Die anderen Gläubigen traten zögerlich an die niedrige Schranke, die das Langhaus vom Chorraum trennte, nahmen eher erstaunt als widerwillig das Weißbrot zur Kommunion entgegen und schauten sich irritiert an. Seltsame Sitten hielten in ihrem Dorf Einzug! Schließlich aber aßen sie achselzuckend, wenn auch mit Unbehagen das Brot und sagten: »Amen.«

Selten war die Ahlbecker Gemeinde so froh gewesen, am Ende der Messfeier die lateinische Verabschiedungsformel *»Ite, missa est!«* zu hören, wie an diesem Augusttag des Jahres 1535. Aufgeregtes Geflüster begleitete die Menschen nach draußen, Kopfschütteln und Naserümpfen waren die häufigsten Kommentare über das soeben Erlebte. Aber noch waren die Feierlichkeiten nicht vorüber. Denn nun folgte der Segen der Krautbunde auf dem Kirchplatz.

Der Platz unter der Linde hatte sich merklich gefüllt, vor dem Eingang der Kirche hockten die zerlumpten Bettler und baten zähnefletschend um Almosen, einige fahrende Händler boten

Kräuter zum Verkauf an, und auch den Juden Simeon entdeckte Geert inmitten der Menge. Erstaunt sah der Molenkötter, dass sein Sohn Ambros dem Juden nicht von der Seite wich und ihm mit den Augen an den Lippen zu kleben schien. Das Hüten der Schafe hatte der Rotzjunge also wieder einmal dem getreuen Hund überlassen.

Na warte, Bürschchen, dachte Geert, wurde aber durch eine Berührung an der Schulter davon abgehalten, dem Sohn eine Tracht Prügel zu geben.

»Vortkamp!«, sagte der Brookbauer. »Wir müssen reden.«

»Es ist alles gesagt«, antwortete Geert, ohne sich umzudrehen.

»Ich möchte dir jemanden vorstellen«, beharrte Gerwing und griff dem anderen schmerzhaft in den Nacken. Nun wusste Geert, von wem Hermann diesen Kaninchengriff gelernt hatte. Er fuhr herum.

»Glück zu, Molenkötter«, begrüßte Vernholt Geert mit dem Müllergruß und reichte ihm die Hand. »Der Schulze hat mir berichtet, dass Ihr mein Angebot angenommen habt. Das freut mich aufrichtig. Es wartet viel Arbeit, ich kann einen tüchtigen Mann gebrauchen. Und Ihr scheint mir ein solcher zu sein.«

»Zu viel der Ehre, Meister Vernholt«, erwiderte Geert und schüttelte die Hand des Müllers, wobei er sich gleichzeitig verbeugte. »Mein Sohn hat mir viel von Euch berichtet. Und nur Gutes, wie sich versteht.«

»Ambros ist ein erstaunlicher Junge«, sagte der Müller und fasste den Molenkötter freundschaftlich an der Schulter, um ihn beiseite zu nehmen und aus der Hörweite des Schulzen zu führen. »Ich hoffe, Ihr seid ähnlich verlässlich.«

»Warum ich?«, entfuhr es Geert wider Willen. »Ihr habt gehört, was man über mich erzählt? Ihr kennt …«

»Dem Herrn ist das verlorene Schaf nicht minder wichtig als die brave Herde«, unterbrach ihn der Müller. »Ihr seid Schäfer und wisst, wovon ich spreche. Auch Pastor Boeckbinder hat

Euch wärmstens empfohlen. Er sagt, Ihr seid ein Mann, der sich dem Neuen und Wahren nicht verschließt und sich nichts vormachen lässt. Wir werden bestens miteinander auskommen, wenn Ihr Euch an einige Regeln haltet. Branntwein werde ich an der Mühle nicht dulden.«

»Die Trunksucht werden wir ihm noch austreiben«, mischte sich der Schulze in das Gespräch ein. Er hatte sich unmerklich genähert und die letzten Worte des Müllers gehört. »Was, Geert? Ich werd dir schon Beine machen.« Er lachte und schlug dem anderen allzu grob auf den Rücken. »Wär doch gelacht!«

»Ihr wart also Müller in Billerbeck?«, fragte Geert, um irgendetwas zu sagen.

»Woher wisst Ihr das?« Das bleiche Gesicht des Müllers nahm einen lauernden Ausdruck an. »Wer hat Euch das berichtet?«

Geert zuckte mit den Schultern und sah hinter dem Schulzen dessen Tochter stehen. Sie schüttelte den Kopf, als wolle sie eine Fliege verscheuchen, und ging mit ihren beiden Körben zur Linde, unter der sich die Gläubigen mit den Krautbunden versammelt hatten. Es waren fast nur Frauen anwesend.

»Vermutlich hat Ambros es erwähnt«, sagte der Molenkötter. Ihm fielen die Blattern des Billerbeck'schen Müllers ein, und er betrachtete Vernholts Gesicht eingehend. Gerade hatte dieser bestätigt, der besagte Müller zu sein, doch auch Geert konnte keine Narben in seinem Gesicht erkennen. Seine Haut war weiß und glatt wie ein zugefrorener Vennteich.

»Seid morgen in der Frühe an der Mühle«, befahl der Müller schlecht gelaunt und wandte sich ab, um das Treiben unter der Linde zu beobachten. »Dann reden wir weiter. Auch über Euren Lohn.«

»Wie Ihr wünscht, Herr!« Geert verbeugte sich.

Inzwischen war Pastor Boeckbinder in Begleitung des Totenbauern aus der Kirche getreten und näherte sich den Kräuterfrauen. Das geschäftige Treiben kam schlagartig zum Erliegen, das Stimmengewirr verstummte, selbst die Bettler jammerten nicht länger und beklagten ihr Schicksal. Die Gläubigen stellten sich in einer Reihe auf, die nun vom Pastor wie ein Regiment abgeschritten wurde. Früher, »in der guten alten Zeit«, wie hinter vorgehaltener Hand gesagt wurde, hatte die Kräuterweihe in der Kirche, vor dem Marienaltar stattgefunden. Doch dies schien dem neuen Priester ein Dorn im Auge gewesen zu sein, und so hatte er die Krautbunde nach draußen verbannt. Außerdem gab es ja keinen Marienaltar mehr.

Boeckbinder tauchte das Aspergill in den silbernen Weihwasserkessel, den ihm der Totenbauer hinhielt, und sprach: »Segne, Gott, die Kräuter und Blumen, die wir bringen, und segne und heile auch uns.«

»Amen«, antworteten die Ahlbecker, auch die Männer, die etwas abseits standen und ihren Frauen die eigentliche Prozedur überließen.

»Hoffentlich helfen die Kräuter meiner Gertrud«, murmelte ein Kötterbauer neben Geert und machte das Kreuzzeichen. »Sie ist schon ganz siech.«

»Deine Frau?«, fragte der Molenkötter.

»Meine Kuh«, antwortete der andere. »Sie kalbt.«

Geert nickte. Vielleicht sollte auch er einen Bund von einem Händler erstehen und weihen lassen, überlegte er, doch dann verwarf er den Gedanken. Er schaute zur Johannvaterin und lächelte. Er wusste ja, wo er gesegnete Heilkräuter bekommen würde, wenn er sie bräuchte.

Mit dem Wedel verteilte der Pastor das Weihwasser über die ihm hingereichten Kräuter und fuhr fort: »Segne, Jesus Christus, unsere Sehnsucht nach Gesundheit und lass uns an Leib und Seele gesund werden.«

Wieder erschallte das »Amen« über den Platz.

Der Pastor stand nun vor der Johannvaterin, machte eine kurze Pause, starrte sie sekundenlang an, tauchte dann das Aspergill ein und weihte die Kräuter und Blumen in den Körben. Es hatte beinahe den Anschein, als seien die folgenden Worte nur für die Schulzentochter bestimmt: »Segne, Heiliger Geist, was dem Geiste nach krank ist an uns und unserer Kirche, in unseren Gemeinden und Gemeinschaften. Heile uns, o Herr!«

»Amen«, murmelten die Gläubigen und schauten sich verwundert an. Diesen seltsamen Segen hatten sie noch nie bei einer Kräuterweihe vernommen.

»So segne uns Gott, der Vater, der Sohn und der Heilige Geist!«, rief Boeckbinder und begann anschließend seine Litanei von vorne. Die heilige Maria, zu deren Ehren die Kräuterweihe veranstaltet wurde, erwähnte der Kirchenmann nicht ein einziges Mal, was von der Schmiedebäuerin mit einem weithin hörbaren Fluch beanstandet wurde: »Verdammter Ketzer!«

Bevor der Pastor auf diese Unverschämtheit reagieren konnte, wurde seine Aufmerksamkeit durch einen Vorfall abgelenkt, der sich am andere Ende des Dorfplatzes zutrug. Ein Reiter hatte sich von Nordwesten her im Galopp genähert und war vor der Gruppe um den Schulzen zum Stehen gekommen. Der Staub wirbelte auf, als das Pferd über den trockenen Sand schlitterte.

»Wo ist er? Was habt ihr mit ihm gemacht?« Bei dem Reiter handelte es sich um eine etwa vierzigjährige Frau. Sie war klein und rothaarig, die fuchsigen Locken ragten unter einer schäbigen Haube hervor, und auf ihrer Nase saß eine Brille mit breitem Holzrahmen. »Hast du ihn gesehen, Lubbert?«

»Wen gesehen?«

»Meinen Mann!«

»Nun beruhig dich doch, Annelies! Was ist denn überhaupt geschehen?« Der Schulze half seiner Schwester vom Pferd. »Was ist mit Guus?«

»Das weiß ich eben nicht. Verschwunden ist er«, rief die Haermöllerin und schob das Ungetüm von Brille über den Höcker ihrer Adlernase. Sie lallte ein wenig und schien, trotz der morgendlichen Stunde, betrunken zu sein. »Seit gestern Abend. Wie vom Erdboden verschluckt. Einfach weg.«

»Vermutlich hat er sich im Wirtshaus betrunken und schläft irgendwo im Wald seinen Rausch aus«, vermutete der Schulze und setzte leise hinzu: »Das solltest du auch tun.«

»In der Heideschänke war Guus nicht«, sagte Geert und hielt das unruhig auf der Stelle tretende Pferd an den Zügeln.

»Dann war er eben in einer anderen Absteige«, beharrte Lubbert.

»Ich hab sein Pferd gefunden«, rief Annelies aufgebracht, schüttelte wie wild den Kopf und rang nach Luft. »In der Nähe der Kolkmühle. Wie kommt es dahin? Und wieso ist Guus nirgendwo zu finden? Bei dem Gaul war er jedenfalls nicht. Er ist noch nie über Nacht fortgegangen, ohne mir Bescheid zu geben.«

Diese Bemerkung wurde von einigen Bauern mit höhnischem Gelächter quittiert. »Das ist ja das Allerneueste!«, riefen sie. »Der Hurenbock gibt Bescheid, wenn er von zu Hause fortläuft und den Weibern nachstellt!«

»Die Haermöllerin hat einen Frühschoppen genommen!«, lachten einige.

»Voll wie ein Heuboden im Sommer«, meinten andere.

»Nun reg dich nicht gleich so auf«, sagte Hermann, der Schulzensohn, und fasste seine Tante unsanft am Oberarm. »Das ganze Dorf starrt schon.«

Tatsächlich hatte die Frau des Haermöllers die gesamte Aufmerksamkeit auf sich gezogen. Selbst Pastor Boeckbinder hielt reglos das Aspergill wie eine Fackel in der Hand und starrte gebannt hinüber. Auch Ambros hatte sich in der Zwischenzeit zu der Gruppe gesellt, stand nun neben seinem Vater und zupfte an dessen Rockschoß.

»Vater, schau nur!«

Geert fauchte seinen Sohn an: »Was treibst du dich hier rum? Warum bist du nicht bei den Schafen? Und was scharwenzelst du um den verfluchten Jidden herum?« Er holte zu einer Ohrfeige aus, überlegte es sich dann aber anders und knurrte: »Verdammter Bengel!«

»Guck doch«, wiederholte Ambros und deutete auf Annelies ter Haer. »Ganz dreckig am Arsch.«

Nun bekam der Junge die verdiente Ohrfeige. Doch auch Geert sah, was sein Sohn entdeckt hatte. Das Kleid der Haermöllerin war am Hinterteil beschmutzt, ein rötlich brauner Fleck war darauf zu sehen, als habe sie im Lehm gesessen.

Geert überlegte, seine Miene verdüsterte sich, dann fuhr er plötzlich herum und nahm das Pferd in Augenschein. Mit der flachen Hand strich er über den Sattel, und anschließend waren die Finger ähnlich verschmutzt wie das Kleid der Frau. Er schnupperte an den Fingern, aber es roch nicht nach Lehm.

»Blut«, sagte er und fuhr mit der Hand unter den Sattel. Das Pferd schwitzte, aber wund oder gar blutig geritten war es nicht. Geert untersuchte den Hals, den Bauch, die Flanken und das Hinterteil des Pferdes, aber nein, von dem Gaul stammte das Blut nicht. Keine Wunde, nirgendwo.

»Was treibt Ihr da, Molenkötter?«, fragte Vernholt leise und gesellte sich zu ihm. »Warum schaut Ihr so entsetzt? Habt Ihr etwas entdeckt?«

»Der Sattel«, sagte Geert und streckte dem Müller die Hand hin. »Er ist voller Blut.«

Auch Vernholt begutachtete nun das Leder und nickte.

Annelies schien Geerts letzten Satz gehört zu haben. Sie starrte die beiden Männer ungläubig an, riss sich plötzlich los, stieß Hermann beiseite und stürzte sich wie eine Furie auf den Müller.

»Du Teufel!«, schrie sie und krallte sich wie mit Klauen an dem anderen fest. »Du verdammter Teufel!«

Vernholt schrie vor Entsetzen und vor Schmerz auf. Annelies hatte ihre Finger in seine Wunde gebohrt und zerrte an ihm, als habe sie den Verstand verloren. Der Müller fasste sich an die Schulter, öffnete den Mund und kippte zur Seite.

Ein Raunen ging durch die Menge. Nur Ambros schüttelte den Kopf. Schon wieder, dachte er. Was war das bloß für ein Müller! Ständig fiel er in Ohnmacht.

»Kch, kch«, machte es hinter dem Jungen.

»Die Mühle«, sagte Ambros und nickte, als habe er Ludgers Keuchen verstanden. »Sie bringt Unglück!«

Der Spökenkieker
2ter Teil

»Alle glücklichen Familien gleichen einander, jede unglückliche Familie ist unglücklich auf ihre eigene Art.«

Leo N. Tolstoi, »Anna Karenina«

Erstes Kapitel

Zwei Briefe

Ahlbeck, den 7. Juli 1876

Lieber Jaap,

seit nicht einmal einer Woche bin ich nun an diesem garstigen Ort, doch wie sehne ich mich bereits zurück nach Münster! Oft und gerne erinnere ich mich an unsere gemeinsame Studienzeit, und mit Neid erfüllt mich der Gedanke, dass es dich wieder in deine Heimatstadt Amsterdam verschlagen hat. Ich hoffe, deine Anstellung als Lehrer am »Athenaeum Illustre« bereitet dir nach wie vor Freude. Mit mir hat es das Schicksal weniger gut gemeint. Vielleicht hätte ich Professor Braun, von dem ich übrigens herzlich grüßen soll, nichts von meiner Familie erzählen dürfen, dann wäre er wohl nicht auf die Idee gekommen, ausgerechnet mich in dieses gottverlassene und von der Welt vergessene Dorf an der niederländischen Grenze zu schicken, um langweilige Hügelgräber auszumessen und Lagepläne anzufertigen. Wie gern wäre ich jetzt im Museum für vaterländische Altertümer oder an einem spannenden Grabungsort, um mich mit »wirklicher Geschichte« zu befassen: mit den Überresten antiker Städte, wie sie Heinrich Schliemann im Osmanischen Reich entdeckt hat, mit mythischen Orten, an denen Schlachten wie die im Teutoburger Wald gefochten wurden, mit Herrschern und Mächtigen, die der Schrift kundig waren und deren Zeugnisse und Vermächtnisse zu entziffern sind. Stattdessen buddele ich in grasbewachsenen Hügeln, die nichts als schmucklose Urnen und zu Asche verbrannte Leichenreste aus der jüngeren Bronzezeit beinhalten, und lasse mich dabei von wiederkäuendem Vieh beäugen. Wenn ich Glück habe, werde ich außer tönernen Urnen und Knochenresten hin und wieder ein Schmuckstück oder bronzene Geräte als Grabbeigaben entdecken, aber spektakuläre Funde sind nicht zu erwarten. Noch habe ich allerdings mit den Ausgrabungen gar nicht begonnen, momentan verbringe ich die Tage damit, geografische Karten zu skizzieren und den unzähligen Grabhügeln Nummern zu geben. Wie eintönig und ermüdend!

Auch der eigentliche Ort verspricht nicht viel Abwechslung und Amusement. Ahlbeck ist ein winziges Bauerndorf wie viele andere im Münsterland, umgeben von Moor und Heide, sodass man wintertags nicht ohne Gefahr für Leib und Leben herfindet. Der Fortschritt scheint das Dorf zu meiden wie der Teufel das Weihwasser, so gibt es keine befestigten oder beschotterten Straßen, nur holprige Rollbahnen und Sandwege. Eine Chaussee nach Altheim, dem nächstgelegenen Städtchen, ist zwar geplant, aber von der Eisenbahn spricht in Ahlbeck niemand, der einzige Schienenstrang in dieser Gegend führt von Altheim aus in großem Bogen um das Dorf herum in Richtung Niederlande. Auch die Postkutsche verkehrt lediglich einmal wöchentlich, allerdings nur von Frühjahr bis Herbst. Im Winter ist das Dorf vollständig von jeder Zivilisation abgeschlossen. Kein Wunder, dass es hier so aussieht, als sei die Zeit vor hundert Jahren stehen geblieben. Telegrafen und Dampfmaschinen gelten als Teufelswerk, wie überhaupt der Glaube an Geister und Gespenster noch sehr verbreitet ist. Als ich meiner Wirtin, einer geschwätzigen alten Vettel namens Tenhagen, den Grund meines Aufenthalts in Ahlbeck erklärte, schlug sie die Hände vor dem Mund zusammen und rief: »Sie wollen den Blutanger umgraben? Gott behüte! Das werden die Geister nicht dulden!«

Natürlich habe ich die gute Frau gefragt, was es mit dem so genannten Blutanger auf sich habe, doch sie hat nur mit dem Kopf geschüttelt und gesagt, schon darüber zu reden, bringe Unglück.

So viel zum fortschrittlichen Denken in unserer Zeit!

Untergebracht bin ich in der Dorfschänke »Zur alten Linde« direkt an der Kirche, mit Blick auf den Friedhof, das zweistöckige Pastorat und die Schmiede. Für einen Altertumsforscher gibt es in Ahlbeck wenig Interessantes zu entdecken. Die backsteinerne Kirche ist nicht einmal hundert Jahre alt und erinnert an eine überdimensionale Hundehütte, nur der Turm auf der Westseite ist sehr viel älter und stammt vermutlich aus dem 14. oder 15. Jahrhundert. Außer dem Kirchturm gibt es nur zwei Gebäude, die man als Altertümer bezeichnen könnte. Da wäre zunächst eine alte Wassermühle an der holländischen Grenze zu nennen, die womöglich über siebenhundert Jahre alt ist, in dieser Zeit jedoch so oft zerstört, niedergebrannt und wieder aufgebaut wurde, dass es schwer fällt, die verschiedenen Bau- und Renovierungszeiten auseinander zu halten. Vor sechzig Jahren soll die Mühle von einer holländischen Räuberbande überfallen und in Brand gesteckt worden sein, doch inzwischen steht und mahlt sie wieder. Nur das rußgeschwärzte Fundament deutet noch auf die damalige Feuersbrunst hin. Bei dem zweiten Gebäude handelt es sich um einen winzigen und verfallenen Kotten mitten im Moor. Eigentlich ist dieses altersschwache und unansehnliche Häuschen nicht der Rede wert, doch der Molenkotten (so nennen die Ahlbecker diese Hütte, obgleich die Mühle meilenweit entfernt ist) ist der ausschlaggebende Grund für meinen Aufenthalt im Dorf. Denn hier wohnt Johann Vortkamp, ein verschrobener Greis und Eigenbrötler, geboren im Jahr der französischen Revolution und seines Zeichens Großonkel deines lieben Freundes Hermann. Ja, man soll es nicht für möglich halten, meine Familie stammt aus diesem unseligen Nest. Mein Großvater hat das Licht der Welt in ebenjenem Molenkotten erblickt, und auch mein Vater hat die ersten Jahre seines Lebens in Ahlbeck verbracht. Als ich der Wirtin meinen Namen nannte, hat sie mich angestarrt, als sei ich nicht bei Trost. Dann hat sie bedeutungsvoll genickt und gesagt: »Sieh einer an. Ein Vortkamp also. Na dann! Willkommen zu Hause!«

Ein seltsames Bauernvölkchen! Schon am nächsten Tag kannte das ganze Dorf meinen Namen, und ich wurde von allen gegrüßt, als hätte ich mein Lebtag in Ahlbeck verbracht. Noch nie zuvor habe ich einen Fuß in dieses Dorf gesetzt, doch für die Einwohner bin ich bereits ein Hiesiger. Ein Vortkamp eben. Dabei habe ich nicht wenig Mühe, die Bauern überhaupt zu verstehen. Sie sprechen ein derart breites und genuscheltes Plattdeutsch, dass es sich anhört, als hätten sie Wollsocken im Mund.

Meinen Großonkel habe ich allerdings noch nicht zu Gesicht bekommen. Am dritten Tag nach meiner Ankunft wollte ich ihm einen Besuch im Moor abstatten, doch obwohl ich eine Bewegung hinter einem der winzigen und verdreckten Fenster gesehen habe, wurde auf mein Klopfen und Rufen hin nicht geöffnet. Die alte Tenhagen zuckte nur mit den Schultern, als ich ihr davon erzählte, und meinte, der alte Johann sei eben nicht ganz richtig im Kopf und überhaupt ein ganz eigener Patron. Am kommenden Sonntag nach der Messe werde ich einen zweiten Versuch unternehmen, meinen Verwandten anzusprechen. Das Hochamt wird er vermutlich nicht versäumen, auch wenn man sich dessen nicht gewiss sein kann, denn meine Wirtin schimpft ihn einen gottlosen Sektierer. Auf meine Nachfrage hat sie sich wie üblich in Schweigen gehüllt, mit den Achseln gezuckt und ein Kreuzzeichen gemacht. Nun, wir werden sehen.

Ein weiterer Antrittsbesuch steht am morgigen Samstag beim hiesigen Dorfschulzen an. Der Mann ist der größte Grundbesitzer des Ortes und heißt Antonius Gerwing, doch die meisten im Dorf nennen ihn Lanvermann, weil seine Familie über Jahrhunderte den »Landwehrmann« stellte, den Wärter des Schlüssels für den Grenzwall. Dass es die Landwehr seit einiger Zeit nicht mehr gibt und die Aufgaben des Schlüsselwärters längst von preußischen Zöllnern übernommen wurden, scheint den Ahlbeckern entgangen zu sein. Für sie bleibt Gerwing der Lanvermann, ebenso wie der Mühlenpächter Kolkmüller genannt wird, obwohl der Tümpel nahe der Mühle seit Jahrzehnten vertrocknet ist und inzwischen von Torfstechern abgetragen wird. Die Zeit tritt in Ahlbeck auf der Stelle, Veränderungen sind selten, und kommen sie doch vor, so werden sie ignoriert. Vermutlich wird mir schon bald der Stoff für weitere Briefe ausgehen, dennoch werde ich dich auf dem Laufenden halten, um nicht dem Stumpfsinn anheim zu fallen und wenigstens in Briefen den Kontakt zur Welt zu halten.

In Hoffnung auf baldige Ablenkung durch eine Antwort deinerseits

verbleibe ich dein dich herzlich grüßender und vermissender

Hermann Vortkamp

Ahlbeck, den 12. Juli 1876

Lieber Jaap,

kaum eine Woche ist seit meinem ersten Brief an dich vergangen, doch wie grundlegend hat sich meine Ansicht über dieses seltsame Dorf und seine Bewohner geändert. Du wirst mich vermutlich für verrückt erklären, aber selten habe ich so aufregende und zugleich geheimnisvolle Tage erlebt. Welch freudige und merkwürdige Überraschungen hatte dieses Ahlbeck für mich parat! Mein Herz rast noch jetzt, wenn ich daran denke, und alles erscheint mir in völlig anderem und neuem Licht. Doch ich will der Reihe nach schildern und dich nicht noch mehr verwirren!

Wie ich dir bereits schrieb, hatte ich am vergangenen Samstag meinen Antrittsbesuch beim Dorfschulzen. Sein Hof liegt fernab des Dorfes, mitten im Bruchwald, unweit der holländischen Grenze. Schon von weitem ragen die Gebäude aus dem Wald heraus, der gesamte Hof ist auf einem Hügel gelegen und von einem inzwischen ausgetrockneten Wassergraben umgeben. Es hat beinahe den Anschein, als habe es sich früher einmal um eine Festung gehandelt. Nur über eine Holzbrücke erreicht man den Hof, und an einigen Stellen kann man die Überreste hölzerner Palisaden erkennen. Das eigentliche Bauernhaus unterscheidet sich kaum von anderen in dieser Gegend, es ist im Fachwerkstil errichtet, mit reetgedecktem Dach und breitem Tor im Vordergiebel. Allerdings ist es das größte Gebäude dieser Art weit und breit, immerhin handelt es sich bei dem Bewohner um den reichsten Grundherrn des Ortes.

Als ich mich auf dem Weg durch den Wald dem Hof näherte, hatte ich ein mulmiges Gefühl in der Magengegend. Vielleicht lag das an den wie üblich kryptischen Andeutungen meiner Wirtin, die davon gesprochen hatte, der Schulze sei nicht gut auf die Familie Vortkamp zu sprechen. Das sei schon immer so gewesen, die Gerwings und die Vortkamps seien eben wie Hunde und Katzen. Ich solle mich vorsehen, hatte sie gemeint. Ja und Amen, so wolle es der Lanvermann und so halte es jedermann im Dorf. Bloß keine Widerworte! Nicht dass es mir ergehe wie dem alten Johann. Verdammter Spökenkieker!

Die erste Überraschung erlebte ich, als ich den Platz unter der alten Linde betrat und von einem plötzlich einsetzenden pfeifenden und knatternden Getöse begrüßt wurde. Du wirst es nicht glauben, Jaap, aber direkt vor dem Haus des Schulzen stand eine fabrikneue und schwarz glänzende Lokomobile der Marke »Fowler«. Eine englische Dampfmaschine auf vier Rädern, und das mitten im westfälischen Moor! Eine Hand voll Männer und Frauen sowie einige Kinder umringten die lärmende und schwarzen Dampf ausstoßende Maschine und bestaunten wie ich das Wunderwerk modernster Technik. Über mehrere Zahnräder und Keilriemen war die Lokomobile mit einem fahrbaren Holzgestell verbunden, das offensichtlich der Ernte- oder Drescharbeit diente.

»Ist sie nicht ein Prachtstück?«, wurde ich durch eine tiefe Stimme aus dem ungläubigen Staunen gerissen, und als ich mich umwandte, schaute ich in das bärtige Gesicht eines mehr als stattlichen Mannes, der mit Besitzerstolz auf die Lokomobile deutete. »Dampfkraft wird die Welt verändern.«

»Das hat sie schon«, wagte ich anzumerken.

Wie sich herausstellte, war die Fowler'sche Lokomobile, die

man wahlweise als Dreschmaschine oder Dampfpflug einsetzen konnte, erst am Vortag in Ahlbeck eingetroffen, und ich hatte den Schulzenhof genau in dem Moment betreten, da sie zum ersten Mal ausprobiert worden war. Der Schulze gab einem Mann das Zeichen, die Maschine herunterzufahren, und führte mich ins Haus. Zischend und schnaufend kamen die Räder und Riemen der Lokomobile zum Stillstand, und hinter mir hörte ich das erstaunte und zugleich missfällige Murmeln der gaffenden Schar. Irgendjemand knurrte: »Höllenmaschine!«

Wie soll ich dir Antonius Gerwing beschreiben? Was soll ich dir von ihm erzählen? Ich weiß selbst nicht recht, was ich von dem Ahlbecker Schulzen halten soll. Ohne Zweifel ist er ein beeindruckender und gewichtiger Mann, nicht nur wegen seiner mächtigen Statur und seines gewaltigen Bauchumfangs, ein Mann mit Ehrgeiz und Tatkraft, der sich dem technischen Fortschritt und dem eigenen wie dem Gemeinwohl verschrieben hat und sich nicht durch kleinmütige Bedenkenträger in seinem Handeln hemmen lässt. Er weiß, was er will und wie er es erreichen kann. Eine imponierende Gestalt. Zugleich jedoch hat er eine Art, die mich einerseits eingeschüchtert, aber auch abgestoßen hat. Nichts ist Antonius Gerwing wichtiger als die eigene Person, mit lauter Stimme und ausladender Gestik rühmt er sich in einem fort und duldet keinen Gott neben sich. Nur eine halbe Stunde saß ich mit ihm in der Stube, und anschließend hatte ich eine reichlich ermüdende Lektion darüber erhalten, was Gerwing in den fünfzig Jahren seines Lebens geleistet hat, was das Dorf und die Gemeinde ihm und seiner Familie verdanken und warum niemand ihm das Wasser reichen kann.

Selten habe ich einen so eitlen und selbstherrlichen Patriarchen erlebt, und auch wenn seine Verdienste vermutlich nicht zu leugnen sind, so hat mich seine lärmende und aufdringliche Art doch gegen ihn eingenommen. Seine Nachbarn behandelt er mit überlegener Nachsicht, wie ein verzeihender Vater, der das dumme Treiben kleiner Kinder beobachtet. Die Leute lebten hinter dem

Mond, sagt er, sie hätten keine Ahnung, was in der großen weiten Welt vor sich gehe. Hinterwäldler seien sie und jedem Fortschritt abhold. Dampfkraft sei ihnen suspekt und chemischer Dünger völlig unbekannt. Obgleich ich selbst vor wenigen Tagen nicht anders dachte, hat mich die Überheblichkeit gestört, mit der er die Ahlbecker abkanzelt. Als sei er keiner von ihnen, als wäre er besser als sie und stünde meilenweit über ihnen. Vor allem aber hat es mich geärgert, mit welcher Missachtung er von meinem Beruf sprach und mit welcher Verächtlichkeit er sich über meine Familie ausließ.

»Sie sind Altertumsforscher?«, fragte er, nachdem er seine eigene Person genügend gewürdigt hatte und sich nun der Höflichkeit halber seinem Gast widmete. »Ein passender Beruf für einen Vortkamp, will mir scheinen. Immer der Vergangenheit zugewandt, nie der Zukunft. Genau wie Ihr verrückter Großvater.«

»Großonkel«, erwiderte ich und nippte an dem Kaffee, der mir vermutlich besser geschmeckt hätte, wenn Gerwing ihn nicht vorab so vollmundig gelobt hätte. (»Echter Bohnenkaffee, kein Zichoriensud, wie ihn die Kötter trinken!«)

»Wie auch immer«, beharrte der Schulze. »Was nützt es, ewig auf dem Alten herumzureiten? Das Neue setzt sich ohnehin durch.« Und mit finsterer Miene fügte er hinzu: »Dafür werde ich schon sorgen, Herr Vortkamp.«

»Manchmal kann es den Fortschritt beschleunigen, wenn man sich dem Vergangenen widmet«, wandte ich ein. »Wenn man sich im Mittelalter nicht der antiken Gelehrten aus Griechenland oder Ägypten erinnert hätte, würden wir heute noch glauben, die Erde sei eine Scheibe und der Mittelpunkt der Welt.«

»Und darum graben Sie Gräber aus?«, knurrte er und schüttelte den Kopf, als zweifle er an meinem Verstand. »Was hoffen Sie dort zu finden?«

»Tote«, antwortete ich und bemühte mich, nicht über meinen Scherz zu lachen.

»Vermutlich sehen Sie auch Gespenster wie Ihr Großvater?«, schleuderte er mir voller Verachtung entgegen.

»Großonkel«, verbesserte ich.

»Wie auch immer.«

Damit war das Gespräch fürs Erste beendet, und Gerwing schien nur darauf zu warten, dass ich meine Tasse leerte, um mich hinauskomplimentieren zu können. Ich wollte seinem unausgesprochenen Wunsch bereits entsprechen und mich erheben, als die Tür zur Tenne mit einem lauten Scheppern geöffnet wurde und ich wie vom Donner gerührt auf dem Hosenboden sitzen blieb.

Zunächst glaubte ich, ein junger Mann betrete die Stube. Er trug Hemd und Hose aus grünem Jägerloden und einen großen Schlapphut auf dem Kopf. Als er bemerkte, dass sich Besuch im Raum befand, lüpfte er den Hut, und darunter kam ein von schwarzen Locken umrahmtes Gesicht zum Vorschein, das dem eines Engels glich. Bei dem jungen Kerl handelte es sich in Wahrheit um ein Mädchen von vielleicht siebzehn Jahren, das mich flüchtig grüßte, sich dann an den Schulzen wandte und nach einer Flinte und Munition fragte. Gerwing stellte mir das Mädchen als seine jüngste Tochter Elisabeth vor, die es wie üblich an Höflichkeit und Anstand fehlen lasse. Sie sei ein Wirbelwind und eine wahrhaft ägyptische Plage, sagte er lächelnd und mit unverkennbarem väterlichen Stolz. Mich namentlich vorzustellen, schienen seine Höflichkeit und sein Anstand nicht zu gebieten. Ich tat es selbst und wurde mit einem Schelmengrinsen belohnt.

»Sie sind der Grabräuber?«, sagte sie. »Wie interessant. Ein Schliemann in Ahlbeck. Glauben Sie, dass Sie im Moor ähnliche Schätze wie Ihr berühmter Kollege finden werden?«

Dass ich gerade einen ungleich schöneren Schatz entdeckt hatte, konnte ich ihr kaum sagen. Ich starrte sie nur an, wie ich zuvor die dampfende Lokomobile angeglotzt hatte. Mit offen stehendem Mund und vermutlich blödem Gesichtsausdruck.

Mein lieber Jaap, so etwas ist mir noch nicht widerfahren, und auch jetzt, da ich davon schreibe, zittern meine Finger. Elisabeth Gerwing ist das bezauberndste Wesen, das mir in meinem Leben unter die Augen gekommen ist. Ich vermag gar nicht genau zu sagen, was mich an ihr so fasziniert und in den Bann gezogen hat. Sie ist nicht im eigentlichen Sinne schön, zumindest nicht auf eine damenhafte Weise. Keine Spur von vornehmer Blässe und weichen Zügen, eher hat sie mich an einen Lausejungen erinnert, mit Sommersprossen im Gesicht und den Händen in den Taschen. Vielleicht war es der kecke und etwas spöttische Ausdruck in ihren wachen Augen, die alles aufzusaugen schienen. Vielleicht lag es aber auch an ihrem impulsiven Wesen, das mich wie eine Eisenbahn überrollte. Es klingt idiotisch, aber ich sah sie an, und es war um mich geschehen. Die Worte, die ich an sie richtete, sind mir entfallen. Vermutlich stotterte ich, wahrscheinlich redete ich dummes Zeug. Ich weiß es nicht. Aber ich erinnere mich sehr genau an die Worte, mit denen sie sich verabschiedete: »Vielleicht komme ich Sie einmal am Kolk besuchen. Ich habe mich schon immer für Gräber interessiert. Und für Schätze.« Damit griff sie nach dem Gewehr, das in einer Ecke an die Wand gelehnt war, holte Munition aus einer Schublade, setzte ihren Schlapphut auf und war verschwunden.

Wie eine Fata Morgana.

Als ich wieder zu mir kam, stand der Schulze vor mir und gab mir unmissverständlich zu erkennen, dass ich seine wertvolle Zeit nun lange genug gestohlen hatte und er sich mit wichtigeren Dingen zu beschäftigen habe. Ich verließ das Haus und den Hof, ohne wirklich auf den Weg zu achten oder einen zweiten Blick auf die englische Lokomobile zu werfen. Stattdessen hielt ich vergeblich Ausschau nach einem Jäger in grünem Loden.

Kaum im Gasthaus angekommen, fragte ich meine Wirtin möglichst unauffällig, aber mit rasendem Puls über die Schulzentochter aus, und dies ist, was die alte Vettel mir berichtete: Elisabeth Gerwing ist die jüngste von drei Töchtern und als Einzige noch unverheiratet. Da der Schulze und seine unlängst verstorbene Frau keinen Sohn bekommen konnten, haben sie (so vermutete die Tenhagen) ihre Jüngste wie einen Jungen großgezogen. Statt

Lisbeth (so nennt man sie im Dorf) zu einer vornehmen Dame zu erziehen und sie in Anstand und Sittlichkeit zu unterrichten, habe der Vater ihr das Schießen, Reiten und Raufen beigebracht. Sie laufe in Hosen und Stiefeln herum, galoppiere durch die Wälder und benehme sich wie ein Rotzlöffel. Kein Wunder, dass sich bislang kein Freier für sie gefunden habe. Die Hiesigen seien dem Schulzen nicht gut genug, und die Auswärtigen schreckten davor zurück, sich einen solchen Teufel von Weib ins Haus zu holen. Wenn man sie (die Wirtin) frage, so werde Lisbeth als alte Jungfer enden. Das sei übrigens die einhellige Meinung im Dorf.

Wenn sie sich da nur nicht allesamt täuschen!

Ich werde sie wiedersehen, schoss es mir durch den Kopf. Immer wieder erinnerte ich mich der Worte, die sie mir zum Abschied gesagt hatte: »Vielleicht komme ich Sie einmal am Kolk besuchen.«

Inzwischen ist sie mir erneut begegnet, gestern Abend erst. Sie hat Wort gehalten und … Doch, halt! Vor lauter Aufregung vergesse ich mein eigentliches Anliegen. Ich wollte und will der Reihe nach erzählen, und bevor ich von meinem Wiedersehen mit Lisbeth berichten kann, muss ich dir von einer sonderbaren Begegnung erzählen, die alles andere als erbaulich war und mich bis heute auf unangenehme Weise berührt. Du kannst es dir denken: Es geht um meinen Großonkel, den Sonderling und Spökenkieker Johann Vortkamp.

Ich hatte mir vorgenommen, meinen Verwandten am Sonntag vor der Kirche anzusprechen und mich zu ihm auf den Molenkotten einzuladen, doch als ich mich nach dem Hochamt an den Pfarrer wandte und ihn bat, mir den alten Johann zu zeigen, da hat er mich beinahe ausgelacht. Pastor Uppenkamp klärte mich darüber auf, dass mein Großonkel kein Mitglied der Ahlbecker Gemeinde sei und nicht an der heiligen Messe teilnehme. Er ziehe den beschwerlichen Weg über die Grenze nach Enschede vor.

»Ein Lutheraner?«, wunderte ich mich.

»Schlimmer«, erwiderte der Priester. »Ein Altkatholik.«

Mein bester Jaap, du als holländischer Freikirchler wirst vermutlich nicht genau wissen, was es mit diesen Altkatholiken auf sich hat, darum lass es mich dir kurz erklären. Wahrscheinlich erinnerst du dich an das Vatikanische Konzil, das vor sechs Jahren solch heftige Debatten und unüberbrückbare Kontroversen innerhalb der katholischen Kirche ausgelöst hat. Vor allem entzündeten sich die Geister an dem Dogma der päpstlichen Unfehlbarkeit, das Pius IX. gegen den erbitterten Widerstand vieler Theologen und einiger Bischöfe auf dem Konzil durchsetzte. Schon das Dogma der Unbefleckten Empfängnis der Gottesmutter, das ebenjener Pius vor über zwanzig Jahren verkündet hatte, war vielen kritischen Gläubigen ein Dorn im Auge gewesen, doch nun trennten sie sich endgültig von der römischen Kirche, gründeten eigene Bistümer und wählten ihre Bischöfe, viele davon übrigens in den Niederlanden. In vielerlei Hinsicht ähneln die Altkatholiken den Protestanten und Reformierten. Sie leben streng nach dem Wortlaut der Bibel, lehnen das Zölibat und lateinische Messen ab und kennen den Zwang zur Ohrenbeichte nicht. Marienanbetung, Reliquienkult und Rosenkranz sind ihnen fremd. Was sie jedoch in den Augen der Katholiken vor allem zu Verrätern macht, ist die Tatsache, dass Reichskanzler Bismarck sie in seinem erbitterten Kampf gegen die Katholiken für sich vereinnahmt. An dem so genannten Kulturkampf, der seit einigen Jahren von Berlin aus mit skandalösen Schikanen und willkürlichen Gesetzen gegen die katholische Kirche und die Zentrumspartei geführt wird, sind die Altkatholiken nicht ganz unbeteiligt. Das meinte Uppenkamp, als er sagte: »Schlimmer.«

Johann Vortkamp ist also ein solcher Altgläubiger, und auch wenn es mich einerseits nicht wundert, weil es zu allem passt, was ich bislang über meinen verschrobenen Großonkel erfahren habe, so hat mich doch die Tatsache irritiert, dass es sich bei den Altkatholiken trotz des Namens um eher fortschrittliche und liberale Christen handelt. Wie passt das zu dem vermeintlichen Geisterseher, der vom Schulzen als Weltfremder und Rückwärtsgewandter beschimpft wird?

Ich wollte mich bereits ins Moor aufmachen, um ihn persönlich zu fragen, als ich vom Pastor zurückgehalten wurde. Er nahm mich beiseite und sagte, er müsse mir etwas zeigen. Nicht heute, nicht sofort. Aber er besitze etwas, was einen Archäologen vermutlich interessieren dürfte. Auf meine Frage, um was es sich handele, antwortete er: »Sie werden schon sehen.«

Verdammte Ahlbecker! Stets hüllen sie sich in Schweigen.

Nach dem Mittagessen ritt ich auf einem Pferd, das ich von der Wirtin gemietet hatte, ins Moorgebiet und klopfte ein zweites Mal an die Tür des Molenkottens. Wieder bemerkte ich eine Bewegung hinter einem der niedrigen Fenster, und abermals blieb die Tür verschlossen. Doch diesmal ließ ich mich nicht abwimmeln, ging um das winzige und jeder Statik spottende Häuschen herum und versuchte es an der Hintertür, die so niedrig war, dass man nur gebückt eintreten konnte. »Onkel Johann!«, rief ich und klopfte ans Holz. Wie von Geisterhand öffnete sich die Tür, und zögernd trat ich ein.

Im Inneren empfing mich außer einer Dunkelheit, die mich zunächst orientierungslos machte, ein seltsamer, stechender Gestank. Es roch nach menschlichen und tierischen Ausdünstungen, Schimmel und Moder. Als sich meine Augen an die Lichtverhältnisse gewöhnt hatten, erkannte ich, dass ich mich in einem mit Brettern verschlagenen, im Sommer verwaisten Kuhstall befand. Eine Tür knarrte, und im selben Augenblick sah ich mich meinem Großonkel gegenüber. In der einen Hand hielt er einen Knüttel, den er unwirsch schwenkte, in der anderen eine Talgkerze, die sein Gesicht von unten beschien. Man hätte ihn selbst für einen Geist halten können. Sein Gesicht war knittrig und fahl, die weißen Haare lugten unter einer löchrigen Haube hervor und standen wild vom Kopf ab, Nase und Kinn ragten wie Bugspriete bei einem Schiff aus seinem Gesicht heraus, als wollten sie die Richtung vorgeben. Als Kleidung trug er lediglich Joppe und Hose, beides aus grobem und fleckigem Leinen, und an den Füßen klobige Holzpantinen.

»Was willst du?«, fauchte er mich an.

»Mein Name ist Hermann Vortkamp«, antwortete ich. »Ich bin der Sohn von …«

»Ich weiß«, erwiderte er. »Was willst du?«

»Dich besuchen, Onkel.«

»Das hast du ja jetzt getan. Verschwinde!«

Die Feindseligkeit überraschte mich. Zwar wusste ich von meinem Vater, dass mein Großvater vor vielen Jahren das Dorf und den Kotten nicht im Frieden verlassen hat, dass er nach dem Tod meiner Großmutter geschworen hat, Ahlbeck nie wieder zu betreten, doch der Hass, der aus den Worten meines Großonkels wie ein böses Tier hervorsprang, erstaunte und verwirrte mich. Mein Vater hatte nie viel über seine Familie geredet, und bis zu seinem Tod hatte er seinen Geburtsort nicht wiedergesehen. Das alles ging mir durch den Kopf, während ich wie angewurzelt dastand und schwieg.

»Du bekommst mich hier nicht raus!«, rief mein Großonkel aufgebracht.

Ich schüttelte verständnislos den Kopf.

»Du warst beim Schulzen. Ich hab dich gesehen, bei der stinkenden Maschine. Aber er bekommt es nicht! Es gehört den Vortkamps. Und damit Ende!« Plötzlich wandte er sich um und verschwand in der Stube. Die Tür ließ er offen. Ich folgte ihm zögerlich und betrat einen Raum, für den die Bezeichnung Höhle passender wäre. Obwohl es draußen helllichter Sommertag war, herrschte hier drinnen eine Dunkelheit wie im Grab. Durch die winzigen und verdreckten Fenster kam kaum Tageslicht herein, nur die Kerze in Johanns Hand erhellte die Stube und warf zuckende Schatten an die von Ruß geschwärzten Wände.

»Setz dich!«, befahl er, stellte die Kerze auf dem Boden ab, ließ sich ächzend auf einem Lehnsessel nieder und zündete sich eine Meerschaumpfeife an.

Da es im ganzen Raum keinen weiteren Stuhl oder Hocker gab, blieb ich ratlos stehen und wartete. Der alte Johann griff nach einem braunen Handkoffer unter dem Sessel, zog ihn hervor und legte ihn sich auf den Schoß. Dann schloss er die Augen und verharrte regungslos. Er sprach nicht, sah mich nicht an, schien mich bereits vergessen zu haben. Er saß da und paffte. Minuten vergingen, und nichts geschah.

Verrückt, dachte ich. Die Leute haben ganz Recht, wenn sie ihn für einen Sonderling halten. Da ich nicht wusste, wie ich mich zu verhalten hatte, blieb auch ich reglos stehen und schaute mich, so gut es in dem Halblicht ging, in der Stube um. In der hinteren rechten Ecke befand sich ein gusseiserner Ofen und direkt daneben eine offene Herdstelle, über der ein Kessel hing. Einen Kamin oder Schornstein gab es jedoch nicht. Kein Wunder, dass die Wände schwarz vom Rauch waren. Neben der Stalltür sah ich einen Tisch ohne Stühle, auf dem vor einem silbernen Kruzifix ein Berg von Büchern verstreut war; zumindest eines davon war eine großformatige Bibel. Auch auf dem feucht glänzenden Steinboden lagen ledergebundene Bücher und Folianten, Papierrollen und einige Kupferstiche. Außer einem schmucklosen Bauernschrank neben der Eingangstür gab es keine weiteren Möbel in der Stube, und so landete mein Blick wieder auf dem Lehnsessel, in dem mein Großonkel unverändert schlummerte. Für einen kurzen Augenblick glaubte ich hinter dem Sessel eine Gestalt zu sehen, einen kleinen Jungen mit strubbeligen Haaren, doch sofort war das bleiche Gesicht verschwunden, und ich erkannte, dass das flackernde Licht mir einen Streich gespielt hatte.

Johann Vortkamp riss plötzlich die Augen auf, deutete mit dem Knüttel auf mich und fragte: »Du hast ihn gesehen?«

Ich schüttelte erschrocken den Kopf.

»Du hast ihn gesehen.« Diesmal war es keine Frage, sondern eine Feststellung. Er schnaufte nachdenklich, lächelte eigentümlich und sagte: »Gut.« Erneut schloss er die Augen, und seine Hand fuhr liebevoll über den Koffer, der ganz neu zu sein schien und nach Leder roch.

»Wovon sprichst du, Onkel?«

»Du bist noch nicht so weit«, antwortete er, ohne mich anzusehen oder seine Haltung zu ändern. »Aber du bist ein Vortkamp, das sehe ich.«

»Mit geschlossenen Augen?«

Der Alte lachte und zeigte mir seinen zahnlosen Oberkiefer. »Was haben denn die Augen damit zu tun?« Wieder lachte er und schüttelte den Kopf, dass seine Haare wie Dreschflegel hin und her flogen. »Oh, nein, du bist noch nicht so weit. Vielleicht wirst du nie so weit sein. Wie dein Großvater, der Dummkopf. Wehr dich nicht dagegen, Männsken! Und jetzt geh, lass mich allein!«

Als hätte der Alte eine seltsame Macht über mich, folgte ich augenblicklich seinem Befehl und ging wie ein braver Junge durch den Stall hinaus. Männsken! Ich wusste nicht, ob er mich oder meinen Großvater gemeint hatte. Auch dessen Name war Hermann gewesen. Als ich ins gleißende Sonnenlicht hinaustrat, war es mir, als erwachte ich schlagartig aus einem Traum, und alles, was ich im Molenkotten gesehen und gehört hatte, erschien mir wie ein Spukgebilde. Dummes Zeug! Vermutlich lag es an der stickigen und modrigen Luft, die die Sinne benebelte und den Geist verwirrte.

Du wirst vermutlich über dieses alberne Vorkommnis lachen, Jaap, doch mich beschäftigt es mehr, als mir lieb ist und ich mir eingestehen will. Je länger ich darüber nachdenke, desto sicherer bin ich mir, dass ich ihn gesehen habe. Den Jungen mit dem Strubbelhaar. Und irgendetwas war seltsam in seinem Gesicht. Etwas stimmte nicht mit ihm. Ja, lach du nur, ich habe deinen Spott verdient. Aber ich kann es nicht ändern, mir ist nicht nach Lachen zumute.

Wieso wusste mein Großonkel, dass ich den Jungen gesehen hatte? Und woher wusste er von meinem Besuch beim Schulzen? Er hat davon erzählt, als sei er anwesend gewesen, selbst die Lokomobile hat er erwähnt. Vermutlich hat ihm irgendjemand davon berichtet. Andererseits lebt er fernab im Moor, und wenn ich der Tenhagen glauben darf, dann meiden die Dorfbewohner den alten

Kauz wie einen Moorteufel. Du merkst, meine Gedanken drehen sich im Kreis und kommen zu keinem Ergebnis. Es ist zum Haareraufen.

Spökenkieker! So ein Unfug!

Wie gut, dass ich diesen Brief mit einer weitaus freudigeren Begegnung beenden kann. Ich muss mich zwingen, den alten Johann aus meinen Gedanken zu verbannen und mich stattdessen mit Elisabeth Gerwing befassen. Ein ungleich schönerer Anblick und freundlicherer Mensch. Die Schulzentochter stattete mir am gestrigen Dienstag den versprochenen Besuch am Kolk ab und machte sich prompt darüber lustig, dass meine vermeintlich interessante Arbeit darin bestünde, Hügel zu zählen und mit dem Zollstock zu vermessen. Ich erklärte ihr, dass diese Arbeiten zwar langweilig, aber notwendig seien und übrigens kurz vor dem Abschluss stünden. Dann beginne die eigentliche Ausgrabung. Ich solle mich melden, sobald ich etwas Spannendes entdeckt hätte, meinte sie und wollte ihrem Pferd bereits die Sporen geben, als sie sich erneut umwandte und mich fragte, ob ich die Kolkmühle schon besichtigt hätte. Sie sei sehr alt und klapprig, wie geschaffen für einen Altertumsforscher, und außerdem gebe es eine kleine Gaststätte gleich nebenan, die Mühlenschänke. Elisabeth würde sich glücklich schätzen, mir beides zu zeigen. Sie schlug den Sonntag vor, zum Kaffee am Nachmittag. Der Kirschkuchen der Mühlenwirtin sei unvergleichlich. Mein Herz hüpfte vor Freude, und ich hätte am liebsten laut gejubelt, doch ich nickte nur und wagte anzumerken: »Nur wir beide? Ist das nicht …«

»Unschicklich?«, beendete sie meine Frage und schüttelte den Kopf. »Keine Angst, ich komme nicht allein!« Dann tippte sie sich wie ein Mann an den Hut und ritt lachend davon.

Sonntag also! Ich hoffe nur, sie bringt nicht ihren Vater mit. Eine weitere Lektion in Gerwing'scher Größe und Wichtigkeit könnte ich vermutlich nicht ertragen. Sobald ich allerdings an die Tochter denke, wird mir warm ums Herz, und nicht einmal das Getöse des Schulzen wird mir dieses Wiedersehen verleiden. Lisbeth! Sie hat mir erlaubt, sie mit ihrem Kosenamen anzusprechen. Und ich will es an dieser Stelle gleich dreifach tun: Lisbeth, Lisbeth, Lisbeth!

Mein lieber Jaap, dieser Brief ist sehr lang geworden, und ich hoffe, du siehst mir meine Stimmungsschwankungen und Gefühlsausbrüche nach. Ich werde dich natürlich auf dem Laufenden halten, sowohl hinsichtlich meiner Arbeit und meiner seltsamen Familie, aber auch in Bezug auf die oben beschriebenen Herzensangelegenheiten.

Wünsche mir Glück und denke mit brüderlicher Nachsicht an deinen lieben Freund Hermann

Zweites Kapitel

Das Tagebuch des Hermann Vortkamp

Donnerstag, 13. Juli 1876

Zehn Tage sind es nun, aber mir dröhnt der Schädel, als hätte ich bereits Monate in diesem Dorf verbracht und wüsste vor lauter Durcheinander nicht, was eigentlich geschehen ist. Vielleicht beginne ich deshalb dieses Tagebuch: um mir selbst Klarheit zu verschaffen, um die Dinge wieder ins Lot zu bringen. Ein alter Mann und eine junge Frau haben meine Gedanken und Sinne betört, beide auf sehr unterschiedliche, aber deswegen nicht minder dauerhafte Weise. Ich schreibe dieses Tagebuch, weil ich glaube, dass ich in nicht allzu ferner Zukunft etwas Schriftliches benötigen werde, an das ich mich halten kann. »Denn was man schwarz auf weiß besitzt, das kann man getrost nach Hause tragen.« So sagt es der Schüler im »Faust«, und mir geht es wie ihm: Ich zweifle an meinem Verstand, an meinen geistigen Fähigkeiten. Vielleicht hilft es, alles niederzuschreiben und damit Ordnung in meinem Kopf zu schaffen.

Ich habe diesem Buch die Abschriften zweier Briefe vorangestellt, die ich in den vergangenen Tagen meinem verehrten Freund Jaap Netenkam nach Amsterdam geschrieben habe. Sie erklären und beschreiben, wie und warum es mich nach Ahlbeck verschlagen hat und was mir widerfahren ist. Womöglich wird er über mich und meine wirren Gedanken lachen, aber ich kann mir nicht helfen. Ich bin hin- und hergerissen zwischen unbestimmter Angst und überschwänglicher Freude. Dieser Ort wirkt auf mich zugleich heimelig und unheimlich, seine Bewohner sind mir fremd und doch erstaunlich nahe. Obwohl ich nicht hier geboren wurde und vor meiner Ankunft so gut wie nichts über das Dorf wusste, fühle ich mich in Ahlbeck bereits zu Hause. Aber es ist ein Zuhause wie in einem Märchen der Gebrüder Grimm, voller Hexen und böser Geister, die mich in meinen Träumen verfolgen.

Erst in der vergangenen Nacht hatte ich einen solchen Albdruck. Der kleine Junge aus dem Molenkotten erschien mir im Traum. Er trug eine Kerze in der Hand, und sie beleuchtete sein bleiches Gesicht, sodass ich erkennen konnte, was mich bei seinem ersten Anblick so irritiert hatte. Sein Oberkiefer war bis unter die Nase gespalten, wie bei einem Hasen. Der Junge winkte mir zu, traurig und beinahe flehend. Als ich aus dem Schlaf hochfuhr, war ich mir nicht sicher, ob ich wirklich geträumt hatte. Ich saß aufrecht und schweißnass im Bett und starrte ans Fußende, wo der Junge gestanden und gewinkt hatte, als bräuchte er Hilfe.

Ich weiß, dass solche Gedanken eines ehemaligen Studenten der Archäologie und angehenden Forschers unwürdig sind, und ich wehre mich gegen sie. Dennoch habe ich das Gefühl, dass es einen bestimmten Grund gibt, warum es mich nach Ahlbeck verschlagen hat. Es war weder ein bloßer Zufall noch die Laune meines Professors, die mich hergelockt haben. Es klingt albern und unvernünftig, aber ich glaube, ich wurde gerufen. Man hat mich erwartet.

Doch jetzt Schluss mit dem Unsinn. Die Arbeit ruft.

Freitag, 14. Juli

Heute habe ich endlich mit den Ausgrabungen begonnen, das langweilige Zählen, Ausmessen und Kartografieren hat ein Ende. Dreiundneunzig Grabhügel habe ich in der Heide südlich der Kolkmühle erfasst. Die meisten von ihnen haben einen Durchmesser von etwa drei bis maximal fünf Metern und eine Höhe von etwa anderthalb Metern. Lediglich zwei Hügel fallen aus dem Rahmen. Ich habe ihnen die Nummern 92 und 93 gegeben, sie liegen etwas abseits, nördlich des Kolks, am Rande des Moors, und unterscheiden sich durch die enorme Größe und einen Durchmesser von über zwanzig Metern. Noch ist es Spekulation, aber es ist durchaus denkbar, dass diese Gräber älteren Datums sind. In der späten Jungsteinzeit und der älteren Bronzezeit (also von 2000 bis 1200 vor Christus) waren Körperbestattungen üblich; die unverbrannten Toten wurden unter relativ großen Grabhügeln beerdigt. Der Brauch, die Verstorbenen zu verbrennen und die Asche in kleineren Grabhügeln zu bestatten, setzte sich in Westfalen mit Beginn der jüngeren Bronzezeit (etwa im 12. Jahrhundert vor Christus) durch. Nach der Verbrennung der Toten auf dem Scheiterhaufen wurden die Asche und die Knochenrückstände in einer tönernen Urne beigesetzt. Manchmal wurde der Verstorbene mit Beigaben ausgestattet, mit kleineren Gefäßen für Speisen und Getränke, seltener auch mit Schmuck und bronzenen Geräten. Der Hügel Nr. 1, den ich heute untersucht habe, zeigte die üblichen Verbrennungsrückstände. In der Mitte fanden sich Urnenscherben mit unverzierten Wänden sowie verbrannte Knochenreste. Grabbeigaben waren nicht zu erkennen, keine Tränenkrüglein (die man wegen ihrer Winzigkeit so nennt), keine Werkzeuge, kein Schmuck. Nicht gerade Aufsehen erregend, aber ich bin guter Hoffnung, in den anderen Hügeln zumindest vollständig erhaltene Urnen und die eine oder andere Überraschung zu entdecken. Am liebsten würde ich mich sogleich auf die großen Hügel stürzen, wo mich womöglich gut erhaltene Skelette aus vorgermanischer Zeit erwarten, doch die Reihenfolge der Grabungen ist nicht von ungefähr gewählt. Ich arbeite mich von Norden nach Süden vor, beginne also in unmittelbarer Nähe der Kolkmühle und beende meine Arbeit mit den Riesenhügeln am Kolk. Systematisches Vorgehen ist dringend vonnöten, auch wenn meine Entdeckerlust mir zu schaffen macht. Die heutigen, etwas spärlichen Funde habe ich nummeriert und in kleinen Leinensäckchen verstaut, die nun in einem

Überseekoffer auf dem Dachboden der Schänke lagern. Frau Tenhagen hat mir dies freundlicherweise gestattet. Sie scheint keine Ahnung zu haben, dass auch Leichenreste unter ihrem Dach weilen. Bei ihrem Glauben an Geister und Gespenster würde sie vermutlich kein Auge mehr zumachen.

Wenn man vom Teufel spricht …

Gerade hat die Wirtin an die Tür geklopft und mir ausgerichtet, der Pastor habe heute Nachmittag nach mir gefragt. Ob ich am Abend Zeit hätte, mit ihm zu speisen. Ich wisse schon, in welcher Angelegenheit.

Ich hatte Uppenkamp völlig vergessen. Mal sehen, was er mir zu zeigen hat. Allerdings bezweifle ich, dass es einem Altertumsforscher Freude bereiten wird. Vermutlich handelt es sich um gefälschte Reliquien oder unbedeutende Kirchenmalerei. Ich habe in meinem kurzen wissenschaftlichen Leben schon so viele Splitter aus dem Kreuze Jesu gesehen, dass man damit die Baumberge bewalden könnte. Nun, warum nicht? Und eine Einladung zum Essen ist immerhin eine willkommene Abwechslung.

Nachts

Die Überraschungen nehmen kein Ende. Wenn sich das, was der Pastor mir gezeigt und zur Prüfung übergeben hat, als das entpuppt, wofür ich es halte, dann verbirgt das Dorf ein erstaunliches Geheimnis, wenn nicht gar eine historische Sensation. Ich werde das gute Stück sofort nach Münster bringen und von den dortigen Gelehrten untersuchen lassen. Die werden Augen machen! Doch was bedeutet »ADRDHBS«?

Gemach, gemach! Was hat dieses Tagebuch für einen Sinn, wenn ich mich unverständlich und kryptisch ausdrücke? »Heil'ge Ordnung, segensreiche Himmelstochter«, so heißt es bei Schiller, und auch ich muss meinen Bericht ordentlich verfassen und mit dem Anfang beginnen.

Als ich an die Tür des Pastorats klopfte, wartete Uppenkamp bereits auf mich und bat mich in sein Arbeitszimmer. Wie ich an den gefüllten, bis unter die Decke reichenden Bücherregalen erkennen konnte, ist der Pastor ein belesener Mann. Auf einem Tisch in der Ecke des Raumes lagen einige Zeitungen, nicht nur die katholische »Kölnische Volkszeitung«, sondern auch Blätter aus der Reichshauptstadt, die ich niemals in Ahlbeck vermutet hätte. Uppenkamp sah meinen überraschten Blick und sagte, nur weil man fernab der Zivilisation lebe, dürfe man nicht vergessen, dass es diese Zivilisation gebe. Mit Stolz deutete er auf eine vierbändige und in Leder gebundene Ausgabe eines Buches mit dem Titel »Krieg und Frieden«, von dem ich noch nie gehört hatte.

Matthias Uppenkamp ist ein erstaunlicher Mann, sehr gescheit und nicht minder gottesfürchtig und zugleich politisch denkend. Dies erfuhr ich allerdings erst beim Essen, das im Wohnzimmer des Pastorats von einer dicken Haushälterin aufgetragen wurde. Wie ich den Ausführungen des Priesters entnehmen konnte, war Uppenkamp bereits zweimal unter Arrest gestellt und noch öfter mit einem Bußgeld belegt worden, weil er gegen den so genannten Kanzelparagrafen verstoßen hatte. Auch dieses Gesetz, das den katholischen Priestern jeden politischen Kommentar in ihren Predigten untersagt, ist Teil des Kampfes des Reichskanzlers gegen die Katholiken und ihre Zentrumspartei. Sobald bei Tisch der Name Bismarck fiel, echauffierte sich der Pastor derart, dass er rot anlief und die Backen wie ein Frosch aufblähte. Auf meinen Großonkel war er ähnlich schlecht zu sprechen; er weigerte sich beharrlich, auf meine Fragen bezüglich des alten Johann zu antworten. Er sei ein Antichrist und damit genug der Rede! Uppenkamp hat eine kämpferische, zur Cholerik neigende Natur, und es steht zu befürchten, dass er noch des Öfteren mit der preußischen Gesetzgebung in Konflikt geraten wird. Mit Freude verkündete der Pastor, dass der angebliche Fürst (so nennt er Bismarck mit unverkennbarer Häme) in seinem vermeintlichen Kampf für die Kultur so vernichtend geschlagen werde. Bei sämtlichen Wahlen im

Münsterland habe das Zentrum die absolute Mehrheit erreicht, und je rigoroser der gottlose Preuße gegen die Rechtgläubigen vorgehe, desto stärker werde deren Partei. Nichts stärke einen Glauben mehr als Anfeindung und Märtyrertum. Ich wagte einzuwenden, Bismarck habe bislang keine Katholiken umgebracht, doch der Pastor wiegelte ab. Noch ein, zwei Jahre, so prophezeite Uppenkamp, dann gebe der falsche Fürst auf.

Nachdem der Schweinebraten gegessen und der anschließende Sherry (ein teurer Import aus England) getrunken war, wagte ich den Kirchenmann auf sein eigentliches Anliegen anzusprechen. Oh ja, antwortete Uppenkamp, das habe er vor lauter Politik beinahe vergessen. Wieder führte er mich in sein Arbeitszimmer, öffnete die Schublade seines Sekretärs und kramte darin herum. Während er die Lade durchwühlte, warf ich einen Blick auf das Manuskript, das auf dem Sekretär ausgebreitet war und bei dem es sich offensichtlich um einen Entwurf der sonntäglichen Predigt handelte. Den ersten Sätzen zufolge dürfte diese Predigt ihm weitere Scherereien einhandeln.

»Da ist es«, frohlockte der Pastor, drehte sich um und reichte mir eine kupferne Münze. »Was halten Sie davon?«

Bei der Münze handelte es sich nicht um ein Geldstück, sondern um eine Art Medaillon, auf dem jedoch keinerlei Bildnis, sondern nur Buchstaben zu erkennen waren. Die Inschrift der Vorderseite bestand aus vier Lettern: »DWWF«. Obwohl mich dieses Kürzel an irgendetwas erinnerte, konnte ich mir nicht sofort einen Reim darauf machen. Ich drehte die Medaille um und las die niederdeutsche Inschrift: »WAT GOT WIL AN UNS.« Außerdem gab es eine winzige Umschrift, die nur schwer zu entziffern war: »ES SINT VIL ANSCHLEG IN EINS MANS HERTZ ADRDHBS«

Da Uppenkamp die Ratlosigkeit an meinem Gesicht ablesen konnte, sagte er: »Die Inschrift der Rückseite ist leicht zu erklären. Es handelt sich um ein Bibelzitat. Sprüche Salomos 19,21.«

Das Stichwort »Bibel« sorgte dafür, dass meine grauen Zellen sich regten. Plötzlich wusste ich, was das Kürzel auf der Vorderseite der Münze bedeutete und woher ich es kannte. Ich zuckte regelrecht zusammen, hielt dem Pastor die Medaille hin und sagte: »DWWF. Das Wort wird Fleisch!«

Uppenkamp zog die Augenbrauen zusammen, nickte dann und sagte: »Evangelium nach Johannes.« Er griff nach der Bibel, die an exponierter Stelle auf seinem Sekretär stand, blätterte darin und fand die gesuchte Stelle: »Und das Wort wurde Fleisch und wohnte unter uns.« Wieder wandte er sich an mich und fragte: »Was hat das zu bedeuten?«

»Wiedertäufer«, sagte ich. »Die Teufel von Münster.« So hatte Martin Luther die Täufer genannt, die vor beinahe 350 Jahren den Fürstbischof aus der Stadt verjagt, ihr »Königreich Zion« gegründet und ein Jahr lang ganz Münster samt Umgebung in Angst und Schrecken versetzt hatten. Jedes Kind im Münsterland kannte die furchterregende und grausame Geschichte der Wiedertäufer. Sechzehn Monate hatte der Bischof mit seinen Truppen die Stadt belagert, bevor er Münster zurückerobern und die Anführer verhaften und hinrichten lassen konnte. Die Leichname der Täufer wurden in drei Käfigen an der Lambertikirche aufgehängt und zur Schau gestellt, um ihnen ein christliches Begräbnis zu verwehren. Zwar hatte ich noch nie ein Erkennungszeichen der Täufer in der Hand gehalten, aber ich wusste, dass es solche Medaillons gegeben hatte. Wenn ich mich recht erinnerte, bezog sich das Zitat auf der Vorderseite auf das Christusverständnis der Wiedertäufer: Christus als das reine, Fleisch gewordene Wort Gottes.

»Das Wort wird Fleisch«, murmelte Uppenkamp und nickte bedächtig. »Der zentrale Satz dieser fehlgeleiteten und gefährlichen Schwärmer. Sie glaubten, Irdisches und Göttliches sei strikt zu trennen, und deswegen könne Christus in der Eucharistie nicht fleischlich in Brot und Wein anwesend sein. Wissen Sie, dass die Wiedertäufer einfaches Weißbrot beim Abendmahl verwendeten?« Mit Verachtung setzte er hinzu: »Gewöhnlichen Stuten!«

»Gab es Wiedertäufer in Ahlbeck?«, fragte ich.

»Nicht dass ich wüsste.«

»Wo haben Sie das Medaillon gefunden?«

Statt einer Antwort fasste der Pastor mich am Arm, schob mich durch die Tür und sagte: »Kommen Sie!« Er nahm ein Windlicht und führte mich aus dem Haus. Draußen war es inzwischen dunkel. Das Pastorat befand sich am Rande des Friedhofsgeländes und war samt diesem von einer mannshohen Mauer umgeben. Ein schmaler, leicht ansteigender Pfad führte vom Haus über den Friedhof direkt zur Sakristei. Auf dem Weg zur Kirche erklärte der Pastor, das Gotteshaus sei vor etwa hundert Jahren renoviert und erweitert worden, aus dieser Zeit stamme auch der Bau des Pastorats. Ich nickte, hatte aber keine Ahnung, worauf Uppenkamp hinauswollte. Bei den Umbauten sei dem Architekten etwas Seltsames aufgefallen, fuhr der Priester fort, die Kirche sei nämlich nur unter dem Langhaus unterkellert gewesen. Im Laufe der Arbeiten seien die Männer schließlich im Kellergewölbe auf einen zugemauerten Durchlass gestoßen. Sie hätten die Mauer eingerissen und eine Krypta entdeckt, die sich direkt unterhalb des Chorraums befand. »Eine uralte Gruft, in der die ersten Priester der Gemeinde begraben lagen«, setzte Uppenkamp hinzu und schloss die Sakristei auf. »Kein Mensch weiß, wann und warum die Krypta zugemauert wurde. Ein Mysterium, wenn Sie so wollen.«

Uppenkamp leuchtete mit dem Licht voraus und ging zu einer eisernen Falltür, die im hinteren Teil der Sakristei in den Keller führte. Ich folgte ihm und hatte Mühe, nirgendwo anzustoßen. Überall standen Gerätschaften und Regale herum, Betstühle oder Kleiderständer für die Kirchengewänder. Als der Pastor die Falltür öffnete, kam darunter eine hölzerne Wendeltreppe zum Vorschein. Uppenkamp stieg die Treppe hinab, und ein kalter Hauch schlug ihm entgegen, der beinahe das Windlicht ausblies. »Nehmen Sie eine Kerze vom Tisch. Gleich neben den Gebetbüchern.« Dann war er verschwunden.

In der Dunkelheit tastete ich nach einer Kerze und beeilte mich, dem Priester zu folgen. Ein schwacher Lichtschein drang aus der Öffnung im Boden, und als ich die halsbrecherische

Treppe bewältigt hatte, entzündete Uppenkamp meine Kerze an seinem Windlicht. Ich schaute mich in dem Halbdunkel um, und mir gefror das Blut im Leibe. Ringsum in den Wänden waren zahlreiche Aushöhlungen für die beigesetzten Toten zu sehen, wie in einer römischen Katakombe. Einst waren diese Gräber allesamt zugemauert gewesen, doch nun fehlten einige der steinernen Verschlüsse, und ich erkannte Skelette und Totenschädel, die sich im flackernden Licht zu bewegen schienen.

»Unheimlich, nicht wahr?«, sagte Uppenkamp. »Aber schauen Sie hier!« Er deutete auf eine kleine Statue, die in der Mitte der beinahe quadratischen Krypta neben einem kleinen Altar auf einem verwitterten Sockel stand. Die Inschrift direkt über dem Boden war kaum noch auszumachen. Sie begann mit »WI« und endete mit »AR«. Der Mittelteil war nicht zu entziffern.

»Wer liegt dort begraben?«, wollte ich wissen.

»Darüber gibt es die wildesten Spekulationen«, antwortete der Pastor und leuchtete mit dem Windlicht auf die Statue, die eine männliche Person im Priestergewand darstellte. »Der Mann trägt ein Schwert in der einen und ein Kruzifix in der anderen Hand. Vielleicht ist es der heilige Liudger, der erste Bischof von Münster. Oder es handelt sich um einen frühen Missionar der Gemeinde. Die Pfarrchronik reicht leider nicht so weit zurück. Im Jahr 1535 ist das Pastorat abgebrannt. Sämtliche Papiere wurden damals vernichtet. Kein Mensch weiß, wer sich hinter WI___AR verbirgt.«

Der Pastor hatte die Jahreszahl des Brandes ganz beiläufig genannt, doch ich horchte augenblicklich auf. In genau diesem Jahr 1535 war, wenn ich mich nicht gänzlich täuschte, die Herrschaft der münsterischen Täufer gewaltsam beendet worden. Vielleicht nur ein Zufall, der nichts zu besagen hatte, doch er brachte mich zu der kupfernen Münze zurück.

»Wo haben Sie das Medaillon gefunden?«

»In einem der Gräber«, antwortete Uppenkamp und wies auf eine Grabstelle in der östlichen Mauer der Krypta. »Es war nicht wie die anderen Gräber zugemauert, sondern mit einem großen

Stein verschlossen, der sich vor kurzem gelöst und das Grabinnere freigelegt hat. Schauen Sie selbst!«

Als ich das offene Grab näher in Augenschein nahm, fuhr ich unwillkürlich zurück und rief: »Aber dort sind zwei Skelette! Zwei Totenschädel!«

»Seltsam, nicht?«

Das war es tatsächlich. Zwei Leichen waren in dem Grab bestattet, Kopf an Kopf, Becken auf Becken, als hätten sie bäuchlings aufeinander gelegen. Während der eine Schädel mit den Augenhöhlen nach oben zeigte, wies die Gesichtspartie des anderen nach unten. Von der Kleidung war nichts als Staub übrig geblieben, beide Leichen waren bis auf die blanken Knochen verwest, und doch hatte ich das unbestimmte Gefühl, dass sie nicht gemeinsam und zur selben Zeit dort bestattet worden waren.

»Und in diesem Grab lag das Medaillon?«

Uppenkamp nickte. Seinem Gesichtsausdruck war anzusehen, dass auch er sich keinen Reim darauf machen konnte. »Ein Mysterium«, sagte er.

Ich wollte ihm bereits zustimmen, als ich ein leises Wispern hörte. Es klang wie das weit entfernte Weinen eines Kindes. Ich fuhr herum, starrte in die Richtung, aus der das Geräusch gekommen war, und sah nichts als tiefe Schwärze.

»Haben Sie das gehört?«, fragte Uppenkamp.

»Sie auch?«, wunderte ich mich und war zugleich erleichtert, dass ich nicht wieder kindliche Geister gesehen oder gehört hatte. »Was ist das?«

»Ein Luftzug. Wegen der offenen Falltür.«

Ich hielt die Kerze ausgestreckt und sah, dass sich die Flamme nach Osten, zur Mauer hin, bewegte. »Aber wie kann das sein?«, wunderte ich mich. »Das würde ja bedeuten, dass …«

Wieder forderte Uppenkamp mich auf: »Kommen Sie!«

Mit dem Windlicht ging er voran, und erst jetzt sah ich, dass die Krypta nicht völlig rechteckig geschnitten war. In einer Ecke gab es eine Ausbuchtung oder Nische, als habe hier früher einmal eine Statue gestanden. Der Pastor leuchtete in die Nische, und ich erkannte eine kleine Eisentür, die sich unmerklich hin und her bewegte und die leisen Wispergeräusche von sich gab, die mich an das Weinen eines Kindes erinnert hatten.

»Was befindet sich hinter der Tür?«

»Ein geheimer Gang«, antwortete der Pastor. »Wenn Sie keine Angst haben, sich dreckig zu machen, dann können wir ihn begehen. Er führt zum Friedhof.«

Nichts hätte mich jetzt zurückhalten können, und so krochen wir durch die kaum einen Meter hohe Pforte und landeten in einem gemauerten Gang, der über Treppenstufen steil anstieg und in dem man sich nur gebückt fortbewegen konnte. Die Luft war dünn und stickig, die Flamme meiner Kerze wurde zu einem blassen bläulichen Licht, das kaum mehr als einen halben Meter weit reichte. Zum Glück kannte Uppenkamp den Weg und die Stiegen, sodass er mich warnen konnte, wenn wir eine glitschige oder steile Stelle erreichten. Schließlich erreichten wir das Ende des Ganges, das mit einer waagerechten Steinplatte verschlossen war. Der Pastor reichte mir das Windlicht und schob die Platte zur Seite. Im selben Moment gingen beide Lichter aus; der plötzlich einsetzende Windzug hatte sie ausgeblasen. Über uns kam der wolkenlose Sternenhimmel zum Vorschein. Wir befanden uns mitten auf dem Friedhof, direkt neben oder hinter einer gemauerten Gruft und unweit der Friedhofsmauer. Der Eingang des Tunnels war gut verborgen, eine kleine unscheinbare Steinplatte unter einem Schwarzdornbusch, im Schatten einer riesigen Gruft.

»Wem gehört die Gruft?«

»Der Schulzenfamilie«, antwortete der Pastor und schob die Platte zurück.

»Welchen Zweck hatte der Geheimgang?«

»Auch darüber kann ich nur mutmaßen«, sagte Uppenkamp, »vielleicht war er früher einmal mit der Schulzengruft verbunden, oder er diente den Priestern als Fluchttunnel.«

»Wovor hätten sie fliehen sollen?«

Der Pastor hob die Achsel, fasste sich mit beiden Händen an die Schultern, als sei ihm kalt, und sagte: »Es ist spät geworden.«

»Darf ich die Medaille behalten?«, fragte ich. »Ich würde sie gern nach Münster schicken und von Professor Braun untersuchen lassen.«

»Tun Sie das«, erwiderte er.

Ich bedankte mich, wollte mich verabschieden und den Friedhof in Richtung Dorfplatz verlassen, als der Pastor mich zurückhielt und um einen Augenblick Geduld bat. Er lief ins Pastorat und kam nur wenige Sekunden später mit einem Büchlein in der Hand zurück. »Sie scheinen sich sehr für die Wiedertäufer zu interessieren«, sagte er und reichte mir das Buch. »Lesen Sie!«

Im schwachen Mondlicht konnte ich die Titelseite nicht entziffern, bedankte mich aber erneut und ging zur Schänke.

Jetzt liegt das Buch vor mir auf dem Tisch. Es stammt von einem gewissen Dr. C. A. Cornelius, trägt den Titel »Berichte der Augenzeugen über das münsterische Wiedertäuferreich« und erschien vor gut zwanzig Jahren im Verlag der Theissing'schen Buchhandlung zu Münster. Ob es mir als Bettlektüre willkommen ist, wage ich noch nicht vorherzusehen. Es ärgert mich, dass der Pastor es mir wie einem Schüler aufgedrängt und zu lesen befohlen hat.

Auch die Kupfermünze liegt nun vor mir, und immer noch rätsele ich über die Buchstaben »ADRDHBS«. Ein Bibelzitat, hat Uppenkamp gesagt. Sprüche Salomos 19,21.

Gerade habe ich in der Bibel nachgeschlagen (ein Exemplar der Heiligen Schrift befand sich, wie nicht anders zu erwarten, in meinem Nachtschränkchen). »Viele Pläne fasst das Menschenherz«, heißt es bei den Sprüchen Salomos, und dies entspricht in etwa der plattdeutschen Münzumschrift: »ES SINT VIL ANSCHLEG IN EINS MANS HERTZ«. Der Spruch Salomos endet mit den Worten: »Aber der Rat des Herrn bleibt stehen.«

ADRDHBS

Das Rätsel ist gelöst. Nun werde ich gut schlafen können.

Montag, 17. Juli

Eine schlaflose Nacht liegt hinter mir. Nein, eigentlich habe ich bereits zwei Nächte lang kein Auge zugetan. Die gestrige aus banger und vorfreudiger Erwartung, die heutige aus Enttäuschung und Kummer. Es ist vier Uhr in der Frühe, die ersten Vögel melden sich mit fröhlichem Gezwitscher, im Osten hellt sich der Himmel bereits merklich auf, doch in meiner Seele ist es finster, als gäbe es keinen neuen Tag mehr. Was soll ich bloß unternehmen? Mich in die Arbeit stürzen und so tun, als habe es den gestrigen Sonntag nicht gegeben?

Als ich am Samstagmorgen im Grabhügel Nr. 3 eine vollständig erhaltene Urne und gleich daneben ein Gerät aus Felsgestein fand, da wollte mir das noch als gutes Omen erscheinen. Das steinerne Werkzeug ist auch deshalb bemerkenswert, weil es aus dem Bruchstück einer aufwändig geschliffenen Axt der jüngeren Bronze- oder vorrömischen Eisenzeit gefertigt ist. Auffällige Gebrauchsspuren an der Bruchfläche lassen darauf schließen, dass die Axt nach Verlust der Schneide als Hammer oder Stößel weiterverwendet wurde. Ein durchaus erstaunlicher Fund, der für mich umso interessanter war, da er mir Gelegenheit bieten würde, bei meinem bevorstehenden Treffen mit Lisbeth ein wenig damit zu prahlen. Wie eitel und kindisch, ich gebe es gern zu, und wenn ich jetzt darüber nachdenke, so kann ich nur mit dem Kopf schütteln.

Nichts als Flausen!

Was ist eigentlich geschehen? Kaum etwas, auf das ich nicht hätte vorbereitet sein können. Wieso wundere ich mich also darüber, warum hat es mich derart aus der Bahn geworfen, dass es mir den Schlaf und den Verstand raubt? Weil mich die Worte meiner Wirtin in die Irre geführt hatten? Ich hätte auf das Gerede der Tenhagen nichts geben dürfen!

Am Sonntag saß ich bereits um zwei Uhr nachmittags in der Mühlenschänke »Zum schwarzen Kolk« und wartete auf die

Schulzentochter. Eigentlich hatte ich gehofft, Lisbeth in der morgendlichen Messe zu sehen und sie nach einer genauen Uhrzeit für unser Stelldichein zu fragen, doch sie war nicht anwesend. Die gesamte Schulzenfamilie fehlte, die Kirchenbank in der ersten Reihe blieb verwaist. Also ging ich möglichst rechtzeitig zur Mühle, bestellte bei der Kolkwirtin einen Kaffee und setzte mich ans Fenster. Obwohl es herrlichstes Wetter war, hatte die Wirtin keine Tische nach draußen gestellt, für wen auch? Keine sonntäglichen Spaziergänger kamen des Weges, niemand verirrte sich hierher. Das Wirtshaus war wenig mehr als eine umgebaute Scheune oder Tenne und diente unter der Woche den Bauern dazu, die oft lange Wartezeit vor der Mühle bei einem Bier oder Kartenspiel zu verkürzen. Der Innenraum war schmucklos eingerichtet, der Boden bestand aus gestampftem Lehm, keine Bilder oder Nippsachen hingen an den unverputzten Wänden. Die Tische und Bänke waren aus massiven und grob gezimmerten Eichenplatten gefertigt, und den Kaffee bekam man samt Prütt (wie man den Kaffeesatz hier nennt) in unhandlichen Steingutpötten serviert. Der erstaunlich gute Geschmack des Kaffees und der malerische Ausblick durch die Butzenscheiben auf die alte Mühle entschädigten jedoch für manches.

Die Wassermühle hatte ich in den vergangenen Tagen bereits mehrmals, auch aus beruflichem Interesse, in Augenschein genommen. Über einem rußgeschwärzten Fundament aus Sandsteinquadern war sie zu ebener Erde im Fachwerkstil erbaut. Das beinahe bis zum Boden reichende Dach war wie auch der Giebel aus Eichenholz gezimmert. Zwei Türen führten ins Innere; durch eine kleine, mit Eisen beschlagene Pforte betrat man vom Mühlenwehr aus das Erdgeschoss, der Haupteingang jedoch war eine Rundbogentür auf der südöstlichen Seite. Sie führte zum Untergeschoss, und in ihren hölzernen Türbogen waren zwei Datumsangaben geschnitzt: »Anno Domini 1629« und in kaum lesbaren Lettern darunter »A. D. 1535«. Über der Tür war ein in Sandstein gehauenes Wappen ins Fachwerk eingelassen. Darauf waren neben einigen Initialen weitere Jahreszahlen zu lesen: »Renovatum Anno 1721« und »Item 1814«.

Die Mühle hatte, wie ich bereits wusste, in den Jahrhunderten seit ihrer Errichtung einiges über sich ergehen lassen. Feuersbrünste, Staubexplosionen, Blitzschläge, räuberische Überfälle! Mehrmals war sie zerstört und wieder aufgebaut worden. Das letzte Mal vor gut sechzig Jahren. Erneut sprang mir die Jahreszahl 1535 ins Auge. Noch so ein Zufall!

Außer mir befand sich nur ein weiterer Gast in der Schänke, ein alter Mann mit schlohweißem Haar, runzligem Gesicht und abstehenden Ohren. Er trug einen verschlissenen schwarzen Anzug, aus dem als Hemdkragen ein steifer Vatermörder herauslugte, der schon vor einem halben Jahrhundert aus der Mode gekommen war. Der Alte hockte gebückt in einem Lehnstuhl am Nachbartisch, las in einem Buch, nippte an seinem Kaffee und kicherte hin und wieder. Ich versuchte den Titel des Buches zu erkennen und las »Der Idiot«. Dem Kichern nach zu urteilen, schien es ein lustiges Buch zu sein.

Bei meinem Versuch, die Worte auf dem Buchrücken zu entziffern, hatte ich mich ein wenig zu dem Alten hinübergebeugt. Er legte das Buch beiseite, nickte mir zu und fragte: »Schon fündig geworden? Vogelsang!«

»Wie bitte?«

»Vogelsang, mein Name«, erwiderte der Alte. »Jeremias Vogelsang. Aber im Dorf nennen sie mich den Magisterbauern.«

»Sie sind Lehrer?«

»Mm-mmh«, machte er und zuckte mit den Schultern. »Das ist lange her.«

Ich stellte mich vor und antwortete auf seine anfängliche Frage nach meinen Funden. Wie schön, dass ich nicht nur Scherben und Asche zu bieten hatte.

»Sie sollten die Toten ruhen lassen«, sagte er, ohne mich dabei anzusehen.

»Glauben Sie etwa auch an Geister?«, fragte ich.

Er lachte scheppernd und schüttelte den Kopf, dass seine Haare flogen. »Geister? Papperlapapp! Vor den Lebenden muss man sich fürchten, nicht vor den Toten. Das sind die wirklichen Teufel.«

»Warum soll ich die Toten also fürchten?«

»Es geht nicht darum, Angst vor ihnen zu haben, sondern Respekt zu zeigen«, antwortete er, und sein Tonfall verriet mir, dass nicht nur mein Tun, sondern auch meine Person ihm missfielen. »Es sind verstorbene Menschen, Herrgott noch mal! Auch wenn es gottlose Heiden waren, so macht sie das noch nicht zu Tieren.« Er schüttelte indigniert den Kopf und beendete das Gespräch, indem er sich brüsk abwandte und nach seinem Buch griff.

Ich kam mir vor wie ein gemaßregelter dummer Schüler. Der alte Mann hatte tatsächlich etwas von einem Lehrer an sich, und wie ein Schüler hatte ich das Bedürfnis, mich innerlich über ihn lustig zu machen. Doch zugleich und gegen meinen Willen flößte mir der Alte Respekt ein. Magisterbauer!

In diesem Moment ging die Tür auf, ich fuhr hoch, und mein Herz jubelte. Lisbeth fegte wie ein Wirbelwind durch den Raum, grüßte die Wirtin und den Alten mit einem beiläufigen Winken und baute sich vor meinem Tisch auf. Sie drehte sich im Kreis und fragte: »Gefalle ich Ihnen?«

Der Grund für ihre allzu direkte und unwirsch gestellte Frage war nicht zu verkennen. Zum ersten Mal sah ich Lisbeth in einem Kleid; es war dunkelrot und aus feinstem Material, Seide und Batist. Ein modisches Jackenkleid mit schmaler Taille, eng geschnürtem Korsett und gebauschten Ärmeln. In der Hand hielt sie einen passenden Sonnenschirm, und auf dem Kopf saß ihr ein ebenfalls blutroter Hut mit grüner Feder. Ihre schwarze, kaum zu bändigende Lockenpracht hatte sie darunter notdürftig zusammengesteckt. Ich wollte bereits meiner Anerkennung und meinem Entzücken Ausdruck verleihen, als Lisbeths schmollende Schnute und der bedrohlich hin und her sausende Sonnenschirm mich eines Besseren belehrten.

Statt wahrheitsgemäß und begeistert zu antworten, schaute

ich sie eine Weile prüfend an, wiegte nachdenklich den Kopf und sagte schließlich, natürlich gefalle sie mir, ganz außerordentlich sogar, auch wenn ihr momentaner Anblick ein wenig gewöhnungsbedürftig sei. Das Kleid sei zwar sehr schön, aber es reite sich darin bestimmt nicht so gut.

»Gar nicht daran zu denken!«, entfuhr es ihr. »Sie verstehen mich! Nicht wahr, Hermann? Sie sind der Einzige, der mich versteht. Aber sagen Sie das mal meinem Vater. Regelrecht reingezwängt hat er mich in das verdammte Ding. Die Pistole auf die Brust gesetzt, wenn Sie so wollen. Man sollte Korsetts verbieten, finde ich, sie sind eine widernatürliche Torheit. Kein Wunder, dass die Frauen ständig in Ohnmacht fallen, man bekommt keine Luft in den Dingern.« Sie lachte bitter und reichte mir die behandschuhte Hand, doch bevor ich sie ergreifen konnte, riss sie sich die weißen Seidenhandschuhe herunter und warf sie ärgerlich auf den Tisch. »Welch ein Unsinn! Handschuhe im Sommer. Und anfassen darf man auch nichts, damit sie nicht dreckig werden.« Sie gab mir die Hand und setzte sich, bevor ich ihr einen Stuhl hinschieben konnte.

»Sie sind allein?«, fragte ich überrascht und erfreut.

»Ach was«, antwortete sie und zog die Nase kraus, »sonst hätte ich mich wohl nicht so ausstaffiert. Henk ist draußen und kümmert sich um das Pferd. In seinem Tilbury musste ich mich kutschieren lassen, als hätte ich noch nie in einem Sattel gesessen.«

Gleich zweimal zuckte ich unter ihren Worten zusammen. Zunächst enttäuschte es mich, dass ein Treffen mit mir für Lisbeth kein Grund zu sein schien, sich herauszuputzen. (Ich trug meinen besten Sonntagsstaat und hatte meinen Gehrock extra von der Wirtin Tenhagen reinigen und glätten lassen.) Und dann fuhr mir der Name Henk wie ein Dolch in den Rücken. Wer zum Teufel war Henk? Warum fuhr sie mit ihm in seinem Wagen? Und wieso zog sie modische Kleider für ihn an?

Der Besitzer des Namens trat im selben Augenblick durch die Tür. Es war ein junger Mann von höchstens zwanzig Jahren, ein hübscher Kerl mit blonden, pomadisierten Haaren, gestutztem Backenbart und markantem Kinn. Er war nach englischer Art gekleidet, trug einen ockerfarbenen Jackettanzug und eine Melone, einen so genannten Bowler, auf dem Kopf. Auf seiner Weste prangte eine goldene Uhrenkette, und auf dem Revers seines Rocks blinkte eine Art Orden oder Abzeichen. Er blieb im Türrahmen stehen, schaute sich überrascht um und schien mit sich zu ringen. Eine senkrechte Falte bildete sich auf seiner Stirn.

»Rein oder raus?«, fragte der Magisterbauer in seiner schroffen Lehrerart. »Aber wie Sie sich auch entscheiden, lassen Sie gefälligst die Hitze draußen!«

Der Mann mit dem Bowler räusperte sich, zog den Mund schief und schloss die Tür. Mit bedächtigen Schritten, als habe er Angst, seine Schuhe zu beschmutzen, näherte er sich unserem Tisch und nahm schließlich den Bowler vom Kopf.

»Darf ich vorstellen«, sagte Lisbeth, »das ist Henk van Weyck aus Oldenzaal.«

»Hermann Vortkamp«, sagte ich, stand auf und reichte ihm die Hand, die er geflissentlich übersah. Stattdessen verbeugte er sich kaum merklich, streckte den Arm aus und beschrieb mit ihm einen Halbkreis. »Was ist das?«, fragte er mit holländischem Akzent und wies auf die karge Einrichtung des Wirtshauses. »Wieso sind wir hier?« In seinen Worten schwang Unverständnis, wenn nicht gar Ekel mit.

»Aber das habe ich dir doch gesagt«, antwortete Lisbeth und klopfte auf den Stuhl neben sich, als wolle sie ein Kind zum Sitzen bewegen. »Und jetzt lass uns Kuchen essen. Gertrud, dreimal Kirschkuchen!«, rief sie der Kolkwirtin zu.

Henk van Weyck und ich setzten uns gleichzeitig, und Stille trat ein.

Während der Magister am Nachbartisch in sein Buch kicherte und die Wirtin in den Nebenraum verschwand, um den Kuchen zu holen, saßen wir drei wie die Ölgötzen um den Tisch herum und starrten Löcher in die Luft. Tausend Fragen lagen mir auf der Zunge. Wie gern hätte ich mich mit Lisbeth über Gott und die Welt unterhalten, ihr endlos zugehört, sie unentwegt angesehen, doch die Anwesenheit des Mannes, der sich für einen englischen Dandy zu halten schien, hemmte mich, ließ mich verstummen und zu Boden blicken. Vermutlich hatte ich einen feuerroten Kopf.

»Wir waren in Holland, bei Henks Familie«, sagte Lisbeth nach einer Weile. »Deswegen auch das Kleid. Um einen guten Eindruck zu machen.«

»Das Kleid macht aus dir eine vornehme Dame«, flüsterte der Holländer, und mit selbstgefälligen Grinsen setzte er hinzu: »Eine Prinzessin. *Een prinses.*«

Lisbeth lachte etwas zu laut und schrill auf.

»Sie sind mit Lisbeth ... verwandt?«, fragte ich van Weyck. Erst jetzt erkannte ich, was das Abzeichen auf seinem Revers darstellte. Es war ein Wiederkreuz, ein griechisches Kreuz, bei dem jedes Balkenende wiederum zum Kreuz geformt war. Erst kürzlich hatte ich ein solches Kreuz gesehen, allerdings konnte ich mich nicht entsinnen, wo dies gewesen war.

»Verwandt? Nun, ganz wie man es nimmt«, antwortete van Weyck und lächelte Lisbeth an. »Nicht wahr, *mijn schatje?*«

Der Dolch in meinem Rücken wurde zu einem Säbel, dessen Schneide sich hin und her bewegte und mir die Eingeweide zerfetzte. Doch es war Lisbeth, die mir den endgültigen Todesstoß versetzte.

»Henk und ich sind verlobt«, sagte sie und lächelte dabei, als habe sie übers Wetter oder die bevorstehende Weizenernte geredet. »Wir heiraten im Herbst.«

»Oktober«, fügte van Weyck hinzu und zupfte sich am Backenbart.

»Meinen Glückwunsch«, versuchte ich zu sagen, aber es kam nur ein raues Krächzen heraus. Am liebsten hätte ich laut geschrien und wäre dem verdammten Stutzer an den hübschen, mit bunter Schleife versehenen Kragen gesprungen, doch ich saß nur da, starrte Lisbeth fassungslos an und stammelte Unverständliches.

Der Kirschkuchen kam, aber ich rührte ihn nicht an. Van Weyck sagte etwas Lobendes über das Gebäck, doch ich verstand kein Wort. Lisbeth machte eine lustige Bemerkung über die Wirtin, und mir war nach Heulen zumute.

Verlobt! Im Herbst! Herzlichen Glückwunsch!

Der Einzige, der wahrzunehmen schien, dass etwas mit mir nicht stimmte, war der Magisterbauer. Er klappte das Buch zu, beugte sich zu mir herüber und fragte leise: »Alles in Ordnung mit Ihnen? Sie sehen blass aus.«

»Es geht schon«, antwortete ich flüsternd und hatte Mühe, die Tränen zurückzuhalten. Ich presste die Lippen aufeinander und verzog sie zu einem verkrampften Lächeln.

»Das wird schon werden, mein Junge«, sagte er, berührte leicht meinen Unterarm und widmete sich wieder seinem Buch. Dennoch hatte ich das Gefühl, dass er mich aus den Augenwinkeln heraus beobachtete.

Währenddessen hatten die Verlobten ihr munteres Gespräch fortgeführt, als seien sie allein am Tisch. Als ich mich ihnen wieder zuwandte, rief Lisbeth regelrecht frohlockend: »Stellen Sie sich vor, Hermann, Henk ist entfernt mit Alexandrine Tinné verwandt.«

»Nun übertreib nicht, Elisabeth«, gab sich van Weyck bescheiden. »Von Verwandtschaft war nie die Rede. Ich habe lediglich gesagt, meine Mutter habe enge Beziehungen zu den Tinnés gehabt. Damals in 's Gravenhage.«

»Henks Familie besitzt einige große Fabriken in der Twente, gleich auf der anderen Seite der Grenze, aber er ist in Den Haag geboren«, erklärte Lisbeth strahlend. »Genau wie Frau Tinné.«

»Die Afrikaforscherin?«, fragte ich.

»Die unlängst verstorbene Afrikaforscherin«, betonte van Weyck. »Oder sollte ich sagen: die *ermordete* Forscherin?«

Lisbeth zog eine beleidigte Schnute, wischte seine Bemerkung mit einer unwirschen Handbewegung fort und wandte sich an mich: »Was für eine großartige Frau! Über hundert Sklaven hat sie in Khartoum freigekauft. Das habe ich in einem Buch gelesen. Den Weißen Nil hat sie erforscht, wussten Sie das? Und mit dem Pferd mitten durch die Sahara. Auf der Suche nach dem legendären Timbuktu. Durch Tripolitanien fast bis zum Tschadsee.«

»Wo einer der schwarzen Teufel sie ermordet hat«, wandte van Weyck ein. »So sieht also der Dank eines gottlosen Wilden aus. Ihre Seelen scheinen so finster zu sein wie ihre Haut.«

»Und wenn schon!«, fauchte Lisbeth. »Eine Heldin ist sie nur umso mehr. Eine ganz formidable Frau! Was würde ich darum geben, so wie sie zu sein.«

»Sie wollen nach Afrika?«, wunderte ich mich.

Van Weyck lachte abfällig und schüttelte belustigt den Kopf.

»Irgendwohin«, ereiferte sich Lisbeth und nippte an ihrem Kaffee. »Etwas von der Welt sehen. Reisen unternehmen, Abenteuer erleben, fremde Kulturen und Menschen sehen. Was kenne ich denn von der Welt? Nichts! Ich war noch nie am Meer, habe mein Lebtag noch kein Schiff gesehen. Geschweige denn ein Gebirge oder die Wüste. Wissen Sie, wie alt Alexandrine war, als sie zu ihrer ersten Afrikareise aufgebrochen ist?«

Ich zuckte mit den Schultern. Außer dem Namen und der Tatsache ihres gewaltsamen Todes wusste ich so gut wie nichts über Frau Tinné.

»Einundzwanzig!«, rief Lisbeth und spuckte dabei ein wenig Prütt auf die Tischplatte.

»Dann hast du ja noch vier Jahre Zeit«, erwiderte van Weyck und stieß mich verschwörerisch mit dem Ellbogen an. »Außerdem solltest du nicht vergessen, dass Mevrouw Tinné eine der reichsten Frauen Hollands war. Ihr Vater war ein vermögender Kaufmann und ihre Mutter die Baroness van Steengracht-Capellan. Wenn man eine Privatjacht im Mittelländischen Meer hat, dann lässt es sich leicht durch die Welt reisen. Und die hundert Sklaven werden sie auch nicht arm gemacht haben. Was meinen Sie, Hermann?«

»Mehr als Geld zählt der Wagemut«, antwortete ich. »Es gehört schon einiges dazu, sich in unerforschtes und unzugängliches Gebiet vorzuwagen. Als Forscher kann ich nur den Hut vor solch einer Leistung ziehen. Wie gern würde ich die ägyptischen Pyramiden oder die alten Tempel Mexikos erkunden.«

»Und nun sind Sie im westfälischen Moor gelandet«, spottete van Weyck. »Mein aufrichtiges Beileid!«

»Ich werde Ihnen eine Ansichtspostkarte aus Amerika schicken«, erwiderte ich, und in diesem Moment war es mein bitterer Ernst.

Er lachte ungläubig und biss in den Kuchen.

»Und ich werde Sie begleiten«, sagte Lisbeth trotzig und funkelte mich an. »Wenn ich darf.«

Jetzt lachte ich. Vor Schreck.

»Wann immer Sie wollen«, erwiderte ich und bemühte mich, es als Scherz erscheinen zu lassen. »Stets zu Diensten!«

Einen Augenblick lang war sie verunsichert, stierte mich beinahe entsetzt an, dann lachte auch sie schallend. Wieder war das Lachen zu laut und schrill.

Im selben Moment wurde die Tür aufgestoßen.

»Hier steckt ihr!« Der Schulze stand voluminös und breitbeinig im Türrahmen, verschränkte die Arme vor der Brust und kniff die Augen zusammen, als blende ihn die Sonne. »Macht, dass ihr nach Hause kommt!«

Seine Tochter bewegte sich nicht von der Stelle.

»Wird's bald!«, fauchte Gerwing.

Henk van Weyck sprang auf und stieß dabei an den Tisch, dass der Kaffee überschwappte und seine Hose beschmutzte. »*Godverdoemme!*«, entfuhr es ihm, doch sogleich bekreuzigte er sich und fasste an das Wiederkreuz an seinem Revers, als bitte er um Vergebung für die Gotteslästerung.

Und plötzlich wusste ich, wo ich das ungewöhnliche Kruzifix schon einmal gesehen hatte: im Molenkotten, im Hause meines Großonkels. Dort hatte ein silbernes Kreuz von gleicher Gestalt auf dem Tisch neben der Bibel gestanden.

»Warum brüllst du hier herum?«, rief Lisbeth, die ebenfalls aufgesprungen war und ihren Vater böse anfunkelte. »Wir trinken Kaffee und essen Kuchen. Das dürfte kaum verboten sein. Nicht einmal für Katholiken.«

»Kaffee gibt's zu Hause«, knurrte der Schulze, »aus echten Bohnen, nicht solchen Muckefuck!«

»Wie bitte?«, mischte sich die Kolkwirtin vom Schanktisch aus ein. »Was redest du hier von Muckefuck, Antonius? Schäm dich!«

Henk van Weyck hatte sich mittlerweile an seinem zukünftigen Schwiegervater vorbei durch die Tür gedrängt, doch seine Verlobte verharrte am Tisch und reichte mir mit aufreizender Langsamkeit die Hand. »Leider muss ich gehen«, sagte sie und lächelte mich an, dass mir ein Kribbeln über den Rücken fuhr. »Die häuslichen Pflichten rufen. Aber wir sehen uns wieder, nicht wahr, Hermann?« Mit neckischem Augenaufschlag setzte sie hinzu: »Spätestens in Amerika.«

Bevor ich etwas erwidern konnte, hatte der Schulze seine Tochter an der Hand ergriffen und zerrte sie wie einen bockigen Lausejungen zur Tür. »Amerika, Unfug!«, lachte er grimmig. Mich hatte er in der ganzen Zeit weder angesehen noch angeredet.

»Gemach, gemach, Lanvermann«, murmelte der Magisterbauer, als Gerwing seine Tochter mit einem angedeuteten Fußtritt durch die offene Tür bugsierte.

»Misch dich nicht in Angelegenheiten, die dich nichts angehen, Vogelsang!«, erwiderte der Schulze. »Und nenn mich nicht Lanvermann! Mein Name ist Gerwing. Einen Landwehrmann gibt es nicht mehr.«

»Wenn du meinst«, antwortete der andere.

Die beiden Männer maßen sich mit Blicken. Etwas Unausgesprochenes, aber allen Anwesenden (außer mir) Bekanntes schien in der Luft zu liegen. Dann wischte der Schulzenbauer die Stille wie einen dummen Gedanken mit einem Handstreich beiseite und verließ Türen knallend die Schänke.

»Muckefuck!«, empörte sich die Wirtin kopfschüttelnd. »Frechheit! Und wer bezahlt jetzt den Kuchen?«

Ich stand auf, legte einige Münzen auf den Schanktisch, hob abwehrend die Hand, als die Wirtin mir das Wechselgeld geben wollte, und ging zur Tür.

»Nehmen Sie es nicht zu ernst«, sagte der Magisterbauer, als ich hinaustrat.

»Der Schulze kümmert mich nicht«, antwortete ich gedankenverloren.

»Ich weiß«, sagte er, doch als ich mich erstaunt umwandte, hatte er seinen Kopf bereits wieder zwischen den Buchdeckeln versenkt. Die Haare an seinem Hinterkopf ragten wie Schwanzfedern in die Höhe.

Ich verabschiedete mich leise, trat auf den Platz unter der Linde und sah den Tilbury des Holländers rasselnd übers Mühlenwehr verschwinden. Der Schulze ritt auf einem Apfelschimmel im Galopp hinterher. Wie eine Nachhut. Oder ein Bewacher. Der Bruchwald verschluckte sie, dann war nur noch das Klappern der Mühlenräder zu hören.

Es ist inzwischen sieben Uhr. Die Wirtin hat mir gerade zu verstehen gegeben, das Frühstück stehe seit einer halben Stunde auf dem Tisch im Schankraum. Wenn ich durch das Fenster schaue, so kommt es mir vor, als habe sich die Zeit zurückgedreht, als sei es wieder finstere Nacht. Der Himmel hat sich merklich zugezogen, kein Sonnenstrahl erhellt den Dorfplatz. Dunkle Wolken, so weit das Auge reicht, sie scheinen die Kirchturmspitze zu berühren. Regen prasselt auf das Fensterbrett oder wird von Windböen gegen das Fenster geschleudert. Ein Wetter ganz nach meiner Laune. Ich werde den Tag damit verbringen, in übel riechendem Schlamm zu wühlen. Der plötzliche Wetterumschwung hat sich nicht angekündigt; zumindest war er mir nicht ersichtlich, sonst hätte ich einige der Grabhügel mit Wagenplane zugedeckt. Das werde ich nun nachholen müssen. Vielleicht wird die Arbeit mich ablenken. Oder ich werde von Mexiko träumen, während das Ahlbecker Moor mir stinkend in die Nase steigt.

Vorgestern noch habe ich von Lisbeth Gerwing geträumt und mir allerlei Gedanken gemacht, die mir heute eitel und kindisch erscheinen. Flüchtige Blicke und beiläufig dahergesagte Worte waren mir plötzlich bedeutsam erschienen und in meinem Hirn zu schwülstigen Liebeserklärungen und Versprechungen auf die Zukunft gewachsen. Was war ich doch für ein Dummkopf! Heute weiß ich, dass ihre Neckereien und Augenaufschläge nur als Launen und Spielereien einer verzogenen und von ihrem Vater verhätschelten Schulzentochter zu verstehen waren. »Wir sind verlobt!«, hat sie gesagt und dabei dreingeschaut, als sei es das Selbstverständlichste und Naheliegendste von der Welt. Und dann ihr kokettes und Beifall heischendes Gehabe: »Nicht wahr, Hermann, nur Sie verstehen mich.« Wie Unrecht die Tenhagen doch hatte. Als alte Jungfer wird Fräulein Gerwing nicht enden; sie hat ihre Männer wohl im Griff und führt sie wie ihr Pferd hart an der Kandare. Doch wenn ich das weiß, warum will sie mir dann nicht aus dem Kopf, warum quält mich der Gedanke an die zukünftige *Mevrouw van Weyck* derart, dass er mir den Schlaf und meine Seelenruhe raubt? Weil ich die Hoffnung nicht fahren lassen kann? Warum sagt sie, dass sie mich nach Amerika begleiten will, wenn sie es nicht meint? Ahnt sie denn nicht, welchen Schaden sie anrichtet? Ach, zum Teufel mit ihr!

Zum Teufel mit Ahlbeck! Und allen Ahlbeckern!

Nachmittags

Weg! Sie ist weg! Die Münze ist verschwunden! Gerade wollte ich sie aus dem Nachttisch nehmen, um sie samt Begleitbrief an Professor Braun zur Postkutsche zu bringen, die in einer halben Stunde das Dorf verlässt. Doch die Medaille war nicht mehr an Ort und Stelle.

Ganz ruhig, Hermann! Reiß dich zusammen! Wann hast du sie zuletzt gesehen? Ich entsinne mich, dass ich den Brief an den Professor am Sonntagmorgen, direkt nach der heiligen Messe, begonnen und anschließend unfertig und unverschlossen in mein Tagebuch gelegt habe. Und die Münze der Täufer? Sie befand sich in der Schublade des Nachttisches, gleich neben der Bibel, unter dem Tagebuch. Doch jetzt ist sie nirgends zu finden. Der Brief ist vorhanden, die Münze nicht. Jemand muss sie aus der Schublade genommen haben. Aber wer und wann?

Der Tenhagen traue ich den Diebstahl nicht zu. Sie mag eine neugierige und aufdringliche Vettel sein, und vermutlich hat sie schon des Öfteren in meinen Sachen geschnüffelt oder sogar im Tagebuch gelesen (eine fürchterliche Vorstellung!), doch sie würde nichts entwenden. Zudem besitzt die Münze kaum einen Materialwert, nur in historischer oder religiöser Hinsicht ist sie von Interesse. Vielleicht die Dienstmagd? Auf sie würde der Verdacht zuerst fallen, so dumm kann nicht mal die dumme Margret sein, so heißt das Mädchen: dumme Margret. Zumindest wird sie von ihrer Herrin nie anders genannt. Ich werde Frau Tenhagen fragen.

Das Rätsel scheint gelöst zu sein, aber ein neues, weitaus unverständlicheres stellt sich mir. Gerade hat die Wirtin berichtet, der Molenkötter habe gestern nach mir gefragt. Er sei so gegen drei Uhr in der Wirtsstube erschienen und habe mit »dem Fremden« reden wollen. Am Sonntag sei immer viel los in der Dorfschänke, und darum habe sie vergessen, es mir zu sagen. Außerdem hätte ich dreingeschaut wie sieben Tage Regenwetter. Dabei hat sie bedeutsam durchs Fenster auf den verregneten Kirchplatz gewiesen, als sei ich für das schlechte Wetter verantwortlich.

Was mein Großonkel von mir gewollt habe, wollte ich wissen.

»Sie warnen«, antwortete die Wirtin, »das hat er wortwörtlich gesagt. Sie sollen mit dem Unsinn aufhören, sonst wird ein Unglück geschehen. Einen Heidenschreck hat er mir eingejagt. Ganz außer Atem war er, wie von Sinnen. Und dann hat er auf Sie gewartet.«

»Wo?«

»In Ihrem Zimmer.«

»Sie haben ihn hinaufgelassen?«, empörte ich mich.

»Er hat gar nicht erst gefragt, ist gleich hochgestapft«, antwortete Frau Tenhagen schnippisch, »und ich werd den Teufel tun und mich mit dem verdammten Spökenkieker anlegen. Dann hab ich gleich einen Fluch auf dem Hals. Außerdem ist er Ihr Verwandter, oder etwa nicht?«

Ich nickte zögerlich und fragte: »Und dann?«

»Nach wenigen Minuten kam er wieder herunter und ist verschwunden, ohne einen Ton zu sagen.« Die Tenhagen stemmte die Arme in die Seiten und fügte geheimnisvoll hinzu: »Seit Jahren war Johann nicht mehr im Dorf. Und in der Schänke schon gar nicht. Ein seltsamer Heiliger, Ihr Onkel.«

»Großonkel.«

Sie zuckte mit den Schultern und ließ mich ohne weiteren Kommentar stehen.

Ich muss zum Molenkotten. Auf der Stelle!

Drittes Kapitel

Zwei Briefe

Ahlbeck, den 18. Juli 1876

Lieber Jaap,

hab vielen Dank für deinen erbaulichen und aufmunternden Brief, der am gestrigen Abend mit der Postkutsche kam. Es freut mich, dass es dir und deiner Familie in der Goudsbloemstraat so gut ergeht und ihr euch bester Gesundheit erfreut. Grüß bitte deine werte Mutter und deine liebe Schwester von mir. Wie ich deinem Schreiben entnehmen kann, hast du meinen zweiten Brief aus Ahlbeck, der dem ersten so auffallend widersprach, noch nicht erhalten. Vermutlich wird er in den nächsten Tagen bei dir eintreffen, der Briefverkehr mittels der Deutschen Reichspost scheint mir verbesserungswürdig zu sein. Vielleicht werde ich meine Briefe in Zukunft per Boten nach Enschede tragen und von dort mit der Rijkspost nach Amsterdam befördern lassen. Wenn du diesen Brief liest, wirst du inzwischen von der bezaubernden Lisbeth Gerwing und meinem kauzigen Großonkel Johann erfahren haben und über deinen armen Freund Hermann amüsiert den Kopf schütteln. Das geschieht mir nur recht. Und weiteres Ungemach hat sich in der Zwischenzeit eingestellt: Ich habe eine Münze und eine Liebe verloren!

Das Stelldichein mit Lisbeth, von dem ich dir in banger Vorfreude berichtet habe, hat am Sonntag stattgefunden und mich tausend Tode sterben lassen. Wie angekündigt, kam Fräulein Gerwing nicht allein; allerdings war es nicht der wichtig tuende Vater, der sie begleitete, sondern ein Landsmann von dir, ein aufgeblasener Stutzer und milchbärtiger Fabrikantensohn, der mir von der Schulzentochter als ihr Verlobter vorgestellt wurde. Ja, du hast recht gelesen: Sie wird sehr bald heiraten und Mevrouw van Weyck heißen, und ich werde die dummen Gedanken aus meinem Hirn verbannen müssen. Bester Jaap, ich will dich und mich nicht mit den grausamen Einzelheiten unseres Zusammentreffens in der Mühlenschänke quälen, es hat keinen Sinn, vergossener Milch nachzuweinen (wie der Engländer sagt), und auch wenn ich es in schwachen Stunden nicht wahrhaben will: Lisbeth Gerwing wird ein aufregender und entzückender Traum bleiben müssen, eine nicht zu greifende Phantasmagorie. Zwar hatte ich nicht den Eindruck, dass sie die Ehe aus Liebe oder tiefer Zuneigung eingeht, eher scheint es mir, als habe der Schulze seine Finger im Spiel (die Ehe schafft immerhin familiäre Banden zwischen einem reichen Bauern und einem Textilfabrikanten), doch ändert das nichts an der Tatsache. Ich kam mir vor wie ein Dämlack, wie ein dummer August. In kommenden Briefen wirst du also keine weiteren Gefühlsausbrüche nach Art französischer Romane zu lesen haben. Das Kapitel ist beendet.

Dafür muss ich nun auf meinen Großonkel zu sprechen kommen, und dieses Thema ist nicht minder verwirrend und ärgerlich. Wie es scheint, hat der alte Johann ein Medaillon aus meinem Zimmer entwendet, das der Ahlbecker Pastor mir anvertraut hatte und das ich eigentlich zur genaueren Begutachtung nach Münster schicken wollte.

Bei der Medaille handelt es sich um ein aus dem 16. Jahrhundert stammendes Erkennungszeichen der münsterischen Wiedertäufer. Vermutlich erinnerst du dich an die drei eisernen Käfige am Turm der Lambertikirche? In ihnen endeten, wie du weißt, die Anführer der Täufer. Diese Sektierer vollzogen die Erwachsenentaufe, weil sie glaubten, dass nur Menschen, die sich mit freiem Willen und vollem Glauben taufen lassen, zur wahren Gemeinde Christi gehören können. Was in unserer heutigen aufgeklärten

Zeit kaum noch der Rede und schon gar nicht des kriegerischen Streites wert ist, war einst ein unvorstellbarer Frevel, eine gotteslästerliche Ketzerei.

Viele der Täufer stammten übrigens aus Holland, wie ich erst gestern in einem Buch gelesen habe. Von Amsterdam aus schickten sie ihre Sendboten nach Westfalen (darunter zwei Brüder mit dem ulkigen Namen Boeckbinder), gründeten in Münster eine Art Gottesreich auf Erden und vertrieben alle Andersgläubigen aus der Stadt. Ihr so genanntes »Königreich Zion« währte allerdings nur kurze Zeit und brachte den Täufern und ihrem König, einem gewissen Jan van Leiden (ebenfalls ein Landsmann von dir), schlimmste Folterqualen und einen schmachvollen Tod.

Wie und durch wen die Münze nach Ahlbeck gelangt ist, vermag ich nicht zu sagen; von einer täuferischen Gemeinde an der holländischen Grenze ist mir nichts bekannt. Womöglich hat einer der Amsterdamer Sendboten das Dorf Ahlbeck aufgesucht, oder ein Mitglied der münsterischen Täufergemeinde ist nach der Rückeroberung der Stadt durch den Bischof aufs Land geflohen. Allerdings hatte ich bislang gedacht, die Wiedertäufer seien allesamt hingerichtet oder bei der Erstürmung der Stadt getötet worden. Vielleicht gibt es in Ahlbeck erstaunliche historische Erkenntnisse zu gewinnen, und ich werde das Buch (das mir ebenfalls der Pastor geliehen hat) aufmerksam studieren, um weitere Vermutungen anstellen zu können.

Völlig unverständlich ist mir jedoch, warum mein Großonkel die Münze gestohlen hat. Sie ist aus einfachem Kupfer und hat keinerlei nennbaren Materialwert, auch wenn sie natürlich für einen Historiker einen kleinen Schatz bedeuten dürfte. Ich wollte meinen Verwandten noch am gleichen Tag aufsuchen und zur Rede stellen und habe mich trotz strömenden Regens ins Moor aufgemacht, doch als ich auf meinem Pferd am Molenkotten ankam, war dieser verwaist. Sowohl die Vordertür als auch der hintere Eingang zum Stall waren verschlossen. Am Horizont konnte ich noch schemenhaft einen Wagen ausmachen, der sich in Richtung der holländischen Grenze entfernte. Bei dem Wagen handelte es sich (falls ich mich nicht getäuscht habe) um einen leichten Einspänner, einen englischen Tilbury.

Du fragst dich vielleicht, warum ich dir die Art des Wagens nenne? Genau solch einen Tilbury fuhr der Fabrikantensohn Henk van Weyck, der zukünftige Gemahl der Schulzentochter. Ich weiß nicht, ob er in dem Wagen saß (wegen des Regens war das Verdeck geschlossen) und ob es sich überhaupt um denselben Tilbury handelte, aber allmählich beginne ich wirklich, Gespenster zu sehen. In diesem Ahlbeck wimmelt es von seltsamen Zufällen und erstaunlichen Koinzidenzen. Was hat der holländische Fabrikantensohn mit dem kauzigen Molenkötter zu schaffen? Denn wo soll van Weyck sonst gewesen sein? Außer dem Häuschen meines Großonkels gibt es weit und breit nichts als Moor und Heide in dieser Gegend, der Hof des Schulzen liegt fernab an der Handelsstraße. Der Wagen jedoch fuhr trotz schlammigen Untergrunds auf einer schmalen Rollbahn mitten durchs Venn. Wahrlich kein Gelände für einen eleganten Tilbury. Und kein Wetter für eine Spazierfahrt. Sehr sonderbar!

Ich gebe zu, dass ich für einen kurzen Moment mit dem Gedanken spielte, in den Kotten meines Verwandten einzudringen und nach dem entwendeten Medaillon zu suchen. Die Türen waren aus morschem Holz, und vermutlich hätte ein gezielter Tritt genügt, um sie aus den Angeln zu heben oder das Schloss zu sprengen. Doch dann gewann mein gesunder Menschenverstand die Oberhand. Noch wusste ich nicht mit Sicherheit, ob der alte Johann die Münze gestohlen hatte, und selbst wenn er der Dieb war, so wollte ich mich auf keinen Fall auf die gleiche niedrige Stufe begeben. Zumindest aber wagte ich einen Blick durch die dreckigen Scheiben ins Innere des Kottens; es war finster in der Stube und kaum etwas auszumachen. Den leeren Lehnstuhl des Großonkels vermochte ich schemenhaft zu erkennen, ebenfalls den Tisch mit dem silbernen Wiederkreuz. Ein ebensolches Kreuz hatte van Weyck vorgestern am Revers seines Jacketts getragen.

Ich trat ganz dicht ans Fenster heran und schirmte mit den Händen das diffuse Tageslicht ab. Im selben Moment und wie aus dem Nichts tauchte auf der anderen Seite das Gesicht des kleinen Jungen mit den Strubbelhaaren auf; er lachte mir mit seiner klaffenden Oberlippe direkt ins Gesicht, nickte mir eifrig zu und war im nächsten Moment verschwunden. Ich schrie auf, fuhr entsetzt zurück, stolperte den schlammigen Weg entlang, stürzte beinahe über die Wurzel einer alten Eiche, lief zu meinem Pferd, kletterte umständlich in den Sattel und galoppierte davon.

Erst nach geraumer Zeit, schon auf halbem Wege nach Ahlbeck, schnaufte ich tief durch und kam wieder zu mir. Unterwegs musste ich meinen Filzhut verloren haben, denn mein Haar war klatschnass, und der Regen tropfte mir von der Nase und in den Kragen. Ich schalt mich für mein kindisches Benehmen. Vermutlich hatte ich nur mein eigenes, verzerrtes Spiegelbild im Fenster gesehen, warum hatte ich mich also derart erschreckt? Doch dann kamen mir Zweifel. Ich war der Scheibe viel zu nah gewesen, um mein Spiegelbild sehen zu können. Die Erscheinung oder das Trugbild oder was auch immer es gewesen war hatte sich im Inneren des Molenkottens befunden und sich anschließend in Luft aufgelöst. Aber es war Zeit genug gewesen, ihn ganz deutlich zu erkennen.

Ja, lieber Jaap, ich ahne, was du nun entgegnen wirst, und noch vor wenigen Tagen hätte ich ähnlich reagiert, wenn mir jemand von Geistern und Spukwesen aus einer anderen Welt erzählt hätte. Doch inzwischen vermag ich derlei Ereignisse und Erscheinungen nicht mehr leichtfertig mit Ulk und Spott abzutun. Ganz andere, weitaus beunruhigendere Gedanken gehen mir mittlerweile durchs Hirn. Wenn es stimmt, dass ich es mit einem Geist zu tun habe (bitte lach nicht, es ist mir bitter ernst!), warum erscheint er mir dann als kleiner Junge? Sollten Gespenster nicht ausgemergelte Alte in wallenden Gewändern sein oder gar als fleischlose Skelette umherwandeln? Die Antwort auf diese ebenso nahe liegende wie naive Frage kann nur lauten: Der Geist erscheint mir als Kind, weil er im Kindesalter gestorben ist. Der Junge kann zum Zeitpunkt seines Todes nicht älter als acht oder neun Jahre gewesen sein.

Genau an dieser Stelle war ich in meinen Überlegungen am schlammigen Wegesrand angekommen, als ich plötzlich eine Stimme hinter mir hörte.

»Guten Tagen, Herr Vortkamp, haben Sie sich verirrt?«

Ich fuhr herum und sah die schwarze Gestalt des Magisterbauern, der unter einem ledernen Regenschirm aus einem Häuschen in der Nähe trat. Den greisen Lehrer in seinem fadenscheinigen schwarzen Anzug hatte ich am Sonntag zum ersten Mal gesehen; er war Zeuge meines Stelldicheins mit den beiden Verlobten in der Mühlenschänke gewesen. Mit bürgerlichem Namen heißt er Jeremias Vogelsang, und er scheint mir nicht minder schrullig und verwirrt zu sein als mein Großonkel im Molenkotten.

»Guten Tag, Meister Vogelsang!«, rief ich und wollte mich schleunigst entfernen, doch der Magisterbauer winkte mich zu sich und antwortete: »Kommen Sie, mein Junge, Sie holen sich ja den Tod.«

Am Horizont zuckten die Blitze, der Himmel war schwarz wie Pech, und die Regentropfen trommelten auf meinen Schädel, als wollten sie ihn sprengen. So nickte ich also zögerlich und näherte mich dem Haus.

Keine halbe Stunde später saß ich in Wolldecken eingehüllt in der guten Stube des Kottens, meine Wäsche hing trocknend über einem eigens entzündeten Feuer, und der Hausherr rührte in einem Kessel am Herd. Obwohl wir Juli haben, war es in dem Kotten kalt und nass wie im November.

Zunächst sprachen wir über das Wetter und den seit Tagen niederprasselnden Regen. Die Wolkenbrüche bringen die hiesigen Bauern in eine missliche Lage, denn es ist Erntezeit, und das nasse Getreide und Gras kann nicht eingefahren werden, will man nicht riskieren, dass es durch Selbstentzündung Haus und Hof in Flammen setzt. Ich erwähnte die Lokomobile des Schulzen, die dieser sich für die Ernte aus England beschafft hatte und die nun dampflos in der Scheune auf besseres Wetter wartete, doch der Magisterbauer zuckt nur achtlos mit den Schultern und warf einige Kräuter in den Kessel.

Schon an der Mühle hatte ich bemerkt, dass sich der Lehrer und der Schulze nicht grün sind. Auf meine diesbezügliche Frage antwortete der Alte ausweichend. Das sei lange her und eine andere Geschichte.* Er habe einst mit dem Großvater und dem Großonkel des heutigen Schulzen auf unangenehme Weise zu tun gehabt, aber das sei Schnee von gestern. Vermutlich um vom Thema abzulenken, wies er darauf hin, dass die Vortkamps und vor allem der Molenkötter weit größere Schwierigkeiten mit dem Lanvermann (er nennt den Schulzen nie bei seinem eigentlichen Nachnamen) hätten.

»Woher rührt dieser Zwist?«, wollte ich wissen.

»Sie haben keine Ahnung?« Er füllte den Inhalt des Kessels in zwei Tassen.

Ich schüttelte den Kopf.

»Nun«, begann der Magisterbauer und reichte mir eine Tasse des dampfend heißen Suds, der fürchterlich stank und wie Moorwasser aussah. »Ihr Onkel hat den Lanvermann eine Menge Geld gekostet. Und das verzeiht Antonius dem guten Johann nicht. Genauso gut könnte er allerdings die Preußen dafür verantwortlich machen. Warum trinken Sie nicht? Das wird Ihre Lebensgeister wecken und eine mögliche Erkältung vertreiben.«

»Die Preußen?« Ich nippte an dem heißen Getränk, und ein Schauer fuhr mir über den Rücken, von dem ich nicht sagen konnte, ob er von der Wärme oder dem Ekel erregenden Geschmack herrührte.

Der Magisterbauer schaute mich mit seiner etwas überheblichen und missbilligenden Lehrermiene an und erklärte: »Vor

---

* Siehe Mani Beckmann, MOORTEUFEL, Bastei Lübbe Taschenbuch, Bd. 14272

gut sechzig Jahren haben die Preußen die Erbuntertänigkeit der Kleinbauern aufgehoben. Die frühere Grundherrschaft wurde abgeschafft. Bauernbefreiung nennt man das heute etwas hochtrabend, damals sprach man einfach von Ablösung. Aus abhängigen Landmännern wurden freie Bauern, die Scholle wurde Eigentum. Zwar mussten sie als Entschädigung einen Teil des von ihnen bewirtschafteten Bodens an den Grundherrn abtreten, was einige Kötter dazu bewog, lieber alles beim Alten zu belassen, doch für andere Bauern führte die Reform zu einer wirklichen Befreiung und Bereicherung. Dazu zählte auch Ihre Familie, Herr Vortkamp.«

»Und das nimmt der Schulze meinem Großonkel immer noch übel?«

»Nein, natürlich nicht«, erwiderte der Alte, und erneut schüttelte er den Kopf wie über einen ungelehrigen Schüler. »Aber mit dem Molenkotten hat es eine besondere Bewandtnis. Der Hof und das dazugehörige Land werden schon seit Jahrhunderten von Ihrer Familie bewirtschaftet. Der Kotten mag nicht darauf hindeuten, aber Ihr Onkel ist einer der landreichsten Bauern in Ahlbeck.«

»Wie das?«, wunderte ich mich.

»Ganz einfach. Als der Molenkotten vor langer, langer Zeit in den Besitz Ihrer Familie kam, war er umgeben von Moor und Heide. Noch unwirtlicher als heute. Brachliegendes Land, das von niemandem nutzbar gemacht werden konnte. Entsprechend groß war der zum Kotten gehörende Grundbesitz. Schließlich sollte der Molenkotten seine Bewohner ja ernähren. Ein riesiges Areal, das dennoch nur wenig abwarf und höchstens zum Schafehüten genutzt wurde. Schäfer waren damals etwa so hoch angesehen wie Henker oder Schinder.«

»Verstehe«, erwiderte ich. »Und nach der preußischen Agrarreform wurde das Land zum Eigentum meiner Familie.«

»Richtig«, sagte der Alte nickend und trank nun seinerseits den Sud, als handele es sich um eine wohlschmeckende Köstlichkeit. »Nur ist seit damals ein Großteil des Heidebodens gerodet und das Venn durch Dränage entwässert worden. Zwar ist das Moor immer noch riesig, doch Jahr für Jahr wird etwas davon abgezwackt und urbar gemacht. Die Torfstecher rücken Elle um Elle vor, und an manchem Klün, der in Ahlbeck und Umgebung verfeuert wird, verdient Ihr Großonkel ein nicht unbeträchtliches Sümmchen.«

»Was ihn womöglich zu einem reichen Mann macht«, antwortete ich stirnrunzelnd, »aber den Schulzen deswegen noch nicht zu einem armen Schlucker. Antonius Gerwing sollte wohlhabend und mächtig genug sein, dem Nachbarn ein wenig Vermögen zu gönnen.«

Wieder sagte der Magisterbauer: »Richtig.« Doch sofort hob er den gichtigen Zeigefinger, um der Schulklasse (also mir!) zu bedeuten, dass nun die entscheidende Stelle der Lehrstunde erreicht sei. »Wohl wahr, Herr Vortkamp, wäre da nicht die Eisenbahn!«

»Welche Eisenbahn?«

»Eben«, antwortete er und kicherte. »Welche Eisenbahn? Sie sagen es.«

Bester Jaap, ich habe dir den Beginn des Gesprächs mit dem Magisterbauern auch deshalb so ausführlich wiedergegeben, damit du einen Eindruck davon bekommst, was für ein sonderbarer Kerl dieser Vogelsang ist. Er ist alt und gebrechlich, seine Haare stehen ihm wie Federn vom Kopf ab, der dürre Hals ragt wie der Stößel eines Butterfasses aus einem altmodischen Vatermörder heraus. Alles in allem macht der Mann auf den flüchtigen Betrachter einen beinahe lächerlichen Eindruck, doch davon sollte man sich nicht in die Irre führen lassen. Seine Augen sind flink und hellwach, und sein Geist ist rege. Vor allem aber kann er es nicht lassen, seine Mitmenschen wie kleine Kinder zu unterrichten und zu maßregeln. Ich muss gestehen, ich habe einige interessante Neuigkeiten von ihm erfahren.

Wie ich dir in meinem ersten Brief schrieb, ist Ahlbeck nicht durch einen Schienenstrang mit dem Rest der Welt verbunden.

Zwar gibt es seit dem letzten Jahr eine Eisenbahn, die zwischen Dortmund und Enschede verkehrt, doch macht sie um Ahlbeck einen großen Bogen und führt über Altheim und Groneck nach Holland. Diese Strecke ist auch deshalb so wichtig für die Region, weil sie die Steinkohlegebiete des Ruhrgebiets mit den neu errichteten Textilfabriken in der niederländischen Twente verbindet.

Die Lieferanten der Kohle, die zur Befeuerung der Dampfmaschinen benötigt wird, liefern die Ware »frei Grenze«, übernehmen also die Frachtkosten nur auf deutschem Gebiet. Den holländischen Fabrikanten war daher daran gelegen, den Weg von der Grenze bis zu ihren Fabriken gering zu halten. Um dies zu bewerkstelligen, hatten sie bereits einen Streckenverlauf zwischen Altheim und Enschede geplant, der direkt an Ahlbeck vorbeiführen sollte und die Entfernung zwischen der Grenze und Enschede auf ein Minimum reduziert hätte. Sogar eine Aktiengesellschaft war schon gegründet, die »Altheim-Enscheder Eisenbahn AG«. In den letzten Jahren sind solche Aktiengesellschaften wie Unkraut auf deutschem Boden gewachsen, jedermann spekuliert an der Börse oder gründet eine Firma. Es ist ein regelrechter Volkssport geworden.

Federführend bei dem Ahlbecker Projekt waren der holländische Textilfabrikant Leo van Weyck und der deutsche Großbauer Antonius Gerwing, dessen Land für gutes Geld an die Eisenbahn verkauft werden sollte. Der Plan war ebenso wohlüberlegt wie sinnvoll, hatte allerdings einen entscheidenden Haken: Der Schienenstrang sollte nicht nur über das Land des Schulzen, sondern auch mitten durch die Scholle des Molenkötters führen, und dieser weigerte sich rundweg und beharrlich, seinen Grund und Boden zu verkaufen. Er brauche die Eisenbahn und ihr verfluchtes Geld nicht, daher solle die Bahn bleiben, wo der Pfeffer wächst. Kein Reden und Betteln konnte den Molenkötter zum Verkauf bewegen, vor sämtlichen Argumenten verschloss er die Ohren, wollte nichts von Aufschwung und Gemeinwohl hören. Manche Ahlbecker, die schon von satten Aktiengewinnen geträumt hatten, drohten ihm gar mit Gewalt und kündigten an, ihm das Haus überm Kopf anzuzünden. Auch der Pfarrer versuchte zu guter Letzt, den alten Sturkopf umzustimmen, doch Vortkamp lachte ihm nur ins Gesicht. Der Pastor solle doch froh über die Haltung des Molenkötters sein, immerhin habe Pius IX. vor gar nicht allzu langer Zeit die teuflische Eisenbahn mit dem päpstlichen Bann belegt. (Das ist kein Witz, Jaap, das hat der Papst tatsächlich getan!)

Der langen Rede kurzer Sinn: Der anfängliche Plan musste verworfen werden, die Aktiengesellschaft wurde auf Eis gelegt, die Strecke führte fortan über das etwas nördlich gelegene Groneck (wo nun die ersten Textilfabriken wie Pilze aus dem Boden schießen), und Ahlbeck verharrt in seinem Dornröschenschlaf.

Kein Wunder also, dass der Schulze so schlecht auf den Molenkötter zu sprechen ist. Er hat ihn viel Geld gekostet und in seiner Ehre als unerschrockener Vorkämpfer des Fortschritts gekränkt. Eine Niederlage, die ein Mann wie Gerwing nur schwerlich verwinden kann.

Das Haus haben ihm die Ahlbecker nicht angezündet, doch sie meiden den alten Kauz seitdem wie die Pest. In früheren Zeiten wäre er vermutlich als Hexer verbrannt worden. Das steht heutzutage nicht zu befürchten, doch würde er morgen sterben, kein Mensch im Dorf würde ihm eine Träne nachweinen.

Dies alles erzählte mir der Magisterbauer, während ich den Kräutertrank herunterwürgte und meine Kleidung über dem Feuer trocknete. Die Worte des alten Lehrers waren für mich nicht nur von Bedeutung, weil sie die Feindschaft der Familien Vortkamp und Gerwing erklärten, sondern auch, weil sie ein neues Licht auf die Freundschaft zweier anderer Familien warf. Der Schulze und der Fabrikant sind Geschäftspartner, und ihre Partnerschaft soll durch eine Ehe der nächsten Generation auf ein solides Fundament gestellt werden. Ich frage mich nur, ob es dem Schulzen gefallen würde, wenn er wüsste, dass sein zukünftiger Schwiegersohn mit seinem schärfsten Widersacher verkehrt.

Ich muss herausfinden, was Henk van Weyck und Johann Vortkamp miteinander verbindet. Vielleicht gibt mir dies ja die Möglichkeit …

Ach, Jaap, du merkst, ich bekomme Lisbeth Gerwing nicht aus meinem Schädel. Statt in Gedanken von ihr abzulassen, ergehe ich mich in kindischen Verschwörungstheorien und schmiede Komplotte und Liebesränke, als sei ich aus einem albernen Buch entfleucht. So weit ist es mit deinem Freund schon gekommen. Sei bitte nachsichtig mit mir!

Auch der Magisterbauer schien zu ahnen, dass seine Erzählung eine unerwartete Regung in mir ausgelöst hatte. Als er mich verabschiedete, hielt er länger als nötig meine Hand und sagte: »Legen Sie sich nicht mit den Lanvermanns an. Man kann ihnen trotzen, sie aber nicht besiegen.« Dann lachte er plötzlich und setzte hinzu: »Allerdings wäre das werte Fräulein Lanvermann als Siegprämie nicht zu verachten.«

Alter Lüstling, dachte ich und verließ mürrisch den Hof.

Nun sitze ich in meiner Kammer, und immer noch brummt mir der Schädel. Nicht einmal durch Arbeit kann ich mich ablenken. Wenn es weiterhin so regnet, wird es Tage dauern, bis der aufgeweichte Boden mit Spaten und Messer zu bearbeiten ist. Die Ausgrabungen dürften zu Schlammschlachten werden.

Nun, wir wollen hoffen, dass es bald aufklart (und damit meine ich nicht nur den wolkenverhangenen Himmel).

Bleibe mir wohlgesonnen und grüße deine Familie!

Herzlichst

dein Freund Hermann

Lieber Hermann,

sind Sie ein Freund? Werden Sie mir helfen? Ich schreibe diese Zeilen in aller Eile und weiß, dass es ungehörig ist, sich auf so vertrauliche und heimliche Weise an Sie zu wenden, aber ich muss mit Ihnen reden. Ich bedarf eines wohlmeinenden und freundschaftlichen Rates. Werden Sie mir beistehen? Sagen Sie nicht nein! Ich werde morgen Abend nach Einbruch der Dunkelheit auf dem Hochsitz unweit des Galgenbültens sein. Dort können wir ungestört reden. Werden Sie kommen? Ich werde Sie erwarten.

L.

Viertes Kapitel

Fortsetzung des Tagebuchs

Donnerstag, 20. Juli 1876

Es regnet nach wie vor wie aus Kübeln. Wo kommt nur das ganze Wasser her? Will Petrus eine zweite Sündflut vom Himmel schicken und die Laster von der Welt schwemmen? Allein die sündigen Gedanken in meinem Kopf hätten ihm allen Grund dazu gegeben. Ich war den ganzen Tag wie betäubt und nicht in der Lage, das Zimmer zu verlassen. Heute Abend! Mein Herz schlägt bis zum Hals. Was sie mir wohl zu sagen hat?

Vorhin hat es an der Tür geklopft, und beim Blick durchs Fenster auf die Kirchturmuhr wurde mir bewusst, dass ich seit mindestens einer halben Stunde die letzten Zeilen in meinem Tagebuch angestarrt hatte. Wenn ich mich nicht zusammenreiße, verliere ich noch das letzte bisschen Verstand.

Vor der Tür stand ein ärmlich gekleideter Tagelöhner, einer der Torfstecher aus dem Moor. Während er verlegen seine vom Regen durchnässte Filzmütze mit den Händen wrang, berichtete er in breitestem und mir kaum verständlichem Platt von irgendeinem Vorfall am Kolk. Einer der Grabhügel sei abgerutscht, meinte er, wegen des Regens und weil sie sich beim Klünstechen dem Hügel von unten zu sehr genähert hätten. Damit habe man ja nicht rechnen können. Plötzlich sei der Boden abgesackt, und da seien jetzt Steine zu sehen. Große Steine! Das solle ich mir ansehen, weil ich doch wegen der Gräber im Moor sei. Das Land sei eben mistnass. Er redete in wirren Halbsätzen, nannte mich »Herr«, als sei ich sein Gebieter, und verbeugte sich ohne Unterlass. Auf meine Nachfrage, um welches der zahlreichen Gräber es sich handelte, konnte er mir kaum Auskunft geben. Es sei ein großer Hügel, mannshoch, unten am Kolk, sie hätten doch nicht damit rechnen können, dass der gleich wegrutscht. Mistwetter! Wieder ein »Herr« und eine Verbeugung. Dabei schaute er drein, als befürchtete er, von mir geschlagen zu werden. Schon gut, erwiderte ich und entließ ihn. Er setzte sich die nasse Filzmütze auf den Kopf und rannte davon, als sei der Leibhaftige hinter ihm her. Ich werde mir den Schaden morgen ansehen. Vielleicht hat dann der Regen aufgehört. Heute werde ich erst nach Einbruch der Dunkelheit ins Moor gehen, aber Gräber werde ich mir nicht anschauen.

Mitternacht

Sie hat mich geküsst! Nur flüchtig auf die Wange, ganz harmlos und vermutlich ohne weitere Bedeutung, doch ich kann ihre Lippen immer noch auf meiner Haut spüren, als hätten sie sich auf ewig eingebrannt. Ich sei der große Bruder, den sie nie gehabt hätte, meinte sie. Ein wirklich guter Freund.

Ach, Lisbeth, wenn du wüsstest!

Gegen acht Uhr machte ich mich auf den Weg in den Bruchwald, um mich auf die Suche nach dem ominösen Galgenbülten zu begeben. Von meiner Wirtin hatte ich erfahren, dass er sich ganz in der Nähe des Hessenwegs befinde, einen Steinwurf vom Schulzenhof entfernt und ebenso kurz vor dem Abzweig zur Wassermühle. Was ich denn da wolle, fragte die neugierige Alte, am Galgenbülten gäbe es nichts zu sehen, sei Jahrzehnten sei niemand mehr hingerichtet worden. Das eigentliche Holzgerüst stehe nicht mehr, die schweren Eichenbalken dienten mittlerweile als Stützpfeiler für einen Hochsitz. Ich zuckte lediglich mit den Schultern, ließ die Tenhagen ohne weitere Antwort stehen und ritt zur Grenze.

Da der Galgen nicht mehr aus dem Bruchwald herausragt, hatte ich Mühe, den Bülten zu finden. Entlang des Weges wimmelt es von Erhebungen jeglicher Art, doch nirgendwo sah ich einen Hochsitz in der Nähe. Nachdem ich mein Pferd am Wegesrand angebunden hatte und eine Weile durch den Bruchwald geirrt war, befürchtete ich bereits, nicht mehr zurückzufinden. Der schlammige Untergrund gab unter meinen Füßen nach und machte schmatzende Geräusche. Es dunkelte zunehmend, die hinter den Regenwolken verborgene Sonne mochte längst untergegangen sein, und auch das Licht des Vollmonds drang nicht durch die Wolkendecke. In gewisser Weise war ich froh, nicht sehen zu müssen, was sich am Boden kriechend oder schlängelnd an meinen Füßen entlangbewegte. Schaurig war's, und ich kam mir vor wie der Knabe in der Ballade unserer seligen Heimatdichterin Droste-Hülshoff, als ich plötzlich Lisbeths Stimme direkt hinter mir hörte: »Hermann, hier!«

Ich drehte mich um und erkannte im Dämmerlicht einen Hügel, der sich merklich von den anderen Erhebungen im Bruchwald unterschied. Er war nicht mit dornigem Gestrüpp, sondern mit Gras und Klee bewachsen und hatte eine abgeflachte Kuppe, als habe sich früher ein Podest darauf befunden. Der Galgenbülten! Doch einen Hochsitz konnte ich nirgends erkennen.

»Hier oben!«

Jetzt erst sah ich das Holzgestell, das hinter dem Bülten im Schatten einer ausladenden Schwarzerle stand und sich regelrecht an den Baum schmiegte. Auf vier mächtigen Pfosten thronte eine hölzerne Kabine mit Ausgucken in alle vier Himmelsrichtungen, und in einer dieser Öffnungen sah ich das Gesicht der Schulzentochter. Sie winkte mir zu und wies auf eine Leiter, die auf der Rückseite des Hochsitzes nach oben führte. Einige Sprossen fehlten, andere waren so morsch, dass ich sie lieber nicht ausprobierte. Alles deutete darauf hin, dass dieser Hochsitz seit Jahren nicht mehr für die Jagd benutzt wurde.

»Ich wusste, dass Sie kommen würden«, wurde ich von Lisbeth

begrüßt. Sie streckte mir die Hand entgegen und klopfte dann auf den Boden neben sich. »Setzen Sie sich!«

In der Holzkabine war kaum Platz vorhanden, sie war zu niedrig, um darin zu stehen, und zu eng, um zu zweit nebeneinander zu sitzen. Als ich mich schließlich neben Lisbeth niedergekauert hatte, berührten sich unsere Schultern und Becken, und bei jeder Bewegung rieben sich unsere Körper aneinander. Wie bei unserer ersten Begegnung trug Lisbeth Männerkleidung, die aber ihre weiblichen Reize erst recht zur Geltung brachte. Mir wurde es abwechselnd kalt und heiß, und ich wusste nicht, wohin mit meinen Händen. Immer wieder berührte ich unabsichtlich ihre Knie, und wenn ich die Arme verschränkte, stieß mein Ellbogen gegen ihren Busen.

»Was gibt es so Wichtiges, dass Sie mich ausgerechnet in dieser Einöde zu sprechen wünschen?«, fragte ich nach einer Weile, in der wir beide verlegen geschwiegen und nach der richtigen Sitzposition gesucht hatten. »Warum die Heimlichkeit? Warum um diese Zeit?«

»Freuen Sie sich denn gar nicht, mich zu sehen?«, erwiderte sie, und ich konnte mir nicht recht klar darüber werden, ob sie mich foppen oder foltern wollte. Bevor ich antworten konnte, schüttelte sie den Kopf, legte den Zeigefinger auf ihre Lippen und erklärte: »Mein Vater darf nichts von unserem Treffen erfahren. Er hat mir jeden Umgang mit Ihnen verboten. Sie seien ein Vortkamp, wie er im Buche stehe, sagt er. Kein Wort dürfe ich mehr mit Ihnen reden.«

»Sie scheinen sich doch sonst auch nicht sonderlich um das zu scheren, was er Ihnen befiehlt.« Wieder stießen unsere Schultern aneinander, und ich konnte den Geruch ihrer Haare wahrnehmen, obwohl ein Großteil davon unter ihrem Schlapphut versteckt war. Ich unterdrückte einen wohligen Seufzer und fragte: »Wieso bieten Sie ihm nicht die Stirn?«

»Er hat gedroht, mir mein Gewehr wegzunehmen!«

Wider meinen Willen musste ich lachen.

»Pfui, schämen Sie sich, Hermann!«, erboste sie sich. »Das ist nicht zum Lachen. Wenn Sie sich über mich lustig machen wollen, dann können Sie gleich wieder gehen!« Mit schmollender Miene setzte sie hinzu: »Und ich dachte, Sie seien mein Freund.«

Ich griff nach ihrer Hand und beteuerte: »Ich bin Ihr Freund! Darauf können Sie sich immer verlassen, Lisbeth. Ich habe mich nur ein wenig über diesen düsteren Ort gewundert. Das Moor ist nachts ziemlich unheimlich.«

»Früher habe ich hier gespielt«, antwortete sie und ließ ihre Hand in der meinen. »Der Hochsitz wird schon ewig nicht mehr benutzt. Unter dem Blätterdach der Erle hat man keine Aussicht mehr, man müsste den Baum fällen, aber gerade deswegen ist es ein gutes Versteck. Als Kind war ich jeden Tag hier oben und habe Jäger oder Gendarm gespielt. Die anderen Kinder haben sich nicht hergetraut. Wegen der Moorgeister!«

Ich konnte nicht länger an mich halten: »Wie kann ich Ihnen helfen?«, platzte es aus mir heraus. »Welchen Rat benötigen Sie? Sagen Sie mir, was Sie bedrückt! Was wünschen Sie von mir?«

»Ach«, seufzte sie und entzog mir die Hand, »es geht um Henk.«

»Ihren Verlobten? Was hat er getan?«

»Nichts. Zumindest nichts, was ich ernsthaft gegen ihn vorbringen könnte.« Sie zog die Beine an und verschränkte die Arme um ihre Knie. »Ich weiß nicht, wie ich es sagen soll. Er ist so ...« Sie schaute mich von der Seite an und setzte kaum hörbar hinzu: »So anders.«

»Lieben Sie ihn?« Die Frage hatte mir schon lange auf der Zunge gelegen. Bereits in der Mühlenschänke hätte ich sie am liebsten in Anwesenheit ihres Zukünftigen gestellt. »Heiraten Sie Henk aus freien Stücken?«

»Darum geht es nicht«, erwiderte sie ausweichend. »Welche Frau heiratet schon aus freien Stücken? Nein, das Problem ist ein anderes.«

»Ihr Vater will Sie zur Hochzeit zwingen?«, folgerte ich.

»Ach was!«, entgegnete sie ungeduldig. »Niemand kann mich gegen meinen Willen dazu bewegen. Ich heirate, damit ich es hinter mir habe und nicht als alte Jungfer ende. Im Dorf lachen sie schon über mich und nennen mich eine Amazone, als sei ich ein hässliches Mannsweib mit Haaren auf den Zähnen. Nein, auf den Bräutigam kommt's dabei nicht wirklich an. Ein Mann ist letztlich wie der andere, alle nach dem gleichen Strickmuster gefertigt, und irgendwann muss ich ohnehin in den sauren Apfel beißen.«

Ich spürte, dass sie sich selbst etwas vormachte und ihren eigenen Worten keinen Glauben schenkte. Es widersprach ihrem ganzen Wesen. Ich fragte: »Warum suchen Sie sich nicht einen süßen?«

»Wie?«

»Apfel«, sagte ich und war froh darum, dass sie meinen hochroten Kopf wegen der Dunkelheit nicht sehen konnte. »Sie sind noch jung, warum die Eile? Eine Heirat sollte wohlüberlegt sein, immerhin binden Sie sich fürs Leben.«

Sie zuckte mit den Achseln, legte ihre Stirn auf die Knie und schwieg.

»Was stört Sie an Henk, wenn es auf den Bräutigam nicht ankommt?« Die Frage war sehr scharf im Ton geraten, und ich versuchte sie abzumildern: »Wie sollte ein Mann beschaffen sein, damit Sie ihn mit Freuden heiraten würden?«

»Das weiß ich eben nicht«, antwortete sie. »Das ist ja das Dumme. Vermutlich hat Vater Recht, wenn er mich undankbar und verstockt schimpft. Henk ist ein schöner Mann, gebildet und galant obendrein, und nach dem Tod seines Vaters wird er ein sehr reicher Fabrikant sein, eine gute Partie, aber irgendwie ist er ...«

»Anders«, sagte ich.

»Genau.« Sie nahm meine Hand und setzte hinzu: »Am Sonntag hat Henk so seltsame Andeutungen gemacht. Wenn ich erst seine Frau sei, dann werde er schon eine vornehme und gottesfürchtige Dame aus mir machen. Dann sei Schluss mit dem kindischen Unfug und den Fantastereien. Er werde einen Diamanten aus dem ungeschliffenen Edelstein machen. So redet er immer, Henk liebt blumige Vergleiche und hält gerne Reden. Manchmal predigt er wie ein Priester.« Widerwillig lachte sie und tätschelte dabei meine Hand. »Wissen Sie, dass in gewisser Weise Ihr Großonkel die Schuld daran trägt, dass ich verheiratet werden soll?«

»Wie das?«

»Mijnheer van Weyck und mein Vater waren eine Zeit lang Geschäftspartner, doch der alte Johann hat ihnen einen Strich durch die Rechnung gemacht.«

»Ich habe davon erfahren.«

»Da Herr van Weyck nun die Eisenbahngeschäfte mit den Leuten in Groneck macht, befürchtet Vater, bei dem Fabrikanten ins Hintertreffen zu gelangen. Also diene ich ihm als Faustpfand, um die beiden Familien auf Dauer zu verbinden. Die Ehe ersetzt in gewisser Weise die Eisenbahn.«

»Aber das ist schändlich«, rief ich aufgebracht. »Sie sollen verkauft werden, Lisbeth! Mit der Unterschrift unter die Heiratsurkunde machen Sie sich zum Gegenstand eines Geschäftskontrakts.«

»Zu einem guten Preis, finden Sie nicht?«, erwiderte sie, und ihre Stimme klang zugleich provozierend und traurig. »Aber was soll das Gerede? Das ist müßig. Was hätte ich für eine Wahl?«

»Sie können immer noch nach Afrika fliehen«, antwortete ich und bemühte mich, es als harmlosen Scherz erscheinen zu lassen.

»Oder Amerika«, setzte sie ebenfalls lachend hinzu.

»Oder Amerika«, wiederholte ich ernst.

Sie ließ schlagartig meine Hand los. Es war inzwischen so finster, dass ich ihr Gesicht kaum erkennen konnte, obwohl es nur wenige Handbreit von meinem entfernt war. Nach einigen Sekunden, die mir wie Stunden vorkamen, sagte sie: »Sie haben das ernst gemeint, nicht wahr? Was Sie in der Schänke gesagt haben. Das würden Sie wirklich tun, oder?«

Ich antwortete mit einem beredten Schweigen und nickte schließlich.

»Das wollte ich nur wissen«, rief sie plötzlich und sprang auf, wobei sie sich beinahe den Kopf an einem Balken stieß. »Deswegen habe ich Sie hergebeten. Wusste ich's doch! Nein, so was! Ach, Unfug!« Verwirrt hielt sie inne, fuchtelte mit den Armen, als wisse sie nicht, wohin mit ihnen, beugte sich dann plötzlich zu mir hinab und gab mir einen Kuss auf die Wange. »Sie sind der Bruder, den ich niemals hatte«, flüsterte sie, »ein wirklich guter Freund.« Dabei strich sie mit den Fingern über meinen Handrücken, zuckte mit einem Mal zusammen und war im nächsten Augenblick verschwunden.

Bevor ich auch nur einen Ton herausgebracht hatte oder sonst wie reagieren konnte, war Lisbeth wie eine Katze die morsche Leiter hinuntergeklettert und vom dunklen Bruchwald verschluckt worden.

Und mir zersprang das Herz in meiner Brust.

Sie hat mich geküsst! Wie einen Bruder, hat sie gesagt, doch viel zu liebevoll und zärtlich für eine Schwester. Es war etwas in diesem Kuss, in dieser Berührung! Ich will nicht so vermessen sein und von einem Versprechen reden, aber das letzte Wort ist noch nicht gesprochen.

Ja, Lisbeth, ich würde es tun. Auf der Stelle!

Freitag, 21. Juli

Die seltsamen Ereignisse nehmen kein Ende. Die Münze ist wieder da! Als ich vorhin im Schankraum beim Frühstück saß und beim Blick durchs Fenster erfreut feststellte, dass sich die dunklen Regenwolken verzogen hatten und die Sonne den Kirchplatz erhellte, trat die Wirtin zu mir an den Tisch, legte die Münze neben meinen Teller und behauptete, sie habe den »Taler« beim Saubermachen unter meinem Bett gefunden. Ob er mir gehöre? Ich war so erstaunt und verwirrt, dass ich zunächst kein Wort herausbrachte und lediglich schweigend nickte. Die Tenhagen wollte sich bereits wieder empfehlen, doch ich hielt sie mit einer Handbewegung zurück. Wo genau sie das Medaillon gefunden habe, erkundigte ich mich.

»Unter dem Bett«, antwortete sie, »das sagte ich doch. Am Kopfende.«

Ich war mir sicher, dass ich nach dem Verlust der Münze das gesamte Zimmer abgesucht hatte. Und unter dem Bett hatte ich zuallererst nachgeschaut. Auch am Kopfende. Die Münze war nicht dort gewesen, und auf keinen Fall hatte ich sie übersehen. Jemand musste sie in meiner Abwesenheit unter dem Bett platziert haben.

»War mein Großonkel gestern hier?«, fragte ich.

»Kann ich nicht behaupten«, antwortete die Wirtin. »Bin ihm nicht begegnet.«

»Hat Margret ihn vielleicht gesehen?«

»Die dumme Margret hat gar nichts gesehen«, erwiderte sie barsch. »Die sieht nichts und weiß nichts. Sind Sie fertig?« Ohne meine Antwort abzuwarten, nahm sie mir den Teller weg, dass der Haferbrei überschwappte, und verließ grummelnd den Raum.

Als ich mich wenig später auf mein Zimmer begeben wollte, hielt Margret mich an der Treppe zurück. Sie habe rein zufällig an der Tür gelauscht und mein Gespräch mit der Wirtin gehört. Ob ich wissen wolle, was es mit der Münze auf sich habe. Ich nickte eifrig und bat sie, sich deutlicher auszudrücken.

»Was ist Ihnen das wert?«, fragte sie und rieb Daumen und Zeigefinger aneinander. Ganz so dumm scheint die dumme Margret nicht zu sein.

Ich gab ihr einige Pfennige und Groschen, die ich in der Hosentasche hatte, und obwohl sie mit einem höheren Betrag gerechnet hatte, ließ Margret sich schließlich herab, mir Auskunft zu geben. Am gestrigen Abend sei ein Holländer im Wirtshaus gewesen, ein hübscher junger Kerl mit Backenbart und Melone auf dem Kopf. Der habe der Wirtin etwas anvertraut und ihr einige Gulden in die Hand gedrückt, damit sie dieses Etwas in meinem Zimmer deponiere. Margret habe das ganz zufällig mit angehört, aber nicht gesehen, worum es sich handelte. Als Frau Tenhagen heute jedoch mit der Münze erschien, da habe sie, Margret, sich sofort ihren Teil gedacht. Sie könne nämlich eins und eins zusammenzählen. Dabei fasste sie sich mit dem Zeigefinger an die Nasenspitze.

Ich bedankte mich bei der Magd und bat sie, weiterhin ihre Ohren und Augen offen zu halten. Womöglich springe dabei das eine oder andere Geldstück für sie heraus. Dem Strahlen in ihrem Gesicht nach zu urteilen, habe ich damit eine Spionin für meine Zwecke rekrutiert. Sie mag noch sehr jung sein, höchstens fünfzehn Jahre alt, aber sie hat es faustdick hinter den Ohren.

Doch nun an die Arbeit. Ich will das sonnige Wetter nutzen, um im Venn nach dem Rechten zu sehen und zu begutachten, welchen Schaden der Regen und die Torfstecher angerichtet haben.

Nachmittags

Es ist ein Hünengrab! Ein Megalithgrab aus der Jungsteinzeit. Große Steine seien zum Vorschein gekommen, hatte der Torfstecher gestern gesagt, doch ich hatte sein wirres Gestammel nicht für voll genommen. Nun habe ich die großen Steinblöcke, die durch den Erdrutsch freigelegt wurden, selbst gesehen, und es kann für mich kein Zweifel bestehen: Unter dem Hügel Nr. 92 verbirgt sich ein Hünengrab, vermutlich ein Dolmengrab, bei dem aus riesigen Findlingen eine Art Tisch errichtet wurde, unter dem sich die Totenstätte befand. Das Grab ist also sehr viel älteren Datums als die kleineren Hügel nördlich des Kolks, es wurde vielleicht dreitausend Jahre vor Christi Geburt errichtet. Damals gab es noch Gruppenbestattungen in Großgräbern, die Toten wurden weder einzeln beerdigt noch verbrannt und in Urnen verscharrt, wie es in späteren Kulturen üblich war.

Wenn ich etwas Glück habe und das Grab nicht in den Jahrtausenden seit seiner Entstehung von Räubern geschändet und verwüstet wurde, dann warten unter dem Dolmentisch womöglich zahlreiche Skelette steinzeitlicher Menschen auf mich. In ähnlichen Gräbern im Osnabrücker Raum wurden vor nicht allzu langer Zeit ganze Berge von Gebeinen gefunden. Noch habe ich nicht mit den Grabungen angefangen und den Torfstechern lediglich eindringlich zu verstehen gegeben, dass sie das Gebiet rund um den Hügel nicht weiter bearbeiten sollen, doch wenn es sein muss, werde ich das ganze Wochenende graben, um ins Innere des Grabes zu gelangen.

Mein Tagebuch nehme ich mit ins Moor, um jede Entdeckung sofort notieren und protokollieren zu können. Die Tagelöhner haben mir gestattet, in ihrer Holzbaracke, die unweit des Kolks errichtet ist, mein Lager aufzuschlagen. Ich bin so aufgeregt, dass ich die Feder kaum halten kann.

Abends, in der Baracke

Die Sonne ist vor wenigen Augenblicken untergegangen, und ich schreibe diese Zeilen mit Bleistift im Schein einer Petroleumlampe. Die Torfstecher sind längst nach Hause gegangen und scheinen an meinem Verstand zu zweifeln. Als ich ihnen erklärte, ich wolle bis zum Sonnenuntergang arbeiten und die Nacht über am Kolk bleiben, um Wache zu halten, da schüttelten sie entsetzt die Köpfe und warnten mich, ich solle mich vor den kopflosen Heiden in Acht nehmen, die trieben nämlich im Moor ihr Unwesen. Gleiches gelte für den schwarzen Priester, der um die Mühle herumschleiche. Auf meine Frage, ob jemand von ihnen die Geister mit eigenen Augen gesehen habe, schüttelten sie die Köpfe und sagten, niemand in Ahlbeck sei so dumm, sich nachts in dieser Gegend herumzutreiben.

Die Männer sind allesamt brave Kerle und von einfacher Natur und können daher nicht verstehen, was sich in meinem Inneren abspielt. Seitdem mir der Geist des Jungen erschienen ist, will ich derlei Warnungen nicht mehr mit hochmütigem Spott abtun, doch niemals könnte ich es mir verzeihen, wenn in dieser Nacht das Grab durch ein plötzlich einsetzendes Gewitter oder gar von neugierigen Bauern beschädigt würde. Es hat sich vermutlich längst in Ahlbeck herumgesprochen, dass im Moor ein Hünengrab zu Tage gekommen ist. Nein, ich werde hier bleiben und Obacht geben, um morgen mit dem ersten Sonnenstrahl frisch ans Werk gehen zu können. Es ist eine laue Sommernacht, der Mond ist immer noch beinahe voll, und ich werde in der Baracke schon einen heimeligen Platz zum Schlafen finden. Decken und ein wenig Proviant habe ich mir von meiner Wirtin mitgeben lassen. Außerdem haben die Torfstecher mir eine halb volle Flasche Genever dagelassen. Das wecke die Geister, meinten sie lachend. Ich dankte ihnen und antwortete, die Geister könnten mich nicht mehr schrecken.

Zum ersten Mal seit meiner Ankunft in Ahlbeck fühle ich mich wie ein echter Archäologe! Ich fühle, dass ein großes Abenteuer vor mir liegt. Bislang habe ich allerdings nur das Grab vermessen, provisorisch abgesteckt und an einigen Stellen Probegrabungen vorgenommen. Der Hügel hat eine leicht ovale Form und ist direkt am Kolk gelegen, allem Anschein nach handelt es sich um ein zweijochiges Dolmengrab, wobei ein Joch aus zwei senkrechten Wandsteinen und einem aufliegenden Deckenstein besteht. An den Längsseiten bilden zwei weitere Findlinge den Abschluss; einer dieser Steine ist bei dem Erdrutsch ein wenig abgesackt und wurde von mir mit einem Stützpfosten gesichert. Morgen werde ich zunächst die weiteren Wandsteine freilegen, um mich danach ins Innere des Grabes vorzuarbeiten. Erfahrungsgemäß liegen die Eingänge zu solchen Hünengräbern auf der Südseite, in diesem Fall also auf der dem Kolk zugewandten Längsseite. Es kommt mir sehr gelegen, dass die Torfstecher das Gelände dräniert und den schwarzen Klün abgetragen haben. Auf diese Weise bleibt es mir erspart, in schlammigem Gelände herumzukriechen. Auch die Werkzeuge der Tagelöhner, vor allem die mit scharfen Schneiden versehenen Torfspaten, die von den Ahlbeckern »Klüngrepen« genannt werden, dürften mir gute Dienste leisten.

Meine Mahlzeiten werde ich in der Mühlenschänke einnehmen. Auf diese Weise spare ich weitere Zeit und muss das Gelände nicht lange unbeaufsichtigt lassen. Für die nächsten Tage wird das Moor mein Zuhause sein.

Doch nun will ich das Licht löschen und mein Notizbuch schließen. Der morgige Samstag wird ein langer und arbeitsreicher Tag werden.

Nachts

Ich weiß nicht genau, wie spät es ist und wie lange ich geschlafen habe. Ein lautes Geräusch hat mich vor etwa einer Viertelstunde geweckt, es hörte sich an wie Hufgetrappel. Ich konnte das Wiehern von Pferden vernehmen, es folgten dumpfe Geräusche, die ich nicht einordnen konnte, dann Menschenstimmen, wie unterdrücktes Fluchen. Plötzlich herrschte wieder Totenstille. Als ich aus der Baracke trat, stand der Mond hoch am wolkenlosen Himmel und beschien den schwarzen Kolk und das umliegende Moor mit seinen Wasserlachen. Die beinahe mannshohen Stapel der frisch geschnittenen und noch feuchten Torfstücke ragten als dunkle Schattenrisse aus dem Boden, und auch die beiden großen Grabhügel zeichneten sich vor dem silbrigen Horizont ab. Einige Schwarzerlen wiegten sich im Wind und schienen mir zuzuwinken, zwei Fledermäuse jagten auf immer gleichen Bahnen durch die Luft, doch weit und breit waren weder Menschen noch Pferde zu sehen. Nur mein eigener Gaul lag angebunden im Schatten der Baracke, richtete sich nun auf und schüttelte freudig die Mähne, als er mich sah. Aber mit den Hufen trappelte oder scharrte er nicht, und kein Wiehern war zu hören. Die einzigen vernehmbaren Geräusche waren das entfernte Klappern der Wassermühle und das leise »Huhuhu« einer Sumpfohreule.

Ich wollte mich bereits wieder zur Ruhe begeben, als ich das andere Pferd sah. Es stand direkt neben dem Grabhügel, ungefähr an der Stelle, an der der freigelegte Findling unter der feuchten Erde zum Vorschein kam. Das Pferd war gesattelt und geschirrt, aber herrenlos.

»Heda, hallo!«, rief ich. »Ist da wer?« Doch weder meldete sich der Reiter, noch reagierte das Pferd in irgendeiner Weise. Es stand regungslos da und schien mich nicht zu bemerken, obwohl es kaum einen Steinwurf entfernt war.

Ich ging um den Kolk herum und näherte mich dem Hünengrab von Westen, doch als ich an dem Hügel anlangte, war das Tier verschwunden. Erst jetzt erkannte ich, dass mir meine Sinne einen Streich gespielt haben mussten, denn genau an der Stelle, an der ich das Pferd gesehen hatte, befand sich die Grube der Torfstecher. Der Boden war ringsum abgetragen oder durch den Erdrutsch abgesackt, eine Holzleiter führte etwa zwei Meter in die Grube, in der sich das Wasser auf dem Grund sammelte. Das Pferd hätte also keinesfalls dort stehen können, wo ich es gesehen hatte, oder es hätte in der Luft schweben müssen. Ein seltsamer Geist, will mir scheinen, aber immerhin kein kopfloser Heide!

Inzwischen haben sich meine Nerven (auch dank des Genevers) wieder beruhigt, meine Hände zittern kaum noch. Aber ich habe die Tür der Baracke verriegelt und werde den Rest der Nacht die Petroleumlampe brennen lassen. Man kann nie wissen.

Samstag, 22. Juli

Es ist Mittag, und dank der Tagelöhner, die freiwillig und ohne Bezahlung helfen, ist bereits ein Großteil der südlichen Außenwand freigelegt. Zunächst waren die Männer sehr skeptisch und hielten sich auffallend zurück, es schien beinahe so, als hätten sie Angst vor dem Hünengrab. Doch je mehr von den wuchtigen Wandsteinen sichtbar wurde, desto größer wurde ihr Interesse, und nach und nach versammelten sie sich in der Grube zu Füßen des Hügels und gaben Kommentare ab. Schließlich griffen sie nach ihren Klüngrepen, kletterten die Leiter hinauf und fragten, ob sie helfen könnten. Gemeinsam und emsig, aber vorsichtig trugen wir die Erdschichten ab, und wenn wir in dem gleichen Tempo weiterarbeiten, wird bis zum Abend der gesamte Dolmentisch freigelegt sein.

Bereits jetzt ist erkennbar, dass das Trockenmauerwerk, mit dem die Lücken zwischen den Findlingen ausgefüllt sind, noch vorhanden ist. Das Grab scheint vollständig intakt zu sein. Auch mit meiner Vermutung, dass der Eingang auf der Kolkseite liegt, habe ich Recht gehabt. Zwischen den Wandsteinen ist ein schmaler Durchlass zu erkennen, der jedoch mit einem Findling verschlossen ist. Dieser Verschluss ist eigentlich unüblich; die Eingänge sind normalerweise frei zugänglich.

Als die Arbeiter den Findling sahen, wollten sie ihn sogleich zur Seite hieven und sich ins Innere vorgraben, doch ich konnte ihnen mühsam verständlich machen, dass es bei der Archäologie nicht zuletzt auf Geduld und systematisches Vorgehen ankomme. Zunächst müssten die Wandsteine und dann die Deckensteine freigelegt werden. Jeder einzelne Stein müsse genau untersucht und beschrieben werden. Erst wenn dies geschehen sei, könne ich mich ins Innere vorwagen und die Gebeine bergen. Die Männer zogen enttäuschte Schnuten, gehorchten aber meiner Autorität.

Mittlerweile haben sich auch die ersten Schaulustigen aus dem Dorf eingefunden. Sie drängeln sich in gebührendem und respektvollem Abstand am Rand der Torfgrube und bestaunen unsere Arbeit, als seien sie Zeugen eines Spektakels oder Schauspiels. Ich werde auch diese Nacht am Kolk wachen müssen. Es sind auffallend viele Kinder unter den Zuschauern, und bei denen weiß man nie, ob sie nicht insgeheim einen dummen Scherz aushecken.

Gerade meldete mir ein kleiner Junge, ein seltsamer alter Mann wünsche mich zu sprechen. Der Alte habe sich geweigert, das

Kolkgebiet zu betreten, und wolle an der Gabelung des Hessenwegs auf mich warten. Er habe mir etwas Dringendes mitzuteilen.

Ich kann mir schon denken, um wen es sich handelt.

Mein Großonkel Johann wartete, wie angekündigt, am Abzweig zur Kolkmühle auf mich. Wie an dem Tag meines Besuches im Molenkotten trug er fleckige und zerrissene Lumpenkleidung, was mir nun noch stärker ins Auge sprang, da ich wusste, dass der Alte ein wohlhabender, wenn nicht gar reicher Mann war. Als er mich sah, ging er geradewegs auf mich los und beschimpfte mich mit unflätigen Worten, die ich hier nicht im Einzelnen, sondern nur dem Sinn gemäß wiedergeben will: Ob ich denn den Verstand verloren hätte, ob ich denn nicht wüsste, was ich anrichtete, ob ich denn immer noch nicht begriffen hätte!

»Oh doch!«, erwiderte ich erbost und trat ganz nahe an ihn heran. »Ich habe durchaus begriffen, Onkel, und ich kann es nicht mehr hören. Ich weiß genau, was du mir sagen willst: ›Lass die Finger von den Gräbern! Das bringt Unglück! Lass die Toten im Kolk ruhen!‹ Ist das der Grund, warum du hier wie ein Rumpelstilzchen herumkrakeelst?«

»Die Gräber?«, wunderte er sich. »Was denn für Gräber? Wer redet denn von Gräbern?« Er sah mich an, als sei ich nicht bei Trost.

»Etwa nicht?«

»Was faselst du für einen Unsinn, Junge!« Der Alte schüttelte seine weiße Mähne und piekste mit dem Finger in meine Brust. »Das sind nicht unsere Leichen, Männsken, da soll sich der Schulze drum kümmern.«

Ich begriff kein Wort und sah ihn verständnislos an.

»Es geht um das Mädchen!« Er trat nun so nahe an mich heran, dass seine Rabennase mir beinahe ins Gesicht stach. »Lass die Lanvermännin in Ruhe!«

»Hat dich der junge van Weyck geschickt?«, antwortete ich und machte einen Schritt zurück. »Steckst du mit dem verdammten Stutzer unter einer Decke? Ich hab euch in seiner Kutsche gesehen. Bist du sein Handlanger?«

»Bruder Henk hat nichts damit zu tun«, entfuhr es ihm.

»Bruder?«, wunderte ich mich.

»Unsinn!«, fauchte er und machte eine abwehrende Handbewegung. »Ich hab dich mit dem Mädchen gesehen. Ihr wart in einer Kiste eingeschlossen, und sie hat dich geküsst. Unseliges Weibsbild!«

Ein eisiges Frösteln fuhr mir durch die Glieder. Bei der Kiste, von der er sprach, konnte es sich nur um den Hochsitz am Galgenbülten handeln. Der Alte wurde mir zunehmend unheimlich. Wieder machte ich einen Satz rückwärts und rief: »Und wenn schon! Was schert dich das? Nur weil du Ärger mit dem Schulzen hast, muss das ja nicht für mich gelten.«

»Es gilt für dich«, erwiderte er bestimmt. »Ob du es willst oder nicht. Es gilt für dich, wie es für deinen Großvater gegolten hat.«

»Was hat denn mein Großvater damit zu tun?«

»Hat dein Vater dir nichts gesagt?« Er wiegte den Kopf und beantwortete seine Frage selbst: »Ach, natürlich nicht, er war ja noch viel zu klein.«

»Was hätte er mir sagen sollen?« Allmählich verlor ich die Geduld. Dieses Herumgedruckse und die Heimlichtuerei gingen mir auf die Nerven. »Sag endlich, was du weißt, oder halte deinen Mund, aber dann für immer!«

»Es war eine Lanvermännin, die deine Großmutter getötet hat.«

Ich stand wie vom Blitz getroffen da und war nicht in der Lage, etwas zu entgegnen. Über den Tod meiner Großmutter war mir so gut wie nichts bekannt. Ich wusste lediglich, dass sie vor etwa fünfzig Jahren gestorben war und dass mein Großvater nach ihrem Tod das Dorf mit seinem kleinen Jungen verlassen und nie zurückgekehrt war. Dass meine Großmutter das Opfer eines Gewaltverbrechens gewesen sein sollte, war mir neu.

»Sie wurde ermordet?«, fragte ich.

»Mehr oder weniger.«

»Was heißt das nun wieder?«, fauchte ich. »Kannst du nicht einen einzigen Satz sagen, ohne wie das Orakel von Delphi zu klingen?«

Diesmal starrte er mich verständnislos an. Schließlich nickte er, fuhr sich über das stoppelige Kinn und sagte: »Sie hat sich auf dem Dachboden erhängt, im Molenkotten. Mit der Schande wollte sie nicht leben. Ich hab sie dort gefunden. Arme Maria! Und alles wegen der verdammten Lanvermännin. Dein Großvater war ein ebensolcher Narr wie du. Ein liebestoller Gauch. Sieh dich vor, Männsken! Das Mädchen ist nicht gut für dich. Glaub mir, mein Junge, ich habe das alles schon einmal erlebt.«

Die vielen Worte schienen den alten Mann fürchterlich angestrengt zu haben. Vermutlich hatte er seit Jahren nicht so viele zusammenhängende Sätze von sich gegeben. Er sah plötzlich um Jahre gealtert aus und griff nach meiner Hand, als suche er nach Halt. Im nächsten Moment jedoch riss er sich los, wandte sich schroff ab und wollte davongehen.

Ich hielt ihn am Ärmel fest und fragte: »Welche Lanvermännin? Die Mutter des jetzigen Schulzen?«

»Seine Tante«, erwiderte der Alte. »Eine verflucht hübsche Deern. Das schönste Mädchen weit und breit. Ihr Name war Katharina.« Seine krächzende Stimme klang einen Moment lang beinahe sanft, und ein verträumtes Lächeln huschte über sein runzliges Gesicht, als er ihren Namen aussprach, doch sofort setzte er knurrend hinzu: »Dummes Zeug!« Er klopfte mir zunächst auf die Schulter, piekste dann erneut in meine Brust und war im nächsten Augenblick im Bruchwald verschwunden.

Während ich dies niederschreibe und erneut darüber nachdenke, wird mir bewusst, dass es mir sehr viel lieber gewesen wäre, der alte Spökenkieker hätte mich vor den Heidengräbern und den Toten im Kolk gewarnt. Diese alten Familiengeschichten sind mir aufs Gemüt geschlagen. Natürlich hat Lisbeth nichts mit der Verfehlungen ihrer Großtante und ich nichts mit den Fehltritten meines Großvaters zu tun. Aber die Worte des alten Johann haben mir zu denken gegeben. Und was hat er damit gemeint, als er sagte: »Das sind nicht unsere Leichen, Männsken, da soll sich der Schulze drum kümmern.«

Ach, sei's drum! Zurück zu dem Hünengrab, das wird mich aufheitern.

Abends

Das Grab ist freigelegt. Was für ein Prachtstück! Wie ich bereits vermutete, handelt es sich um ein zweijochiges Dolmengrab. Die beiden Deckensteine sind auffallend flach und weisen an einigen Stellen Einkerbungen und Vertiefungen auf. Das Trockenmauerwerk zwischen den Findlingen ist fast überall erhalten, nur an der östlichen schmalen Seite, an der der Abschlussstein abgesackt ist, hat das Mauerwerk ein wenig Schaden genommen. Um sechs Uhr hatten wir das gesamte Erdreich rund um das Grab abgetragen, eine weitere Stunde benötigte ich, um die Steine mit einem Besen und kleinen Pinseln zu säubern. Den Rest des Tageslichtes nutzte ich dazu, Zeichnungen von dem Grab anzufertigen. Ganz ähnlich muss sich Leonardo Da Vinci vorgekommen sein, als er die Mona Lisa porträtierte. Es sind nur Steine, aber in ihrer Form vollendet und als Anblick wunderhübsch.

Morgen werde ich mich ins Innere vorgraben. Ich bin so aufgeregt, dass ich vermutlich kein Auge werde zumachen können. Da trifft es sich gut, dass ich ohnehin am Kolk wachen will. Inzwischen ist die Sonne untergegangen, und sämtliche Torfstecher und Schaulustigen haben das Moor verlassen. Wie auf einen unhörbaren Befehl hin waren sie mit dem letzten Sonnenstrahl verschwunden. Nicht einmal die größte Neugier könnte sie des Nachts ins Moor treiben. Vermutlich ist meine Vorsicht hinsichtlich der Grabräuber und Scherzbolde unbegründet und übertrieben, aber allein der Gedanke an den Anblick des Grabes im ersten Dämmerlicht entschädigt mich für die kommende Nacht im Moor.

Selten habe ich einem Sonntag derart entgegengefiebert.

Nachts

Wieder haben mich Geräusche aus dem Schlaf geschreckt, doch diesmal stammten sie nicht von herumgeisternden Pferden. Es war ein leises, aber hartnäckiges Klopfen an der Tür, und als ich schlaftrunken und nur in Nachthemd und langer Unterhose öffnete, stand Lisbeth vor mir. Sie trug ihr grünes Jägerkostüm und darüber eine Mantille nach spanischer Art. Sie lächelte erfreut, doch dann starrte sie auf meine Beinkleider, blickte erschrocken zu Boden und reichte mir ein Kuvert durch die halb geöffnete Tür.

»Ich habe von Hubertus, unserem Stallknecht, gehört, dass Sie in der Baracke übernachten«, sagte sie und trat einen Schritt zur Seite. »Ich habe mich aus dem Haus geschlichen, um Ihnen das zu geben. Ich habe Licht in der Hütte gesehen, und da dachte ich …«

Ich verschwieg, dass die Petroleumlampe brannte, um Geister fern zu halten, und entschuldigte mich für meine unziemliche Kleidung. »Ich werde mich schnell anziehen«, fügte ich hinzu, »dann stehe ich Ihnen zur Verfügung.«

»Nicht nötig, Hermann«, antwortete sie und schüttelte den Kopf. »Ich muss wieder nach Hause. Was ich Ihnen sagen wollte, werden Sie in dem Kuvert finden. Gute Nacht!«

Mit diesen Worten wandte sie sich ab und lief davon, als habe sie Angst vor mir. Oder Angst vor sich selbst und dem, was sie sagen könnte.

Mein Herz zersprang mir vor Freude. Ich bekam keine Luft, und meine Hände zitterten so stark, dass ich den Umschlag kaum halten konnte. Nach einem Schluck aus der zur Neige gehenden Geneverflasche, der seine beruhigende Wirkung völlig verfehlte, öffnete ich den Umschlag im Licht der Petroleumlampe.

Der Inhalt liegt nun vor mir, und noch immer kann ich mein Glück nicht fassen. Lisbeth ist nicht mehr da, und dennoch wird sie nun immer anwesend sein. In dem Kuvert befand sich ein Porträt von ihr, ein fotografisches Brustbild, auf dem sie einem Engel, nein einer Göttin gleicht. Sie trägt das Kleid, in dem ich sie in der Mühlenschänke gesehen habe, und sie lächelt mich an. Aus welchem Winkel ich sie auch anschaue, immer trifft mein Blick auf ihr bezauberndes Lächeln. Ich kann meine Augen nicht von dem Bild lassen. Mit dem Finger streiche ich immer wieder über ihre Wangen und ihr Haar. Und ja, ich gebe es zu, ich habe meine Lippen auf die ihren gepresst.

Auf der Rückseite der Fotografie fand ich eine handschriftliche Notiz: »Für meinen lieben Freund Hermann«. Darunter der Buchstabe »L«.

Was soll ich noch schreiben? Ich bin selig!

Sonntag, 23. Juli

Was ich in den Gräbern zu finden hoffte, hatte mich der Schulze vor acht Tagen gefragt, und ich hatte leichthin geantwortet: »Tote.« Damals hatte ich es als Scherz gemeint, doch das Lachen ist mir inzwischen vergangen. Ich habe einen Toten gefunden, aber diese Leiche hatte nichts in dem Grab zu suchen.

Wie ich es mir vorgenommen hatte, war ich bei Sonnenaufgang auf den Beinen, um das Hünengrab im Dämmerlicht zu betrachten und aus verschiedenen Winkeln zu zeichnen. Leider reichte mein Talent nicht, um die sonderbare Stimmung einzufangen, die über dem Moor lag. Die tief stehende Sonne brauchte eine Weile, um sich durch den morgendlichen Hochnebel zu kämpfen, das gesamte Venn war in ein milchiges Licht getaucht.

Erst gegen sieben Uhr machte ich mich daran, den Eingang

des Grabes freizulegen. Da heute Sonntag ist, war ich völlig ungestört. Die Torfstecher verbrachten ihren wohlverdienten Ruhetag bei den Familien, und auch die Schaulustigen würden vermutlich erst nach dem Kirchgang ins Moor pilgern, um die Resultate der Grabungen zu bestaunen.

Nachdem ich den mächtigen Findling, mit dem das Grab versperrt war, mit einer Klüngrepe als Hebel beiseite gedrückt hatte, lag der Eingang frei vor mir. Aufgeregt griff ich nach der Petroleumlampe und hielt sie in die Höhle. Die Flamme wurde zu einem blassen grünlichen Zünglein, doch nach und nach strömte Luft von außen in die Grabkammer, und die Lampe erhellte schließlich den Innenraum, der etwas weniger als mannshoch war.

Es roch modrig und nach feuchter Erde, Moorasseln und schwarze Käfer flohen vor dem Licht in die Fugen, die Findlinge hatten auf der Innenseite Moos angesetzt oder waren mit einer glitschigen, bräunlichen Schicht überzogen. Auch hier waren an einigen Stellen Einkerbungen und Vertiefungen zu erkennen. Der Boden war auf der gesamten Fläche mit Findlingsbruchstücken und Steingeröll bedeckt, auch im Inneren war das Grab dem ersten Anschein nach vollständig intakt und nicht beschädigt.

Nur gab es keine Leichen. Kein einziges Skelett war zu sehen. Nicht einmal ein winziger Knochen. Keine Urnen, keine Grabbeigaben. Nichts. Natürlich war es denkbar, dass die Toten unterhalb des Gerölls beerdigt waren, aber das schien mir unwahrscheinlich. Bei einem Hünengrab war die Höhle unter dem Dolmentisch die Grabkammer, wie in einem Leichenhaus.

Nein, dieses Grab war vor langer Zeit geräumt und sorgsam wieder verschlossen worden. Vermutlich hatte man die Toten nach der Christianisierung in geweihter Erde beigesetzt oder sie als Heiden an einem sonstigen Ort verscharrt. Ich konnte und wollte meine Enttäuschung nicht verbergen, und eine Träne lief mir über die Wange. Mein wundervolles Steinzeitgrab war hübsch anzusehen und tadellos erhalten, aber es war leer.

Das dachte ich zumindest. Dann aber fiel mir etwas Seltsames auf. Am westlichen Ende des Grabes, direkt vor dem Abschlussstein, war eine Art Erdhügel zu erkennen, der sich regelrecht an den Findling schmiegte. Ich kroch dorthin und beleuchtete ihn mit der Lampe. Die winzige Erhebung bestand nicht aus Geröll, sondern aus dunklem, mit Torf und kleineren Ästen durchzogenem Mutterboden, wie man ihn rund um den Kolk fand. Mit einer kleinen Schaufel scharrte ich die Erde beiseite, und schon bald stieß ich auf einen Totenschädel. Kurze Zeit später hatte ich auch die Halswirbel, das Schlüsselbein und die obersten Rippen freigelegt.

Ich legte eine andächtige Pause ein, atmete tief durch und untersuchte den Schädel genauer. Er war am Hinterkopf eingedrückt und gespalten. Natürlich konnte ich nicht feststellen, ob diese Verletzung dem Menschen zu Lebzeiten oder nach dem Tod zugefügt worden war, aber man hatte ihm den Schädel eingeschlagen.

Rasch grub ich auch den Rest des Skeletts aus, das lang ausgestreckt dalag (und nicht in Hockstellung, wie es in der Stein- und Bronzezeit üblich war). Die Leiche war bis auf die blanken Knochen verwest, keine Kleidung war erhalten. Sie lag vermutlich seit einigen hundert Jahren an Ort und Stelle, doch keinesfalls stammte sie aus vorchristlicher Zeit. Dafür sprachen auch zwei metallene Gegenstände, die ich bei der Leiche fand. Das eine war eine schlichte silberne Gürtelschnalle (vermutlich handelt es sich bei dem Toten um einen Mann, auch die Körpergröße deutet darauf hin), das andere ein goldener Ring. Das Besondere an dem zweiten Fundstück ist, dass es sich um einen Zwillingsring handelt, der aus zwei ineinander gepassten Reifen besteht. Auf einem dieser Reifen ist eine Inschrift zu erkennen: »GtH – AtH – MDXXIV«.

Bei »GtH« und »AtH« dürfte es sich um Initialen handeln, und die römische Ziffer »MDXXIV« steht für das Jahr 1524. Im sechzehnten Jahrhundert waren solche Zwillingsringe aus massivem Gold als Eheringe sehr beliebt, vor allem in adeligen oder patrizischen Kreisen, und die Vermutung liegt nahe, dass die Initialen für die Namen der Brautleute und die Zahl für das Jahr der Eheschließung stehen. Wie und warum aber dieser Mann im Hünengrab verscharrt war und was es mit seinem eingeschlagenen Schädel auf sich hat, das vermag ich beim besten Willen nicht zu sagen. Hier bedarf es nicht nur eines Archäologen, sondern eines Kriminalisten.

Noch heute werde ich an Professor Braun schreiben und ihn bitten herzukommen. Vielleicht ist er ja in der Lage, dieses Rätsel zu lösen.

Ich bedarf dringend seiner Hilfe.

Der Blutanger 3ter Teil

»Ach, was soll ich doch, und wie soll ich doch wider oder von diesen elenden Leuten zu Münster schreiben? Muss man's doch an der Wand greifen, dass der Teufel daselbst leibhaftig Haus hält, und gewisslich ein Teufel auf dem anderen, wie die Kröten sitzen.«

Martin Luther, 1535

Erstes Kapitel

Berichtet von der Nacht, in der Geert Vortkamp zum Mörder wurde

»Vater findet, du könntest ruhig etwas mehr Dankbarkeit zeigen.« Die Worte des Schulzensohnes gingen Geert nicht mehr aus dem Kopf. Am Abend vor der Kräuterweihe hatte Hermann Gerwing das gesagt, in der Heideschänke hatten sie gesessen und getrunken, aber vermutlich hatte Hermann selbst nicht begriffen, was diese Worte bedeuteten. Nur Geert wusste, was der Schulze damit gemeint hatte. Es ging nicht um den elenden Schafskotten, den Vortkamp zur Pacht bekommen hatte, nicht um den kleinen Ambros, für den Gerwing angeblich solches Mitgefühl hatte. Nein, es ging darum, dass Geert sich niemals würde befreien können, weder von dem Schulzen noch von seiner eigenen Vergangenheit. Ein weiterer Spruch des Schulzen fiel Geert ein: »Ich habe dich nicht gesehen. Wir haben nicht miteinander gesprochen. Ich weiß von nichts.« Doch obwohl er vermeintlich von nichts wusste, verlangte er nun Dankbarkeit. Das war ein Widerspruch ganz nach Gerwings Geschmack. Er spielte den Ahnungslosen, wenn ihm danach war, und er erinnerte sich plötzlich, wenn es ihm in den Kram passte.

Doch auch Geert erinnerte sich nur zu gut; er vergaß nie etwas, mochte er noch so betrunken sein. Alkohol trübte das Bild, aber er löschte es nicht aus. Oh ja, Geert erinnerte sich an jene Nacht vor sechs Jahren. Und nichts würde sie jemals ungeschehen machen.

Es war der erste Dienstag im Heumonat gewesen, eine finstere und stürmische Neumondnacht im Sommer 1529. Den ganzen

Abend über hatte es geblitzt und gedonnert, als wolle die Welt in Stücke gehen. Der Regen war wie Bleikugeln auf die Erde niedergeprasselt, und der böige Westwind hatte die Schindeln auf dem Dach der Dorfschänke klappern lassen.

Der Lindenwirt, dessen Schänke sich damals noch auf dem Kirchplatz befand, war sichtlich guter Laune gewesen und hatte Geert eine halbe Flasche Genever spendiert. Vielleicht hatte er sie auch dem Kolkmüller ausgegeben, der mit Geert am Tisch saß und schon einige Runden bezahlt hatte. Der ehemalige und der jetzige Müller teilten sich den Branntwein brüderlich, als sei es das Selbstverständlichste von der Welt, als gebe es keinen Grund zum Groll zwischen ihnen. Antonius Dennekamp war mindestens so betrunken wie sein Gegenüber, doch bei Geert dauerte dieser Zustand nun schon mehr als zwei Jahre an. Seit unzähligen Tagen war er nicht mehr nüchtern gewesen, bereits am frühen Morgen trank er den ersten Schluck des selbst gebrauten Biers, um auf die Beine zu kommen, und abends brauchte er hochprozentigen Branntwein, um einschlafen zu können. Doch je mehr er trank, desto weniger schien der Alkohol zu wirken und umso dringender bedurfte er des teuflischen Getränks. Er wusste, dass er sich unweigerlich zu Tode soff, aber es war ein langsamer Tod auf Raten.

Das Saufen hatte ihn bereits die Mühle gekostet und zum Gespött der Leute gemacht. Vor anderthalb Jahren, im Herbst 1527, hatte der Droste ihn und seinen kleinen Sohn auf Befehl des Bischofs aus der Kolkmühle vertrieben und wie räudige Köter auf die Straße gejagt. Selbst für einen ehrlosen Müller sei Vortkamp eine Schande, hatte der Droste gemeint und ihm einen Tritt in den Hintern mit auf den Weg gegeben. Vor den Augen seines Sohnes. Das hatte er ihnen nicht verziehen, dem Bischof und seinem Verwalter nicht, aber auch seinem Sohn nicht.

Angeblich aus Mitleid mit dem kleinen, damals knapp drei Jahre alten Ambros hatte der Schulzenbauer den ehemaligen Müller als niederen Stallknecht auf seinem Hof aufgenommen. Geert hatte die Schweine zu hüten und die Ställe auszumisten, doch der Schulze führte sich ihm gegenüber auf, als habe er ihm einen unschätzbaren Gefallen getan, ihm gar das Leben gerettet. Was wusste denn der! Für wen hielt der sich? Vermutlich war nur Gerwings schlechtes Gewissen der Grund dafür, dass er den ehemaligen Müller aufgenommen hatte. Von wegen Ambros! Es ging um Euphemia, es war immer um sie gegangen. Doch an seine Frau dachte Geert nicht mehr, nie mehr, deswegen trank er ja. Selbst wenn der Schnaps vom Kolkmüller bezahlt wurde.

Antonius Dennekamp war etwa in Geerts Alter und seit über einem Jahr der Pächter der Kolkmühle. Er war kein gebürtiger Ahlbecker, stammte aus dem Osnabrücker Raum und wusste daher so gut wie nichts über seinen Vorgänger. Vermutlich hatten er und seine Frau Gerüchte gehört, und spätestens als er Geert zum ersten Mal zu Gesicht bekam, musste ihm klar gewesen sein, was zu der schmachvollen Entfernung des Müllers aus der Kolkmühle geführt hatte. Er ahnte wohl auch, dass Geert ihn ebenso erbittert wie grundlos hasste. Trug Dennekamp etwa die Schuld daran, dass Geert zum Säufer geworden war? Was konnte der neue Müller dafür, dass der Bischof sich des alten auf solch schimpfliche Weise entledigt hatte? Geert wusste, dass er Dennekamp nicht das Geringste vorwerfen konnte, er hatte sich alles selbst zuzuschreiben, von Beginn an war er sehenden Auges in sein Unglück gerannt, aber das machte es nur noch schlimmer. Wie armselig! Jetzt trank er schon Dennekamps Genever und erduldete dessen mitfühlendes Gerede. Sie seien doch vom selben Fach. Einmal Müller, immer Müller! Zwei Unehrliche unter lauter ehrbaren Leuten.

Und vermutlich meinte er sogar, was er sagte!

Es ging auf Mitternacht zu, der Wind hatte sich ein wenig gelegt, und das Prasseln des Regens war zu einem einlullenden Plätschern geworden. Nur noch wenige Gäste waren in der Schänke und dösten vor sich hin, auch Matthes Olbring, der Wirt, lag schnarchend mit dem Kopf auf dem Schanktisch und wurde erst durch ein lautes Scheppern wieder geweckt. Geert Vortkamp war bei dem Versuch, sich zu recken, rücklings von der Bank gefallen und gegen ein Regal gestoßen, in dem Zinnkrüge und Holzteller verstaut waren. Nun lag er auf dem Boden, Beine und Arme wie ein auf dem Rücken liegender Käfer in die Höhe gestreckt, den Kopf unter dem Geschirr begraben.

»Du hast genug!«, entschied Olbring und hievte Geert unsanft auf die Beine.

»Einen noch«, brummte Geert.

»Morgen ist auch noch ein Tag«, antwortete der Wirt und beförderte den Trunkenbold zur Tür. Er setzte ihm die dreckige Leinenmütze, die eher einem Wischlappen oder Wundverband glich, auf den Kopf und warf ihn hinaus. Anschließend wandte er sich um, wischte sich die Hände ab, als habe er sich von Unrat befreit, und fragte: »Noch ein Gläschen, Müller?«

Doch Antonius Dennekamp war inzwischen am Tisch eingeschlafen.

Geert taumelte derweil über den Kirchplatz, hielt sich an der alten Linde fest, um sich zu orientieren, und steuerte dann mehr oder minder geradewegs auf die Holzbrücke am nördlichen Dorfrand zu. Wenn er einmal in die richtige Richtung losgelaufen war, ging der Rest meist wie von selbst. Es war allerdings auch schon vorgekommen, dass er das Dorf in südlicher Richtung verlassen hatte und am nächsten Tag im Nachbarort Oldendorf aufgewacht war.

Obwohl es Neumond war und man kaum die Hand vor Augen sehen konnte, hatte Geert keine Mühe, den Hessenweg zu finden. Der immer noch stetige Regen lief ihm von der Mütze ins Gesicht und in den Nacken, was ihn frösteln ließ und zugleich erfrischend wirkte. Auf dem schlammigen Weg versank Geert knöcheltief im Morast, mehrmals trat er in Wasserlöcher, die er wegen der Dunkelheit vermutlich auch in nüchternem Zustand übersehen hätte, ging zu Boden und kroch auf allen vieren voran, sodass er nach kurzer Zeit wie ein Schwein aussah, das sich im Dreck gesuhlt hatte. Und wie einem Schwein machte es ihm nichts aus. Unverzagt stapfte und stolperte er weiter. Er hatte beinahe den Abzweig zum Schulzenhof erreicht und wollte gerade in den Hohlweg einbiegen, als er eine Stimme hinter sich hörte.

»He, hü, brr! Halt an, verdammte Schindmähre!«

Es war der Kolkmüller. Er ritt auf einem Braunen, hing vornüber im Sattel und hielt sich an der Mähne des Pferdes fest, dass Geert schon fürchtete, er werde jeden Augenblick kopfüber hinunterstürzen. Doch Dennekamp richtete sich wieder auf, ließ Mähne und Zügel los, schwankte nun in die entgegengesetzte Richtung, berührte mit dem Kopf beinahe die Kruppe des Tieres, wirbelte mit den Armen umher und schlug dabei unabsichtlich dem Pferd in die Flanke. Das Tier machte einen Satz nach vorne, bäumte sich gleichzeitig auf und warf seinen trunkenen Reiter aus dem Sattel. Ein kurzes Stück schleifte das Pferd den Müller, dessen rechtes Bein sich im Steigbügel verfangen hatte, neben sich her, dann riss es sich los und nahm Reißaus. Während der Braune in Richtung der Grenze davongaloppierte, lag Dennekamp rücklings im Schlamm und schrie vor Schmerz und Überraschung laut auf.

»Hoppla!«, war alles, was Geert zu dem seltsamen Schauspiel einfiel. Dann fing er schallend an zu lachen.

»Was gibt's 'n da … so blöde zu wiehern?«, knurrte Dennekamp, kämpfte mit einem Schluckauf und wiederholte lallend: »Blöde wiehern, Mensch!«

»Mit diesem Kunststück solltest du auf dem Jahrmarkt auftreten«, erwiderte Geert, dem der Genever kaum noch anzumerken war. Er wollte den anderen aus dem Morast ziehen, unterschätzte jedoch das Gewicht des Kolkmüllers, rutschte aus und landete neben ihm im Schlamm.

Nun lachten beide und tollten wie Kinder in der Wasserlache herum.

»Mein Schiefel!«

»Was?«, fragte Geert.

»Mein Stiefel!« Dennekamp hielt den nackten rechten Fuß in die Höhe. »Der verdammte Gaul … hat mein' Stiefel gestohlen!« Sein Lachen war mittlerweile zu einem albernen Glucksen geworden, das immer wieder vom Schluckauf unterbrochen wurde. Er rieb sich die Augen, ohne zu merken, dass er sich Dreck ins Gesicht schmierte, und fügte hinzu: »Darauf trinken wir ein'. Komm mit zur Mühle, ich … geb ein' aus! Müsste noch 'ne Flasche … Wein im Keller sein.«

Geert war plötzlich unbehaglich zumute, seine Wangenmuskeln zuckten, und er antwortete nicht. Seit seiner Vertreibung vor anderthalb Jahren war er nicht mehr an der Kolkmühle gewesen, und nichts zog ihn dorthin. Nicht einmal Alkohol. Dann aber kam ihm mit einem Mal ein Ausspruch des Schulzen in den Sinn, eine beiläufige Bemerkung, nur so dahergeredet, vermutlich im Scherz gesprochen. Und doch hatte Geert danach geschnappt wie ein Köter nach einem saftigen Knochen. Was würde er darum geben, hatte der Schulze vor wenigen Tagen gemeint, wenn ihm jemand diesen verdammten Dennekamp vom Hals schaffte. Eine Belohnung sollte man auf den Kopf des Müllers aussetzen, nichts als Ärger habe man mit diesem Querulanten.

Geert wusste selbst nicht, warum er plötzlich daran dachte. Was gingen ihn die Geschäfte des Schulzen an? Eigentlich freute es ihn sogar, dass Dennekamp dem Schulzen und seinem holländischen Schwager solchen Ärger machte. Natürlich ging es bei den Streitigkeiten um die beiden Bannmühlen. Der Schulze hatte seine Kötterbauern dazu gezwungen, ihr Korn an der Windmühle auf der anderen Seite der Grenze mahlen zu lassen, als Gegenleistung erließ er ihnen den Zoll an der Landwehr. Dem Kolkmüller war dieses ungeheuerliche und bannwidrige Treiben nicht unbemerkt geblieben und hatte sich an den bischöflichen Verwalter gewandt. Der Droste hatte daraufhin gedroht, den Schulzen vors Gericht zu zerren, und Gerwing hatte klein beigeben müssen. Vermutlich sehnte er sich nun nach einem Trunkenbold wie Geert als Kolkmüller, den er nach Gutdünken an der Nase herumführen und über den Tisch ziehen konnte. Denn schon zu dessen Zeit hatte der Schulze gegen Gesetz und Bann in die eigene Tasche gewirtschaftet.

Ach, zum Henker mit Gerwing! Und doch nistete sich dieser

seltsame Gedanke bei Geert ein. Ihm kam es nun so vor, als sei die Bemerkung des Schulzen vor allem für Geerts Ohren bestimmt gewesen. Hatte er ihn dabei nicht so durchdringend angeschaut, als wolle er sagen: Du verstehst mich, nicht wahr? Und was sprach schon dagegen, den Kolkmüller zur Mühle zu begleiten und eine Flasche Wein zu leeren? Allein fand Dennekamp womöglich gar nicht nach Hause. Es war ja doch nur so eine dumme Idee, gar nicht ernst zu nehmen, gar nicht wahr.

»Na, meinetwegen«, sagte Geert und rappelte sich mühsam auf. »Ein Schnaps bringt niemanden um.« Dann lachte er viel zu laut und beinahe erschrocken auf.

»Ehm«, murmelte Dennekamp und fasste den anderen an der Schulter.

»Was?«

»E-ben!«

Geert nickte. Und gemeinsam torkelten sie zur Mühle.

Als sie wenig später das Mühlenwehr erreichten, hörten sie das Plätschern des Wassers und das Knarren des Rades, aber die Umrisse der Mühle waren wegen der Dunkelheit kaum zu erkennen. Linker Hand befand sich der obere Mühlteich, der nach dem heftigen Regenguss Hochwasser führte, und zur Rechten floss der Ahlbach aus dem kaum knietiefen unteren Mühlteich als Rinnsal in Richtung Overijssel.

Von alledem sah Geert jedoch kaum etwas. Es war stockfinster; wegen der dichten Wolkendecke war nicht ein einziger Stern am Himmel zu sehen. Im Haus des Müllers brannte kein Licht, die Müllerin war längst mit den beiden Kindern zu Bett gegangen, und einen Müllerburschen gab es derzeit nicht. Vor wenigen Wochen war Dennekamps einziger Gehilfe an der Schwindsucht gestorben, der Mehlstaub hatte den zerfressenen Lungen des armen Burschen den Rest gegeben. Niemand war zugegen, kein Mensch wachte, einen Hofhund besaß Dennekamp ebenfalls nicht, und der Wind und das Wasser übertönten beinahe jedes Geräusch. Niemand würde etwas merken.

Geert zuckte wie unter einem Peitschenhieb zusammen. Wieso dachte er so etwas? Warum schaute er sich ständig wie ein Strauchdieb nach allen Seiten um? Wieso klang ihm das laute Rauschen wie lieblicher Gesang in den Ohren? Weshalb drängte sich ihm die günstige Gelegenheit wie eine lüsterne Hure auf? Dazu war er doch gar nicht in der Lage, gar nicht fähig.

Plötzlich blieb Dennekamp stehen. Er fasste sich an den Mund, stürzte zur Seite, warf sich auf die Brüstung der Wehr und übergab sich in den unteren Mühlteich. Er würgte und spuckte, sein Körper krümmte sich und fuhr bei jedem neuen Schwall nach vorne, sodass er auf Zehenspitzen stand.

Wie gebannt starrte Geert auf den nackten rechten Fuß des Müllers.

Bevor er wusste, was er tat, und ohne lange darüber nachzudenken, fasste Geert den Kolkmüller an den Beinen und warf ihn über die Mauer. Es war ein Kinderspiel und dauerte nur einen kurzen Augenblick. Obwohl Dennekamp ein Hüne war, hatten seine Beine das Gewicht von Federn. Zu weit ragte der mächtige Oberkörper über die Brüstung. Er wehrte sich nicht, schrie nicht, fiel einfach kopfüber in die Tiefe. Er hatte nicht die geringste Chance.

Geert konnte den Aufprall des Körpers nicht hören. Unterhalb des Mühlwehrs, in mehreren Klaftern Tiefe, befand sich ein breiter Mauervorsprung, gleich oberhalb einer zweiten Schleusenöffnung, aus der das Wasser in einem dicken Strahl in den Mühlteich schoss. Vermutlich hatte sich der Müller beim Aufprall auf das Mauerwerk das Genick gebrochen und war auf der Stelle tot gewesen.

Das hoffte Geert zumindest. Er wartete auf einen strafenden Blitzschlag, der ihn an Ort und Stelle niederstreckte, doch nichts geschah. Kein Gott zürnte. Geert stand wie angewurzelt auf dem Wehr, krallte die Finger in die Brüstungsmauer, starrte auf den Mühlteich, ohne das Geringste erkennen zu können, und horchte angestrengt in die Tiefe. Keine Schreie, kein Ächzen, kein Winseln, kein Fluchen. Nichts!

Dann riss er sich plötzlich los und rannte davon. Weg von der

Mühle. Zum Schulzen! Ihm musste er alles berichten, alles gestehen. Nicht aus Reue oder Schuldgefühl, sondern in der Hoffnung auf eine Belohnung.

»Du hast *was?*« Lubbert Gerwing packte ihn am Kragen und schlug ihm mit der flachen Hand mehrmals ins Gesicht. »Bist du denn von allen guten Geistern verlassen? Herrgott, welcher Teufel ist bloß in dich gefahren?«

»Aber Ihr hattet doch ... ich dachte ... Ihr habt doch gesagt ...«, stotterte Geert und ging vor dem immer noch auf ihn einschlagenden Schulzen in die Knie.

»Was hab ich gesagt?« Gerwing stand im Nachthemd und mit Schlafmütze auf dem Kopf vor seinem Bett und schäumte vor Wut. »Nichts hab ich!«

»Dass man eine Belohnung auf den Kopf des Müllers aussetzen sollte«, flüsterte Geert und machte sich klein. Er hatte längst begriffen, dass es ein Fehler gewesen war, den Schulzen zu wecken. Geert war noch nie besonders helle gewesen, aber manchmal kam es ihm vor, als habe er inzwischen sein letztes bisschen Verstand versoffen. Was hatte er sich nur dabei gedacht? Er war einfach in Gerwings Kammer gestürmt, hatte ihn unsanft aus dem Schlaf gerissen und ihm in fast triumphalem Ton mitgeteilt, er habe den Müller getötet.

»Aber das habe ich doch nur so dahergeredet«, rief der Schulze, »weil ich mich über den Müller geärgert hatte.« Er trat mit den blanken Füßen nach Geert, weil dieser sich wie ein Igel auf dem Boden zusammengerollt hatte. »Du unseliger Mistkerl! So was meint man doch nicht, und vor allem macht man so was nicht!«

»Aber Ihr habt es doch gesagt«, beharrte Geert, allerdings so leise, dass es kaum zu verstehen war. »Ich dachte, Ihr wärt mir dankbar.«

»Dankbar? Du bist wohl nicht bei Trost! Willst du vielleicht auch noch eine Belohnung haben? Oh nein, mein Lieber, diese Sache badest du allein aus. Mich ziehst du da nicht hinein! Das wird dich den Kopf kosten, das verspreche ich dir. Höchstpersönlich werde ich dich an den Galgen knüpfen, darauf hast du mein Wort, du elender Trunkenbold.« Der Schulze machte eine Pause, und als Geert die Hände von seinem Kopf nahm und aus den Augenwinkeln nach oben schaute, glaubte er ein Grinsen in Gerwings Gesicht zu erkennen. Auf dem Nachttisch brannte eine Kerze und beleuchtete den Schulzen von unten, sodass seine Gesichtszüge seltsam verzerrt aussahen. Ich *habe* ihm einen Gefallen getan, dachte Geert, und dafür werde ich jetzt hängen.

»Du begreifst, dass ich dich arretieren muss?«, fragte der Brookbauer.

»Aber es weiß doch keiner davon«, murmelte Geert.

»Ich weiß davon.«

»Ihr seid der Einzige«, erwiderte Geert, der plötzlich lauter wurde und sich ein wenig aufrichtete. »Niemand hat Dennekamp und mich an der Mühle gesehen. Wir waren zusammen in der Schänke, aber der Wirt hat mich hinausgeworfen. Dennekamp war allein. Wenn Ihr nichts sagt, dann …«

»Bist du sicher, dass er tot ist?«

Geert nickte, obwohl er sich dessen nicht wirklich sicher war.

Gerwing zögerte einen Moment und schüttelte dann den Kopf. »Nein!«, entschied er, »ich kann dich nicht retten. Dann wäre ich ja dein Handlanger.«

Plötzlich sprang Geert auf und griff nach Gerwings Hand. »Aber er ist doch gestürzt«, sagte er aufgeregt, streichelte die Hand des anderen und küsste sie, als gehöre sie einem kleinen Kind. »Er ist vom Pferd gefallen. Er war doch so betrunken, da fällt man schon mal aus dem Sattel.«

»Was soll das heißen?« Gerwing schüttelte Geert und seine Liebkosungen angeekelt ab. »Gerade hast du gesagt, du hättest ihn vom Wehr gestoßen.«

»Ja … nein … ich meine vorher. Da ist er vom Pferd gestürzt, auf dem Hessenweg, den Stiefel hat er dabei verloren. Das könnte doch auch … wenn er nun an der Mühle … ich meine, das Pferd …«

Der Schulze schien zu begreifen, worauf Geert mit seinem Gestammel hinauswollte. Wieder erschien dieses eigenartige Lächeln in seinem Gesicht.

»Betrunken war er?«

»Konnte kaum auf den Beinen stehen.«

»Wo ist der Stiefel?«, fragte Gerwing.

Geert zuckte mit den Schultern.

»Wenn der Stiefel auf dem Hessenweg gefunden wird, dann sieht es übel für dich aus.« Geert wollte protestieren, doch Gerwing hielt ihn mit einem Kopfschütteln zurück und fügte hinzu: »Sollte jedoch der Stiefel im Steigbügel des Pferdes gefunden werden, dann sähe die Sache anders aus.«

Geert nickte eifrig.

»Du begreifst?«

»Gewiss. Was?« Es dauerte eine Weile, bis Geert verstand, was der Schulze meinte. Dann aber dämmerte es ihm. Natürlich, der Stiefel! Er nickte noch eifriger und verbeugte sich dankbar.

Der Brookbauer stieß ihn angewidert fort und knurrte: »Geh jetzt! Ich werde mich schlafen legen, und wenn ich morgen aufwache, habe ich alles vergessen, was ich heute Nacht erfahren habe. Wenn ein Toter gefunden wird, muss ich eine Untersuchung leiten. Vermutlich wird auch der Droste ermitteln, schließlich ist er der Verwalter des bischöflichen Lehens. Wenn du als Mörder überführt wirst, werde ich dich dem Galgen übergeben. Sogar mit dem größten Vergnügen, das kannst du mir glauben. Sollte sich jedoch herausstellen, dass der Müller vom Pferd gefallen und dabei unglücklich vom Mühlenwehr gestürzt ist, so war es eben Gottes Wille.«

»Gottes Wille, jawohl, Herr!«

»Kümmer dich um den Stiefel«, fauchte der Schulze. »Verschwinde!«

»Zu gnädig«, winselte Geert, machte einen Bückling und ging rückwärts zur Tür. »Der Stiefel, ich kümmere mich. Sofort.«

»Vortkamp?«

»Ja, Herr?«

»Du warst nicht hier«, sagte der Schulze leise, aber eindringlich. »Ich habe dich nicht gesehen. Wir haben nicht miteinander gesprochen. Ich weiß von nichts.« Und mit zusammengekniffenen Augen setzte er hinzu: »Jeder, der etwas anderes behauptet, ist ein toter Mann.«

»Gewiss, Herr. Habt Dank.«

»Ich tue dies nur deinem Jungen zuliebe.«

»Mein Junge, natürlich, Herr!«

Lügner, dachte Geert und lief davon.

Also musste Geert erneut zur Mühle. Es dämmerte bereits, als er das Wehr zum zweiten Mal in dieser Nacht betrat. Die Sonne war noch nicht aufgegangen, doch am östlichen Horizont hellte sich der wolkenverhangene Himmel ein wenig auf. Als Geert sich über die Brüstung beugte und zum Mühlteich hinunterschaute, fuhr ihm ein Schreck in die Glieder. Der Müller war verschwunden. Weder auf dem Mauervorsprung noch in dem Wasser unter der Schleuse konnte er Dennekamp entdecken. Dann aber beruhigte er sich, und sein Blick suchte das Ufer des Teichs ab. Tatsächlich, da lag er! Die Strömung hatte den Toten an Land gespült. Ungefähr an der Stelle, an der das Gewässer in den unteren Ahlbach mündete, sah Geert einen leblosen Körper bäuchlings im Teich liegen.

Nun galt es, den Braunen zu finden und nach dem verdammten Stiefel zu suchen. Ersteres war leichter, als Geert gedacht hatte: Das Pferd war auch ohne Reiter zur Mühle zurückgekehrt, stand bereits vor dem Haus und schien auf seinen Herrn zu warten. Doch als Geert den Steigbügel untersuchte, musste er enttäuscht feststellen, dass der Stiefel nicht da war. Er suchte den Platz unter der Linde ab, doch von einem Stiefel war nichts zu sehen. Was nun? Geert beschloss, zu der Stelle zu gehen, an der Dennekamp in der vergangenen Nacht vom Pferd gestürzt war. Vielleicht lag der Stiefel dort irgendwo im Dreck. In der Dunkelheit hatten die beiden Männer gar nicht erst versucht, nach dem Schuhwerk zu suchen. Geert lief zurück zum Hessenweg, bis zu dem Abzweig zum Schulzenhof. Nur wenige Schritte weiter hatte Dennekamp die Gewalt über das Pferd verloren, hier war auch die große Pfütze, in der Geert und der Müller wie die Kinder herumgetollt hatten. Doch den Stiefel konnte Geert nirgends entdecken, seine Augen suchten den Weg und das Dickicht am Rand ab, langsam arbeitete er sich in Richtung der Grenze vor, wie ein Goldgräber stürzte er sich auf jede Wasserlache, in der Hoffnung, darin den erhofften Schatz zu finden. Doch vergebens!

Inzwischen war die Sonne aufgegangen, hinter dem Galgenbülten leuchtete der Himmel rötlich. Bald würde die Müllerin aufwachen, ihren Mann vermissen und ihn unweigerlich am Ufer des Mühlteichs finden. Geert hatte nicht mehr viel Zeit, er richtete ein Stoßgebet gen Himmel, und als habe der Herrgott ein Einsehen, gewahrte Geert plötzlich etwas Schwarzes aus dem Schlamm des Hessenwegs ragen. Es war der Schaft eines Stiefels.

Heureka!

Eilends lief Geert zurück zur Mühle und klemmte den Stiefel so in den rechten Steigbügel, dass es aussah, als habe ihn der Müller bei einem Sturz verloren. Im Müllerhaus waren inzwischen die ersten Geräusche zu hören, es klang, als rufe die Müllerin nach ihrem Mann. Rechtzeitig bevor die Frau aus dem Haus trat und das herrenlose Pferd entdeckte, hatte Geert die Mühle verlassen. Als er den Hohlweg zum Schulzenhof betrat, glaubte er den Schrei einer Frau zu hören, aber er mochte sich auch verhört haben. Es gab viele seltsame Geräusche im Moor. Er hielt sich die Ohren zu, lief zum Hof und betrat den Schweinestall.

In einer Ecke des Raumes lag Ambros selig schlafend im Heu. Geert legte sich neben ihn, streichelte dem Jungen über die Wangen und war kurz darauf eingeschlafen.

Die Verhandlung wurde drei Tage später auf dem Schulzenhof abgehalten und dauerte nur einen Vormittag. Alle Spuren, Hinweise und Zeugenaussagen sprachen für einen Unfall, zumindest legte nichts das Gegenteil nahe. Nur die Witwe des Müllers erging sich in ebenso vagen wie unbegründeten Vermutungen und Beschuldigungen. Sie verwies auf den alten Grundsatz, dass man bei einem Verbrechen stets darauf achten solle, wem es nütze. Dabei schaute sie den Schulzen an und nickte vorwurfsvoll. Das ging selbst dem Drosten, einem grauhaarigen alten Mann, der seit Jahren in diversen Streitigkeiten mit dem Ahlbecker Grundherrn verwickelt war, zu weit. Von einem Verbrechen könne keine Rede sein, verkündete er in seinem Urteil, alles deute darauf hin, dass Antonius Dennekamp vom Pferd und in den Mühlteich gestürzt sei. Sämtliche Zeugen (neben dem Wirt war auch Geert Vortkamp befragt worden) hätten ausgesagt, der Müller sei fürchterlich betrunken gewesen, und Matthes Olbring habe zudem betont, schon vor dem Wirtshaus habe sich Dennekamp kaum auf dem Pferd halten können. Er habe die Dorfschänke als letzter Gast und ohne Begleitung verlassen. Danach sei ihm niemand mehr begegnet. Vor allem aber deute der Stiefel im Steigbügel eindeutig darauf hin, dass der Müller aus dem Sattel geworfen worden sei. Der Droste beteuerte, die Müllerin habe sein volles Mitgefühl und er könne ihre Trauer verstehen, das gebe ihr aber nicht das Recht, ehrbare Bürger zu verdächtigen und Beschimpfungen von sich zu geben.

»Es ist nicht mit rechten Dingen zugegangen«, beharrte die Witwe.

Das sahen auch die Ahlbecker so. Allerdings glaubten sie nicht an eine Mordtat, sondern an den alten Fluch der Mühle. Die Geister hätten den armen Dennekamp in den Tod gestürzt. Vermutlich hätten sie das Pferd erschreckt. Immerhin habe es in der Nacht ein heftiges Gewitter gegeben. Das sei Beweis genug. Verflucht sei sie, die Mühle am Kolk. Errichtet auf einem Blutanger!

Geert Vortkamp blieb unbehelligt. Niemand argwöhnte, er könne etwas mit dem Tod des Müllers zu tun haben. Nicht einmal die Witwe hegte einen Verdacht gegen ihn. Der Grundsatz, den sie angeführt hatte, entlastete Geert. Weshalb hätte er Dennekamp töten sollen? Er hatte doch keinen Nutzen davon.

Als jedoch zwei Monate später der alte Schäfer im abgelegenen Moorkotten starb und keinen Erben hinterließ, bot Lubbert Gerwing seinem Stallknecht die Pacht des Schafkottens an. Dort könne Geert wieder sein eigener Herr sein und seinem Jungen ein echtes Zuhause bieten. Das Moorland sei zwar öde und nicht fruchtbar, aber als Erbhof bleibe der Kotten auch für weitere Generationen im Pachtbesitz der Familie. Gewiss, der Beruf des Schäfers sei ein unehrlicher, aber als ehemaligem Müller mache ihm dies bestimmt nichts aus. Auf die mörderische Neumondnacht kamen weder der Schulze noch der frisch gebackene Schäfer jemals wieder zu sprechen. Auch den Schafskotten, der bald von den Ahlbeckern wegen seines neuen Besitzers zum Molenkotten gemacht wurde, verstand der Schulze keineswegs als nachträgliche Belohnung oder Wiedergutmachung. Es gab nichts zu belohnen oder wieder gutzumachen. Vielleicht war es Gerwing ganz recht, Geert nicht jeden Tag auf dem Hof zu Gesicht zu bekommen. Im Moor war er jedenfalls weit weg von allem.

Die Kolkmühle blieb beinahe drei Jahre verwaist. Bischof Friedrich, den alle im Lande nur »Spillendreier« nannten, weil er sich lieber mit dem Drechseln von Holz und Metall als mit Theologie oder Regierungsgeschäften beschäftigte, schien es nicht eilig zu haben, die Mühlenpacht im abgelegenen Ahlbeck neu zu vergeben. Und auch der altersschwache Droste zu Altheim kümmerte sich nicht um die Angelegenheit; in Ahlbeck munkelte man, der Schulze habe ihm diese Nachlässigkeit vermutlich versilbert und vergoldet. Sämtliche Bauern der Gegend mussten fortan wieder in der Windmühle auf der anderen Seite der Grenze ihr Korn mahlen lassen und dem Landwehrmann die Maut zahlen.

Erst im Jahr 1532, nach der Amtsübernahme durch Bischof Franz, erschien mit Henk Schabbinck ein neuer Müller in Ahlbeck, der sich weder durch die zahlreichen Geistergeschichten noch durch den Schulzen und seinen holländischen Schwager einschüchtern ließ. Doch auch ihm sollte die Mühle kein Glück bringen. Nur wenige Monate nach seiner Ankunft in Ahlbeck flog die Kolkmühle in die Luft, und der Müller verbrannte zu Asche.

Zweites Kapitel

Macht Ambros mit Buchstaben und einem Versteck bekannt

Drei Tage waren seit der denkwürdigen Kräuterweihe des Jahres 1535 vergangen. Seit jenem Sonntag war Guus ter Haer, der holländische Müller, spurlos verschwunden, und ebenso lange hatte Ambros' Vater keinen Tropfen Alkohol getrunken. Zumindest nicht vor den Augen seines Sohnes. Ambros freute sich darüber und hatte zugleich nicht selten Gelegenheit, diese neue Wendung zu bedauern, denn der Vater war so schlecht gelaunt und mürrisch, dass der Junge manchmal dachte, ein kleines Tröpfchen zur Beruhigung könne vielleicht nicht schaden. Vor allem nachts und am frühen Morgen tobte Geert herum, raufte sich die Haare und lief im Kreis in der Stube herum, aber auch den Rest des Tages über verteilte er die Ohrfeigen, als seien sie milde Gaben.

Zum Glück verbrachte der Vater die meiste Zeit an der Mühle und half dem alten Melchior Timmermeester dabei, das Müllerhaus herzurichten. Schon bald könnte Meister Vernholt in das Haus einziehen, allerdings würde es noch Monate dauern, bis die vor drei Jahren niedergebrannte Wassermühle wieder errichtet war.

Es war der Mittwoch nach der Kräuterweihe, und wie in den vergangenen Tagen saß Ambros gegen Mittag auf dem Galgenbülten, zu seinen Füßen die Schafe und der Hund namens Müntzer, und ließ sich unterrichten.

»Laaah«, machte Ludger und kritzelte mit einem Stock etwas in den Sand: »KOLK«.

»Den zweiten Buchstaben kenne ich«, sagte Ambros, »der

kommt auch in meinem Namen vor.« Er überlegte, grinste dann und sagte: »O!«

Ludger nickte und deutete mit dem Stock gen Westen.

»Dorf?«, fragte Ambros.

»Kch, kch«, machte Ludger ärgerlich und schüttelte den Kopf.

»O«, wiederholte Ambros, schaute sich suchend um. Im Westen befand sich die Mühle. Und der Blutanger. »Ich hab's!«, freute sich der Junge. »Kolk!« Er schrieb das Wort mit dem Finger nach, in Großbuchstaben, wie Ludger es ihm vorgemacht hatte. Obwohl das Lernen wegen Ludgers unverständlichem Gestammel etwas mühselig war, kannte Ambros bereits viele Wörter. Seinen Namen konnte er schreiben und den seines Vaters. Er wusste, wie ALBEK geschrieben wurde, und fand, dass MARIA als Wort beinahe ebenso schön war wie die Schulzentochter oder die Madonna auf dem Bild in der Kirche, das seit einigen Tagen nicht mehr dort hing. Das schönste Wort aber war EUFEMIA, und manchmal glaubte er, nun, da er das Aussehen des Wortes kannte, müsse er sich auch an das Aussehen seiner Mutter erinnern. Doch dem war nicht so. Wenn allerdings die Schönheit des Namens von der Schönheit seines Besitzers kündete, dann war seine Mutter die schönste Frau auf Erden gewesen.

»Ein verflucht hübsches Weibsbild!«, hatte der Schmiedebauer gesagt.

Und der Vater hatte ihn dafür verprügelt.

»Kannst du mir sagen, was das bedeutet?«, fragte Ambros und kritzelte die vier Buchstaben in den Sand, die er auf dem Medaillon des Müllers gesehen hatte: DWWF.

Ludger betrachtete das Geschriebene und schüttelte verwirrt den Kopf.

»Natürlich kannst du es nicht sagen«, verbesserte sich Ambros. »Was für eine dumme Frage! Aber kannst du es mit dem Stock zeichnen?«

Der andere zog eine verwirrte Grimasse, deutete auf die Buchstaben und tippte sich dann mit dem Finger an die Stirn.

»Es ist dummes Zeug?«

Wieder schüttelte Ludger den Kopf, dann nickte er und lachte rasselnd.

»Wusst ich's doch!«, entfuhr es Ambros. »Ein Geheimwort.«

Dem Sohn des Molenkötters war schon seit einigen Tagen klar, dass Heinrich Vernholt kein Müller war, zumindest kein normaler. Ständig fiel er in Ohnmacht, was natürlich durch seine schwere Verletzung zu erklären war, aber auch sonst benahm er sich seltsam. Warum kümmerte er sich nicht um die Wiedererrichtung der Mühle? Es schien beinahe so, als habe er überhaupt nicht die Absicht, jemals in die Kolkmühle einzuziehen. Er ließ Timmermeester völlig freie Hand und vertraute ansonsten blindlings auf Geert Vortkamp und dessen Erfahrung als Müller. Das erstaunte Ambros besonders. Niemand vertraute dem Molenkötter, nicht einmal der eigene Sohn. Doch der Müller behandelte den Vater wie seinesgleichen, er setzte sein ganzes Vertrauen in ihn, und dieser zahlte es ihm zurück, indem er plötzlich dem Alkohol abschwor und sich wie ein Verrückter in die Arbeit stürzte.

Von Meister Vernholt ging eine seltsame Macht aus, der man sich kaum entziehen konnte, das hatte Ambros gleich gespürt. Wenn der Müller sprach, dann merkte man, dass jedes Wort einer tiefen Überzeugung entsprang. Er redete bedächtig und kommandierte nicht, und doch richtete sich jeder, der mit ihm zu tun hatte, nach seinen Wünschen. Besonders galt dies für Johannes Boeckbinder, den jungen Pfarrer. Fast konnte man den Eindruck haben, nicht Boeckbinder sei der geistige Hirte, sondern Vernholt. Immer sah man die beiden Männer zusammen; nie ließ der Pfarrer den Müller aus den Augen, stets hing er ihm an den Lippen, als gelte es, jedes Wort des Mannes aufzusaugen. Ambros hatte vom Vater gehört, was sich während des Hochamts zu Mariä Himmelfahrt abgespielt hatte. Der Müller hatte mitten in den sich anbahnenden Tumult hinein das Glaubensbekenntnis vorgetragen, und die Gemeinde hatte ihr Murren und Maulen eingestellt, um in den Wechselgesang einzustimmen. Vernholt wusste, wie er die

Leute beeinflussen konnte; er hatte sie in seiner Gewalt. Sogar die eigenwillige Schulzentochter Maria schien sich für den stets so ernsten und nachdenklich wirkenden Mann zu interessieren.

Als Ambros am gestrigen Dienstag dem Juden Simeon von den merkwürdigen Vorgängen während der Messe erzählt hatte, von der ketzerischen Predigt gegen die Jungfrau Maria, vom Fehlen der Heiligenbilder an den Wänden und von der Kommunion mit einfachem Weißbrot, da hatte dieser viel sagend mit dem Kopf genickt und gemeint: »Mit dem Stuten hat es in Münster auch angefangen.«

Ambros hatte den Juden mit seiner Karre auf dem Hessenweg unweit der Grenze getroffen und ihn ein Stück des Weges begleitet. Das tat er jedes Mal, wenn es sich irgendwie einrichten ließ, denn Simeon wusste stets Interessantes aus aller Welt zu berichten und tat dies mit Freuden. Er verkaufte Ware, verlieh Geld und verschenkte Nachrichten, und dieser Tage gab es deren zahlreiche. Nicht nur aus Münster.

»Was war mit dem Stuten?«, fragte Ambros den Trödler.

»In Münster gab es einen Priester, den sie Stuten-Bernd nannten, weil er während der Messe Weißbrot brach«, antwortete Simeon. »Das war noch bevor die holländischen Täufer die Herrschaft übernahmen. Aber mit dem Stuten hat es angefangen.«

»Glaubst du, dass Boeckbinder dieser Stuten-Bernd ist?«

»Wo denkst du hin!« Der Jude lachte und klopfte Ambros auf die Schulter. »Der Mann ist in Münster umgekommen, niedergemetzelt wie all die anderen Schwärmer. Nur einer soll entkommen sein, war wohl ein hohes Tier bei den Täufern. Schimpfte sich Kanzler des Königs. Heinrich Krechting ist sein Name; er war früher Gograf in Schöppingen. Sein Bruder Bernd sitzt mit dem König Jan und einem weiteren Halunken im Kerker und wird vermutlich in Kürze hingerichtet. Wenn er nicht längst bei der Folter gestorben ist.«

»Wie sieht dieser Krechting aus?«, wollte Ambros wissen.

»Klein und schmächtig, sagen die Leute. Unscheinbar, gar

nicht wie ein hoher Herr.« Plötzlich wurde er nachdenklich und setzte hinzu: »Aber der Name Boeckbinder kommt mir irgendwie bekannt vor. Seit wann ist er in Ahlbeck?«

Ambros zuckte mit den Schultern und antwortete: »Ein paar Jahre.«

»Na dann«, antwortete Simeon und ließ offen, was er damit meinte. Plötzlich setzte er hinzu: »Hast du übrigens schon das Neueste gehört?«

Ambros schüttelte den Kopf.

»Der alte Droste ist vor einigen Tagen gestorben«, antwortete Simeon. »Friedlich in seinem Bett. War ja so alt wie Methusalem. So was nenne ich einen schönen Tod. Sein Nachfolger steht übrigens auch schon fest. Soll ein Freund des Bischofs sein. Ein gefeierter Feldherr!«

Der Junge erinnerte sich, dass am Vortag die Totenglocke in Ahlbeck geläutet worden war. Nun wusste er also, wessen Tod sie verkündet hatte, aber seine Trauer hielt sich in Grenzen. Dieser Droste hatte ihn und seinen Vater aus der Mühle verbannt. Dass er nun friedlich in seinem Bett gestorben war, fand Ambros beinahe ein wenig ungerecht.

»Lah! Laaah!«

Ambros fuhr aus seinen Gedanken auf und starrte Ludger an, der ihm mit grimmiger Miene gegenübersaß und abwechselnd mit dem Stock nach Westen und auf das gekritzelte Wort »KOLK« zeigte.

»Kch, kch!«

»Kolk«, sagte Ambros. »Ich weiß.«

»Kch!«, wiederholte Ludger und zerrte an Ambros' Ärmel.

»Was soll das?«, erwiderte Ambros. »Ich will nicht zum Kolk.«

Ludger verdrehte die Augen und zog noch heftiger. Dann lachte er plötzlich, sprang auf und nickte eifrig, als sei er nicht bei Verstand. Er stieg vom Galgenbülten, ging einige Schritte in Richtung des Hessenwegs und winkte mit dem Stock. Ebenso unvermittelt ging er in die Hocke, zog seine Joppe über den Kopf, als wolle er sich verstecken, und machte seine Lallgeräusche.

»Was soll der Unfug? Was ist denn am Kolk?«, fragte Ambros, der nun doch neugierig geworden war und sich erhob. »Wo rennst du hin? He, Ludger, warte auf mich!« Tatsächlich war der Schulzensohn davongelaufen, ohne sich darum zu kümmern, ob Ambros ihm folgte oder nicht.

»Verdammter Blödian!«, fauchte Ambros, gab Müntzer mit zwei schrillen Pfiffen zu verstehen, dass er eine Weile allein bei den Schafen zu wachen habe, und lief hinter Ludger her zum schwarzen Tümpel. Den Hessenweg hatte der Schulzensohn bereits wieder verlassen, doch Ambros wusste ja, wie man zum Kolk gelangte. Gern hielt er sich dort nicht auf, aber wenn der kleine Ludger keine Angst vor den Geistern hatte, dann konnte Ambros kaum zurückstehen. Außerdem war es noch helllichter Tag, die Gespenster würden sich erst nach Sonnenuntergang am Kolk tummeln.

Als Ambros sich durch das dichte und dornige Gestrüpp bis zum Tümpel vorgearbeitet hatte, sah er Ludger am nördlichen Ufer entlanglaufen. Der Gestank des Kolks stach ihm in die Nase; das Wasser war so dunkel wie Torf und so faulig wie Schwefelsud, keine Handbreit konnte man in die Tiefe schauen. Die bräunliche Oberfläche war zudem mit allerlei abgestorbenem Blattwerk und schleimigen Gewächsen bedeckt, Schwärme von Mücken tanzten umher und stürzten sich auf den Jungen, der sich eilig die Hände und Beine und das Gesicht mit Schlamm einrieb. Glücklicherweise trug Ambros keine Schuhe, in dem morastigen Untergrund hätte er sie vermutlich sofort verloren. Während er sich der Blutsauger erwehrte, sah Ambros aus den Augenwinkeln, wie Ludger vor den beiden Hügeln am Nordufer Halt machte, sich zu Ambros umwandte, ihm grinsend zuwinkte und im nächsten Augenblick verschwunden war. Wie vom Erdboden verschluckt.

Wie hatte er das gemacht? Ambros traute seinen Augen nicht. An der Stelle, an der Ludger gerade noch gestanden hatte, gab es keinerlei Buschwerk, hinter dem er sich hätte verstecken können. Ambros beeilte sich, ans nördliche Ufer zu gelangen, und hatte zugleich ein mulmiges Gefühl in der Magengegend. Vielleicht hatten die kopflosen Heiden den armen Ludger geholt? Oder Widimar, der verräterische Priester?

Vorsichtig näherte er sich den beiden etwa mannshohen und mit Sträuchern und Gestrüpp bewachsenen Hügeln und lachte laut auf, als er des Rätsels Lösung sah. Zwei Schritte von einem der Hügel entfernt befand sich ein Loch im leicht abschüssigen Boden, eine Grube von einigen Ellen Breite, wie der Eingang zu einem Fuchs- oder Dachsbau, nur viel größer. Als Ambros hineinschaute, konnte er Ludger nirgends sehen, aber er hörte sein Gestammel und Gekeuche. Ganz dumpf.

»Ludger?«, rief der Junge und schaute sich sorgenvoll um. »Wo steckst du?«

»Laah!«, ertönte es aus dem Loch, und im nächsten Moment schaute der Kopf des Schulzensohnes aus der Öffnung. Er grinste breit und lachte rasselnd.

»Was ist das?«, fragte Ambros erleichtert.

Ludger zuckte mit den Schultern, gab dem anderen mit dem Zeigefinger zu verstehen, ihm zu folgen, und verschwand wieder in dem Loch.

Ambros kroch ihm hinterher und stellte erstaunt fest, dass die Grube zu einer Art Kriechgang wurde, mit zwei riesigen Steinen an den Seiten. Schließlich verbreiterte sich der Tunnel und mündete in eine Höhle, in der der Junge gebückt stehen konnte. Es war so finster, dass man nicht das Geringste zu erkennen vermochte. Kein Lichtstrahl drang herein, doch wie Ambros durch Abtasten feststellte, war dieser Raum ringsum von mächtigen Steinplatten umgeben, wie eine steinerne Kiste. Der Boden war mit Kieseln oder Bruchstein bedeckt. Wenn er sich nicht irrte, befanden sie sich nun direkt unter einem der beiden Hügel.

Vermutlich hatte Ludger dieses Versteck beim Herumstreunen im Moor entdeckt; kein Mensch außer ihm wagte sich in die Nähe des Kolks. Ambros hörte sein freudiges Rasseln, das vielleicht auch Ausdruck von Stolz war. Auf dieses Versteck konnte

Ludger wahrlich stolz sein. Und Ambros verstand, was es bedeutete, dass Ludger ihm diese Höhle gezeigt hatte. Wahrscheinlich war dies der Platz, an den sich der Kleine zurückzog, wenn der Schulzenbauer ihn wieder einmal verprügelt oder vom Hof gejagt hatte. Ludgers Zufluchtsort, sein Refugium.

»Ganz schön unheimlich«, sagte Ambros und streckte die Hand nach dem anderen aus. Er erwischte ihn an der Schulter und fügte hinzu: »Herrlich!«

Ludger lachte noch lauter und rasselnder, doch plötzlich wurde das Rasseln zu einem keuchenden Husten. Er schien keine Luft zu bekommen und krümmte sich. Ambros hielt ihn fest und klopfte ihm auf den Rücken. Kein Wunder, dass der Kleine nicht atmen konnte, dachte er, die Luft war so stickig und roch modrig, dass man das Gefühl hatte, sich die Lungen zu verätzen.

»Lass uns rausgehen«, sagte Ambros und schob Ludger zum Ausgang, aus dem ein fahles Licht in den vorderen Teil der Höhle drang. Da sich die Augen inzwischen an die Dunkelheit gewöhnt hatten, konnte Ambros Inschriften oder Zeichnungen an den Steinen erkennen, doch es befand sich darunter keiner der Buchstaben, die Ludger ihm in den letzten Tagen beigebracht hatte.

Plötzlich fiel draußen ein Schuss. Ein seltsames Heulen war zu hören.

Ludger fuhr zusammen und wollte zurück in die Höhle kriechen, doch Ambros, der sich mittlerweile ebenfalls in den Gang gezwängt hatte, konnte nicht rechtzeitig zurückweichen, und so verhedderten sie sich und kamen weder in die eine noch in die andere Richtung vorwärts.

»Hör auf damit!«, befahl Ambros. »Lass los!«

Doch Ludger klammerte sich an Ambros fest, bekam einen weiteren Hustenanfall und war nicht in der Lage, sich vom Fleck zu rühren.

»Ist da wer?«, erklang von draußen eine männliche Stimme. »Heda!«

Im nächsten Augenblick wurde Ludger wie von Zauberhand mit den Füßen voran ans Tageslicht gezogen. Er strampelte und schlug um sich, krallte sich in den Boden, doch vergebens.

»Du?«, staunte der Mann. »Wie kommst du denn hierher?«

»Lah, lah, lah!«, machte Ludger und hustete.

Da Ambros die Stimme des Schulzen erkannt hatte, kroch auch er hinaus und ging sofort in Deckung, als befürchtete er, geschlagen zu werden.

»Da ist ja noch einer!« Der Schulze hielt seinen Sohn mit der linken Hand an den Ohren und starrte verwirrt zu dem zweiten Jungen, der nun aus dem Loch gekrochen kam. »Was treibt ihr Bengel hier?«

Ambros verharrte schweigend und schaute den Schulzen erstaunt an. Der Brookbauer trug lederne Hosen und über dem Leinenhemd ein dickes Wams aus grobem Loden, vor allem aber war er bis an die Zähne bewaffnet. Auf dem Rücken hing eine Jagdarmbrust, ein so genannter Stachel, im Gürtel steckte ihm ein langer Dolch, und in der rechten Hand hielt er eine Muskete.

»Habt Ihr gerade geschossen, Herr?«, wollte Ambros wissen.

»Hmm«, knurrte der Schulze und deutete auf das Loch im Boden. »Was ist das für eine Grube?«

Ambros schaute zunächst Ludger an, starrte dann zu Boden und sagte: »Ein Dachsbau.«

»Willst du mich für dumm verkaufen, du Rotzlöffel?«, schimpfte der Brookbauer. »Was für ein Dachs soll das sein? Das Loch ist viel zu groß.«

»Tja dann«, erwiderte Ambros und zuckte mit den Schultern.

»Red schon, Bursche! Oder soll ich dich mit dem Stock versohlen?«

»Kch«, machte Ludger und trat nach dem Vater.

»Verschwinde!«, befahl der Schulze und gab seinem Sohn eine Ohrfeige.

Ludger rührte sich nicht von der Stelle, zeigte keine Reaktion.

»Wird's bald?« Wieder holte der Brookbauer zum Schlag aus,

doch Ludger hatte sich geduckt, streckte dem Vater die Stummelzunge heraus und lief wie ein waidwundes Tier davon.

»Ist es eine Bärenhöhle?«, wandte sich Gerwing an Ambros. »Seid Ihr auf der Bärenjagd, Herr?«

»Hab ihn vermutlich getroffen, aber dann ist er verschwunden. So ein Meister Petz ist flinker, als man denkt. Hast du die braune Bestie gesehen?«

Ambros schüttelte den Kopf und erschrak im selben Moment. Wenn es stimmte, dass ein Bär in der Gegend umherzog, dann musste er sich schleunigst um seine Schafe kümmern. Zwar kam es nicht häufig vor, dass Bären die Weidetiere anfielen, doch ein Schlag mit der Tatze reichte meistens schon, um Schafen und Ziegen das Rückgrat zu zertrümmern. Ambros hatte von Bären gehört, die Pferden und Rindern durch Umarmen die Rippen wie Reisig gebrochen hatten.

»Ich muss weg!«, rief er deshalb und rannte davon.

»Verdammter Rotzlöffel!«, schallte es hinter ihm her.

Als Ambros sich ein letztes Mal zum Kolk umwandte, sah er gerade das lederne Hinterteil des Brookbauern im Eingang der Höhle verschwinden.

Um Ludgers geheimen Zufluchtsort war es damit geschehen.

Drittes Kapitel

Handelt von einem Kanzler und seinem König

Der Vater hätte ihn nicht mit der Faust ins Gesicht schlagen dürfen. Nein, das hätte er einfach nicht tun dürfen. Ambros hielt sich die schmerzende, glühend heiße Wange und befühlte das linke Auge, das beinahe völlig zugeschwollen war. Er hatte es doch gar nicht so gemeint, das mit der Mutter schon, aber das mit dem Vater nicht. Doch da war es schon zu spät gewesen. Und so stapfte er nun durch die Dunkelheit, ohne recht auf den Weg zu achten, nur weg vom Molenkotten, weg vom Vater, weg von allem.

Ambros überlegte, wie es überhaupt zu dem Streit gekommen war. Er hatte dem Vater am Abend von dem herumstreunenden Bären erzählt und dass er die Schafe sicherheitshalber in den Verschlag im Moor und nicht wie sonst in die Hürde nahe der Heide gesperrt habe. Bären und Wölfe trauten sich nicht ins Hochmoor, der Boden war ihnen zu schwankend, und die baumlose Gegend bot den scheuen Tieren wenig Schutz. Nur Füchse wagten sich ins offene Venn, aber die waren den Schafen nicht gefährlich.

Der Vater hatte gar nicht zugehört, war wie üblich im Kreis durch die Stube gelaufen und hatte die Hände gerungen, als müsse er sie reinwaschen. Dann wollte er plötzlich wissen, wer dem Jungen diesen Bären aufgebunden habe. Und als Ambros von Ludgers Versteck und der Begegnung mit dem Brookbauern berichtete, da gab ihm der Vater ohne ersichtlichen Grund eine Ohrfeige.

»Bleib von dem Kerl weg!«, brüllte er.

»Vom Schulzen? Aber ich hab ihn doch gar nicht …«

»Von dem verdammten Idioten! Seinem Sohn!«

»Ludger? Warum?«

»Weil ich es sage, zum Henker!«

»Du redest viel, wenn der Tag lang ist«, murmelte Ambros, hielt sich die Wange und zog den Rotz hoch. »Die eine Hälfte ist unflätig, die andere gelogen.«

Der Vater war so erstaunt, dass er den Jungen nur anstarren konnte.

»Ist doch so!«, rief Ambros. »Du hast mich angelogen. Die ganze Zeit. Wir haben auf dem Friedhof nachgeschaut. Sie ist gar nicht tot! Es gibt kein Grab.«

»Wovon redest du?«

»Von meiner Mutter.«

»Untersteh dich!«, zischte der Vater und packte den Sohn am Schlafittchen.

»Sie ist nicht tot«, beharrte Ambros bockig. »Auch der Totenbauer weiß nichts von ihr. Er hat mich angestarrt, als sei ich nicht bei Trost. Ihr habt sie nicht begraben! Du bist ein Lügner.«

»Und wenn schon«, knurrte der Vater.

»Ich hasse dich!«, schrie Ambros ihm ins Gesicht, dass die Spucke flog. »Ich wünschte, du wärst tot! Du bist nicht mehr mein Vater!«

Das Gesicht des Vaters gefror zur Maske, nur die Mundwinkel zuckten, dann holte er plötzlich aus und donnerte dem Jungen die Faust aufs Auge. Mit voller Wucht, mit aller Macht. Wie von Sinnen.

In Ambros' Hirn explodierte es, Blitze zuckten, er sah Sterne und wurde quer durch den Raum geschleudert. Sofort rappelte er sich auf, befühlte sein Auge, gab jedoch keinen Wehlaut von sich und lief an dem reglos dastehenden und über die eigene Tat erschrockenen Vater vorbei zur Tür hinaus.

»Ambros! Warte doch, bleib!«

Doch der Junge war längst von der Nacht verschluckt.

Er hatte es nicht so gemeint. Das mit der Mutter schon, aber nicht das mit dem Vater. Es war nur so aus ihm herausgeplatzt. Aus Ärger, aus Dummheit. Er hasste den Vater nicht, nicht wirklich, und keinesfalls wünschte er ihm den Tod. Er verstand ihn nur nicht, begriff nicht, was mit ihm los war, welcher Teufel ihn ritt. Noch nie hatte der Vater ihn mit der Faust geschlagen. Schallende Ohrfeigen hatte es in rauen Mengen gegeben, Schläge mit der Hand auf den Hinterkopf, Tritte in den Hintern, aber noch nie mit der Faust ins Gesicht. Und noch nie in nüchternem Zustand.

Das wird er mir büßen, dachte Ambros. Das zahl ich ihm heim!

Zum ersten Mal, seit er den Molenkotten verlassen hatte, schaute er auf und orientierte sich. Er war überrascht, als er erkannte, dass er beinahe das Dorf erreicht hatte. Dort vorne war die Stelle, an der der Hessenweg auf die Holzbrücke stieß. Er war mitten durchs Moor marschiert und hatte Ahlbeck erreicht, ohne ein einziges Mal im Morast versunken zu sein. Vermutlich hatte er einen tüchtigen Schutzengel im Himmel.

Ambros wusste selbst nicht, was er wollte und wohin es ihn trieb. Es war reiner Zufall gewesen, dass er nach Süden und nicht Richtung Holland marschiert war. So stand er nun auf der Brücke und starrte mit einem Auge auf den abnehmenden Mond, der sich im Wasser des Ahlbachs spiegelte.

»Und wenn schon«, hatte der Vater gesagt. Er hatte es also zugegeben. Zumindest hatte er es nicht abgestritten. Ambros schwirrte der Kopf, Tränen liefen ihm über die Wangen und bildeten Schlieren auf der dreckigen Haut. Der Rotz lief ihm aus der Nase und sammelte sich auf der Oberlippe. Und wenn die Mutter noch lebte? Wo befand sie sich dann? Wieso war sie nicht bei ihm? Weshalb hatte der Vater sie für tot erklärt? Erst jetzt fiel Ambros auf, dass der Vater das Wort »tot« nie in den Mund genommen hatte. »Sie ist nicht mehr«, so hatte er sich immer wieder ausgedrückt. Aber konnte man leben, ohne zu sein? Ambros schüttelte verwirrt den Kopf. Warum verdrehten die Großen immer die Worte und verkehrten sie in ihr Gegenteil? Weshalb sagten sie nie geradeheraus, was sie meinten?

Der Junge verließ die Brücke und näherte sich dem Hof des Schmiedebauern, als er hinter sich Hufgetrappel hörte. Ein Reiter näherte sich auf dem Hessenweg von Westen, das Pferd fiel vom Galopp in den Trab, und plötzlich verstummte das Getrappel. Ambros glaubte, eine Bewegung am Ufer des Bachs zu erkennen, dann trat ein Mann aus dem Unterholz und schlich in geduckter Haltung zur Brücke. Das heißt, zunächst schien es so, als ob der Mann sich ducke, dann aber erkannte Ambros, dass er einfach nur sehr klein war, höchstens fünf Fuß groß. Und schmächtig wie ein Kind.

Augenblicklich und instinktiv verkroch sich der Junge hinter einer Hecke am Wegesrand. Der Mann betrat die Brücke, schaute sich um und ging dann ohne Zögern auf die Kirche zu. Als er den Hof des Schmiedebauern passierte, hatte Ambros Zeit, den Mann genauer in Augenschein zu nehmen.

Er war sehr vornehm gekleidet, wie ein Patrizier, wenn nicht gar wie ein Adeliger. Zugleich wirkte seine Kleidung äußerst streng, das Wams war hochgeschlossen und mit steifem Stehkragen versehen, die Beine steckten in langen Strümpfen und kurzen, gepolsterten Oberschenkelhosen, die im Volksmund Heerpauken genannt wurden. Darüber trug der Mann einen halblangen spanischen Mantel, der vor der Brust mit einer reich verzierten Brosche zusammengehalten wurde. Auf dem Kopf saß ihm ein schlichtes Barett, das Ambros an einen Topfdeckel erinnerte. Alles war von gedämpften Farben, bräunlich oder schwarz. Über der Schulter trug der Mann zwei Satteltaschen.

Der Fremde stand inzwischen direkt vor der Nordfassade der Kirche und zögerte. Der Eingang befand sich auf der anderen Seite, zum Dorfplatz hin, doch der Mann wandte sich nach links und näherte sich stattdessen dem Friedhof. In der mannshohen Mauer befand sich eine Pforte, die jedoch seit Jahren verschlossen und von Unkraut überwuchert war. Durch diese Pforte waren Pastor Boeckbinder und der Kolkmüller vor wenigen Tagen verschwunden, als Ambros mit Ludger auf dem Friedhof nach dem Grab der Mutter gesucht hatte. Der Mann rüttelte an der Tür, doch sie ließ sich nicht öffnen. Nach erneutem Zögern und abermaligem Rütteln an der Pforte wandte sich der Fremde gen Westen, begab sich zum Platz unter der Linde und versuchte sein Glück auf der Südseite der Kirche.

Sofort kroch Ambros aus seinem Versteck und rannte zur Friedhofsmauer. In der äußersten Ecke des Kirchhofs stand das Krummhaus und lehnte sich wie ein gebrechliches Wesen an die steinerne Umfriedung. Auf der anderen Seite der Mauer wuchs eine Eiche, die ihr üppiges Blätterdach schützend über das Krummhaus legte. Für Ambros war es kein Problem, den knorrigen Stamm der Eiche hochzukraxeln und von dort auf die Mauerkrone zu klettern. Das Schindeldach des Pfarrhauses stieß hier an das Gemäuer, und Ambros überlegte, ob er auf das Dach steigen sollte. Doch das erschien ihm zu gefährlich, vermutlich waren die Schindeln morsch, und er würde durchs Dach stürzen. Stattdessen kletterte er auf einen Ast der Eiche, der weit über die Friedhofsmauer ragte und von wo er einen Blick auf den Eingang zum Krummhaus werfen konnte. Im dichten Blätterwerk und bei der Dunkelheit war er vor Entdeckung sicher. Wenn er sich ruhig verhielt.

Ambros musste nicht lange warten. Der kleine Mann trat in diesem Moment durch die Friedhofspforte und ging geradewegs auf das Krummhaus zu. Immer wieder schaute er sich um, als habe er Angst, man könnte ihm auflauern. Als befürchte er einen Hinterhalt. Doch alles war still und ruhig, niemand war zu sehen oder zu hören. Nur auf dem Hof des Timmermeesters brannte noch Licht. Und im Krummhaus.

Der Fremde stand nun direkt unterhalb des Astes, auf dem Ambros hockte, und klopfte leise an die Tür. Gedämpfte Schritte waren kurz darauf zu hören, eine Tür knarrte, dann fiel ein Lichtschein auf den Vorplatz.

»Ja?«, fragte Pastor Boeckbinder. »Was wünscht Ihr?«

Der Fremde streckte seine Hand aus und sagte mit hoher, piepsiger Stimme: »Lieber Bruder, Gottes Friede sei mit Euch.«

»Amen«, erwiderte der Pastor und gab dem anderen die Hand. Und dann staunte Ambros, als die beiden Männer sich auf den Mund küssten.

»Bruder Krechting?«, fragte der Pastor.

Der Fremde nickte und fragte: »Bruder Boeckbinder?«

Der Pastor verbeugte sich und bat den anderen mit einer Handbewegung herein. »Ihr kommt aus Deventer?«, fragte er. »Habt Ihr meine Nachricht erhalten?«

»Sonst wäre ich nicht hier«, antwortete der Mann namens Krechting. »Wann habt Ihr sie hinterlegt?«

»Vergangenen Samstag«, antwortete Boeckbinder. »Nachdem wir erfahren hatten, dass Ihr womöglich entkommen seid, meinte Bruder Bernhard, Ihr würdet vermutlich nach Deventer …«

Die Tür fiel ins Schloss, und nur noch undeutliches Gemurmel war zu hören. Ambros konnte keine Worte mehr unterscheiden. Er saß wie gebannt auf seinem Ast, vergaß das schmerzhafte Pochen in seiner Wange und bemerkte nicht einmal, dass sein linkes Auge inzwischen gänzlich zugeschwollen war. Er versuchte zu begreifen, was er gerade gehört und gesehen hatte. Nur einen Augenblick lang war er verwirrt, doch dann erschien ihm alles ganz klar und verständlich.

Bei dem Fremden handelte es sich um jenen Heinrich Krechting, den aus Münster geflohenen Wiedertäufer, von dem der Jude Simeon erzählt hatte. Die Nachricht von der Flucht des Täufers war vermutlich auch ins Ahlbecker Pfarrhaus gelangt, und Pastor Boeckbinder war am Samstag vor der Kräuterweihe nach Deventer geritten, um Krechting eine Nachricht zukommen zu lassen. Wahrscheinlich befand sich in Deventer ein geheimer Treffpunkt, ein Mittelsmann oder gar eine Gemeinde der Täufer. Stammte nicht auch Boeckbinder aus der niederländischen Messestadt? Und Ambros ahnte auch, worin die Mitteilung bestand, die der Pastor eigenhändig überbracht hatte.

»Mit dem Stuten hat alles angefangen«, hatte Simeon gesagt.

Mit dem Müller hat alles angefangen, setzte Ambros in Gedanken hinzu.

Er ließ sich von dem Ast hängen und sprang wie eine Katze auf den Friedhof, ohne dabei das geringste Geräusch zu verursachen. Zu gern hätte er gehört, worüber die beiden Männer im Krummhaus sprachen, doch auch als er sich der Tür näherte, konnte er wenig mehr als dumpfe und unverständliche Worte vernehmen. Neben der Tür sowie auf der Südseite des Pfarrhauses befanden sich Fenster, an denen er hätte lauschen können, doch dort war keinerlei Deckung vorhanden. Jeder hätte ihn vom Dorfplatz aus sehen können.

Er ging auf die andere Seite des Hauses, wo das Pfarrhaus in spitzem Winkel an die Friedhofsmauer stieß und sich ein Hohlraum gebildet hatte. Erstaunt nahm Ambros zur Kenntnis, dass ein schmaler Lichtstrahl auf das Unkraut fiel, das in dem dunklen Spalt wucherte. Gab es etwa auf der Nordseite ebenfalls ein Fenster? Das ergab keinen Sinn, denn durch das Fenster schaute man lediglich auf die wenige Ellen entfernte Friedhofsmauer. Vielleicht, so dachte Ambros, war die Einfriedung erst später errichtet worden und hatte dem Fenster die Sicht genommen.

Bevor er sich recht im Klaren war, was nun zu tun sei, bemerkte er eine Bewegung auf dem Dorfplatz. Ein großer Mann in weißem Leinengewand verließ den Hof des Timmermeesters und schritt zur Friedhofspforte. Der Kolkmüller!

Rasch zwängte sich Ambros in den Hohlraum zwischen Krummhaus und Mauer, trat in Brennnesseln und Dornengestrüpp und unterdrückte ein angewidertes Schnaufen, als etwas Behaartes oder Pelziges an seinen Füßen entlangkroch. Er tastete sich bis zu der Stelle vor, an der das Licht nach draußen fiel, und stellte erfreut fest, dass sich dort tatsächlich ein Fenster befand. Zwar war es mit Brettern verschlagen, doch eines davon hatte sich gelöst und hing nach unten. Durch den schmalen Spalt konnte Ambros mit einem Auge in die Stube blicken. Er grinste unwillkürlich. Ein zweites Auge hätte er ohnehin nicht zur Verfügung gehabt.

Im Inneren des Pfarrhauses saßen Pastor Boeckbinder und Heinrich Krechting am Tisch und unterhielten sich so leise, dass Ambros kein Wort verstand. Zwar war das Fenster nicht verglast, doch die beiden Männer flüsterten regelrecht. Von der Stube sah Ambros wenig, nur den Tisch in der Mitte, einen mit religiösen Motiven bemalten Bauernschrank im Hintergrund und einen gepolsterten Lehnsessel direkt vor dem Fenster. Auf dem Tisch stand neben einem Teller mit Brot und Bratenfleisch, von dem sich Krechting immer wieder ein Stück nahm, ein silbernes Kreuz, das dem Jungen deshalb auffiel, weil die vier Enden wiederum gekreuzt waren. Das Kruzifix erinnerte Ambros an eine Eisblume.

In diesem Augenblick öffnete sich die Tür, und die beiden Männer am Tisch unterbrachen ihr Gespräch. Eine Weile sagte niemand etwas, dann hörte Ambros den Müller fragen: »Krechting?«

»Krechting?«, wunderte sich der andere und stand auf. »Warum so förmlich, Bernhard? Du tust ja beinahe so, als sei ich ein Fremder.«

»Verzeih, Heinrich«, sagte nun der Müller und ging mit ausgestrecktem rechten Arm auf Krechting zu. »Lieber Bruder, Gottes Friede sei mit dir.«

»Amen«, erwiderte der andere. Dann küssten sie sich auf den Mund.

»Es stimmt also, was der Jude sagte«, fragte der Mann, den Ambros bislang unter dem Namen Heinrich Vernholt kannte. »Wie bist du aus der Stadt entkommen? Zuletzt habe ich dich in der Wagenburg auf dem Domhof kämpfen sehen. Die Bischöflichen haben alles geschlachtet, was ihnen in den Weg kam. Es war ein einziges Gemetzel.«

»Auf dem Berg Zion«, erwiderte Krechting und nickte, als sei er in Gedanken ganz woanders. »Viele haben ihr Leben gelassen.«

»Johann von Raesfeld hat dem Bruder freies Geleit gegeben«, mischte sich nun der Pastor in das Gespräch ein.

»Der Feldherr des Bischofs?«, wunderte sich der Müller.

Krechting nickte abermals und sagte: »Ein Gottloser zwar, aber ein Freund. Früher einmal.« Er schnaufte abfällig, setzte sich in den Lehnstuhl, sodass Ambros ihn nicht mehr sehen konnte, und fügte hinzu: »Es war Gottes Wille.«

»Amen«, antwortete der Müller, der keinerlei Anzeichen machte, sich zu setzen.

»Und wie konntest du fliehen, Bernhard? Es hieß, du seist tot. Wie ich sehe, bist du verletzt.«

»Das ist eine lange Geschichte«, erwiderte der andere ausweichend, wandte sich ab und schaute aus dem Fenster auf der anderen Seite des Raumes.

Wieder sprang der Pastor mit einer Erklärung ein: »Die Gottlosen haben Bruder Bernhard mit dem Schwert niedergestreckt und für tot gehalten. Auf einen Leichenberg wurde er geschafft, aber in der Nacht konnte er unter den Toten hervorkriechen und sich zum Kreuztor schleppen.«

»Das Tor des Verräters!«, zischte Krechting in seinem Sessel.

Der Müller drehte sich überrascht um und sah den anderen fragend an.

»Weißt du nichts davon?«, fuhr Krechting fort. »Verrat hat dem Bischof den Weg geebnet. Der Schreiner Gresbeck hat ihn durch das nördliche Tor geleitet. Verdammter Judas! Für ein paar Silberlinge hat er uns ans Messer geliefert.«

»Wir waren ohnehin zum Scheitern verurteilt, Heinrich.«

»Scheitern?« Krechting lachte krächzend. »Was redest du da? Das Tausendjährige Reich hat nunmehr begonnen, Bruder. Die Apokalypse nimmt ihren Anfang, und die Gottlosen werden dafür büßen und in der Hölle schmoren. In drei Jahren wird das Endreich folgen. So steht es geschrieben.«

»Was hast du vor?«

»Wir werden unseren König befreien, die Stadt zurück erobern und das Reich Zion wiederauferstehen lassen.« Die piepsige Stimme des kleinen Mannes überschlug sich beinahe. »Die Unsrigen sammeln sich bereits. Nicht nur in Deventer und Utrecht. Der Graf von Oldenburg steht in Fehde mit dem Fürstbischof und gibt uns Unterschlupf. Ich bin auf dem Weg nach Bentheim, wo ich einige Brüder treffen werde, dann reiten wir gemeinsam nach Oldenburg und beratschlagen die Befreiung unseres Königs aus der Babylonischen Gefangenschaft.«

»Du nennst ihn immer noch so?«

»Was meinst du damit?«

»Du nennst Jan van Leiden immer noch deinen König?«

»Ist er es etwa nicht?« Krechting sprang auf die Füße und stemmte die Hände in die Seiten. »Nur weil die Bischöflichen ihn gefesselt und in einen Kerker gesperrt haben, hat er nicht aufgehört, unser König zu sein.«

»Mag sein«, erwiderte der Müller, ging zum Tisch, stützte die rechte Hand auf und seufzte tief. »Aber wer hat ihn auf den Thron gesetzt? Erinnerst du dich, wie es dazu gekommen ist? Er selbst hat sich zum König von Zion erklärt.«

»Es ist ihm von Gott in einer Vision offenbart worden«, sagte Krechting. »Du selbst hast das bezeugt, wir alle haben es als göttliche Wahrheit erkannt. Zu seinem königlichen Worthalter hat er dich gemacht, und nun sagst du, es war Unrecht? Hältst du ihn für einen Lügner? Ausgerechnet du? Bernhard Rothmann, der erste Prediger des Neuen Israel, fällt seinem von Gott gekrönten König in den Rücken. In dem Augenblick, da Jan van Leiden unserer Unterstützung so dringend bedarf, wendest du dich von ihm ab? Ich kann nicht glauben, was ich höre.«

»Bruder Bernhard ist immer noch schwer verletzt«, wandte der Pastor ein und stellte eine Flasche Wein sowie drei Gläser auf den Tisch. »Er muss Kräfte sammeln, dann kommt auch der Glaube zurück.«

»Am Glauben mangelt es nicht, Bruder Johannes.«

»Das hört sich aber so an«, fauchte Krechting und ließ sich wieder in den Sessel fallen. »Jan van Leiden ist der wahre und einzige König des Reiches Zion. Nur weil die Wahrheit derzeit mit Füßen getreten wird, hört sie nicht auf, wahrhaftig zu sein. Willst du nun alles widerrufen, was du selbst aus der Heiligen Schrift abgeleitet hast? Dass Gott uns auserwählt hat, Münster zum neuen Jerusalem zu machen und die Erde von den Gottlosen zu befreien? Haben sie dich gefoltert, hat dein Hirn derart gelitten, dass du nun die Kindertaufe und die Fleischwerdung Christi im Abendmahl predigst?«

»Am Glauben mangelt es nicht«, wiederholte Bruder Bernhard leise. »Nichts muss widerrufen werden, alles was geschrieben und gesprochen wurde, bleibt bestehen. Das wahre Wort Gottes, die wahre Taufe und das wahre Abendmahl, sie alle bleiben recht und von Gott gewollt. Aber ob dies auch für den König von Zion gilt, vermag ich nicht zu sagen. Vielleicht haben wir uns in ihm geirrt, Heinrich. Es stand nicht geschrieben, es war nicht das Wort Gottes, sondern das des Königs. Und darum war es falsch.« Er schaute Krechting nicht an, als er wiederholte: »Wir haben uns in ihm geirrt.«

Ambros, der die Szene gebannt verfolgt hatte, war sich inzwischen sicher, dass es sich bei dem Müller in Wirklichkeit um jenen Priester namens Stuten-Bernd handelte, von dem der Jude Simeon gesprochen hatte. Der Trödler hatte erzählt, dieser Priester habe schon vor der Ankunft der holländischen Täufer in Münster ketzerische Dinge gepredigt. Bernhard Rothmann war also sein Name. Ambros verstand nicht recht, was es mit der wahren Taufe und dem wahren Abendmahl auf sich hatte, aber er begriff, dass es zwischen den beiden Männern im Krummhaus eine Rivalität, ja eine Feindschaft gab. Sie nannten sich Brüder, aber sie belauerten sich wie Wildkatzen.

»Lasst uns erst einmal anstoßen«, versuchte derweil Pastor Boeckbinder die Wogen zu glätten und goss Wein in die Gläser. »Auf die Lebenden«, rief er und prostete den anderen zu. »Und die Toten!«

»Amen«, sagte Bernhard Rothmann und griff nach dem Glas.

»Euer Bruder Gerrit hat bis zuletzt tapfer gekämpft«, erwiderte

Krechting und stieß mit Boeckbinder an. »Ich habe ihn mit eigenen Augen auf dem Berg Zion fallen sehen. Er wird seinen Lohn im Himmel empfangen. Zusammen mit allen Aposteln und Märtyrern, die für den rechten Glauben gestorben sind.« Er nahm einen Schluck und fügte hinzu: »Habt Ihr Nachricht von Eurem anderen Bruder?«

»Bartholomäus ist ebenfalls tot«, erwiderte Boeckbinder und nippte nachdenklich an dem Glas. »Sie haben ihn in Amsterdam gehenkt.«

»Und du glaubst, das alles sei umsonst gewesen?«, wandte sich Krechting plötzlich in scharfem Ton an Rothmann. »All das Leiden und Sterben für nichts und wieder nichts? Ein dummer Irrtum?«

»Vielleicht ist die Zeit nicht reif«, antwortete Rothmann und wandte sich wieder dem Fenster zu. »Die Welt ist noch nicht bereit, von den Gottlosen gesäubert zu werden. Das Endreich wird nicht so bald kommen, die Apokalypse ist noch fern. Wie oft haben wir uns geirrt, Heinrich. Mehrmals wurde uns der Letzte Tag geweissagt, aber immer gab es einen nächsten. Manchmal denke ich, dass erst jeder Einzelne sich vom fleischlichen Leben abkehren und wiedergeboren werden muss. Wie in der Urgemeinde Christi.« Nach einer kurzen Pause setzte er hinzu: »Auch die Vielweiberei war ein Fehler. Eine Sünde.«

»Du selbst hast sie gerechtfertigt«, erwiderte der andere. »Hast du nicht gesagt, Gott habe den Segen des Wachstums und der Vermehrung in uns gepflanzt. In der Heiligen Schrift heißt es: ›Seid fruchtbar und mehret euch!‹«

»Ich habe in den letzten Wochen viel nachgedacht, Heinrich. Wir sind maßlos und eitel geworden. Vielleicht ist es nicht unsere Aufgabe, die sündhafte Welt zu bekämpfen, sondern uns in Demut von ihr abzusondern, um geduldig auf die Ankunft des Herrn und die Wiederherstellung des Reiches Gottes zu warten.«

»Und deshalb verkleidest du dich als Müller und verkriechst dich in diesem Nest?«, rief Krechting. »Wie lange gedenkst du, diese Maskerade noch aufrechtzuerhalten? Oder willst du am Ende gar wirklich zum Müller werden?«

»Ich bin kein Müller und werde niemals einer sein«, antwortete Rothmann. »Meine Tage in Ahlbeck sind gezählt. Morgen werde ich das Dorf verlassen.«

»Was ist eigentlich mit dem wirklichen Meister Vernholt geschehen?«

»Er ist tot.«

Eine Pause entstand, dann sprang Krechting plötzlich auf, ging um den Tisch herum und trat zu Rothmann ans Fenster. »Also?«, fragte er. »Wirst du mich nach Bentheim begleiten? Und dann weiter zum Grafen von Oldenburg?«

Rothmann reagierte zunächst nicht und schüttelte schließlich den Kopf. »Es hat keinen Sinn, Heinrich«, sagte er. »Der Kampf ist nicht zu gewinnen, weil er nicht gottgewollt ist. Es ist an der Zeit, umzukehren.«

»Dann habe ich hier nichts mehr verloren!«, schrie Krechting und setzte sein Barett auf. »Leb wohl, Bernhard, möge Gott dir verzeihen! Ich kann es nicht.«

»Wartet!«, rief Boeckbinder und hob beschwichtigend die Hände. »Ihr solltet die Nacht über hier bleiben. Der Weg nach Norden ist beschwerlich und nicht ohne Gefahr. Die Straßen führen durch Moorgebiet und sind nicht so sicher wie der Hessenweg. Schlaft Euch erst aus, und morgen in aller Frühe könnt Ihr Euch nach einem stärkenden Mahl auf den Weg nach Bentheim begeben.«

»Mit Verrätern schlafe ich nicht unter einem Dach!«, rief Krechting. »Ich habe mein Pferd am Fluss angebunden. Wenn ich mich beeile, bin ich bis zum Mittag am Treffpunkt. Der Ritt nach Ahlbeck hat mich ohnehin schon wertvolle Zeit gekostet.« Er griff nach seinen Satteltaschen, die neben dem Bauernschrank abgestellt waren, und wollte den Raum verlassen.

»Bleib!«, sagte Rothmann, sah sein Gegenüber lange an und lächelte traurig. Ambros hatte den Eindruck, als unterdrücke der

Mann die Tränen. »*Ich* gehe«, fuhr Rothmann fort, nahm einen Umhang vom Haken und warf ihn sich über die Schultern. Ohne auf eine Erwiderung des anderen zu warten, verließ er das Krummhaus.

Die beiden Männer in der Stube sahen sich erstaunt an, der Pastor wollte ebenfalls hinauseilen, doch Krechting hielt ihn zurück: »Lasst ihn! Bruder Bernhard ist nicht bei Sinnen. Er hat den Verstand verloren. Dass ich das noch erleben muss! Ihr hättet ihn in Münster erleben sollen, Bruder Johannes, Ihr hättet Euren Augen und Ohren nicht getraut. Flammende Predigten hat er gehalten, seine Worte waren wie Schwerter. Und nun schaut ihn Euch an, ein Häufchen Elend!«

»Ich weiß nicht«, erwiderte Boeckbinder achselzuckend, »er hat auf mich eigentlich nicht den …«

»Lasst ihn!«, unterbrach Krechting den Priester, nahm das Barett vom Kopf, stellte die Satteltaschen auf den Tisch und setzte sich wieder in den Lehnsessel. »Er ist verloren.«

Ambros verließ seinen Platz am Fenster und kroch zurück zum Vorplatz, wo der falsche Müller wie angewurzelt dastand, sich mal in diese, mal in jene Richtung wandte, ohne jedoch einen einzigen Schritt zu tun. Es schien, als habe er das Pfarrhaus verlassen, ohne wirklich zu wissen, wohin er sich wenden sollte. Das konnte Ambros gut nachfühlen. Ihm war es vor wenigen Stunden ganz ähnlich ergangen. Nur weg von allem, auch wenn man nichts hatte, wohin es einen zog.

Schließlich ging Rothmann in Richtung der Kirche und blieb vor der Gruft des Schulzen stehen. Wieder zögerte er, und Ambros hatte für einen Augenblick das Gefühl, als wolle er die Gruft betreten. Dann jedoch wandte er sich zur Seite, bückte sich, kroch unter einen Strauch, schob ein Brett oder eine steinerne Platte zur Seite und war plötzlich verschwunden.

Abermals erinnerte sich der Junge an den Morgen, an dem er mit Ludger auf dem Friedhof gewesen war. Auch damals waren der Müller und der Priester von einem Augenblick auf den nächsten verschwunden, und Ambros hatte gedacht, sie hätten den Kirchhof durch die verrostete Pforte verlassen. Nun aber erkannte er, dass sich neben der Gruft des Schulzen ein geheimer Eingang befand.

Wie Ludgers Höhle, schoss es dem Jungen durch den Kopf.

Ambros wartete noch eine Weile, doch nichts geschah. Im Krummhaus wurden die Lichter gelöscht, und auch Vernholt (in Gedanken nannte der Junge ihn immer noch so) blieb in seinem unterirdischen Versteck. Nach geraumer Zeit, in der Ambros beinahe eingeschlafen wäre, beschloss er, sich zurück zum Molenkotten zu begeben. Der Vater schlief vermutlich längst, und erneute Prügel hatte Ambros nicht zu fürchten. Nicht in dieser Nacht.

Von dem, was er in den letzten Stunden gesehen und gehört hatte, würde er dem Vater allerdings nichts berichten. Es würde doch nur Schläge hageln. Nein, Ambros würde schweigen. Beinahe kam er sich wie ein Erwachsener vor. Er hatte nun seine eigenen Geheimnisse.

Viertes Kapitel

Erzählt von unrechter Liebe und nächtlichen Heimlichkeiten

Ein Unglück war geschehen, womöglich gar ein Verbrechen begangen worden, doch niemand schien sich darum zu scheren. Ein Mann war seit mehr als drei Tagen verschwunden, aber kein Mensch suchte nach ihm. Maria konnte und wollte das nicht begreifen. Die Ahlbecker kümmerte das Schicksal des holländischen Müllers wenig, insgeheim freuten sie sich vermutlich sogar über sein Verschwinden. Um den verdammten Haermöller sollten sich die Herren in Utrecht oder Den Haag kümmern, hatten die Bauern am Sonntag hinter vorgehaltener Hand gewettert, außerdem geschehe es dem Betrüger und Hurenbock ganz recht. Maria hatte ihren Vater, den Schulzen, gefragt, ob er nicht etwas unternehmen wolle, doch der hatte mit den Achseln gezuckt und gesagt, Guus komme bestimmt bald zurück. Er sei bislang jedes Mal zurückgekommen.

»Ohne Pferd?«, hatte Maria beharrt.

»Vielleicht ist er zu Fuß gegangen.«

»Aber das Blut am Sattel.«

»Das muss nichts heißen.«

Doch die Schulzentochter war sich sicher, dass es etwas bedeutete. Sie wusste, dass Guus etwas zugestoßen war. Es war eben nicht wie *jedes Mal*. Ähnliches schien auch Guus' Frau Annelies zu glauben, zumindest wenn man den Auftritt der Tante am Tag der Kräuterweihe betrachtete. Wie eine betrunkene Furie hatte sie sich auf den Kolkmüller gestürzt, ihm die Krallen in die verletzte Schulter gerammt und ihn einen verdammten Teufel genannt. Als sei Vernholt für Guus' Verschwinden verantwortlich.

Maria war sich bis heute nicht im Klaren darüber, was die Tante mit ihrer Raserei bezweckt hatte. Denn *dass* sie etwas bezweckt hatte, stand für Maria fest. Annelies ter Haer hasste und verabscheute ihren Gatten, wie nur eine Frau einen Mann hassen und verabscheuen kann, an den sie unweigerlich gebunden ist und den sie dennoch nicht halten kann. Wie oft hatte sie sich bei ihrem Bruder Lubbert über Guus beschwert und ihm den Tod und sämtliche Krankheiten an den Hals gewünscht. Einmal hatte sie sich sogar an Maria gewandt und sie gefragt, ob man den treulosen Gatten nicht mit irgendwelchen Kräutern behexen könne.

Ja, Annelies hasste Guus und hatte allen Grund, sich über ihn zu beklagen. Und trotzdem hatte die Verzweiflung der Müllerin am Sonntag echt gewirkt, sie war wirklich außer sich gewesen. Warum nur? Annelies wusste schließlich seit Jahren, dass ihr Mann des Öfteren die ehelichen Pflichten vernachlässigte, Haus und Weib verließ und sich in der Nachbarschaft mit Mägden und Dirnen vergnügte. Wieso hatte sie sich also derart aufgeregt, sich wie ein Wahnsinnige gebärdet und den Kolkmüller beschuldigt? Nur weil sie das herrenlose Pferd gefunden hatte? Von dem Blut am Sattel hatte sie zu dem Zeitpunkt noch nichts gewusst. Das hatte erst der Molenkötter entdeckt. Und doch war Annelies felsenfest davon überzeugt gewesen, dass ihr Mann dieses Mal nicht wie sonst gegen das zehnte Gebot verstieß und sich in fremden Betten herumtrieb.

Wie ihre Tante war auch Maria davon überzeugt, dass dieses Mal nicht wie jedes Mal war, allerdings aus völlig anderen Gründen. Maria wusste, dass Guus sich nicht mit irgendwelchen Mägden und Dirnen herumtrieb, weil er sich seit einigen Wochen mit ihr, der Schulzentochter, vergnügte. Maria konnte selbst nicht erklären, wie es dazu gekommen war. Es war töricht und beschämend, aber sie war nicht in der Lage oder willens, daran etwas zu ändern. Weder sein Ruf als Schürzenjäger noch die Tatsache, dass er der Gatte ihrer Tante war, hatte Maria davon abhalten können, sich in Guus zu verlieben.

Ja, sie liebte ihn, und das war das eigentlich Schlimme!

Dabei hatte alles sehr unglücklich und unschön begonnen. Es war nach der Roggenernte gewesen. Maria war an einem herrlichen Frühsommerabend müde und verschwitzt von den Feldern zurückgekehrt und hatte, wie sie dies oft tat, ein Bad im Ahlbach genommen. Sie kannte eine Stelle, die vom Hessenweg nicht einzusehen und an der das Ufer nicht mit Dorngestrüpp überwuchert war. Hier hatte sie schon als Kind mit Vorliebe gesessen, die Beine ins Wasser hängen lassen und die Welt ringsum vergessen. Man konnte das Klappern der Mühle hören und das Rattern der Fuhrwerke auf dem Handelsweg, aber trotzdem konnte man sich sicher und geborgen fühlen. Nur selten kamen Boote vorbei, der Weg nach Overijssel war durch die Mühlschleuse versperrt, und so war Maria unbeobachtet und fühlte sich wie eine Eva ohne Adam. An diesem Abend aber war alles anders. Plötzlich stand Guus ter Haer am Ufer, die Arme vor der Brust verschränkt, und regte sich nicht, sagte kein Wort, schaute nur. Diesen Blick kannte Maria, fast alle Männer schauten auf diese Weise, durchdringend, fordernd, lüstern. Auf Marias Bitte, ihr Onkel möge das Ufer verlassen, damit sie aus dem Wasser kommen und sich anziehen könne, schüttelte er lediglich den Kopf. Er schien mit sich zu ringen. Dann zog er plötzlich Hose und Hemd aus und stand sichtlich erregt und wie der Herrgott ihn geschaffen hatte am Ufer.

Tausend Gedanken schossen Maria gleichzeitig durch den Kopf. Sie suchte nach einem Ausweg, wollte davonschwimmen, doch wo sollte sie hin? Sie war nackt, ihre Kleider lagen genau dort am Ufer, wo Guus sich nun ins Wasser vortastete. Sie überlegte bereits, wie sie sich wehren könnte und ob der Onkel von ihr ablassen würde, wenn sie wild um sich schlug und kratzte und biss. Aber nein! Es nützte nichts, sich gegen die Männer zur Wehr zu setzen, das hatten Maria ihre sechzehn Lebensjahre bereits gelehrt. Es hatte nicht geholfen, als sie gegen ihren Willen mit dem ihr unbekannten Arzt Johannvater verheiratet und nach Altheim geschafft worden war. Es hatte nichts bewirkt, als ihr Bruder Hermann sich eines Nachts volltrunken in ihre Kammer gestohlen und sie aufs Widerlichste belästigt hatte. Wenn man sich wehrte, wurden sie noch brutaler und schlugen zu. Das machte es lediglich schlimmer. Darum rührte sie sich nicht vom Fleck, wollte es auch jetzt über sich ergehen lassen und beten, dass es nicht allzu wehtun würde. Dass keine weiteren, für sie entsetzlichen Folgen eintraten, dafür würde sie mit einem Kräutersud aus Sadebaum und Stinkwacholder sorgen. Schon mancher Ahlbeckerin hatte sie mit dieser Mixtur einen unerwünschten Bastard vom Hals geschafft. Das alles ging ihr in Windeseile und völlig ungeordnet durch den Kopf, während Guus inzwischen bis zur Scham im Wasser stand und die Hand nach ihr ausstreckte.

»Komm schon«, sagte er. »Es wird dir gefallen.«

Maria wich zurück, befand sich nun an der tiefsten Stelle des Bachs, das Wasser reichte ihr bis ans Kinn. Sie schüttelte den Kopf, schloss die Augen und schickte ein stummes Gebet zum Himmel.

Nichts geschah.

Als sie die Augen öffnete, erkannte sie, dass Guus sich nur unwesentlich vorgewagt hatte. Immer noch streckte er die Hand nach ihr aus und rief: »Jetzt hab dich nicht so! Komm schon!«

Maria stutzte. Doch plötzlich wusste sie, warum er ihr nicht näher gekommen war und nach wie vor in hüfthohem Wasser am Ufer stand. Guus ter Haer konnte nicht schwimmen! Ein absurder Gedanke, aber so musste es sein. Er hatte Angst vorm Wasser. Entweder hatte er nicht damit gerechnet, dass der Ahlbach an dieser Stelle so tief sein könnte, oder er hatte darauf gebaut, dass Maria sich freiwillig zu ihm begeben würde, wenn er nur seine Hose herunterließe und ihr sein pralles Gemächt zeige. In diesem Moment hatte sie nur Verachtung für ihren Onkel übrig, und die entlud sich, indem sie ihm lauthals ins Gesicht lachte. Sie konnte nicht anders, sie gluckste und kicherte wie ein kleines Mädchen.

Guus zuckte sichtlich zusammen, und um seine Mannespracht, an der das kühle Wasser schon arg genagt hatte, war es vollends geschehen. Er machte einen beherzten Schritt vorwärts, sackte beinahe eine Elle tief ein, fuhr erschrocken zurück, fuchtelte mit den Armen, um nicht rücklings ins Wasser zu fallen, und bedachte Maria mit einem zornigen und zugleich hilflosen Blick.

»Was gibt's da zu lachen?«, rief er erbost. Dann wandte er sich plötzlich ab, eilte ans Ufer, sprang regelrecht in seine Hose und stieg die Böschung hinauf. Bevor er im Dickicht verschwunden war, drehte er sich noch einmal zu Maria um und zischte: »Wehe, du sagst irgendjemandem ein Sterbenswörtchen davon!«

Maria wusste nicht genau, worauf sich seine Worte bezogen. Auf die Tatsache, dass er nicht schwimmen konnte, oder auf das Vorhaben, sich an seiner Nichte zu vergehen? Und wieder musste Maria lachen, aber diesmal war es ein verzweifeltes Lachen, und Tränen der Wut stiegen ihr in die Augen.

In den folgenden Wochen mied Maria nach Möglichkeit die Gegenwart des Müllers. Botengänge zur Windmühle ließ sie durch das Gesinde verrichten, bei sonntäglichen Besuchen der Verwandten zog sie sich unter einem Vorwand auf ihre Kammer zurück. Wenn sie sich doch einmal über den Weg liefen oder auf dem Hof des Schulzen begegneten, so ignorierte sie ihn, redete nur das Nötigste und gab ihm zu verstehen, dass sie ihm seine Tat nicht verzeihen würde. Niemals! Auch wenn es zu der eigentlichen Tat nicht gekommen war. Es war die gemeine und hinterhältige Absicht, die für Maria zählte. Zugleich ließ sie durchblicken, dass sie ihn jederzeit der Lächerlichkeit preisgeben konnte.

»Wasserratte!«, raunte sie ihm zu, wenn niemand es hörte.

Erstaunlicherweise änderte Guus in der Folgezeit sein Benehmen ihr gegenüber. Hatte er sie vorher stets von oben herab behandelt, so bedachte er sie plötzlich mit kleinen, stets harmlosen Aufmerksamkeiten, richtete nette oder zumindest nett gemeinte Worte an sie und verhielt sich, als könne er kein Wässerchen trüben. Maria hatte sogar den Verdacht, dass er absichtlich und unter fadenscheinigen Vorwänden ihre Nähe suchte. Und je mehr sie ihn mied und mit Missachtung strafte, desto häufiger und offensichtlicher lief er ihr hinterher. Wollte er nachholen, was ihm beim ersten Mal nicht geglückt war? Oder was führte er im Schilde? Schließlich nahm er sie in einem unbeobachteten Moment beiseite, hielt sie an den Schultern fest und sprach sie direkt auf den Vorfall am Bach an.

»Lass mich!«, rief Maria und versuchte, sich aus seiner Umklammerung zu befreien. »Oder soll ich meinen Vater rufen?«

»Ich … mir …«, stotterte er und ließ von ihr ab, »es tut mir Leid.«

»Das will ich auch hoffen«, antwortete sie und stieß ihn von sich. »Sonst wird es dir nämlich Leid tun.«

Er schaute sie an, als begreife er zunächst nicht, was sie sagte. Dann aber senkte er den Kopf. »Maria, sei bitte nicht so«, war alles, was er herausbrachte. »Ich möchte doch nur … ich wollte dir sagen … ich mag dich.«

»Das hab ich gemerkt!«, fauchte sie und lief davon.

»Denk bitte nicht schlecht von mir!«, rief er ihr hinterher.

Und zu ihrer eigenen Überraschung tat sie das nicht. Sie dachte nicht schlecht von Guus ter Haer. Sicherlich, sie hatte ihn verflucht, wollte ihn bestrafen und beschämen. Er hatte sie wie eine gemeine Dirne behandelt. Das nahm sie ihm übel. Warum hatte er sich ihr nicht auf andere, zärtliche Weise genähert? Wieso hatte er sie nicht umworben, ihr Komplimente gemacht? Was hatte er sich bloß dabei gedacht? Und wenn es stimmte, dass er sie gern hatte (wieso klopfte ihr das Herz, wenn sie daran dachte?), warum hatte er sie dann mit Gewalt nehmen wollen? Maria begriff das nicht. Was ging nur in den Köpfen der Männer vor? Manchmal benahmen sie sich wie die Tiere. Und doch war es ihr nicht möglich, den Stab über Guus zu brechen.

Widerwillig musste sie sich eingestehen, dass sie sich zu ihm hingezogen fühlte. Und das seit langem. Guus war ein gut aussehender und stattlicher Mann, mit langen, lockigen Haaren und elegantem Spitzbart, doch das allein war es nicht, was sie an ihm schätzte. Er war anders als die meisten anderen Männer, auch wenn er sich nach Kräften anstrengte, dies zu verbergen. Er war nicht der grobe, ungehobelte Klotz, als der er gern erscheinen wollte. Seine Angst vorm Wasser bestätigte dies nur. Er benahm sich wie ein Bock, markierte den wilden Kerl, aber das war nicht sein wahres Wesen. Und vielleicht war Maria die Einzige, die das erkannte.

Wie hatte es sie stets geärgert, dass er sie wie ein kleines Mädchen behandelt hatte, wie jemanden, den man nicht ernst nehmen konnte. Wie ein Kind! Doch allmählich begriff sie, dass Guus auf diese Weise seine wahren Gefühle zu verheimlichen gesucht hatte. Indem er Maria nicht als vollwertige Frau behandelte, geriet er nicht in Gefahr, sie zu begehren. Doch er begehrte sie seit langem. Das gestand er ihr später. Seit Jahren sehnte er sich nach ihr, ohne sich dies jedoch offen einzugestehen. Mehrmals hatte er sie heimlich am Bach beobachtet. Wenn er bei den Dirnen lag, stellte er sich statt der hässlichen Fratzen der Weiber das hübsche Gesicht seiner Nichte vor. Und als sie den Wundarzt Johannvater heiratete, da ging er vor Eifersucht beinahe ein. Maria war überglücklich gewesen, als er ihr das vor einigen Wochen mit hochrotem Kopf gestanden hatte.

Ihre Liebe hatte einen mehr als unglücklichen Anfang genommen. Und doch hatten sie schließlich zueinander gefunden. Beim zweiten Mal, vier Wochen nach dem Vorfall am Bach, den keiner der beiden jemals wieder erwähnte, war keine Gewalt im Spiel, keine Einseitigkeit, kein Fordern, kein Widerwillen. Es war unrecht und falsch, Gott würde sie dafür strafen, aber es war himmlisch. Nie zuvor hatte sich Maria so selig und befreit gefühlt. Mit dem Johannvater hatte sie nichts annähernd Schönes erlebt, und es erschien ihr wie ein unerklärlicher Widersinn, dass der Herr im Himmel etwas Unrechtes und Niederträchtiges mit solch herrlichen Glücksgefühlen belohnte.

Auch in der Nacht vor der Kräuterweihe hatte sie auf Guus gewartet, an der Kolkmühle, ihrem geheimen Treffpunkt. Das alte Müllerhaus, das zwar verfallen, aber nicht zerstört war, bot ihnen einen idealen Ort zum Stelldichein. Hier waren sie ungestört, und selbst wenn sie beim Liebesspiel zu laut wurden, blieben sie ungehört. Kein Mensch traute sich nach Einbruch der Dunkelheit in die Nähe der Mühlenruine. Die Ahlbecker hatten Angst vor den Geistern, den alten wie den neuen; zudem lag die Kolkmühle inmitten eines dichten Waldes, fernab des Hessenwegs, sodass auch Reisende sich niemals hierher verirrten. Nur Ludger hatte sie eines Nachts im Müllerhaus ertappt, hatte mit aufgerissenen Augen vor ihnen gestanden und war dann schreiend davongelaufen. Maria wusste nicht, ob er ihr vom Hof gefolgt war oder sich schon an der Mühle aufgehalten hatte. Seitdem die Kolkmühle vor drei Jahren in die Luft geflogen und Ludger bei der Explosion in den oberen Mühlteich geschleudert worden war, trieb sich Marias kleiner Bruder häufig an der Mühle herum. Als ziehe es ihn her, als habe er hier etwas verloren und suche danach. Wie durch ein Wunder hatte ihn die Wucht der Explosion nicht in Stücke gerissen. Beinahe unverletzt und nur leidlich versengt hatten sie ihn aus dem Wasser gefischt. Niemand wusste, warum er an jenem Tag bei der Mühle gewesen war, und niemand begriff, warum er den Ort der Katastrophe anschließend nicht wie die Pest mied. Die Wassermühle wäre beinahe sein Grab gewesen, doch das schien ihn nicht zu stören.

Dass er allerdings auch nachts um die Mühle herumschlich, war Maria neu, aber auf seine Verschwiegenheit konnte sie rechnen. Und dabei dachte sie nicht an seine Unfähigkeit zu reden. Ludger liebte seine Schwester abgöttisch, dessen war sie sich sicher. Und sie liebte diesen seltsamen Kerl, diese arme Missgeburt. Deshalb hatte sie ihm das Schreiben beigebracht, unterhielt sich mit ihm, obwohl sie nicht wusste, ob er alles begriff, und hob Essen für ihn auf, wenn er wieder einmal tagelang verschollen war und ausgehungert nach Hause kam. Selbst wenn sie mit ihm schimpfte oder ihm eine Ohrfeige gab, tat sie dies nur zu seinem Besten. Ludger war ihr ans Herz gewachsen wie sonst kein Mensch auf Erden. Außer Guus natürlich.

In der Nacht von Samstag auf Sonntag war ihr Geliebter nicht erschienen. Über eine Stunde hatte sie an der Mühle gewartet, doch Guus war nicht gekommen. Dafür hatte der Molenkötter plötzlich vor ihr gestanden, betrunken wie immer, und hatte sie angestarrt wie ein Gespenst. Sie kannte Geert Vortkamp nur vom flüchtigen Sehen, hatte allerdings all die unschönen Geschichten über ihn oft gehört. Warum der Vater diesen Trunkenbold und Tunichtgut nicht längst vom Molenkotten verscheucht hatte, verstand Maria nicht. Vermutlich hatte der Schulze Mitleid mit dem kleinen Ambros, denn der war wirklich ein aufgewecktes Kerlchen. Äußerlich glich der Kleine seinem Vater auffallend, doch was den Verstand anging, war er dem Alten meilenweit überlegen.

Was der Molenkötter mitten in der Nacht an der Mühle zu suchen hatte, konnte oder wollte er Maria nicht verraten. Allerdings war Maria nicht in der Position, bohrende Fragen zu stellen. Wie sollte sie erklären, dass sie selbst im Nachthemd und ohne Haube um die Mühle herumschlich? Also redete sie vom Vollmond, der sie nicht schlafen lasse, und machte sich schleunigst auf den Weg nach Hause. Um Vortkamp von weiteren Fragen abzuhalten, kam sie auf den neuen Müller zu sprechen und berichtete dem Molenkötter von den fehlenden Blatternarben. Im Nachhinein ärgerte sie sich, dass sie derart redselig gewesen war, doch in dem Moment war es ihr nur darum gegangen, den Molenkötter abzulenken.

Inzwischen waren beinahe vier Tage vergangen, und sie betrachtete das seltsame Zusammentreffen an der Mühle mit ganz anderen Augen. In jener Nacht war Guus verschwunden, und am nächsten Morgen war Annelies mit dem blutverschmierten Pferd vor der Kirche erschienen. Zwar war es der Molenkötter gewesen, der auf den blutigen Sattel hingewiesen hatte, doch Maria erinnerte sich nun an eine seltsame Weihnacht vor vielen Jahren. Sie war damals erst sieben Jahre alt gewesen und hatte von dem Skandal wenig begriffen. Der holländische Müller war einfach nur Onkel Guus gewesen und der Kolkmüller ein übler Trunkenbold namens Vortkamp. Es hatte einen Kampf auf der Tenne gegeben, einen Angriff mit dem Messer und einen Schlag mit dem Dreschflegel. Wenn sie nun darüber nachdachte und sich die Zusammenhänge in Erinnerung rief, dann drängte sich ihr ein schrecklicher Gedanke auf, der sie nicht schlafen ließ. Wer einmal mit dem Messer zustach, konnte dies auch ein zweites Mal tun.

Und darum musste sie zum Molenkotten!

Es war weit nach Mitternacht, als Maria auf Zehenspitzen ihre Kammer verließ und an das Geländer der Galerie trat, um einen Blick nach unten in die Lucht zu werfen und sich zu vergewissern, dass die Knechte auf ihren Strohsäcken schliefen. Das leise und regelmäßige Schnarchen verriet ihr, dass das Gesinde nicht mehr wachte. Auch aus der Kammer ihrer Brüder, die gleich neben der ihren im Obergeschoss des Fletts lag, drangen ähnliche Geräusche.

Langsam schlich sie die knarrende Treppe hinunter, atmete erleichtert auf, als sie den Tennenboden erreicht hatte, und wollte bereits das Haus durch den kleinen Seiteneingang hinter der Lucht verlassen, als sie ein leises Kratzen oder Scharren über sich vernahm. Irgendetwas bewegte sich auf dem Dachboden, dort wo das Heu und das geerntete Getreide gelagert waren. Dann war es plötzlich wieder still.

Verdammte Ratten, dachte Maria und wurde im selben Augenblick auf ein weiteres Geräusch aufmerksam, das aus dem Flett kam. Aus der Wohnstube war leises Gemurmel zu hören, eher ein Gewisper und Getuschel, das Maria nur bemerkt hatte, weil die Schnarcher auf ihren Strohsäcken für einen Augenblick Ruhe gegeben hatten. Sie horchte an der Tür, doch es waren keine Worte zu verstehen. Durch einen Spalt im Holz sah sie einen flackernden Lichtschein, der schwächer wurde. Dann quietschte ein Scharnier, und das Licht war verschwunden. Jemand hatte das Haus durch den Eingang zur Stube verlassen.

Rasch lief sie über die Lucht zur Seitentür, trat hinaus und wandte sich nach links, dem Hof zu. Als sie die Ecke des Hauses erreicht hatte, konnte sie gerade noch sehen, wie ihr Vater und eine Frau eilends den Platz unter der Linde überquerten und sich der Holzbrücke näherten. Obwohl die Frau einen schwarzen Kapuzenmantel übergeworfen hatte, erkannte Maria ihre Tante Annelies an der Brille auf der Adlernase und den roten Locken, die aus der Kapuze ragten. Der Schulze hielt ein Windlicht in der Hand, das noch zu sehen war, als die beiden Geschwister längst im Hohlweg verschwunden waren.

Was um alles in der Welt hatten der Vater und die Tante mitten in der Nacht zu besprechen? Und warum verließen sie um diese Zeit den Hof? Wann war die Tante überhaupt zum Schulzenhof gekommen? Maria wusste, dass Tante Annelies äußerst ängstlich und schreckhaft war und die Windmühle so gut wie nie nach Einbruch der Nacht verließ. Das Venn war ihr nicht geheuer. Es musste sich also um einen Notfall handeln.

Einem ersten Impuls folgend wollte Maria den beiden bereits hinterherschleichen, als sie aus den Augenwinkeln eine Bewegung zu ihrer Linken wahrnahm. Im immer noch ausreichenden Mondlicht sah Maria einen strubbeligen Kopf aus der kleinen Öffnung über dem Tennentor ragen. Ein leises »Kch« war zu hören. Und im nächsten Augenblick sprang Ludger auf den Hof, landete wie eine Katze auf allen vieren und flitzte wieselflink zur Brücke. Dann war alles ruhig. Als wäre nie etwas gewesen.

Seltsame Dinge gehen hier vor, dachte Maria, und sie würde schon noch herausfinden, was es damit auf sich hatte. Doch zunächst musste sie dem Molenkötter auf den Zahn fühlen.

Fünftes Kapitel

Berichtet von unverzeihlichen Missetaten und der Rivalität zweier Müller

Der Faustschlag tat ihm Leid, aber er konnte ihn nicht ungeschehen machen. Das schien sich wie ein Leitfaden durch Geerts Leben zu ziehen. Immer wieder geriet er außer sich, verlor die Kontrolle über seine Handlungen, beging unverzeihliche Fehler, bereute sie umgehend und aufrichtig, war aber fortan dazu verdammt, sich mit den quälenden Folgen herumzuschlagen. Niemand vergab ihm, am wenigsten er selbst. Solange er getrunken hatte, war zumindest die Erinnerung an seine zahlreichen Missetaten getrübt gewesen, doch in nüchternem Zustand jagten ihn die Geister der Vergangenheit und ließen ihn nicht mehr los.

Zum Teufel mit Meister Vernholt und seinem Gerede von dem verlorenen Schaf, das vom aufmerksamen Hirten zur Herde zurückgebracht wurde! Geert Vortkamp war kein unschuldiges Schaf, er war ein reißender Wolf. Ein Mörder. Ein Lump! Wie gern hätte er sich jetzt betrunken, doch im ganzen Haus gab es keinen Schluck Branntwein. Nicht einmal Bier. Und das war recht so. Sollte er nur leiden! Er hatte es nicht anders verdient. Sein Kopf fühlte sich an, als stecke er in Schraubzwingen und könne jeden Augenblick explodieren, seine Hände zitterten wie die eines Tattergreises. Also schlug er wie von Sinnen mit der Faust gegen den Türpfeiler, als wolle er sie für etwas bestrafen. Als führe die Faust ein Eigenleben. Der Schmerz in seinen Knochen würde wenigstens für kurze Zeit den lärmenden Schmerz in seinem Innern übertönen. Voller Ekel starrte er auf die blutenden Knöchel. Mit dieser Hand hatte er Antonius Dennekamp über die Brüstung des Mühlenwehrs gestoßen. Und mit dieser Faust hatte er Euphemia aus seinem Leben geprügelt.

Seit fast vier Tagen war Geert nun nüchtern; keinen Tropfen hatte er in dieser Zeit getrunken. Tagsüber stürzte er sich wie ein Wahnsinniger in die Arbeit an der Mühle, aber nachts raubte ihm der fehlende Alkohol den Schlaf und ließ ihn die Wände hochgehen. Nachdem Hermann, der Schulzensohn, ihm am Samstagabend in der Heideschänke unmissverständlich zu verstehen gegeben hatte, dass der Schulze auf ihn und seine Dankbarkeit zähle, hatte Geert sich geschworen, dem Fusel zu entsagen. Er hatte keine Ahnung, was der Brookbauer im Schilde führte, aber wenn er Gerwing widerstehen wollte, dann musste er einen klaren Kopf behalten. Sonst würde alles wieder von vorne beginnen und sich nie etwas ändern.

Ohne Schnaps war er jedoch noch jähzorniger, noch unberechenbarer, noch unausstehlicher. Dem eigenen Sohn hatte er die Faust ins Gesicht gedonnert. Weil der die Wahrheit gesagt hatte. Und nun saß Geert seit Stunden reglos im Schein einer Talgkerze in der Stube des Kottens und wartete auf Ambros' Rückkehr. Er wollte sich bei dem Jungen entschuldigen und reinen Tisch machen. Es würde ihn große Überwindung kosten, denn das Bitten um Vergebung zählte nicht gerade zu seinen Stärken. Doch mit den Lügen musste nun ein für alle Mal Schluss sein.

Ein leises Klopfen an der Haustür riss ihn aus seinen Gedanken.

»Ambros?«, rief er, obwohl er wusste, dass sein Sohn niemals an die Tür klopfen würde, schon gar nicht um diese Zeit.

»Vortkamp?«, meldete sich eine Frauenstimme. Die Tür öffnete sich zaghaft, ein hübsches Gesicht lugte um die Ecke, und kurz darauf stand Maria Johannvater, die Schulzentochter, im Raum. »Ich habe Licht gesehen«, sagte sie, nahm ihren Umhang ab und hielt ihn krampfhaft in den Händen.

Geert starrte sie verwirrt an und brachte keinen Ton über die

Lippen. Wie in jener Nacht an der Kolkmühle erinnerte ihn die Johannvaterin an ein Gespenst, auch wenn sie diesmal nicht im Nachthemd und mit offenem Haar vor ihm stand. Er nickte und deutete auf einen Stuhl am Kopfende des Tisches, doch Maria schüttelte den Kopf und verharrte stehend und schweigend.

»Du willst doch nicht behaupten, dass du dich zufällig hierher verirrt hast«, sagte der Molenkötter schließlich, räusperte sich und stand ebenfalls auf. »Und den Vollmond kannst du diesmal auch nicht dafür verantwortlich machen. Was willst du also hier? Mitten in der Nacht?« Die Fragen waren ihm unfreundlicher über die Lippen gekommen, als er es beabsichtigt hatte, darum setzte er besänftigend hinzu: »Was gibt es? Kann ich dir helfen?«

Maria knetete ihren Umhang wie einen Brotteig, legte ihn schließlich auf den Stuhl und sagte: »Ich muss wissen, was geschehen ist.«

»Geschehen? Wann?«

»In der Nacht vor der Kräuterweihe.«

»Ich weiß nicht, wovon du sprichst.«

»Was hast du mit ihm gemacht?«

»Mit wem?«

»Guus!«, platzte es aus Maria heraus. Tränen liefen ihr über die Wangen, die sie mit einer unwirschen Handbewegung wegwischte. »Ich muss es wissen!«

Und mit einem Mal begriff Geert. Natürlich! Nun verstand er, warum die Schulzentochter sich mitten in der Nacht im Nachthemd an der Kolkmühle herumgetrieben hatte und wieso sie bei seinem Anblick zusammengefahren war. Nicht erschrocken, wie es ihm zunächst erschienen war, sondern überrascht. Als hätte sie jemand anderen erwartet.

»Was gibt's denn da zu glotzen?«, fuhr ihn Maria an.

»Aber …«, murmelte Geert und musste sich setzen. »Er ist dein Onkel!«

»Wir sind nicht blutsverwandt.«

»Aber er ist der Mann deiner Tante.«

»Was geht dich das überhaupt an!« Die Schulzentochter setzte sich nun ebenfalls, ohne zu bemerken, dass ihr Umhang noch auf dem Stuhl lag. »Ich bin nicht gekommen, um dich nach deiner Meinung zu fragen oder um Erlaubnis zu bitten. Das hat dich nicht zu kümmern! Ich will nur wissen, was du mit ihm angestellt hast. Es war doch kein Zufall, dass du am Samstag an der Mühle warst. Wo ist Guus? Nun rede schon, Kerl!«

Geert begriff, wie verzweifelt Maria sein musste. Dass sie einem völlig Fremden eingestand, ein Verhältnis mit dem Mann ihrer Tante zu haben, war so unerhört, dass der Molenkötter keine Worte dafür fand. Auch dass sie ihn derart rabiat anging, verstand er, es sollte von den eigenen Verfehlungen ablenken. Angriff als Verteidigung. Doch warum sie so felsenfest glaubte, Geert könne etwas mit dem Verschwinden des Haermöllers zu tun haben oder etwas über sein Verbleib wissen, das wollte ihm nicht in den Kopf. Er sah sie nur an, zuckte mit den Schultern und schüttelte dann den Kopf.

»Du hast ihn umgebracht!«, schrie Maria plötzlich. Sie riss die Augen auf und schaute drein, als wolle sie sich jeden Moment auf den Molenkötter stürzen.

»Ich habe Guus nicht gesehen«, erwiderte Geert, hob abwehrend die Hände und bemühte sich, ruhig und gefasst zu bleiben. »Das musst du mir glauben, Maria. Ich bin ihm am Samstag nicht begegnet. Nicht an der Mühle und auch sonst nirgendwo. Was mit Guus geschehen ist, vermag ich nicht zu sagen.« Nach einer kurzen Pause setzte er hinzu: »Warum sollte ich ihn töten?«

»Du hast es schon einmal versucht«, antwortete Maria und schob eine Haarsträhne, die ihr ins Gesicht gefallen war, wieder unter die Haube. »Mit dem Messer bist du auf ihn losgegangen. Das weiß doch jeder! Und jetzt hast du vollendet, was du damals nicht geschafft hast. Er war dir ein Dorn im Auge. Du bist ein Mörder, Molenkötter!«

Maria hatte keine Ahnung, wie sehr ihre Worte der Wahrheit entsprachen und wie fürchterlich sie sich zugleich irrte. Ja, Geert war ein Mörder! Ja, er hatte den holländischen Müller mit dem Messer angegriffen! Aber nein, er hatte ihn nicht getötet. Damals nicht und diesmal ebensowenig. Oft hatte er ihm den Tod gewünscht, dem Müller, dem Schulzen, ja selbst Euphemia, denn er machte sie für sein Elend verantwortlich. Aber er hatte es nicht getan.

»Das ist eine Ewigkeit her«, murmelte Geert und schüttelte erneut den Kopf.

»Du wolltest ihn umbringen«, beharrte die Schulzentochter.

Geert nickte und starrte auf die Tischplatte.

»Und vorher hast du deine Frau ...« Maria verstummte plötzlich.

Als Geert aufschaute, erkannte er, dass die Johannvaterin erschrocken zur Tür blickte. Dort stand Ambros, sein linkes Auge war vollständig zugeschwollen und von der Farbe einer reifen Pflaume, der Dreck in seinem Gesicht war von den Tränen verwischt, und an dem Zittern seiner Lippen konnte Geert erkennen, dass der Junge nur mit Mühe einen erneuten Weinkrampf unterdrückte.

Ambros starrte seine Vater an und wiederholte die Worte der Johannvaterin: »Und vorher hast du deine Frau ...«

»Nein, das habe ich nicht«, sagte der Molenkötter.

»Nicht vor dem Jungen«, unterbrach ihn die Schulzentochter und legte den Zeigefinger auf die Lippen.

»Doch!«, beharrte Geert. »Gerade vor dem Jungen! Er soll es erfahren.« Er stand auf, ging zu seinem Sohn, fasste ihn an der Schulter und führte ihn zum Tisch: »Setz dich, Ambros! Ich werde dir die Wahrheit über deine Mutter sagen.«

»Euphemia«, murmelte der Junge.

Geert nickte und lächelte traurig. Dann begann er seine Erzählung.

Als Geert Vortkamp zu Beginn des Jahres 1524 als neuer Kolkmüller nach Ahlbeck kam, war er ein junger Mann von Anfang zwanzig. In seinem bisherigen Leben war er noch nie wirklich sesshaft gewesen, hatte es selten länger als ein oder zwei Jahre am selben Fleck ausgehalten. Als Müllerbursche war er seit seinem zwölften Lebensjahr durch die deutschen Lande gezogen, war mit den Jahren zum Altgesellen aufgestiegen, hatte jedoch jedes Mal die Flucht ergriffen, wenn ihn die Langeweile überkam oder ihm eine unansehnliche Müllerstochter das Ochsenjoch der Ehe aufzwingen wollte, nur weil er ihr unter den Rock gekrochen war. In seinem Fach, als Müller, konnte ihm kaum jemand das Wasser reichen. Mit Getreide, Schrot und Mehl kannte er sich aus wie kein Zweiter, und zumeist waren es die Meister, die den Gesellen um Rat baten. Frauen jedoch waren für Geert fremde, unbegreifliche Wesen, und als Mann war er unstet wie ein Hundefloh.

Die Erbpacht der Ahlbecker Kolkmühle hatte er durch die Vermittlung eines Freundes seines verstorbenen Vaters erhalten, der zugleich ein enger Vertrauter des Altheimer Drosten war. Wie Geert von seinem Fürsprecher erfuhr, hatte Ludolph von Altheim nur mit Magengrimmen zugestimmt und dem jungen Vortkamp den Pachtvertrag unter der Bedingung angeboten, dass er nicht länger als Junggeselle daherleben solle. Zwar sei das Müllerhandwerk nicht zunftgebunden, doch ein Meister müsse neben einem guten Leumund auch über sittlich-moralische Eignung verfügen; dies gelte im Besonderen für eine Mühle des Bischofs. Binnen eines Jahres müsse der Kolkmüller also verheiratet sein, sonst sei der Kontrakt null und nichtig.

Dies war eine so günstige und zugleich unerwartete Gelegenheit, dass sie sich nicht einmal ein Tunichtgut wie Geert Vortkamp entgehen lassen konnte. Gebürtig stammte er aus dem westfälischen Dorf Ostwick, kannte sich also in der Gegend und mit dem hiesigen Menschenschlag aus, und vielleicht war es tatsächlich an der Zeit, den Wanderstab beiseite zu legen und eine Familie zu gründen.

An heiratswilligen Frauen und Mädchen mangelte es in Ahlbeck nicht; auf jedem Hof lebten einige Unglückliche, die es aus der gottbefohlenen Knechtschaft als Tochter oder Schwester zu befreien galt, um sie in die nicht minder gottgefällige Knechtschaft der Ehe zu führen. Ebenso groß war die Zahl der Väter, die ihre oft unerwünschten weiblichen Nachkömmlinge mit möglichst geringer Mitgift unter die Haube bringen und vom elterlichen Hof schaffen wollten.

Auch Lubbert Gerwing, der Ahlbecker Schulze und bäuerliche Dorfvorsteher, war auf der Suche nach einem Bräutigam. Seine Schwester Annelies, eine alte Jungfer von beinahe dreißig Jahren, war durch die Natur nicht eben mit Nachsicht behandelt worden. Sie war blind wie ein Maulwurf, hatte die Nase eines Raubvogels und die feuerrote Haarpracht einer leibhaftigen Hexe. Ein wahrhaft hässliches Weibsbild! Außerdem galt sie als zänkisch und jähzornig, was übrigens auf beinahe jedes Mitglied der Schulzenfamilie zutraf. Diese Xanthippe an den Mann zu bringen war selbst für einen wohlhabenden Grundherrn wie Gerwing eine Herkulesaufgabe. Nachdem verschiedene wohlangesehene Landeigner und selbst einfache Zunfthandwerker bedauernd mit dem Kopf geschüttelt hatten, war dem Schulzen nichts anderes übrig geblieben, als seine Schwester einem Zunftlosen und Unehrlichen anzubieten. Gerwing hatte von der Bedingung des Drosten und dem Heiratszwang des Müllers erfahren und beschlossen, Geert Vortkamp solle Annelies zur Frau bekommen, selbst wenn der Schulze ein Vermögen dafür auf den Tisch legen müsse und seine Schwester (wie zu erwarten stand) zur tobenden Furie würde. Annelies musste aus dem Haus!

An dem Tag, an dem der Schulze ihm seine Schwester vorstellen und einen bereits aufgesetzten Vertrag unterschreiben lassen wollte, begegnete Geert einer jungen Magd, deren Anblick dem jungen Müller den Atem nahm und das Herz rasen ließ. Noch nie hatte Geert eine solche Schönheit gesehen; er konnte nicht sagen, ob es die blonden Locken, die hellblauen Augen, die rötlichen Pausbacken oder das niedliche Kinn waren, die ihn derart betörten, doch in dem Moment, da er ihr in der Stube des Schulzen gegenüberstand, wusste er, dass er sein Eheweib gefunden hatte. Er war wie behext. Sein ganzes Leben lang hatte er auf diese Frau gewartet; dessen war er sich sicher, als er ihr einen »Guten Tag« wünschte und sie mit einem stummen Lächeln antwortete.

Euphemia Sudema war siebzehn Jahre alt und arbeitete erst seit wenigen Wochen als Hausmagd auf dem Schulzenhof. Sie war die Tochter eines friesischen Laienpredigers, der während seiner missionarischen Wanderschaft ausgerechnet in Ahlbeck das Zeitliche gesegnet hatte und in einer hinteren Ecke des hiesigen Friedhofs begraben lag. Während Geert mit dem Brookbauern am Tisch saß und die Höhe der Mitgift und die Vorzüge der bei dem Gespräch nicht anwesenden Braut verhandelte, hatte er nur Augen für die hübsche Magd, die das Essen und die Getränke reichte und jeden zufälligen Blickkontakt beinahe erschrocken quittierte.

Im Nachhinein hätte Geert nicht mit Bestimmtheit sagen können, worüber er mit dem Schulzen geredet und ob er in irgendetwas eingewilligt hatte. Aber als Lubbert Gerwing dem Kolkmüller die Feder zur Unterzeichnung des Kontrakts reichte, sprang Geert plötzlich auf, stammelte einige undeutliche Worte, denen man entnehmen konnte, er müsse sich die Sache noch einmal durch den Kopf gehen lassen, und verließ fast fluchtartig den Hof. Das war zwar äußerst unhöflich und in finanzieller Hinsicht mehr als dumm, aber er konnte nicht anders.

Noch am selben Abend schlich er sich heimlich zum Brookbauern zurück, wartete an der Holzbrücke darauf, dass die Magd das Haus verließ und sich zum Schlafen ins Gesindehaus begab, und erklärte Euphemia, als sie schließlich lange nach Einbruch der Dunkelheit erschien, dass er seines Lebens nicht mehr froh würde, wenn sie nicht augenblicklich einwilligte, seine Gemahlin zu werden. Er habe sich auf den ersten Blick in sie verliebt, er brauche sie, er vergöttere sie. Kurz, sie seien schon so gut wie verheiratet.

Euphemia schaute ihn ängstlich und verstört an, sagte kein Wort und rannte ins Haus.

Als sie am nächsten Morgen in aller Herrgottsfrühe die Gesindestube verließ, stand Geert bereits vor der Tür. Er habe trotz eisiger Kälte unter der Brücke geschlafen und wolle dort so lange nächtigen, bis sie einwillige, ihn zu heiraten. Sein Benehmen war ihm selbst nicht geheuer; noch nie hatte er sich so gehen lassen, schon gar nicht wegen einer Frau, doch es lag nicht in seiner Gewalt, die Worte sprudelten nur so aus ihm heraus. Er werde Euphemia auf Händen tragen, ihr jeden Wunsch erfüllen, sie mit Geschenken überschütten und sie überhaupt zur glücklichsten Frau auf Erden machen. Sie müsse nur ja sagen.

Euphemia schwieg und biss sich auf die Lippen, an denen er mit den Augen hing, als entschieden sie über Leben und Tod. Sie sah müde und übernächtigt aus, hatte offensichtlich schlecht oder wenig geschlafen, doch schließlich lächelte sie. Nur kurz und zaghaft, aber sie lächelte. Und dann rannte sie abermals davon.

Zwei weitere Tage benötigte Geert, um eine Antwort auf seine bohrenden Fragen zu bekommen. Inzwischen war er längst zum Gespött des Gesindes geworden, die Knechte schüttelten abfällig die Köpfe über den liebestollen Gauch, die Mägde lachten über ihn, waren aber zugleich nicht wenig angetan von der Hartnäckigkeit dieses Burschen und seufzten beinahe sehnsüchtig. Auch dem Schulzen war das aufdringliche und für ihn doppelt beschämende Freien des jungen Müllers nicht entgangen. Dass Vortkamp die mit üppiger Mitgift ausgestattete Schwester des Bauern so schändlich verschmäht hatte und nun einer dahergelaufenen und mittellosen Friesin den Hof machte, brachte Gerwing zum Schäumen. Eines Nachmittags stand er mit der Armbrust vor Geert und drohte, ihm einen Bolzen in den Allerwertesten zu jagen, wenn er nicht auf der Stelle den Hof verlasse.

Mit gesenktem Kopf und schwindendem Mut schlich Geert von dannen. Doch am Abend desselben Tages stand Euphemia plötzlich vor der Kolkmühle, mit hochrotem Kopf und zittrigen Händen, und der Kolkmüller bekam seine lang ersehnte Antwort, die nur aus einem holländischen Wort bestand: »*Misschien.*«

Vielleicht! Das war kein Ja, aber auch kein Nein.

Bevor er sich jedoch über diesen bescheidenen Erfolg freuen konnte, trat ein unerwarteter Nebenbuhler auf den Plan. Guus ter Haer, der Pächter der Windmühle auf der anderen Seite der Landwehr, machte Ansprüche auf die junge Friesin geltend. Wie sich herausstellte, hatte Euphemia nach dem plötzlichen Tod ihres Vaters die Nähe des Holländers gesucht und ihm erlaubt, sie Anfang des Jahres zum Dreikönigsfest zu begleiten. Vermutlich hatte sie jemanden gebraucht, dessen Sprache ihr vertraut war und in dessen Gegenwart sie sich nicht so fremd und allein fühlte. Zwar sei nichts weiter geschehen, das musste auch ter Haer zugeben, auch ein Ehepfand war nicht ausgetauscht worden, aber immerhin hätten sie miteinander getanzt und sich an den Händen gehalten, und das war für Guus Grund genug, Euphemia seine Zukünftige zu nennen. Geert solle seine *verloofde* in Ruhe lassen, sonst könne er für nichts garantieren.

Guus ter Haer und Geert Vortkamp waren in vielerlei Hinsicht von ähnlichem Schlag. Sie übten dasselbe Handwerk aus, waren etwa gleichaltrig und hatten erst vor kurzem die Pacht ihrer jeweiligen Mühle übernommen. Guus' Vater war im Herbst gestorben und hatte seinem einzigen Sohn die Windmühle, die seit ihrer Errichtung vor fünfzig Jahren im Familienbesitz war, vererbt. Wie der Kolkmüller war auch der Haermöller noch unverheiratet und auf Brautschau. Auch hinsichtlich ihres Wesens wirkten sie mitunter wie Zwillinge, sie waren aufbrausend und dickköpfig, gingen keinem Händel aus dem Weg und verhielten sich wie Platzhirsche während der Brunft.

Nachdem sie sich mit Fäusten bearbeitet und die Nasen blutig geschlagen hatten, ohne einen eindeutigen Sieger ermitteln zu können, schlug Geert vor, man solle die Entscheidung Euphemia überlassen. Dieses Ansinnen hielt Guus für unnötig, da er ja bereits mit ihr verlobt und die Entscheidung daher längst gefallen sei, doch im sicheren Gefühl des Sieges und da er sich nicht dem Verdacht der Feigheit aussetzen wollte, willigte er ein. Euphemia solle entscheiden!

Das Ende das Liedes war für den Niederländer ein überraschender und demütigender Schlag ins Gesicht. Euphemia gab dem überglücklichen Kolkmüller nach anfänglichem Zögern ihr Jawort, vor Zeugen nahmen sie sich in der Mühle das Eheversprechen ab, und Euphemia bestand darauf, das Bündnis anschließend durch einen Geistlichen einsegnen zu lassen. Dies war zwar nicht zwingend vorgeschrieben, doch ohne Gottes Segen wollte die neue Kolkmüllerin nicht in die Ehe gehen. Als Ehepfand erhielt sie von ihrem Mann ein besticktes Taschentuch, das einst Geerts Mutter gehört hatte.

Guus ter Haer entschädigte sich für die erlittene Schmach, indem er nur kurz darauf die vakante Schulzenschwester ehelichte und seinen Namen unter den Vertrag setzte, der eigentlich für seinen deutschen Rivalen vorgesehen war. Wenn er schon nicht die Frau heiratete, die ihm zusagte, so wollte er sich wenigstens fürstlich dafür entlohnen lassen. Und Euphemia war ja nicht »aus der Welt«, wie er dem Kolkmüller hasserfüllt zuraunte. Geert solle gut auf seine Frau Acht geben, dass sie ihm nicht auf Abwege komme!

Zwei Ehen wurden in diesem Jahr 1524 geschlossen. Und die Feindschaft zweier Familien war fortan besiegelt.

Sechstes Kapitel

Handelt von rasender Eifersucht und einer Totgesagten

Für Ambros war es ebenso ungewohnt wie verstörend, den Vater von der Mutter sprechen zu hören. Zum ersten Mal erfuhr der Junge den Mädchennamen seiner Mama: Sudema. Ein seltsamer Name, fand Ambros, aber vielleicht hießen die Friesen alle so komisch. Und zum ersten Mal nannte der Vater den Namen Euphemia, ohne daraufhin abrupt das Thema zu wechseln oder einen gotteslästerlichen Fluch hinterherzuschicken. Vor allem aber überraschte Ambros, wie liebevoll und mit welcher Bewunderung der Vater von seiner Frau sprach. Zwar versuchte er seine Gefühle zu verbergen, indem er seine Erzählung in spöttischem Tonfall vortrug und die eigenen Worte mitunter mit abfälligem Lachen begleitete, doch als er die hübsche Magd und sein hartnäckiges Freien um sie beschrieb, da standen ihm Tränen in den Augen. Ambros konnte es genau sehen, und auch der Schulzentochter schien dies nicht entgangen zu sein, denn sie legte für einen kurzen Moment ihre Hand auf die des Vaters, worauf dieser jedoch mit einem bösen Blick antwortete und seine Hände im Schoß vergrub.

Ambros hatte bislang immer gedacht, Geert Vortkamp habe seine Euphemia zutiefst verachtet und gehasst; nie hatte der Vater ein wohlmeinendes Wort über sie verloren, nie hatte er ein gutes Haar an ihr gelassen. Zwar waren sie verheiratet gewesen, doch das bedeutete natürlich nicht, dass sie sich gemocht, geschweige denn geliebt hatten. Ambros kannte eigentlich nur Ehepaare, die sich ohne Unterlass stritten und zankten. Manchmal schien es dem Jungen, als gäben die Menschen mit dem Jawort vor dem Altar zugleich ein Gelübde ab, sich fortan das Leben gegenseitig zur Hölle zu machen.

Während der Vater in seiner Erzählung fortfuhr, betrachtete Ambros die Schulzentochter, die aufmerksam den Worten folgte und unruhig auf ihrem Stuhl hin und her rutschte. Erst jetzt fragte sich Ambros, was Maria überhaupt hier zu suchen hatte. Wieso saß sie mitten in der Nacht im Molenkotten und ließ sich vom Vater dessen Leben erzählen? Ambros konnte sich nicht erinnern, dass sie jemals ein Wort mit dem Molenkötter gewechselt hatte. Wie oft hatte der Junge sich gewünscht, der Johannvaterin ganz nah zu sein und sie ungestört ansehen zu dürfen. In seinen Träumen war sie ihm manchmal erschienen, jedoch immer wie ein Luftwesen. Wie ein Engel, eine Heilige. Und nun saß sie ihm direkt gegenüber und schien gar nicht zu merken, dass er sie anstarrte.

Ein seltsamer und ungeheuerlicher Gedanke kam ihm mit einem Mal, und sein Blick wanderte zwischen dem Vater und der Schulzentochter hin und her. Es war unsinnig und ganz undenkbar, das wusste er, aber ein Gefühl der Eifersucht schlich sich bei ihm ein. Es war nicht recht, dass Maria hier saß und die geheimsten Dinge über Euphemia erfuhr. Es war nicht statthaft, dass der Vater ihr gegenüber sein Herz ausschüttete. Und als habe Geert Vortkamp die Gedanken seines Sohnes gelesen, berichtete er von dem Übel, das aus der Eifersucht entstehen kann.

Das erste Jahr ihrer Ehe erschien dem neuen Kolkmüller wie der Himmel auf Erden. Zwar erwies sich die Arbeit als überaus anstrengend, zeitraubend und schweißtreibend, und manches war ungewohnt und fremd, aber der Herr in seiner eigenen Mühle zu sein war für Geert ein erhebendes Gefühl.

Auch seiner Frau schien es in der Kolkmühle zu gefallen. Sie redete immer noch nicht viel, betete dafür umso mehr, wie sie es von ihrem verstorbenen Vater gelernt hatte. Geert bedachte die

Frömmigkeit seiner Gattin mit einem abfälligen Grinsen oder Achselzucken, doch über seine hübsche Euphemia konnte er sich zunächst nicht beklagen. Sie schleppte die Mehlsäcke wie ein Mann, beschwerte sich nicht über Lärm und Staub, hielt die Mühle peinlichst sauber, damit sie sich nicht selbst entzündete und in die Luft flog, und die Müllerin beklagte sich auch nicht, wenn sie beim Schleifen der Mühlsteine helfen musste und sich die Quarzsplitter in ihre Handschwielen bohrten.

Die Arbeit war in der ersten Zeit auch deshalb so mühsam, weil Geert in Ahlbeck keinen Müllerburschen fand, der ihm dauerhaft zur Hand gehen wollte. Verantwortlich dafür war der Brookbauer, der alles in seiner Macht Stehende unternahm, dem in seinen Augen verräterischen Kolkmüller und der undankbaren Magd das Leben und die Arbeit schwer zu machen. Gerwing verbot den Söhnen seiner Kötter, sich als Müllerburschen anheuern zu lassen, sodass Geert auf die Hilfe fahrender Gesellen angewiesen war, die sich jedoch selten und stets nur für kurze Zeit in diesen abgelegenen Teil des Reiches verirrten. Der Schulze war es auch, der seine Bauern dazu anhielt, ihr Korn in der niederländischen Windmühle mahlen zu lassen. Die Banngesetze verboten dies eigentlich, doch in Ahlbeck trug das Gesetz den Namen des Schulzen. Und viele Kötter nahmen die Strapazen des längeren Weges knurrend auf sich, um Lubbert Gerwing keine Gelegenheit zu geben, seinen Jähzorn an ihnen auszulassen.

Trotz dieser Ärgernisse und Widrigkeiten war es für Geert und seine Frau eine glückliche Zeit. Tatsächlich las der Müller seiner Liebsten beinahe jeden Wunsch von den Lippen ab, was umso nötiger war, da sie ihre Lippen selten auseinander brachte und lächelnd, aber schweigsam ihrem Tagwerk nachging. Geert war so stolz auf seine Frau, war so froh, sie sein Eigen nennen zu können, dass es ihm manchmal unheimlich vorkam. Und als Euphemia ihm im Frühjahr mitteilte, sie sei in anderen Umständen, da dankte auch Geert dem gnädigen Herrgott, dem er bislang wenig Aufmerksamkeit geschenkt hatte.

Ambros kam in der Nacht nach dem Nikolausfest zur Welt, am Tag des heiligen Ambrosius, dem er auch seinen Namen verdankte. Geert konnte sein Glück kaum fassen, war als Vater ebenso stolz, wie er es als Gatte bereits gewesen war. Ein prächtiger Junge, ein Stammhalter! Doch mit der Geburt des Sohnes drehte sich das Rad der Fortuna, und Unglück und Verderben zogen in die Kolkmühle ein.

Eigentlich hatte sich die Veränderung schon sehr viel früher angekündigt, aber Geert hatte sie nicht als solche erkannt, und Euphemia hatte gute Gründe für ihr Verhalten vorgebracht. Nachdem einwandfrei feststand, dass sie ein Kind unter dem Herzen trug, gestattete sie ihrem Gatten nicht mehr, bei ihr zu liegen. Wenn er sich ihr näherte und sie unkeusch berührte, dann zuckte sie zusammen und stieß ihn unwirsch von sich. Geert solle sich nicht versündigen, rief sie empört. Ob er etwa beabsichtige, das ungeborene Kind zu beflecken? Gott habe den Menschen aufgetragen, fruchtbar zu sein und sich zu vermehren, aber es sei ebenso göttliches Gebot, die Wollust zu zügeln, wenn sie nicht der Zeugung von Nachkommen diene. Da Euphemia bereits ein Kind erwarte, sei es eine Sünde, den geschlechtlichen Trieben nachzugeben.

Geert vermochte dem erstaunlichen Redeschwall seiner Gattin wenig entgegenzusetzen. Er verstand ihre Beweggründe und achtete ihre religiösen Vorstellungen und Gebote, doch insgeheim verzehrte er sich nach ihr und fieberte der Geburt auch aus anderen als den nahe liegenden väterlichen Gründen entgegen.

Umso enttäuschter und entsetzter war Geert, als Euphemia ihn nach Ambros' Geburt weiterhin von sich fern hielt. Der Körper einer Mutter sei ein heiliger, von Gott geweihter Tempel, und solange sie dem Kind die Brust gebe, sei es für sie undenkbar, sich ihrem Gatten hinzugeben. Außerdem sei eine Frau während der Stillzeit nicht fruchtbar; sie könne demnach keine Kinder empfangen und wolle bis auf Weiteres in gottgefälliger Keuschheit leben.

Geert musste ernüchtert feststellen, dass seine Gattin keinerlei eigenen Drang verspürte, sich mit ihm zu vereinigen. Das Beiliegen empfand sie als Sünde, die von Gott nur geduldet wurde, damit der Mensch sich fortpflanze. Jeder leidenschaftliche oder auch nur sinnenfrohe Gedanke schien Euphemia fremd zu sein. Sie wollte ihrem Mann jede erdenkliche Hilfe und eine treue Gefährtin sein, das versprach sie, doch im ehelichen Bett war sie ihm kein Trost.

Je länger der Zustand seiner Abstinenz dauerte, desto unwirscher und verständnisloser reagierte Geert auf die wiederholten Zurückweisungen. Er forderte Liebesdienste ein, redete von ehelichen Pflichten, drohte ihr mit anderen Frauen, blätterte sogar in der Bibel, um seine Gattin mit den eigenen Waffen schlagen zu können. In der Heiligen Schrift fand er allerlei Hinweise darauf, dass Frauen ihren Männern zu gehorchen hätten, doch Euphemia ließ sich nicht erweichen, reagierte zunehmend störrisch und verstockt. Sie war eben doch eine verdammte Friesin, dachte Geert mitunter, stur und dickköpfig. Diesen Eigensinn galt es zu brechen. Immerhin war er der Herr im Haus! Und so nahm er sie eines Nachts, nachdem er in der Lindenschänke über Gebühr gezecht hatte, mit Gewalt.

Euphemia ließ es wort- und wehrlos über sich ergehen, wandte sich anschließend ab und sagte unter Tränen: »Du bist keinen Deut besser als der Schulzenbauer.«

Der Müller, durchaus schuldbewusst und beileibe nicht so befriedigt, wie er es sich gewünscht hatte, fuhr zusammen und forderte eine Erklärung, die ihm seine Frau erst nach Androhung von Prügel gab.

»Du weißt doch, wie es auf den Höfen zugeht«, sagte sie mit versteinerter Miene und starrte zur Decke. »Der Bauer nimmt sich von alters her das Recht, jede Magd auf dem Hof zu besteigen, ob sie das nun will oder nicht. Er ist der Herr im Haus.« Auf holländisch setzte sie hinzu: *»De boer is de baas.«*

Geert sah seine Frau entgeistert an.

»Was glaubst du, warum er mich nach Vaters Tod zu sich auf

den Hof geholt hat?«, fuhr sie unbeirrt und ohne ihren Gatten anzuschauen fort. »Aus Mitleid? Pah! So was ist dem Schulzen fremd. Eine mittellose Waise kann sein Herz nicht erweichen, aber ein hübsches Weibsbild hat er gern unter seinem Dach. Und erst recht unter seiner Bettdecke.« Sie wischte sich die Tränen von den Wangen und setzte, mit Blick auf ihren Mann, hinzu: »Lumpenpack, alle miteinander!«

Geert konnte und wollte nicht fassen, was er gerade vernommen hatte. Lubbert Gerwing hatte seine Frau geschändet, ihr die Ehre und Unschuld genommen! Zwar war sie damals noch nicht seine Frau gewesen, doch das änderte nichts an der Tatsache. In seiner ersten Rage sprang Geert aus dem Bett und wollte auf der Stelle zum Schulzenhof, um Gerwing zur Rede zu stellen. Doch Euphemia hielt ihn zurück. Der Schulze habe schließlich nur das getan, was alle Bauern seit jeher mit ihren Mägden trieben. So seien die Männer! Vermutlich habe Geert während seiner Wanderjahre ebenfalls etliche unschuldige Mädchen ins Unglück gestürzt. Es sei eben eine sündige Welt, die nach Gottes Wiederkunft unwiderruflich dem Untergang geweiht sei; deshalb sei es umso nötiger, sich von allem Schmutz zu befreien und nach Gottes Wort zu leben. Außerdem müsse Geert dem Schulzen in gewisser Weise sogar dankbar sein, denn wenn sich der Bauer nicht an ihr vergangen hätte, hätte Euphemia vermutlich nicht so rasch und freudig in die Heirat eingewilligt. Die Ehe habe sie von den Nachstellungen durch den Schulzen befreit, und dafür sei sie ihrem Mann dankbar. Aber vielleicht, setzte sie mit eisiger Miene hinzu, sei es ein Fehler gewesen, den deutschen und nicht den holländischen Müller zum Gatten zu nehmen.

Ambros fuhr zusammen, als die Schulzentochter neben ihm plötzlich aufsprang und mit der Faust auf den Tisch schlug. »Lüge!«, rief sie empört. »Du bist ein verdammter Lügner, Molenkötter!«

Der Vater schien wie aus einem Traum aufzuwachen und zunächst gar nicht zu begreifen, wo er sich befand. Er schaute Maria erstaunt an, zog die Stirn kraus, schüttelte schließlich den Kopf und sagte: »Ich wünschte, es wäre so.«

»Du tust ja so, als sei mein Vater ein liederlicher Lump und Hurenbock«, empörte sich die Johannvaterin. »Deine schamlosen Unterstellungen sind eine Frechheit. Alles gelogen!« Sie deutete auf Ambros, als wolle sie ihn vor den Worten des Vaters in Schutz nehmen. »Das kann ich nicht dulden!«

»Niemand zwingt dich zu bleiben«, antwortete der Vater ungerührt und wandte sich an Ambros. »Willst du es wissen, oder soll ich aufhören?«

Ambros wusste nicht, was er wollte. Er ahnte, dass das, was er nun zu hören bekäme, schmerzhaft und womöglich unerträglich sein würde. Schon das bisher Gehörte hatte ihn verwirrt und bekümmert, auch wenn er nicht alles verstanden hatte. Vor allem die Tatsache, dass seine Geburt die Wende zum Unguten eingeleitet hatte, war dem Jungen wie eine Gemeinheit vorgekommen. Was konnte denn Ambros dafür, dass er auf die Welt gekommen war! Vielleicht war das die Erbsünde, von der in der Kirche so oft die Rede war. Ambros fand das ungerecht und hätte den Vater am liebsten unterbrochen, doch er hatte nichts dergleichen getan und weiter gebannt zugehört, obwohl es draußen bereits dämmerte und die Müdigkeit an ihm nagte. Vor die Wahl gestellt, die bittere Wahrheit zu erfahren oder unwissend zu bleiben, entschied er sich für Ersteres. Ja, er wollte wissen, was mit seiner Mutter geschehen und wieso der Vater mit dem Messer auf den Haermöller losgegangen war. Also nickte er und sagte: »Weiter!«

»Ich will keine dreckigen Lügen mehr über Guus und meinen Vater hören«, unternahm die Schulzentochter einen letzten Versuch, den Molenkötter zu unterbrechen. »Niemand verlangt von dir, in der Vergangenheit zu kramen. Erklär mir lieber, was letzten Samstag geschehen ist! Nur das ist jetzt wichtig.«

»Alles der Reihe nach«, erwiderte der Vater knapp. »Also setz dich oder geh!«

Maria zögerte, stand einen Augenblick ratlos da, ihre Lippen bebten, dann hockte sie sich wieder an den Tisch, und der Vater fuhr in seiner Erzählung fort.

Mit ihrer Bemerkung, sie wisse nicht, ob sie nicht besser den holländischen Müller geheiratet hätte, hatte Euphemia Feuer an eine Lunte gelegt, von der Geert bis dahin nicht gewusst hatte, dass sie überhaupt existierte. Er war noch nie eifersüchtig gewesen, hatte bislang keinerlei Anlass dazu gehabt. Stets war er es gewesen, der den anderen Kerlen die Hörner aufgesetzt und sie zum Hahnrei gemacht hatte. Doch nun spürte er, wie sich ihm die Kehle zuschnürte und das Herz pochte, wenn er an Euphemia dachte. Vergeblich versuchte er, sich diese Vorstellung aus dem Kopf zu schlagen (und er tat das durchaus im wörtlichen Sinne), doch er wurde das Bild nicht los: Euphemia und ein anderer Mann!

Es war zum Verrücktwerden. Dass sie vom Schulzen wie eine Dirne genommen und entehrt worden war, konnte Geert ihr natürlich nicht vorwerfen, und doch störte es ihn. Es machte ihn rasend. Ebenso undenkbar war es, Gerwing zur Rede zu stellen oder ihn gar für seine Tat belangen zu wollen; das hatte Euphemia ganz richtig bemerkt. Viele Bauern vergingen sich an ihren Mägden, und niemand störte sich daran, nicht einmal die Bäuerinnen, zumindest nicht öffentlich. Es wurde stillschweigend darüber hinweggesehen, und wenn die Mägde anschließend mit dicken Bäuchen umherliefen und vaterlose Bastarde in die Welt setzten, dann wuchsen die Halblinge ganz selbstverständlich auf den Höfen auf und vermehrten das Gesinde. Auf ein paar Bälger mehr oder weniger kam es nicht an.

Dass Ambros Geerts Sohn war, daran konnte glücklicherweise kein Zweifel bestehen. Er war im Heiligen Monat und damit beinahe ein Jahr nach der Hochzeit geboren. Nein, es war nicht der Schulze, auf den Geert eifersüchtig war, sondern Guus ter Haer.

Immer wieder musste er daran denken, was der Haermöller ihm einst zugeraunt hatte: er solle gut auf seine Frau Acht geben, dass sie nicht auf Abwege komme! Natürlich hatte Guus dies nur aus

Verärgerung gesagt, es war nichts weiter als verbales Gepolter eines in seiner Eitelkeit gekränkten Mannes gewesen. Und doch beschäftigte es den Kolkmüller mehr, als ihm lieb war. Bereute es Euphemia etwa, ihn geheiratet zu haben? Zog es sie insgeheim zu ihrem ehemaligen Verehrer?

Nach außen hin normalisierte sich die Beziehung zwischen Geert und seiner Frau bald wieder. Er ließ Euphemia in den meisten Dingen ihren Willen, verlor kein Wort über das, was sie in jener Nacht gesagt hatte, entschuldigte sich sogar für seine Grobheiten (was ihn sichtlich Überwindung kostete) und tat alles Erdenkliche, damit sie ihm nicht länger zürnte. Der kleine Ambros wuchs heran, wurde von der Mutterbrust entwöhnt und einer Amme übergeben, und Euphemia war fortan wieder offen für die körperlichen Zuwendungen ihres Gatten. Zwar ließ sie den Liebesakt eher gottergeben über sich ergehen, als dass sie ihn genoss, aber immerhin stieß sie ihren Mann nicht länger von sich. Eigentlich war alles wie zuvor, doch in Geert war etwas entzwei gegangen. Ein böser Dämon hatte sich seiner bemächtigt; er mochte vorerst besänftigt sein, war aber keineswegs endgültig besiegt. Und es bedurfte nur eines belanglosen Anlasses, diesen Dämon aufzuscheuchen.

Als Euphemia gesagt hatte, der Schulzenbauer habe sie nur auf seinen Hof geholt, um ein hübsches Weibsbild unter seinem Dach zu haben, war dies durchaus richtig gewesen, dennoch entsprach es nur der halben Wahrheit. Ebenso ausschlaggebend wie die Wollust des Schulzen war der Wunsch seiner Frau gewesen, die Tochter des friesischen Wanderpredigers in ihrer Nähe zu haben. Josefa Gerwing war eine sehr gottesfürchtige und fromme Frau und hatte, als sie von der Ankunft des Predigers Jeroen Sudema erfahren hatte, nach ihm gesandt und ihn samt seiner Tochter auf dem Schulzenhof nächtigen lassen. Nach dem unerwarteten Tod des Predigers (der einem plötzlichen Stickfluss erlegen und röchelnd auf der Tenne gestorben war) hatte sie ihren Mann gebeten, die verwaiste Tochter bei sich aufzunehmen. Ein Wunsch, dem Lubbert Gerwing nicht ungern nachkam.

Der Grund für die besondere Frömmigkeit der Schulzin war in Ahlbeck wohl bekannt. Seit Marias Geburt im Jahre 1519 war Josefa Gerwing mehrmals in anderen Umständen gewesen, aber keines der Kinder hatte die Schwangerschaft überlebt, alle waren sie vorzeitig und tot auf die Welt gekommen. Trotz der Behandlung durch den Wundarzt Johannvater und der heilenden Kräuter, die sich die kundige Josefa selbst als Sud braute und verabreichte, hatte die Schulzin eine Fehlgeburt nach der anderen, und so wandte sie sich schließlich mit ihren Sorgen an den Herrgott im Himmel und an die Heiligen zu seinen Füßen. Sie unternahm Wallfahrten zum Marienbild von Telgte und pilgerte nach Aachen, um Heilung durch die dort ausgestellten Reliquien zu erbitten. Doch weder das Kleid Mariens, das Lendentuch Christi noch das Enthauptungstuch des heiligen Johannes brachten Besserung. Stets folgte eine weitere Totgeburt.

In Josefa Gerwing fand Euphemia, als die Zeit verging, eine Gleichgesinnte und mütterliche Freundin. Gemeinsam beteten sie am Sonntag nach dem Kirchgang und lasen sich aus der Bibel vor, die Euphemia von ihrem Vater geerbt hatte. Beinahe jede freie Stunde verbrachte die Kolkmüllerin schließlich bei der Schulzin; am heiligen Sonntag, dem einzigen Tag, an dem die bischöfliche Mühle stillstand, bekam Geert seine Frau kaum noch zu Gesicht, und auch an den Werktagen begab sich Euphemia nach Einbruch der Dunkelheit zum Schulzenhof, um Gott um Gnade anzuflehen.

Anfangs nahm der Kolkmüller das frömmelnde Gehabe seiner Frau gelassen hin, auch wenn es ihm nicht gefiel, dass der kleine Ambros immer häufiger bei der Amme abgegeben wurde, die bei ihnen im Mühlenhaus lebte und sich zugleich als Dienstmagd verdingte. Ihren eigenen Sohn schien Euphemia nicht halb so zu lieben wie den göttlichen Vater im Himmel und dessen gekreuzigten Sohn, und das schmerzte Geert, denn es war sein Sohn, den sie so offensichtlich vernachlässigte. Aus einigen Bemerkungen seiner Frau schloss er, dass sie es mitunter bereute, nach dem Tod ihres Vaters nicht ins Kloster gegangen zu sein, um sich ganz ihrem Glauben zu widmen.

Geert selbst machte sich wenig Gedanken über die Religion, natürlich glaubte er an Gott und alles, was in der Heiligen Schrift bezeugt war, aber von Gottes kirchlichen Vertretern auf Erden hielt er wenig bis gar nichts. Zum Gottesdienst ging er selten und unregelmäßig. Als Martin Luther vor einigen Jahren die Reformierung der Kirche angestrebt hatte, hatte Geert dies durchaus mit Wohlwollen und leiser Hoffnung betrachtet, doch inzwischen hatte auch der Wittenberger sein scheinheiliges Getue eingestellt und seine wahre hässliche Fratze gezeigt. Als im Frühjahr des Jahres 1525 die Bauern im Süden des Reiches aufstanden und sich gegen die Willkür der Grundherren und Oberen zur Wehr setzten, fiel Luther ihnen in den Rücken und beschimpfte sie aufs Übelste. Die Bauern müsse man wie tolle Hunde totschlagen und jeder sei ein Märtyrer vor Gott, der auf der Seite der Obrigkeit falle. Thomas Müntzer, der geistliche Anführer der Bauern, wurde hingerichtet, und Geert gab einem kleinen Holländerhund, den er von einem niederländischen Schäfer geschenkt bekommen hatte, den Namen des toten Bauernführers.

Für die Außenwelt schien die Ehe der Kolkmüller durchaus glücklich zu sein; niemand wusste etwas Gegenteiliges zu berichten, alles ging seinen gewohnten Gang. Doch der Dämon der Eifersucht schlummerte weiter in Geert, und im Sommer 1526, im dritten Jahr ihrer Ehe, wurde er endgültig geweckt.

Es war an einem heißen Abend im Erntemonat. Wieder einmal war Euphemia in der Dämmerung zum Schulzenhof gegangen, um mit Josefa eine Kerze zu Ehren des Tagesheiligen anzuzünden und aus dem Evangelium zu lesen. Geert hatte sich am frühen Abend mit seiner Frau gestritten und ihr Vorhaltungen gemacht. Statt der Schulzin dabei zu helfen, einen weiteren Gerwing in die Welt zu setzen, solle Euphemia lieber ihren eigenen ehelichen Pflichten nachkommen. Ambros sei nun schon anderthalb Jahre alt, und von einem zweiten Kind sei nichts in Sicht. Das sei ja auch kein Wunder, wenn Euphemia sich mit tot gebärenden Weibern umgebe. Vermutlich sei so was ansteckend. Türenschlagend hatte seine Frau daraufhin das Mühlenhaus verlassen. Und als sie nicht wie sonst nach einer Stunde zurückkehrte, folgte Geert ihr zum Brookbauern.

Als er auf dem Hessenweg angelangt war und gerade in den Hohlweg einbiegen wollte, hörte er Stimmen, die sich vom Schulzenhof näherten. Ein Mann sagte etwas, und ein Frauenlachen antwortete ihm. Geert erstarrte, als er erkannte, dass es sich bei der Frau um Euphemia und bei dem Mann um Guus ter Haer handelte. Für einen Moment schien es Geert so, als habe Guus seinen Arm um Euphemias Schulter gelegt, doch in der Dunkelheit war außer Schemen eigentlich nichts zu erkennen.

Als die beiden den Kolkmüller gewahrten, fuhren sie kurz zusammen, doch dann grüßte Euphemia ihren Mann, hakte sich bei ihm ein und erklärte, der Haermöller sei zufällig beim Schulzen gewesen und habe sich freundlicherweise erboten, sie nach Hause zu begleiten. Ja, fügte ter Haer mit einem Lachen hinzu, wenn der Kolkmüller nicht auf seine Frau Acht gebe, dann müsse es eben ein anderer tun.

Geert wusste nicht, ob dies eine bewusste Anspielung auf seine Worte von einst war, aber die Bemerkung des Holländers hatte eine gewaltige Wirkung auf ihn. Ab sofort würde Geert Acht geben, darauf konnte sich Guus verlassen.

Zwei Wochen später, am Bartholomäustag, fand die alljährliche Kirchweih auf dem Ahlbecker Dorfplatz statt. Aus Volksfesten machte sich Euphemia eigentlich wenig, doch sie hatte Josefa versprochen, ihr beim Verkauf der Kräuter und Gewürze behilflich zu sein.

Die Schulzin hatte einen kleinen Stand unter der alten Linde und beabsichtigte, den Erlös der Heilkräuter den Augustinerinnen zu spenden. Eine Verwandte der Schulzenbäuerin war Mutter Oberin im so genannten Niesing, einem Frauenkloster in Münster, und Josefa hatte es zur schönen Tradition werden lassen, sämtliche Gewinne ihres Kräutergewerbes den Niesing-Schwestern zukommen zu lassen.

So stand Euphemia also mit der Schulzin hinter dem Kräutertisch, während Geert sich bereits tagsüber betrank und seine Frau nicht aus den Augen ließ. Der Grund dafür war Guus ter Haer, der den Frauen behilflich war und ständig um den Stand der Schulzin herumschlich. Wie ein Marder vor einem Hühnerstall. Da Geert dem Haermöller nicht verbieten konnte, seiner Schwägerin zur Hand zu gehen, beobachtete er das Geschehen mit Argusaugen und bändigte seine Wut, indem er eifrig dem Bier und Wacholder zusprach.

Als mit Einbruch der Dunkelheit der Reigen auf der Tanzfläche eröffnet wurde, war Geert so betrunken, dass er sich kaum noch auf den Beinen halten konnte. Er trank sonst nur selten und stets in Maßen, und die sommerliche Hitze trug das ihre dazu bei, dass Geert bald doppelt sah und sich rauflustig unters Volk mischte. Er war auf Händel aus, das konnte man ihm ansehen, und die Bauern taten gut daran, dem Kolkmüller aus dem Weg zu gehen. Nach einiger Zeit bemerkte Geert, dass der Kräutertisch der beiden Frauen verwaist war. Panisch suchte er den Platz nach seiner Frau ab und traute seinen Augen nicht, als er Euphemia den Reigen tanzen sah. An ihrer Seite, seine dreckige Hand auf ihrem Rücken, der Haermöller!

»Lasst mich durch!«, brüllte Geert, und ehe sich ihm jemand in den Weg stellen konnte, hatte er sich bis zur Tanzfläche durchgeboxt und seine Frau am Ellbogen ergriffen. »Komm, Weib!«, schrie er sie an, und als ter Haer ihm besänftigend die Hand auf die Schulter legte und mit einem Scherz über die peinliche Situation hinwegspielen wollte, schlug er ihm ohne Vorwarnung die Faust ins Gesicht.

Der Haermöller, noch vollends nüchtern und von dem ungezielten Schlag nicht wirklich getroffen, vergalt Gleiches mit Gleichem und schickte den Kolkmüller mit einer strammen Rechten zu Boden. Binnen Sekunden verwandelte sich der Reigen in eine tosende Schlacht, die Frauen kreischten und flohen, die Männer fielen lärmend übereinander her. Und die Kirchweih nahm ein gewalttätiges und vorzeitiges Ende.

Als Geert am nächsten Morgen im Mühlenhaus aufwachte, hatte er nur eine blasse Erinnerung an die Vorgänge des vergangenen Abends. Er wusste nicht, wie und wann er nach Hause gekommen war, doch die Striemen und blauen Flecken auf seinem Körper sprachen eine deutliche Sprache. Alles tat ihm weh, seine Nase war auf doppelte Größe angeschwollen, ganze Haarbüschel fehlten auf seinem Kopf. Und Euphemia behandelte ihn wie einen Aussätzigen, redete nicht mit ihm, sah ihn nicht an, mied ihn.

Von nun an nahm das Unglück seinen Lauf, immer schneller und drastischer. Geert hatte einen Teufelskreis betreten und fand nicht mehr hinaus. Je abweisender und vorwurfsvoller sich Euphemia verhielt, desto bösartiger reagierte er. Immer öfter betrank er sich, und je mehr sie ihn deshalb schalt, desto ausfallender und rabiater wurde er. Einerseits beklagte er sich über sie, nannte sie ein undankbares Weib, das noch heute die Dirne des Schulzen wäre, wenn er sie nicht so selbstlos von ihm befreit hätte. Allen ginge es besser, wenn Euphemia nicht wäre. Sie solle doch zu dem verdammten Holländer gehen, niemand werde sie vermissen. Auf der anderen Seite wuchs seine Eifersucht im gleichen Maße wie seine Wut und sein Ärger. Wenn die Bauern beim Mahlen des Mehls harmlose Blicke auf die Müllerin warfen oder ein nettes Wort an sie richteten, explodierte Geert und drohte den Männern Schläge an. In der Lindenschänke, die er immer häufiger aufsuchte, reichte bereits ein unbedachtes Wort, um den Kolkmüller handgreiflich werden zu lassen.

Euphemia wandte sich Hilfe suchend an die Schulzin, doch außer einem gemeinsamen Gebet und dem Hinweis, der Herrgott habe den Frauen die Ehe als Prüfung ihrer Demut erdacht, konnte Josefa ihr nichts mit auf den Weg geben. Jeder habe sein Kreuz zu tragen, und erst das ewige Leben im Jenseits werde Euphemia für die Leiden auf Erden belohnen. Das sah Euphemia zwar ein, es tröstete sie jedoch nur bedingt und änderte nichts an ihrer misslichen Lage. Und so beging sie den bedauerlichen Fehler, sich mit der Bitte um Hilfe ausgerechnet an jenen Mann zu wenden, den Geert für sein vermeintliches Unglück verantwortlich machte. Wenn Guus ter Haer ihrem Mann erkläre, dass seine Eifersucht unbegründet sei, so die naive Vorstellung der Kolkmüllerin, dann müsse ihr Mann doch einsehen, dass er sich geirrt habe und dass alles ein dummes Missverständnis sei.

Tatsächlich entsprach der Haermöller der Bitte Euphemias, allerdings aus völlig anderen Gründen, als diese vermutete. Guus wusste, dass es Geert rasend machen würde, wenn er auf Geheiß der Kolkmüllerin an der Wassermühle als Vermittler im Ehestreit auftauchte. Geert würde außer sich geraten und alles nur noch schlimmer werden. So kam es, wie es kommen musste, die beiden Müller standen sich nach wenigen Minuten mit blanken Fäusten gegenüber, und Euphemia flehte ihren Mann an, diesen Unsinn zu lassen und sich endlich wie ein normaler Mensch zu benehmen.

Für Geert war das Auftauchen des Konkurrenten an der Mühle eine unerträgliche Demütigung, und auch wenn er sich im Faustkampf redlich und halbwegs erfolgreich schlug, so blieben die Verbitterung und die feste Überzeugung, seine Frau betrüge ihn mit dem Haermöller. Nur wer ein schlechtes Gewissen habe und überhaupt ein verkommenes Wesen sei, komme auf den absurden Gedanken, ausgerechnet den Liebhaber zu seinem Verteidiger zu machen. Dass es Euphemia gänzlich unähnlich sah, gegen gleich mehrere göttliche Gebote zu verstoßen und sich der Todsünde des Ehebruchs strafbar zu machen, kam Geert nicht in den Sinn. Er war längst über den Punkt hinaus, an dem ihm Vernunftsgründe zugänglich waren. Und als hätte es noch eines weiteren Beweises bedurft, ertappte er die beiden schließlich auf frischer Tat.

Es war im Holzmonat, die ersten Blätter färbten sich und fielen von den Bäumen, die immer noch kräftige Sonne des Altweibersommers ließ den Bruchwald in den schönsten Farben erstrahlen. Auch die Kolkmühle lag idyllisch da, wie geschaffen für einen niederländischen Bauernmaler. Doch im Inneren der Mühle war es finster und im Inneren des Müllers noch finsterer. Seine Frau betete für ihn, wenn sie abends in der Stube der Schulzin saß und die beiden Frauen ihr Unglück dem Herrgott klagten, doch mit Gebeten war Geert nicht mehr zu helfen. Wie ein Luchs lag er auf der Lauer, und je weniger er seiner Frau nachweisen konnte, umso mehr beklagte er die Gerissenheit und Hinterlist, mit der sie vorging.

An diesem Altweiberabend aber fand er endlich bestätigt, was er in seinem Herzen seit langem wusste. Wie schon häufig war er Euphemia heimlich zum Schulzenhof gefolgt, hatte sich hinter dem seitlich gelegenen Pferdestall versteckt und Ausschau gehalten, bislang vergeblich, doch an diesem Abend wurde er für seine Mühe belohnt. Kurz nach Sonnenuntergang näherte sich eine männliche Gestalt dem Schulzenhof, sie schlich leise und in geduckter Haltung zum Haus und kauerte unter dem Fenster der Stube, in dem die Frauen beteten. Als der Mann seinen Kopf hob und Licht auf sein Gesicht fiel, erkannte Geert den Haermöller. Er schien auf etwas zu warten, schaute vorsichtig durchs Fenster, nickte dann und machte ein Handzeichen, das Geert unverständlich blieb. Dann verließ Guus seinen Platz unter dem Fenster und verschwand hinter dem Haus in der Dunkelheit.

Kurze Zeit später, offensichtlich durch den Wink ihres Liebhabers herbeigelockt, erschien Euphemia auf dem Hof, doch statt dem Haermöller folgen zu können, sah sie Geert vor sich, vor Wut schäumend und nicht in der Lage, ein verständliches Wort herauszubringen. Ohne Vorwarnung schlug er seiner Frau ins Gesicht, dann noch einmal und noch einmal. Es war das erste Mal, dass er Hand an sie legte, und die Überraschung war für Euphemia so groß, dass sie keinen Ton von sich gab und die Hand nicht schützend vors Gesicht hielt. Wie ein Tier scheuchte Geert seine Frau zurück zur Mühle, und von Stund an verbot er ihr, den Schulzenhof zu betreten oder mit irgendjemanden aus der Schulzenfamilie ein Wort zu wechseln.

»Was habe ich denn getan?«, wollte Euphemia wissen.

»Hure!«, schrie der Kolkmüller und schlug erneut zu.

Der folgende Winter war trostlos und wurde zunehmend unerträglich. Geert betrank sich nun jeden Tag, er vernachlässigte seine Arbeit, prügelte sich aus nichtigen Anlässen mit Knechten und Köttern, hatte für niemanden mehr ein gutes Wort, nicht einmal für seinen zweijährigen Sohn, einen lebhaften und aufgeweckten Burschen, der fast ausschließlich in der Obhut der Amme aufwuchs und seine leiblichen Eltern interessiert, aber wie fremde Wesen betrachtete. Euphemia schien mit allem abgeschlossen zu haben; sie zog sich mehr und mehr zurück, wurde für jedermann unzugänglich und ließ alles wehrlos über sich ergehen. Sie murrte nicht, wenn ihr Mann sie schlug oder mit Gewalt nahm, sie begehrte nicht auf, wenn er ihr verbot, das Mühlenhaus zu verlassen. Sie verkroch sich mit ihrer Bibel in einer Ecke ihrer Kammer und betete und betete. Mit Geert sprach sie kein Wort mehr.

Die Schulzin war inzwischen wieder schwanger, doch Euphemia musste in der Mühle für ihre Freundin und das ungeborene Kind beten. Wenn Josefa sich erdreistete, die Kolkmüllerin besuchen zu wollen, verscheuchte Geert sie von seinem Grundstück. Er verfluchte die Gerwings dieser Welt und machte sie für sein Unglück verantwortlich. Zum Teufel mit ihnen!

In der Weihnachtsnacht kam schließlich das böse Ende. Gegen den Willen ihres Mannes bestand Euphemia darauf, an der mitternächtlichen Christmette in der Ahlbecker Kirche teilzunehmen. Um nichts in der Welt werde sie darauf verzichten, die Geburt des Heilands wie ein Christenmensch zu feiern, und Geert müsse sie schon totschlagen, wenn er das verhindern wolle. Der Gang durch die Dunkelheit zu der vom Licht der Weihnachtsleuchter erfüllten Kirche war eine uralte Tradition; ebenso war es guter Brauch, dass jede Hausgemeinschaft nach der Christmette die Nachtstunden gemeinsam in der Stube verbrachte, den so genannten Christblock am offenen Herd niederbrannte und anschließend die Tenne mit Weihnachtsstroh bedeckte, auf dem alle gemeinsam bis zum ersten Feiertagsamt schliefen. Von welcher verdammten Hausgemeinschaft sie spreche, wollte der Kolkmüller wissen. Um ihren Sohn kümmere sie sich jedenfalls nicht, und ihr eigener Mann sei ihr zuwider, das wisse er sehr wohl, von einer Gemeinschaft könne also keine Rede sein.

»Josefa hat mich auf den Schulzenhof eingeladen«, antwortete Euphemia und bereute ihre Worte, als Geert wie ein Wahnsinniger auf sie einschlug und sie an den Haaren durch die Stube schleifte. Die Amme, eine gutmütige Frau, die den Dienst an der Mühle nur aus Mitleid mit dem kleinen Jungen nicht aufgegeben hatte, nahm den weinenden Ambros beiseite und brachte ihn auf ihre Kammer unter dem Dach, wo er den Rest dieser unseligen Nacht den Schlaf der Unwissenden schlief. Euphemia ließ die trunkenen Schläge über sich ergehen, krümmte sich, wenn ihr Mann mit den Füßen nach ihr trat, wartete, bis er sich ausgetobt hatte, und entwischte bei der ersten Gelegenheit durch die Tür.

Geert war zu betrunken, ihr zu folgen. Beim Versuch, sie festzuhalten, stürzte er bäuchlings zu Boden, kroch wie ein Reptil über die Dielen, sackte dann zusammen und schlief an Ort und Stelle ein. Als er wieder erwachte, dämmerte es bereits. Sofort schaute er in der Schlafkammer nach, doch Euphemia war nach der Mette nicht nach Hause gekommen, die Kammer war leer.

Wutentbrannt torkelte Geert zum Schulzenhof und bekam einen Tobsuchtsanfall, als er die Tenne betrat und Euphemia im Kreise der Schulzenfamilie im Weihnachtsstroh liegen sah. Alle waren sie da, der Schulze und seine schwangere Frau, die drei Kinder, sämtliches Gesinde, sogar der Haermöller und seine Annelies lagen schnarchend im Stroh. Geert weckte Euphemia mit einer Ohrfeige und zerrte sie, als sie sich im Halbschlaf wehrte, an den Füßen hinter sich her.

Sofort entstand ein Tumult auf der Tenne, der Schulze und der Haermöller, die als erste auf den Beinen waren, gingen auf den Kolkmüller los und befreiten Euphemia aus seinen Fängen. Wie ein Wahnsinniger schrie Geert sie an, schlug wild um sich und stürzte mehrmals zu Boden. Schließlich war es Euphemia, die dem unwürdigen Schauspiel ein Ende setzte.

»Ich gehe«, sagte sie und verließ die Tenne.

Geert trottete, undeutliche Flüche ausstoßend, hinter ihr her.

An der Mühle angekommen, züchtigte er seine Frau, wie er es noch nie zuvor getan hatte. Mit der Faust drosch er auf sie ein, immer wieder, als wolle er sie totschlagen. Sie schrie nicht, wimmerte nur leise und schaute ihn bei jedem Schlag hasserfüllt an. Schließlich ließ er von ihr ab, betrachtete ihr zerschundenes Gesicht und rief: »Das soll dir eine Lehre sein!«

Dann ging er zu Bett und sah Euphemia nicht wieder.

Nur zwei Stunden später, die Sonne war inzwischen aufgegangen, fuhr Geert schweißnass aus einem Albtraum auf. Das Bett neben ihm war unberührt. Er lief in die Stube, wo die Amme dem kleinen Ambros gerade einen Brei machte.

»Hast du meine Frau gesehen?«, fragte er.

Die Amme schüttelte stumm den Kopf. Ambros sah den Vater ängstlich an und hielt krampfhaft ein Tuch in den Händen.

»Woher hast du das?«, rief Geert und riss seinem Sohn das Tuch aus der Hand. Es war ein besticktes Taschentuch. Das Ehepfand, das er vor beinahe drei Jahren seiner Frau gegeben hatte.

»Es lag auf dem Tisch«, sagte die Amme.

Wieder rannte der Müller zum Schulzenhof. Auf dem Platz unter der Linde trat ihm der Knecht Bernhard entgegen, doch Geert stieß den Hünen wie einen kleinen Jungen beiseite. Er betrat die Tenne, als sich die Familie Gerwing gerade anschickte, zum Hochamt zu gehen. Alle trugen ihre Sonntagskleider und waren gelöster Stimmung. Schlagartig verstummte das heitere Gemurmel.

»Wo ist sie?«, schrie Geert.

»Wer?«, antwortete der Brookbauer.

»Wer wohl?«

»Wenn *du* das nicht weißt«, sagte plötzlich eine Stimme hinter Geert. Er fuhr herum und sah in das grinsende Gesicht des Haermöllers.

»Wo ist sie?«, wiederholte Geert. »Wo habt ihr sie versteckt?«

»Was bist du doch für eine jämmerliche Gestalt«, erwiderte Guus kopfschüttelnd und wandte sich ab. »Kein Wunder, dass dir die Frauen davonlaufen.«

Geert vermochte selbst nicht zu sagen, wie das Messer in seine Hand gekommen war. Hatte er es aus der Mühle mitgebracht? Oder hatte es auf der Tenne in irgendeinem Holzpfosten gesteckt? Plötzlich hielt er das Messer in der Hand, und im nächsten Moment steckte es in der Schulter des Haermöllers. Geert wusste nicht, ob er wirklich die Absicht gehabt hatte, Guus ter Haer zu töten. Es kam ihm so vor, als habe sich die Schneide wie von selbst ins Fleisch gebohrt. Und dann wurde Geert schwarz vor Augen. Der Schulze hatte ihm einen Dreschflegel über den Kopf gezogen.

Vor Müdigkeit zitternd und kaum in der Lage, die Augen offen zu halten, saß Ambros am Tisch und hörte die Worte des Vaters wie durch Watte. Manches begriff er nicht, vieles erschien ihm unsinnig oder absurd, aber das war oft der Fall, wenn die Großen etwas erzählten, was eigentlich nicht für Kinderohren gedacht war. Die Tränen liefen Ambros übers Gesicht, das geschwollene Auge brannte wie Feuer, der Rotz tropfte ihm von der Nase, und in seinem Kopf ging es drunter und drüber.

»Sie ist also nicht tot?«, folgerte er aus dem Gehörten.

»Ich weiß es nicht«, antwortete der Vater, stützte die Ellbogen auf den Tisch und legte das Kinn auf die gefalteten Hände. »Ich habe sie nie wiedergesehen. Und nichts mehr von ihr gehört.«

»Hast du nicht nach ihr gesucht?«

Der Vater schüttelte den Kopf. »Dazu war keine Zeit. Es hätte auch nichts genützt. Vermutlich ist sie ins Kloster gegangen, wie sie es immer vorhatte.«

»Ins Kloster Niesing?«, fragte Ambros, der sich jedes Detail eingeprägt hatte. »Das Kloster in Münster? Wo die Verwandte der Schulzin die obere Mutter war?«

»Mutter Oberin«, verbesserte Maria, die seit ihren erbosten Zwischenrufen keinen Ton mehr von sich gegeben hatte. »Sie war eine Tante meiner Mutter. Aber sie lebt schon seit einigen Jahren nicht mehr.«

Ambros nickte eifrig, doch der Vater zuckte mit den Schultern.

»Mag sein«, sagte er. Es schien, als habe er sich über den Verbleib seiner Frau keinerlei Gedanken gemacht. »Sie hat das Ehepfand zurückgegeben«, setzte er schließlich hinzu, »wir sind nicht mehr verheiratet. Und ich hatte wahrlich andere Sorgen. Ich weiß nicht, was aus ihr geworden ist.«

»Hat man dir den Prozess gemacht?«, wollte die Schulzentochter wissen.

»Zum Glück war Guus nicht schwer verletzt«, antwortete der Vater und nickte. »Es war nur eine Fleischwunde. Ich wurde ausgepeitscht, hatte eine hohe Geldstrafe zu zahlen und musste drei Tage vor der Kirche am Pranger stehen. Vermutlich hat dein Vater gedacht, ich sei ohnehin schon bestraft genug. Er hat nicht viel Aufhebens um die Sache gemacht. Der Prozess fand ohne Publikum auf dem Schulzenhof statt. Vielleicht war es Lubbert ganz recht, dass sein Schwager eine Abreibung bekommen hat.«

»Schandmaul!«, fluchte Maria. »Wenn du den Mund auftust, kommt eine Lüge heraus.«

»Warum hast du gelogen?«, fragte Ambros plötzlich.

Der Vater schaute ihn verständnislos an.

»Warum hast du gesagt, dass sie tot ist?«, fügte der Junge erklärend hinzu. »Die ganze Zeit hast du so getan, als wäre sie nicht mehr am Leben. Wieso?«

»Für mich ist sie tot«, antwortete der Vater. »Ob sie noch lebt oder gestorben ist, spielt für mich keine Rolle.«

»Aber für mich!«, rief Ambros und zog den Rotz hoch.

»Sie hat uns verlassen.«

»Sie hat *dich* verlassen«, erwiderte der Junge. »Weil du ein Scheusal bist!«

Der Vater sah ihn lange nachdenklich an, dann senkte er den

Kopf und nickte. »Ich wünschte, ich könnte alles rückgängig machen und noch einmal von vorne anfangen, aber das geht nicht. Es tut mir Leid, Kleiner.«

Ambros schniefte leise und legte den Kopf auf die Tischplatte.

»Und letzten Samstag?«, mischte sich nun die Schulzentochter ein. »Bist du da auch mit dem Messer auf Guus losgegangen?«

»Warum hätte ich das tun sollen?«, antwortete Geert und schaute Maria in die Augen. »Damals hatte ich einen Grund, heute nicht.« Boshaft setzte er hinzu: »Oder hätte ich etwa wegen dir eifersüchtig sein sollen?«

Maria bekam einen roten Kopf und fragte: »Du glaubst immer noch, dass Euphemia dich mit ihm betrogen hat?«

Geert presste die Lippen aufeinander, wiegte den Kopf hin und her, sagte jedoch kein Wort und starrte Maria unverwandt an.

»Schwörst du, dass du mit Guus' Verschwinden nichts zu tun hast?«

»Ich habe ihn am Samstag nicht gesehen«, antwortete Geert, wobei er jedes einzelne Wort betonte. »Ich habe ihm nichts angetan. Das schwöre ich.«

»Beim Leben deines Jungen?« Maria war aufgestanden und wandte sich zur Tür. »Bei allem, was dir heilig ist?«

»Ja«, sagte der Kolkmüller und streichelte Ambros über die Strubbelhaare.

Der Junge merkte davon nichts, er war am Tisch eingeschlafen.

Siebentes Kapitel

Beginnt im Nebel und endet mit einem Unwetter

Als Maria den Molenkotten verließ, ging über dem östlichen Schwarzerlenwald gerade die Sonne auf. Der gesamte Himmel war mit dünnen Schleierwolken bedeckt; man konnte die Sonne nur als weißliche Scheibe erkennen, um die sich eine blassrote Aureole gelegt hatte, wie ein Heiligenschein. Alles war in ein diffuses, schattenloses Licht getaucht. Die Schulzentochter war so müde und ermattet, dass ihr der Mund unentwegt offen stand, die Augen zufielen und sie Mühe hatte, sich auf dem Pferd zu halten. Obwohl es ein großer Umweg war, nahm Maria für den Heimweg den schmalen Trampelpfad nach Ahlbeck, um dann über den Hessenweg zur Grenze zu gelangen. Eine dicke Nebelschicht waberte zu Füßen des Pferdes, ringsum stieg die Feuchtigkeit aus dem mit Torfmoosen bewachsenen Boden, nur die weißen Büschel des Wollgrases und die klebrig roten Fruchtstände des Sonnentaus ragten aus dem Frühnebel.

Das Venn war Maria an diesem Morgen und in ihrem übermüdeten Zustand nicht geheuer, und so zog sie die halbwegs befestigten Straßen dem direkten Weg durchs Moor vor. Es war aber nicht nur der fehlende Schlaf, der an ihr zehrte. In ihrem Kopf surrte und wimmelte es wie in einem Bienenstock, immer wieder rief sie sich die Worte des Molenkötters ins Gedächtnis, was er gesagt hatte und was er eben *nicht* gesagt hatte. Obwohl sie Geert Vortkamp nach wie vor für einen gemeinen Trunkenbold und Halunken hielt, glaubte sie ihm, dass er nichts mit Guus' Verschwinden zu tun hatte. Sein Schwur auf das Leben seines Sohnes hatte sie überzeugt.

Allerdings hatte sie den Eindruck, dass er sich selbst belog, dass er Dinge wusste oder zumindest ahnte, sie aber nach wie vor leugnete, weil sein ganzes erbärmliches Leben auf diesen Lügen aufgebaut war. In seiner Erzählung hatte er sich mehrmals selbst widersprochen, ohne es vermutlich bemerkt zu haben.

Dies galt vor allem für seine Frau Euphemia und deren vermeintliches Verhältnis mit dem Haermöller. Auf der einen Seite hatte Geert seine Eifersucht wie ein böses Monstrum beschrieben, das sich seiner bemächtigt und seinen Verstand gelähmt hatte. Er bereute inzwischen, dass er sich derart hatte gehen lassen und den Teufelskreis nicht durchbrochen hatte. Andererseits schien er es jedoch nach wie vor für möglich zu halten, dass die fromme und gottesfürchtige Euphemia wiederholt und mit Vorsatz gegen das sechste Gebot verstoßen hatte. Maria hatte zwar nur ein blasse Erinnerung an die schweigsame Tante Euphemia, wie sie die Freundin der Mutter damals genannt hatte, aber einen Ehebruch hielt sie, gerade nach der Erzählung des Molenkötters, für völlig undenkbar. Es sah ihr nicht ähnlich!

Und damit stellte sich Maria eine ganz andere, weitaus bedeutsamere Frage: Wenn Guus nicht der Liebhaber der Kolkmüllerin gewesen war, wieso hatte er sich dann nachts am Schulzenhof herumgetrieben und am Fenster der Stube gelauscht? Wem hatten seine Handzeichen gegolten? Mit wem war er verabredet gewesen? In der Betstube hatten sich vermutlich nur Euphemia und Marias Mutter Josefa befunden. Der Gedanke, der sich ihr nun aufdrängte, war zu ungeheuerlich und musste mit aller Macht aus ihrem Kopf verbannt werden. Wenn es für Maria undenkbar war, dass Euphemia die Ehe gebrochen hatte, so galt dies in noch viel stärkerem Maße für Josefa Gerwing.

Maria konnte sich nur schemenhaft an ihre Mutter erinnern. Wie so viele Kinder auf den großen Höfen war auch Maria bei einer Amme aufgewachsen, einer jungen Magd, an deren Brust außer den eigenen Bälgern auch die Kinder der Herrschaft gestillt wurden. Die Mutter kannte Maria nur als strenge, schwarz gekleidete Frau, die meist ein Gebetbuch in der Hand hielt und stets in Zwiesprache mit Gott oder den Heiligen war. Als Josefa kurz nach Ludgers Geburt im Kindbett gestorben war, war Maria erst sieben Jahre alt gewesen. Zwar wusste sie von den vorangegangenen Totgeburten, aber sie hatte sich bislang wenig Gedanken darüber gemacht. Niemand sprach davon; es war wie ein Makel, etwas Ungehöriges, das es zu ignorieren galt.

Doch nach dem, was sie vom Molenkötter erfahren hatte, sah sie nun die körperliche Missbildung ihres Bruders mit anderen Augen. Vielleicht waren nicht nur die Fehlgeburten, sondern auch Ludgers Hasenmund und sein klaffender Wolfsrachen eine Strafe Gottes gewesen? Hatte etwa auch die Mutter für ihre Sünden mit dem Tode bezahlt? Nein, das konnte nicht sein. Das durfte nicht sein!

Maria versuchte ihre wirren und konfusen Gedanken zu ordnen, aber das Durcheinander in ihrem Schädel wurde nur noch größer. Nichts ergab einen Sinn; sie verrannte sich und konnte sich keinen Reim machen. Je mehr sie dachte und grübelte, desto weniger kam dabei heraus. Ihr schien es beinahe so, als habe der Nebel ihre Gedanken getrübt.

Maria hatte gerade die hölzerne Brücke am Ahlbach erreicht und war, ohne wirklich auf den Weg zu achten, rechter Hand in den Hessenweg eingebogen, als plötzlich aus dem Dickicht am Ufer ein schwarzes Pferd hervorpreschte. Da die Niederung des Ahlbachs völlig vom Nebel eingehüllt war, kam es ihr vor, als tauche das Pferd aus dem Nichts auf, und nur mit Mühe konnte sie einen entsetzten Schrei unterdrücken. Auf dem Rücken des Rappen saß ein kleines, bartloses Männlein, das sie einen Moment lang für einen Jungen gehalten hatte. Der Mann war sehr vornehm und ganz in Schwarz gekleidet, und ebenso finster wie die Kleidung war seine Miene. Er schien die Schulzentochter gar nicht zu sehen, trat mit seinen kurzen Beinen dem Pferd in die

Seite, das einen Satz nach vorne machte und beinahe mit Marias Schimmel zusammenstieß.

»Aus dem Weg, Weib!«, fauchte der Mann mit hoher, näselnder Stimme.

»Gemach, gemach, Gevatter!«, erwiderte Maria und schüttelte missbilligend den Kopf, während sie gleichzeitig versuchte, ihr rasendes Herz zu beruhigen. »Nicht so hastig zu solch unchristlicher Stunde!«

»Unchristlich? Papperlapapp!«, piepste der Schwarzgekleidete, während sein Rappe schnaubte und unruhig auf der Stelle trampelte. »Wie komme ich auf dem schnellsten Wege fort von hier?«

»Das hängt ganz davon ab, wo Ihr hinwollt«, erwiderte Maria.

Der Mann sah sie durchdringend an, zögerte zunächst und knurrte dann: »Bentheim.«

»Ein weiter Weg«, antwortete sie und deutete nach Norden. »Der direkte Weg führt durchs Moor über Groneck. Seid Ihr aus der Gegend?«

»Was schert dich das?«

»Nichts«, sagte Maria achselzuckend, »aber wenn Ihr Euch im Moor nicht auskennt, würde ich Euch bei dem Nebel nicht raten, den direkten Weg zu nehmen.«

»Der Nebel verzieht sich bald«, sagte der Mann.

»Nicht im Moor«, antwortete sie. »Das kann dauern.«

»Was rätst du mir also?«

»Reitet über Altheim«, erwiderte sie und deutete vor sich auf den Boden, »immer auf dem Hessenweg nach Südosten. Ihr werdet länger brauchen, aber dafür ist die Wahrscheinlichkeit größer, dass Ihr unbeschadet ankommt.«

»Altheim«, murmelte der Fremde und nickte andeutungsweise. Dann grinste er plötzlich, als sei ihm etwas Ulkiges eingefallen, aber das Grinsen wirkte bedrohlicher als das vorherige Knurren. Wieder trat der Mann seinem Rappen in die Seite und hüpfte dabei wie ein Kobold im Sattel auf und ab. Das Pferd bäumte sich auf, galoppierte davon, und im nächsten Augenblick hatte der Nebel Reiter und Rappen geschluckt. Maria schaute dem Mann hinterher, als habe sie das alles nur geträumt.

Als sie nur wenig später den Schulzenhof erreichte, wurde sie von regem Treiben begrüßt. Sämtliches Gesinde war bereits auf den Beinen und ging emsig an die Arbeit. Zwar war es üblich, mit dem Sonnenaufgang das Tagwerk zu beginnen, vor allem während der Erntezeit, aber es schien Maria, als seien die Knechte und Mägde viel früher als sonst aufgestanden. Sie hatten das erste Frühstück bereits hinter sich, die Mägde kamen mit Eimern und Schemeln von den Weiden, wo sie die Kühe gemolken hatten, die Knechte spannten die Pferde vor den Erntewagen und beluden ihn mit Leitern und Grepen, auch die Kinder halfen beim Füttern der Schweine und Hühner. Maria wandte sich an Bernhard Timmermeester, der gerade einem Pferd das Kummet um den Hals legte, und fragte, warum sie so früh auf den Beinen seien.

»Der Herr hat uns mitten in der Nacht aus dem Stroh aufgescheucht«, erwiderte der Stallknecht achselzuckend, »es soll gewittern, sagt er, und darum muss der Weizen eingefahren werden, bevor er nass wird.«

Maria schaute zum Himmel. Die geschlossene Wolkendecke hatte inzwischen eine graue Farbe angenommen, die Sonne war immer noch als blasser Punkt zu erkennen, doch der Lichtring war verschwunden. In wenigen Stunden würden sich die Wolken auftürmen und schwarze Ambosse am Himmel bilden. Der Vater hatte Recht, ein Unwetter war im Anzug.

»Wo kommst du denn jetzt her?«

Die Stimme des Schulzen donnerte auf sie ein und ließ sie zusammenfahren.

»Ich?«, murmelte Maria, räusperte sich, um ein Gähnen zu unterdrücken, und sprang vom Pferd. »Ich konnte nicht schlafen, weil …«

»Unsinn!«, fauchte der Vater, nahm das Pferd und wies mit der Hand zum Haus. »Scher dich in die Stube und hilf den anderen. Kümmer dich um das Feuer und das Essen. Wir haben es eilig.«

Lubbert Gerwing sah ebenso übermüdet aus wie seine Tochter. Schwarze Ringe lagen um seine Augen, das Gesicht war fahl, und er blinzelte, als könne er nicht richtig sehen. Vor allem aber bemerkte Maria einen ungewohnten, beinahe abwesenden Ausdruck in seinem Gesicht. Lauthals gab er seine schroffen Befehle, scheuchte die Knechte über den Hof, packte selbst mit an, wenn es nötig oder das Gesinde mal wieder schwer von Begriff war, und doch schien er in Gedanken ganz woanders zu sein. Maria erinnerte sich nun, dass der Vater gemeinsam mit Tante Annelies gegen Mitternacht den Hof verlassen hatte. Das hatte sie beinahe vergessen. Was auch immer die beiden zu schaffen gehabt hatten, es schien den Vater nach wie vor zu beschäftigen.

Maria schaute sich suchend nach ihrem kleinen Bruder um, der dem Vater in der Nacht gefolgt war, doch von Ludger war weit und breit nichts zu sehen. Auch wenn er womöglich ganz in der Nähe war. Dafür trat nun ihr ältester Bruder Hermann an sie heran und raunte ihr zu: »Herumtreiberin!«

In der Stube waren die Mägde damit beschäftigt, das zweite Frühstück vorzubereiten, das die Männer während einer kurzen Pause auf dem Feld zu sich nehmen würden. Brot wurde geschnitten, Brei angerührt, die frische Milch gesiebt und von der Molke befreit, Käse aus dem Vorratsraum und Schinken aus dem Rauchhaus geholt. Alles wurde in Bottiche gefüllt oder in Leinentücher gewickelt.

Sämtliche Männer und einige Frauen hatten inzwischen den Hof verlassen und würden erst mit dem gefüllten Erntewagen zurückkehren, um die Garben auf dem Dachboden zu verstauen, falls sie nicht erst auf der Tenne trocknen mussten. Bis dahin war das restliche Vieh zu füttern, der Stall zu säubern, die Tenne zu fegen und Platz auf dem Balken zu schaffen. Außerdem hatte sich Maria um das Feuer und das Mittagessen zu kümmern. Niemals würde sie das durchhalten, wenn sie sich nicht wenigstens eine Stunde hinlegte.

Als habe sie Marias Gedanken gelesen, wandte sich nun Gertrud, die älteste Magd und eigentliche Herrin im Haus, an die Schulzentochter: »Leg dich erst mal hin, Kindchen, du kannst ja kaum noch gerade stehen. Wir schaffen's auch alleine. Das Frühstück bringt eines der Mädchen aufs Feld. Ich weck dich dann, wenn die Männer zurückkommen.«

Mit letzter Kraft schleppte sich Maria hinauf in ihre Kammer, legte sich aufs Bett und war eingeschlafen, bevor sie auch nur ihre Stiefel ausgezogen hatte.

Als es an der Tür klopfte und sie aus dem Schlaf hochfuhr, kam es Maria so vor, als habe sie nicht einmal eine halbe Stunde geschlafen.

»Sind die Männer zurück?«, fragte sie verwirrt.

Gertrud stand in der Tür und schüttelte den Kopf. »Du hast Besuch«, sagte sie und kratzte sich den Kopf. »Aus Altheim.«

»Altheim?«, wunderte sich Maria und war sofort hellwach.

Hinter Gertrud trat nun eine junge Frau von vielleicht zwanzig Jahren hervor, verbeugte sich und sagte: »Meine Herrin schickt mich.«

»Magda?« Maria hatte die Dienstmagd des Johannvaters seit anderthalb Jahren nicht gesehen, seit jenem Tag, an dem die Familie des Wundarztes sie wie einen Sündenbock nach Ahlbeck zurückgeschickt hatte. »Welche Herrin meinst du?«, fragte Maria. »Doch nicht etwa meine werte Frau Schwiegermutter?«

Die Magd schüttelte den Kopf und sagte: »Die junge Herrin. Die Nichte des verstorbenen … Eures Mannes … also Eure …«

»Schon gut«, unterbrach Maria das Gestammel. »Was will sie von mir? Ist sie krank? Gibt es keinen Arzt in Altheim?«

»Nein«, antwortete Magda, »das heißt ja.« Sie schaute unsicher zu der alten Gertrud und setzte dann hinzu: »Der Arzt kann ihr nicht helfen, das heißt, er könnte schon, aber er wird nicht. Sie braucht *Eure* Hilfe. So wie Ihr mir damals geholfen habt. Wenn Ihr versteht, was ich meine.«

Gertrud sah die junge Frau an, als habe diese den Verstand verloren, und knurrte: »Daraus soll einer schlau werden.«

Maria jedoch verstand. Sie zögerte einen Moment, nickte dann und sagte: »Ich komme.« Und an Gertrud gewandt setzte sie hinzu: »Ihr müsst ohne mich auskommen.«

»Wär ja nicht das erste Mal«, maulte die alte Magd. »Aber der Herr wird toben.«

»Sag ihm, es ist ein Notfall.«

»Meine Herrin hat mir die Kutsche mitgegeben«, sagte Magda und verbeugte sich erneut. »Zu gütigst, Frau Johannvater.«

»Zu gütig, ich weiß«, antwortete Maria und kramte unter dem Bett nach der Ledertasche mit den Kräuteressenzen, Tinkturen und heilenden Salben. »Und mein Name ist Gerwing, merk dir das!«

Während der Fahrt nach Altheim erfuhr Maria, was sich im Hause der Familie Johannvater zugetragen hatte. Gisela, die vierzehnjährige Nichte des verstorbenen Arztes, hatte die verstoßene Tante aus Ahlbeck rufen lassen, um von ihr aus einer ausweglosen Situation befreit zu werden. Vor drei Monaten hatte Gisela einem jungen Soldaten der bischöflichen Garde, der in der Burg Altheim stationiert war, heimlich ihr Jawort gegeben.

Solche Winkelheiraten, die ohne Zustimmung der Eltern zu Stande kamen, waren durchaus nicht unüblich und verbreiteter, als es der Kirche und der weltlichen Obrigkeit lieb war. Da es zur gültigen Eheschließung nur eines gegenseitigen Versprechens und des Austausches eines Ehepfands bedurfte, konnte jedermann zu jeder Zeit und unter Ausschluss der Öffentlichkeit heiraten. Oft geschah dies, um dem elterlichen Einfluss zu entfliehen oder eine Schwangerschaft im Nachhinein als ehelich gezeugt darzustellen.

Im Falle Giselas jedoch war es eine jungfräuliche Heirat aus Liebe gewesen, wie in einem alten Minnesang, und die Eheleute hatten beschlossen, ihren Familien bei passender Gelegenheit die erfolgte Heirat zu beichten. Leider jedoch war der Soldat gestorben, bevor sich diese Gelegenheit bot. Vor anderthalb Wochen war er bei einem Einsatz gegen eine mörderische Räuberbande, die sich im Grenzgebiet herumtrieb und bereits einige Bauern überfallen und Kirchen ausgeraubt hatte, von einem der Räuber getötet worden.

Giselas Schmerz und ihre Trauer waren unermesslich, und ihr Entsetzen war umso größer, da sie inzwischen sicher war, ein Kind des Soldaten unter ihrem Herzen zu tragen. Auf der einen Seite wünschte sie nichts sehnlicher, als diesem Kind das Leben zu schenken und ihrer Liebe zu dem Verstorbenen damit Ausdruck zu verleihen. Andererseits konnte sie das Kind nicht ohne Vater und Ehemann zur Welt bringen; es hatte keine Zeugen der Heirat gegeben, und auch das Ehepfand, ein glänzender Goldgulden, den die Witwe wie eine Reliquie hütete, konnte nicht ohne Weiteres der Person des toten Soldaten zugeordnet werden. Gisela würde mit der Geburt entehrt sein, und kein Mann würde sich finden, der sie heiraten und den Bastard als eigenes Kind annehmen würde.

Sie steckte in einer Zwickmühle und wusste keinen Ausweg. Ihren Eltern, die seit einiger Zeit auf der Suche nach einem Bräutigam für ihre Tochter waren, konnte sie sich nicht anvertrauen, und auch der Altheimer Arzt, ein Freund ihres verstorbenen Onkels, war keine verlässliche Person; zu nah stand er der Familie und dem Gesetz, das jede Form der Abtreibung unter peinliche Strafe stellte.

Ausgerechnet Magda, die Dienstmagd und einzige Vertraute der Unglücklichen, kam mit einem überraschenden Vorschlag, der Rettung versprach. Vor zwei Jahren habe die Johannvaterin, die damalige Frau des Wundarztes, ihr in ähnlicher Lage geholfen. Auch Magda habe einen Halbling in sich getragen, und Maria Johannvater habe mit ihren Kräutern dem Spuk ein Ende gemacht. So kam es, dass Maria an diesem Morgen in einer Kutsche nach Altheim gebracht wurde, um einer jungen Frau die Schande einer unehelichen Geburt zu ersparen.

Es war gegen neun Uhr, als sie die Stadtmauer erreichten. Der Siechenkamp, das ehemalige Pestviertel und heutige Judenghetto mit seinen ärmlichen Holz- und Lehmhütten lag rechter Hand, außerhalb der Stadt, im Schatten des Walls, und war seinerseits von Holzpalisaden umgeben. Die eigentliche Stadt Altheim umfasste vier mit Kopfstein gepflasterte und eng bebaute Straßenzüge, die von der zentral gelegenen Burg in alle vier Himmelsrichtungen wiesen und jeweils an einem Stadttor oder einer Brücke endeten. Die Kutsche fuhr durch das nördliche Tor und hielt direkt auf den Markplatz zu, der sich unterhalb der Burg befand und in den sämtliche Straßen Altheims mündeten. Auch die Marienkirche stand hier, ein hässlicher Neubau aus gelbem Sandstein mit plumpem, viel zu kleinem Turm.

Da Maria das Haus der Familie Johannvater nicht mehr betreten durfte und dies auch zu verdächtig gewesen wäre, bat Magda die Schulzentochter, im Gasthof am Marktplatz zu warten. Die »Burgschänke« sei zu dieser Tageszeit wenig besucht, und an einem Donnerstag herrsche kaum Betrieb auf dem Markt.

Maria stieg am nördlichen Ende des Platzes vom Kutschbock und schaute zu der Wasserburg an der Ostseite. Eigentlich handelte es sich lediglich um ein klobiges, unansehnliches, mit einer hohen Mauer umgebenes und durch einen breiten Wassergraben gesichertes Haus. Keinerlei Festungs- oder Wehranlagen waren zu erkennen, es gab keinen Burgfried, keinen Wehrgang auf der Mauer, keine Zinnen und Schießscharten. Die Zugbrücke war heruntergelassen, und so konnte Maria einen Blick in den Burghof werfen, wo hektisches Treiben herrschte. Es erinnerte sie an den Schulzenhof bei Sonnenaufgang; auch hier wurden laute Befehle erteilt, Uniformierte und sonstige Bedienstete hasteten umher, Pferde wurden gesattelt oder angeschirrt. Es schien, als würden sich die Soldaten des Bischofs zum Ausrücken bereitmachen.

Die »Burgschänke« war ein schmales, zweistöckiges Fachwerkhaus, dessen Fundament abgesackt war und das sich deshalb zur Seite neigte, wie das Krummhaus in Ahlbeck, nur wurde es von den Nachbarhäusern gestützt. Wie Magda vermutet hatte, befanden sich keine Gäste im Schankraum, nur ein feister Wirt mit Schmerbauch und Vollbart lag auf einer Bank in der Ecke, richtete sich nun schwerfällig auf und beäugte Maria misstrauisch.

Im Inneren der Schänke war es dunkel und stickig. Es roch

nach Schweiß und Fett, eine Mischung aus Rauch und abgestandenem Bierdunst hing in der Luft. Die Decken waren so niedrig, dass ausgewachsene Männer Gefahr liefen, sich den Kopf an den Balken zu stoßen.

»Was kann ich für Euch tun?«, wandte sich der Schmerbauch an Maria.

»Habt Ihr Minzsud?«

»Dies ist eine Schänke, keine Kräuterküche.«

»Dann einen Krug Milch, bitte.«

»Milch. Wie's beliebt«, lachte der Wirt höhnisch und schüttelte den Kopf.

Maria achtete nicht weiter auf ihn. Sie hatte inzwischen etwas entdeckt, das ihre ganze Aufmerksamkeit auf sich zog. An einem der Stützpfosten war ein Steckbrief angeschlagen, auf dem die Beschreibung und das recht grob gezeichnete Abbild eines Mannes zu sehen waren. Bei dem Mann handelte es sich jedoch nicht um einen gesuchten Mörder oder Räuber, sondern um einen Toten. Wie dem Text zu entnehmen war, hatte man die Leiche des Mannes vor anderthalb Wochen am Deventerweg gefunden, mit durchgeschnittener Kehle. Offensichtlich war der Mann von Räubern überfallen und ermordet worden, und da niemand wusste, um wen es sich bei dem Toten handelte, hatte der Droste den Steckbrief anfertigen und aufhängen lassen.

»Scheußliche Sache«, sagte der Wirt und stellte den Milchkrug und einen Holzbecher auf einen Tisch neben dem Eingang. »Verdammte Räuber!«

»Weiß man inzwischen, wer der Tote ist?«, fragte Maria und las erneut die Beschreibung: dunkle Haare, dreißig bis vierzig Jahre alt, sehr helle Haut, Blatternarben am ganzen Körper. Auf dem Bildnis waren die Narben als kleine Punkte dargestellt, sie sahen aus wie Masern und hatten keine Ähnlichkeit mit den tatsächlichen Verwüstungen, die die Blattern auf der Haut anrichteten.

»Keine Ahnung«, erwiderte der Wirt und legte sich wieder auf seine Bank. »Aber den Räubern geht's bald an den Kragen.«

»Wieso?«

»Schaut doch aus dem Fenster«, antwortete der Schmerbauch und deutete auf den Markplatz, »die Bischöflichen machen sich bereit. Hoffentlich räumen sie endlich mit dem Jiddenpack auf. Mordbrenner, alle miteinander. Abfackeln sollte man den Siechenkamp! Pest und Tod bringen sie über uns.«

Maria setzte sich an den Tisch, goss Milch in ihren Becher und schaute aus dem Fenster. Während der Wirt in seiner Tirade fortfuhr und sich vor der Burg eine kleine Formation von berittenen Soldaten bildete, sah sie in Gedanken ein gezeichnetes, blatternarbiges Gesicht, das womöglich dem Antlitz eines gewissen Müllers aus Billerbeck ähnelte. Der alte Öhm Vernholt hatte ihr einst von seinem Neffen berichtet und von den Blattern, die ihn befallen hatten. Und nun gab es einen unbekannten Toten mit Narben am ganzen Körper und einen neuen Kolkmüller namens Vernholt, der nie im Leben mit den Blattern in Berührung gekommen war …

Bevor Maria zu der ebenso fürchterlichen wie nahe liegenden Schlussfolgerung gelangen konnte, sah sie auf dem Marktplatz eine Frau im Kapuzenmantel, die den Kopf unter der Kapuze versteckt hielt und sich zielstrebig dem Gasthof näherte. Nur wenige Augenblicke später betrat Gisela Johannvater den Schankraum.

»Gott zum Gruße«, murmelte sie, nachdem sie sich umgeschaut und Maria am Tisch erkannt hatte. »Ich weiß gar nicht, wie ich dir danken soll, liebe Tante.«

»Setz dich und nimm die Kapuze ab«, antwortete Maria leise und nahm die Hand der Nichte, die kalt wie Eis war. »Der Wirt schaut etwas misstrauisch. Benimm dich, als seien wir nur zum Plaudern hier.«

Gisela versuchte sich in einem heiteren Lachen, das jedoch viel zu aufgesetzt und beinahe hysterisch klang.

»Noch einen Krug Milch?«, fragte der Wirt und grinste abfällig.

»Ein zweiter Becher wird reichen«, antwortete Maria und lächelte möglichst unbefangen. Insgeheim verwünschte sie sich, weil sie sich auf dieses Abenteuer, diese Dummheit eingelassen hatte. Eigentlich hätten alle Alarmglocken bei ihr läuten müssen, als Magda mit ihrem Anliegen herausgerückt war, doch die arme Gisela hatte ihr Leid getan. Sie war ein liebes Mädchen und der Tante immer wie eine Schwester vorgekommen. Die kleine Schwester, die sie nie gehabt und sich immer gewünscht hatte. Nur zwei Jahre trennten die beiden jungen Frauen, und doch kam sich Maria so unendlich viel erwachsener und erfahrener vor. Gisela war nun Witwe wie sie selbst, sie trug ein Kind unter dem Herzen, aber eigentlich war sie selbst noch ein Kind. Ein kleines Mädchen, dem geholfen werden musste.

»Es tut mir so Leid, was mit deinem Mann geschehen ist«, sagte Maria und streichelte die Hand der anderen.

»Ich weiß mir keinen Ausweg«, antwortete Gisela und schniefte leise.

»Schsch«, machte Maria, als der Wirt sich näherte und den Becher auf den Tisch stellte. »Ich kann dir helfen. Vertrau mir!«

Schon von Kindesbeinen an hatte sich Maria für alle Kräuter und Pflanzen interessiert. Ihre Mutter hatte sie früh auf die Wiesen oder in den Wald mitgenommen, wenn sie ihre Heilkräuter, Pilze und Beeren sammelte. Josefa Gerwing war, wie ihre Mutter und Großmutter vor ihr, eine kräuterkundige Frau und wollte ihr Wissen möglichst rasch an die nächste weibliche Generation weitergeben. So lernte Maria, noch ehe sie lesen oder schreiben konnte, alles über Gottes herrliche und heilige Flora. Kein heimisches Kraut war ihr unbekannt, und selbst fremde Gewächse waren ihr durch Beschreibungen oder Bilder vertraut. Die Mutter las ihr oft aus dem Buch der Hildegard von Bingen vor, das sie in niederdeutscher Übersetzung besaß und das neben der Bibel das wichtigste Buch im Schulzenhaus war. Nach dem Tod der Mutter vervollständigte das Mädchen ihr Wissen, las botanische Bücher aus dem Süden des Reiches, die ihr der Jude Simeon beschaffte, und war bald kundiger als es Josefa je gewesen war. Ohne Wissen des Vaters stellte sie Experimente mit dem kranken oder verletzten Vieh an, die manchmal tödlich, mitunter glimpflich, oft heilbringend, immer jedoch kenntnisfördernd endeten.

Als Maria schließlich, gegen ihren Willen, die Frau des Wundarztes Johannvater wurde, entschädigte sie die neu erworbene medizinische Kunde und die Kenntnis der lateinischen Sprache für die Unannehmlichkeiten und Mühsal des Ehelebens. Ihr Wissen verlieh ihr eine Macht, die ihr sonst, als weibliches Wesen, niemals und von niemandem zugestanden wurde. Sie konnte etwas bewirken, etwas verbessern. Sie hatte eine Aufgabe.

Doch nicht nur die heilenden Kräfte der Kräuter waren ihr vertraut, auch die giftigen Wirkungen und Überdosierungen kannte sie. So wusste sie, welche Mittel Schwangere unbedingt zu meiden hatten, wollten sie nicht eine Frühgeburt riskieren. Daher konnte sie auch jemandem wie Magda helfen, drohender Schande zu entkommen.

Maria wartete, bis der Wirt wieder auf seiner Bank Platz genommen und die Augen geschlossen hatte, dann griff sie in ihre Tasche und holte drei Leinensäcklein heraus. »Hör mir jetzt genau zu«, sagte sie und deutete auf das erste der Säckchen. »Hierin befindet sich Sadebaum. Stinkwacholder.«

»Damit treibt man den Teufel aus.«

»So sagt man«, erwiderte Maria und runzelte missfällig die Stirn. »Koche einen Absud daraus und fülle die Hälfte des zweiten Säckleins hinein.«

»Was ist das?«, fragte Gisela, die an dem Kraut roch und die Nase verzog.

»Faulbaumrinde«, erklärte Maria. »Ein Abführmittel. Recht harmlos, aber gerade in Verbindung mit dem Sadebaum überaus wirksam.«

»Pfui Spinne«, sagte Gisela. »Und das soll ich trinken?«

Maria nickte ernst und wies auf das dritte Säckchen, das sich von den anderen beiden in Farbe und Größe unterschied. »Dies ist das wichtigste Kraut und zugleich das giftigste und deshalb gefährlichste. Es heißt Mutterkorn und wächst als Pilz an Roggenblüten. Es kann dich töten, wenn du nicht Acht gibst.«

Gisela wurde bleich und nahm einen Schluck Milch.

»Nimm eine Messerspitze des Pulvers, keinesfalls mehr, und rühr es in einen Haferbrei. Iss zunächst den Brei und trink anschließend den Absud.«

»Was wird dann geschehen?«

»Du wirst wünschen, nie geboren worden zu sein«, antwortete Maria und schob die Leinensäcklein über den Tisch. »Das Mutterkorn wirkt sehr rasch, es wird dich schütteln und innerlich zerreißen. Solche Krämpfe hast du in deinem Leben nicht gehabt, das kannst du mir glauben. Ich sage dir das, damit du dich darauf vorbereiten kannst. Das Mutterkorn lässt die Wehen einsetzen und führt zu unerträglichen Schmerzen. Du wirst mich verfluchen und deinen seligen Liebsten ebenfalls, du wirst deinen eigenen Tod herbeisehnen und den seinen bejubeln.«

»O Gott«, wisperte Gisela und machte ein Kreuzzeichen.

»Jetzt kommt der Faulbaum ins Spiel. Das Mittel braucht länger, bis es wirkt, doch dann wirst du zum Abtritt stürzen, und dein Körper wird inwendig gewrungen wie ein Wischlappen. Wehr dich nicht dagegen, der Faulbaum unterstützt die Wehen, und wenn Gott es will, wird dein Kind im Abtritt landen.«

»Herr im Himmel«, murmelte Gisela, der die Tränen in den Augen standen.

»Es ist *deine* Entscheidung«, sagte Maria und legte die Hand auf die Säckchen. »Du brauchst sehr viel Mut und wilde Entschlossenheit. Wenn du dir nicht sicher bist, dass du es aushältst, dann lass es! Geh nach Hause, und beichte es deiner Mutter. Dies ist kein Kinderspiel, Gisela, denk daran!«

Die Nichte schüttelte den Kopf, während ihr gleichzeitig die Tränen über die Wangen liefen. Dann steckte sie die Kräuter ein und fragte: »Was bin ich dir schuldig?«

»Nichts«, antwortete Maria. »Zahl dem Wirt die Zeche und

schick Magda in einer Stunde mit der Kutsche zum nördlichen Tor, damit sie mich nach Ahlbeck bringen kann. Sollte in der Zwischenzeit etwas Unvorhergesehenes passieren, weißt du, wo du mich findest.«

Gisela nickte, legte eine Kupfermünze auf den Tisch und erhob sich. »Hab Dank, liebe Tante«, sagte sie schluchzend, schlug die Kapuze über den Kopf und verließ eilends den Gasthof.

»Was ist mit ihr?«, wunderte sich der Wirt und reckte den Kopf im Halbschlaf.

»Ein Trauerfall in der Familie«, antwortete Maria und starrte aus dem Fenster.

Die Szenerie auf dem Marktplatz hatte sich in der Zwischenzeit auffallend verändert. Der Himmel hatte sich verdunkelt, schwere, schwarze Wolken hingen tief hinab und schienen das Dach der Burg und den Kirchturm zu berühren. Auf dem Altheimer Markt hatte sich direkt vor der Zugbrücke eine Traube von Menschen gebildet. Schaulustige Männer, Frauen und Kinder umringten die berittenen Soldaten, die nun von einem stattlichen Mann in prächtiger Uniform angeführt wurden.

»Nun sieh mal einer an!«, entfuhr es Maria, als sie neben dem Hauptmann einen winzig kleinen Mann auf einem Rappen sah. Er schien sich angeregt mit dem Uniformierten zu unterhalten und reichte ihm zum Abschied die Hand.

»Wer ist das?«, wandte sie sich, ohne sich umzudrehen, an den Wirt.

»Hmm?«, knurrte der Angesprochene, rappelte sich auf und stapfte schwerfällig zu Marias Tisch. Er schaute durchs Fenster, kraulte seinen Bart und sagte: »Johann von Raesfeld, der neue Droste. Er war bischöflicher Oberbefehlshaber. Bischof Franz hat ihm die Altheimer Drostei übertragen, weil er sich bei der Erstürmung von Münster ausgezeichnet hat.« Der Wirt räusperte sich und lachte. »Wir haben jetzt einen echten Feldherrn als Drosten. Das wird die Juden Mores lehren! Ihnen wird's so gehen wie den Wiedertäufern.«

»Ich meine nicht den Hauptmann«, sagte Maria ungeduldig, »sondern den kleinen Kerl an seiner Seite.«

»Der Kobold mit dem komischen Deckel auf dem Kopf?«, erwiderte der Wirt und zuckte mit den Achseln. »Nie gesehen. Muss ein feiner Herr sein, wenn man seine Kleider betrachtet.« Grinsend setzte er hinzu: »Oder ein Herrchen.«

»Er scheint den Drosten gut zu kennen«, sagte Maria.

»Sieht so aus«, krächzte der Wirt und begab sich wieder zu seiner Bank, nachdem er Giselas Kupfermünze eingesteckt hatte.

»Behaltet den Rest«, sagte Maria, die wusste, dass er dies ohnehin getan hätte.

Auf dem Marktplatz hatte sich der Soldatentrupp inzwischen in Bewegung gesetzt. Angeführt vom Drosten und gefolgt von lärmenden Kindern und kläffenden Hunden bogen die Bischöflichen in die Straße ein, die zum Nordtor führte. Der kleine Mann auf dem schwarzen Pferd blieb auf dem Platz zurück, schaute unsicher zum finsteren Himmel und lenkte seinen Rappen schließlich nach rechts, gen Osten. Maria erinnerte sich an das seltsame Grinsen im Gesicht des Mannes, als sie ihm am Morgen geraten hatte, über Altheim zu reiten. Als habe ihr Rat ihm in den Kram gepasst. Und sie hätte zu gern gewusst, was der kleine Kerl mit dem Feldherrn des Bischofs zu schaffen hatte.

In diesem Augenblick betrat ein junger Knecht die Schänke, knallte die Tür zu und rief: »Jesses, gleich gewittert's!« Er schien Maria gar nicht wahrzunehmen, setzte sich zu dem Wirt an den Tisch, zog die Holzpantinen aus und knurrte: »Bier!«

»Geht's jetzt gegen die Juden?«, wollte der Wirt wissen und verschwand hinter dem Schanktisch. »Brennen sie das Ghetto nieder?«

»Hä?«, machte der Knecht und pulte mit dem Finger in der Nase.

»Die Bischöflichen!«, erklärte der Wirt. »Wohin reiten sie? Zum Siechenkamp?«

»Nä«, sagte der andere und schnippte den Dreck vom Finger.

»Sondern?«

»Nach Ahlbeck.«

»Wie?«

»Ahlbeck«, wiederholte der Knecht. »Das sagen die Leute. Es geht gegen Ahlbeck.«

»Warum?«, rief Maria dazwischen. Sie hatte das kurze Gespräch mit Entsetzen verfolgt und wusste nicht, ob der Kerl ein dreister Lügner oder Trunkenbold war.

Der Knecht sah sie ausdruckslos an und zuckte mit den Schultern. »Es wird schon seinen Grund haben«, meinte er, wandte sich zum Schanktisch und nahm den Bierkrug in Empfang. »Verdammte Moorbauern. Hecken immer was aus.« Als er sich wieder der Frau am Fenster widmen wollte, war der Tisch verwaist. »Na, Teufel auch!«, knurrte er und nahm einen kräftigen Schluck.

Etwa zwei Stunden später saß Maria neben Magda auf dem Kutschbock und starrte mit finsterer Miene auf den Weg. Sie hatten die Stadt Altheim längst hinter sich gelassen und fuhren schweigsam auf dem Hessenweg in Richtung Ahlbeck.

Wie den wenigen Worten der Magd zu entnehmen gewesen war, hatten die Kräuter ihre beabsichtigte Wirkung getan. Gisela hatte sich vor Schmerzen gekrümmt und in ein Stück Holz gebissen, um nicht lauthals zu schreien. Ihre Fingernägel hatten sich in Magdas Arme gebohrt, wie Espenlaub im Wind hatte es das Mädchen auf ihrem Lager hin- und hergeschüttelt, Schweiß war ihr in Strömen über den Körper gelaufen, doch schließlich hatte die Faulbaumrinde für Erlösung gesorgt.

Als Gisela nach etwa einer halben Stunde vom Abtritt zurückgekehrt war, hatte sie totenblass ausgesehen und gesagt, sie habe noch nie in ihrem Leben so viel Blut gesehen. Es sei ein einziger Albtraum gewesen. Dann hatte sie hemmungslos geweint. Die Schmerzen und die Krämpfe hatten nur leidlich nachgelassen, das Gift wirkte immer noch und würde noch einige Zeit ihren geschwächten Körper peinigen, und doch war ihr die Erleichterung anzumerken gewesen. Es war vorbei!

»Wir schaffen's nicht mehr vor dem Regen«, murmelte Magda und rief: »Hü, Brauner!«

Maria achtete weder auf die Worte der Magd noch auf das nahende Unwetter. In Gedanken war sie immer noch in Altheim und versuchte zu ergründen, was die Leute auf dem Marktplatz mit ihrem zusammenhangslosen Gestammel gemeint hatten. Niemand hatte etwas Genaues gewusst, keiner konnte mit Bestimmtheit sagen, zu welchem Zweck die bischöflichen Soldaten nach Ahlbeck aufgebrochen waren. Doch *dass* sie dorthin unterwegs waren, das stand für sie fest. Einen Mörder gelte es zu fangen, sagten die einen, einen feigen Räuber, der den Unbekannten mit den Blatternarben auf dem Gewissen habe. Wahrscheinlich gehöre er zu einer Bande von Kirchenräubern, die unlängst einen Soldaten der bischöflichen Garde ermordet hätten. Andere vermuteten, es gehe gegen den ketzerischen Priester aus Holland, auch wenn niemand zu sagen vermochte, was er auf dem Kerbholz habe, außer dass er eben ein verdammter Holländer sei. Eine andere Gruppe behauptete felsenfest, die Soldaten zögen gegen die Wiedertäufer. Jemand habe einen Gardisten etwas sagen hören, das darauf schließe, dass die teuflischen Täufer in Ahlbeck eingezogen seien. Vielleicht sei Jan van Leiden aus der Gefangenschaft geflohen und verschanze sich nun im Moor.

»Es blitzt!«, rief Magda plötzlich und deutete zum pechschwarzen Horizont, den ein zuckender Blitz wie ein Feuerschwert durchschnitt. Nur wenige Augenblicke später krachte der Donner, dass es den Frauen in den Ohren dröhnte. Maria fuhr aus ihren Gedanken auf und schaute nach vorne. Der Regen hatte mittlerweile eingesetzt, dicke Tropfen klatschten auf den sandigen Boden, und da die Kutsche kein Verdeck hatte, band Maria sich das Halstuch um den Kopf.

»Wir sind bald da«, murmelte sie, als wolle sie sich selbst Mut zusprechen, und riss mit einem Mal die Augen auf. In der Entfernung tauchten die Umrisse des Dorfes auf, und als es erneut blitzte, sah sie etwas, was eigentlich nicht hätte da sein sollen. Weil es nicht hingehörte.

»Was war das?«, fragte Magda.

Also war es kein Hirngespinst gewesen.

»Eine Wolke?«, meinte Maria und strengte ihre Augen an.

Inzwischen war es wieder stockfinster, wie in einer mondlosen Nacht. Dabei war es ungefähr Mittag. Der Regen prasselte und verursachte einen Heidenlärm. Es waren keinerlei Wolken mehr zu unterscheiden, der ganze Himmel war eine schwarze Wand. Nur über dem Dorf war ein schwacher Lichtschimmer zu erkennen.

Und plötzlich wusste Maria, was sie gesehen hatte. Keine Wolke, sondern eine Rauchsäule. Und der Lichtschimmer stammte von einem Feuer.

»Es brennt!«, rief Magda und knallte mit den Zügeln.

Gott straft uns für unsere Sünden, dachte Maria und bekreuzigte sich, während in der Ferne die Flammen züngelten.

Die Moorhochzeit
4ter Teil

»Kurz, der Münsterländer besitzt den Mut der Liebe und einer unter dem Schein des Phlegmas versteckten schwärmerischen Religiosität, so wie er überhaupt durch Eigenschaften des Herzens ersetzt, was ihm an Geistesschärfe abgeht.«

Annette von Droste-Hülshoff, »Bilder aus Westfalen«

Erstes Kapitel

Ein Briefwechsel

Dienstag, den 25. Juli 1876

Liebe Lisbeth,

noch weiß ich gar nicht, was ich Ihnen schreiben will und darf, ob Sie erfreut sein werden, diesen Brief zu lesen, und wie Sie ihn überhaupt in Ihre Hände bekommen sollen. Doch ich muss Ihnen schreiben; mein Kopf und mein Herz bersten geradezu, und wenn ich es nicht auf diese Weise in Worte fasse, laufe ich Gefahr, es laut herauszuschreien. Erschrecken Sie nicht und halten Sie mich nicht für verrückt! Seien Sie gewiss, dass mir nichts ferner liegt, als Ihnen Ungemach zu bereiten, Ihnen zur Last zu fallen oder Ihnen Grund zu liefern, Ihre hübsche Stirn in Zornesfalten zu legen. Das Gegenteil ist der Fall, seien Sie unbesorgt. Nun habe ich schon so viele Worte verbraucht, und doch habe ich nichts Rechtes und Vernünftiges zu Papier gebracht …

So viel Aufregendes und Erstaunliches ist in den letzten Tagen geschehen, und es drängt mich, Ihnen davon zu berichten (auch wenn ich Ihnen dabei lieber von Angesicht zu Angesicht gegenüberstehen würde). Bei unserer ersten Begegnung haben Sie mich im Scherz gefragt, ob ich etwa Schätze im Moor zu finden hoffte. Damals konnte ich nicht wissen, wie bald ich diesen Schatz in Händen halten oder besser, vor Augen haben würde. Wie Sie vermutlich bereits erfahren haben, habe ich am Sonntag ein wundervolles, mehrere tausend Jahre altes Hünengrab am Kolk freigelegt und darin ein vollständig erhaltenes männliches Skelett gefunden, das dort eigentlich nichts zu suchen hat. Nach einem Schmuckstück zu urteilen, das ich bei den Knochen gefunden habe, hat der Mann im 16. Jahrhundert gelebt, und es ist äußerst merkwürdig, dass er in einem heidnischen Steinzeitgrab beerdigt wurde. Ein Mysterium, würde Pastor Uppenkamp vermutlich sagen. Und damit wären wir bei einem zweiten Geheimnis, das mich in den letzten Tagen beschäftigt hat. Ebenjener Pastor hat mir vor einigen Tagen ein Medaillon überreicht, das ebenfalls ins 16. Jahrhundert zurückweist. Es handelt sich um ein sehr seltenes kupfernes Erkennungszeichen der Wiedertäufer (Sie haben sicherlich von der so genannten Münsterer Rotte gehört?), das der Pastor in einer Gruft unter der Sakristei entdeckt hat. Besonders erstaunlich finde ich, dass in jenem Jahr 1535, in dem die Täufer besiegt wurden, das Ahlbecker Pastorat niederbrannte. Man könnte von einem bloßen Zufall reden, gäbe es da nicht dieses Medaillon, das mir übrigens zwischenzeitlich abhanden gekommen und dann auf wundersame Weise wieder aufgetaucht ist. Doch davon ein andermal …

Ich habe sowohl die Skizzen, die ich von dem Grab und dem Skelett angefertigt habe, wie auch die kupferne Medaille vor mir auf dem Tisch liegen, und doch ist es ein anderes Bild, das mir im Kopf herumspukt. Wenn ich die Augen schließe, sehe ich keine Steingräber oder Wiedertäufer vor mir, sondern ein anmutig lächelndes Gesicht. Liebe Lisbeth, Sie haben vermutlich längst erraten, dass ich Ihnen nicht nur schreibe, um Ihnen von meinen Forschungen und Entdeckungen zu berichten (auch wenn es mich freut, dass Sie sich für meine Arbeit interessieren). Es ist Ihr Bildnis, das sich mir eingebrannt und mich in seinen Bann gezogen hat. Immerzu starre ich auf die Fotografie, die Sie mir in jener Nacht am Kolk gegeben haben, und obwohl es nur ein farbloses, etwas unscharfes Abbild darstellt, das Ihre wahre Schönheit und Ihr herzliches Wesen nur leidlich erfasst, lässt es mein Herz höher schlagen. Sie können sich nicht vorstellen, welch eine Freude Sie mir mit diesem Bild gemacht haben, wie sehr ich mich Ihnen verbunden fühle. So sehr, dass es sich verbietet, es an dieser Stelle niederzuschreiben. So sehr, dass ich mein Leben geben würde, um der Freundschaft würdig zu sein, die Sie mir angeboten haben. Ja, ich bin Ihr treuer Freund, und auch wenn es sich nicht schickt, dies der Verlobten eines anderen zu schreiben: Ich werde immer für Sie da sein! Wann immer Sie meiner Hilfe bedürfen, zögern Sie nicht, mich zu rufen! Oh, wie sehr wünsche ich mir, Ihnen zu Diensten und Ihrem Glück förderlich sein zu können. Und hoffentlich …

Aber nein, ich will nichts hoffen, nichts ersehnen, sondern glückselig Ihr Bild betrachten und darauf warten, Ihnen wieder leibhaftig zu begegnen und mit Ihnen reden zu können, wie wir es am Donnerstag auf dem Hochsitz getan haben. Oh, Lisbeth, wenn Sie wüssten, wie sehr Sie mein Denken und Fühlen beherrschen. Wir kennen uns kaum, sind uns erst wenige Male begegnet, wissen kaum etwas voneinander, und doch fühle ich mich Ihnen so nahe. Sie sind mir so vertraut. Noch nie bin ich einem derart bewundernswerten Geschöpf begegnet, und ich hoffe, Sie erröten nicht, wenn ich sage: Sie haben mich bezaubert!

Womöglich lesen Sie diesen Brief voller Zorn und Empörung, vielleicht sind Sie aus ganzem Herzen erbost, weil ich mich dieser unverblümten Worte erdreiste, und Sie werden nie wieder ein Wort mit mir reden, mich keines Blickes mehr würdigen? Ich weiß nicht, was ich in diesem Fall täte, und als Entschuldigung könnte ich nur vorbringen: Ich kann nicht anders, die Worte strömen mir in die Feder und lassen sich nicht ungeschrieben machen, wollen sich nicht durchstreichen lassen. Haben Sie Nachsicht und glauben Sie mir, dass ich mir nichts sehnlicher wünsche, als Sie glücklich zu sehen.

Ihr ergebener Freund
Hermann Vortkamp

Postskriptum: Ich werde diesen Brief auf dem Hochsitz am Galgenbülten deponieren und darauf hoffen, dass Sie ihn bald finden werden. Wenn Sie mir zu antworten wünschen, so hinterlegen Sie Ihren Brief an gleicher Stelle. Jeden Tag werde ich nachschauen und auf Antwort hoffen. Doch halt, ich wollte ja nichts erhoffen …

Donnerstag, 27. Juli

Liebe Lisbeth,

sind Sie mir böse? Bestrafen Sie mich für meine Dreistigkeit? Habe ich Sie verletzt, beschämt, vor den Kopf gestoßen? Bereits am Mittwochmorgen, als ich auf dem Weg zum Kolk auf dem Hochsitz nachschaute, stellte ich erfreut fest, dass mein Brief vom Vortag nicht mehr an Ort und Stelle war, doch bis heute (es ist kurz vor Mitternacht, und erst vor einer halben Stunde war ich erneut im Moor) habe ich keine Antwort erhalten. Sollten meine offenen Worte Ihnen missfallen, Sie verstört, Ihnen gar Schmerz zugefügt haben, so könnte ich mir dies niemals verzeihen. Erlösen Sie mich aus der Ungewissheit und vergeben Sie einem Elenden!

Ihr demütiger Freund
Hermann

PS: Hoffentlich hat niemand Fremdes den Brief auf dem Hochsitz entdeckt. Der Gedanke ist zu entsetzlich und bringt mich um den Schlaf!

28. VII. 1876

Sie Dummer,

wie können Sie nur ernsthaft annehmen, ich wäre Ihnen ob Ihrer lieben, wenn auch ein wenig unverschämten Worte böse? Als ich Ihren Brief auf dem Hochsitz fand, hat es mir den Atem vor Überraschung und Aufregung genommen. Ich muss allerdings zugeben, dass ich beim Lesen errötete und nicht recht wusste, was ich Ihren Worten entnehmen und wie ich sie deuten sollte. Vor allem der zweite Teil des Schreibens, in dem Sie so offen von Ihren Gefühlen und Ihrer Wertschätzung für mich sprechen, hat mich nicht wenig irritiert und mich zögern lassen, Ihrer Bitte um Antwort nachzukommen.

Es ist unrecht, dass wir auf diese heimliche Weise Briefe austauschen, das weiß ich wohl, und doch antworte ich Ihnen, um Ihnen zu sagen, dass auch Sie mir vertraut und nahe erscheinen. Es ist wahr, wir sind einander gänzlich unbekannt, und dennoch hatte ich bereits bei unserer ersten Begegnung das bestimmte Gefühl, in Ihnen einen Wesensverwandten gefunden zu haben. Das habe ich in Ihrem Blick gelesen. Sie verstehen mich und machen sich nicht über mich lustig, wenn ich mich meinen womöglich kindischen Fantasien und Wunschvorstellungen hingebe. Was ist falsch daran, den Horizont nicht als das Ende der Welt zu akzeptieren? Vielleicht halten auch Sie mich für ein etwas überspanntes Weibsbild, dem es an Etikette und Wohlerzogenheit mangelt (Sie wären nicht der Erste!), doch Sie haben die Güte, sich dies nicht anmerken zu lassen. Wüsste mein Vater, dass ich Ihnen schreibe, so würde er mich vermutlich in der Kammer einsperren und mich erst zu meiner Vermählung mit Henk van Weyck wieder herauslassen, aber das kann und soll mich nicht schrecken. Ja, ich bin die Verlobte eines anderen, und trotzdem kann ich nichts Schändliches daran finden, einen guten Freund in Ihnen zu besitzen …

Wie freut es mich, dass Ihnen mein Bildnis gefällt. Ich selbst finde es scheußlich und gänzlich misslungen. Das Kleid steht mir nicht und lässt mich wie eine alte Frau aussehen, der Hut ist albern, meine Sommersprossen sehen aus wie Windpocken, die Haare hängen wie Spinnfäden, und meine Nase erinnert an eine Gurke. Aber wenn Ihnen das Bild zusagt, so soll es mir Recht sein und mich erleichtern. Wie hatte ich befürchtet, Sie könnten mich für eine hässliche Schachtel halten. Das sage ich nicht, um Komplimente von Ihnen zu erhalten, ganz bestimmt nicht. Unterstehen Sie sich, mir von meiner Schönheit zu schreiben! Ich würde

Sie für einen dreisten Lügner halten. Nein, schreiben Sie, was Sie wollen! Ich will Ihnen keine Vorschriften machen und in diesem Punkt gnädig sein.

Jetzt habe ich vollends den Faden verloren und weiß gar nicht mehr, was ich eigentlich sagen wollte. Richtig, mein Vater! Er ist Ihnen nicht wohlgesonnen und hält Sie für einen Taugenichts. Er sagt, Sie seien ein Vortkamp, wie er im Buche stehe. Dieser Krieg der Familien dauert bereits so lange, dass niemand mehr weiß, woher er rührt. Die Gerwings und die Vortkamps sind sich nicht grün, sie waren es nie, werden es niemals sein. Wie die Capulets und die Montagues in »Romeo und Julia«. Kennen Sie das Stück? Ich habe im vergangenen Jahr eine Aufführung einer Wandertruppe auf dem Altheimer Marktplatz gesehen. Schrecklich schön, finden Sie nicht? Und so traurig! Wussten Sie übrigens, dass Ihr Großvater meine Großtante Katharina verführt und seine Frau in den Tod getrieben hat? Das behauptet zumindest mein Vater. Ich solle mich vor Ihnen in Acht nehmen, sagt er, so was läge im Blut.

Muss ich mich vor Ihnen in Acht nehmen, Hermann? Sind Sie ein Schwerenöter wie Ihr Großvater? Ich kann und will das nicht glauben. Obwohl die Tatsache, dass Sie mir heimliche Briefe schreiben, unverblümte Komplimente machen und mein Herz in Aufruhr bringen, gegen Sie spricht. Ich will Ihnen verzeihen, dass Sie mich verwirren und in Unruhe versetzen, und stets froh sein, Sie meinen liebsten Freund nennen zu können.

L.

Freitag, 28. Juli

Liebste Lisbeth,

Sie können sich nicht vorstellen, wie erleichtert und erfreut ich bin. Der Gedanke, Ihr Missfallen oder Ihren Widerwillen erregt zu haben, hat mich nächtelang nicht schlafen und sogar meine Arbeit vernachlässigen lassen. Ja, ich muss gestehen, dass ich kurzzeitig sogar überlegt hatte, Sie auf dem Schulzenhof aufzusuchen und Sie Auge in Auge um Vergebung zu bitten, auch auf die Gefahr hin, Ihren Vater noch mehr gegen mich aufzubringen. Als ich heute Nachmittag Ihren Brief auf dem Hochsitz fand und ihn noch an Ort und Stelle aufriss und las, da sprang mein Herz vor Freude und Entzücken. Immer wieder glitten meine Augen über die Zeilen, und der leise Spott, der aus Ihren Worten klang, hat mich jubilieren lassen. Ich kam mir wie ein zum Tode Verurteilter vor, den man im letzten Moment begnadigt hatte. Entschuldigen Sie die allzu dramatischen Worte, vermutlich übertreibe ich, aber meine Gefühle spielen mir einen Streich und entschuldigen hoffentlich meine ungestüme Wortwahl. Sie haben mich glücklich gemacht, Lisbeth!

Seien Sie ebenfalls versichert, dass ich keinesfalls der Schwerenöter oder Taugenichts bin, den Ihr Vater in mir sieht. Sein harsches Urteil entbehrt jeder Grundlage und ist mehr als ungerecht. Dass ich ein Vortkamp bin, kann ich nicht ändern, doch wenn es nur um den Namen geht, dann will ich ihn gern verleugnen. Wie sagt doch Romeo in dem von Ihnen so geliebten Stück: »Nenn Liebster mich, so bin ich neu getauft und will hinfort nicht Romeo mehr sein.«

Meinen unseligen Großvater, der übrigens lange vor meiner Geburt gestorben ist, kann und will ich nicht in Schutz nehmen. Obwohl ich nach ihm benannt bin, weiß ich nichts über ihn, und auch die betrübliche Geschichte, die sich vor fünfzig Jahren mit Ihrer Großtante Katharina abgespielt hat, war mir bis vor wenigen Tagen unbekannt. Wenn allerdings Ihre Verwandte auch nur annähernd so hübsch und bezaubernd war, wie Sie es sind, liebste Lisbeth, dann will ich meinen Großvater nicht vollends verdammen, auch wenn der Tod meiner Großmutter ein großes Unglück war und mein Großvater große Schuld auf sich geladen hat. Allerdings begreife ich nicht, warum die Verfehlungen unserer Ahnen noch heute ein Hindernis für die Freundschaft zwischen Ihnen und mir sein sollen.

Nein, Sie haben keinerlei Grund, sich vor mir in Acht zu nehmen, denn niemals könnte ich etwas unternehmen oder sagen, was Ihnen Schaden oder Leid zufügen könnte. Sie sind mir das Heiligste. Oh, wie gern wäre ich jetzt in Ihrer Nähe! Auch wenn es köstlich ist, Ihnen in Briefen meine Gefühle beschreiben zu dürfen, so sehne ich mich doch danach, sie wiederzusehen und mit Ihnen zu sprechen. Können wir uns nicht treffen? Vielleicht auf dem Hochsitz. Es gibt so viel, das ich Ihnen erzählen und anvertrauen möchte, aber nicht zu Papier bringen kann. Ich werde sehnlichst auf eine Antwort warten und darauf hoffen (nun hoffe ich doch!), Sie bald wiederzusehen.

Ihr ergebener liebster Freund
Hermann

Sa., 29. VII.

Sie Unverschämter!

Wie können Sie es wagen, sich im Gewande des Romeo als meinen Liebsten zu bezeichnen. Ich bin nicht Ihre Julia und Sie sind nicht mein Romeo. Haben Sie vergessen, dass ich verlobt bin? Dass ich in Kürze einen anderen heiraten werde? Schämen Sie sich! Offensichtlich scheint das Urteil meines Vaters nicht gänzlich unbegründet zu sein. Kaum gebe ich Ihnen den kleinen Finger und erlaube Ihnen, mir zu schreiben, schon wollen Sie die ganze Hand, nein die ganze Lisbeth und mich heimlich zu einem Stelldichein überreden. Ein Tête-à-tête, wie in einem französischen Roman. Pfui! Ich mag ein dummes und unerfahrenes Mädchen sein, aber das warnende Beispiel meiner Großtante (die übrigens viel hübscher und anmutiger war als ich) soll mich davor bewahren, Ihnen auf den Leim zu gehen.

Sie werden womöglich einwenden, dass ich Sie ja meinerseits vor nicht allzu langer Zeit um unser Treffen auf dem Hochsitz gebeten habe, doch das war natürlich etwas ganz anderes und lässt sich überhaupt nicht mit Ihrem Schreiben und dem darin enthaltenen Wunsch vergleichen. Zu meiner eigenen Schande muss ich allerdings gestehen, dass ich Ihnen (vor Ihrer dreisten und frechen Antwort) einen Vorschlag machen wollte, der Ihnen nur zu gut in den Kram gepasst hätte. Ich hatte mit dem Gedanken gespielt, Ihnen einen möglichen Treffpunkt zu nennen, wo wir ungestört und ganz freundschaftlich miteinander hätten reden können. Doch wie kann ich das nun tun, nachdem Sie mein Vertrauen so schändlich missbraucht haben? Vermutlich würden Sie es auch gar nicht wagen, dort zu erscheinen, wo ich doch so böse auf Sie bin und Sie sich eine Standpauke anhören müssten, die Ihnen gar nicht schmecken würde.

Am Ahlbach, kurz hinter dem Abzweig zu unserem Hof, gibt es eine Stelle, die vom Hessenweg nicht einzusehen ist. Dort macht der Fluss einen Bogen und hat eine kleine Sandbank gebildet. Diese Stelle kenne nur ich, oft sitze ich da, wenn ich allein sein und niemand sehen will. Noch nie bin ich dort jemandem begegnet, Boote verkehren selten auf dem Fluss, weil der Weg nach Holland durch die Mühlenschleuse versperrt ist. Dort hätten wir einander sehen können, wenn Sie sich nicht so als Romeo aufgespielt hätten.

Vermutlich haben Sie ohnehin nicht den Mut, das Donnerwetter, das auf Sie wartet, über sich ergehen zu lassen. Andererseits muss ich meinem Unmut Luft verschaffen, und das geht, wie ich in diesem Moment merke, in einem Brief nicht. Ständig widerspreche ich mir, und vermutlich werde ich den Bogen Papier gleich zerreißen.

Nein, so einfach werden Sie mir nicht davonkommen. Ich werde heute Nacht, eine Stunde nach Sonnenuntergang, am Fluss auf Sie warten, um Ihnen gehörig die Meinung zu sagen. Und wagen Sie es nicht, mir einen Korb zu geben!

Ihre erboste und ungnädig gestimmte
Elisabeth Schulze Gerwing

Zweites Kapitel

Das Tagebuch des Hermann Vortkamp

Samstag, 29. Juli 1876

Seit beinahe einer Woche habe ich mein Tagebuch nicht angerührt. Obwohl so viel geschehen ist und mir tausend Dinge durch den Kopf gingen, habe ich mich nicht getraut, mich diesem Buch anzuvertrauen und meine geheimsten Gedanken und Gefühle zu Papier zu bringen. Es war mir nicht möglich, von meiner Arbeit und meinen sonstigen Erkundungen zu berichten, da mein Herz übervoll und mein Hirn wie leer war. Auch jetzt zögere ich und wage nicht niederzuschreiben, was mich seit über einer Woche unentwegt beschäftigt, mir den Verstand raubt und mich um Fassung ringen lässt. Heute Abend wird sich alles entscheiden, heute werde ich Lisbeth sehen und erfahren, ob ich ein Verdammter oder ein Seliger bin.

Wenn sie nur wüsste, was sie mit mir anstellt, wie sehr sie mich quält und aus der Bahn wirft. Ich bin hin- und hergerissen zwischen Hoffen und Bangen, weiß nicht, was ich erwarten darf oder zu fürchten habe, und bis ich Gewissheit habe, will ich mich zwingen, nicht an sie zu denken. Ihre Fotografie habe ich beiseite gelegt, um nicht durch den Anblick ihres reizenden Gesichts abgelenkt zu werden, und auch ihre so widersprüchlichen Briefe, die ich auswendig kenne und doch nicht begreifen kann, will ich aus meinem Kopf verbannen und mich allein darauf konzentrieren, was sonst in den vergangenen Tagen geschehen ist.

Mein letzter Tagebucheintrag stammt vom 23. Juli und endet

mit dem erstaunlichen Fund des Skeletts im Hünengrab und meinem Vorhaben, Professor Braun zu informieren und ihn um Hilfe zu bitten. Dies ist inzwischen geschehen, am Montag habe ich ihm einen Brief geschrieben, und seitdem warte ich auf eine Antwort des Professors oder sein persönliches Erscheinen in Ahlbeck. Da es kein Telegrafenamt im Dorf gibt, die Eisenbahn einen großen Bogen um Ahlbeck macht und die Postkutsche nur einmal wöchentlich verkehrt, muss ich mich noch einige Tage in Geduld üben.

Den Eingang zum Hünengrab habe ich in der Zwischenzeit wieder mit dem großen Findling versperrt und Schilder angebracht, die das Betreten des Geländes untersagen. Dass sich die Ahlbecker zum Kolk oder gar ins Grab wagen, steht allerdings nicht zu befürchten. Schon jetzt kursieren die wildesten Spuk- und Geistergeschichten im Dorf, jedermann spekuliert, wer der Tote im Grab sein könnte, und alle sind sich einig, dass ein Fluch auf dem Gebiet rund um die Kolkmühle liegt. Der Blutanger sei seinem Namen wieder einmal gerecht geworden, sagen die Bauern, und die Torfstecher bekreuzigen sich beinahe ängstlich, wenn sie sich ihrer Baracke am Kolk nähern.

Das männliche Skelett habe ich vorläufig an Ort und Stelle gelassen, jedoch die Gürtelschnalle und den goldenen Zwillingsring vorsichtshalber in Gewahrsam genommen. Die Inschrift »GtH – AtH – MDXXIV« gibt mir immer noch zu denken; zwar bin ich mir sicher, dass es sich bei dem Ring um einen Ehering handelt und die Ehe im Jahr 1524 geschlossen wurde, doch die Initialen sind mir ein Rätsel. Wofür steht das kleine »t« in der Mitte? Vielleicht für die holländische Präposition »ten« oder »ter« (zu deutsch: »zum« oder »zur«)? Mir ist diese Silbe als Bestandteil vieler Namen in Ahlbeck aufgefallen: Tenhagen, Terstriep, Terhaar, Tenfelde. Vielleicht wurden diese Namen im sechzehnten Jahrhundert noch getrennt geschrieben? Denkbar wäre es.

Natürlich war es mein erster Gedanke, mich nach der Freilegung des Hünengrabes sofort mit dem zweiten, benachbarten

Großhügel zu beschäftigen. Womöglich befindet sich darunter ein weiteres steinzeitliches Dolmengrab, eine zweite archäologische Sensation. Doch ich will zunächst die Meinung und den Rat des Professors abwarten und habe mich deshalb dafür entschieden, erst die restlichen Urnengräber zu untersuchen. Über zwanzig dieser kleinen Hügel habe ich inzwischen geöffnet und die Fundstücke gesammelt und katalogisiert, aber Erstaunliches oder Bemerkenswertes ist nicht zu Tage getreten, weder Schmuck noch Werkzeuge, nur Asche, Knochenreste und Tonscherben.

Meinen Großonkel Johann habe ich seit unserer letzten Begegnung vor einer Woche nicht mehr gesehen; er meidet das Dorf und seine Bewohner, und ich meide den Molenkotten. Aber Johanns Worte sind mir immer noch im Gedächtnis, seine düsteren Warnungen (»Lass die Lanvermännin in Ruhe!«) und geheimnisvollen Andeutungen (»Bruder Henk«) wollen mir nicht aus dem Kopf. Glücklicherweise ist mir der Junge mit der Hasenscharte nicht wieder erschienen, weder im Traum noch in wachem Zustand. Vielleicht weil in meinem Kopf eine andere, weitaus hübschere Person herumspukt?

Am Mittwoch war ich ein weiteres Mal an der Kolkmühle. An jenem Tag wartete ich sehnsüchtig auf einen Antwortbrief von Lisbeth (der erst zwei Tage später kam) und lief mehrmals am Tag zum Galgenbülten, um auf dem Hochsitz nachzuschauen. An Arbeit war nicht zu denken, ich war so aufgeregt und durcheinander, dass ich den Spaten kaum in den Händen halten konnte, und so begab ich mich schließlich zur Mühle, um nicht wie ein Dämlack in der Gegend herumzustehen. Im Türbogen über dem Eingang zum Untergeschoss fiel mir erneut die Inschrift »A. D. 1535« auf, und ich beschloss, den Müller zu fragen, was es mit diesem Datum auf sich hatte.

Alfons Lösing, so der Name des Müllers, war gerade bei der Arbeit, als ich die Mühle durch den Haupteingang betrat und die ausgetretenen Holzstufen hinunterstieg. Ein kaum zu beschreibender Lärm empfing mich im Inneren, es war wie ein Kreischen und

Donnern, zugleich schrill und dröhnend. Im Mittelgeschoss, das über eine schmale Holztreppe zu erreichen war, befanden sich die Mahlgänge mit den Korntrichtern und den riesigen Mühlsteinen, die sich in ihrem Gehäuse drehten und dabei die kreischenden Geräusche von sich gaben. Über mannsgroße Kammräder, kleinere Zahnräder, horizontale wie vertikale Antriebswellen und zum Teil baumstarke Achsen übertrug sich die Kraft des äußeren Wasserrades auf die Mühlsteine. Alles schien in Bewegung zu sein, die zahlreichen Kammräder unter der Decke und im Keller fuhren polternd im Kreis herum, die hölzernen Zähne griffen wie bei einem gigantischen Uhrwerk ineinander, die Antriebsachsen drehten sich quietschend, die aus Eichenholz gezimmerte Deckenkonstruktion bebte, selbst der steinerne Boden im Untergeschoss vibrierte merklich unter meinen Füßen.

Es war beinahe stockfinster in der Mühle, nur durch drei kleine Fenster auf der Nordseite drang diffuses Licht herein. Mehlstaub hing in der Luft, kratzte in meiner Kehle und ließ mich nach Luft schnappen. Lösing stand an einer Mehlrutsche im Untergeschoss und füllte das gemahlene Mehl, das aus den darüber gelegenen Mahlgängen über die Rutsche nach unten rieselte, in große Leinensäcke. Neben ihm stand ein Bauer im blauen Drillich, der ihm etwas ins Ohr rief und dabei aufgeregt mit den Händen gestikulierte. Sie schienen sich zu streiten und hatten finstere Mienen.

Beide Männer schauten im selben Moment zu mir herüber und sahen mich fragend, ja beinahe feindselig an. Als ich sie begrüßen und gegen den Lärm anschreien wollte, zuckten sie gleichzeitig mit den Schultern, da sie kein Wort verstanden.

Ich kam näher und wiederholte meine Worte. Lösing schüttelte den Kopf, deutete nach oben und dann zur Tür, und als ich nicht begriff, machte er eine Trinkbewegung mit der Hand. Vermutlich sollte ich in der Mühlenschänke auf ihn warten. Ich nickte und war froh, den lärmenden Höllenschlund der Mühle verlassen zu können.

Als ich wieder nach draußen trat, blendete mich die Sonne,

und erst jetzt fiel mir auf, dass es keinerlei Lichtquelle in der Mühle gegeben hatte. Keine Petroleumlampe, keinen Kienspan, keine Kerze. Vermutlich war offenes Feuer zu gefährlich, der feine Staub in der Luft konnte sich leicht entzünden und die Mühle zur Explosion bringen. Zugluft, Mehlstaub und offenes Feuer waren in dieser Kombination nicht weniger verheerend als der vor wenigen Jahren erfundene Sprengstoff des Herrn Nobel.

Die Mühlenschänke »Zum schwarzen Kolk« war diesmal gut besucht. Drei Kötterbauern saßen an einem der eichenen Tische und spielten Karten, am Schanktisch hockte ein weiterer Kötter und starrte missmutig in seinen Bierkrug, und in einer Ecke lag ein Mann auf einer Bank und schnarchte. Gleich neben der Tür saß, als gehöre er zum festen Inventar der Schänke, der alte Magisterbauer, das unvermeidliche Buch in der Hand, und gab schmatzende Geräusche von sich. Er schaute kurz auf, schien mich aber nicht wiederzuerkennen, ignorierte mein Kopfnicken, befeuchtete seinen Zeigefinger und blätterte hastig eine Seite um. Er schob seinen Kopf zwischen die Buchdeckel, sodass die weißen Haare an seinem Hinterkopf wie die Federn eines Kakadus in die Luft ragten.

Ich bestellte ein Bier und setzte mich an einen freien Tisch. Gertrud Lösing, die Kolkwirtin und Frau des Müllers, brachte das selbst gebraute und etwas modrig riechende Getränk und nutzte die Gelegenheit, sich nach dem Grab am Kolk zu erkundigen. Ob es stimme, dass der verräterische Widimar wieder erschienen sei, einer der Torfstecher habe das behauptet. Auf meine erstaunte Nachfrage erzählte sie mir eine ziemlich blutrünstige und abenteuerliche Geschichte von einem heidnischen Tempel, der sich früher in der Nähe des Kolks befunden habe, und von einem Priester, der seit einer schändlichen Bluttat vor etwa tausend Jahren als Geist im Moor umherirre. Ich musste sie enttäuschen und berichtete, das Skelett stamme aus dem sechzehnten Jahrhundert und sei definitiv nicht das eines Priesters. Der Mann sei nämlich verheiratet gewesen.

»Hmm«, machte die Wirtin, zog die Augenbrauen zusammen und kehrte mir den Rücken zu. Offensichtlich hatte sie auf eine andere Antwort gehofft. Sie kehrte zum Schanktisch zurück, klopfte dem Kötter auf die Schulter und sagte: »Der tote Priester war verheiratet.«

»Ach«, antwortete der Bauer, ohne seinen Blick vom Bierkrug zu nehmen. »Da kann man mal sehen.«

In diesem Moment wurde die Tür aufgerissen, und der Müller betrat die Schänke. Im Schlepptau hatte er den Bauern im Blaumann, der nach wie vor lauthals auf den Müller einredete und wild mit den Händen gestikulierte.

»... stimmt nie und nimmer! Das kannst du mir nicht erzählen!«

»Maß ist Maß«, erwiderte Lösing und drehte sich nun drohend zu dem Bauern um. »Du warst doch beim Multern dabei. Ich nehme nur den Anteil, der mir zusteht, sonst nichts. Oder willst du behaupten, ich sei ein Betrüger?«

»Einen ehrlichen Müller muss man erst noch erfinden«, schimpfte der Bauer, machte auf dem Absatz kehrt und stapfte wütend hinaus.

»Dummkopf!«, schnauzte Lösing, sah sich um und klatschte in die Hände. »Und jetzt du, Oldenkötter!«

Einer der Kartenspieler stand schwerfällig auf und schlurfte durch den Raum. Der Müller wollte ihn bereits hinausbegleiten, als er mich an meinem Tisch sitzen sah und sich zu erinnern schien. »Was gibt's?«, knurrte er.

»Könnte ich Sie einen Moment sprechen?«

»Kommt drauf an«, bellte er zurück, ließ sich dann aber doch herab, mir einige Fragen zu beantworten. Besonders gesprächig war er nicht, auch weil der Oldenkötter hinter ihm stand und ungeduldig darauf wartete, sein Getreide gemahlen zu bekommen. Auf meine Frage nach dem Datum im Türbogen erwiderte Lösing, im Jahr 1535 sei die Mühle neu errichtet worden. Was zuvor geschehen und warum die Renovierung nötig gewesen sei, konnte er nicht sagen, vermutete aber, die Kolkmühle sei bei einem Brand zerstört worden. Das komme immer wieder mal vor und sei nichts Besonderes; auch die Windmühle auf der anderen Seite der Grenze sei vor hundert Jahren in die Luft geflogen, und seitdem gebe es dort nur noch eine Ruine, in der die Brennnesseln wucherten.

»Es gab zwei Mühlen?«, wunderte ich mich.

»Und zwei Müller«, bestätigte er. »Aber das ist lange her.«

»Gibt es Unterlagen oder Dokumente darüber?«

»Über die Kolkmühle?« Lösing zuckte mit den Achseln. »Mein Vater hat so altes Zeug gesammelt, irgendwo im Keller müssten die Sachen noch liegen. Aber das sind nur die Namen der Pächter und der Eigentümer. Rechnungen, Pachtverträge und so. Nichts was einen Altertumsforscher interessieren dürfte. Zumindest keine Skelette!« Er lachte und setzte hinzu: »Und über den Neubau von 1535 werden Sie auch nichts finden.«

»Im selben Jahr ist das Pastorat im Dorf niedergebrannt.«

»Ach«, sagte er und schickte seine Frau in den Keller, um den »ollen Kram« raufzuholen. Dann tippte er sich mit dem Zeigefinger an die Mütze und verließ mit dem Oldenkötter die Schänke.

Tatsächlich hatte ich wenige Minuten später eine alte Kladde vor mir liegen, auf deren Deckel der Name »Johann Lösing« vermerkt war. Neben den angekündigten Rechnungen und Verträgen, die bis zum Jahr 1803 zurückreichten, fand ich zwei handschriftliche Listen, in denen die Eigentümer und Pächter der Kolkmühle vermerkt waren. So erfuhr ich, dass das Land bis zum 14. Jahrhundert zur Herrschaft Diepenheim gehört hatte und dann in den Besitz der Fürstbischöfe von Münster gewechselt war. Diese waren bis vor siebzig Jahren die Herren der Mühle gewesen, bevor sie den Grund und Boden an die Fürsten Salm-Salm zu Anholt abtreten mussten.

Spannender als die Namen der diversen Bischöfe und Fürsten war allerdings die Liste der Pächter. Vor allem die Zeit um 1535 interessierte mich, und ich war nicht wenig überrascht, als ich unter den Müllern einen Mann namens Vortkamp fand. Ich habe die entsprechende Stelle aus der Liste kopiert:

1524–1527 Geert Vortkamp
1528–1529 Antonius Dennekamp
1532 Henk Schabbinck
1535 Heinrich Vernholt (?)
1535–1554 Josef Gerwing

In vielerlei Hinsicht sind diese Namen und Daten interessant. Zunächst einmal ist auffällig, dass es zeitliche Lücken gibt. Entweder ist die Liste nicht vollständig, oder die Mühle war nicht durchweg verpachtet (aus welchen Gründen auch immer). Außerdem ist bemerkenswert, in welch rascher Folge die Müller wechselten und dass die Mühle nie im Familienbesitz blieb. Sowohl vor 1524 als auch nach 1535 gibt es sehr lange Spannen, in denen immer wieder dieselben Nachnamen auftauchen, vermutlich weil die Mühle vom Vater auf den Sohn überging. Nach dem mit einem Fragezeichen versehenen Müller Vernholt blieb die Mühle lange Zeit im Besitz der Familie Gerwing, und es liegt nahe, dass es sich dabei um die Schulzenfamilie handelt.

Ich habe keine Ahnung, was ich daraus schließen soll und ob es überhaupt eine Bedeutung besitzt, aber wenn dieser Geert Vortkamp tatsächlich ein Vorfahre von mir war, dann könnte das der Grund sein, warum das Haus der Vortkamps Molenkotten genannt wird. Je länger ich darüber nachdenke, desto augenfälliger wird, wie wenig ich eigentlich über meine Familie weiß. Vielleicht sollte ich einen erneuten Anlauf versuchen, meinen Großonkel zu befragen. Allerdings verspüre ich keine große Lust, ihn im Molenkotten zu besuchen. Er würde vermutlich ohnehin nicht mit mir reden, und vielleicht warten wieder irgendwelche Geister und Gespenster auf mich.

Bevor ich meinen Bleistift beiseite lege, will ich noch von einer seltsamen Begegnung mit der Magd Margret berichten. Seitdem ich am vergangenen Freitag der »dummen Margret« einige Groschen gegeben und sie gebeten habe, die Augen und Ohren für mich offen zu halten, scharwenzelt das Mädchen ständig im Gasthaus um mich herum, gibt mir mit verschwörerischen Blicken zu verstehen, dass sie weiterhin als Spionin für mich tätig sein will, und berichtet mir jeden Abend, wenn die Wirtin nicht zugegen ist, ob es irgendwelche Neuigkeiten gibt. Das war zwar bislang nicht der Fall (weder der Molenkötter noch der holländische Fabrikantensohn sind im Wirtshaus aufgetaucht), doch auch wenn es nichts zu vermelden gibt, lässt Margret es sich nicht nehmen, mir Rede und Antwort zu stehen. Dabei macht sie stets eine beinahe feierliche Miene.

Gestern Abend klopfte es sehr spät an meine Tür, und als ich öffnete, stand die Magd vor mir, sagte kein Wort und lächelte seltsam. Auf meine Frage, was sie wolle, antwortete sie: »Nichts.« Weshalb sie dann geklopft habe, wollte ich wissen. »Nur so«, lautete ihre Antwort. Ich vermutete, sie wollte weitere Groschen für ihre Spionagetätigkeit, doch als ich etwas Dementsprechendes murmelte und nach meiner Börse griff, da rief sie aufgeregt: »Nicht nötig.« Wieder lächelte sie seltsam, ihre Wangen glühten, und im nächsten Augenblick rannte sie davon. Frau Tenhagen hat Recht, das Mädchen scheint wirklich nicht ganz bei Verstand zu sein.

Beim Blick aus dem Fenster habe ich gerade bemerkt, dass die Sonne bereits untergeht. Noch eine Stunde!

Ich muss mich beeilen.

Nachts

Ich habe es getan! Ich habe ihr alles gestanden. Alles! Es ist einfach aus mir herausgeplatzt. Und sie ist nicht davongerannt, hat sich nicht die Ohren zugehalten, mich nicht beschimpft, mir keine Backpfeife gegeben. Ganz im Gegenteil! Oh, ich könnte sterben vor Freude.

Eine halbe Stunde nach Sonnenuntergang war ich an der beschriebenen Stelle am Hessenweg, kurz hinter dem Abzweig zum Schulzenhof. Tatsächlich machte der Ahlbach hier eine Kurve, doch das dichte Gebüsch nahm jede Sicht auf das Wasser. Der Himmel war inzwischen finster, nur im äußersten Westen war ein heller Streifen übrig geblieben, und auch der Mond stand nur als schmale Sichel über dem Horizont. Ich hatte keine Ahnung, wie ich zum Bach hinunterkommen sollte, und hielt die Feldblumen, die ich unterwegs gepflückt hatte, wie eine erloschene Fackel in der Hand. Ich suchte das Unterholz ab, fand aber keinen Durchlass, und als ich leise Lisbeths Namen rief, antwortete mir nur ein Waldkäuzchen.

Da es aussichtslos schien, einen begehbaren Weg zu finden, schlug ich mich schließlich an einer beliebigen Stelle durchs Gebüsch und hatte nach kurzer Zeit Hände und Gesicht verkratzt. Zu allem Überfluss stolperte ich über eine Baumwurzel, verlor das Gleichgewicht und rutschte auf dem Hosenboden die steile Böschung hinunter. Als ich schließlich zum Stillstand kam und die Orientierung wiedererlangt hatte, saß ich auf einer breiten Sandbank direkt am Ufer, und vor mir stand Lisbeth, hielt sich die Hand vor den Mund und unterdrückte ein Lachen.

»Warum haben Sie nicht geantwortet, als ich gerufen habe?«, fragte ich ärgerlich. Mein Rücken tat weh, das Hinterteil brannte, und vermutlich hatte ich meine Hose ruiniert. »Ich hätte mir alle Knochen brechen können.«

»Haben Sie den Kauz nicht gehört?«, antwortete sie lachend.

»Das waren Sie?«, fragte ich, betrachtete die Blumen in meiner Hand und musste nun ebenfalls lachen. Es waren nur noch ein paar Stiele und Stängel übrig, die Blüten hatten den Sturz nicht überstanden. Ich reichte Lisbeth den kläglichen Rest des Blumenstraußes und sagte: »Es tut mir Leid.«

»Es ist die Absicht, die zählt«, erwiderte sie und nahm die Stängel entgegen. »Ich liebe Klatschmohn, auch ohne Blüten.«

»Ich meine nicht die Blumen«, sagte ich und rappelte mich

mühsam auf. »Es tut mir Leid, Lisbeth. Seien Sie bitte nicht böse auf mich.«

Ihr spöttisches Lachen verschwand, sie schaute mich lange unverwandt an, biss sich auf die Unterlippe und sagte schließlich: »Sie haben mich sehr verdrossen. Ich müsste wirklich mit Ihnen schimpfen.«

»Wie kann ich es wieder gutmachen?«

Erneut sah sie mich nachdenklich an, lächelte dann und meinte: »Indem Sie nicht länger davon reden.« Sie setzte sich in den Sand, klopfte mit der Hand auf den Boden und sagte: »Setzen Sie sich, Hermann! Ich verzeihe Ihnen, wenn Sie mir versprechen, sich fortan zu benehmen.«

Ich hätte vor Freude Luftsprünge machen können, doch stattdessen setzte ich mich artig neben sie und starrte sie nun meinerseits an. Sie trug diesmal nicht ihre Jägerkleidung, sondern eine weiße Bluse und einen dunklen Rock, beides sehr schlicht, aber nicht ohne Eleganz. Um die Schultern trug sie einen bunten Schal, und auf dem Kopf saß ihr ein winziges Hütchen, eine Art Trachtenhut, der in ihrem hochgesteckten, lockigen Haar beinahe verschwand. Lisbeth wirkte weder wie ein Lausbub (wie bei unserer ersten Begegnung) noch wie eine feine Dame (wie an jenem unseligen Sonntag an der Mühle), sondern wie eine junge Frau, die sich nicht herausputzen muss, um ihre natürliche Schönheit zur Geltung zu bringen.

Vielleicht schaute ich sie zu lange und zu intensiv an, womöglich kam mir auch ein Kompliment über die Lippen, jedenfalls funkelte sie mich plötzlich an und sagte: »Fangen Sie nicht schon wieder an! Raspeln Sie kein Süßholz, erzählen Sie mir lieber von Amerika! Oder Ihren Archäologen.«

Und das tat ich dann. Wie berauscht plapperte ich drauflos, redete ohne Punkt und Komma, immer bemüht, Lisbeth zu unterhalten, ihre Wissbegier zu befriedigen und (ja, ich gebe es zu) mich selbst und meine Profession in vorteilhaftestem Licht darzustellen. Ich berichtete von den Entdeckungen Heinrich Schliemanns, der zurzeit im Osmanischen Reich den Schatz des Priamos sucht, von Hermann Burmeister, der vor zwanzig Jahren ganz Uruguay durchwandert hatte, und dem berühmten Niebuhr, der vor über hundert Jahren Arabien bis zur Südspitze bereist hatte. Natürlich waren Letztere nicht wirklich Archäologen gewesen, doch weil ich Lisbeths Schwärmerei für die holländische Forschungsreisende Tinné kannte, tat ich ihr und mir den Gefallen, von Entdeckern und wissenschaftlichen Abenteurern zu erzählen. Nichts ließ ich aus, weder die Suche nach der Nordwest-Passage noch die Erkundung Australiens oder die Maya-Stätten in Mexiko, und stets nannte ich ihr die Namen von Deutschen, die daran teilgenommen hatten. Lisbeth hörte aufmerksam zu, fragte nach und ließ und dann und wann ein sehnsüchtiges Seufzen vernehmen.

Ich weiß nicht, wie lange wir so saßen und angeregt plauderten, ich hatte jedes Zeitgefühl verloren, doch plötzlich hielt Lisbeth meine Hand, drückte sie und fragte: »Wenn Sie völlig freie Wahl hätten, was würden Sie dann tun?«

Es war inzwischen so dunkel, dass ich ihr Gesicht und den Ausdruck darin nicht erkennen konnte, obwohl wir nur wenige Zentimeter voneinander entfernt saßen. Ich schluckte, streichelte ihre Hand und antwortete: »Sie wissen, was ich tun würde. Wenn Sie nur …«

Erschrocken ließ sie meine Hand los. »Nein«, stotterte sie, »ich meine … nicht *das* … sondern … wohin würde es Sie ziehen? Also nicht zu wem, sondern … Sie wissen schon … an welchen Ort?«

»Peru!«, entfuhr es mir.

»Warum ausgerechnet Peru?«

Ich berichtete ihr von den deutschen Geologen Reiss und Stübel, die vor zwei Jahren in Ancón, nördlich der peruanischen Hauptstadt Lima, begonnen hatten, nach prähistorischen Monumenten und Indianerkulturen zu graben und bereits Erstaunliches entdeckt hatten. »Ein riesiges Gräberfeld haben sie freigelegt«, sagte ich, »mit prächtig geschmückten Toten und gut erhaltenen Grabbeigaben.«

»Sie scheinen eine seltsame Vorliebe für Gräber zu haben.«

»Mag sein«, erwiderte ich schwärmend. »Ich bin nun mal Altertumsforscher. Wir können leider keine Augenzeugen befragen. Wie gern wäre ich jetzt in Ancón.«

»Ich verstehe«, murmelte sie, und es klang ein wenig enttäuscht.

»Und Sie?«, wollte ich wissen.

»Was ist mit mir?«

»Wenn Sie die freie Wahl hätten, würden Sie mich begleiten? Nach Peru?«

»Ach, Hermann«, seufzte sie, »wenn Sie wüssten.«

Ich kann nicht erklären, was über mich kam oder in mich fuhr. Es war ein plötzlicher Impuls, ich konnte mich nicht dagegen wehren. Bevor ich wusste, was ich tat, küsste ich sie. Nicht auf die Stirn, nicht auf die Wange, sondern auf den Mund. Dabei schlang ich meine Hände um sie, als sei ich ein Ertrinkender, der sich an einer Boje festhält. Als ich begriff, was ich getan hatte, fuhr ich wie unter einem Schlag zurück.

»Das hätten Sie nicht tun dürfen«, wisperte sie tonlos.

»Ich weiß«, antwortete ich und nahm ihre Hand, »aber ich musste es tun. Ich hatte keine Wahl! Sie wissen, dass ich Sie liebe, Lisbeth. Sie wissen, was ich fühle, seit ich Sie das erste Mal gesehen habe. Ich kann nicht anders, ich halte es nicht mehr aus, auch wenn ich damit alles zerstöre und Sie mich aus Ihrem Leben verbannen.«

Sie erwiderte nichts, zog aber auch ihre Hand nicht fort.

»Werden Sie mich dafür hassen?«

»Sie müssen jetzt gehen, Hermann!«

Ich blieb sitzen, küsste ihre Hand, klammerte mich regelrecht an ihr fest und sagte: »Ich liebe Sie, Lisbeth.«

»Ich weiß«, antwortete sie und entzog mir die Hand, »aber Sie müssen jetzt gehen … bitte!«

Diesem »bitte« vermochte ich nichts entgegenzusetzen. Ich

stand auf, murmelte ein »Auf Wiedersehen, Lisbeth«, und wollte mich entfernen.

»Hermann?«, wurde ich zurückgehalten. »Sie wissen, dass ich Sie nicht hasse, nicht wahr?« Sie seufzte leise und setzte kaum hörbar hinzu: »Ganz im Gegenteil.« Dann sprang sie plötzlich auf, lief davon und war im nächsten Augenblick im Unterholz verschwunden. Ich konnte nicht sehen, wohin sie gegangen und wie sie durchs Dickicht gekommen war, aber ich blieb allein am Bach zurück, allein auf der Sandbank, dem Ort unseres ersten Kusses.

Ganz im Gegenteil!

Sie liebt mich. Ich weiß es. Und nichts wird uns auseinander bringen. Nichts und niemand! Kein Schulzenbauer und kein Fabrikantensohn.

Sonntag, 30. Juli

Gerade habe ich sie in der Kirche gesehen. Sie saß mit ihrem Vater in der ersten Reihe, direkt vor dem hölzernen Geländer, das die Sitzreihen von dem Altarraum trennte, und obwohl sie sich nicht umwandte und ich nur ihren Hinterkopf zu sehen bekam, konnte ich meinen Blick nicht von ihr losreißen. Die Messe ging wie im Traum an mir vorüber, von der ungestüm vorgetragenen Predigt (die den Gemeindemitgliedern einige erstaunte Ahs und Ohs entlockte) habe ich nichts verstanden, doch als es zur Kommunion ging und ich den Mittelgang zum Chorraum entlangging, konnte ich für einen kurzen Moment Lisbeths Blick einfangen. Sie lächelte verschämt und senkte sofort die Augen.

Wieder in meiner Bank, stieß mich der Magisterbauer, der sich aus unerfindlichen Gründen neben mich gesetzt hatte, an und sagte: »Sie sollten nicht so auffällig hinüberstarren. Der Lanvermann könnte es merken. Ihr Grinsen verrät Sie, mein Junge.«

Ich verschluckte mich an der Hostie, die wie Pappe an meinem Gaumen klebte, und hustete. Ich weiß nicht, ob ich rot wurde oder den Magisterbauern mit dämlichem Gesichtsausdruck anstarrte, doch ich bemühte mich, die restlichen Minuten wie andächtig auf meine Hände oder Schuhe zu schauen, und als das »Ite, missa est!« erklang und ich wieder aufschaute, hatten Lisbeth und der Schulze die Kirche bereits verlassen. Ich eilte auf den Kirchplatz hinaus, doch die Gerwings waren nirgends zu sehen. Enttäuscht suchte ich den Platz ab.

»Diesen Blick kenn ich!«, riss mich eine Stimme aus meinen Gedanken.

Es war der alte Vogelsang. Er gesellte sich zu mir, setzte seinen schäbigen Zylinder auf, der trefflich zu dem fadenscheinigen und mottenzerfressenen Anzug passte, und klopfte mir wie einem Schüler auf die Schulter.

»Welchen Blick meinen Sie?«

»Ich habe Ihren Großvater gut gekannt«, antwortete er, wollte etwas hinzusetzen, verstummte dann aber, als der Pastor zu uns trat und grüßte.

»Ich bin nicht mein Großvater«, murmelte ich, während ich Uppenkamp die Hand reichte.

»Aber Sie sind ein Vortkamp«, zischte der Magisterbauer leise und wandte sich dann an den Pastor: »Wenn Sie weiterhin so predigen, werden wir uns bald einen neuen Pastor suchen müssen, weil Sie nämlich im Gefängnis sitzen.«

»Gottes Wille geschehe«, antwortete Uppenkamp knapp. Ihn schien die Gegenwart des alten Vogelsang zu stören, er betrachtete ihn missfällig und merklich von oben herab und entfernte sich bald wieder.

»Der Herr Pastor sieht überall Feinde«, murmelte der Magisterbauer.

»Meinen Großonkel nennt er einen Antichristen, weil er zu den Altkatholiken gegangen ist.«

»Johann? Ein Altkatholik?« Der Alte lachte scheppernd, schüttelte seinen Vogelkopf und klopfte mir erneut auf die Schulter. Eine Angewohnheit, die mir allmählich auf die Nerven fiel. »Der gute Uppenkamp hat ja keine Ahnung«, krächzte er. »Er glaubt, er kennt die Welt, redet von Bismarck und dem Papst, aber in Ahlbeck weiß er nicht Bescheid. Ihr Großonkel ist kein Altkatholik.«

»Nicht?«, wunderte ich mich.

»Unfug!«, knurrte er, hob den Zylinder und kratzte sich den Schädel. »Mit den Altkatholiken hat Johann nichts am Hut. Für ihn sind sie ebenso Gottlose wie unsereins. Wie alle Andersgläubigen.«

»Aber was ist er dann?«

»Fragen Sie ihn selbst. Oder begleiten Sie ihn nach Holland, wenn er Sie lässt.« Der Magisterbauer fuhr sich über das ungeschorene Kinn, schien über etwas nachzudenken und setzte dann hinzu: »Mich hat er einmal mitgenommen, hat wohl gedacht, er könne mich bekehren. Oder einweihen, wie sie es nennen. Ist schon Jahre her. Johann hat für mich gebürgt, und darum durfte ich zuhören. Mit verbundenen Augen! Ein Haufen Wichtigtuer, wenn Sie mich fragen, mein Junge. Lauter Irre!«

»Wohin hat er Sie mitgenommen?«

»Zur Krim«, antwortete er kichernd.

Ich konnte ihn nur erstaunt anstarren.

»Das ist ein Arbeiterviertel in Enschede, in der Südstadt, ganz in der Nähe der Fabriken«, erklärte er. »Dort treffen sie sich. Jeden Sonntagabend. In einer alten Kapelle am Ende der Mauritsstraat. Eigentlich dürfte ich Ihnen das gar nicht erzählen, sie haben mich schwören lassen, kein Wort darüber zu verlieren.«

»Aber wer sind diese Leute?«

»Eine gute Frage«, antwortete er und schob die Unterlippe vor. »Sie geben sich geheimnisvoll wie die Freimaurer, reden in seltsamen Formeln, nennen ihren Treffpunkt ›Tempel‹ und ihren Wortführer ›Meister‹, aber eigentlich handelt es sich um eine Art Täufergemeinde, wenn ich es richtig verstanden habe. ›Die Söhne des Täufers‹, so nennen sie sich, aber ich glaube nicht, dass sie den heiligen Johannes damit meinen.« Er lachte und fügte hinzu: »Fragen Sie Ihren Onkel.«

»Großonkel.«

Wieder schüttelte der Alte belustigt den Kopf, klopfte mir auf die Schulter und sagte: »Sie sind ein Vortkamp. Das habe ich gleich gemerkt. Wie Ihr Großvater!«

Mit diesen Worten ließ er mich stehen und stakste davon.

Nachts

Die Söhne des Täufers. Ich habe sie mit eigenen Augen gesehen und muss dem Magisterbauern Recht geben: Es sind Verrückte und sittenlose Gesellen! Nicht von dieser Welt, aber alles andere als harmlos. Und Henk van Weyck ist einer von ihnen. Der Schlimmste von allen!

Doch ich will die Ereignisse des Tages der Reihe nach erzählen.

Gegen vier Uhr begab ich mich zu Fuß zum Hochsitz, um nachzuschauen, ob Lisbeth mir eine Nachricht hinterlassen hatte. Eigentlich hatte ich viel früher zum Galgenbülten gehen wollen, doch die dumme Margret machte mir einen Strich durch die Rechnung. Sie hing während des Mittagessens wie eine Klette an mir, fragte mich aus, wollte allerlei unnützes Zeug wissen und erklärte, als ich zu einem Spaziergang aufbrechen wollte, sie habe am Sonntagnachmittag frei und könne mich gern begleiten. Es dauerte sehr lang und bedurfte einiger harscher Worte, um dem dummen Ding zu verstehen zu geben, dass ich ihre Begleitung und Gegenwart keineswegs wünschte. Schließlich zog sie eine Schnute und verschwand beleidigt.

Um etwa halb fünf war ich also am Hochsitz, doch von Lisbeth war kein Brief vorhanden. Ich verstaute nun meinerseits eine Nachricht auf dem Hochsitz (»Liebste Lisbeth, wann sehen wir uns? Ich habe Ihnen so viel zu sagen. In Liebe, Hermann«) und kletterte die Holzleiter hinunter, als es unter mir im Unterholz knackte. Ich hoffte bereits, Lisbeth würde gleich erscheinen oder ein Käuzchenruf erschallen. Mein Herz raste, ich fiel vor Aufregung beinahe die Leiter hinunter, doch nichts geschah.

Statt auf dem Hessenweg zum Dorf zurückzugehen, beschloss ich, an der ehemaligen Landwehr entlang zu wandern und auf diese Weise ins Moor zu gelangen. Von der einstigen Befestigung ist nur ein kleiner Wall übrig, doch der Grenzstreifen, auf dem zugleich die preußischen und niederländischen Zöllner patrouillieren, um den Schmuggel mit Tabak und Schnaps zu unterbinden, bietet einen wundervollen Wanderweg. In Gedanken bereitete ich mich auf mein Treffen mit dem Molenkötter vor, überlegte mir, welche Fragen ich ihm stellen und wie ich seinen Widerwillen, mir zu antworten, brechen sollte.

Mehrmals glaubte ich, Schritte oder Geräusche hinter mir zu hören, doch wenn ich mich umschaute, war weit und breit niemand zu sehen. Keine Zöllner, keine Spaziergänger. Es dauerte eine Weile, bis ich den Bruchwald und die hügelige Heide hinter mir gelassen und das Venngebiet erreicht hatte. Es war ein wundervoller Tag, die Sonne schien vom wolkenlosen Himmel, das Moor lag malerisch und gar nicht Furcht einflößend vor mir, allerlei Gezwitscher, Gesumme und Gekrähe hing in der lauen Luft, doch ich hatte für all das weder Auge noch Ohr.

Als ich schließlich gegen halb sechs den Moorkotten erreichte (es ist tatsächlich das einzige Gebäude im Umkreis von mehreren Kilometern), war ich überrascht, meinen Großonkel vor dem Haus zu sehen. Er lag auf einer Bank und schlief.

Bevor ich ihn begrüßen konnte, sagte er, ohne sich zu erheben oder vorher die Augen geöffnet zu haben: »Du hast meine Warnung ignoriert, Männsken.«

»Welche Warnung?«

»Wegen der Lanvermännin.«

»Warum hasst ihr euch so?«, fragte ich und setzte mich auf einen Baumstumpf vor dem Haus. »Warum können die Vortkamps und die Gerwings nicht in Frieden leben? Was soll dieses alberne Gezänk?«

Immer noch lag er auf seiner Bank, die Augen geschlossen, die Beine angewinkelt. Er zuckte mit den Schultern und schmatzte.

»Ist es wegen meines Großvaters?«

»Ach was!«, knurrte er. »Das geht schon viel länger so. Es ist wie bei Hunden und Katzen, die haben eigentlich auch keinen Grund, sich zu bekriegen, aber sie kämpfen miteinander, weil das ihre Natur ist.«

»Dummes Zeug!«, rief ich und sprang auf. »Wir sind schließlich keine Tiere.«

»Nicht in Gottes Himmelreich, aber manchmal auf Erden«, murmelte er und öffnete zum ersten Mal die Augen. »Wenn es um die fleischliche Liebe geht, sind die Männer wilde Bestien und die Frauen läufige Hündinnen. Mein unseliger Bruder, dein Großvater, ist ein gutes Beispiel. So was passiert, wenn Kerle mit ihrem Gemächt denken.«

»Vielleicht hat er diese Katharina geliebt.«

»Er war verheiratet, verdammt noch mal!« Johann schoss plötzlich in die Höhe und stellte sich direkt vor mich, sodass ich seinen fauligen Atem riechen konnte. »Er hatte eine Frau und einen kleinen Sohn. An die hat er nicht gedacht, als er es mit der Lanvermännin trieb. Seine eigene Frau hat er in den Tod getrieben.« Er deutete zum Dach des Kotten und setzte hinzu: »Auf dem Balken hab ich Maria gefunden.«

Ich nickte und sagte: »Deshalb hat er Ahlbeck für immer den Rücken gekehrt.«

»Deshalb«, bestätigte Johann und setzte sich. Er entzündete seine Meerschaumpfeife, deren ehemals weißer Pfeifenkopf schwarz vor Dreck war.

»Was ist mit Katharina Gerwing geschehen? Hat sie ihn begleitet?«

Mein Großonkel schüttelte den Kopf. »Niemand hat ihn begleitet, nur seinen Jungen hat er mitgenommen«, murmelte er und stieß den Rauch aus. »Ich hab Katharina nie wiedergesehen; entweder hat der Schulze sie schleunigst verheiratet oder ins Kloster gesteckt. Im Dorf konnte sie sich nicht mehr blicken lassen, es wussten ja alle Bescheid. Auf dem Schulzenhof war sie jedenfalls nicht mehr. Nach Marias Tod hat sie keiner mehr gesehen.«

Etwas an seinem Tonfall irritierte mich, er sprach sehr leise und wirkte beinahe traurig, als er sagte, er habe Katharina nie wiedergesehen. Plötzlich erinnerte ich mich an unsere Begegnung am Kolk, als er mich so gestenreich und eindringlich vor der Lanvermännin gewarnt hatte. Auch dort hatte in seinen Worten etwas Melancholisches mitgeschwungen, als er von der »verflucht hübschen Deern« erzählt und gemeint hatte, er habe das alles schon einmal erlebt. »Das schönste Mädchen weit und breit«, so hatte er sie genannt.

Ich sah ihm ins Gesicht und sagte: »Du hast sie geliebt.«

Erstaunt starrte er mich an, dann fauchte er: »Es geht nicht um mich!«

»Oh doch!«, beharrte ich. »Du warst in sie verliebt.« Da er nichts erwiderte, fragte ich: »Warum hast du nie geheiratet?«

Er antwortete mit einem Bibelzitat: »Der Apostel Paulus spricht: ›Welcher heiratet, der tut wohl; welcher aber nicht heiratet, der tut besser.‹« Mit einem Mal fuhr er in die Höhe, spuckte vor mir aus, klopfte die Pfeife aus, verschwand im Kotten, kam wenige Sekunden später mit schwarzer Jacke und Zylinder in der Hand zurück und sagte: »Ich muss weg!«

»Wohin?«

»Weg!«

»Dann komm ich mit.«

Als Antwort schüttelte er den Kopf, zog kniehohe Lederstiefel an und setzte den Zylinder auf. »Wo ich hingehe, da hast du nichts zu suchen.«

»Ich werde dich begleiten, Onkel«, sagte ich. »Zur Krim.«

Wieder starrte er mich überrascht an, sein zahnloser Unterkiefer klappte herunter, dann fasste er sich an die Adlernase und sagte: »Tu, was du nicht lassen kannst! Aber die Brüder werden dir den Zutritt nicht gestatten. Du bist nicht eingeweiht.«

»Du könntest für mich bürgen.«

»Verdammter Vogelsang!«, knurrte er und schien einen Moment mit sich zu ringen. »Du bist noch nicht so weit!«, entschied er schließlich, schob mich zur Seite und stapfte davon.

»Sei's drum«, antwortete ich und folgte ihm durchs Moor.

Vom Molenkotten aus ging es zunächst auf einer schlammigen Rollbahn in nördliche Richtung. Ohne sich noch einmal nach mir umzudrehen oder mir auch nur die geringste Beachtung zu schenken, stiefelte mein Großonkel durchs Hochmoor, die Hände auf dem Rücken verschränkt, den Zylinder schräg auf dem Kopf, die Nase und das spitze Kinn nach vorn gereckt. Nach wenigen Minuten stieß der unbefestigte Pfad auf einen Bohlenweg, einen so genannten Knüppeldamm, wie man ihn im Münsterländer Moor häufig findet. Dieser führte direkt zum nahe gelegenen Grenzübergang, der an einem Schlagbaum und einem winzigen Zollamt zu erkennen war. Die holländischen Zöllner grüßten den alten Johann bereits von Weitem und ließen ihn ohne Kontrolle passieren. Als ich mich dem Schlagbaum näherte, drehte sich mein Großonkel um und sagte: *»Mijn neef.«*

»Großneffe«, sagte ich und nickte.

»Goedendag!« Die Zöllner lächelten wissend und tippten sich an die Mütze. Einer von ihnen fragte: *»Je bent de oudheidkenner?«*

Wieder nickte ich und war erstaunt, dass sich meine Grabungen bereits bis nach Holland herumgesprochen hatten.

Die Zöllner ließen auch mich ohne Kontrolle irgendwelcher Papiere passieren, nahmen ihre Mützen ab und verschwanden im Zollamt, das aus einer ärmlichen Holzbaracke bestand und eigentlich nur an dem holländischen Wappen über der Tür zu erkennen war. Ein preußisches Zollamt schien es an dieser Stelle nicht zu geben; vermutlich wurde die Einfuhr nach Deutschland an einem anderen Grenzübergang abgewickelt.

Auf niederländischer Seite sah die Landschaft nicht anders aus als im Ahlbecker Moor. Niedrig bewachsenes Venn, hier und da ein Wassertümpel, einige Schwarzerlen und Birken, Torfmoose und Wollgräser, so weit man schauen konnte. Der Knüppeldamm stand an manchen Stellen unter Wasser oder war mit bräunlichen Blätterpilzen bewachsen. Gehöfte, Stallungen oder Kotten waren nicht zu sehen. Am Horizont jedoch tauchten nach einiger Zeit die ersten Schlote und Schornsteine der Enscheder Textilfabriken auf, Säulen aus Qualm und Dampf ragten in die Luft. Obwohl es Sonntag war, schienen die Fabriken in Betrieb zu sein. Die heilige Sonntagsruhe, die im katholischen Ahlbeck selbst für die Bauern galt und nur im Notfall gebrochen werden durfte, schien den holländischen Fabrikanten fremd zu sein.

Es war kurz vor acht Uhr, als wir den Stadtrand von Enschede erreichten. Der Knüppeldamm war kurz vor der Stadt in einen Schotterweg übergegangen und schließlich in eine gepflasterte Straße, die Albeeksche Straat, gemündet. Schlagartig hatte sich die Umgebung verändert, winzige Backsteinhäuser in Reih und Glied säumten nun die baumlosen Straßen, Kinder in schmutzigen Kleidern tollten umher, Männer standen in Gruppen auf der Straße und rauchten in der Abendsonne ihre Pfeifen, einige Frauen hatten Stühle auf den Gehweg gestellt, schälten Kartoffeln oder schnitten Fitzebohnen und Möhren. Pferdekutschen ratterten über das Pflaster, Schubkarren standen herrenlos am Rand, Hunde kläfften, Müll lag auf der Straße und wurde vom Wind umhergewirbelt. Wir hatten die südliche Vorstadt erreicht, deren drei Fabriken wie mächtige Kirchen über den Dächern thronten. Die Schornsteine der Dampfwebereien spuckten ihren Qualm aus, der nun auch zu riechen war. Kohle und Schwefel hingen in der Luft.

»Da sind wir.« Es waren die ersten Worte, die mein Großonkel seit unserem Aufbruch am Molenkotten an mich richtete. »Jetzt geh nach Hause! Du hast hier nichts zu suchen.«

Ich schüttelte den Kopf und folgte ihm in die Mauritsstraat. Diese war die mittlere von drei parallelen Straßen, die von völlig identischen Reihenhäusern gesäumt waren. Die niedrigen und sehr schmalen Häuser waren höchstens ein paar Jahre alt, die ganze Siedlung war offenkundig auf grüner Wiese, in unmittelbarer Nähe der Fabriken, für die Arbeiter und ihre Familien aus dem Boden gestampft worden. Der Anblick hatte etwas Trostloses und Unnatürliches; nichts Grünes wuchs in diesen Straßen, es gab keine Vorgärten, nur rote Ziegel, braune Backsteine und gestampften Lehmboden. Die einzelnen Wohnhäuser waren kaum voneinander zu unterscheiden, zwölf von ihnen standen ohne Zwischenräume wie Soldaten in einer Reihe: Tür, Fenster, Fenster, Dachrinne, Tür, Fenster, Fenster, Dachrinne.

Das einzige Gebäude, das sich merklich von den anderen abhob, war ein altes, von Wind und Wetter angenagtes Fachwerkhaus am hinteren Ende der Mauritsstraat. Dieses schien seit vielen Jahrzehnten, wenn nicht gar Jahrhunderten dort zu stehen und wirkte in dem am Zeichentisch eines Architekten entstandenen Geviert von geraden und symmetrischen Linien wie ein unbeabsichtigter Tintenklecks. Wie etwas, das man bei der hastigen und lieblosen Planung übersehen hatte. Eine Kapelle oder einen Tempel konnte ich in dem Häuschen allerdings nicht erkennen, nichts deutete darauf hin, dass sich hier allsonntäglich eine Gemeinde traf. Nur ein auffälliges Wappen war über der Tür angebracht, ein Mühlrad war darauf zu erkennen, dessen Speichen aus einem Wiederkreuz bestanden, wie ich es im Molenkotten und am Revers des Fabrikantensohnes gesehen hatte. Über dem Mühlrad standen vier Buchstaben: DWWF. Das Wort wird Fleisch!

Das Motto der Wiedertäufer von Münster. Und zugleich die Inschrift der zwischenzeitlich verschwundenen Medaille. Ich begriff zwar nicht, was das zu bedeuten hatte, aber ich wusste sehr wohl, dass nichts von alledem ein Zufall war. Vermutlich hatte der alte Johann die Münze beim Stöbern in meinem Zimmer gefunden, war über die Inschrift gestolpert, hatte das Medaillon seinen Glaubensbrüdern in Enschede zeigen wollen und es kurzerhand eingesteckt. Eine Unbedachtheit, die später allzu dilettantisch durch Henk van Weycks Deponieren der Medaille unter dem Bett wieder wettgemacht worden war.

Mein Großonkel stand inzwischen am Eingang des Häuschens

und begrüßte zwei Männer, die ebenfalls ganz in schwarz gekleidet waren und einen Zylinder auf dem Kopf trugen. Sie gaben sich die Hand, umarmten einander, sagten etwas und küssten sich auf den Mund. Johann deutete mit dem Finger auf mich und flüsterte den Männern etwas ins Ohr, die beiden anderen schauten zu mir herüber und nickten einträchtig, dann betrat mein Großonkel das Haus.

»*Goedenavond*«, sagte einer der Männer, als ich mich dem Tempel näherte. »*Je bent niet welkom.*«

»Mein Großonkel hat nicht für mich gebürgt?«

Beide Männer schüttelten die Köpfe und verschränkten die Arme vor der Brust.

Obwohl ich nichts anderes erwartet hatte, tat ich, als sei ich überrascht und enttäuscht, stand eine Weile unschlüssig auf der Stelle, tippte schließlich mit dem Finger an meine Hutkrempe und ging schlendernd die Mauritsstraat hinunter. Die beiden Türsteher verharrten noch eine Weile auf der Schwelle, dann verschwanden sie im Inneren. Ein eiserner Riegel wurde hörbar vorgeschoben, und im nächsten Augenblick ertönte in der Nachbarschaft eine Kirchturmuhr zur vollen Stunde. Es war acht Uhr.

Langsam kehrte ich zu dem Häuschen zurück und versuchte durch die beiden Fenster zur Straße einen Blick ins Innere der Kapelle zu werfen, musste jedoch erkennen, dass sie mit dickem Stoff verhängt waren. Ich horchte an der Tür, aber kein Laut war zu hören.

Ein kleiner Junge auf der gegenüberliegenden Straßenseite beobachtete neugierig mein Treiben, grinste und machte Zeichen mit den Händen. Als ich ihn fragend anschaute, trottete er zu mir herüber und gab mir mit einem Winken der Hand zu verstehen, ich solle ihm folgen. Der Kleine war etwa zehn Jahre alt und wirkte etwas verlottert. Seine Haare und seine Haut strotzten vor Dreck, seine Hosen waren zerrissen, und das Hemd, das einstmals weiß gewesen sein mochte, war von einer unbeschreiblichen bräunlichen Farbe.

»De dopers«, flüsterte er und wies mit einer Kopfbewegung zum Haus.

»Täufer«, bestätigte ich. »Ich weiß.«

Der Junge fragte, ob ich sie sehen wolle, und als ich erstaunt nickte, streckte er mir die offene Handfläche entgegen. Ich gab ihm einen Groschen (ein deutsches Geldstück, das er vermutlich noch nie zuvor gesehen hatte) und wurde auf einem Trampelpfad ums Haus herum zu einem hölzernen Schuppen geführt, der an die Rückseite des Gebäudes stieß.

Zunächst glaubte ich, es sei eine Latrine, doch die befand sich im hinteren Teil des Grundstücks, das ringsum von einer mannshohen Mauer umgeben war. Als ich den Jungen fragen wollte, was er vorhabe, legte er den Finger auf die Lippen und wies auf eine Brettertür, die mit einem Riegel und einem Vorhängeschloss versperrt war. Wie ein Zauberkünstler zog er mit triumphierender Geste den Riegel samt Schloss und Nägeln aus dem offensichtlich morschen Holz und hielt mir die Tür zu dem Verschlag auf. Wieder legte er den Finger auf die Lippen und verabschiedete sich von mir mit einem breiten Grinsen und einer schelmischen Verbeugung.

»Dank je wel«, flüsterte ich, sah den Jungen hinter der Hausecke verschwinden und betrat den Schuppen. Es handelte sich um eine winzige Abstellkammer, die durch eine massive Eichentür mit dem eigentlichen Haus verbunden war. Die Tür war nicht wesentlich durchlässiger als der Eingang zur Straße, und ich befürchtete schon, den Groschen umsonst bezahlt zu haben, als ich das Astloch in der Tür sah. Es war etwa in Bauchhöhe, oval und so groß wie ein Daumennagel. Wenn man hindurchschaute, konnte man einen kleinen Teil des Innenraums erkennen.

Ein Katheder stand verlassen in der vorderen Ecke, und einige Männer saßen rechter Hand an einem Tisch und aßen etwas. So sah es zumindest aus. Als ich mein Ohr an das Astloch hielt, konnte ich nur undeutliches und vielstimmiges Gemurmel hören. Vermutlich ein Tischgebet. Nicht gerade aufsehenerregend, und ich dachte daran, wie beschämend es war, einer Gemeinde heimlich durch ein Astloch beim Abendmahl zuzuschauen. Dennoch blieb ich an Ort und Stelle und wurde nur kurze Zeit später für meine Ausdauer belohnt. Das Essen schien beendet zu sein, das Gemurmel ebbte ab, und ein seltsam verkleideter Mann trat an den Katheder. Er trug eine schwarze Kapuze auf dem Kopf, die an einen umgedrehten Trichter erinnerte und sein gesamtes Gesicht verhüllte. Nur durch zwei Augenlöcher konnte er sehen, außerdem gab es eine Öffnung für den Mund. Über seinem Straßenanzug trug er einen ebenfalls schwarzen Umhang, auf dem kryptische Symbole zu erkennen waren: ein Auge im Dreieck, ein Zirkel mit aufgesetztem Kreuz, eine Schlange oder ein Fluss, ein Hammer mit einem Menschenarm als Schaft. Zwei weitere Männer (diese waren normal gekleidet) führten eine dritte Person herbei, die nur einen groben Leinenumhang trug und deren Augen verbunden waren. Dem Mann waren die Hände auf dem Rücken gefesselt, er bückte sich tief herab, der Kapuzenmann rief etwas, das für mich keinen Sinn ergab (es war weder holländisch noch deutsch), und die beiden Normalgekleideten hatten plötzlich Reisig oder Dornenzweige in den Händen und rissen dem Gefesselten den Leinenumhang herunter. Mir stockte der Atem, ich fuhr zurück, und im nächsten Augenblick hörte ich einen unterdrückten Schmerzensschrei. Dann jedoch brandete Jubel auf, Applaus war zu hören, und als ich erneut durch das Astloch schaute, sah ich den Mann, dem man die Augenbinde und die Handfesseln inzwischen abgenommen hatte, von den anderen umringt und umjubelt. Sein Rücken wies blutende Striemen auf, doch er lächelte glückselig und erleichtert, während ihm die anderen anerkennend auf die Schultern klopften. Schließlich trat der Mann mit der Kapuze an ihn heran und leerte einen Krug mit Wasser über den Kopf des Blutenden. Wieder erscholl das Händeklatschen und der Jubel der Umstehenden, und dem nackten Mann wurde ein schwarzer, allerdings nicht mit Symbolen versehener Umhang über die Schultern gelegt.

Was auch immer ich gerade gesehen hatte, es hatte auf mich zugleich faszinierend und Furcht einflößend gewirkt. Es schien sich um eine Art Initiation gehandelt zu haben, ein Taufritual oder eine Aufnahmeprüfung. Ich dachte an den gepeinigten, nackten Mann, und erst jetzt fiel mir auf, dass keine Frauen anwesend waren, die der Anblick des Nackten vermutlich schockiert hätte. Entweder waren weibliche Mitglieder bei den Taufen nicht zugelassen, oder diese Gemeinde bestand nur aus Männern.

Als ich das nächste Mal durch das Loch schaute, hatte sich die Szenerie im Inneren erneut verändert. Der Mann mit der Kapuze hatte diese inzwischen abgelegt, stand am Katheder und breitete die Hände wie ein Prediger aus. Meine Überraschung war nicht gering, als ich in dem Zeremonienmeister, der die Taufe vorgenommen hatte, Henk van Weyck erkannte.

»Hört die Worte des Täufers!«, rief van Weyck mit lauter und eindringlicher Stimme auf Holländisch.

»Und das Wort wurde Fleisch«, antwortete der Chor der Männer, die sich inzwischen wieder an den Tisch gesetzt hatten.

Da ich nicht gleichzeitig sehen und hören konnte, entschied ich mich, den Worten zu lauschen und sie mir so gut wie möglich einzuprägen. Manches habe ich akustisch nicht verstanden, einiges ging im Applaus unter, anderes ist mir in der Zwischenzeit entfallen oder nur noch vage in Erinnerung geblieben, dennoch will ich hier möglichst getreu niederschreiben, was ich im Tempel der Täufer vernommen habe. Das Erstaunlichste war für mich zunächst, dass van Weyck die Worte des Täufers in deutscher Sprache wiedergab, obwohl doch zuvor nur Holländisch geredet wurde. Ein deutlicher Hinweis, dass auch der Täufer, dessen »Söhne« hier versammelt waren, ein Deutscher war. Und ich müsste mich schon sehr irren, wenn dieser Täufer nicht aus Münster stammte.

»Christus und seine Apostel hatten die Christenheit in rechter Lehre, Glauben und Leben aufgerichtet«, verkündete van Weyck mit pathetischer, sich überschlagender Stimme, »doch mit der Zeit sind sie davon abgefallen, sodass die ungelehrtesten Esel die gräulichsten Lügen und schlimmste Abgötterei eingeführt haben. Zu diesen Eseln zählen Mönche, Pfaffen und die gottlosen Theologen.« Nur wer nach dem strikten Wortlaut der heiligen Schrift lebe, so van Weyck weiter, könne mit und in Gott leben. Nichts sei außerhalb des Wortes, denn das Wort sei Gott, und sein Sohn sei das Fleisch gewordene Wort.

Nach dieser etwas umständlichen Einleitung erging sich van Weyck (oder der Täufer, den er zitierte) über den heiligen Stand der Ehe und das Verhältnis von Mann und Frau. Gerade diese Stellen waren es, die den Applaus der Anwesenden provozierten.

»Die Ehe ist eine Vereinigung von Mann und Weib, den Segen Gottes zu seiner Ehre zu bekommen, das heißt Kinderchen zu zeugen in Gottesfurcht. Hierzu hat Gott Mann und Weib geschaffen und jede Lust und Unzucht verboten.

Der Mann ist das Haupt der Frau, wie die Frau eine Ehre des Mannes. Und wie nun der Mann Christus gehorsam sein muss, so schuldet auch die Frau ihrem Mann Gehorsam, und das ohne alles Murren und Widersprechen. Hieraus mag man nun wieder merken, wie die Hörigkeit und Untertänigkeit der Frauen in der Ehe sein soll.«

Während die Zuhörer vor Begeisterung geradezu grölten, dachte ich an die arme Lisbeth, die bald die Frau dieses Mannes sein sollte. Untertänig und hörig wollte er sie machen, ihr jeden eigenen Willen nehmen. Ins Unglück würde eine solche Ehe sie zwangsläufig stürzen, das stand für mich fest, und das galt es zu verhindern. Um jeden Preis!

»Darum wenn ein Mann reichlicher von Gott gesegnet ist«, fuhr van Weyck mit fester Stimme fort, »als um nur eine Frau zu befruchten, und er deshalb wegen des göttlichen Gebotes solchen Segen nicht missbrauchen darf, so steht es ihm frei, mehr fruchtbare Frauen in die Ehe zu nehmen. Denn unehelich, das heißt anders als nach Gottes Willen, eine Frau zu erkennen, ist Ehebruch und Hurerei.«

Ich traute meinen Ohren nicht. Henk van Weyck sprach sich

für die Vielweiberei aus. Auch wenn es nicht seine eigenen Worte waren, die er vorlas, so bestand doch kein Zweifel, dass dies die Ansicht aller Anwesenden war. Sie schienen dem unseligen Vorbild der münsterischen Wiedertäufer in jeder Hinsicht zu folgen. Unfassbar!

»So lauten die Worte des Täufers«, beendete van Weyck schließlich seine Lesung, nun wieder auf Holländisch. »Gottes Friede sei mit euch.«

»Amen«, antwortete die Gemeinde.

Ich hatte vorerst genug gehört. Übelkeit stieg in mir auf. Vorsichtig verließ ich den Schuppen, brachte die Tür und den Riegel wieder in ihre ursprüngliche Lage und machte mich auf den Heimweg. Wie ich zur Grenze und anschließend durchs Moor kam, kann ich nicht genau sagen. Es war etwa Mitternacht, als ich das Dorf erreichte, doch noch immer klangen mir die Worte der Predigt in den Ohren: »So steht es ihm frei, mehr fruchtbare Frauen in die Ehe zu nehmen.«

Ein widerlicher Frevel, den ich unterbinden werde. Niemals wird Lisbeth die Frau dieses Mannes sein. Zu ihrem Glück und zu meinem!

Diesem selbst ernannten Meister werde ich das Handwerk legen.

Montag, 31. Juli

Ich habe mein Tagebuch mit ins Moor genommen und werde es fortan stets bei mir tragen. Was ich diesen Seiten anvertraue, darf niemals in falsche Hände geraten, und in meinem Zimmer sind diese Aufzeichnungen nicht sicher, wie der Diebstahl der Täufermünze gezeigt hat. Es ist ein herrlicher Sommertag, und ich habe mein Mittagessen auf dem Grabhügelfeld gleich neben dem Kolk zu mir genommen. Bei Sonnenschein bietet das Moor einen sehr beruhigenden und gar nicht bedrohlichen Anblick; es ist kaum zu glauben, dass dieser Landstrich verflucht und voller Geister sein soll. Wie hat die Kolkmüllerin den spukenden Priester genannt? Den verräterischen Widimar! An irgendetwas erinnert mich dieser Name, aber es will mir nicht ... Oh, natürlich! Jetzt fällt es mir ein. Der Grabstein in der Krypta unter der Sakristei. »WI___AR«, so steht es auf dem Sockel der kleinen Statue geschrieben. Ein heidnischer Priester, der zum neuen Glauben gewechselt ist und sich hat taufen lassen. Eine Taufe mit Blut, wie die Müllerin meinte.

Immer wieder muss ich an die Taufe denken, deren Zeuge ich gestern geworden bin. Die Täufersöhne sind mir unheimlich, und das hat nicht zuletzt damit zu tun, dass sie sich wie ein aufwieglerischer Geheimbund geben. Es gibt viele Täufergemeinden, vor allem in den Niederlanden, aber sie sind allesamt harmlos, friedliebend und ein wenig weltfremd. Die Mennoniten etwa praktizieren die völlige Gewaltlosigkeit, leben streng nach Jesu Vorbild und entsagen allem Weltlichen. Die Enscheder Täufer jedoch erinnern eher an Freimaurer, die es meines Wissens noch gar nicht so lange gibt und denen es durchaus um ein Wirken innerhalb der Welt geht. Eine seltsame Verbindung, ein seltsamer Widerspruch. Vor allem aber will mir ihr Anführer, Henk van Weyck, nicht recht ins Bild passen. Er gibt sich überheblich und stutzerhaft, hat etwas von einem eitlen Gecken, ist ein Kapitalist, wie er im Buche steht, und hat so gar nichts von einem friedfertigen Prediger, dem das Seelenheil seiner Gemeinde und das Leben im Jenseits am Herzen liegt.

Es ist kein Wunder, dass ich in der vergangenen Nacht von Albträumen heimgesucht wurde, und erneut erschien mir der Junge mit dem entstellten Gesicht. Er drohte zu ertrinken, strampelte panisch im Wasser und tauchte immer wieder unter. Es muss der Mühlenteich gewesen sein, denn ganz in der Nähe sah ich die Mühle lichterloh brennen. Die Flammen schlugen aus dem Dach, verkohlte und zerborstene Balken und Schindeln lagen ringsum verstreut, als sei die Mühle explodiert. Der Junge wollte um Hilfe schreien, doch es kam nur Gekrächze aus seinem Mund. Plötzlich wurde ihm ein Stecken hingehalten, er klammerte sich daran fest und wurde aus dem Wasser gezogen. Während der Junge am Ufer lag und nach Luft schnappte, sah ich den Mann, der ihn gerettet hatte. Es war ein junger Kerl mit einem spitzen gelben Hut auf dem Kopf, wie ihn die Juden im Mittelalter zu tragen hatten. Der Mann sagte: »Da hast du aber Massel gehabt, Kleiner!« Der Junge starrte ihn wie den Leibhaftigen an und brabbelte etwas Unverständliches.

Und dann wachte ich auf.

Ein Brief von Lisbeth! Gerade war ich am Galgenbülten und fand folgende Nachricht auf dem Hochsitz: »Liebster Hermann, ich habe nachgedacht und muss Sie sprechen. Gern würde ich Sie am Kolk aufsuchen, aber mein Vater beäugt mich wie ein Raubvogel. Wir hatten einen Streit, und er scheint einen Argwohn zu hegen. Kommen Sie morgen, Dienstag, nach Sonnenuntergang zum Ahlbach. L.«

Mein Herz schlägt wild, immer wieder lese ich die Zeilen und küsse sie. Sie nennt mich »Liebster Hermann« (nicht »Sie Dummer« oder »Sie Unverschämter«)! Was wohl der Anlass ihres Streites mit dem Schulzen war? Ach, warum kann heute nicht Dienstag sein? Jetzt werde ich die Stunden rückwärts zählen. Noch neunundzwanzig!

Vor wenigen Minuten ist Margret gegangen. Die Magd kam im Auftrag der Wirtin, um mir auszurichten, Professor Braun sei samt einem Herrn von der Zeitung mit der Postkutsche in Ahlbeck angekommen und wünsche mich umgehend zu sehen. Als Margret mich mit meinem Tagebuch sah, wollte sie wissen, was ich da schriebe. Ich antwortete, das ginge sie gar nichts an, und war froh, dass ich das Buch nicht in der Schänke gelassen hatte. Ich traue dieser Magd nicht, sie ist allzu neugierig und führt etwas im Schilde. Sie stand wartend vor mir und beharrte darauf, mich ins Dorf zurückzubegleiten, doch ich befahl ihr, schon vorauszugehen und dem Professor auszurichten, ich käme in Kürze nach. Diese unverschämte Person erdreistete sich, mir zu antworten: »Der Herr Professor sagte: sofort!«

Was ist nur in dieses Mädchen gefahren!

Vor lauter Ärger über ihr Benehmen konnte ich die gute Nachricht, die sie überbrachte, gar nicht recht würdigen. Professor Braun ist in Ahlbeck. Ich bin gespannt, was er zu meinen Funden sagt.

Drittes Kapitel

Drei Briefe

Ahlbeck, den 2. August 1876

Lieber Jaap,

hab vielen Dank für deinen heiteren und verständnisvollen Brief, mit dem du mich über das Verschwinden der Täufermünze und den Verlust einer Liebe hinwegtrösten wolltest. Ich wage es kaum zu gestehen, aber die Situation hat sich abermals grundlegend verändert. Nicht nur die Regenwolken, die alles verdüsterten und die Laune trübten, haben sich verzogen und der Sonne Platz gemacht. Auch die Münze ist wieder aufgetaucht, und die Liebe ist zurückgekehrt, schöner und überwältigender, als ich es mir in meinen kühnsten Träumen auszumalen gewagt hätte.

In meinem letzten Brief, dessen Abschrift vor mir liegt, habe ich dir auf vielen Seiten mein Leid geklagt, habe von Lisbeth Gerwing und ihrem holländischen Verlobten berichtet und von dem Zwist zweier Familien und dem fehlgeschlagenen Bau einer Eisenbahnlinie erzählt. Noch immer sind sich die Gerwings und die Vortkamps spinnefeind, und auch das Fräulein Lisbeth ist nach wie vor dem Fabrikantensohn versprochen, doch nichts davon hat mehr Bedeutung, denn wir lieben uns, haben uns dieser Liebe versichert und sie mit unzähligen Küssen besiegelt. Erst gestern haben wir uns gesehen (wir treffen uns heimlich am Bach) und stundenlang dagesessen, Arm in Arm und Lippe an Lippe, und uns die süßesten Dinge ins Ohr geflüstert. Es fällt mir schwer, dir zu berichten, wie es genau dazu gekommen ist, ich kann es selbst kaum fassen, aber die Gefühle für Lisbeth, die ich dir in meinem Brief angedeutet habe, sind auch die Gefühle, die sie für mich hegt. Wir lieben uns, sind selig und haben uns geschworen, immer beisammen zu bleiben. Nichts kann uns noch trennen.

Ja, bester Jaap, ich weiß genau, was du nun erwidern wirst: Lisbeth ist nicht nur die Verlobte eines anderen, sondern hat auch einen Vater, der eine Verbindung mit mir niemals erlauben wird. Zudem ist Lisbeth nicht volljährig, kann also nicht selbst über ihr Los entscheiden. Das ist alles richtig und mir bekannt, aber erst gestern hat Lisbeth mir gesagt, sie werde Henk van Weyck niemals und unter keinen Umständen heiraten und habe dies auch ihrem Vater gestanden. Es kam zum erbitterten Streit, denn für den Schulzen geht es nicht nur um die Vermählung seiner Tochter, sondern auch um die lukrative Verbindung mit einem reichen Textilfabrikanten. Wenn es sein müsse, werde er seine Tochter in Fesseln zum Traualtar schleifen. Das sei sein letztes Wort. Nichts als Flausen habe sie im Kopf. Lisbeth flehte den Vater an und sagte, sie könne Henk nicht heiraten, da sie ihn nicht liebe und niemals lieben werde. Gerwings Antwort darauf kannst du dir denken. »Was hat denn die Liebe damit zu tun?«, fauchte er. »Glaubst du, das war der Grund, warum deine Mutter mich geheiratet hat? Eheglück hat nichts mit Gefühlen zu tun! Und schon gar nicht sollte die Braut darüber entscheiden. Das bestimmen immer noch die Eltern.«

Ich weiß nicht, wie ein Ausweg aus dieser verfahrenen Lage aussehen könnte, aber mir schwebt etwas vor, das alle Probleme auf radikale Weise löst und unveränderliche Tatsachen schafft. Es ist noch zu früh, etwas Genaues zu sagen (vielleicht ist alles nur ein Hirngespinst, eine allzu abenteuerliche Fantasie), aber nichts wird Lisbeth und mich auseinander bringen. Schon gar nicht dieser reiche Stutzer mit seinem albernen Bowler auf dem Kopf.

Ich habe übrigens Erstaunliches über Henk van Weyck in Erfahrung gebracht. Er ist Anführer in einer freimaurerischen Täufersekte, die sich auf die Wiedertäufer von Münster beruft. Ich habe eine Predigt in ihrem Tempel belauscht und Unerhörtes, ja Sittenwidriges vernommen. Vor allem aber habe ich den genauen Wortlaut dieser Predigt in dem Buch über die münsterischen Täufer wiedergefunden, das mir der Pastor geliehen hat. Sie stammen aus der Feder des Reformators und Täuferführers Bernhard Rothmann, über dessen Schicksal nach dem Ende des Täuferreiches wenig bekannt ist. Vermutlich wurde er wie die anderen Anführer getötet, doch seine Leiche wurde nie gefunden. Die Sekte in Enschede nennt sich »Die Söhne des Täufers«, aber wie und ob Rothmann in die holländische Twente gelangt ist, kann ich nicht sagen. Wenn du etwas über diese Sekte oder die Familie van Weyck weißt, so lass es mich bitte wissen. Vielleicht wird der Schulze die Heiratspläne begraben, wenn er erfährt, wer sein zukünftiger Schwiegersohn in Wirklichkeit ist. Ich habe Lisbeth alles von den Täufern erzählt, und vielleicht kann sie ihrem Vater die Augen öffnen. Es wäre zu schön, um wahr zu sein …

Vor lauter Liebes- und Herzensangelegenheiten hätte ich beinahe vergessen, dir etwas sehr Bemerkenswertes und Spektakuläres zu berichten. In meinem ersten Brief aus Ahlbeck habe ich mich darüber beklagt, wie langweilig und eintönig die Ausgrabungen im Moor seien. Nichts als Urnenreste und Asche in den diversen Grabhügeln. Auch dies hat sich inzwischen ins Gegenteil verkehrt. Mein lieber Jaap, du wirst es nicht glauben, aber ich habe ein Hünengrab freigelegt. Ein vollständig erhaltenes Megalithgrab aus der Jungsteinzeit. Ja, da staunst du! Doch in dem Grab fand ich keine neolithischen Knochen, sondern ein Gerippe aus dem 16. Jahrhundert (ein datiertes Schmuckstück beweist dies). Meine Freude und mein Stolz waren riesig, zugleich aber war ich ein wenig ratlos wegen des unerklärlichen Knochenfundes. Also ließ ich Professor Braun eine Nachricht zukommen, und vorgestern ist der Herr und Meister persönlich auf der Ahlbecker Bühne erschienen.

Wie es seine Art ist, hat er gleich die Zügel an sich gerissen und mich meinen Entschluss bedauern lassen. Du kennst den Professor und sein allzu exzentrisches Auftreten; manchmal erinnert er mich an einen Gaukler oder Schauspieler, der nicht ohne Publikum sein kann und keine anderen Darsteller neben sich erträgt. Er erschien in Begleitung eines Journalisten von der »Kölnischen Volkszeitung«. Dieser Mann, ein Hüne namens Vogel, hing dem Professor wie ein Kind am Rockschoß und notierte alles, was der berühmte Gelehrte von sich gab.

Professor Braun ließ sich von mir in Kürze unterrichten, was ich im Moor gefunden hatte (ich hatte ihm alles schon ausführlich in meinem Brief erläutert), und diktierte anschließend dem Journalisten seine Version ins Notizbuch. Er klang dabei, als habe er höchstpersönlich das Grab samt Inhalt entdeckt. An mich richtete der Mann von der Zeitung keinerlei Fragen, sieht man einmal von der Frage ab, wie das Essen in der Dorfschänke sei und ob ich das Bier empfehlen könne.

Gestern Morgen waren wir schließlich am Kolk und haben das Grab in Augenschein genommen. Der Professor schien mit meiner Arbeit recht zufrieden zu sein, bemängelte aber, dass das Grab unbewacht und einer der Abschlusssteine verrutscht sei. Meine Erklärung, erst der abgerutschte Stein habe darauf hingewiesen, dass es sich um ein Megalithgrab handele, ließ der Professor nicht gelten. Ich hätte eben besser aufpassen sollen, meinte er. Anschließend ließ er sich von Vogel mit einem fotografischen Apparat vor dem Grab ablichten. Das Bild solle als Vorlage für eine Gravur dienen, die dann neben dem Artikel in der Zeitung erscheinen werde. Für mich sei leider kein Platz in der Fotografie, das Bild werde sonst zu unruhig, erklärte der Journalist, bevor er sich eilig verabschiedete und sich samt Ausrüstung von einem Bauern nach Altheim bringen ließ.

Nun, ich will mich nicht beklagen, schließlich habe ich die Geister selbst gerufen. Wirklich ärgerlich ist jedoch, dass der Professor nun allein das zweite Riesengrab freilegt, während ich weiterhin die kleinen Hügelgräber von ihren schmucklosen Urnenscherben befreie. Ich erbot mich, ihm als Handlanger zu dienen, doch er winkte ab und sagte, er werde mich rufen, wenn er mich benötige.

Hinsichtlich des gefundenen Skeletts ist er ähnlich ratlos wie ich, auch wenn er sich dies nicht anmerken lässt. Allerdings ist er im Gegensatz zu mir nicht davon überzeugt, dass der Mann im Grab einem Verbrechen zum Opfer gefallen sei. Das Loch im Schädel des Toten könne auch nach dem Tod entstanden sein. Das ist durchaus richtig, aber es bleibt ungeklärt, wieso der Tote in dem heidnischen Steingrab lag und wer ihn dort hingeschafft hat. Eine christliche Beerdigung kann es jedenfalls nicht gegeben haben.

Von der Täufermünze und meinen Vermutungen hinsichtlich des Reformators Rothmann habe ich Professor Braun übrigens noch nichts erzählt. Ich möchte noch einiges erforschen und überprüfen, bevor ich damit an die Öffentlichkeit gehe. Im Moment kann ich nur mit dubiosen Theorien und unglaubwürdigen Spekulationen aufwarten, und ich habe Angst, dass der Professor mir ins Gesicht lacht. Zuvor will ich noch einmal mit dem Pastor sprechen, die Kirchenbücher inspizieren und die Krypta unter der Sakristei aufsuchen.

Bester Jaap, ich werde dich informieren, falls es Neuigkeiten gibt (in beruflicher wie in privater Hinsicht). Der Professor lässt dich und deine Familie herzlichst grüßen und fragt, wie es dir am »Athenaeum Illustre« ergeht. Als ich ihm berichtete, dass es Pläne gibt, das Amsterdamer Athenaeum in eine Universität umzuwandeln, ist er ganz bleich vor Neid geworden.

Ach, nun hätte ich fast vergessen, dich um einen Gefallen zu bitten. Könntest du dich am Hafen erkundigen, wann der nächste Dampfer nach New York ablegt und was eine Überfahrt kosten wird? Sind irgendwelche Forschungsreisen geplant oder weißt du von Stellenausschreibungen in Übersee? Du wirst dich vermutlich über diese Fragen wundern, aber es könnte sein, dass wir uns demnächst in Amsterdam sehen und ich deine Hilfe und Unterstützung benötige. Verzeih mir, dass ich nicht deutlicher werden kann. Ich weiß selbst noch nicht, was mir eigentlich vorschwebt.

Bitte bleibe mir gewogen und grüße deine Familie!

Herzlichst
dein Freund Hermann

Mittwoch, 2. VIII.

Liebster!

Mein Herz schlägt wild, wenn ich an unser gestriges Treffen denke. Ich fühle mich so selig und kann nichts Unrechtes in unserem Tun erkennen. Wenn ich in deiner Nähe bin, weiß ich nicht, wie mir geschieht. Tagelang könnte ich neben dir sitzen, deine Hand halten, dich von fernen Ländern und fremden Sitten erzählen hören und deine Lippen mit meinen schließen, wenn mich danach verlangt. Ich weiß, es ist ungehörig und unerhört, aber ich kann nicht anders, als mit Freude und Sehnsucht an dich zu denken. Noch immer spüre ich deine Berührungen und Küsse auf meiner Haut, und ein wohliger Schauer fährt mir jedes Mal über den Rücken. Etwas Ähnliches habe ich noch nie erlebt, mir ist ganz bang vor Wonne. Womöglich können wir die Folgen unserer Liebe noch gar nicht abschätzen, vielleicht werden wir eines Tages bitter bereuen, unseren Gefühlen gegenüber so ehrlich und dem Anstand gegenüber so nachlässig gewesen zu sein. Ich hätte dich niemals anhören dürfen, ich hätte davonlaufen sollen, als du mir deine Liebe erklärt und mich geküsst hast, ich hätte dich niemals wiedersehen dürfen. Hätte, hätte, hätte … Ich bin froh, dass ich es nicht getan habe, bin froh, dass wir einander haben und lieb haben, bin froh, die Deinige zu sein. Und es ist so schön, zu wissen, dass es dir genauso geht.

Doch wir sollten vorsichtig sein. Vorsichtiger als bisher. Der Vorfall vom Sonntag will mir nicht aus dem Kopf. Der verschwundene Brief gibt mir zu denken. Vielleicht hast du Recht, wenn du vermutest, dein kurzer Brief an mich sei vom Hochsitz gefallen oder von einem neugierigen Eichhörnchen oder einer Elster gestohlen worden. Ich habe die Umgebung noch einmal abgesucht, konnte aber nichts entdecken, kein Papier, keine Schnipsel. Wenn deine Nachricht nur nicht in falsche Hände geraten ist! Ich werde diesen Brief jedenfalls nicht auf dem Hochsitz hinterlegen, sondern mir etwas anderes überlegen. Mir wird schon eine Möglichkeit einfallen.

Ach, wie gern wäre ich jetzt bei dir, doch ein Besuch am Kolk ist noch unmöglicher als zuvor. Es sind nicht nur die tratschsüchtigen Torfstecher und der aufdringliche Professor, die uns beobachten könnten, es sind vor allem meine überschäumenden Gefühle, die mir Angst machen. Vermutlich könnte ich mich nicht beherrschen, wenn ich bei dir wäre. Ich würde eine Dummheit begehen, mich hinreißen lassen und damit alles gefährden. Nein, lieber will ich, wie verabredet, bis morgen warten und am Ahlbach in deine Arme sinken. Mir stockt der Atem, wenn ich es mir ausmale, mein Busen bebt, und ich muss mich zwingen, an etwas anderes zu denken …

Gestern Abend war der Professor bei uns zu Besuch und hat sich dem Anschein nach blendend mit meinem Vater verstanden. Ich war nicht die ganze Zeit in der Stube anwesend, doch die beiden haben sich gegenseitig mit ihren Heldentaten zu übertrumpfen versucht. Vater kann ein ganz schöner Wichtigtuer sein, und manchmal schäme ich mich für ihn, aber dein Professor steht ihm in dieser Hinsicht in nichts nach. Was für ein eitler Kerl! Wie er immer an seinem Schnauzbart herumzwirbelt und sich über den pomadisierten Scheitel fährt. Vor allem aber hat es wehgetan, ihn von dem Hünengrab und seinen Grabungen reden zu hören, als sei alles auf seinen Mist gewachsen. So lieferten sie sich einen Wettstreit der persönlichen Errungenschaften. Vater redete von der Eisenbahn und den Dampfmaschinen, von der industriellen Revolution, die auch in der Landwirtschaft Einzug gehalten habe, gerade so, als habe er den Kunstdünger erfunden und die erste

Lokomobile konstruiert. Professor Braun sparte nicht mit Komplimenten, um anschließend seine eigenen Verdienste als Museumsleiter und viel beachteter Mann der Wissenschaft hervorzuheben. Das Ende dieser Männerrunde habe ich nur durch die Wand meiner Kammer gehört, aber dem Lärm nach zu urteilen, haben sie mächtig dem Branntwein zugesprochen und sich gegenseitig hochleben lassen.

Es ist so ungerecht! Warum kann Vater dich nicht leiden und nennt dich einen Grabschänder, und wieso schließt er andererseits mit dem Professor (der doch ebenso Gräber aushebt) beim ersten Zusammentreffen Freundschaft? Versteh einer die Männer!

Über Henk konnte ich mit meinem Vater noch nicht reden. Es hat sich bislang keine günstige Gelegenheit gefunden, und ich bin froh, dass er zurzeit das Thema »Hochzeit« meidet. Vermutlich glaubt er, sein Machtwort habe die Sache endgültig geregelt, aber ich werde ihn schon eines Besseren belehren! Und wenn er erfährt, was du mir über die Wiedertäufer erzählt hast, werden ihm die Augen aufgehen. Schließlich ist er ein guter Katholik und Christenmensch. Ich wusste ja, dass die Familie van Weyck irgendeiner geheimen Loge nahe steht (viele Fabrikanten sind Mitglieder in solchen geheimen Bruderschaften), aber was du mir von der Vielweiberei berichtet hast, ist wirklich ungeheuerlich. Vater kann nicht wollen, dass seine jüngste Tochter die Frau eines Sittenstrolches wird. Und wenn doch? Dann bleibt uns immer noch Amerika!

Wusstest du übrigens, dass meine Großtante Katharina damals nach Amerika ausgewandert ist oder besser: auswandern musste? Mein Vater redet ungern darüber, aber einmal ist ihm eine unbedachte Bemerkung entschlüpft, aus der ich schließen konnte, dass meine arme Verwandte nach ihrem Fehltritt mit einem aus Holland stammenden Plantagenbesitzer in Georgia verheiratet wurde. Eine Baumwollplantage, glaube ich. Das ist nun fast fünfzig Jahre her, und vermutlich ist sie längst tot, aber es ist durchaus denkbar, dass ich Verwandte in Amerika habe, von denen ich gar nichts weiß. Ist das nicht eine seltsame Vorstellung?

Mein Vater ruft mich. Ich werde den Brief an dieser Stelle beenden müssen.

Sei gedrückt und geküsst von deiner
Lisbeth

Postskriptum: Gerade noch war ich ratlos, wie ich dir diesen Brief zukommen lassen soll, und schon hat sich ein Weg gefunden. Ausgerechnet der Professor wird ihn überbringen, natürlich ohne es zu wissen. Er saß mit meinem Vater in der Stube, und als ich den Raum betrat, gaben sie sich die Hand, als wollten sie etwas besiegeln. Bei meinem Anblick sprang der Professor auf und sagte, sein junger Assistent (damit meinte er dich!) habe ihn gebeten, von mir das Buch über Mevrouw Tinné, das ich einst erwähnt hätte, auszuleihen. Falls ich einige Tage darauf verzichten könne, würde er (also du) gern etwas über die Afrikaforscherin nachschlagen. Vermutlich hast du diese Bitte nur als verschlüsselten Gruß gemeint, doch nun werde ich diesen Brief im Umschlag des Buches verstecken und hoffen, dass du ihn findest. Ich komme mir vor wie eine Geheimagentin, die wichtige Dokumente außer Landes schmuggelt. Ach, es ist alles so aufregend …

Werter Her,

wer ich bin, tut nicks zur Sache, wol aber, das ihr Frollein Tochter sich auf Abwege befindet mit eim Mann, der nich ihr Verlobter ist. Ich will mich ja nich einmischen und das geht mich auch gar nicks an, aber ihnen kanns nich recht sein, wenns doch um die Familienehre geht. Ich habs mit eigenen Augen gesehn, und außerdem hab ich Hand feste Beweise, die ich jeder Zeit forlegen kann, aber nich jetz. Passen sie auf ihre Tochter auf, weil sie nemlich andern Männern den Kopf verdreht, das sie gar nich mehr wissen, was sie tun, und Sachen machen, die nich gut für sie sind.

Natürlich machen sies heimlich und nachts, wenn alle schlafen außer natürlich die betreffenden Personen, weil sie sich am Aalbach treffen, wie ich eigenhendig Zeuge war. Machen sie dem Treiben ein Ende, damits nich noch schlimmer wird.

Hochachtunsvoll

Jemand ders gut mit ihnen meint

Viertes Kapitel

Fortsetzung des Tagebuchs

Donnerstag, 3. August 1876

Lisbeth ist immer wieder für eine Überraschung gut! Erst gestern benutzte sie den nichts ahnenden Professor als Kurier eines Briefes, den sie in dem Umschlag eines Buches versteckt hatte. Und heute Morgen erschien sie mit einem Knecht am Kolk und präsentierte dem sichtlich überraschten Professor eine fotografische Kastenkamera. Den klobigen Apparat, den der Knecht auf den Schultern trug und der sich auffallend von dem modernen Handgerät des Journalisten unterschied, habe ihr Vater vor einigen Jahren einem verarmten Wanderfotografen abgekauft und sich von diesem in die Handhabung einweisen lassen. Leider jedoch habe der Schulze gar kein Talent für die Fotografie, vor allem das Fehlen eines mechanischen Verschlusses sei ihm lästig gewesen, und so habe Lisbeth sich statt seiner daran gemacht, das Handwerk zu erlernen.

Inzwischen waren nicht nur der Professor und ich zu ihr getreten, auch die Torfstecher hatten ihre Arbeit unterbrochen, standen im Halbkreis um Lisbeth herum und wollten wissen, was oder wen sie denn eigentlich ablichten wolle.

»Männer der Arbeit«, lautete ihre knappe Antwort. Sie ließ den Knecht die Kamera vor dem Kolk aufstellen und bat die Torfstecher, sich zu einem Gruppenbild samt Werkzeugen und Gerätschaften zusammenzufinden. Die Männer fühlten sich außerordentlich geschmeichelt, fuhren sich in aller Eile über Bart und

Scheitel, stellten sich in Reih und Glied auf, hielten sich an ihren Grepen und Schaufeln fest und bewegten sich nicht, als Lisbeth für einige Sekunden den Verschluss vom Objektiv nahm.

»So«, sagte Lisbeth dann und wandte sich an den Professor, »und nun die Herren Archäologen!« Der Knecht richtete die Kamera auf das Hünengrab, Professor Braun stellte sich wie selbstverständlich in Position, und Lisbeth zog vorsichtig die mit Gelatine beschichtete Glasplatte aus dem Kasten. Ich schaute über ihre Schulter und sah auf einer Mattscheibe den Professor auf dem Kopf stehen. Lisbeth schob ein neues Glasnegativ in den Apparat, bat den Professor, still zu stehen, und machte die Fotografie.

»Ein Dokument für die Wissenschaft«, sagte der Professor, »haben Sie vielen Dank.« Er räusperte sich und wollte sich wieder an die Arbeit machen.

»Einen Moment«, erwiderte Lisbeth, »Ihr Assistent fehlt noch.« Sie betonte das Wort »Assistent« auf seltsam ironische Weise und bat mich, vors Objektiv zu treten. Der Professor verzog das Gesicht und trat einen kleinen Schritt beiseite, um mir Platz zu machen.

»Ich hätte den Entdecker des Grabes gern allein im Bild«, sagte Lisbeth wie beiläufig, während sie erneut die Glasplatte wechselte. »Für die Wissenschaft.«

Erst jetzt begriff ich, weshalb sie mit der Kamera am Kolk erschienen war. Am Dienstagabend hatte ich ihr von dem Journalisten Vogel und der Fotografie für die Zeitung berichtet, und nun war Lisbeth erschienen, um mich »ins rechte Licht zu rücken«. Es ging ihr keineswegs um die Männer der Arbeit, sondern um ihren Liebsten und seine Entdeckung. In diesem Moment wäre ich Lisbeth beinahe um den Hals gefallen. Was für ein Mädchen! Was für eine Frau!

Nachdem der Professor sichtlich pikiert aus dem Bild getreten war, drückte mir einer der Torfstecher seine Klüngrepe in die Hand und sagte: »Damit man sieht, womit Sie gegraben haben.«

Ich bin gespannt, ob die Fotografie gelungen ist. Lisbeth erklärte, sie habe die Chemikalien zur Fixierung des Glasnegativs zu Hause im Keller und wolle sich so bald wie möglich um die Bilder kümmern. Fotografieren sei mittlerweile ein Kinderspiel, vor einigen Jahren noch habe man die Menschen vor dem Objektiv anschnallen und den Kopf in eine Halterung stecken müssen, da die Belichtungszeit eine Viertelstunde betragen habe. Heute sei das alles viel einfacher. Nun weiß ich auch, wem ich die Fotografie mit dem Brustbild meiner Liebsten zu verdanken habe. Gepriesen sei die moderne Technik!

Während der Knecht die Kamera schulterte, der Professor sich mürrisch seinem Hügel widmete und die Torfstecher wieder in den Kolk hinabstiegen, flüsterte Lisbeth mir zu: »Bis heute Abend!«

Oh, ich kann es kaum erwarten!

Auch der Professor hat mich vorhin überrascht. Während wir unser Mittagessen in der Mühlenschänke zu uns nahmen, berichtete er mir, dass er ab morgen auf dem Schulzenhof wohnen werde. Herr Schulze Gerwing habe ihm freundlicherweise eine Kammer im Bauernhaus zur Verfügung gestellt; so habe es der Professor nicht so weit zum Kolk und genieße zudem die Gesellschaft eines außerordentlich sympathischen und weltgewandten Mannes. Einen solch fortschrittlich denkenden und handelnden Bauern habe er wahrlich nicht in dieser Einöde vermutet. Antonius Gerwing habe stets das Wohl seines Dorfes im Sinn und deshalb dem Professor angeboten, eine Publikation über die Ausgrabungen in Ahlbeck zu finanzieren. Auf dem Schulzenhof könne der Professor in aller Ruhe seine wissenschaftlichen Erkenntnisse zu Papier bringen, und Herr Gerwing wolle dafür sorgen, dass der Text in Buchform veröffentlicht werde. Er kenne einen Verleger in Enschede, der ihm noch einen Gefallen schulde. Vielleicht locke das Buch über die Steinzeitgräber Interessierte aus allen Teilen des Reiches ins Ahlbecker Moor, und dann könne man nicht mehr umhin, das Dorf mittels einer gepflasterten Chaussee oder der Eisenbahn mit dem Rest der Welt zu verbinden. Vielleicht sei es auch sinnvoll, Ansichtspostkarten herzustellen, die ja seit einigen Jahren in Mode seien.

»Dieser Mann hat noch echte Visionen«, beendete der Professor seine Lobrede auf den Schulzen.

»Wenn Sie Visionen wollen, dann sollten Sie sich lieber an einen Spökenkieker wenden.« Diese Bemerkung kam vom Nachbartisch, an dem der Magisterbauer mal wieder mit Buch und Kaffee saß. Er schaute uns nicht an, sondern weiterhin auf seine Lektüre, als er hinzusetzte: »Wenn der Lanvermann den Mund aufmacht, kommt nichts als heiße Luft heraus. Postkarten! Pah!«

»Das ist Jeremias Vogelsang«, stellte ich dem Professor den Magisterbauern vor. »Er war früher Lehrer im Dorf.«

»Das ist aber interessant«, sagte Professor Braun, »ich bin ja selbst auch eine Art Lehrer, allerdings der höheren Schule.«

Der Magisterbauer murmelte etwas Unverständliches, schüttelte den Kopf und wandte sich dann an mich: »Warst du auf der Krim, mein Junge?«

Ich nickte.

»Alle verrückt, nicht wahr?« Er tippte auf das Buch in seinen Händen. »Wie in einem Roman.«

»›Der Idiot‹«, las der Professor den Titel auf dem Buchrücken und fragte: »Interessant?«

»Alle verrückt«, wiederholte der Magisterbauer, stand auf und verließ grußlos die Schänke.

»Was war denn das?«, fragte der Professor fassungslos.

»Ein Ahlbecker«, antwortete ich und lachte.

Ab morgen wird der Professor also auf dem Schulzenhof wohnen. Eine glückliche Fügung, denn dies wird auch mir die Möglichkeit oder zumindest einen Vorwand geben, den Hof zu besuchen und Lisbeth zu sehen. Zwar hat der Professor mich nicht aufgefordert, an der Publikation teilzunehmen oder auch nur meine unbedeutende Meinung kundzutun (vermutlich wird er nicht einmal meinen Namen nennen), dennoch wird mir seine Anwesenheit auf dem Hof nützen. Nicht in beruflicher, aber in privater Hinsicht. Und vielleicht wird sich seine Laune wieder bessern, wenn ihm täglich vom Schulzen Honig um den Bart geschmiert wird.

Seit das zweite Großgrab freigelegt ist, hat der Professor Mühe, seine Enttäuschung im Zaum zu halten. Zwar handelt es sich (wie erwartet) ebenfalls um ein Hünengrab der Neusteinzeit, doch unter dem Erdhügel kamen nur einige Findlinge und zerborstene Steinplatten zum Vorschein. Der Dolmentisch existiert nicht mehr, die Deckplatte ist verschwunden, und von den Seitenwänden sind nur wenige Steinblöcke übrig geblieben. An dem Wurzelwerk, das sich durch den ganzen Hügel zog und das die Ausgrabung erschwerte, ist zu erkennen, dass sich einst ein mächtiger Baum über dem Grab befunden hat. Vermutlich haben die wuchernden Wurzeln das Grab instabil gemacht, und das Gewicht des Baumes hat dann den Dolmentisch zum Einsturz gebracht. Von dem Baum selbst ist nichts mehr zu sehen, der Einsturz des Grabes hat vermutlich auch den Baum gefällt. Zwar fanden sich einige Knochen in dem Wurzelwerk, doch diese stammten von Tieren. Wahrscheinlich hat ein Dachs das Grab als Bau benutzt. Aus archäologischer Sicht ist es immer noch ein interessanter Fund, aber keineswegs derart aufsehenerregend wie »mein« Dolmengrab. Der Professor wird sich für diese Schmach (denn dafür hält er es) rächen, indem er sich beide Gräber unter den Nagel reißt und mich zum namenlosen Gehilfen degradiert.

Abends

Gerade komme ich von Pastor Uppenkamp, und noch immer schwirrt mir der Kopf von dem schweren Rotwein, den er mir aufdrängte, und den politischen Reden und preußenfeindlichen Tiraden des Kirchenmannes. Eine ganze Stunde lang musste ich mir anhören, warum Fürst Bismarck ein Scharlatan und Kaiser Wilhelm ein Teufel sei, auch wenn er sich nach außen hin als liebenswürdiger alter Herr aufspiele, der keiner Fliege etwas zuleide tun könne. Der eigentliche Grund für meinen Besuch im Pfarrhaus war mein Wunsch, einen Blick in die Kirchenbücher zu werfen und den Pastor nach dem Brand des Pastorats im Jahre 1535 zu fragen, doch erst nachdem ich die flammende und hasserfüllte Predigt über mich ergehen lassen und mit einigen Gläsern Wein nachgespült hatte, wurde meinem Wunsch entsprochen.

Tatsächlich stammt das älteste noch vorhandene Kirchenbuch aus dem Jahr 1535 und deckt die Jahre bis einschließlich 1558 ab. Es handelt sich um einen voluminösen, in Leder gebundenen Folianten, dessen Seiten beinahe zerfallen, wenn man sie berührt. Dieses Buch enthält eine Art Gemeinderegister und besteht aus mehreren Listen mit den Daten zu Taufen, Hochzeiten und Sterbefällen sowie Eintragungen zu Ausgaben für Reparaturen und Anschaffungen für die Kirche. Neben den Namen der entsprechenden Gemeindemitglieder sind die verschiedenen Zeitangaben und meist auch Berufsbezeichnungen sowie familiäre Herkunft genannt. Der erste Eintrag stammt aus dem Oktober des Jahres 1535 und betrifft eine Hochzeit. Ein gewisser Josef Gerwing, Müller der Ahlbecker Mühle, zweiter Sohn des Lubbert Gerwing, Schulze zu Ahlbeck, heiratete am 17. Oktober 1535 eine Henrietta Gerwing, geborene Olbring, Tochter des Matthes Olbring, Wirt in Ahlbeck.

Der Name »Josef Gerwing« war mir erst kürzlich in der Liste der Kolkmüller aufgefallen. Er hatte also im selben Jahr geheiratet, in dem er auch die Kolkmühle übernommen hatte. Das war an sich nicht weiter bemerkenswert, allerdings bestätigte der Eintrag im Kirchenbuch meine Vermutung, dass es sich bei diesem Gerwing um ein Mitglied der Schulzenfamilie handelte.

Als ich den Pastor fragte, ob in dem Buch irgendetwas zu dem Brand des Pastorats stehe, deutete er auf die erste Seite des Folianten, auf der in lateinischer Sprache ein Geleitwort zu lesen war. Vermutlich eine Abschrift eines bischöflichen Visitationsprotokolls, wie Uppenkamp erklärte. Darin wird ein »Henricus Rotgeri« als zukünftiger Pastor von Ahlbeck vorgestellt und die feierliche Einweihung des Pastorats erwähnt, das an gleicher Stelle errichtet worden sei, an der das alte, im Volksmund »Krummhaus« genannte Pastorat gestanden habe. Dieses Krummhaus sei während eines Gewitters durch Blitzeinschlag in Brand geraten und vollständig zerstört worden. So geschehen und bekundet im Jahre des Herrn 1535.

»Das ist alles, was ich Ihnen dazu sagen kann«, meinte der Pastor. Allerdings sei es schon seltsam, dass ein Blitz ausgerechnet in das Pastorat einschlage und den hoch in den Himmel ragenden Kirchturm verfehle. »Ein Zeichen Gottes«, sagte Uppenkamp und bekreuzigte sich.

»Glauben Sie, dass die Einweihung des neuen Pastorats und die Einführung eines neuen Priesters in Zusammenhang stehen?«, wollte ich wissen.

»Wie meinen Sie das?«

»Es könnte doch sein, dass dieser Henricus Rotgeri die Stelle als Pastor in Ahlbeck antrat, weil sein Vorgänger beim Brand des Pastorats ums Leben kam.«

»Darüber sagen die Bücher nichts aus«, erwiderte Uppenkamp achselzuckend. »Und ein Priestergrab aus diesem Jahr ist mir unbekannt. Wenigstens gibt es keinen Grabstein.«

Ein neuer Pastor, ein neu errichtetes Pastorat, ein neuer Müller, eine renovierte Mühle! Viel Neues und manche Veränderung hat dieses Jahr 1535 dem Dorf Ahlbeck beschert, aber ob die münsterischen Wiedertäufer etwas damit zu schaffen haben, lässt sich den Eintragungen nicht entnehmen. Den Namen Bernhard Rothmann habe ich in keinem der Register gefunden, zumindest nicht auf den ersten fünfzig Seiten.

Ich bedankte mich beim Pastor und wollte mich verabschieden (schließlich habe ich noch ein Rendezvous, zu dem ich unter keinen Umständen zu spät kommen will), als mir plötzlich ein Gedanke durch den Kopf ging.

»Glauben Sie eigentlich an Geister?«, fragte ich den Pastor.

»Ich bin Priester, mein Sohn«, antwortete Uppenkamp mit vorwurfsvoller Stimme. »Natürlich glaube ich an Geister. Sie sind Teil unserer Religion.«

»Was bedeutet es, wenn einem solche Geister erscheinen?«

Er fixierte mich sehr lange, schien zu überlegen, ob ich von mir oder meinem Großonkel, dem Spökenkieker, sprach und erklärte schließlich: »Das hängt davon ab, um welche Geister es sich handelt. Arme Seelen oder Dämonen?«

»Was ist der Unterschied?«

»Arme Seelen sind im Fegefeuer gefangen; sie haben lässliche Schuld auf sich geladen und können daher nicht ins Himmelreich aufsteigen. Ihnen gelten unsere Fürbitten, denn nur wenn wir für sie beten, kann ihnen Erlösung zuteil werden. Manchmal verirren sich diese armen Seelen auf die Erde, um uns zu ermahnen, sie nicht zu vergessen.« Im Tonfall eines Predigers setzte er hinzu: »Wir gedenken ihrer zu Allerseelen, mein Sohn.«

»Und Dämonen?«

»Sind Ausgeburten der Hölle, vom Teufel gesandt, die Menschen in die Irre zu führen. Sie können jedwede Form annehmen, ätherisch oder fest, tierisch oder menschlich. Bismarck ist ein solcher Dämon. Martin Luther ganz gewiss auch.«

»Können Kinder Dämonen sein?«, wollte ich zum Abschluss wissen.

»›Lasset die Kinder zu mir kommen‹, spricht der Herr«, antwortete Uppenkamp und hob den Zeigefinger, »›denn gerade für sie ist das Himmelreich.‹«

Ich nickte, bedankte mich erneut und verließ das Pastorat.

Nachts

Lisbeth ist nicht erschienen. Sie war nicht am Bach! Mehrere Stunden habe ich auf sie gewartet, und als sie auch nach Mitternacht nicht gekommen war, habe ich auf dem Hochsitz am Galgenbülten nachgesehen. Kein Brief, keine Nachricht! Vermutlich gibt es eine ganz einfache und harmlose Erklärung dafür, vielleicht hat irgendeine dringliche Arbeit sie abgehalten, womöglich hat ihr Vater sie nicht aus den Augen gelassen, und es erschien ihr zu gefährlich, sich vom Hof zu stehlen, aber mich beschleicht eine seltsame Unruhe, eine unheilvolle Vorahnung. Wenn ihr nur nichts zugestoßen ist! Ob sie wohl krank ist? Oder Schlimmeres? Habe ich den Zeitpunkt unseres Treffens falsch verstanden? Aber nein, erst am Morgen hat sie mir zugeflüstert: »Bis heute Abend.«

Ach, es ist zum Verrücktwerden! Wahrscheinlich mache ich mir ganz unnütz Gedanken, aber ich kann nicht anders. Mir ist so bang zumute.

Freitag, 4. August

Der Professor hat am Morgen seine Koffer gepackt und ist auf den Schulzenhof gezogen. Beim Frühstück verabschiedete er sich von mir und sagte, er werde heute nicht am Kolk arbeiten, da der Schulze ihn eingeladen habe, ihn nach Enschede zu begleiten. Gerwing habe etwas in der Stadt zu besorgen oder zu besprechen, und der Professor könne bei dieser Gelegenheit den holländischen Verleger kennen lernen, einen gewissen Harm van Weyck, den jüngeren Bruder eines vermögenden Textilfabrikanten.

Noch ein van Weyck! So etwas nennt man wohl eine Familienbande.

Der Tag am Kolk verlief trost- und ereignislos. Zwar habe ich eine sehr schöne Urne mit noch vorhandener Deckelschale gehoben, doch ich konnte mich über meinen Fund kaum freuen. Die Deckelschale ist allerdings bemerkenswert, weil reich verziert. Vier parallele Rillen und eine Reihe von runden Vertiefungen sind darauf zu erkennen. Es ist der erste Fund dieser Art am Kolk, und mein Herz hätte sicherlich einen freudigen Sprung getan, wäre es nicht mit anderen Dingen beschäftigt gewesen. Vielleicht bietet mir die hübsche Deckelschale jedoch einen Vorwand, den Professor auf dem Schulzenhof aufzusuchen, ihn um seine geschätzte Expertenmeinung zu bitten und mich gleichzeitig unauffällig nach Lisbeth zu erkundigen.

Ich halte es nicht länger aus, ich muss zum Schulzenhof!

Nun bin ich nicht schlauer als zuvor, aber meine Unruhe hat sich noch gesteigert. Als ich den Hof des Schulzen betrat, fand ich ihn beinahe verlassen vor. Keine Menschenseele war zu sehen, nur ein altersschwacher Hund faulenzte in der Sonne, und einige Hühner pickten gelangweilt nach Futter. Vor dem Gesindehaus traf ich schließlich eine alte Frau, die Kartoffeln schälte. Auf meine Frage, warum der Hof so verlassen sei, schüttelte sie missfällig den Kopf und sagte, sie seien alle mit der dampfenden Maschine auf dem Feld. Es sei doch Erntemonat, ob ich das nicht wisse und warum ich überhaupt so eine dumme Frage stelle. Ich erkundigte mich nach dem Professor und erhielt die Antwort: »Weg!« Ich fragte nach dem Schulzen und bekam als Erwiderung: »Auch!«

»Und das Fräulein Elisabeth?«

»In der Kammer«, sagte die Alte und deutete mit ihrem gichtigen Finger zum Bauernhaus.

»Ist sie krank?«

Sie schüttelte den Kopf.

»Warum ist sie dann in ihrer Kammer? Es ist doch Erntemonat!«

Sie zuckte mit den Schultern und meinte: »Hat wohl was ausgefressen.«

Ich zuckte zusammen, unterdrückte den Impuls, nachzufragen und mich allzu neugierig zu zeigen, bedankte mich schleunigst und bat sie, dem Professor auszurichten, ich habe etwas Erstaunliches gefunden.

»Du solltest den Blutanger in Ruhe lassen, Junge!«, sagte die Alte und wies mit dem Gichtfinger zum Himmel. »Das bringt Unglück!« Dann warf sie eine geschälte Kartoffel in einen mit Wasser gefüllten Eimer.

Beinahe fluchtartig verließ ich den Schulzenhof.

Was soll ich nur tun? Was mag Lisbeth bloß »ausgefressen« haben? Und wieso hockt sie in ihrer Kammer? Ob der Vater sie eingesperrt hat? Hat er sie ertappt, als sie abends das Haus verlassen wollte? Aber weshalb sollte er sie deshalb mit Stubenarrest bestrafen? Das ergibt keinen Sinn. Nein, wahrscheinlicher ist, dass sie sich erneut wegen der geplanten Hochzeit gestritten haben. Vermutlich hat Lisbeth ihrem Vater gesagt, was sie über den Fabrikantensohn und die Täufersekte erfahren hat. Es ist sicherlich kein Zufall, dass der Schulze plötzlich in Enschede etwas »zu besorgen oder zu besprechen« hat. Es ist unschwer, zu erraten, wen er dort treffen will.

Was für eine verfahrene Lage!

Ich muss Lisbeth sehen. Aber wie und wann?

Ganz einfach: Jetzt! Sofort!

Samstag, 5. August

Wir sind verraten! Und weiteres, weitaus schlimmeres Ungemach droht. Wenn uns nicht schnell etwas einfällt, ist alles aus und vorbei. Doch mir will kein Ausweg einfallen, nur eine radikale, unerhörte, verzweifelte Lösung …

Margret! Ausgerechnet die dumme Magd! Ich hätte es mir denken müssen, hätte alarmiert sein sollen, doch ich war blind und vermochte nicht zu erkennen, was sich bereits in aller Deutlichkeit abzeichnete. Wie konnte ich nur so dumm und unachtsam sein?

Es ist sechs Uhr in der Frühe, eine schlaflose Nacht liegt hinter mir, und noch immer kann ich nicht verstehen, was in den vergangenen Stunden geschehen ist, will es nicht wahrhaben, kann es nicht glauben. Alle Welt hat sich gegen uns verschworen.

Wie ich es mir gestern vorgenommen hatte, war ich am Abend ein weiteres Mal am Schulzenhof, doch diesmal hatte ich mich nicht über den Hohlweg und die Holzbrücke genähert, sondern die Warft an der gegenüberliegenden Seite betreten. Durch einen ausgetrockneten Wassergraben kraxelte ich zu einer steilen Böschung, die den gesamten Hof wie einen Wall umgibt. Von hieraus hatte ich sowohl das Bauernhaus wie auch den Platz unter der Linde im Blick, doch anders als am Nachmittag herrschte reges Treiben auf dem Hof. Einige Knechte und Tagelöhner waren damit beschäftigt, das geerntete Getreide auf der Tenne zu wenden und anschließend auf den Dachboden zu schaffen, andere reinigten die Lokomobile, entfernten Stroh und Dreck aus den Zahnrädern und Antriebsriemen. Neben dem Seiteneingang zur Bauernstube säuberten zwei Frauen Geschirr und Besteck. Offensichtlich hatte das Gesinde das Abendessen bereits zu sich genommen.

Ich arbeitete mich auf dem Wall, der von Bäumen und dichtem Gebüsch bewachsen war, zur Rückseite des Hauses vor. Da ich nicht wusste, wo sich Lisbeths Kammer befand, hielt ich Ausschau nach einer Bewegung hinter den Fenstern. Es dämmerte bereits, und im Haus wurden die ersten Kerzen angezündet. Von dem Professor wusste ich, dass er in einer ebenerdigen Kammer neben der Tenne untergebracht ist, und auch die Wohnstube befindet sich zu ebener Erde im rückwärtigen Teil des Hauses. Durch die Fenster sah ich den großen Tisch in der Mitte des Raumes und eine Frau, die sich am Herd zu schaffen machte. Neben der Stube gab es einen weiteren Raum, der nicht beleuchtet war und vermutlich dem Schulzen als Schlafraum dient. Oft lagen die Kammern der Bauern direkt neben der Küche; auf diese Weise strahlte die Wärme des Herds in den Nachbarraum ab, und die Herrschaft hatte auch im Winter nicht zu frieren. Es war anzunehmen, dass sich Lisbeths Kammer im ersten Stock befand. Gerade in diesem Moment wurde in der Kammer über der Küche eine Kerze entzündet, und ich sah Lisbeth am Fenster stehen. Sie schaute, wie mir schien, mit trauriger Miene nach draußen.

Am liebsten hätte ich laut gerufen oder ein Steinchen gegen

die Scheibe geworfen, um auf mich aufmerksam zu machen, doch ich musste mich gedulden, hatte zu warten, bis die Sonne untergegangen war und alle Hofbewohner zu Bett gegangen waren. Ich weiß nicht, wie lange ich so verharrte und sehnsüchtig zum Fenster starrte, selbst als Lisbeth längst das Licht gelöscht hatte. Als ich mich schließlich aus meinem Versteck wagte, war es ringsum stockfinster. Kein Licht brannte im Haus oder auf dem Hof, es war beinahe Neumond, man konnte die Hand nicht vor Augen erkennen. Neben dem Steintrog, an dem die Frauen das Geschirr gesäubert hatten, war mir eine Holzleiter aufgefallen. Diese nahm ich nun und stellte sie unter Lisbeths Fenster. Während ich die Sprossen hinaufstieg, hoffte ich, der altersschwache Hofhund würde nicht anschlagen und mich verraten. Ich klopfte leise an die Scheibe und versuchte im Inneren der Kammer irgendetwas zu erkennen. Nichts rührte sich. Auch der Hund bellte nicht. Ich klopfte etwas lauter. Schließlich nahm ich eine Bewegung wahr, und als ich erneut mit dem Fingernagel ans Glas tippte, wurde das Fenster geöffnet. Lisbeth unterdrückte einen Schrei der Überraschung und fragte, ob ich tolldreist geworden sei oder vollends den Verstand verloren habe.

Ich stieg durchs Fenster, schloss ihre Lippen mit einem Kuss, und im nächsten Moment lagen wir uns in den Armen und hielten uns krampfhaft aneinander fest, als hätten wir Angst, wir könnten uns sonst auf immer verlieren.

Plötzlich stieß sie mich von sich und empörte sich: »Wie kannst du es wagen?« Sie hielt die Hände vor dem Busen verschränkt, als schäme sie sich, und erst jetzt sah ich, dass sie lediglich mit einem dünnen Nachthemd bekleidet war. Zwar konnte ich in der Dunkelheit wenig mehr als ihren Umriss erkennen, doch allein der Gedanke, dass ich mich in der Schlafkammer meiner Liebsten befand, ließ mir das Blut ins Gesicht schießen. Und ja, ich gebe es zu, unkeusche Gedanken gingen mir durch den Kopf.

»Ich musste wissen, was mit dir ist«, entschuldigte ich mein unziemliches Verhalten. »Ich habe mich so gesorgt, weil du nicht am Bach erschienen bist. Sei mir nicht böse, dass ich hier so eindringe, aber ich musste dich sehen.«

»Ach, Hermann!« Sie nahm meine Hand und drückte sie. »Wir sind entdeckt.«

»Aber wie? Wer?«

Lisbeth berichtete, der Vater habe sie in ihre Kammer eingesperrt, weil er ein anonymes Schreiben erhalten habe. Einen Schmähbrief, der davon berichtete, dass Lisbeth einen heimlichen Geliebten habe. Sie reichte mir ein zerknülltes Papier und sagte: »Vater hat mir den Brief gezeigt und gefragt: ›Kannst du mir das erklären?‹ Ich konnte es nicht und wollte ihm nicht ins Gesicht lügen. Ich habe geschwiegen. Daraufhin hat er mir den Brief vor die Füße geworfen, mir untersagt, die Kammer zu verlassen, und die Tür verriegelt.«

Ich habe das Papier vor mir liegen. Es ist unterzeichnet mit »Jemand ders gut mit ihnen meint«, der Schrift und den Schreibfehlern nach zu urteilen, ist der Verfasser eine Frau von geringer Bildung. Inzwischen weiß ich, dass Margret den Brief geschrieben hat, doch in dem Moment, als Lisbeth mir von dem anonymen Schreiben erzählte, verdächtigte ich eher das Gerwing'sche Gesinde als die Wirtsmagd. Mein Name wird in dem Brief nicht genannt, aber der namenlose Schmierfink hat Lisbeth und mich offenkundig am Ahlbach beobachtet. Etwas Schlimmeres hätte kaum passieren können.

»Vater wird die Heirat nun beschleunigen«, sagte Lisbeth und begann zu weinen. »Er war heute in Enschede und hat mit van Weyck den kommenden Sonntag als Hochzeitstermin festgesetzt. Die Messe wird in Ahlbeck gehalten. Und am Freitag soll der Termin beim Amt in Altheim sein. Das Aufgebot ist bereits bestellt. Es ist alles aus, Hermann! Ich bin so gut wie verheiratet.«

»Ja, das bist du, aber mit mir!« Ich nahm sie in meine Arme, sie bibberte vor Kälte und Aufregung, die Tränen liefen ihr über die Wangen. Während ich sie fest an mich drückte und dabei ihr Herz pochen zu fühlen glaubte, redete ich beschwichtigend und beschwörend auf sie ein. Noch sei nichts verloren, sagte ich, wenn ihr Vater erfahre, was es mit den Täufern auf sich habe, werde er die Hochzeit bestimmt absagen.

»Aber er *weiß* davon!«, seufzte Lisbeth. »Und es ist ihm egal. In diesen Geheimbünden seien sehr wichtige Leute, sagte er, das könne nur von Vorteil sein. Und das mit der Vielweiberei hielt er für dummes Gerede.«

»Zum Teufel mit ihm!«, fluchte ich. »Dann bleibt uns immer noch Amerika!«

»Ach, Hermann, sei doch kein Kind!«, flüsterte sie mir ins Ohr.

»Ich meine es ernst, Lisbeth. Meinem Freund Jaap in Amsterdam habe ich bereits Bescheid gegeben, er wird uns Unterschlupf bieten und weiterhelfen. Wir können von Holland aus mit dem nächsten Dampfer abfahren. Ich werde schon eine Anstellung in Übersee finden, dort drüben werden immer tüchtige Männer gebraucht. Denk nur, du könntest all das machen, was du dir immer erträumt hast. Ferne Länder sehen, mich auf Forschungsreisen oder zu entlegenen Grabungsorten begleiten, um die Welt segeln.« Ich redete mich regelrecht in Ekstase, und diesmal war es Lisbeth, die meine Lippen mit einem Kuss schloss.

»Ach, Hermann!«, flüsterte sie erneut, doch diesmal klang es nicht mehr so hoffnungslos. »Wie soll das denn gelingen? Es ist aussichtslos.«

»Lass mich nur machen«, erwiderte ich, »mir wird schon etwas einfallen.«

Lisbeth zitterte nun am ganzen Körper, und ich bat sie, sich ins Bett und unter die Decke zu legen, damit sie sich nicht erkälte.

»Legst du dich einen Moment zu mir?«, fragte sie und stieg ins Bett.

Oh, was für ein wunderschöner und zugleich grausamer Moment. Gemeinsam lagen wir in ihrem Bett, eng umschlungen und doch ganz keusch. Wir redeten nicht, hielten uns nur in den Armen, liebkosten uns und waren doch unschuldig wie Kinder. Noch jetzt kann ich den Duft ihres Haares riechen, schmecke ihre Küsse und fühle ihre Berührungen. In diesem Augenblick hätte ich vor Freude sterben können.

Ich kann nicht genau sagen, wie lange wir so lagen, doch als ich Lisbeths regelmäßigen Atem an meinem Hals und ihre Hand reglos in der meinen spürte, wusste ich, dass sie eingeschlafen war. Ich gab ihr einen letzten Kuss und verließ das Zimmer, wie ich es betreten hatte.

Wie gern würde ich meine Eintragung mit diesem Moment der Wonne und des Glücks schließen, doch die weiteren Ereignisse der Nacht zwingen mich, die Feder nicht beiseite zu legen. Was ich noch zu berichten habe, verdeutlicht zudem, wie wunderbar und erhaben die Liebe zwischen Lisbeth und mir ist. Denn was nun folgte, war hässlich und gemein.

Es dämmerte bereits, als ich die Schänke erreichte und mich zu Bett begab. Ich lag noch keine fünf Minuten und hatte kein Auge zugetan, als plötzlich die Tür zu meiner Kammer geöffnet wurde. Im Dämmerlicht hielt ich die eintretende Gestalt zunächst für ein Gespenst, doch dann erkannte ich Margret. Sie trug ein weißes Nachthemd, das bis auf den Boden reichte, und wandelte im Schlaf, wie ich dachte. Dann aber stellte sich das Mädchen direkt vor mein Bett, atmete heftig und stoßweise und tat schließlich den Mund auf.

»Die Lanvermännin ist nicht gut für Sie«, flüsterte sie und streckte die Hand nach mir aus. »Sie wird Sie nicht glücklich machen, ganz bestimmt nicht. Sie wird Sie wie eine heiße Kartoffel fallen lassen, genauso wie sie jetzt den Holländer fallen lässt. Nein, die ist nichts für Sie! Mit mir wird es Ihnen viel besser ergehen. Sie liebt Sie nicht, das tue nur ich.«

Ich war nicht in der Lage, irgendetwas zu sagen oder mich zu rühren, starrte sie an wie das Gespenst, für das ich sie gehalten hatte.

»Was diese Hure kann, das kann ich schon lange«, fuhr Margret wie von Sinnen fort. Sie zitterte merklich und atmete angestrengt, ihre Stimme klang zugleich erregt und verstört. »Ich habe alles gesehen. Alles! Was diese Hure hat, das habe ich auch.« Sie fuhr sich an den Busen und löste das Band, mit dem das Nachthemd verschnürt war. Im nächsten Augenblick fiel das Hemd wie von Zauberhand von ihr ab, und sie stand nackt vor mir.

»Du Unselige!« Ich sprang aus dem Bett, griff nach dem Nachthemd auf dem Boden und hielt es ihr hin, während ich gleichzeitig meinen Blick abwendete. »Hinaus, sofort! Verschwinde, du dummes Ding!«

Doch stattdessen fiel sie mir um den Hals und jammerte: »Ich liebe dich doch, Hermann! Du gehörst zu mir! Nur zu mir! Hier! Fühl, wie mein Herz schlägt!« Sie griff nach meiner Hand und wollte sie auf ihre Brust legen. »Das gehört dir. Alles gehört dir. Du kannst mit mir machen, was du willst.«

Ich weiß nicht, was stärker war, die Verärgerung oder der Ekel. Sicher, die Magd war noch sehr jung, kaum fünfzehn Jahre alt, ein dummes Mädchen, dem die Hitze des Körpers zu Kopf gestiegen war. Vermutlich empfand sie zum ersten Mal etwas Derartiges für einen Mann und war ganz überwältigt von ihren Gefühlen. Vielleicht spielten ihr die Nerven einen Streich. Sie war ganz außer sich, als leide sie an einer Hysterie. Doch in diesem Moment widerte sie mich nur an, ich konnte und wollte keine Entschuldigung für ihr abscheuliches Verhalten finden. Ich stieß sie heftig von mir, dass sie rücklings zu Boden ging. Dann schleuderte ich ihr das Nachthemd ins Gesicht.

»Ich werde jetzt das Zimmer verlassen«, sagte ich, »und wenn ich zurückkomme, bist du verschwunden! Hast du verstanden? Ich will dich hier nicht mehr sehen, du bist ja nicht bei Sinnen!«

Sie lag mir zu Füßen, strampelte mit den Füßen, zerrte an ihrem Hemd, als wolle sie es zerreißen, und die Tränen stiegen ihr in die Augen. Einen Moment lang tat sie mir Leid, doch dann erkannte ich, dass es Tränen der Wut waren, die ihr über die Wangen liefen.

»Das wirst du noch bereuen!«, fauchte sie. »Du und deine

Hure! Ich verfluche euch! Du wirst noch wünschen, dass …« Sie ließ unausgesprochen, was ich noch wünschen würde, und stieß stattdessen hasserfüllt hervor: »Das hättest du nicht tun dürfen!«

Ich wollte den Raum verlassen, doch Margret kam mir zuvor. Sie stieß mich beiseite und lief zur ihrer Kammer, die am anderen Ende des Flurs lag.

Dann war der Spuk vorbei.

Zwei Stunden sind seitdem vergangen, doch noch immer erscheint mir das Ganze wie ein Nachtmahr. Wie gern würde ich mit einem Lachen über das Hirngespinst der dummen Margret hinweggehen, doch ihr Verhalten hatte bereits arge Konsequenzen für Lisbeth und mich, und es werden ärgere hinzukommen. Margret war die Verfasserin des anonymen Briefes, und es steht zu befürchten, dass sie weiteres Unheil ausheckt. Obwohl sie nur ein Mädchen ist, glaube ich, sie fürchten zu müssen. Bislang hat ihre Liebe zu mir mich geschützt (vermutlich hat sie deshalb meinen Namen nicht genannt), doch ich habe gesehen, wie diese Liebe in Hass umschlug, als sie mir entgegenschleuderte: »Das hättest du nicht tun dürfen!«

Nachmittags

Gerade komme ich vom Kolk. Drei Gräber habe ich ausgegraben. Wie ein Irrsinniger habe ich mich in die Arbeit gestürzt und den Spaten in den Boden gerammt, sodass der Professor sich genötigt sah, mich zu zügeln. Er wisse meinen Eifer ja zu schätzen, aber manchmal schade Übermut nur und verstelle einem den Blick auf die entscheidenden, im Detail verborgenen Dinge. Es ärgert ihn, dass ich mit der verzierten Deckelschale einen weiteren erstaunlichen Fund aufweisen kann und er in seinem Hünengrab nicht einen einzigen Knochen oder die geringste Grabbeigabe finden kann. »Übereifer schadet der Wissenschaft«, setzte er gewichtig hinzu. Vermutlich ließ mein finsterer Gesichtsausdruck nichts Gutes ahnen, denn er beeilte sich hinzuzufügen, er habe etwas, das meine Laune sicherlich aufhellen werde. Er kramte zwei kleine Glasscheiben aus seiner Ledertasche und reichte sie mir mit den Worten: »Sie erinnern sich, dass die Tochter meines Freundes Antonius vorgestern Fotografien von den Hünengräbern aufgenommen hat?«

Natürlich erinnerte ich mich, und mein Herz hüpfte vor Freude (auch wenn die Tatsache, dass der Professor den Schulzen »seinen Freund Antonius« nannte, mich nicht gerade erheiterte). Tatsächlich handelte es sich bei den Glasscheiben um die Negative der Aufnahmen. Das Fräulein Gerwing habe sie noch am selben Tag entwickelt, meinte der Professor, bedauerlicherweise sei sie noch nicht dazu gekommen, Papierabzüge davon zu fertigen. Aber das sei eine andere Geschichte, fügte er unter Räuspern hinzu.

Zunächst konnte ich kaum etwas auf den Scheiben erkennen, doch nachdem ich mich an den Negativcharakter gewöhnt und die Gläser gegens Licht gehalten hatte, sah ich den Professor und mich vor dem Grab stehen. Mit der Forke in der Hand sah ich aus wie ein Torfstecher oder Bauer.

»Ich überlege, ob ich die Fotografie für die Publikation verwenden kann«, fuhr der Professor fort und nahm mir das entsprechende Negativ aus den Händen, als habe er Angst, ich könne es zerbrechen. »Wenn Sie wollen, können Sie Ihr Exemplar behalten. Das soll ich Ihnen von Fräulein Gerwing ausrichten.«

Vermutlich wollte er mir damit sagen, dass meine Fotografie eben *nicht* in der Publikation erscheinen werde, doch da ich ohnehin nicht damit gerechnet hatte, war ich nicht sonderlich enttäuscht. Ganz im Gegenteil!

Nun besitze ich nicht nur eine Fotografie von Lisbeth, sondern auch ein Glasnegativ mit meinem Abbild. Ich werde beide Bilder mit einer Schleife verbinden und in mein Tagebuch legen, sodass wir unzertrennlich vereint sind. Bald wird ein Bild von einem Hochzeitspaar hinzukommen, und die Heirat wird von dem Kapitän des Dampfers vorgenommen, der uns nach Amerika bringt!

»Das Fräulein Gerwing wird übrigens nicht mehr lange ein Fräulein sein«, fuhr der Professor fort, nachdem er das wertvolle Glasbild verstaut hatte.

»Ich weiß«, entfuhr es mir.

»Ach?«, wunderte er sich. »Woher?«

Ich stutzte einen Moment, suchte nach Worten und sagte dann: »Ich habe ihren Verlobten vor einigen Wochen kennen gelernt.«

»Ein sympathischer junger Mann«, erwiderte der Professor und fuhr sich über den Bart. »Hab ihn gestern in Enschede getroffen. Ein sehr gebildeter und eleganter Bursche aus tadelloser Familie. Antonius muss stolz sein, einen solchen Schwiegersohn zu bekommen.«

»Fräulein Gerwing wird bestimmt die richtige Wahl treffen«, sagte ich und stieß den Spaten in den Boden.

»Sachte, junger Freund!«, rief der Professor vorwurfsvoll. »Sachte!«

Abends

Ich habe Margret den ganzen Tag nicht gesehen. Das ist auch besser so. Ich wüsste nicht, ob ich mich in ihrer Gegenwart beherrschen könnte. Als ich die Wirtin beim Abendbrot fragte, wo denn die Magd geblieben sei, antwortete die Tenhagen: »Das arme Ding ist krank und lässt sich von ihrer Oma pflegen.« Schon seit Tagen sei es ihr nicht gut gegangen. Wie sie immer geguckt habe. Als habe sie Fieber. Jetzt sei sie bei ihrer Großmutter auf dem Schulzenhof.

Ich schluckte und fragte: »Beim Schulzen?«

»Die alte Gretel ist dort Küchenmagd. Das ist Margrets Oma.«

Ich sprang regelrecht vom Tisch auf, stammelte eine Entschuldigung und ging auf mein Zimmer. Wenn Margret nur kein Unheil anrichtet!

Fünftes Kapitel

Drei Briefe

Werter Her,

ich binns nochmal. In meim letzten Brief hab ich von Hand feste Beweise gesprochen und hier sind sie. Ich schicke ihnen ein Brief den ich zufellig gefunden hab aufem Hochsitz beim Galgenbüllten. Der Mann der den Brief geschrieben hat und der ihr Frollein Tochter so schendlich an die Ehre geht und sich überhaupt gans unsittlich benimmt, ist Vortkamps Hermann der Neffe vom alten Molenköter. Ich habs eigenhendig gesehn und kanns beschwörn, und sein Brief spricht Bende. Er hat ihrer Tochter und auch andern werlosen Fraun schöne Augen gemacht und dann lesst er sie falln wie heiße Katoffeln und wirft sie zu Boden und schmeißt einem das Hemd ins Gesicht. So einer ist das nemlich. Schützen sie alle anstendigen Fraun und werfen sie den Strolch aussem Dorf raus.

Hochachtunsvoll
Sie wissen schon wer.
Und jetz lesen sie den andern Brief!

Liebste Lisbeth,

wann sehen wir uns? Ich habe Ihnen so viel zu sagen.
In Liebe
Hermann

4. August 1876
Goudsbloemstraat, Amsterdam

Lieber Hermann,

dein Brief, den ich heute Morgen erhielt, hat mir nicht wenig Sorge gemacht. Zwar bemühst du dich, einen zuversichtlichen Ton anzuschlagen, aber was du berichtest, klingt nicht gut und lässt mich Böses ahnen. Ich möchte dir keine Vorschriften machen und kann zu den Verhältnissen in Ahlbeck wenig sagen, aber ich bitte dich, vorsichtig zu sein und keine Dummheiten anzustellen. Die »radikale Lösung«, die dir vorschwebt und mir solches Unbehagen bereitet, mag in französischen Romanen funktionieren, aber im wirklichen Leben sollte man die Finger von derartigen Unternehmungen lassen. Schon während unserer Studienzeit in Münster musste ich dich einige Male aus brenzligen Situationen befreien, in die du dich blindlings und ohne böse Absicht gebracht hattest. Ich kenne dieses Fräulein Gerwing, von dem du so schwärmst, nicht und will gern glauben, dass sie das bezauberndste und liebreizendste Geschöpf auf der Welt ist. Aber du solltest auch bedenken, dass sie einem anderen versprochen ist. Was würdest du unternehmen, wenn dir jemand die Braut ausspannt? Ich kann es dir sagen: Du würdest ihn spornstreichs zum Duell fordern. Ich hoffe für dich, dass Henk van Weyck und der Ahlbecker Schulze nicht ebenso heißblütig und rachsüchtig sind. Es könnte dir schlecht bekommen.

Natürlich kannst du jederzeit auf meine Hilfe und Unterstützung zählen, du bist immer (allein oder in Begleitung) ein gern gesehener Gast in der Goudsbloemstraat. Meine Familie wird dir »Unterschlupf bieten«, so heißt es wohl auf Deutsch? Unsere Tür steht dir und deiner Liebsten offen, allerdings darf meine Mutter nichts von der vertrackten Situation erfahren. Sie ist ein wenig altmodisch und achtet sehr auf Anstand und Sitte. Lieber Hermann, bitte unternimm nichts, ohne vorher gründlich darüber nachzudenken und die Risiken abzuschätzen. Ja, ich weiß, du wirst über deinen allzu vorsichtigen Freund Jaap lachen und meine Mahnung in den Wind schlagen.

Die Familie van Weyck ist übrigens in Holland sehr bekannt und hoch angesehen, ihr Stammsitz ist in Den Haag, doch Mitglieder der Familie haben sich über die gesamten Niederlande verbreitet und überall Firmen gegründet. Sie verkehren in den allerbesten Kreisen und sollen sogar Beziehungen zur Königsfamilie pflegen. Kein Wunder, dass dein Schulze so erpicht darauf ist, seine Tochter in dieser Familie unterzubringen. Es kann ihm nur nützen.

Von anstehenden Forschungsreisen oder archäologischen Stellenausschreibungen in Übersee ist mir leider nichts bekannt, aber am Nachmittag war ich am Hafen, um mich nach ausgehenden Schiffen zu erkundigen. Du hast Glück! Am Sonntag, den 13. August, fährt die »Van Galen«, ein etwas altersschwacher Segeldampfer, nach New York. Die Überfahrt kostet 90 Gulden pro Person. Solltest du das Geld nicht aufbringen können, bin ich gern bereit, dir finanziell beizustehen.

Bis zum 13. sind es nur noch neun Tage, darum beeile ich mich und schicke diesen Brief per Express nach Enschede und lasse ihn von dort mit einem Boten zustellen. Wie gern würde ich dich hier in Amsterdam begrüßen, aber ich hoffe inständig, dass wir uns unter glücklichen Umständen wiedersehen und ich nicht bereuen muss, dir meine Hilfe angeboten zu haben. Lieber wäre es mir, wenn du mir in deinem nächsten Brief mitteilen würdest, du hättest dich gütlich mit dem Schulzen geeinigt und seine Tochter mit väterlichem Segen geheiratet. Auch wenn mir dies nicht sehr wahrscheinlich vorkommt.

Grüße den Professor von mir (bei deiner Beschreibung hatte ich ihn bildlich vor Augen und musste sehr lachen) und übermittle deiner »Zukünftigen« die besten Wünsche von deinem dir innigst zugetanen Freund

Jaap Netenkam

Sechstes Kapitel

Fortsetzung und Ende des Tagebuchs

Sonntag, 6. August 1876

Meine letzte Eintragung liest sich wie eine böse Prophezeiung. Das Unheil ist eingetreten. Man hat mich auf die Straße gesetzt! Als ich nach dem Hochamt zum Gasthof zurückkehrte, standen mein Koffer und die Reisetasche vor der Tür, und Frau Tenhagen erklärte mir, als Wirtin müsse sie auf den guten Ruf ihres Hauses und das tadellose Betragen ihrer Gäste achten. Von höchst ehrenwerter Seite habe sie schier Ungeheuerliches über mich erfahren und sehe sich deshalb gezwungen, mich des Hauses zu verweisen. Auf meine Frage, was man mir vorwerfe, antwortete sie, das wisse ich selbst am besten. Ahlbeck sei ein anständiges Dorf mit anständigen Bürgern, und für solch verkommene Lüstlinge wie mich sei hier kein Platz.

»Das hätte ich nicht von Ihnen gedacht, Herr Vortkamp«, setzte sie hinzu und stemmte die Hände in die Seite. »Genau wie Ihr unseliger Großvater! Schämen Sie sich!«

»Aber wo soll ich denn hin?«

»Tja«, sagte sie und schnaufte abfällig. »Das hätten Sie sich überlegen sollen, bevor sie ehrbaren und zudem verlobten Damen nachgestellt haben, Sie Sittenstrolch. Leben Sie wohl!« Damit schlug sie mir die Tür vor der Nase zu.

Die gesamte Gemeinde war auf dem Kirchplatz versammelt und hatte die peinliche und beschämende Szene mit unverkennbarer Schadenfreude verfolgt. Die Männer grinsten süffisant, die Frauen tuschelten und schüttelten eifrig die Köpfe. In der Menge sah ich Frau Lösing, die Kolkwirtin, und da ich wusste, dass auch in der Mühlenschänke Fremdenzimmer vermietet wurden, wandte ich mich Hilfe suchend an sie.

»Tut mir Leid«, rief sie schon von Weitem und wehrte mein Anliegen mit wedelnden Armbewegungen ab. »Aber mit dem Schulzen leg ich mich nicht an. Da kann ich nichts machen. Gegen den Lanvermann kommt man nicht an.«

Wäre Antonius Gerwing in diesem Moment anwesend gewesen, hätte ich mich vermutlich auf ihn gestürzt, doch der Schulze war nicht in der Messe gewesen. Auch Lisbeth war dem Hochamt ferngeblieben.

Immer noch starrten mich alle Anwesenden an. Sobald ich ihren Blick erwiderte, schauten sie schlagartig zu Boden. Ich wandte mich ab, nahm mein Gepäck und wollte schleunigst verschwinden, mich in Luft auflösen, im Boden versinken, als ich ein bekanntes Klopfen auf der Schulter spürte.

»Kopf hoch, Junge«, sagte der Magisterbauer und lächelte mich aufmunternd an. Neben ihm stand eine unscheinbare junge Frau, die er als seine Enkelin Emilie vorstellte. »Wenn du willst, kannst du erst mal bei mir unterkommen.«

»Nicht nötig, Vogelsang!«, erscholl eine krächzende Stimme aus dem Hintergrund. »Männsken kommt zu mir. Er ist immer noch ein Vortkamp.«

Der Molenkötter saß auf einem Ackergaul, maß die versammelte Menge mit abschätzigen Blicken und wandte sich dann an mich: »Ich hab's dir ja gesagt. Die Lanvermännin ist nichts für dich.« Ohne auf eine Erwiderung meinerseits zu warten, nahm er mir den Koffer aus der Hand und stellte ihn auf ein Tragegestell, das auf der Kruppe des Gauls befestigt war. »Wir sehen uns am Kotten«, sagte er und trabte davon. Und mir blieb nichts übrig, als ihm zu folgen.

Nun wohne ich also im Haus meines Großonkels, in einer stickigen und vor Hitze flirrenden Kammer unter dem Dach, die er selbst einst bewohnt hatte. Damals hatten mein Großvater und seine Familie noch im Kotten gelebt. Als ich den alten Johann fragte, woher er gewusst habe, dass die Wirtin mich vor die Tür gesetzt habe, antwortete er: »Hab ich gesehen.«

Warum nur kann mich das nicht wirklich verwundern? Inzwischen kommen mir seine seherischen Fähigkeiten ganz natürlich und wie selbstverständlich vor, ich hinterfrage sie nicht mehr. Allerdings wundert es mich, dass er mich in seinem Kotten aufgenommen hat. Als ich ihn danach fragte, sagte er: »Blut ist dicker als Wein.« Grinsend setzte er hinzu: »Und es wird den Schulzen ärgern!«

»Ich werde Lisbeth heiraten«, erwiderte ich, ohne selbst zu wissen, wieso.

»Wenn du meinst«, sagte er und zündete seine Meerschaumpfeife an.

Damit war das Gespräch beendet.

Abends

Gerade ist der Schulze hier gewesen und hat gedroht, mich zu erschießen, falls ich noch einmal seinen Hof betreten oder es wagen sollte, seine Tochter anzusprechen. Er erschien, kurz nachdem sich mein Großonkel zur Krim aufgemacht hatte, um die sonntägliche Täufermesse zu feiern. Ich hatte Gerwing schon von Weitem aus dem Fenster im Dachgiebel gesehen und beunruhigt wahrgenommen, dass er ein Gewehr in der Hand hielt.

»Komm raus, du Schuft!«, rief er, als er den Brunnen vor dem Molenkotten erreicht hatte. Er saß auf seinem Apfelschimmel, die Waffe im Anschlag.

Ein kurzen Moment lang überlegte ich, durch die Hintertür zu türmen, doch dann nahm ich allen Mut zusammen und trat vor den Kotten.

»Ich knall dich ab, Vortkamp!« Der Schulze zielte auf mich, drückte sofort ab, riss jedoch im letzten Moment das Gewehr nach oben und schoss in die Luft. »Wenn du noch einmal meinen Hof betrittst oder Lisbeth nachstellst, bist du ein toter Mann. Wie ein Karnickel knall ich dich ab, das schwör ich dir.«

Ich sagte nichts. Was hätte ich auch sagen sollen? Mir war bei dem Schuss das Herz in die Hose gesackt.

»Du gibst es also zu?« Er griff in die Seitentasche seiner Weste, holte ein Papier heraus und warf es mir vor die Füße. »Das ist gar nicht nötig, du bist längst überführt. Ich hab's schwarz auf weiß.«

Ich nahm das Papier und war überrascht, meinen eigenen Brief zu lesen, den ich vor einer Woche auf dem Galgenbülten deponiert hatte. Also war Margret mir heimlich gefolgt und hatte die Nachricht an sich genommen.

»Ich liebe Ihre Tochter«, sagte ich. »Und sie liebt mich.«

»Wer hier wen liebt, das bestimme immer noch ich«, erwiderte Gerwing grimmig. »Lisbeth heiratet Henk, das ist beschlossene Sache.«

»Aber sie liebt ihn nicht«, beharrte ich.

»Und wenn schon!«, knurrte der Schulze. »Was redest du die ganze Zeit von Liebe? Wenn interessieren denn Gefühle? Es bestimmen immer noch die Eltern, was die Kinder machen, so war's früher, so wird's auch bleiben. Eine Ehe ist schließlich kein Zuckerschlecken. Glaubst du wirklich, ich würde es zulassen, dass meine Tochter einen Vortkamp heiratet?« Er lachte und fuhr sich mit einem Taschentuch über die schweißnasse Stirn. »Eher bring ich sie eigenhändig um, bevor sie diesen verfluchten Namen annimmt. Das ist ein Versprechen, Vortkamp! Ich bring euch beide um.«

»Sie verschachern Ihre eigene Tochter.«

»Du hast es erfasst«, erwiderte er grinsend, »aber es ist zu ihrem eigenen Besten. Und jedem, der das verhindern will, brenn ich eine Kugel in den Pelz.«

»Das ist schändlich!«

»Ich sehe nur einen Schänder hier, und das bin nicht ich.«

»Niemand hat ihre Tochter geschändet«, empörte ich mich.

»Natürlich nicht, denn wenn du das getan hättest, wärst du längst tot und Futter für die Raben«, rief er und stieß dem Pferd in die Flanken. »Komm ihr nie wieder zu nahe, wage es nicht, sie anzusehen, mit ihr zu sprechen oder ihr Briefe zu schreiben, sonst wird dein Onkel der letzte Vortkamp gewesen sein.«

Dann galoppierte er davon.

Nachts

Großonkel Johann kam gegen Mitternacht aus Holland zurück. Ich berichtete ihm, was am Abend vorgefallen war, doch er zuckte lediglich mit den Schultern und sagte: »Was hast du erwartet? Dass der Schulze erfreut sein wird?«

»Es wundert mich nicht, dass du seine Haltung verteidigst«, antwortete ich. »Schließlich ist Henk van Weyck dein Glaubensbruder, dein Herr und Meister oder wie ihr eure Anführer nennt. Ihr steckt doch alle unter einer Decke!«

»Du hast letzte Woche gelauscht?«

»Natürlich habe ich gelauscht«, sagte ich, »deshalb hast du mich doch dorthin geführt. Gib es ruhig zu! Es wäre ganz einfach für dich gewesen, mich an der Grenze abzuhängen. Ich hatte keine Papiere dabei, konnte mich nicht ausweisen. Nur wegen dir haben die Zöllner mich passieren lassen.«

Er sah mich überrascht an, grinste plötzlich und nickte. »Alle Achtung, Männsken! Mir gefällt Bruder Henk ebenso wenig wie dir, aber er ist nun mal unser Großmeister. Er wurde einstimmig gewählt, nicht von mir, denn ich habe in der Gemeinde wenig zu sagen, aber von den Brüdern des Kapitels. Das habe ich zu akzeptieren.«

»Aber er ist ein feister Kapitalist«, erwiderte ich. »Haben die

Täufer nicht die Gütergemeinschaft gepredigt und sich gegen jegliches private Eigentum gewandt? Sollte nicht alles brüderlich geteilt werden wie in der Urgemeinde Christi? Wie passt das zusammen? Henk van Weyck ist kein Hirte, der auf seine Schafe achtet, sondern ein reißender Wolf.«

»Übertreib nicht, Junge! Er ist nur ein eitler Geck. Ein harmloser Bursche.«

»Und die Vielweiberei? Hat er das ernst gemeint?«

»Bruder Henk versteht von unserem Glauben nicht sehr viel«, antwortete Johann und zündete seine Pfeife an. »Er kennt die Schrift, aber er deutet sie falsch. Er liest die Buchstaben, begreift aber die Worte nicht. Als die Täufer die Vielweiberei eingeführt haben, war Münster von Bischöflichen und Gottlosen umzingelt, viele Männer waren gefallen, die Frauenklöster aufgelöst, in der Stadt kamen auf einen Mann zwei Frauen. Um Unzucht zu verhindern, haben sie die Vielehe eingeführt. Dass der Täufer Bernhard diese Sünde gerechtfertigt hat, ist bedauerlich, aber verzeihbar. Damals war Krieg! Heute aber ist Frieden.«

»Wenn van Weyck nichts von den Täufern und ihrer Lehre versteht, wie konnte er dann euer Meister werden? Er ist ja nicht einmal Priester.«

»So kann nur ein Gottloser sprechen«, murmelte er und schüttelte sein graues Haupt. »Nicht die Weihe macht einen Mann zum Priester, sondern die Wahl durch seine Gemeinde. Es gibt nur zwei Sakramente, die Taufe und das Abendmahl, alles andere ist papistischer Unfug! Römisches Teufelszeug!«

»Aber warum gerade van Weyck?«, beharrte ich.

»Seine Familie ist äußerst einflussreich und steht seit Generationen den Freimaurern nahe«, erklärte mein Großonkel, während er nachdenklich auf seine Pfeife starrte. »Einige Brüder des Kapitels, die mit den van Weycks befreundet sind, dachten wohl, es könne nicht schaden, unsere kleine Gemeinde etwas weltlicher auszurichten. Deshalb auch die Freimaurer-Rituale und Symbole. Das hat Bruder Henk eingeführt.«

»Aber ist das nicht das Ende eurer Bruderschaft?«, wunderte ich mich.

»Mag sein«, erwiderte er und stieß nachdenklich den Rauch in die Luft. »Mit gottgefälligem und demütigem Leben hat es zumindest wenig zu tun. Wir sollten uns von allem Weltlichen fern halten, streng nach Gottes Wort leben und auf die Rückkehr des Herrn warten.«

»Seit wann bist du Mitglied der Gemeinde?«

»Schon immer«, antwortete er, »wie auch dein Großvater und alle Vortkamps vor ihnen. Wir sind seit ewigen Zeiten Rechtgläubige. Seitdem der Täufer Bernhard die Gemeinde gegründet hat.«

»Du meinst Bernhard Rothmann? Er war also tatsächlich in der Gegend?«

Er nickte und fragte: »Wo hat man das Medaillon gefunden?«

»In der Krypta unter der Sakristei«, antwortete ich, »in einer Gruft.«

»Verstehe«, sagte er und schloss die Augen. »Jetzt geh zu Bett.«

Montag, 7. August

Ich bin meiner Arbeit beraubt! Am Morgen erklärte mir Professor Braun, ich dürfe mich fortan nicht mehr am Kolk aufhalten. Mein schändliches und völlig unentschuldbares Verhalten habe ihn in eine mehr als peinliche Lage gebracht. Er sei zutiefst enttäuscht von mir und müsse mich auffordern, weitere Grabungen ab sofort zu unterlassen. Das Land gehöre Antonius Gerwing, und der habe angeordnet, mich von seinem Grund und Boden zu verscheuchen. Notfalls mit Gewalt.

»Mir sind die Hände gebunden«, sagte der Professor. »Sie haben das selbst zu verantworten, Hermann. Sie haben unser gesamtes Projekt gefährdet, das ist unverzeihlich und zudem unprofessionell. Antonius hatte sogar schon überlegt, den holländischen Verleger zu bitten, von der Veröffentlichung Abstand zu nehmen.

Es bedurfte meiner ganzen Überredungskunst, den Schulzen umzustimmen. Wie konnten Sie nur, Hermann? Was ist bloß in Sie gefahren?«

»Die Liebe, Herr Professor«, antwortete ich.

»Ach was!«, konterte er. »Hier geht es um die Wissenschaft. Da müssen private Eitelkeiten und Selbstgefälligkeiten hintangestellt werden. Wie gut, dass ich zugegen war und das Schlimmste verhindern konnte. Gar nicht auszudenken, was sonst geschehen wäre.« Er schüttelte vorwurfsvoll den Kopf, zupfte an seinem Kinnbart und setzte hinzu: »Kehren Sie nach Münster zurück! Wenn Sie Ahlbeck verlassen und fortan Besserung geloben, will ich über diese Dummheit hinwegsehen und Ihrer weiteren Beschäftigung im Museum für vaterländische Altertümer nicht im Wege stehen.«

»Zu gütig«, sagte ich, nur mühsam meinen Zorn unterdrückend. »Aber das wird nicht nötig sein, ich werde Deutschland bald verlassen.«

»Tatsächlich?« Der Professor wurde hellhörig. »Wieso das?«

»Auf Wiedersehen, Herr Professor«, sagte ich statt einer Antwort und reichte ihm die Hand. »Kommen Sie mich doch einmal in Peru besuchen.«

Es war eine kindische und völlig überflüssige Bemerkung, aber das verdutzte Gesicht des Professors war mir Lohn genug.

Ein Bote aus Enschede hat mir einen Eilbrief von Jaap gebracht. Eigentlich habe der Mann das Schreiben in der Lindenschänke im Dorf abgeben sollen, aber da auf dem Kuvert *»Eigenhandig!«*, vermerkt gewesen sei und die Wirtin ihn von meinem plötzlichen Umzug unterrichtet habe, habe er sich ins Moor aufgemacht. »Ans Ende der Welt«, wie der Bote sich ausdrückte, vermutlich um ein fürstliches Trinkgeld herauszuschlagen.

Jaap schreibt, dass am Sonntag ein Schiff nach Amerika ablegt. Am Sonntag soll auch Lisbeths kirchliche Trauung mit Henk van Weyck stattfinden. Wenn das kein Zufall ist! Eine schicksalhafte Fügung.

Heute Abend werde ich Lisbeth aufsuchen und sie in meine Pläne einweihen. Kein Schulze und kein Gewehr können mich davon abhalten.

Nachts

Es ist abgemacht! Am Donnerstag werden wir Ahlbeck auf Nimmerwiedersehen den Rücken kehren und über die Grenze fliehen. Ich hatte befürchtet, die Tollkühnheit meines Planes werde Lisbeth erschrecken und sie stattdessen auf eine einvernehmliche Lösung dringen, doch erneut überraschte sie mich, war sofort Feuer und Flamme und stimmte mir in allen Punkten zu. Ihr Vater habe sie in den letzten Tagen wie eine Gefangene, ja wie eine Sklavin behandelt, sagte sie, er habe sie beschimpft, ihr gedroht und sie eine Hure genannt! Es geschehe ihm nur recht, wenn sie ihm davonlaufe. Das habe er davon!

Glücklicherweise war es nicht so schwierig, in Lisbeths Kammer zu gelangen, wie ich befürchtet hatte. Vermutlich hielt der Schulze es für undenkbar, dass ich die Kühnheit besitzen könnte, mich in die Höhle des Löwen zu wagen und mich ausgerechnet unter seinem eigenen Dach mit seiner Tochter zu treffen. Er beließ es dabei, Lisbeth in ihrem Zimmer einzuschließen. Niemand wachte vor dem Haus, weder Mensch noch Tier. Wie beim letzten Mal war es ein Einfaches, durchs Fenster zu Lisbeth zu gelangen. Nachdem wir einander in die Arme gesunken waren und uns mit Worten und Küssen unserer Liebe versichert hatten, erzählte ich ihr von meiner Begegnung mit ihrem Vater und legte ihr dar, wie ich mir unsere Flucht vorstellte. Als Termin schlug ich die Nacht von Donnerstag auf Freitag vor, den letztmöglichen Zeitpunkt vor der geplanten standesamtlichen Trauung. Auf diese Weise hätten unsere Verfolger nur wenig Zeit, unsere Spuren bis nach Amsterdam zu verfolgen. Die zwei Tage sollten allemal genügen, die Hafenstadt zu erreichen, und schon am Sonntag könnten wir auf hoher See sein und uns vor dem Kapitän des Schiffes das Jawort geben.

»Du willst tatsächlich nach Amerika?«, fragte sie.

Als Antwort zeigte ich ihr Jaaps Brief und deutete auf die Stelle, an der er von dem Dampfer »Van Galen« spricht und mir finanzielle Unterstützung zusichert. Die erste Schwierigkeit bestünde jedoch darin, über die Grenze zu kommen, auch deshalb sei es notwendig, in der Nacht zu fliehen. Nach Mitternacht sei die Zollstation im Moor nicht mehr besetzt, nur wenige Patrouillen seien auf der ehemaligen Landwehr unterwegs, denen wir jedoch leicht ausweichen könnten, da wir ohne Gefährt unterwegs seien.

»Wann hast du dir das alles ausgedacht?«, wollte Lisbeth wissen.

»Als ich dir sagte, dass ich dich liebe«, antwortete ich wahrheitsgemäß.

»Schwerenöter!«, sagte sie tadelnd, aber mit einem Lächeln auf den Lippen.

»Von Enschede fährt täglich ein Morgenzug nach Arnhem«, fuhr ich fort, nachdem ich der Versuchung widerstanden hatte, ihr einen Kuss auf den Mund zu drücken. »Ich war heute Nachmittag am Bahnhof und habe mir alles notiert. Von Arnhem aus gibt es eine direkte Verbindung nach Amsterdam. Schon am Abend könnten wir bei meinem Freund Jaap sein.«

»Du bist ein wirklicher Abenteurer, Hermann!«

»Mit dir an meiner Seite bin ich zu allem bereit«, antwortete ich und hielt sie fest in meinen Armen. »Keine Aufgabe kann mich schrecken, kein Hindernis aufhalten. Du machst, dass ich über mich hinauswachse. Ohne dich wäre ich verloren.«

»Aber ich bin doch bei dir«, flüsterte sie mir ins Ohr.

»Immer?«

»Immer!«

»Dann sind wir hiermit verlobt«, sagte ich.

»Mann und Frau«, erwiderte sie.

Wir küssten uns, bis uns der Atem fehlte, und dann riss ich

mich von ihr los. Wichtig sei es, in den nächsten Tagen keinen Verdacht zu erregen, gab ich ihr zu verstehen. Lisbeth solle ihrem Vater nicht zu erkennen geben, dass sie etwas gegen ihre Heiratspläne unternehmen wolle. Sie solle einsichtig und gehorsam sein, keine Widerworte geben und ihrem Vater nach dem Mund reden. Es sei wichtig, dass der Schulze keine weiteren Vorsichtsmaßnahmen treffe.

»Wenn ich dich am Donnerstag um Mitternacht hole«, fuhr ich fort, »dann darf keine Wache vor deinem Fenster stehen, sonst ist alles verloren.«

»Ich werde artig sein«, gab sie kokett zurück.

»Nicht zu artig«, antwortete ich und verschwand mit einem Kuss.

Donnerstag also! Ich bin so aufgeregt, dass an Schlaf nicht zu denken ist.

Dienstag, 8. August

Jeglicher Betätigung beraubt und um nicht ständig an Lisbeth zu denken, habe ich mich auf dem Hof nützlich gemacht und bin meinem Großonkel zur Hand gegangen. Es ist kaum zu glauben, dass der Molenkötter ein wohlhabender Mann sein soll, sein Kotten ist ein besserer Stall, eine Bruchbude, die Wände wackeln, das Dach ist undicht, die Fenster sind schadhaft, auf dem Hof gibt es nur wenige Tiere, und er selbst ist in Lumpen gekleidet, als lebe er von Almosen.

»Mehr brauche ich nicht zum Leben«, erklärte er mir beim Füttern der Schweine. »Was nützt mir aller Reichtum und alle irdische Pracht im Paradies? Es steht geschrieben: ›Sammelt euch nicht Schätze auf Erden, wo Motte und Rost sie verzehren und wo Diebe einbrechen und stehlen, sondern sammelt euch Schätze im Himmel! Denn da, wo dein Schatz ist, da wird auch dein Herz sein.‹«

»Das mag ja alles richtig und aller Ehren wert sein«, erwiderte ich, »aber der Magisterbauer hat mir erzählt, dass du durchaus Schätze auf Erden besitzt, ob du es nun willst oder nicht. Allein der Torfabbau bringt dir Mark um Mark. Was machst du mit dem ganzen Geld?«

»Nichts«, antwortete er.

»Nichts?«, wunderte ich mich. »Gar nichts?«

»›Ihr könnt nicht Gott dienen und dem Mammon‹, sagt der Herr.«

Sich mich mit meinem Großonkel zu unterhalten ist äußerst schwierig und anstrengend. Entweder schweigt er wie ein Grab oder er redet wie ein Orakel. Ständig gibt er Bibelzitate von sich und versteckt sich hinter dem Wort Gottes. Das macht ihn einerseits unangreifbar, zugleich aber entfacht es meinen Zorn, da man ihn nicht zu fassen bekommt. Diesmal jedoch blieb ich hartnäckig und setzte nach: »Aber es *gibt* doch das Geld! Oder hast du es verbrannt?«

»Komm!«, sagte er, tätschelte einem Schwein die Nase und ging in die Stube. Er deutete auf eine Ecke des Raumes, in der sich allerlei Unrat angesammelt hatte. »Schau in die Schatulle.«

Unter einigen Kisten, Flaschen und alten Papieren fand ich ein unscheinbares hölzernes Kästchen, das nicht verschlossen war. Als ich den Deckel anhob, traute ich meinen Augen nicht. Die Schatulle war bis zum Rand mit Silber- und Goldmünzen sowie Papiergeld gefüllt, Mark und Gulden, auch zahlreiche alte Taler, ein kleines Vermögen!

»Du kannst es haben«, sagte er, »ich brauche es nicht.«

»Aber es ist deins«, antwortete ich.

»Für deine Reise«, erwiderte er.

Eigentlich hätte ich erstaunt sein sollen, doch bei dem alten Spökenkieker überrascht mich gar nichts mehr. »Ich benötige 180 Gulden für die Überfahrt nach Amerika«, sagte ich und starrte nach wie vor auf den Schatz. »Würdest du mir das Geld geben?«

»Nimm, was du brauchst«, sagte er. »Aber *diese* Reise meinte ich nicht.« Bevor ich etwas erwidern konnte, drehte er sich um und verließ den Raum.

Daraus soll einer schlau werden!

Beim Abendessen berichtete ich Johann, was Lisbeth mir über ihre Großtante Katharina und deren erzwungene Heirat mit dem holländischen Plantagenbesitzer in Georgia erzählt hatte. Auf den ersten Blick reagierte er nicht, sagte kein Wort, blickte auf seinen Haferbrei, als liege darin eine tiefe Wahrheit verborgen. Doch seine zitternden Hände und der rasselnde Atem verrieten ihn.

»Hast du nichts dazu zu sagen?«, wollte ich wissen.

»Was für ein Plantage?«, fragte er.

»Baumwolle«, antwortete ich.

»Na dann«, sagte er und griff zu seiner Pfeife, obwohl das Essen noch auf dem Tisch stand. »Und jetzt lass mich allein.«

Ich stand auf und gehorchte. Als ich den Raum verließ, glaubte ich ihn weinen zu hören. Aber vielleicht war es nur das Saugen an der Pfeife.

Mittwoch, 9. August

Die Stunden verrinnen wie flüssiges Blei. Ich weiß nichts mit mir anzufangen, sitze nutzlos herum, kann mich auf nichts konzentrieren. Wie gern wüsste ich, wie es Lisbeth nun ergeht. Vermutlich wird sie ebenso aufgeregt und verwirrt sein; es ist schließlich kein Einfaches, die Familie zu verlassen und sich auf eine ungewisse Zukunft in einem fremden, fernen Land einzulassen. Lisbeth gegenüber habe ich mich optimistisch und zuversichtlich gezeigt, und tatsächlich glaube ich, dass es uns in Amerika wohl ergehen wird. Dennoch habe ich mitunter Zweifel, ob ich es verantworten kann, eine so junge Frau von ihren nächsten Verwandten zu trennen und aus ihrem bekannten Umfeld zu entführen. Was, wenn sie es sich im letzten Moment anders überlegt? Was, wenn der Schulze uns entdeckt? Ich mag gar nicht daran denken, blende solche Überlegungen aus und will lieber ihre Fotografie anschauen und mich auf meine zukünftige Braut freuen.

Es ist erstaunlich, welche Wirkung der Anblick meiner Liebsten auf mich hat. Alle Zweifel sind vergangen, alles Hadern gehört der Vergangenheit an, nun gilt es, nach vorne zu schauen. Wenn es einen anderen Weg gäbe, würde ich nicht zögern, ihn zu wählen und unsere Flucht abzubrechen. Aber es gibt diesen Weg nicht. Und Lisbeth ist jedes Wagnis wert.

Nach dem Betrachten ihres Bildes habe ich mir auch das Glasnegativ näher angeschaut, das mich vor dem Hünengrab zeigt. Dabei ist mir ein Schreck in die Glieder gefahren. Zwar ist wegen der vertauschten Farben nicht wirklich etwas zu erkennen, doch hinter meiner linken Schulter (also zwischen mir und dem Grab) befindet sich ein ovaler Fleck, der dort eigentlich nichts zu suchen hat. Ich weiß, es klingt absurd, aber dieses dunkle Oval erinnert an ein Gesicht, zwei Augen treten als helle Punkte hervor, und auch eine Nase glaube ich zu erkennen. Einen Mund hat das Gesicht nicht, zumindest ist er nicht zu sehen, da das untere Drittel des Ovals durch meine Schulter verdeckt ist. Es sieht aus, als stünde jemand hinter mir, und ich kann mir denken, um wen es sich handelt. Schon oft habe ich gelesen, dass Fotografien nicht nur feste Körper abbilden, sondern auch Sphärisches sichtbar machen können. Erst im vergangenen Jahr habe ich die Geschichte eines Mannes gehört, der einen verlassenen und menschenleeren Friedhof fotografiert hat und entsetzt feststellte, dass auf dem Bild allerlei Gestalten zu sehen waren. Wie Schatten nur, aber von erkennbar menschlicher Figur. Die Geister der Toten!

Wenn ich nur wüsste, was das alles zu bedeuten hat.

Donnerstag, 10. August

Heute ist der Tag! Heute wird es geschehen. Mein Koffer ist gepackt, mein Wille ungebrochen, nichts kann uns noch aufhalten. Mein Großonkel scheint zu ahnen, was ich beabsichtige, aber er kommentiert es nicht ausdrücklich, fragt nie nach meinen Plänen oder Absichten, geht stoisch seiner Arbeit nach, redet nur das Mindeste, sieht aber häufig nachdenklich zu mir her. Seitdem ich ihm von der Zwangsheirat der Katharina Gerwing erzählt habe, wirkt er noch gedankenverlorener als zuvor; es scheint, als habe ich einen wunden Punkt berührt, als sei der Schmerz zurückgekehrt, den er längst überwunden glaubte. Heute Morgen beim Frühstück sagte er plötzlich und ohne jeden erkennbaren Anlass zu mir: »Meinen Segen hast du, Junge.«

»Danke, Großonkel«, antwortete ich.

»Onkel Johann«, verbesserte er mich. Dann stand er mit einem Mal auf und verließ beinahe fluchtartig die Stube.

Ein seltsamer Gedanke schießt mir gerade durch den Kopf. Ein Ausspruch meines Onkels verwundert mich. Wenn es stimmt, dass die Täufer nur die Sakramente der Taufe und des Abendmahls akzeptieren, wie kann es dann sein, dass Henk van Weyck der kirchlichen Trauung in der Ahlbecker Kirche zugestimmt hat? Das Sakrament der Ehe sollte in seinen Augen null und nichtig sein; begeht er nicht eine Sünde gegen seinen Glauben, wenn er an solchem »papistischen Teufelszeug« teilnimmt? Vermutlich hat der Schulze darauf gedrungen, eine katholische Hochzeit zu feiern. Alles andere hätte er wohl nicht gutgeheißen. Schließlich sei er ein guter Katholik und Christenmensch, hat Lisbeth über ihren Vater gesagt.

Ich habe Johann gefragt, wie die Täufer heiraten. Sie seien Mann und Frau, wenn sie sich die Hand hielten und sich zu Mann und Frau erklärten, sagte er. Die Frau erkenne in dem Mann ihren Herrn, und damit sei alles besprochen. Es bedürfe keines Priesters, um die Ehe einzugehen.

Demnach sind Lisbeth und ich bereits verheiratet. Zumindest nach Täuferart.

Abends

Die Sonne geht unter. Ich bin bereit. Mein Onkel hat mir einen Lederbeutel voll Goldgulden in die Hand gedrückt und gesagt: »Was immer geschieht, geschieht nach Gottes Willen.« Dann hat er seine Pfeife angezündet und gesagt: »Geh!«

Das will ich tun!

(Anmerkung des Herausgebers: Hier enden die Aufzeichnungen des Hermann Vortkamp. Die folgenden Notizen sind von anderer Hand auf Plattdeutsch geschrieben. Sie sind von mir ins Hochdeutsche übersetzt, allerdings habe ich einige orthografische Besonderheiten, wie das Fehlen von Anführungszeichen oder die Großschreibung der Bibelzitate, beibehalten.)

Ahlbeck, den 17ten August, im Jahre des Herrn 1876

Ich will Zeugnis ablegen, denn es steht geschrieben: ES SEI EUER JAWORT EIN JA, EUER NEIN EIN NEIN. WAS DARÜBER HINAUSGEHT, IST VON ÜBEL.

Im Dorf zerreißen sie sich die Mäuler und setzen die wildesten Gerüchte in die Welt, aber sie wissen nichts und urteilen dennoch. Sie kennen nicht die Worte des Herrn: WAS SIEHST DU DEN SPLITTER IM AUGE DEINES BRUDERS, UND DEN BALKEN IN DEINEM AUGE BEACHTEST DU NICHT?

Darum will ich hier niederschreiben, was sich tatsächlich zugetragen hat. Warum mein Neffe unter dem Dach mit dem Tode ringt. Ich hatte ihn gewarnt, vor der Lanvermännin, aber er wollte nicht hören. Ich hätte ihn mit Gewalt hindern sollen, denn ich habe es kommen sehen. Deshalb habe auch ich Schuld auf mich geladen.

Dieses Tagebuch habe ich in seinem Tornister gefunden. Oft habe ich meinen Neffen darin schreiben sehen. Ich habe es gelesen, bin aber nicht einverstanden. Überhaupt halte ich wenig vom Kritzeln auf Papier, denn alles ist geschrieben in der Heiligen Schrift, nichts kann es darüber hinaus geben. Männsken hat gegen das zehnte Gebot verstoßen, er hat die Verlobte eines anderen begehrt, und Gott hat ihn durch den Schulzen bestraft. Der Schuss hat sein Knie zerschmettert, doch das gebrochene Herz hat die Wunde entzündet. Ich bete für ihn.

Es war vor einer Woche, am Freitag, früh am Morgen, die Sonne war noch nicht aufgegangen. Ein Lärmen und Hämmern an der Tür hat mich geweckt, der Schulze war's. Mit der Waffe in der Hand. Ein Schweizer Repetiergewehr. Ganz neu und bestimmt sehr teuer.

Wo sie sind, will er wissen.

Ich sage, ich weiß es nicht.

Er sagt, er glaubt mir nicht.

Ich sage, willst du deine Hand in meine Seite legen, damit du mir glaubst? Aber er kennt den ungläubigen Thomas nicht. Natürlich nicht! Gottloser Geselle.

Er flucht und will gehen, doch ich folge ihm und reite mit ihm. In Hemd und Unterhose. Du wirst mich nicht los, sage ich.

Er nickt und sagt, er hat seit Tagen etwas geahnt. Lisbeth war so folgsam plötzlich, lammfromm und gar nicht wie sonst. Keine Widerworte, keine Streiterei. Da hat er gewusst, dass sie was ausheckt. Also hat er nachgeschaut, kurz nach Mitternacht, weil doch am nächsten Tag die Trauung im Altheimer Amt ist. Und da ist sie weg, das Fenster offen, eine Leiter am Boden. Nur ein Zettel auf dem Nachttisch: Es tut mir Leid, Papa, ich gehe mit Hermann nach Amerika. Vergib deiner Tochter Lisbeth.

Das ist weit, sage ich, Amerika.

Zu weit, sagt er, und deshalb krieg ich sie.

Wir reiten zur Grenze, weil doch Amerika in Wasserland anfängt, sagt er. Mit dem Schiff müssen sie fahren.

Inzwischen dämmert es, das Moor ist braun, der Himmel grau, alles schattenlos. Wir kommen zur Grenze, niemand zu sehen. Keine Zöllner. Keine Flüchtenden.

Sie sind längst weg, sage ich, lass ab von ihnen. Sie lieben sich.

Doch er will nichts davon hören. Er sagt, er knallt ihn ab.

Im Galopp erreichen wir die Enscheder Krim, wo der Feldweg in die Chaussee mündet, und da sehen wir sie am Straßenrand. Die Lanvermännin sitzt auf dem Boden und weint, die Kleider verschmutzt, sie hält sich den Knöchel, kann nicht weitergehen. Wegen der Dunkelheit, sagt sie, sie ist gestolpert und vom Knüppeldamm in ein Moorloch gestürzt.

Männsken steht daneben und sagt nichts. Er ahnt, es ist alles aus.

Gut, sagt der Schulze und steigt vom Pferd, gehen wir!

Die Lanvermännin zögert, sie weint bitterlich und schüttelt den Kopf. Dann humpelt sie zu ihrem Vater, baut sich vor ihm auf. Du kannst mich nicht zwingen, sagt sie, niemals werde ich Henk heiraten. Nie!

Das werden wir ja sehen, sagt der Schulze und schlägt ihr ins Gesicht.

Da stürzt Männsken sich auf ihn. Mit Gebrüll und wie von Sinnen. Es geht alles ganz schnell. Lanvermann legt an, ich trete ihm vom Gaul aus in den Rücken, der Schuss geht los und trifft Männsken ins Knie.

Der Schulze schaut mich wütend an und zielt erneut auf den am Boden Liegenden, den Finger am Abzug.

Vater, ruft die Lanvermännin und stürzt zu ihrem Liebsten, schlingt ihre Arme um ihn, schützt ihn mit ihrem Körper.

Geh weg, brüllt der Schulze, er ist ein toter Mann.

Lass ihn, fleht die Deern, wenn er stirbt, will ich auch nicht mehr leben.

Du weißt, was du zu tun hast, sagt Gerwing, dann geschieht ihm nichts.

Die Lanvermännin hat Tränen in den Augen, weiß nicht, was sie machen soll.

Geh nicht, sagt Männsken.

Dann erschießt er dich, sagt sie, das überleb ich nicht. Dann nickt sie und rappelt sich auf. Sie schluchzt und kann kaum stehen.

Der Schulze senkt den Lauf, zerrt seine Tochter weg, setzt sie aufs Pferd und verschwindet.

Hermann am Boden, ein Häufchen Elend.

Meine Hand tut weh, Schreiben ist mir nichts. Ich brauche eine Pause.

IM ANFANG WAR DAS WORT, sagt das Evangelium, aber das Wort kann Schmerzen bereiten. Wie die Liebe.

Ich will nach meinem Neffen sehen.

Das Fieber fängt am Sonntag an. Das Knie bleibt steif, hat der Arzt am Freitag gesagt, die Kniescheibe ist kaputt. Aber es ist nicht lebensgefährlich, sagt er, wenn's sich nicht entzündet.

Die Entzündung kommt am Sonntag. Und auch dafür trage ich die Schuld.

Er wollte es unbedingt wissen, hat von nichts anderem gesprochen, und da hab ich es ihm gesagt. Was ich wusste, über die Hochzeit. Männsken hat gebettelt und gefragt, wo ist Lisbeth? Was macht sie? Warum kommt sie mich nicht besuchen?

Der Schulze lässt sie nicht, sage ich.

Sie wird doch nicht …, murmelt er.

Darum reite ich ins Dorf, weil er's um jeden Preis wissen will.

Als ich an der Kirche ankomme, tritt das Brautpaar gerade auf den Platz. Bruder Henk grinst vergnügt, weil er von alledem nichts begreift. Hat keine Ahnung, was geschehen ist. Und wie er gekleidet ist! Überall Schleifen und sogar Spitzen, wie eine Frau. Kennt er denn nicht die Worte des Herrn: WAS MACHT IHR EUCH SORGE UM DIE KLEIDUNG? Wie ein Stutzer steht er da neben seinem reichen Papa und winkt der Menge.

Die Lanvermännin sieht blass aus, wie eine Tote, um Jahre gealtert, kein Lächeln auf ihren Lippen. Trotz allseitigem Hurra! und Hoch lebe das Brautpaar! Nicht der schönste Tag in ihrem Leben, wie es eigentlich sein sollte. Als sie mich auf meinem Gaul sieht, fährt sie zusammen. Sieht mich an wie ein Gespenst. Dann schießen ihr die Tränen aus den Augen, sie schreit, schlägt um sich und bricht zusammen, vor aller Augen. Eine Trauernde in Weiß. Kein schöner Anblick.

Die Frauen kümmern sich um sie und schaffen sie in eine Kutsche. Bruder Henk gefriert das Grinsen. Der alte van Weyck schaut griesgrämig drein. Der Schulze kommt und sagt, ich soll Männsken sagen, die frisch vermählte Frau van Weyck sei untröstlich, ihn nicht zum Brautschmaus einladen zu können.

Sein Bein bleibt steif, sage ich.

Wenn schon, antwortet er und lacht grimmig.

Warum habe ich es Männsken gesagt? Oh Herr, warum hast du deinen einfältigen Diener nicht zurückgehalten? Warum strafst du uns mit dieser Prüfung? Wieso konnte ich nicht meinen Mund halten?

Seit fünf Tagen fiebert er, seit zweien ist er nicht mehr bei Bewusstsein, der Arzt ist unzufrieden und garantiert für nichts, essigsaure Tonerde soll die Entzündung aus dem Knie ziehen, aber es gibt keinen Fortschritt. Männsken liegt zwischen Leben und Tod, fantasiert Tag und Nacht. Das Blut ist vergiftet, und ich habe das Gift ins Herz gespritzt.

Gestern war der Magisterbauer mit seiner Enkelin da. Wollte sich nach dem Jungen erkundigen, sagt er, und hat Emilie mitgebracht. Kam vor ein paar Tagen aus England zurück, sagt er, hat dort als Krankenschwester gearbeitet. Aufschneider! Typisch Magister, immer wichtig tun! Seine Enkeltochter ist eine hässliche

Deern und obendrein naseweis. Beides, Visage und Fürwitz, hat sie vom Großvater. Redet geschwollen wie die Preußen, dabei ist sie in Ahlbeck geboren. Eine Hiesige.

Was gibt ihm der Arzt, fragt das Mädchen und schaut sich das Knie an.

Warum, frage ich.

Sie riecht und sagt, Essigsäure. Karbolsäure wäre besser.

Karbol, sagt der Magisterbauer und klopft Männsken auf die Schulter.

In London wird seit einigen Jahren damit gearbeitet, sagt sie.

Ich werde den Arzt danach fragen.

Freitag, den 18. August

Der Arzt schreit Zeter und Mordio. Karbol ist ätzend und giftig, meint er. Eine starke Säure. Das kann den Kranken umbringen.

Aber er stirbt doch sowieso, antworte ich.

Damit will er nichts zu tun haben, sagt er. Neue Sitten aus England, Unfug!

Er knallt die Tür, aber erst lässt er sich bezahlen. Elender Pharisäer!

Vielleicht versündige ich mich ein weiteres Mal. Ich werde die hässliche Deern bitten, die Karbolsäure zu besorgen. Ob's so was in Enschede gibt?

Oh Herr Jesus, steh ihm bei! Vergib ihm seine Sünden, wie du dem Gelähmten die Sünden vergeben hast. Sag zu Männsken, wie du zu dem Lahmen gesagt hast: STEH AUF, NIMM DEIN BETT UND GEH NACH HAUSE.

Samstagabend

Emilie sitzt an seinem Bett, wechselt die Verbände, wäscht und pflegt ihn. Das Karbol hat sie in einer Apotheke gekauft. Es stinkt wie die Pest, die Augen brennen einem. Eigentlich sollte jetzt die Lanvermännin dort sitzen und fürsorgen. Tut sie aber nicht, weil sie auf Hochzeitsreise ist, heißt es. Hab's vom Magisterbauern gehört. Mit dem Schiff aufs Ijsselmeer.

Jungfernfahrt, sagt er und lacht.

Er sollte sich schämen. Altes Lästermaul!

Sonntag

Noch keine Änderung. Das Mädchen wacht am Bett, als bräuchte sie keinen Schlaf. Sie ist eine gute Krankenschwester, das habe ich auch dem Magisterbauern gesagt. Er ist ganz stolz auf sie, nennt sie seine Florenzer Nachtigall. Vermutlich einer seiner dummen Witze, aber ich verstehe nicht, was er damit sagen will. Zum Teufel mit ihm!

Beim Wechseln des Verbandes habe ich das Knie gesehen. Es sieht schlimm aus, grün und blau und gelb, gar nicht wie aus Fleisch und Blut.

Das wird schon noch, sagt Emilie und tupft in der Wunde, dass mir schlecht wird. Der Eiter stinkt beinahe wie das Karbol. Ich muss an die Luft.

Montag

Die erste ruhige Nacht. Zum ersten Mal seit Tagen hat er geschlafen, ohne sich zu wehren, ohne Reden im Schlaf, ohne Aufbäumen. Emilie sagt, das ist ein gutes Zeichen. Ich könnte das Mädchen küssen, auch wenn es so hässlich wie die Nacht ist. Der

Magisterbauer hat Recht, sie ist wie eine Nachtigall, unansehnlich, aber mit einem goldenen Herzen. Mit Gottes Hilfe hat sie ein Wunder vollbracht.

Dienstag

Er hat die Augen aufgeschlagen. Nur für ein paar Minuten, aber das Fieber ist zurückgegangen, der Blick ist klar, kein Schweiß steht auf der Stirn.

Lisbeth, sagt er, als er das Mädchen sieht. Sofort ist es ihm peinlich.

Jetzt schläft er.

Mittwoch, den 23. August

Ich beginne die letzte Seite dieses Tagebuchs, und was kann es Schöneres als Überschrift geben als den Satz: Er wird wieder gesund.

Emilie hat es versprochen, die Entzündung bedroht sein Leben nicht länger, die Wunde wird heilen, das Knie abschwellen. Er hat getrunken und sich von ihr füttern lassen wie ein kleines Kind. Er ist noch sehr schwach, schläft viel und redet wenig. Aber seine Augen sagen, was der Mund nicht aussprechen will.

Das steife Bein wird er behalten, sagt Emilie, und die Wunden im Herzen kann nur die Zeit lindern. Dafür gibt es keinen Arzt und keine Krankenschwester. Aber er wird leben, fügt sie hinzu und lächelt, dafür stehe ich ein.

Das arme Mädchen hat schwarze Ringe unter den Augen und kann sich vor Müdigkeit kaum auf den Beinen halten. Dass sie mir nicht auch noch krank wird! Sie hat Erstaunliches vollbracht.

Ich danke Gott im Himmel, dass er uns Sündern auf Erden vergeben hat.

Was nun kommen wird, ist ungewiss. Es liegt allein in Gottes Hand.

MACHT EUCH DAHER NICHT SORGE FÜR DEN MORGIGEN TAG, sagt der Herr, DENN DER MORGIGE TAG WIRD FÜR SICH SELBER SORGEN. JEDEM TAG GENÜGT SEINE EIGENE PLAGE.

Und wer sind wir, Seine Pläne zu hinterfragen!

Der Täufer von Ahlbeck

5ter Teil

»Aber Gottes große Gnade und Barmherzigkeit sollen wir hierin erkennen und preisen, dass der geduldige Vater aller Barmherzigkeit dem Teufel noch nicht den rechten Riss gestatten will, sondern uns väterlich warnt und zur Buße vermahnt durch solch grobes Teufelsspiel zu Münster.«

Martin Luther, 1535

Erstes Kapitel

Handelt von einem unchristlichen Begräbnis und einem unbegreiflichen Tod

Solange sich Ludger erinnern konnte, war er stets auf sich allein gestellt gewesen, ein Sonderling und Einzelgänger, wie ein zotteliger brauner Bär. Und wie ein solcher zog er sich in sein Versteck zurück, wenn ihm die Welt zu unwirtlich oder feindlich erschien. Seine Mutter hatte Ludger nie kennen gelernt, sie war nur wenige Tage nach seiner Geburt am Fieber gestorben. Der Vater schien ihm die Schuld daran zu geben, stieß ihn von sich und behandelte ihn wie einen zugelaufenen Streuner, dem er die Tischabfälle zuwarf, um ihn anschließend unter Androhung von Prügel davonzujagen. Gleiches galt für die beiden Brüder, die nie ein freundliches Wort an ihn richteten, ihm höchstens Flüche hinterherriefen oder sogar Dinge nach ihm warfen. Er solle seine hässliche Fratze nicht so häufig auf dem Hof zeigen, sagten sie, davon werde ihnen schlecht!

Ludger wusste, dass Hermann und Josef ihn für einen Trottel und Schwachkopf hielten, weil er nicht reden konnte. Alle im Dorf taten das, dabei war er viel klüger als all die Idioten, die ihn auslachten. Nur seine Schwester Maria kümmerte sich bisweilen um ihn und fand tröstende Worte, wenn er von den anderen schikaniert und getreten worden war. Ihr verdankte er sein Wissen und Können; sie behandelte ihn nicht wie ein Tier, obwohl sein verunstaltetes Gesicht dem einer Bestie glich. Und er dankte es ihr mit hündischer Treue. Für seine über alles geliebte Maria würde er alles geben und sogar in den Tod gehen, ohne mit der Wimper zu zucken.

Seit einiger Zeit war ein weiterer Mensch in sein Leben getreten, und obwohl er sich einerseits darüber freute, war es ihm zugleich nicht ganz geheuer. Ludger war acht Jahre alt, und noch nie hatte er einen Freund gehabt. Die anderen Kinder mieden ihn oder fürchteten sich vor ihm, sie hänselten ihn, ahmten sein Gestammel nach oder stoben panisch auseinander, wenn er sich ihnen näherte. Nur der Sohn des Molenkötters behandelte ihn, als sei ihm das merkwürdige Aussehen des Schulzensohns egal, als habe es keinerlei Bedeutung, dass Ludger nicht sprechen, sondern nur lallen und krächzen konnte. Ambros war in vielerlei Hinsicht anders als die übrigen Kinder, er wirkte nachdenklich, hatte oft einen traurigen Gesichtsausdruck und redete nicht viel. Das gefiel Ludger. Das imponierte ihm. Wenn jemand sich Gedanken machte und nicht redete, obwohl er es gekonnt hätte, dann konnte er kein schlechter Mensch sein. Dass Ambros zwei Jahre älter und damit beinahe ein Großer war, machte Ludger zusätzlich stolz. Solch einen Freund, der zudem einen eigenen Hund besaß und Hüter einer Herde war, hatte nicht jeder!

Darum hatte er ihm auch Unterricht im Lesen und Schreiben gegeben und ihm seine steinerne Höhle am Kolk gezeigt, was er allerdings gleich anschließend bereut hatte. Der Vater hatte die Jungen gesehen und die Höhle entdeckt. Wie ungerecht! Wenn es diesen Gott im Himmel gab, um den die Großen einen solchen Wirbel machten, dann hatte er es wahrlich auf Ludger abgesehen und sich vorgenommen, ihm das Leben so schwer wie möglich zu machen. Ein blöder Mistgott war er, wenn man Ludger fragte. Aber das tat natürlich niemand.

Zum Glück hatte Ludger noch weitere, wenn auch nicht ganz so herrliche Verstecke, Moor und Heide wimmelten von geheimen Orten, die niemand kannte oder aufzusuchen wagte. Die Mühlenruine am Kolk war solch ein verwunschener Ort oder der Galgenbülten am Hessenweg, ja selbst der Schulzenhof barg seine Geheimnisse, die nur Ludger kannte, weil er jeden Winkel erkundet hatte. Der Dachboden über der Tenne war ein Labyrinth, das die anderen nicht einmal als solches wahrnahmen. Ludger wusste von winzigen Zwischenräumen, die sich durch die verwinkelten Dachsparren und Querstreben ergeben hatten, er kannte Gänge und Zwischendecken, die einem normalen Auge nicht aufgefallen wären, er hatte unsichtbare Leitern gefertigt, Seile gespannt, wusste von Astlöchern und Ritzen in Decken und Wänden, die ihm Erstaunliches mitteilten. Er konnte nicht artikuliert sprechen, aber umso deutlicher hören und sehen! Er wusste allerlei Dinge und verstand mehr, als die Großen ahnten.

Es war die Woche nach der sonderbaren Kräuterweihe an Mariä Himmelfahrt, die Nacht von Mittwoch auf Donnerstag, jene ereignisreiche Nacht, in der Ambros den Kanzler des Täuferkönigs im Krummhaus belauschte und der Molenkötter seinem Sohn und der Schulzentochter von seiner rasenden Eifersucht und der hübschen Euphemia berichtete. Es war die Nacht vor dem Unwetter und dem Brand des Pfarrhauses. Die Nacht, in der Guus ter Haer in der steinernen Höhle begraben wurde.

Ludger hatte sich den Tag über in der Heide herumgetrieben, auf der Suche nach einer neuen Höhle oder einem anderen geheimen Platz. Vergebens! Neben dem Hügel, den der Vater nun entdeckt hatte, gab es einen ähnlichen von gleicher Größe, der jedoch vor wenigen Wochen in sich zusammengesackt war. Ein Blitz war in die riesige Schwarzerle gefahren, die auf dem Hügel stand; der Baum war umgestürzt, und die Wurzeln hatten die Steinkonstruktion zum Einsturz gebracht. Nun gab es nur noch ein Gewirr von Ästen, Wurzeln und riesigen Steinen, aber keine Höhle.

Die Sonne war längst untergegangen, als er auf einem Schlängelpfad durch den Bruchwald zum Hof zurückkehrte und mittels eines Seils, das er an einem Baum befestigt hatte, über den Wassergraben sprang. Als er die Warft hinaufgeklettert war, sah er eine Gestalt, die gebückt ging und sich von der Brücke her dem Platz unter der Linde näherte. Die Gestalt trug einen schwarzen Umhang mit Kapuze und schien sehr darauf zu achten, von niemandem gesehen zu werden. Um das Gesindehaus machte sie einen großen Bogen, und auch das Bauernhaus umschlich sie, bis sie die Rückseite des Fletts erreicht hatte.

Zunächst glaubte Ludger, es sei Maria, die sich mal wieder nächtens herumtrieb, doch dann erinnerte er sich, dass sie ja keinen Grund mehr hatte, durch die Nacht zu schleichen. Und im selben Augenblick glaubte er, ein Holzgestell auf einer Adlernase zu erkennen. Was mochte Tante Annelies nur vorhaben? Warum ging sie nicht über die Tenne oder durch den seitlichen Eingang in die Stube? Hatte sie etwa Angst, die Knechte in der Lucht könnten aufwachen und sie sehen?

Sehr seltsam, dachte Ludger und arbeitete sich auf dem Wall bis zur Rückseite des Hofes vor. Noch erstaunter war er, als die Tante zu einem Fenster neben der Wohnstube schlich und gegen den Holzrahmen klopfte. Dort schlief der Vater, aber weil er einen festen Schlaf hatte, musste die Tante ein zweites Mal klopfen. Erneut schaute sie sich nach allen Seiten um, es war abnehmender Mond, zu dunkel, um ihr Gesicht zu erkennen, aber hell genug, Bewegungen wahrzunehmen. Im Zimmer des Vaters regte sich etwas, erneut klopfte Annelies gegen den Rahmen. Ludger hatte inzwischen den Wall verlassen und sich zu einem Schubkarren geschlichen, der unweit des Fensters abgestellt war und ihm Deckung bot.

»Was machst du hier?«, fragte der Vater, als er das Fenster geöffnet hatte und seine Schwester erkannte. Er klang müde und gereizt.

Tante Annelies flüsterte, sodass Ludger nichts verstehen konnte.

»Jetzt?«, erwiderte der Vater.

Die Tante nickte.

»Komm in die Stube«, antwortete der Vater nach kurzem Überlegen.

Wieder flüsterte die Tante.

»Ach, was! Die schlafen alle«, lautete die Antwort des Vaters. Dann schloss er das Fenster, und Tante Annelies begab sich zur seitlichen Außentür der Wohnstube und wartete, bis ihr Bruder sie öffnete. Einen Moment später waren beide im Inneren verschwunden, und ein Licht wurde entzündet.

Ludger musste nicht lange überlegen, was zu tun war. Hastig schlich er die Seitenwand des Hauses entlang, kroch durch eines der niedrigen Fenster in die Stallungen, die im Sommer verwaist waren, kletterte wie eine Katze an einem Pfosten in die Höhe, klappte ein kleines Brett im Dachboden nach oben, kroch unter die Planken, schob sich Elle um Elle vorwärts und befand sich bald in einer Zwischendecke. Nur ein Kind hatte hier Platz: links und rechts die großen Stützbalken, über ihm der Fußboden der Kammer, in der die Brüder schliefen, unter ihm die Decke der Wohnstube. Man hätte Angst bekommen können, so eingequetscht zwischen den Brettern, wie in einem Sarg, doch Ludger kannte keine Angst, ihn schreckten weder Höhe noch Enge. Nur die Menschen jagten ihm Angst ein und Hunde, die nach ihm schnappten, als sei er ein Hase.

»Bist du denn von allen guten Geistern verlassen?« Die Stimme des Vaters.

»Was soll ich denn jetzt machen?« Die Tante.

Ludger kroch noch ein wenig weiter, bis er die Stelle erreicht hatte, an der das flackernde Licht aus der Stube in die Zwischendecke drang. Hier hatte sich ein Spalt zwischen den Brettern gebildet, und wenn Ludger das Gesicht auf den Boden presste, konnte er einen Blick nach unten werfen, direkt auf den Tisch, der in der Mitte des Raumes stand.

»Aber am Sonntag, nach der Kräuterweihe, da hast du getobt wie eine Wahnsinnige«, sagte der Vater. Ludger konnte ihn nicht sehen. Wie es schien, lief er durch den Raum, immer auf und ab. »Du bist dem Kolkmüller an die Gurgel gegangen und hast ihn aufs Wildeste beschuldigt. Wie konntest du einen solchen Aufstand machen, wenn du selbst …«

»Ich war betrunken«, unterbrach ihn die Tante, die reglos am Tisch saß. »Ich hatte kein Auge zugetan und die ganze Nacht Wacholder getrunken. Aus Ärger. Und Sorge.«

»Das war nicht zu übersehen«, erwiderte der Vater, der für einen Moment in Ludgers Blickfeld kam und sofort wieder verschwunden war. »Was sollte das alberne Theater? Hast du geglaubt, das macht es besser?«

»Ich weiß nicht, was ich mir dabei gedacht hab«, antwortete die Tante und rang die Hände. »Ich wusste ja nicht, was passiert ist. Dass er tot ist, meine ich. Ich hatte Angst, weil er verschwunden war und man ihn vielleicht finden könnte. Und dann würde man mich ... weil wir uns doch immer gestritten haben ... ach, ich weiß nicht, was in mich gefahren ist.«

»Und wo ist er jetzt?«

»Am Bach.«

»Wo genau?«

»Auf holländischer Seite. Kurz hinter der Wegbiegung, bei der großen Eiche. Ich hab ihn aus dem Wasser gezogen und unter einem Busch versteckt.«

»Du Unselige!«, fluchte der Vater. »Kommst einfach her, weckst mich mitten in der Nacht und gestehst einen Mord. Wie der verdammte Molenkötter.«

»Was hat denn der damit zu schaffen?«

»Nichts«, erwiderte der Vater, »komm!«

Er nahm das Windlicht vom Tisch und öffnete die Tür. Die Tante zögerte zunächst und stand dann hastig auf. Ein Scharnier quietschte. Es wurde dunkel. Und im nächsten Augenblick war alles still.

Rasch kroch Ludger rückwärts, bis er die geheime Luke erreicht hatte, anschließend krabbelte er wie eine Spinne über den mit Garben und Säcken gefüllten Dachboden in Richtung Vordergiebel. Als er die kleine Tür über dem Tennentor erreicht hatte, verließen der Vater und die Tante gerade den Hof über die Brücke.

Ohne zu zögern, sprang er in die Tiefe und landete auf allen vieren. Einen Moment lang hatte er den Eindruck, jemand stünde an der Hausecke und beobachtete ihn, doch als er sich im Laufen umdrehte, war nichts zu sehen.

Kurze Zeit später hatte er den Hessenweg erreicht und sah die beiden Großen eilig in Richtung Landwehr gehen. Unauffällig folgte er ihnen, immer einen Steinwurf entfernt und doch nahe genug, sie nicht aus den Augen zu verlieren. Sie passierten die Landwehr durch die kleine Pforte neben dem Schlagbaum und gingen noch etwa eine Viertelmeile, bis sie eine Wegbiegung erreicht hatten. Die Tante machte ein Handzeichen, deutete auf eine riesige Eiche am Wegesrand, und die beiden verschwanden im Dickicht.

Ludger tat es ihnen nach und gelangte nach wenigen Schritten zum Ahlbach, der auf holländischer Seite Albeek hieß und normalerweise, wenn die Kolkmühle in Betrieb war, nur ein ärmliches Rinnsal war. Da das Wasser jedoch auf deutscher Seite nicht gestaut war, führte die holländische Albeek für ihre Verhältnisse Hochwasser. Der Junge sah den Vater am Ufer stehen, während die Tante in die Hocke ging und ein Gebüsch zur Seite bog.

Da Ludger etwas oberhalb der Böschung stand und das Mondlicht das Ufer erhellte, konnte er mehr erkennen, als ihm lieb war. Etwas Weißliches lag unter dem Gebüsch, und obwohl Ludger wusste, dass es der Haermöller war, erkannte er ihn nicht. Das Gesicht wirkte unförmig und erinnerte an weißen Käse. Dennoch schaute Ludger fasziniert hin und kam sogar noch ein Stück näher, um besser lauschen zu können.

Der Vater wandte entsetzt den Blick ab, hielt sich die Hand vor den Mund und rief: »O Gott, Annelies, wie konntest du nur?«

»Es war doch keine Absicht«, rief sie und sank zu Boden. »Er wollte wieder zu ihr, mitten in der Nacht, wie ein Rüde zu einer läufigen Hündin. Da hab ich ihm eins übergezogen, mit dem Kraushammer. Weil er doch zu ihr wollte. Aber er hat noch gelebt, hat sogar gelacht, obwohl sein Kopf ganz blutig war und er torkelte, als wär er besoffen. Und dann ist er aufs Pferd und weg!«

»Aber ich hatte doch mit ihm geredet«, sagte der Vater und schüttelte den Kopf. »Er hat versprochen, Maria in Ruhe zu lassen. Ich hab ihm gesagt, dass es ein Ende haben muss, dass ich das nicht zulassen kann, und er hat zugestimmt. Es blieb ihm gar nichts anderes übrig. Er wusste, was ihm sonst blüht.«

»Er wollte zu ihr«, beharrte die Haermöllerin. »Er hat's selbst gesagt.«

»Und wieso liegt er jetzt im Fluss?« Der Vater betrachtete den Kopf des Toten und rief angewidert: »Pfui, Spinne, das stinkt ja bestialisch!«

»Woher soll ich denn das wissen? Ich hab ihn überall gesucht, seit Tagen, und heute hab ich ihn im Wasser gefunden. Keine Ahnung, wie er da reingekommen ist.«

»Er hat ein Loch im Schädel«, sagte der Vater.

»Mit dem Kraushammer«, wiederholte Tante Annelies unter Tränen. »Der lag auf dem Tisch, damit hab ich ihm eins übergezogen. Er hat gelacht, als würd's ihn nicht kratzen, dabei hat er geblutet wie ein abgestochenes Schwein.«

Ludger stockte der Atem. So war das also, dachte er und begriff. Tante Annelies hatte ihrem Mann den Schädel eingeschlagen, aber getötet hatte sie ihn nicht. Nicht sofort. Aber jetzt war er tot. Natürlich war er das. Ludger lächelte, wie er es immer tat, wenn er zwei Sachen zusammenzählte und das richtige Ergebnis herauskam. Nein, überrascht war er nicht, ganz im Gegenteil. Es passte alles zusammen. Denn er wusste allerlei Dinge und verstand mehr, als die Großen ahnten. Auch über den holländischen Müller.

»Und nun?«, fragte die Tante.

»Es gibt zwei Möglichkeiten«, antwortete der Vater und fuhr sich durch den Vollbart. »Wir können ihn zum Hof bringen, dem neuen Drosten Bescheid geben und eine Untersuchung einleiten. Man würde dich verhören, und du müsstest genau das sagen, was du auch am Sonntag auf dem Kirchplatz gesagt hast. Dass er spurlos verschwunden ist und du nicht wusstest, wo er geblieben ist.«

»Das kann ich nicht.«

»Aber am Sonntag konntest du es.«

»Da war ich betrunken«, antwortete die Tante ausweichend,

»und ich wusste nicht, dass er tatsächlich tot war. Es war doch nur so eine böse Ahnung. Aber vor Gericht? Nein, das schaff ich nicht. Ich würde sofort alles gestehen. Sie würden mich anstarren, weil sie mir kein Wort glauben, weil sie mich nicht ausstehen können und für einen Hausdrachen halten.«

»Niemand hält dich für einen Drachen.«

Ludger grinste, als er dies hörte. Erst gestern hatte der Vater über seine Schwester gesagt, sie sei schlimmer als eine ägyptische Plage und überhaupt eine fürchterliche Xanthippe. Kein Wunder, dass ihr der Mann weggelaufen sei. Um den Mistkerl sei es allerdings auch nicht schade. Familie hin, Familie her! Ludger hatte zwar nicht verstanden, was der Vater mit der Xanthippe gemeint hatte, aber es hatte sich nicht sehr schmeichelhaft angehört.

»Was ist die zweite Möglichkeit?«, wollte die Tante wissen.

»Wir beerdigen ihn, und er bleibt auf ewig verschollen.«

»Beerdigen? Wo? Und wie?«

»Lass mich nur machen«, antwortete der Vater und zog den Toten unter dem Gebüsch hervor. »Es gibt einen Ort, wo ihn niemand finden wird. Nicht in hundert Jahren.«

»Aber das ist Sünde.«

Der Vater lachte ungläubig und schüttelte den Kopf, dass sein Haarschwanz hin und her flog. »Sünde?«, rief er und hievte den Haermöller über die Schulter. »Erst schlägst du ihm den Schädel ein, und dann hast du Skrupel, ihn zu verscharren? Auch Mord ist eine Sünde, Schwesterherz!« Langsam kroch er die Böschung hinauf, das Wasser tropfte aus der durchnässten Kleidung des Müllers, und erneut stöhnte der Vater: »Gott, wie das stinkt!«

So kam es, dass Guus ter Haer seine letzte Ruhestätte in der steinernen Höhle am Kolk fand, die einst Ludgers geheimes Versteck gewesen war. Der Junge beobachtete alles aus nächster Nähe, folgte den beiden Erwachsenen mit dem Toten zum Kolk, sah vom gegenüberliegenden Ufer aus, wie der Vater den Müller in die Höhle schaffte und die Tante weinend ein letztes Gebet sprach. Dann verschloss der Vater den Eingang mit einem Findling, den er aus dem Nachbarhügel herübergetragen hatte. Es war ein wirklich riesiger Stein, den nur ein Mann mit Bärenkräften stemmen konnte. Ludgers Vater war solch ein Mann, der stärkste Mensch der Welt, das wusste der Junge aus eigener leidiger Erfahrung. Anschließend bedeckten der Vater und die Tante den Stein mit Erde und Laub, sodass nichts darauf hinwies, was sich darunter verbarg.

»Was ist das überhaupt für eine Höhle?«, wollte die Tante wissen, als die Arbeit getan war und sie schwitzend und verdreckt auf dem Hügel saßen.

»Was auch immer es früher einmal gewesen sein mag«, antwortete der Vater achselzuckend, »jetzt ist es ein Grab.« Er rieb sich die Hände, roch daran und sagte: »Pfui Deibel!«

Im Osten dämmerte es inzwischen, aber die Sonne war noch nicht aufgegangen. Dichter Nebel hatte sich über dem Kolk gebildet, der ganze Himmel war mit dünnen Schleierwolken bedeckt. Der Vater schaute besorgt nach oben und sagte: »Sieht nicht gut aus.«

»Was?«

»Der Himmel«, antwortete er in Gedanken versunken. »Da braut sich was zusammen. Wir müssen uns mit dem Weizen beeilen.« Damit sprang er in die Höhe, half seiner Schwester auf die Beine und setzte hinzu: »Geh nach Hause, Annelies, und vergiss, was heute geschehen ist. Vergiss alles!«

»Ich will's versuchen, Lubbert«, antwortete sie und fügte leise hinzu: »Danke.«

Dann verließen sie den Kolk.

Ludger wartete noch eine Weile und ging dann zu der Höhle, von der nicht mehr das Geringste zu sehen war. Er setzte sich auf den Hügel und dachte nach. Um den Haermöller tat es ihm nicht Leid. Nein, Guus ter Haer war kein guter Mensch gewesen, er hatte nur bekommen, was er verdient hatte. Immer hatte er den Jungen getriezt, sich über ihn lustig gemacht, ihn in die Wange gekniffen und wie einen sabbernden Idioten behandelt. Aber Ludger war kein Idiot, kein Schwachkopf, er hatte Augen und Ohren im Kopf. Deshalb war er Maria vor einiger Zeit zur Kolkmühle gefolgt und hatte sie mit ihrem Liebsten im Müllerhaus ertappt. Der Onkel hatte ihn verprügeln wollen, doch Maria hatte dies verhindert und gesagt: »Du darfst keinem davon erzählen.«

»Wie soll er etwas erzählen?«, hatte der Haermöller höhnisch gerufen. »Er hat ja nicht einmal einen Mund.«

Ludger hatte ihm daraufhin in die Hand gebissen und war davongelaufen.

Es war gar nicht nötig gewesen, irgendjemandem etwas zu erzählen, weder durch Handzeichen noch durch Buchstaben, denn sie wussten alle längst Bescheid. Tante Annelies hatte (wie der Junge mit eigenen Ohren gehört hatte) dem Vater schon vor Wochen gesagt, sie glaube, Maria habe etwas mit ihrem Mann. Es sei nur so ein Gefühl, aber sie könne in Guus' Gesicht inzwischen lesen wie in einem offenen Buch. »Sie treiben's miteinander«, hatte sie gesagt. »Das weiß ich. Wie er sie immer anschaut! Als würde er sich jeden Augenblick auf sie stürzen wollen.«

»Ich rede mit ihm«, hatte der Vater geantwortet.

Die Tante hatte vermutlich schon oft im Gesicht ihres Mannes lesen müssen, dass er sich mit anderen Frauen vergnügte. Es war ein offenes Geheimnis, dass Guus es mit der ehelichen Treue nicht so genau nahm. Ludger verstand zwar nicht, warum die Großen so ein Aufhebens um diese Sache machten, aber er begriff, dass Guus ein schlechter Mensch und ein noch schlechterer Ehemann war. Und es betrübte ihn, dass ausgerechnet seine geliebte Maria diesem »Hurenbock« (wie die Tante sich ausdrückte) auf den Leim gegangen war. Was mochte sie an ihm finden, dass sie sich von ihm an geheime Orte locken, zu Boden werfen und quälen ließ? Mehrmals hatte er die beiden im Müllerhaus beobachtet, und fast immer hatte Maria geschrien und gewinselt. Einmal hatte sie sogar um Hilfe gerufen. Anschließend hatte sie jedoch nicht so ausgesehen, als habe er ihr wehgetan. Ludger wusste natürlich, was es bedeutete, wenn man es »miteinander trieb«, er war schließlich auf einem Bauernhof aufgewachsen und hatte die Tiere dabei beobachtet. Aber nie hatte eine Sau geschrien oder eine Stute gewinselt. Merkwürdig!

Inzwischen konnte auch Ludger in Marias Gesicht wie in einem Buch lesen, und er ahnte im Voraus, wenn es wieder so weit war. Ihr Blick wurde unstet, ihre Wangen waren leicht errötet, sie wirkte abwesend und lächelte blöde, ohne erkennbaren Grund. Dann wusste Ludger, dass sie sich mit dem Onkel treffen würde, und er beeilte sich, zur Kolkmühle zu laufen und hinter dem Müllerhaus auf sie zu warten. Ihm gefiel nicht, was er dort sah, und er hasste sich dafür, dass er sie dabei beobachtete, aber er konnte nicht anders. Es war wie ein Zwang. Und deshalb war er auch in der Nacht vor der Kräuterweihe an der Mühle gewesen und hatte den Haermöller sterben sehen.

Es war eine helle Vollmondnacht gewesen, das silbrige Licht hatte alles wie mit einem Schleier bedeckt, es gab keine bunten Farben, nur schwarz und weiß, hell und dunkel, gleißend und finster. Die Mühlenruine erschien dem Jungen unwirklich, wie in einem Traum, die schwärzlichen Mauerreste ragten sinnlos in die Höhe, die Mühlsteine im Keller waren von Unkraut überwuchert, die Türen führten ins Nichts. Der obere Mühlteich war beinahe leer, der untere hingegen war zu einem beträchtlichen, mehr als mannstiefen Tümpel angewachsen. Alles war verkehrt und verdreht, und vielleicht war dies der Grund, warum die Kolkmühle den Jungen so magisch und unwiderstehlich anzog.

Als Ludger das Pferdegetrappel hörte, bezog er seinen Posten hinter dem Müllerhaus und wartete. Doch nichts geschah. Der Holländer betrat nicht wie sonst das Haus, der Junge hörte keine näher kommenden Schritte, nur das Schnauben des Pferdes auf dem Mühlenwehr. Als er hinter der Mauer hervorlugte, sah er den Haermöller neben seinem Pferd stehen und hin und her schwanken, als sei er betrunken. Er lehnte den Kopf an den Sattel, dann ging er plötzlich in die Knie und fasste sich an den Schädel. Er betrachtete seine Hände, roch daran und lachte lauthals.

Ludger trat verblüfft aus seinem Versteck und näherte sich dem Wehr.

»Wen haben wir denn da?«, rief der Haermöller und wischte sich die Hand am Hemd ab. Auf dem weißen Stoff hinterließ die Hand eine dunkle Spur. »Willst du wieder zuschauen, du kleine Ratte?« Erneut lachte er und klopfte sich die Schenkel, als habe er einen Witz erzählt. Plötzlich fauchte er: »Verfluchte Missgeburt!«

Ludger wollte sich schon auf ihn stürzen, ihn kratzen oder beißen, wie er es beim ersten Mal getan hatte, doch dann sah er das Blut. Der Kopf des Müllers war blutüberströmt, das lockige Haar vom Blut verklebt, es lief ihm über die Stirn ins Gesicht.

Der Onkel sah den entsetzten Blick des Jungen, lachte und machte eine wegwerfende Handbewegung. »Das ist nichts, nur ein Kratzer!«, sagte er, setzte sich auf den Boden und lehnte sich an die Brüstung des Mühlenwehrs. »Verdammte Weiber! Lass dir einen Rat geben, Kleiner, lass die Finger von den Weibsbildern! Das bringt nur Ärger.«

Ludger tat nichts, bewegte sich nicht, starrte ihn nur an.

»Was gibt's denn da zu glotzen?«, fuhr ihn der Onkel an. Er sprach seltsam unsicher und lallte ein wenig. *»Godverdoemde rotzak!«*, setzte er in seiner Muttersprache hinzu. »Was spielt ihr euch eigentlich so auf? Seid ihr was Besseres? Elendes Schulzenpack! Glaubt wohl, ihr könnt mich herumstoßen wie einen gewöhnlichen Knecht! Guus, tu dies! Guus, lass das!« Er wollte zu Boden spucken, doch der Speichel blieb ihm am Kinn hängen.

»Kch«, machte Ludger erstaunt. Irgendetwas stimmte nicht mit dem Haermöller. Er schien betrunken zu sein oder den Verstand verloren zu haben.

»Selbst du verdammter Idiot hältst mich für einen Wurm, den man zertreten sollte. Ha!« Er wollte sich aufrichten, doch er kam nicht auf die Beine und ließ es schließlich bleiben. »Und dass ich deine Schwester besteige, das gefällt dir auch nicht. Bin nicht gut genug für die heilige Maria.« Wieder lachte er, dann zog er den Rotz hoch und fuhr sich mit der Hand durchs blutige Gesicht. »Willst wohl selbst mal ran, was? Du kleines Dreckschwein, steigst deiner eigenen Schwester hinterher. Ja, Annelies, da staunst du, was? So eine Familie ist das. Und Lubbert? Ach, hol dich der Teufel!«

Ludger war zu verwirrt, um irgendetwas zu unternehmen. Er stand wie angewurzelt neben dem auf dem Boden hockenden Haermöller und betrachtete ihn wie ein seltsames Insekt. Warum erzählte der Onkel all das? Normalerweise redete er nie mit dem Jungen, trieb höchstens seine Späße mit ihm. Was war bloß in ihn gefahren? Wieso benahm er sich so sonderbar? Und weshalb redete er mit Menschen, die gar nicht anwesend waren?

»Dein Vater ist ein Tyrann, deine Brüder sind dumm wie Stroh, und das ist noch eine Beleidigung für das Stroh. Ja, und deine Mutter? Pah! Verdammte Heuchlerin!« Er schüttelte den Kopf und stöhnte im nächsten Moment vor Schmerz. »Nach außen hin fromm und gottesfürchtig, aber inwendig …«

Bevor der Onkel ein schlechtes Wort über die Mutter sagen konnte, biss ihm Ludger in die Hand. Der Haermöller schrie erschrocken auf, stieß den Jungen mit den Füßen von sich und fluchte gotteslästerlich.

»Die Wahrheit willst du nicht hören, du elender Wechselbalg! Dabei solltest du mir dankbar sein, kleiner Wicht, denn ohne mich würd's dich gar nicht geben.« Er schnaufte verächtlich und setzte hinzu: »Wär allerdings nicht schade drum! Eine Missgeburt weniger.«

Ludger, der nun ebenfalls auf seinem Hosenboden saß, starrte den Onkel entgeistert und verängstigt an. Was hatte er damit gemeint?

Ohne mich würd's dich gar nicht geben.

»Ja, da guckst du blöde aus der Wäsche«, frohlockte der Haermöller. »Aber der heilige Geist war dabei nicht im Spiel, nicht wie in der Bibel, die deine Mutter immer gelesen hat. Unbefleckte Empfängnis und so.« Er gluckste seltsam, sah den ängstlichen Blick des Jungen und lachte dann schallend auf. »Jetzt solltest du dein hässliches Gesicht sehen, Kleiner! Aber ich kann dich beruhigen, ich hab deine Mutter nicht angerührt. Gott bewahre! So eine Betschwester hätte mir noch gefehlt. Das andere Weib, Euphemia, die hätte mir besser gefallen. Eigentlich waren wir verlobt. Hast du gehört, Geert? Du Dummkopf! Schön wie die Sünde! Auch wenn sie ebenfalls eine verblendete Gottesnärrin war. Verfluchte Friesin! Aber das ist eine andere Geschichte.«

Ludger konnte kaum atmen, er war hin- und hergerissen, wusste nicht, was er denken sollte. Das Wenige, das er über seine Mutter Josefa wusste, hatte er von seiner Schwester Maria erfahren. Sie hatte ihm von den Fehlgeburten erzählt, von der ständigen Beterei mit Tante Euphemia und den Wallfahrten nach Telgte und Aachen. Und schließlich habe Gott ein Einsehen gehabt, und Ludger sei zur Welt gekommen. Doch dann sei die Mutter im Kindbett gestorben. Der Herr habe es gegeben, und der Herr habe es genommen.

»Tag und Nacht hat deine Mutter mit der Kolkmüllerin in der Stube gesessen und zu allen Heiligen und Märtyrern gebetet, aber hat's was gebracht?« Er schüttelte den Kopf, ächzte sofort vor Schmerz und rieb sich den Nacken. »Mein Kopf platzt«, sagte er und holte tief Luft. »Ich glaub, mir wird schlecht.«

Ludger zupfte ungeduldig an seinem Ärmel. Er wollte wissen, was geschehen war, damals vor seiner Geburt. »Kch«, machte er und nickte eifrig.

»Nichts hat's gebracht«, fuhr der Onkel schließlich fort und stand schwerfällig auf. Er schwankte und musste sich an der Brüstung festhalten. »Eine Totgeburt nach der anderen. Trotz aller Kerzen und Gebete. Da musste erst ich kommen und der frommen Josefa eine holländische Hexe auf den Hof schaffen. *Een heks en tovenares.* Sie hat mich selbst drum gebeten, weil ich ihr mal was von der Alten erzählt hatte.«

Ludger, der ebenfalls aufgestanden war, verstand kein Wort und zupfte erneut am Ärmel des Haermöllers.

»In der Twente gab's so eine alte Vettel«, erklärte der Onkel, aber er schien gar nicht mit dem Jungen, sondern mit sich selbst zu reden. »Der hatten sie den Prozess gemacht, weil sie eine Hexe war und mit dem Satan im Bunde. *De vrouw van den drommel!* Sie hat Kinder weggemacht, du weißt schon, aber sie konnte auch welche hinzaubern, wenn sie wollte. Böse Geister vertreiben und so. Das haben zumindest die Leute behauptet, deshalb wollten sie sie auf dem Scheiterhaufen verbrennen. Haben sie aber nicht gemacht, sondern ihr nur die Augen mit einem glühenden Eisen ausgestochen und die Daumen abgehackt, weil's die Klauen vom Satan waren. Hat Glück gehabt, die Alte.« Der Haermöller lachte, schien den Faden verloren zu haben, schaute den Jungen an, als wisse er gar nicht, wer er sei, und fuhr erst nach geraumer Zeit fort: »Na, die hab ich dann hergeschafft. Musste ihr einige Goldgulden in die Hand drücken, damit sie deine Mutter behext. Ihr einen Balg in den Bauch zaubert. Musste alles ganz heimlich geschehen, durfte ja keiner wissen, dass die heilige Josefa sich mit dem verrückten Satansweib einlässt. Wie ein Dieb musste ich mich auf den Hof schleichen und nachts ans Fenster klopfen, wie ein Liebhaber.« Er lachte und zupfte an seinem Spitzbart, von dem das Blut auf sein Hemd tropfte. »Und dann hab ich Josefa mit der blinden Vettel im Pferdestall zusammengebracht. Das hättest du sehen sollen, Lubbert, wie die Alte deine Frau behext hat. Mit rohen Gänseeiern hat sie auf Josefas Bauch herumhantiert, da solle der böse Geist hineinfahren. Ich war selbst dabei. Dann hat sie die Eier zerschlagen, und das Eigelb war ganz grau.« Er lachte irre und setzte hinzu: »Abrakadabra, kleiner Ludger! Kein Wunder, dass ein Krüppel dabei rausgekommen ist! Du bist ein Kind des Satans!«

Das war zu viel für den Jungen. Er stürzte sich auf den Onkel und schlug mit beiden Fäusten auf ihn ein. Immer wieder, obwohl der Haermöller nur darüber lachte und ihn abwehrte wie eine lästige Fliege. Ludger hatte sich mit aller Macht gegen ihn gestemmt und ihn gegen die Brüstung des Mühlenwehrs gedrückt, doch für den Onkel schien das alles nur ein Spaß zu sein. Er kicherte wie von Sinnen und schien die harmlosen Püffe überhaupt nicht zu spüren. Plötzlich jedoch veränderte sich sein Gesichtsausdruck. Guus zuckte mit einem Mal zusammen, als habe ihn ein unsichtbarer Schlag getroffen, er wurde nach hinten gegen sein Pferd geschleudert. Der Gaul machte einen Satz, bäumte sich auf und galoppierte davon.

Ludger war so erschrocken, dass er von dem Onkel abließ und fassungslos zuschaute, wie der wie von Geisterhand geschüttelt wurde. Dann jedoch erkannte Ludger die Gelegenheit, nahm all seine Kraft zusammen und stieß den anderen über die Brüstung. Im nächsten Augenblick klatschte der Körper des Müllers auf das Wasser.

Ludger war zugleich entsetzt und erregt. Er schaute über die Brüstung und sah den Onkel im unteren Mühlteich strampeln. Es sah komisch aus. Der Haermöller fuchtelte mit den Händen, tauchte mehrmals unter und wieder auf. Der Junge verstand nicht, warum der Onkel nicht ans Ufer schwamm. Es waren nur wenige Klafter bis ans Land, aber er kam nicht von der Stelle, plantschte wild herum, schrie etwas Unverständliches, schluckte und spuckte Wasser und war plötzlich verschwunden. Immer noch glaubte der Junge, der Onkel mache nur einen Spaß, doch er tauchte nicht wieder auf.

Ludger verharrte regungslos und traute seinen Augen nicht. Wo war der Haermöller geblieben? Er suchte das Ufer ab, konnte ihn aber nirgends finden. Es wollte dem Jungen nicht in den Kopf, was sich gerade zugetragen hatte. Es war undenkbar, dass der Onkel ertrunken war. Niemand ertrank in einem Tümpel, in unmittelbarer Nähe des Ufers. Wollte er ihn foppen? Aber weshalb trat er dann nicht hervor und machte sich über den Jungen lustig? Unbegreiflich!

Als Ludger nach vergeblicher Suche wieder aufs Mühlenwehr zurückkehrte, erinnerte nichts an die seltsame Szene, die sich hier abgespielt hatte. Der Gaul war verschwunden, der Onkel ebenfalls, nur ein Blutfleck auf dem Boden bewies, dass Ludger sich das nicht eingebildet hatte. Es war tatsächlich geschehen!

Der Junge war so durcheinander, dass er beinahe die Ankunft seiner Schwester nicht bemerkt hätte. Im letzten Moment sah er die weiße Gestalt, die sich vom Hessenweg her näherte, und konnte sich hinter dem Müllerhaus verstecken. Nun würde er ja sehen, ob der Haermöller zurückkommen würde. Denn mit Maria würde er sich solche Späße nicht erlauben. Das würde er nicht wagen.

Doch Guus ter Haer war nicht zurückgekommen. Nicht in dieser Nacht und nicht am nächsten Tag. Und inzwischen wusste Ludger auch wieso. Aber selbst jetzt, da er die Leiche des Müllers gesehen hatte und auf dem Grab des Haermöllers saß, begriff er nicht wirklich, was in jener Nacht passiert war. Er wusste mittlerweile, wieso der Onkel so stark am Kopf geblutet hatte, und vermutete, das seltsame Gestammel und Getorkel hatte ebenfalls etwas mit dem Schlag mit dem Kraushammer zu tun. Wieso er jedoch im Mühlteich ertrunken war, das vermochte Ludger nicht zu sagen. Jedes Kind konnte schwimmen, und der Gedanke, ein Großer sei dazu nicht fähig, kam Ludger nicht in den Sinn. Was für eine törichte Vorstellung!

Um den Haermöller tat es ihm nicht Leid. Der Onkel hatte lediglich bekommen, was er verdient hatte. Er war ein schlechter und gemeiner Mensch gewesen. So dachte der Junge, legte sich hin, verschränkte die Hände hinter dem Kopf und schaute zum wolkenverhangenen Himmel. Plötzlich liefen ihm die Tränen über die Wangen; er konnte sie nicht zurückhalten und weinte bitterlich.

Ich bin kein Kind des Satans, dachte er und wischte sich die Tränen aus dem Gesicht. Nein, das bin ich nicht! Das ist eine Lüge!

Dann schloss er die Augen und schlief ein.

»Aufgewacht, du Faulpelz!«, weckte ihn eine vertraute Stimme.

Ludger fuhr erschrocken zusammen und schaute sich orientierungslos um. Der Frühnebel hatte sich verzogen, dafür hatte der

Himmel die Farbe von Blei angenommen. Ludger musste einige Stunden geschlafen haben.

»Guten Morgen, Siebenschläfer!«

Ludger sprang auf und sah Ambros etwas unterhalb am Ufer des Kolks stehen, die Hände in die Seiten gestemmt. Sein linkes Auge war völlig zugeschwollen, wie eine bläuliche Geschwulst legte sich das Fleisch über das Auge, alles war blutunterlaufen, die Haut spannte sich wie bei einer reifen Kirsche. Ludger erschrak, ahnte jedoch sofort, woher das blaue Auge stammte. Wenn Kinder so aussahen, waren meistens die Väter verantwortlich. Ludger konnte ein Lied davon singen.

»Was ist passiert? Wo ist die Höhle geblieben?«, fragte Ambros und wies auf die Stelle, wo sich einst das Loch im Boden befunden hatte. »Hat dein Vater den Eingang …?«

Ludger schüttelte den Kopf und unterbrach den anderen mit einem »Kch, kch!« Dann stieg er vom Hügel, fasste Ambros am Ärmel und wollte ihn wegzerren.

»Was ist los?«, wunderte sich der Sohn des Molenkötters. »Was hast du?«

»Kch!«, krächzte Ludger und schob Ambros weg. Was mit und in der Höhle passiert war, das durfte niemand wissen. Nicht einmal Ambros. Es war ein Geheimnis. Ein Familiengeheimnis. Nicht in hundert Jahren würde man den Toten finden, hatte der Vater gesagt. Er war verschollen und würde es auf ewig bleiben. Dann würde auch niemand fragen, was an der Mühle geschehen war. Deshalb zupfte und zerrte Ludger, schubste und schob, knurrte und krächzte.

Schließlich hatte Ambros ein Einsehen und ließ sich widerwillig in Richtung Hessenweg bewegen. »Was ist bloß in dich gefahren?«, fragte er und rieb sich das schwarz geränderte rechte Auge. Offensichtlich hatte auch Ambros nicht viel Schlaf bekommen. »Gestern erst hast du mir deine Höhle gezeigt, und heute tust du so, als wollte ich sie dir wegnehmen. Ich dachte, wir sind Freunde.«

Ludger nickte eifrig, und sein Gesicht strahlte. Oh ja, das waren sie: Freunde! Plötzlich klammerte er sich an Ambros, als könne er sich sonst nicht auf den Beinen halten. Er wollte ihn gar nicht wieder loslassen und herzte und streichelte ihn.

»Du bist ein komischer Vogel«, murmelte Ambros, strich dem Jüngeren über die Strubbelhaare und lachte. »Na, lass gut sein, Schlingel! Brauchst mich nicht gleich zu küssen.«

Ludger kicherte erleichtert, nickte und presste seine verunstalteten Lippen auf Ambros' Handrücken.

»Du Ferkel!«, rief Ambros und gab dem Kleinen einen Tritt in den Hintern.

Sie hatten inzwischen den Hessenweg erreicht und hörten Pferdegetrappel und polternde Räder, die sich vom Dorf her näherten. Im nächsten Augenblick sahen sie den alten Melchior Timmermeester auf seinem mit Holzbalken, Dachlatten und Werkzeug beladenen Pferdekarren. Als er die Jungen am Wegesrand bemerkte, hielt er an und wandte sich an Ambros.

»Gott im Himmel!«, rief Timmermeester beim Anblick des Jungen.

»Es ist nichts«, sagte Ambros. »Ich bin gefallen.«

»Sicher«, erwiderte der Alte und hob missfällig die Augenbrauen. »Ist dein Vater an der Mühle?«

»Glaub schon«, antwortete Ambros. »Hab ihn heute noch nicht gesehen.«

»Na dann«, knurrte Timmermeester und schüttelte den Kopf. »Das kann was geben!«, murmelte er und schnaubte wie sein Pferd. »Teufel auch!«

»Was ist los?«, fragte Ambros.

»Im Dorf geht's drunter und drüber«, antwortete der Zimmermann mürrisch. »Ein einziges Tohuwabohu!«

»Lah, lah«, machte Ludger und riss die Augen auf.

»Was ist geschehen?«, wollte auch Ambros wissen.

»Die Soldaten des Bischofs haben die Kirche umstellt.«

»Soldaten?«

»Sag ich doch!«, maulte Timmermeester in seiner ihm eigenen bärbeißigen Art. »Hörst du schlecht?« Dann knallte er mit der Peitsche, und der Karren setzte sich wieder in Bewegung.

Ambros und Ludger sahen sich erstaunt an, nickten gleichzeitig und machten sich auf ins Dorf. Am Himmel türmten sich derweil die dunklen Wolken zu gigantischen Ambossen auf, der Wind zog in kräftigen Böen über das Land, es roch nach Regen. Bald würden die ersten Blitze vom Himmel zucken.

Zweites Kapitel

Berichtet von der Explosion einer Mühle und dem Abschied eines Müllers

Geert hatte in dieser Nacht kein Auge zugetan. Nachdem Ambros am Tisch eingeschlafen und die Schulzentochter gegangen war, hatte er keine Ruhe gefunden und war wie ein Kettenhund im Kreis herumgelaufen. Er fragte sich, ob es richtig gewesen war, den beiden zu erzählen, was ihm seit Jahren wie ein Albdruck auf dem Herzen gelegen hatte. All die Lügen, die er sich zurechtgelegt hatte, all die feigen Ausflüchte und Halbwahrheiten, die er mit der Zeit beinahe selbst geglaubt hatte. Nun wusste Ambros, was einst mit seiner Mutter geschehen war und wieso Euphemia sie verlassen hatte, und auch wenn Geert anfangs eine gewisse Erleichterung verspürt hatte, begann er nun zu zweifeln, ob es klug gewesen war, die ganze Wahrheit zu erzählen. Würde der Junge ihn nun nicht noch mehr verachten? Wie sollten sie fortan miteinander auskommen? Mit einer toten Mutter und einem betrunkenen Vater ließ es sich besser leben als mit einer vertriebenen Mutter und einem verlogenen Vater.

Gern hätte Geert, wie es so viele im Dorf taten, die verfluchte Kolkmühle für alles verantwortlich gemacht. Dann könnte er die Schuld bei den Geistern suchen, die dort angeblich hausten, und alles auf den Fluch der heidnischen Priester schieben, der wie ein Leichentuch über dem verdammten Ort lag. Aber der Molenkötter wusste, dass keine Luftgestalten und Gespenster das Unglück verursacht hatten, sondern Menschen aus Fleisch und Blut. Und er, Geert Vortkamp, war einer von ihnen. Der Schlimmste von allen!

Er war es, der seine Frau misshandelt und sie mit seiner krankhaften Eifersucht in die Hände eines anderen und schließlich aus dem Haus getrieben hatte. Manchmal bezweifelte Geert sogar, ob Euphemia tatsächlich die Geliebte des Haermöllers gewesen war. Guus ter Haer hatte dies immer bestritten. Zwar hatte Geert ihn auf frischer Tat ertappt, das redete er sich zumindest ein, aber womöglich gab es für das nächtliche Herumlungern des Haermöllers auf dem Schulzenhof eine völlig harmlose Erklärung. Wer vermochte das zu sagen? Oft waren die Dinge nicht das, was sie schienen. Man durfte seinen Augen und Ohren nicht trauen, das hatte Geert schon häufig erfahren. Trotzdem hatte er den Haermöller in Rage niedergestochen und dafür am Pranger gestanden. Er verdrängte den Gedanken, dass dies alles sinnlos gewesen sein könnte.

Auch an seine Frau, die verschollen blieb und von der er nie wieder etwas hörte, wollte Geert nicht denken. Die Schulzin, die vermutlich als Einzige wusste, wohin sich Euphemia in ihrer Not gewandt hatte, war nur wenige Monate später im Kindbett gestorben und hatte ihr Wissen mit ins Grab genommen. Geert vermutete, dass seine Frau zur Mutter Oberin ins Niesing-Kloster gegangen war, aber Beweise hatte er dafür nicht. Unter der Herrschaft der Täufer waren die Klöster in Münster aufgelöst und die Nonnen verjagt worden, das hatte ihm der Jude Simeon gesagt. Vielleicht hatte Euphemia sich ebenfalls taufen lassen und sich den radikalen Schwärmern angeschlossen. Oder sie hatte Widerstand geleistet und war bei der Stürmung des Klosters getötet worden. Beides erschien Geert durchaus denkbar. Vermutlich würde er nie die Wahrheit erfahren.

Es war etwa eine Stunde vor dem Mittag. Der Molenkötter wartete seit geraumer Zeit auf Melchior Timmermeester, um mit ihm das Dach des Müllerhauses zu richten. Der alte Melchior war zwar ein wortkarger und wenig umgänglicher Zeitgenosse, aber Unpünktlichkeit zählte eigentlich nicht zu seinen Lastern. Geert schaute zum Himmel, doch am Stand der Sonne ließ sich nicht genau erkennen, wie spät es war. Der Himmel hatte sich seit dem Morgen zusehends zugezogen, die Wolken verdunkelten alles, als sei es Nacht.

Sechs Jahre lang hatte er die Mühle nicht betreten, seit jener unseligen Nacht im Sommer 1529, als er den armen Dennekamp über die Brüstung des Mühlenwehrs gestoßen und anschließend im Schlamm des Hessenwegs nach dessen Stiefel gesucht hatte. Am Samstag vor der Kräuterweihe war Geert zum ersten Mal seit langer Zeit wieder an der Mühle gewesen. Und nun half ausgerechnet er dem alten Zimmermann dabei, die Mühle für den neuen Müller herzurichten. Es war schon eine seltsame Fügung des Schicksals.

Geert stand am Wehr und schaute in den unteren Mühlteich. Vor sechs Jahren war die Mühle noch intakt, die Schleuse geschlossen und der untere Teich nur eine winzige Lache gewesen. Unterhalb der Schleuse hatte es einen breiten Mauervorsprung gegeben. Nun war die Schleuse geöffnet und die Pfütze zu einem Teich angewachsen. Die Stelle, an der Antonius Dennekamp sich das Genick gebrochen hatte, lag mehrere Ellen unter Wasser. Würde man heute einen Mann über die Brüstung stoßen, so würde er einfach im Teich landen, und nichts könnte geschehen. Niemand würde zu Schaden kommen.

Geert versuchte diese düsteren Gedanken zu verscheuchen, doch als er durch das Loch in der Mauer, das früher eine Tür gewesen war, in die Ruine der Mühle starrte und die verkohlten Balken und überwucherten Mühlsteine sah, dachte er an Henk Schabbinck, den anderen Müller, der an dieser Stelle gestorben war. Vor drei Jahren war die Mühle in die Luft geflogen, und auch dabei war es nicht mit rechten Dingen zugegangen. Die Ahlbecker glaubten, der Fluch des heidnischen Donnergottes habe die Explosion herbeigeführt, doch Geert wusste, dass ein Mensch seine Finger im Spiel gehabt hatte, und er kannte auch seinen Namen: Lubbert Gerwing.

Nach dem Tod des Antonius Dennekamp hatte die Mühle beinahe drei Jahre leer gestanden. Der amtsmüde Fürstbischof Friedrich kümmerte sich nicht um sein Bistum, der greise Droste in Altheim scherte sich nicht um die Ahlbecker Bauern, und der eifrige Schulze sorgte dafür, dass interessierte Pächter durch blutrünstige Schauermärchen und kaum versteckte Drohungen abgeschreckt wurden. Erst mit der Amtsübernahme des neuen Bischofs, Franz von Waldeck, änderte sich die Lage, die Mühle erwachte aus ihrem Dornröschenschlaf, und im Jahr 1532 erschien mit Henk Schabbinck ein neuer Kolkmüller in Ahlbeck. Dem Schulzen und Landwehrmann, der jahrelang seine Zölle von den Bauern hatte eintreiben können, gefiel dies keineswegs. Und so war Geert nicht wirklich überrascht, als Lubbert ihn eines Tages, als sich der Molenkötter zu Handdiensten auf dem Schulzenhof aufhielt, beiseite nahm und ihn auf einen Wacholder in die Stube bat.

Es war im Frühsommer, zur Heuernte, Geert lebte seit zweieinhalb Jahren mit seinem Sohn auf dem Schafskotten im Moor und hatte sich mehr schlecht als recht mit seinem Dasein als Molenkötter abgefunden. Inzwischen war Ambros sieben Jahre alt und seinem Vater eine enorme Hilfe, auch wenn der sich das niemals eingestanden oder gar seinen Sohn dafür gelobt hätte. Geert trank und ließ die Dinge schleifen, doch Ambros entwickelte sich zu einem guten Schäfer und fleißigen Kötterjungen. Zwar war er für bestimmte Arbeiten zu klein und schwach, sodass der Kotten zusehends verfiel, doch im Umgang mit den Tieren zeigte er erstaunliches Geschick. Der Hund gehorchte ihm aufs Wort, die Schafe wurden ihm zu Kameraden, und auch das wenige Stallvieh, das Geert von seinem Vorgänger geerbt und noch nicht versoffen hatte, wurde nicht vom Vater, sondern vom Sohn versorgt.

Während Ambros das Leben als Schafsjunge und Hüter der Tiere genoss, grämte sich der Vater, trauerte vergangenen Zeiten nach, fluchte auf die Menschen, die in seinen Augen für sein Unglück verantwortlich waren, und ergab sich zunehmend dem Alkohol. Was die Leute im Dorf über ihn sagten und dass sie mit dem Finger auf ihn zeigten, interessierte Geert nicht, selbst den Spottnamen Molenkötter hatte er sich inzwischen zu Eigen gemacht und trug ihn wie einen Adelstitel. Und nach einiger Zeit erschienen ihm auch die Kolkmühle und seine Jahre als Müller wie ein Trugbild aus einer Vergangenheit, die gar nicht die seine war.

Natürlich wusste Geert, dass im Frühjahr ein neuer Müller am Kolk eingezogen war, sein Junge hatte ihm ausgiebig davon berichtet und allen Tratsch aus dem Dorf ins Moor getragen. Als der Schulze ihm nun den Genever einschenkte und ihn fragte, was er davon halte, zuckte der Molenkötter mit den Schultern und sagte: »Wurde auch Zeit.«

»Findest du?« Lubbert stieß mit ihm an, kippte den Schnaps hinunter und setzte hinzu: »Das sehe ich anders. Und ich glaube, das solltest du auch tun.«

»Was hab ich damit zu tun?« Geert fühlte den lauernden Blick des Schulzen, obwohl er ihn nicht anschaute und stattdessen in seinen leeren Becher starrte.

»Willst wohl noch einen?«, fragte Gerwing.

»Gerne, Herr«, antwortete Geert und hielt ihm den Becher hin.

Der Schulze hielt die Flasche in der Schwebe und sagte: »Komm mir entgegen.« Das konnte sich nicht auf den Becher beziehen, denn Geert hielt ihn direkt unter den Flaschenhals.

»Wie bitte?«, wunderte sich der Molenkötter.

»Komm mir entgegen!«, wiederholte Gerwing.

Geert sah den Schulzen entsetzt an, er rang mit sich, fühlte seinen Puls am Hals schlagen, und hätte sich am liebsten unter dem Tisch verkrochen. »Ich kann nicht«, sagte Geert schließlich, stellte den Becher ab und wollte sich erheben. »Es tut mir Leid!«

»Du schuldest mir was«, schnauzte ihn der Schulze an.

»Ich schulde Euch Handdienste für die Pacht und Euren Anteil an der Wolle.«

»Du weißt genau, was ich meine!«

Natürlich wusste er das! Geert dachte an die Nacht vor drei Jahren, als er dem Schulzen die Mordtat gestanden, ja sich regelrecht mit ihr gebrüstet hatte. Und er erinnerte Gerwing an die Worte, die der Schulze ihm damals warnend mit auf den Weg gegeben hatte: »Ich war nicht bei Euch, Herr. Ihr habt mich nicht gesehen. Wir haben nicht miteinander gesprochen. Ihr wisst von nichts.« Und mit zusammengekniffenen Augen, genau wie Gerwing es getan hatte, setzte er hinzu: »Jeder, der etwas anderes behauptet, ist ein toter Mann. So war es doch, oder?«

Der Schulze lachte schallend, füllte Geerts Becher und rief: »Du Halunke! Glaubst wohl, du kannst mich mit meinen eigenen Waffen schlagen? So einfach kommst du mir nicht davon, Vortkamp. Oder soll ich dir den Kotten wegnehmen und dich ins Armenhaus schicken? Denk doch an deinen Jungen! Was soll aus Ambros werden?« Er prostete seinem Gegenüber zu und fragte: »Also? Was hältst du von dem neuen Müller?«

»Wenn es stimmt, was die Bauern sagen«, antwortete Geert ausweichend, »dann wird sich das Problem mit der Zeit von selbst erledigen.«

»Wie meinst du das?«

»Schabbinck soll nicht sehr auf Sauberkeit achten«, erklärte der Molenkötter. »Ich weiß nicht, wo der Bischof diesen verlausten Burschen aufgelesen hat, aber ein ordentlicher Müller scheint er mir nicht zu sein. Ein richtiges Dreckschwein, das hab ich zumindest gehört. Die Leute machen sich schon lustig über ihn. In seiner Mühle sammelt sich der Dreck in den Ecken, vom abendlichen Fegen hält Schabbinck anscheinend nichts, der Mehlstaub von Wochen fliegt durch die Luft. Und irgendwann wird das die ganze Mühle tun.«

Der Schulze hörte interessiert zu und forderte den anderen mit einer Handbewegung auf fortzufahren.

»Ich hab schon Mühlen explodieren sehen«, sagte Geert und ließ sich einen weiteren Wacholderschnaps einschenken. »Es bleibt nicht viel übrig, wenn die Luft sich entzündet.«

»Luft entzündet? Was redest du für einen Unsinn? Wie kann sich denn Luft entzünden?«

»Das weiß ich nicht, Herr«, antwortete Geert, »aber es geschieht. Ich hab es selbst gesehen. Ein Funkenschlag reicht, ein Luftzug dazu, und alles fliegt einem um die Ohren. Fragt Euren Schwager, den Haermöller, er wird es Euch bestätigen, wenn er Ahnung von seinem Handwerk hat. Darum ist es so gefährlich, offenes Licht in der Mühle zu haben. Es hat was mit dem Mehlstaub zu tun, das hat ein alter Müllermeister mal behauptet. Staub kann explodieren; das klingt zwar dumm, aber es ist so. Wenn er in der Luft schwirrt und eine Tür offen steht, dann gnade einem Gott, wenn die Mühlsteine Funken schlagen.«

»Offenes Licht und Luftzug sind also gefährlich«, wiederholte der Schulze.

»Sie können gefährlich sein«, erwiderte Geert, »müssen es aber nicht. Man weiß nie, wann eine Mühle explodiert. Es ist, als hätte sie einen eigenen Willen.«

In diesem Moment betrat ein Stallknecht die Stube, berichtete von Schwierigkeiten mit einer kalbenden Kuh und bat um weitere Anweisungen. Der Schulze war einen Moment lang abgelenkt, und Geert nutzte die Gelegenheit, um durch die Seitentür zu entwischen.

Nur drei Wochen nach dieser Unterredung, die der Schulze übrigens nie fortzusetzen suchte, flog die Mühle in die Luft und riss den Müller und einen Kötterbauern in den Tod. Und die Missgeburt von Schulzensohn wurde vom zufällig anwesenden Juden Simeon aus dem oberen Mühlteich gefischt. Von Kopf bis Fuß angesengt. Mehr tot als lebendig.

Ein Zufall? Nie und nimmer! Geert wusste nicht, was sich tatsächlich an der Mühle zugetragen hatte, aber er ahnte, dass es eine Teufelei gewesen war. Vermutlich hatte der Schulze seinen nichts ahnenden Jungen mit einer Kerze oder einem brennenden Kienspan zur Mühle geschickt. Wäre die Mühle nicht explodiert, hätte der Müller den stummen Jungen sicherlich verdroschen und sich beim Schulzen über ihn beschwert, aber niemand hätte geahnt, dass Lubbert Gerwing hinter allem steckte.

Geert war sich der Ungeheuerlichkeit seines Verdachts bewusst, aber er nahm an, dass der Schulze den Tod seines eigenen Jungen achselzuckend in Kauf genommen hatte. Womöglich hatte er sogar darauf spekuliert, bei einer Explosion sowohl den Müller als auch seine ungeliebte Missgeburt loszuwerden.

Der Jude Simeon, der Zeuge des Ganzen gewesen war, hielt jedenfalls seinen Mund und spielte den Ahnungslosen. Er wisse nichts und habe nichts gesehen, beteuerte er. Wenig später allerdings fuhr er mit einem neuen Planwagen durch die Gegend, und jedes Mal, wenn der lallende Ludger dem Juden begegnete, zitterte er wie Espenlaub und nahm heulend Reißaus.

»Morgen, Molenkötter!«, wurde Geert aus seinen Gedanken gerissen.

»Glück zu, Timmermeester«, antwortete Geert und half dem Alten vom Kutschbock. »Bist spät dran.«

»Bin froh, dass ich es überhaupt hergeschafft habe«, knurrte der Zimmermann und spuckte zu Boden. »Im Dorf ist der Teufel los!«

»Was ist geschehen?«

»Die bischöflichen Soldaten haben die Kirche und die Sakristei umstellt«, sagte Timmermeester, während sie gemeinsam die Balken und Schindeln vom Wagen luden. »Es stehen bewaffnete Posten vor allen Türen, damit niemand rein- oder rauskommt. Der neue Droste macht seinem Namen als resoluter Feldherr alle Ehre. Jetzt weht hier ein anderer Wind.«

»Aber wieso?«

Der Zimmermann zuckte mit den Achseln. »Vermutlich haben Sie es auf Pastor Boeckbinder abgesehen. Nach der Messe vom letzten Sonntag wundert mich das nicht. Ein verdammter Ketzer und Wiedertäufer!«

»Aber warum umstellen sie die Kirche?«

»Weil sich der Pastor darin versteckt hält. Im Krummhaus scheint er jedenfalls nicht zu sein, dort haben sie als Erstes nachgeschaut. Und in der Kirche dürfen sie ihn nicht gefangen nehmen. Da ist er sicher, auch wenn er wie eine Maus in der Falle sitzt.«

»Und Meister Vernholt?«

»Weiß der Henker!« Timmermeester spuckte in die Hände und hievte einen schweren Balken in die Höhe, als sei er kein alter Mann, sondern ein junger Hüpfer. »Verschwunden ist der Kerl. Auf und davon! Und er wird nicht mehr zurückkommen.«

»Aber dann ...«, Geert deutete auf das Müllerhaus und den frisch gerichteten Dachstuhl, »... ist unsere Arbeit völlig sinnlos.«

»Sinnlos vielleicht«, erwiderte der Zimmermann und grinste listig. »Aber gut bezahlt.« Er griff in die Seitentasche seiner Joppe, holte einen ledernen Geldbeutel heraus und reichte ihn dem Molenkötter.

Geert öffnete den Beutel und fand darin ein große Anzahl silberner Taler. Auf der Vorderseite der Münzen befand sich ein Wappen: ein achtzackiger Stern im Schild. »Das ist das Zeichen der Grafen von Waldeck, nicht wahr? Das bischöfliche Wappen! Woher hast du das Geld?«

»Von Vernholt. Er hat es mir gestern Nacht gegeben.«

Geert konnte den Alten nur überrascht anstarren.

»Etwa gegen Mitternacht ist er auf meinen Hof gekommen«, erklärte Timmermeester und nahm den Beutel wieder an sich. »Er hat gesagt, er müsse das Dorf bald verlassen. Er habe wichtige Gründe. Mehr sagte er nicht, nur dass er nicht in Ahlbeck bleiben könne. Und dann hat er was Seltsames gesagt: ›Ich habe mein Ziel noch nicht erreicht.‹ Als sei er auf irgendeiner Mission oder Wallfahrt. Sehr merkwürdig! Er hat mir die Taler gegeben und gesagt, das Geld stamme vom Bischof und sei für die Renovierung der Mühle bestimmt. Ich solle die Arbeiten wie geplant beenden und die Kolkmühle für den neuen Müller fertig stellen.«

»Aber Vernholt ist doch der neue Müller«, sagte Geert.

»Bist du sicher?«

Geert stutzte und runzelte die Stirn. »Vielleicht ein etwas seltsamer Müller«, sagte er, »aber unter den Müllern gibt es einige komische Käuze. Ich muss es wissen, ich war selbst einer von ihnen.«

»Nein, das meinte ich nicht«, antwortete der Zimmermann. »Bist du sicher, dass er Vernholt ist?«

»Er hatte das Sendschreiben des Bischofs bei sich.«

»Eben«, erwiderte der Alte und nickte. »Hättest du dieses Schreiben in deinem Besitz, dann wärst du Vernholt. Besäße ich den Brief, wäre ich Vernholt. Wer sagt denn, dass er der Mann ist, für den er sich ausgibt.« Da Geert ihn irritiert musterte, fuhr Timmermeester fort: »Hast du von dem unbekannten Toten in Altheim gehört, den die Räuber überfallen haben?«

Der Molenkötter nickte.

»Wäre doch denkbar, oder?«, murmelte Timmermeester, schulterte sein Werkzeug und betrat das Müllerhaus.

Es dauerte eine Weile, bis Geert begriff, was der Zimmermann meinte. Hielt er den Müller tatsächlich für einen dieser Räuber? Oder glaubte er, der Mann habe Vernholts Leiche gefunden und den Brief an sich genommen? Aber nein, das ergab keinen Sinn!

»Was ist mit den Talern?«, fragte der Molenkötter. »Wenn du Recht hast und er gar nicht Vernholt ist, sondern ihn beraubt hat, warum kommt er dann mit dem Geld her und lässt die Mühle wieder herrichten? Und wieso gibt er dir die Münzen, bevor er sich verabschiedet? Das ist doch Unsinn!«

»Mag sein«, erwiderte der Alte, »ein Räuber ist er bestimmt nicht, aber es steht fest, dass er Ahlbeck verlassen wollte. Das hat er mir erst gestern gesagt. Und am nächsten Tag tauchen die Soldaten auf und umzingeln die Kirche und den Pastor, der sich darin versteckt hält. Unsinn, da hast du sicherlich Recht, aber dennoch eine nicht zu leugnende Tatsache.« Er knurrte ärgerlich, spuckte zu Boden und setzte fauchend hinzu: »Und jetzt an die Arbeit!«

Drittes Kapitel

Beendet ein viel zu kurzes Leben und lässt ein krummes Haus in Flammen aufgehen

Als Ambros und Ludger den Dorfplatz erreichten, bot sich ihnen ein seltsamer Anblick. Eine gute Hand voll berittener Soldaten war vor dem Eingang der Kirche postiert und schien auf irgendetwas oder irgendwen zu warten. Angeführt wurde die Schar von einem Hauptmann oder Obristen in prächtiger Uniform, der auf einem Rappen saß und ebenfalls nicht recht zu wissen schien, was nun zu tun sei. Das musste der neue Droste sein, dachte Ambros und musterte ihn aufmerksam.

Der Mann schaute mal in diese, mal in jene Richtung, gab leise Kommandos, ritt nach links, dann nach rechts, schüttelte den Kopf und stieg schließlich von seinem Pferd. Er ging eilends zu der Pforte, die zum Friedhof führte, und wandte sich an einige Musketiere, die mit ihren Gewehren im Anschlag vor der Sakristei der Dinge harrten und dem Hauptmann achselzuckend Auskunft gaben. Zwei weitere Männer standen mit geschulterten Musketen vor dem Krummhaus; auch ihrem Gesichtsausdruck war zu entnehmen, dass sie nicht wussten, warum sie dort Wache hielten.

In sicherem Abstand zu den Soldaten hatten sich zahlreiche Neugierige in einem Pulk unter der Linde eingefunden, einige Bauern und alte Männer, viele Frauen und noch mehr Kinder, die aufgeregt miteinander redeten und Mutmaßungen anstellten, was wohl der Sinn und Zweck des soldatischen Treibens sei. Ambros sah Maarten Timmermeester, den jüngsten Sohn des Zimmermanns, in der Menge und fragte ihn, was geschehen sei.

»Die Soldaten wollen den Ketzer holen«, lautete die Antwort. »Er hat sich in der Kirche verschanzt, und nun weiß der Droste nicht, wie er ihn rausholen soll. Stürmen dürfen sie die Kirche nicht, das wäre Frevel, und freiwillig wird der Holländer bestimmt nicht herauskommen.«

»Was redest du denn da, Maarten!«, mischte sich die Frau des Schmiedebauern ein. »Sie kommen wegen der Wiedertäufer, das hab ich selbst gehört. Einer der Reiter hat so was zu dem Hauptmann gesagt. Sie sind hinter dem Kolkmüller her. Aber sie können ihn nirgends finden.«

»Und warum versteckt sich Pastor Boeckbinder dann in der Kirche?«

»Weil er mit dem Täufer unter einer Decke steckt«, beharrte die Schmiedebäuerin. »Hast du vergessen, was am Sonntag im Hochamt passiert ist? Er hat die Gottesmutter geleugnet! Ein Wiedertäufer, das ist meine Meinung!«

»Der Müller ist ein Mörder«, mischte sich ein Kötterbauer ein. »Er hat sich den Räubern angeschlossen, und jetzt ist er mit der Bande über alle Berge.«

»Was denn für Räuber?«, fragte die Schmiedebäuerin verächtlich.

»Die Zigeunerbande, die den Mann in Altheim überfallen hat«, sagte Maarten und nickte bedeutungsvoll. »Der Wucherjidde hat es mir letzte Woche erzählt. Der verdammte Schmuel!«

»Wer redet da in so unflätigen Worten von mir?«, rief eine Stimme aus dem Hintergrund, und als die Gruppe sich umwandte, sahen sie den Juden Simeon auf seinem Kutschbock sitzen und schallend lachen. »Außerdem ist mein Name nicht Samuel, sondern Simeon!« Er lüftete neckisch den gelben Spitzhut und verneigte sich, wie ein Schauspieler vor seinem Publikum.

Wenn man den Wolf nennt, kommt er gerennt, dachte Ambros und wollte Ludger verschwörerisch anstoßen, doch der Schulzensohn stand nicht mehr neben ihm. Die Ankunft des Juden hatte ihn anscheinend derart in Panik versetzt, dass er die Flucht ergriffen hatte. Ambros sah seinen Freund noch hinter der Friedhofsmauer verschwinden, dann war er weg. Schon oft hatte Ambros bemerkt, wie entsetzt und verängstigt Ludger auf den Trödler reagierte. Jedes Mal, wenn er Simeon sah, fing er an zu bibbern oder lief Hals über Kopf davon. Dabei hatte der Jude ihm doch einst das Leben gerettet. Das fand Ambros undankbar, und er nahm sich vor, seinen Freund deswegen zu tadeln.

»Ich hab in Altheim gehört, dass die Soldaten gegen Ahlbeck ziehen«, fuhr der Jude fort und stieg von seinem Wagen, »das konnte ich mir natürlich nicht entgehen lassen. Was habt ihr denn jetzt wieder ausgefressen?« Erneut lachte er, als er die finsteren Mienen der Dörfler sah, und wandte sich an Ambros: »Na, Kleiner, bist du gegen einen Schrank gelaufen?«

Der Junge hielt sich die Hand vor das blaue Auge, doch bevor er eine Antwort geben konnte, rief die Schmiedebäuerin: »Seht doch, der Gevatter Tod!«

Tatsächlich trat in diesem Moment Magus Totenbauer, der Küster, aus der Sakristei ins Freie. Die Soldaten richteten ihre Gewehre auf ihn, doch der Hauptmann befahl ihnen, die Waffen zu senken, und näherte sich dem Küster. Sie unterhielten sich, der Totenbauer sagte etwas mit gesenktem Haupt, der Hauptmann nickte, dann schüttelte der Küster den Kopf, und der Hauptmann stieß einen Fluch aus, der bis auf den Dorfplatz zu hören war.

»Der Holländer kommt nicht raus«, kommentierte Maarten Timmermeester das Geschehen. »Ich hab's ja gesagt. Er bleibt, wo er ist.«

»Und Meister Vernholt?«, fragte der Kötterbauer in die Runde.

»Der liegt auf dem Altheimer Friedhof begraben«, verkündete Simeon grinsend und genoss die Aufmerksamkeit, die ihm augenblicklich zuteil wurde. »In einem Grab ohne Namen.«

»Was soll das heißen?«, wunderte sich die Schmiedebäuerin.

»Dass man ihn vor einer Woche unter die Erde gebracht hat«, erklärte Simeon, »allerdings wusste man da noch nicht, wen man beerdigt. Das wissen sie erst seit heute. Irgendein Fremder hat es dem Drosten mitgeteilt, das hat mir ein Wachsoldat gesteckt, und Vernholts Onkel hat's bestätigt. Er ist schon sehr alt und seit Wochen bettlägerig, doch als man ihm den Steckbrief zeigte, da hat er seinen Neffen erkannt. An den Blatternarben. Es besteht kein Zweifel, der Mann, den die Räuber gemeuchelt haben, war Heinrich Vernholt. Euer Meister Vernholt ist ein Hochstapler.«

»Wusst ich's doch!«, rief Maarten und klatschte in die Hände.

»Ein Mörder!«, erwiderte der Kötterbauer beinahe frohlockend.

Habt ihr eine Ahnung, schoss es Ambros durch den Kopf, behielt sein Wissen aber für sich. Für einen münsterischen Täufer hätten die Ahlbecker Bauern vermutlich noch weniger Verständnis aufgebracht als für einen Meuchelmörder. Allerdings fragte sich der Junge, wer wohl der Fremde gewesen sein mochte, der dem Drosten die Identität des Kolkmüllers preisgegeben hatte. Außer Ambros wussten nur Pastor Boeckbinder und Heinrich Krechting, der Kanzler des Täuferkönigs, von der Maskerade des Bernhard Rothmann. Boeckbinder saß in der Kirche in der Falle und stand kurz davor, verhaftet zu werden, es blieb also nur einer übrig: der kleine Mann mit der piepsigen Stimme.

In diesem Augenblick klatschten die ersten Regentropfen auf die Erde. Die Wolken hingen so tief, dass sie den Kirchturm zu berühren schienen, im Westen zuckten die Blitze vom Himmel, der Donner grollte kurz darauf, und der Wind fegte in Böen über den Platz. Ambros näherte sich dem Friedhof und hielt Ausschau nach Ludger. Vermutlich lag er irgendwo auf der Lauer, an einem Ort, der ihn verbarg und ihm zugleich einen guten Ausblick auf das Geschehen bot. Mit Verstecken kannte Ludger sich aus. Und plötzlich wusste Ambros, wo der Kleine sich aufhielt. Sein Blick wanderte zu der alten Eiche auf der Nordseite der Friedhofsmauer, es war dieselbe Eiche, von der aus er in der Nacht die Ankunft des Kanzlers im Krummhaus beobachtet hatte. Ihre mächtigen Äste ragten weit über das Dach des Pfarrhauses, und das dichte Blattwerk bot Schutz vor zufälliger Entdeckung. Tatsächlich glaubte Ambros, in diesem Moment eine Bewegung hoch oben im Geäst zu bemerken, vielleicht nur ein schwankender Ast im Wind, doch dann sah er einen Schatten zwischen den Blättern. Er winkte seinem Freund zu, und obwohl keine Reaktion kam, wusste Ambros, dass Ludger ihn in diesem Moment beobachtete.

»Kommt heraus, Boeckbinder!«, rief der Hauptmann, der inzwischen wieder auf seinem Pferd saß und den Säbel in der ausgestreckten Hand hielt, als wolle er seinen Männern die Erstürmung der Kirche befehlen. »Ihr habt keine Wahl! Wollt Ihr Euch auf ewig wie ein Weibsbild verkriechen? Seid ein Mann und stellt Euch! Der Bischof wird Nachsicht üben, wenn Ihr ihm entgegenkommt.«

Alles wartete gebannt auf eine Antwort, doch der Pastor blieb stumm und unsichtbar. Und selbst wenn er etwas gesagt hätte, wäre es wegen des inzwischen prasselnden Regens kaum zu hören gewesen.

Die Ahlbecker sammelten sich unter der Linde oder verkrochen sich in den Eingängen der umliegenden Häuser, Ställe und Scheunen. Nur die Soldaten verharrten reglos an ihren Plätzen, die Musketen im Anschlag. Bald würden die Luntengewehre wegen der Nässe kaum noch zu benutzen sein.

Der Hauptmann, dessen hübsche Obristenuniform merklich gelitten hatte und nicht mehr ganz so prächtig aussah, wiederholte seine Aufforderung, doch auch sie wurde vom Lärm des Regens verschluckt. Mit dem Säbel in der Hand wirkte er wie eine traurige Statue.

Ambros hatte inzwischen den Friedhof betreten und drückte sich eng an die Mauer, was ihn jedoch nicht davor schützte, binnen kurzer Zeit von Kopf bis Fuß durchnässt zu sein. Trotzdem blieb er wie angewurzelt stehen und verfolgte gebannt, was sich nun abspielte und worüber sich die Ahlbecker noch Wochen später uneins waren und in die Haare gerieten.

Es ging alles ganz schnell. Und es passierte alles gleichzeitig.

Die niedrige Tür zur Sakristei öffnete sich. Die Soldaten fuhren zusammen und legten an. Der Hauptmann rief etwas, das niemand verstand. Pastor Boeckbinder trat mit erhobenen Händen ins Freie, in der Hand ein silbernes Kreuz. Ein grelles Licht schoss im selben Augenblick vom Himmel und tauchte alles in ein gleißendes Weiß, es krachte, dass einem Hören und Sehen verging. Kurz darauf knallte es ein zweites Mal, sehr viel leiser, aber ebenso folgenschwer. Und dann ging alles drunter und drüber.

Genau in dem Moment, als der Pastor die Kirche verlassen hatte, war ein Blitz in die große Eiche neben dem Krummhaus gefahren. Vor Schreck oder weil er das Kreuz in der Hand des Pastors für eine Waffe gehalten hatte, eröffnete einer der Musketiere das Feuer und traf den Kirchenmann in die Brust. Boeckbinder wurde zur Seite geschleudert, taumelte einige Schritte, ließ das Kreuz fallen und stürzte zwischen den Grabsteinen zu Boden. Zur gleichen Zeit stand die Eiche in Flammen, der Blitz hatte sie von der Krone bis zum Stamm gespalten. Wie der brennende Dornbusch in der Bibel, nur um ein Vielfaches größer und gewaltiger. Mit einem ohrenbetäubenden Lärm stürzte ein riesiger, brennender Ast in die Tiefe und durchschlug das Schindeldach des Krummhauses, das ebenfalls Feuer fing. Die versammelte Menge stieß einen Schrei des Entsetzens aus, Kinder weinten, Frauen bekreuzigten sich und fielen auf die Knie, einige Soldaten rannten kopflos davon, ein Tumult brach auf dem Dorfplatz und dem Friedhof aus.

Auch Ambros hatte geschrien. Nicht weil der Pastor getroffen war. Nicht weil er den Blitz für ein himmlisches Zeichen hielt. Auch nicht weil die Eiche und das Krummhaus brannten. Nein, Ambros schrie, weil er einen menschlichen Körper fallen gesehen hatte. Ludger war mit dem brennenden Ast in die Tiefe gestürzt, ins Krummhaus, das inzwischen lichterloh in Flammen stand. Ambros rannte zum Eingang des Pfarrhauses, doch die beiden Soldaten, die dort Wache gestanden und nicht recht begriffen hatten, was eigentlich hinter ihrem Rücken und über ihren Köpfen passiert war, hielten ihn zurück. »Bist du von Sinnen?«, riefen sie. »Willst du verkohlen? Das Haus brennt wie Zunderschwamm!«

Das stimmte auffallend. Trotz des Regens breiteten sich die

Flammen aus, schlugen in die Höhe und wurden von dem böigen Wind angefacht, das verdampfende Wasser mischte sich mit dem Rauch des Feuers zu einer imposanten Säule, die hoch in den Himmel hinaufragte.

»Aber es ist jemand im Krummhaus!«, schrie Ambros und hämmerte mit seinen Fäusten auf die Soldaten ein. »Wir müssen ihn rausholen!«

»Niemand ist da drin«, redeten die Männer beruhigend auf ihn ein, während sie ihn zugleich vom Krummhaus wegzogen. »Wir haben doch vorhin nachgeschaut. Kein Mensch ist im Krummhaus. Alles leer.«

»Nein, ihr versteht nicht!«, rief Ambros, der immer verzweifelter strampelte und sich dennoch nicht aus den Fängen der Soldaten befreien konnte. »Er ist vom Baum gefallen. Ich hab's doch gesehen! Lasst mich los!«

»Unsinn, Kleiner!« Damit schleiften sie ihn vom Friedhof auf den Dorfplatz und übergaben ihn dem Juden Simeon, der die seltsame Szene verfolgt und sich der Friedhofsmauer genähert hatte.

»Wir müssen Ludger holen«, schluchzte Ambros, bekam kaum Luft, verkrampfte die Hände zu Fäusten und weinte bitterlich. »Er ist durchs Dach gefallen. Ich muss was tun!«

»Du kannst nichts machen«, antwortete Simeon, drückte den zitternden Jungen an sich und strich ihm über die Haare. »Niemand kann das.«

Ambros wusste nicht, ob Simeon wirklich begriffen hatte, worum es ging. Außer dem Jungen schien niemand den fallenden Ludger gesehen zu haben. Ambros befreite sich aus der Umarmung des Trödlers, starrte zum Krummhaus und sah die Flammen aus dem geborstenen Dach und allen Öffnungen schlagen. Das Holz knackte vom Feuer und zischte vom Regen, überall waren Rauch und Dampf, es prasselte und knisterte und fauchte, das Krummhaus gab lärmend den Geist auf. Der Jude hatte Recht, selbst wenn Ludger den Sturz überlebt hatte, was kaum anzunehmen war, so war er inzwischen verbrannt oder im Rauch erstickt.

»Dummer Junge«, murmelte Ambros und kämpfte erfolglos gegen die Tränen an. Er sackte zu Boden und vergrub den Kopf in den Händen.

Ein weiterer Blitz zuckte nur einen Steinwurf entfernt zur Erde. Wieder krachte es, doch diesmal richtete der Blitz keinen Schaden an. Dennoch fuhr ein Raunen durch die Menge, und die Menschen bekreuzigten sich, als fürchteten sie das Ende der Welt.

In der Zwischenzeit hatte sich an einer anderen Stelle des Friedhofs ein unerklärliches Mysterium ereignet. Ein weiteres himmlisches Zeichen, wie die Ahlbecker anschließend übereinstimmend meinten.

»Wo ist der Pastor?«, wandte sich der Droste an den Mann, der die Muskete abgefeuert hatte.

Der Soldat starrte seinen Hauptmann an, wies auf die Stelle, an der Boeckbinder zusammengebrochen war, und zuckte dann mit den Schultern.

»Aber er kann sich doch nicht in Luft aufgelöst haben!«, fauchte der Droste.

Zwischen den Grabsteinen lag niemand, nur das silberne Kreuz, das der Priester fallen gelassen hatte. Pastor Boeckbinder war verschwunden.

»Bist du sicher, dass du ihn getroffen hast?«

»Jawohl, Herr Oberst! In die Brust.«

»Und er ist hier zu Boden gegangen?«

»Jawohl, Herr Oberst! Genau an der Stelle.«

»Potztausend!«, fluchte der Hauptmann und trat gegen einen Grabstein. »Und wieso liegt er dann nicht da? Wo ist er hin?«

»Ich weiß es nicht, Herr Oberst. Ich war … ich meine … der Blitz und das Feuer.« Der Soldat räusperte sich, breitete die Hände aus, als wolle er Abbitte leisten, und setzte hinzu: »Erst war er da, dann war er weg.«

»In die Kirche ist er nicht geflüchtet«, wandte sich der Totenbauer, der vor der Tür zur Sakristei stand, an den Hauptmann. »Dann hätte ich ihn gesehen.«

»Teufel auch!«, schrie der Droste. »Suchen! Alle Mann! Sofort!«

Die Soldaten schwärmten auf dem Friedhof aus, schauten hinter jeden Grabstein, stiegen in die Grüfte, stießen mit ihren Degen in die Büsche und Sträucher, zerrten an der verschlossenen Eisentür in der Nordmauer des Friedhofs, doch alles ohne Erfolg. Boeckbinder war nirgends zu finden.

Während der Hauptmann mit hinter dem Rücken verschränkten Armen wie ein Rumpelstilzchen im Kreis herumlief und wilde Flüche ausstieß, bemerkte Ambros einen weiteren Wagen, der sich aus südlicher Richtung dem Dorfplatz näherte. Auf dem Kutschbock saßen zwei Frauen, und als der Wagen neben dem des Trödlers anhielt, erkannte der Junge die Schulzentochter und eine fremde Magd. Beide waren völlig durchnässt.

»Nun sieh einer an!«, rief Maria, sprang vom Kutschbock und deutete auf das brennende Krummhaus. »Nicht schade drum. Haben die Soldaten die elende Bruchbude angezündet?«

Simeon schüttelte den Kopf und sagte: »Ein Blitz ist in die Eiche gefahren.«

Maria nickte nachdenklich, wandte sich dann an Ambros und fragte: »Warum weinst du?«

»Wegen Ludger.«

»Was ist mit ihm?«, erwiderte die Schulzentochter.

Ambros erinnerte sich der Worte, die der Vater in Bezug auf die Mutter benutzt hatte, und sagte: »Er ist nicht mehr.«

»Was soll das heißen?«

Bevor Ambros auf die Frage antworten konnte, erscholl aus dem Hintergrund die donnernde Stimme des Hauptmanns: »Gott zum Gruße, Frau Johannvater. Man sagte mir, Ihr seid die Tochter des hiesigen Schulzen?«

Maria betrachtete den Drosten mit finsterem Blick, nickte und fragte: »Und Ihr seid Johann von Raesfeld? Was führt Euch her? Was soll der Aufmarsch?«

»Das lasst nur meine Sorge sein«, antwortete der Droste. »Sagt bitte Eurem Vater, dass ich dringend mit ihm reden muss. Wo können wir das ungestört tun?«

»Das Wirtshaus steht leer«, sagte Maria und deutete auf die verwaiste Lindenschänke. »Worum geht es überhaupt? Was soll ich meinem Vater ausrichten? Er ist auf den Feldern und wird keine Zeit haben.«

»Er sollte sich die Zeit nehmen«, antwortete der Droste bedrohlich, »außerdem ist dies keine Bitte, sondern ein Befehl.«

Maria schnaufte verächtlich, aber auch ein wenig überrascht, zuckte dann mit den Schultern und stieg auf den Kutschbock. »Wenn Ihr meint«, sagte sie und bedeutete der Magd loszufahren.

»Maria!«, rief Ambros ihr nach.

»Später, Junge«, antwortete sie, ohne sich noch einmal umzudrehen.

Während die Kutsche ratternd vom Platz fuhr und der Hauptmann mit zwei Gefolgsmännern die Lindenschänke betrat, schaute Ambros zum Friedhof und zur Kirche. Vor der Sakristei und der Friedhofspforte standen jeweils zwei Soldaten als Wache, ebenso vor dem Haupteingang der Kirche. Die übrigen Uniformierten versammelten sich vor der Schänke und warteten auf weitere Befehle, neugierig beäugt von den umstehenden Ahlbeckern. Das Krummhaus war inzwischen bis auf die schiefen Lehmmauern niedergebrannt, das Schindeldach war eingestürzt und zu Asche verglüht, die Türen, Dachbalken und Möbel waren verkohlt. Schwarze Flocken schwebten wie Federn in der Luft, nur wenige Flammen kämpften noch gegen den inzwischen nachlassenden Regen an. Auch die vom Blitz gespaltene Eiche ragte als schwarzes, dampfendes Gerippe in den Himmel. Nicht einmal eine halbe Stunde hatte das Inferno gedauert, und nun lag ein stechender Brandgeruch über dem Ort.

Wie in der Hölle, dachte Ambros und näherte sich dem Friedhof.

»Du kannst hier nicht rein«, rief ihm ein Wachsoldat an der Pforte zu und versperrte ihm mit der Muskete den Weg.

Diesmal unternahm er keine Anstrengungen, an den Soldaten vorbeizukommen. Wozu auch? Es war alles aus und vorbei.

»Geh nach Hause, Kleiner!«, sagte der Soldat.

»Mach's gut, armer Ludger«, murmelte Ambros unhörbar, blickte ein letztes Mal zum Krummhaus, wischte sich die Tränen aus dem Gesicht und schlich mit gesenktem Kopf davon.

Viertes Kapitel

Führt Ambros in die Unterwelt

Ambros liebte das Schafehüten, er konnte sich nichts Schöneres und Beglückenderes vorstellen. Nicht nur wegen der geduldsamen und braven Tiere, die ihm Kameraden und Freunde ersetzten, sondern auch, weil er dabei allein war und viel Zeit zum Nachdenken hatte. Niemand störte ihn, wenn er die Sommertage einsam in Venn und Heide verbrachte. Kein Mensch stellte neugierige Fragen, machte gehässige Bemerkungen oder gab Befehle. Es war wie eine eigene Welt, zu der kein anderer Zugang hatte. Nur Ludger hatte sich auf seinen Streifzügen manchmal zu ihm gesellt und die Einsamkeit und Stille mit ihm geteilt. Das war das Angenehme an Ludger gewesen, dass er keinen Unsinn redete. Aber auch das gehörte nun der Vergangenheit an.

Seit mehreren Stunden saß Ambros auf dem Galgenbülten, dachte nach und grübelte, während die Schafe zu seinen Füßen am Pfeifengras und an der Besenheide knabberten und dabei von dem gestrengen Müntzer beobachtet wurden. Immer wieder ließ Ambros die Ereignisse der letzten vierundzwanzig Stunden Revue passieren, und immer noch konnte er nicht begreifen, was sich zugetragen hatte und ihm widerfahren war. Er dachte an die vergangene Nacht und das Geständnis seines Vaters. Denn so kam es dem Jungen vor, wie das Geständnis eines reuigen Missetäters. Und er, Ambros, war der Richter, der nun zu entscheiden hatte, was geschehen sollte.

Eigentlich hätte er dem Vater zürnen müssen, denn der hatte

ihn über Jahre hinweg getäuscht und belogen. Der Vater hatte die Mutter misshandelt und verjagt, hatte alles zerstört und zunichte gemacht, was er hätte bewahren und beschützen müssen. Und doch war es Ambros nicht möglich, den Vater zu hassen oder zu verdammen. Nun weniger denn je. Vielleicht war dies ja der Anfang von etwas Neuem, etwas Besserem. Das Lügen und Betrügen würde fortan aufhören, das hoffte der Junge zumindest. Ebenso das Trinken und Schlagen.

Dann aber dachte er an die Mutter, die er bislang tot geglaubt hatte und die nun zu einer Art Phantomwesen geworden war. Vermutlich lebte sie noch, in Münster oder sonst wo, vielleicht war sie aber auch in der Zwischenzeit gestorben. Womöglich dachte sie gerade jetzt an ihren Sohn, oder sie hatte ihn längst vergessen. Ambros wollte nicht begreifen, warum sie ihren kleinen Jungen damals verlassen hatte. Wieso hatte sie ihn nicht mitgenommen, ihn stattdessen im Stich gelassen? Gern hätte er sie das gefragt. Euphemia, das schöne Reden. Was wäre wohl aus ihm geworden, wenn er nicht bei dem betrunkenen Vater auf dem Molenkotten, sondern bei der gottesfürchtigen Mutter aufgewachsen wäre? Vielleicht ein besserer und ebenfalls gottesfürchtiger Bursche – aber bestimmt kein Schäferjunge!

Ambros lächelte bei dem Gedanken und schalt sich sofort dafür. Wie konnte er an etwas Lustiges denken, wo doch Ludger vor wenigen Stunden gestorben war. Zu Tode gestürzt oder bei lebendigem Leib im Krummhaus verbrannt. Ambros wusste nicht, welcher Gedanke schlimmer war. Immer wieder sah er Ludger zu Boden fallen, mit dem brennenden Ast, wie eine lebendige Fackel, und je länger er darüber nachdachte, desto grausamer malte er sich Ludgers Tod aus, in grellsten Farben, bis er die Schmerzen beinahe körperlich spüren konnte. Oder hatte er nur ein Hirngespinst gesehen? Einen Schatten, einen Vogel? Warum hatte kein anderer Ludger fallen sehen? Seine Gedanken rasten im Kreis und gelangten immer wieder zu dem gleichen Punkt: Ludger war tot, und Ambros hatte ihm nicht helfen können.

»Niemand kann das«, hatte Simeon gesagt. Und der musste es schließlich wissen.

Ambros zwang sich, an etwas anderes zu denken, doch ihm wollte nichts Beruhigendes einfallen. Er sah die Flammen, er hörte es krachen, er bekam keine Luft, niemand half ihm, niemand wollte ihm glauben, alles drehte sich vor seinen Augen. Er sah Maria und die fremde Magd, den Hauptmann in der schönen Uniform, Simeon auf seinem Trödlerwagen, den Pastor mit dem silbernen Kreuz, den Soldaten mit der Muskete. Wie bei einem Reigen marschierten sie an seinem inneren Auge vorbei.

Plötzlich ging Ambros etwas durch den Kopf, das er vorhin auf dem Friedhof gar nicht wirklich wahrgenommen oder bewusst verfolgt hatte. Er war so sehr mit seiner eigenen Verzweiflung und der Trauer um Ludger beschäftigt gewesen, dass ihm alles andere einerlei gewesen war. Doch nun erinnerte er sich und verstand. »Er kann sich doch nicht in Luft aufgelöst haben«, hatte der Hauptmann gesagt. Ambros hatte diesen Satz zwar vernommen, sich aber nichts dabei gedacht. Doch nun war ihm alles klar.

»Nicht in Luft aufgelöst«, murmelte er und grinste, als Müntzer seine Ohren aufstellte. »Aber vom Erdboden verschluckt.«

Er sprang auf und schaute nach Westen. Die Sonne stand eine Handbreit über dem Erlenwald. Die dunklen Wolken hatten sich im Laufe des Nachmittags verzogen, nichts am Himmel erinnerte an das fürchterliche Gewitter, nur die Pfützen auf dem Hessenweg und die aus dem Moor und der Heide aufsteigende Nässe deuteten darauf hin, dass es geregnet hatte.

»Los, Müntzer!«, rief Ambros und pfiff durch die Zähne. »Ab nach Hause!«

Eine Stunde später waren die Schafe in der Hürde eingesperrt, das Vieh auf dem Hof gefüttert und der merklich verstimmte Hund im Kotten untergebracht. Müntzer konnte der Junge bei dem, was er vorhatte, leider nicht gebrauchen.

Der Vater war noch nicht zu Hause, vermutlich arbeitete er bis Sonnenuntergang mit dem Timmermeester an der Mühle. Ambros war das nur recht, so musste er nicht erklären, warum er zum zweiten Mal an diesem Tag ins Dorf wollte.

Anfangs ging er mit energischem und raschem Schritt durchs Moor, doch als er die ersten Häuser am Ahlbach erreichte, zögerte er kurz, bevor er die Brücke überquerte. Je näher er dem Friedhof kam, desto banger und ängstlicher wurde er. Die verkohlte und gespaltene Eiche ragte wie ein böses Fabelwesen in den Himmel, und obwohl keine Flammen mehr züngelten, lag immer noch der stechende Brandgeruch über dem Kirchplatz. Die Ahlbecker hatten sich inzwischen in ihre Häuser zurückgezogen, nur ein paar Lumpenkinder lungerten vor dem Armenkotten neben der Schänke herum. An den Pferden, die vor dem ehemaligen Wirtshaus angebunden waren, erkannte Ambros, dass sich dort die berittenen Soldaten aufhielten. Außerdem stand ein Einspänner vor der Tür, und wenn er sich nicht irrte, handelte es sich bei dem Pferd um den Schimmel des Schulzen.

Vor dem Kirchportal und neben der Friedhofspforte wachten nach wie vor einige Soldaten, allerdings hatten sie es sich inzwischen gemütlich gemacht, hockten auf dem Boden und vertrieben sich die Zeit mit einem Würfelspiel.

»Hat man den Pastor gefunden?«, wandte sich Ambros an einen der Männer.

»Zum Teufel mit dem Kerl!«, fluchte der Soldat und schüttelte den Kopf. »In jedem verdammten Kotten im Dorf haben wir gesucht, sogar die Misthaufen und Schweineställe haben wir durchstöbert. Geh mir weg mit dem Elenden!«

»Und was ist mit dem Müller?«

Ein Achselzucken war die Antwort.

»Was kümmert dich das, Lausebengel?«, fragte ein zweiter Soldat mit feistem Gesicht und Rauschebart.

Ambros wusste zunächst nicht, was er antworten sollte, und sagte dann aufs Geratewohl: »Mein Vater baut die Mühle wieder auf.«

»Ein neuer Müller ist bereits gefunden«, sagte der erste Soldat,

»die hohen Herren haben alles geregelt. Scheinen sich bestens zu verstehen.«

Wie aufs Stichwort öffnete sich in diesem Moment die Tür zur Schänke, und der Schulze trat gemeinsam mit dem Hauptmann ins Freie. Sie reichten sich die Hände und nickten einander zu.

»Mein Josef ist ein braver Kerl«, tönte der Schulze, während er auf den Kutschbock stieg und nach den Zügeln griff. »Er wird ein guter Müller sein.«

»Daran zweifle ich nicht«, erwiderte der Droste.

»Und was die beiden Halunken angeht«, fuhr der Schulze fort, »so könnt Ihr Euch auf mich und meine Leute verlassen. Heute ist es leider zu spät, aber morgen in der Frühe werden wir eine hübsche Hatz veranstalten und die ganze Gegend durchkämmen. Im Moor können sie nicht weit kommen. Ich werde Posten an der Landwehr aufstellen, und wenn wir sie geschnappt haben, werden wir sie in Ketten nach Altheim schaffen.«

»Ich lasse Euch die Wachen hier«, antwortete der Droste und deutete auf die Männer, die ihr Würfelspiel unterbrochen hatten und in Habt-Acht-Stellung vor der Kirche standen. »Wir werden die Teufel schon finden.«

»Gewiss, Herr Oberst«, sagte der Schulze und trieb sein Pferd an.

»Verfluchter Mist!«, fauchte der Wachsoldat neben Ambros. »Jetzt können wir die ganze Nacht vor der verdammten Kirche herumlungern.«

»Und Ausschau nach einem Toten halten«, setzte der Rauschebart knurrend hinzu. »Ich hab's genau gesehen, Heines hat ihn in die Brust getroffen, das überlebt kein Mensch.« Er zog den Rotz hoch und spuckte zu Boden. »Vermutlich liegt die Leiche irgendwo in der Nähe.«

»Dann hätten wir sie entdeckt«, gab der erste Soldat zu bedenken.

»Gottverdammte Pfaffen!«, fluchte der andere. »Steck alle in einen Sack, hau mit dem Knüppel drauf, und du triffst immer den Richtigen.«

»Hat man im Krummhaus nichts gefunden?«, fragte Ambros wie beiläufig.

»Dort haben wir doch als Erstes nachgeschaut.«

»Nein«, erwiderte der Junge und räusperte sich, »ich meine, nach dem Brand.«

»Was gibt's da zu finden?«, erwiderte der feiste Soldat kopfschüttelnd. »Ist doch alles verbrannt. Nur Asche und Dreck. Soll ich mir die Uniform versauen? Der Regen hat mir schon gereicht. Ich bin doch keine Wutz!«

Ambros nickte und wich dem Blick des Soldaten aus. Er hatte genug gehört, wünschte den Soldaten viel Erfolg und verließ den Platz unter der Linde, um sich auf der Nordseite der Kirche auf die Lauer zu legen. Noch war es zu hell, etwas zu unternehmen. Er musste warten, bis die Dämmerung einsetzte.

Dann würde er ja sehen.

Nicht einmal eine Stunde später war die Sonne untergegangen. Auf dem Kirchplatz und in den umliegenden Höfen herrschte Ruhe. Aber dem Jungen an der Mauer schlotterten die Knie, immer noch, und er fragte sich, was Ludger ihm wohl hatte sagen oder ob er ihn hatte warnen wollen. Denn er hatte ihn gesehen, hoch oben auf dem Baum.

Ambros hatte sich unweit der Eiche hinter einem Busch versteckt und auf die Dämmerung gewartet. Er hatte den Hauptmann mit seinen Männern vom Platz reiten hören und eine Schubkarre an die Friedhofsmauer gelehnt, um einfacher auf die andere Seite gelangen zu können, als er plötzlich etwas über sich gesehen, nein gespürt hatte. Und als er den Blick nach oben richtete, erkannte er Ludger, der auf einem Ast der verbrannten Eiche saß und ihm zuwinkte. Ambros fuhr zusammen und hätte beinahe laut aufgeschrien, doch im nächsten Augenblick war der andere verschwunden. Ambros rieb sich das eine, unversehrte

Auge und starrte zu der Stelle, an der Ludger gesessen hatte, doch nichts war zu sehen. Der Ast, an dessen äußerstem Ende der Schulzensohn gehockt hatte, war so dünn und verkohlt, dass er unweigerlich abgebrochen wäre. Es war ganz undenkbar, dass dort jemand gesessen hatte. Ambros fragte sich, ob er wohl träumte, doch konnte man sich so eine Frage im Traum stellen? Und hatte er dann auch den Schubkarren schlafwandelnd an die Mauer gelehnt?

»Ludger?«, flüsterte Ambros leise und winkte zu der Eiche, doch der andere blieb unsichtbar. Was wollte Ludger von ihm? Und warum war er so plötzlich verschwunden? Würde er fortan im Dorf herumgeistern wie die kopflosen Priester im Moor? Ein schauerlicher Gedanke, fand Ambros, und zugleich sehr tröstlich, denn dann würde Ludger immer in seiner Nähe sein, auch wenn er gar nicht mehr lebte. Ein Freund über den Tod hinaus.

Der Junge schüttelte diese wirren und unsinnigen Gedanken wie eine lästige Fliege ab und sagte sich, dass die einbrechende Dunkelheit und die Müdigkeit ihm einen Streich gespielt hatten. Er hatte gestern wenig geschlafen und heute viel erlebt. Alles hatte sich überschlagen und den Jungen wie ein Strudel mitgerissen. Kein Wunder, dass er nun Gespenster sah und Dinge wahrnahm, die es gar nicht gab, nicht geben konnte. Und mit dieser Schlussfolgerung, von der er nicht wirklich überzeugt war, kletterte er auf die Friedhofsmauer.

Er sah nur die Umrisse der Grabsteine und Grüfte und der zum Teil mannshohen Sträucher und Büsche. Der abnehmende Mond stand sehr tief, ein Großteil des Friedhofs lag im Schatten der hohen Mauer. Auch das Krummhaus war nur als schwarzes Etwas zu erkennen, und darüber war Ambros sehr froh. Die Wachen auf dem Kirchplatz waren ebenfalls weder zu sehen noch zu hören. Vermutlich hatten sie den Abmarsch des Hauptmanns genutzt, um es sich im Wirtshaus gemütlich zu machen und dort ihr Würfelspiel fortzusetzen.

Der Junge sprang von der Mauer, musste sich kurz orientieren und schlich dann zu der Gruft der Schulzenfamilie, die sich nahe der verschlossenen Eisenpforte befand. Direkt neben dem Gemäuer ertastete er den dichten Schwarzdornbusch, doch selbst als er ihn zur Seite bog, konnte er am Boden nichts erkennen. Erst als er auf den Knien unter den Busch kroch und den Boden abtastete, bemerkte er das Loch und die daneben liegende Steinplatte. Wie Ludgers Höhle am Kolk, dachte Ambros, nur war diese hier nicht mit einem Findling verschlossen.

Ambros zögerte und traute sich nicht, in die Tiefe hinabzusteigen. Es war stockfinster, und ein fauliger Geruch stieg aus der unterirdischen Höhle auf. Der Junge steckte den Kopf durch die Öffnung, ertastete mit der Hand eine steinerne Stufe und flüsterte: »Pastor Boeckbinder! Hört Ihr mich?«

Ein leises Geräusch drang an sein Ohr, es klang wie ein Knarren oder Schaben, doch niemand antwortete. Dann war es wieder totenstill. Schließlich nahm Ambros allen Mut zusammen und stieg die Stufen hinab. Er befand sich in einer Art Tunnel, einem schmalen, gemauerten Gang, der steil nach unten führte. Die Steinstufen waren glitschig, die Seitenwände fühlten sich an, als seien sie mit feuchtem Moos bewachsen, und von der Decke tropfte das Wasser. Mehrmals wollte Ambros umkehren, doch immer weiter zog es ihn in die Tiefe, obwohl er nichts erkennen konnte und wie blind war. Schließlich stieß er mit dem Kopf gegen eine eiserne Tür und tastete nach der Klinke, doch die Tür war verriegelt.

Wieder rief Ambros: »Pastor Boeckbinder?« Er glaubte, ein Geräusch auf der anderen Seite der Tür zu hören, und fügte hinzu: »Ich bin's, Ambros Vortkamp.«

Ein Riegel wurde zur Seite geschoben, die Tür knarrte, das Licht einer Öllampe drang in den Tunnel und blendete den Jungen.

»Was machst du hier?«

Die Stimme gehörte nicht dem Pastor, sondern Bernhard Rothmann.

»Das ist eine lange Geschichte«, sagte Ambros und schirmte sein Auge ab.

»Haben dich die Bischöflichen vorgeschickt?«

Ambros schüttelte den Kopf und sagte: »Ich bin allein, Bruder Bernhard.«

»Wie nennst du mich?«

»Bei Eurem Namen«, antwortete der Junge, »Ihr seid der Stuten-Bernd.«

Rothmann stutzte, hielt dann die Tür auf und sagte: »Komm rein.«

Obwohl der Raum nur von der flachen Öllampe in Rothmanns Hand erleuchtet wurde, erkannte Ambros einen fast quadratischen Grundriss. In die schräg zur Decke zulaufenden Seitenwände waren Fächer eingelassen, tiefe Aushöhlungen, von denen einige mit Steinen oder Mauerwerk verschlossen waren, andere aber ihren grausigen Inhalt preisgaben. Es waren Gräber, in denen die Gebeine von Verstorbenen zu sehen waren. Ambros schluckte und wandte seinen Blick ab.

»Was hast du mit deinem Gesicht gemacht?«, fragte Rothmann, nachdem er die Tür verriegelt hatte.

»Es ist nichts«, antwortete Ambros und starrte gebannt zu Boden. Vor einer kleinen Statue, die sich mitten im Raum befand und einen Priester mit gezücktem Schwert und Kreuz darstellte, lag Pastor Boeckbinder auf dem Rücken und regte sich nicht. Sein Gesicht war weiß wie Milch, die Augen hatte er geschlossen, und trotz des funzeligen Lichts konnte Ambros erkennen, dass die Brust blutgetränkt war und sich unter seiner Schulter eine Blutlache gebildet hatte. »Ist er tot?«, fragte Ambros.

»Noch nicht«, antwortete Rothmann und kniete neben dem Pastor nieder. »Aber es dauert nicht mehr lange. Die Kugel steckt direkt neben dem Herzen. Er hat viel Blut verloren und ist bereits seit Stunden ohnmächtig. Ich kann ihm nicht mehr helfen. Der Herr wird ihn bald erlösen und zu sich nehmen.«

»Wie Ludger«, murmelte der Junge.

»Was sagst du?«, erwiderte Rothmann, doch weil Ambros nicht antwortete, fragte er: »Woher weißt du, wer ich bin?«

»Ich hab Euch belauscht, gestern Nacht, Euch und den kleinen Kanzler mit der piepsigen Stimme. Ihr seid in Streit geraten. Und dann hab ich Euch unter dem Schwarzdornbusch verschwinden sehen.«

»Hast du mich beim Drosten verraten?«

Die Frage war so dumm, dass Ambros laut lachen musste. »Wo denkt Ihr hin?«, rief er und schüttelte den Kopf. »Ich bin ein Vortkamp. Mit dem Bischof und seinem Drosten versteht sich unsere Familie nicht so gut.« Wieder lachte er. »Nein, Herr, der Kanzler hat Euch verraten.« Das war zwar nur eine Vermutung, aber Ambros zweifelte nicht an ihrer Richtigkeit.

»Bruder Heinrich?«, entfuhr es Rothmann. »Niemals!«

»Wenn Ihr meint«, sagte der Junge achselzuckend und wies auf die Gräber und die Statue. »Was ist das hier?«

»Eine Krypta«, antwortete Rothmann, »in den Gräbern liegen die ersten Priester der Gemeinde.«

»Werdet Ihr auch Pastor Boeckbinder hier begraben?«

Der Täuferprediger sah den Jungen an, als habe er ihn gerade auf eine Idee gebracht. »Ich weiß nicht«, antwortete er schließlich, stellte die Lampe auf den Boden und hielt Boeckbinders Hand, als wolle er ihn trösten. »Ich weiß überhaupt nichts mehr.«

Erst jetzt fiel Ambros auf, dass der Stuten-Bernd nicht mehr die weiße Müllerkleidung trug, sondern in Wams und Schaube gekleidet war, wie an dem Abend seiner Ankunft vor nunmehr acht Tagen. Nur hielt er diesmal den linken Arm in einer Schlinge aus Leinenstoff.

»Ihr wolltet Ahlbeck verlassen?« Es war eher eine Feststellung als eine Frage.

»Die Soldaten waren schneller«, antwortete Rothmann. »Als ich losreiten wollte, hatten sie das Krummhaus bereits umstellt. Wäre Bruder Johannes nicht gewesen, hätten sie mich sicherlich gefasst. Er hat die Bischöflichen abgelenkt, und ich konnte ungesehen in die Krypta flüchten.«

»Und jetzt sitzt Ihr wie eine Maus in der Falle.« Wieder ein Feststellung, aber eine mit Hintersinn. »Ich könnte Euch helfen«, setzte Ambros hinzu und grinste.

»Sind die Soldaten abgezogen?«

»Nur einige Wachen sind für die Nacht zurückgeblieben. Sie sitzen im Wirtshaus und wissen nicht, dass Ihr noch in Ahlbeck seid. Aber morgen wird der Schulze mit seinen Köttern eine Treibjagd veranstalten, und dann gnade Euch Gott, wenn sie Euch in die Hände bekommen.« Ambros setzte sich im Scheidersitz auf einen kleinen Altar, der direkt neben der Statue stand. »Ihr könnt schließlich nicht ewig in dieser Gruft bleiben. Je eher Ihr flieht, desto besser. Ihr solltet nicht bis zum Morgen warten.«

»Ich kann Bruder Johannes nicht allein lassen. Er wird bald sterben, aber so lange muss ich hier ausharren und ihm Beistand leisten. Das bin ich ihm schuldig. Wenigstens das.«

Ambros nickte. Das verstand er.

»Würdest du mir helfen, durchs Moor zu kommen?«, fragte Rothmann.

»Im Moor kennt sich keiner so gut aus wie ich«, antwortete Ambros stolz, unterbrach sich jedoch und setzte leise hinzu: »Nur Ludger, aber der ist tot.«

»Der Schulzenjunge? Das tut mir Leid.«

»Mir auch.«

Eine Weile schwiegen beide, dann fragte Rothmann: »Was verlangst du?«

»Der Brookbauer hat meine beiden Schillinge gestohlen«, sagte der Junge.

»Ich verstehe«, antwortete Rothmann und hob bedauernd die Achseln. »Aber ich habe kein Geld mehr. Ich habe es dem alten Timmermeester für die Mühle gegeben. Nicht einen Schilling besitze ich noch.«

»Oh«, wunderte sich Ambros, »das war aber dumm von Euch.«

»Das Geld gehörte nicht mir.«

»Ich weiß. Es gehörte dem Meister Vernholt. Sie haben ihn in Altheim begraben. In einem Grab ohne Namen. Das hat der Jude Simeon gesagt. Sein Onkel hat ihn erkannt. Also, nicht Simeons Onkel, sondern der alte Öhm Vernholt.« Ambros räusperte sich und fragte: »Habt Ihr ihn getötet? Den Müller?«

Rothmann schaute den Jungen unverwandt an und schüttelte den Kopf.

»Aber Ihr habt ihn bestohlen.«

»Er war bereits tot, als ich das Geld an mich nahm.«

»Waren's die Zigeuner?«

»Welche Zigeuner?«, wunderte sich Rothmann.

»Die Wegelagerer, die sich in den Altheimer Wäldern herumtreiben. Simeon sagt, ein alter Köhler hat sie gesehen. Mindestens zwölf Mann.«

»Ein alter Köhler?«, fauchte Rothmann und schüttelte heftig den Kopf. »Oh, nein! Es waren keine Zigeuner.«

»Nicht?« Ambros runzelte die Stirn. »Sondern?«

»Das ist keine passende Geschichte für einen kleinen Jungen.«

»Ich bin nicht klein«, empörte sich Ambros und presste die Lippen aufeinander. Plötzlich hellte sich seine Miene jedoch auf, ein listiges Grinsen zeigte sich, und er rief: »Wenn Ihr wollt, dass ich Euch durchs Moor führe, dann müsst Ihr mir die Wahrheit sagen. Ein einfaches Geschäft! Ihr erzählt mir, was geschehen ist, und ich bringe Euch wohlbehalten nach Holland.«

Der Pastor am Boden stöhnte leise, ohne die Augen zu öffnen. Bernhard Rothmann schaute zwischen dem Sterbenden und dem Jungen hin und her, nickte schließlich und sagte: »Wo soll ich beginnen?«

»Am Anfang«, erwiderte Ambros, stützte die Ellbogen auf die Knie und das Kinn in die Hände und setzte hinzu: »In Münster.«

Fünftes Kapitel

In welchem Ambros von einer Flucht und einem Hinterhalt erfährt

»Du hast vermutlich vom Königreich Zion gehört«, begann Rothmann, starrte zu Boden und schien wie in Gedanken versunken.

»Sicher, Herr«, antwortete Ambros, »Simeon hat mir davon erzählt und Bernhard Timmermeester auch. Von den Wiedertäufern.«

»So schimpfen uns die Gottlosen, weil sie töricht und unwissend sind«, erwiderte Rothmann, und seine Augen funkelten wild. »Von einer Wiedertaufe kann nicht die Rede sein, weil die Kindertaufe nichtig ist. Sie widerspricht Gottes Wort und ist somit Teufelswerk.«

»Nichtig?«, wunderte sich Ambros. »Bin ich also gar nicht getauft?«

»Wer nicht von ganzem Herzen glaubt, der kann der Welt nicht abschwören. Deshalb ist die Taufe unnütz, weil sie nicht freiwillig geschieht. Hat man dich gefragt, ob du getauft werden willst? Hast du willentlich die Taufe empfangen?«

»Ich kann mich gar nicht daran erinnern«, erwiderte Ambros achselzuckend.

»Weil du ein Säugling warst«, rief Rothmann wie ein Prediger, dämpfte jedoch gleich wieder die Stimme. »Es kann aber nicht getauft sein, wer nicht von vollem Herzen der Welt entsagt und sich zu Christus hinwendet. Weder Johannes der Täufer noch unser Herr Jesus haben jemals Kinder getauft. Denn bekehrt werden kann nur, wer sich aus Überzeugung bekennt. So steht es in der

Bibel, und nichts außer der Heiligen Schrift hat auf Erden Gültigkeit.«

»Deshalb habt Ihr einen eigenen König gewählt und Euch mehrere Frauen genommen?«, wunderte sich der Junge und zog die Stirn kraus. »Steht das auch in der Bibel? Bernhard hat davon erzählt, und er hat dreckig gelacht, weil's ihm so gut gefallen hat. Das mit den vielen Frauen.«

Rothmann sah ihn an und schüttelte missfällig den Kopf. »Werft eure Perlen nicht vor die Säue«, murmelte er leise und blickte zur Decke, als wende er sich an eine höhere Instanz.

Ambros begriff nicht, was er damit meinte, und fragte: »Welche Perlen?«

»Es ist sinnlos, mit dir über den Glauben zu reden. Erwachsene Männer und so genannte Gelehrte wollten nicht begreifen, was wahr und heilig ist. Wie sollst du das also verstehen? Du bist noch ein Kind.«

»Wenn Ihr nicht werdet wie die Kinder«, entgegnete Ambros und verschränkte die Arme vor der Brust. »Das hat Pastor Boeckbinder immer gesagt.«

»Du bist ein Rotzlöffel und Naseweis, weißt du das?«, antwortete der Prediger, konnte sich ein Lächeln jedoch nicht verkneifen.

»Ja, Herr«, erwiderte Ambros. »Das sagt Vater auch immer.«

»Was willst du wissen?«

»Wie seid Ihr aus Münster herausgekommen? Stimmt es, was der Pastor gestern gesagt hat? Hat man Euch tatsächlich für tot gehalten und auf einen Leichenberg geworfen?«

»Es war ein fürchterliches Abschlachten«, sagte Rothmann nickend und strich dem erneut stöhnenden Boeckbinder mit einem Tuch über die schweißnasse Stirn. »Wenn es stimmt, dass der Schreiner Gresbeck den Bischöflichen das nördliche Tor geöffnet hat, dann klebt eine Menge Blut an seinen Händen. Wahllos wurden die Menschen mit dem Schwert niedergestreckt, die Soldaten haben sich nicht darum gekümmert, ob ihnen jemand mit ausgestreckten Armen entgegenkam und um Gnade flehte. Männer und Frauen wurden im Blutrausch getötet und wie Vieh liegen gelassen. Mich haben sie in Überwasser gestellt, ganz in der Nähe der Stadtmauer, aber ich kann mich kaum daran erinnern. Ich weiß noch, dass ein Dolch in meine Schulter drang und ich blutend auf dem Pflaster lag. Dann wurde mir schwarz vor Augen.«

»Daher Eure Verletzung?«, fragte Ambros.

Abermals nickte Rothmann. »Als ich wieder zu mir kam«, fuhr er fort, »war die Sonne bereits aufgegangen. Ich lag auf einem Berg von Toten. Blut lief mir über das Gesicht, aber ich wusste nicht, ob es mein eigenes war. Ich konnte meinen Körper nicht spüren, aber ein fürchterlicher Gestank stieg mir in die Nase.«

»Pfui Deibel!«

»Ich sagte ja, dass es keine Geschichte für Kinder ist.«

»Ach was!« Ambros winkte geringschätzig ab und ärgerte sich, dass ihm der Ausruf über die Lippen gekommen war. »Ich kann einiges vertragen«, sagte er und grinste, obwohl ihm zugleich eine Gänsehaut über den ganzen Körper lief.

»Immer noch wurde in der Stadt gekämpft«, sagte Rothmann, »ich konnte Schüsse und Geschrei hören, aber sie kamen vom Berg Zion.«

»Ein Berg in Münster?«

»Der Domplatz, Dummkopf!«, knurrte Rothmann und machte eine verächtliche Handbewegung. »Heinrich Krechting hatte sich dort in der Nacht mit einer kleinen Schar in einer Wagenburg verschanzt. Anscheinend hielten sie trotz der Übermacht der Soldaten noch immer die Stellung.«

»Und dann habt Ihr Euch aus dem Tor geschlichen?«

»Ganz so einfach war es nicht. Ohne fremde Hilfe hätte ich es niemals geschafft, ich konnte mich ja kaum auf den Beinen halten und hatte viel Blut verloren. Vermutlich war mein Kopf heiß vom Fieber, auf jeden Fall sah ich alles wie gegen die Sonne, nur in Umrissen und seltsam flirrend.« Rothmann machte eine

Pause und fasste sich an die verletzte Schulter, als habe die Erinnerung die Wunde wieder aufbrechen lassen. »Inzwischen waren auch einige Bauern aus der Umgegend in die Stadt eingedrungen. Ich weiß nicht, ob sie die Soldaten im Kampf unterstützten oder sich lediglich an den inzwischen einsetzenden Plünderungen beteiligen wollten. Sie lachten und krakeelten, als seien sie auf einem Jahrmarkt, und nahmen sich, was ihnen in die Finger kam. Einer dieser Bauern hat mich über die Straße torkeln gesehen und mich mit meinem Vatersnamen angesprochen. Er hieß Temminck, stammte wie ich aus Stadtlohn und scheint meinen Vater, der dort als Schmied gelebt hat, gut gekannt zu haben. Vor Jahren hat er mich als Prediger in Sankt Mauritz vor den Mauern der Stadt gehört.«

»Dieser Temminck hat Euch fortgeschafft?«

»So muss es wohl sein«, erwiderte Rothmann, »denn als ich das nächste Mal die Augen aufschlug, lag ich auf einem Strohlager in einem Bauernkotten und blickte in das Gesicht einer alten Frau. Meine Schulter war verbunden, es roch nach Kamille und Salbei, die Alte lächelte und sagte, nun sei ich über den Berg.«

»Glück gehabt«, meinte Ambros und schob die Unterlippe vor.

»Mit Glück hat das nichts zu tun«, antwortete Rothmann und schüttelte den Kopf. »Nur Gottes Wille und der Beistand des allmächtigen Herrn haben mich aus der Stadt Zion geführt. Meine Aufgabe ist noch nicht beendet, wollte Gott mir damit sagen. Münster ist gefallen, die Taufgesinnten sind irre gegangen, aber meine Mission ist noch nicht zu Ende.«

»Welche Mission?«

»Das herauszufinden wird fortan mein Bestreben sein.«

»Hmm«, brummte Ambros und machte eine zweifelnde Miene. »Und was geschah dann? Was war mit dem Müller? Was hatte Meister Vernholt mit der Sache zu tun?«

»Der Bauernkotten der Temmincks befand sich in unmittelbarer Nähe der Stadt Billerbeck.«

»Von dort stammte der Müller, nicht wahr?«

Rothmann nickte und fuhr fort: »Ich muss sehr lange zwischen Leben und Tod gelegen haben. Als ich schließlich wieder einigermaßen bei Kräften und die Wunde wenigstens zum Teil verheilt war, waren mehrere Wochen vergangen. Es war Anfang August, den Erntemonat würdet ihr Bauern das nennen, und aus Münster drangen gräuliche Nachrichten herüber. Bis auf die fünf Männer, die in Dülmen eingekerkert waren und peinlich verhört wurden, waren sämtliche Rechtgläubigen bei der Erstürmung der Stadt getötet oder in den Folgetagen auf dem Berg Zion hingerichtet worden. Auch die Frauen, die nicht abschwören wollten, wurden enthauptet. Zugleich ging das Gerücht, dass man den so genannten Stuten-Bernd weder unter den Gefangenen noch bei den Erschlagenen gefunden habe und dass bald Steckbriefe des Flüchtigen an allen Stadttoren und Galgen der Gegend angebracht werden sollten.«

»Oh«, sagte Ambros.

»Mir war klar, dass ich nicht länger bei den guten Bauersleuten bleiben konnte, denn mein Verweilen hätte sie in allerhöchste Gefahr gebracht. Schon das, was sie bisher für mich getan hatten, konnte ich ihnen niemals vergelten. Alles Weitere wäre töricht und halsbrecherisch gewesen. Zunächst wollten sie nichts davon hören und sagten, ich sei noch nicht gesund und müsse auf meinem Lager bleiben, doch dann gaben sie schließlich nach. Als letzten Dienst verwiesen sie mich an Heinrich Vernholt, einen alten Bekannten der Familie Temminck und gutherzigen Menschen, der sich in Kürze zur holländischen Grenze aufmachen wollte, um dort die Stelle eines Müllers anzutreten. So kam es, dass Meister Vernholt mich auf seinem Wagen mitnahm und wir gemeinsam Billerbeck verließen.«

»Wann war das?«

»Am Tag, bevor ich in Ahlbeck ankam.«

»Wusste er, wer Ihr seid?«

Rothmann schüttelte den Kopf und sagte: »Er wollte es nicht wissen, schien aber einiges zu ahnen. Er war schließlich nicht dumm und sah, dass ich verletzt war. Auch wenn ich meinen Arm unter dem Mantel verbarg.«

»Und dann seid Ihr den Zigeunern in die Hände gefallen?«, fragte Ambros.

»Ich sagte doch, es gab keine Zigeuner.«

»Das verstehe ich nicht.«

»Dann halte den Mund und hör gefälligst zu!«

Ambros presste beleidigt die Lippen aufeinander. Und Bernhard Rothmann erzählte, was sich im Wald bei Altheim zugetragen hatte.

Heinrich Vernholt hatte das Aussehen eines wilden und grobschlächtigen Kerls, aber das Gemüt eines friedfertigen und herzensguten Kindes. Er war ein Hüne von Mann, die schwieligen Hände erinnerten an die Pranken eines Bären, und sein ganzer Körper war übersät mit runzligen Blatternarben, die ihn noch furchterregender wirken ließen. Inwendig jedoch war er ein Lamm, das niemandem etwas zu Leide tun konnte. Als die Kötterbauern ihn fragten, ob er einen Freund in seinem Wagen ein Stück des Weges mitnehmen könne, da nickte er sofort, stellte keine Fragen und sagte, der Mann solle sich bereithalten. Am Nachmittag wolle er aufbrechen, um vor Anbruch der Dunkelheit bei seinem Onkel in Altheim zu sein.

Während Bernhard Rothmann, der sich nur mit seinem Vornamen vorgestellt hatte, neben dem Müller auf dem Kutschbock saß, plauderte dieser ununterbrochen und gut gelaunt daher. Er freue sich, einen Weggefährten bei sich zu haben, denn er reise ungern allein und genieße die Anwesenheit eines Mitmenschen.

»Ganz meinerseits«, erwiderte Rothmann. Während der gesamten Fahrt kamen ihm lediglich nichts sagende Floskeln über seine Lippen: »Ach, was Ihr nicht sagt. Das ist ja interessant. Wohl gesprochen! Sieh einer an.«

Vernholt schien dies nicht zu stören, er wollte nichts über seinen Begleiter in Erfahrung bringen, sondern von sich und seiner neu zu errichtenden Mühle erzählen. Und so erfuhr Bernhard Rothmann alles über den Mann aus Billerbeck: Dass sein Vater, ebenfalls ein lang gedienter Müllermeister, sich wegen einer Anstellung an den Drosten von Wolbeck gewandt und dieser sich beim Fürstbischof für den jungen Vernholt eingesetzt habe. Dass der Bischof daraufhin Ludolph, den alten und kranken Drosten von Altheim, schriftlich angewiesen habe, die seit Jahren verwaiste Kolkmühle im Kirchspiel Ahlbeck renovieren und wieder in Betrieb nehmen zu lassen. Dass Vernholt von einem Mittelsmann des Bischofs ein mit Siegel versehenes Sendschreiben sowie ein Säckchen mit neuen Silbertalern für die ersten Bauarbeiten ausgehändigt bekommen habe und sich flugs ins Grenzgebiet aufmachen solle.

»Seht nur«, sagte Vernholt und reichte Rothmann das Ledersäcklein. »Alles voller Taler, Halbtaler und Schillinge, noch glänzend. Mit dem Wappen der Waldecks. Stammt wahrscheinlich aus der Kriegskasse des Bischofs.«

»Ihr solltet das Geld nicht jedem Fremden zeigen«, erwiderte Rothmann und hob abwehrend die Hände. Der Gedanke, das blutbefleckte Geld des Feindes in den Händen zu halten, war ihm sichtlich unangenehm.

»Ihr seid doch kein Fremder«, sagte Vernholt und steckte das Säckchen wieder in den Mantel. »Ich vertraue Euch.«

»Das ehrt Euch«, sagte Rothmann, »dennoch solltet Ihr vorsichtiger sein.«

»Da mögt Ihr Recht haben«, erwiderte der andere achselzuckend und lachte.

Dann erzählte er, was er über die Ahlbecker Wassermühle wusste und warum sie seit Jahren eine Ruine war. Die Gerüchte über den Fluch der Mühle hatten sich bis zu den Billerbecker Müllern herumgesprochen, wandernde Müllerburschen trugen solche Gräuel- und Gruselgeschichten gern in alle Himmelsrichtungen. Zwar war Vernholt noch nie in Ahlbeck gewesen und kannte niemanden in dem Dorf, doch er lachte über die Schauermärchen und hielt das Ganze für dummes Gerede. Nichts als abergläubische Müllermär!

Als die Dämmerung einsetzte, hatten sie die dichten Wälder südwestlich von Altheim erreicht. Der Weg schlängelte sich durch unwegsames Gelände, der Wagen polterte über Wurzelwerk, die Laubbäume und Büsche standen wie undurchdringliche Wände am Wegesrand, die Äste stießen über dem Weg zusammen und bildeten ein Laubdach. Es war so finster, als sei die Sonne bereits untergegangen.

»Bald haben wir den Wald passiert«, sagte Vernholt, »dann ist es nicht mehr weit bis Altheim.«

»Ich kann Euch nicht in die Stadt begleiten«, sagte Rothmann und starrte zu Boden. »Ich werde mir ein Quartier außerhalb der Stadtmauern suchen. Es ist eine laue Sommernacht, und der Himmel reicht mir als Bettdecke.«

»Das kommt gar nicht infrage. Mein Onkel wird Euch aufnehmen, wie es die Gastfreundschaft gebietet«, erwiderte Vernholt verwundert. »Außerdem ist er bettlägerig und nicht in der Lage, neugierige Fragen zu stellen. Niemand wird Euch belästigen. Ich verbürge mich für Eure Sicherheit in seinem Haus.«

»Das weiß ich sehr wohl zu schätzen, dennoch würde ich es vorziehen, die Stadttore nicht zu passieren«, sagte Rothmann mit finsterer Miene. »Ich habe meine Gründe und bitte Euch, diese nicht zu hinterfragen. Außerdem will ich Euch nicht in Schwierigkeiten bringen. Es ist zu Eurem eigenen Besten.«

Vernholt zuckte mit den Schultern und schwieg.

Seitdem Rothmann erfahren hatte, dass der Müller über Nacht in Altheim bleiben wollte, hatte er sich das Hirn zermartert, wie er weiter vorgehen wollte. Sein Ziel war die holländische Stadt Deventer. Dort gab es eine kleine Täufergemeinde; zumindest war dies vor einigen Monaten noch so gewesen. Hier würde er für eine gewisse Zeit Unterschlupf finden und in sich gehen können, um seiner inneren Stimme und dem Wort Gottes zu lauschen.

Dass der Müller ausgerechnet Ahlbeck als Ziel seiner Reise angegeben hatte, war Rothmann wie ein göttliches Zeichen erschienen. Der kleine Ort an der Grenze lag auf halbem Wege nach Deventer, und dort war ein Mann als Priester tätig, über den er schon einiges gehört hatte. Johannes Boeckbinder war der jüngste Bruder der beiden Sendboten und Täuferapostel Bartholomäus und Gerrit Boeckbinder, die zu Beginn des Jahres 1534 zusammen mit dem späteren König Jan van Leiden den rechten Glauben nach Münster gebracht hatten. Durch die Hand des Bartholomäus Boeckbinder hatte Rothmann vor anderthalb Jahren die Taufe empfangen. Zwar bekannte sich der jüngste der drei Brüder nicht offen zum rechten Glauben und diente nach wie vor als Priester dem Antichristen in Rom, doch Johannes Boeckbinder war der Täufersache wohl gesinnt und verschloss die Augen nicht vor der Wahrheit. Wenn Rothmann unerkannt bis Ahlbeck gelangen würde, so seine Überlegung, könnte Boeckbinder ihm bei der weiteren Flucht behilflich sein. Die Stadt Altheim mit der bischöflichen Burg und dem Sitz des Drosten musste er allerdings meiden wie die Höhle des Löwen.

»Jesses!«, wurde Rothmann durch einen Ausruf des Müllers aus seinen Gedanken gerissen. Beinahe im selben Moment scheute das Pferd und sprang zur Seite. Ein Keiler war seitlich aus dem Dickicht gestürzt und dem Pferd laut quiekend vor die Hufe gelaufen. Der Wagen schlingerte. Vernholt zerrte an den Zügeln und knallte mit der Peitsche. Wieder bäumte sich das Pferd auf. Der Wagen machten einen Satz, geriet mit dem rechten Rad in den Graben neben dem Weg und kippte zur Seite. Und im nächsten Augenblick landeten die beiden Männer im Gebüsch.

Rothmann nahm es vor Schmerz den Atem. Er war auf seine linke Schulter gefallen, es fuhr ihm heiß wie Feuer über den Rücken, Schweiß stand auf seiner Stirn, und er hatte Mühe, sich zu orientieren.

»Habt Ihr Euch wehgetan?«, fragte Vernholt, der sich bereits aufgerappelt hatte und dem anderen auf die Beine half.

Rothmann schüttelte den Kopf und biss sich auf die Zähne.

»Das Rad ist hin«, sagte Vernholt und deutete zu dem auf der Seite liegenden Wagen. Das rechte Rad hatte sich aus der Verankerung gelöst, war von der Achse gesprungen und lag unter dem Fahrgestell, außerdem waren zwei Speichen gebrochen.

»Und nun?«, fragte Rothmann, nachdem er wieder zu Atem gekommen war.

»Kümmert Euch um das Pferd«, sagte Vernholt und kroch unter den Wagen, »ich schiebe von der Seite.« Er stemmte sich mit dem Rücken gegen das Fahrgestell, während Rothmann das sichtlich verängstigte Tier wieder auf die Beine brachte. Tatsächlich schafften sie es mit Mannes- und Pferdekraft, den Wagen aus dem Graben zu ziehen, doch als sie das Rad auf die Achse schoben, erkannten sie, dass die Nabe Schaden genommen hatte. Das Rad war lose und rutschte von der Achse.

»So kommen wir nicht weit«, sagte Vernholt und deutete auf ein Licht, das einen Steinwurf entfernt im Wald auszumachen war. »Da vorne scheint ein Haus zu sein. Vielleicht kann man uns dort helfen.«

Wie sich herausstellte, stammte das Licht nicht nur von einem einzelnen Haus, sondern von einer kleinen Ansiedlung auf einer Waldlichtung. Rothmann erkannte drei Wohngebäude und einige Stallungen oder Schuppen. Eines der Häuser gehörte einem Köhler, dessen Meiler wie kleine Berge mit runder Kuppe aussahen und die niedrigen Gebäude überragten. Einer der Meiler war frisch mit Holz aufgeschichtet und noch nicht mit Erde und grünem Reisig bedeckt, der zweite hingegen war bereits ausgebrannt. Rauch stieg aus dem Feuerschacht in der Mitte und den Löchern in der Erdhülle, die dem Köhler dazu dienten, die Stärke des Feuers im Innern zu beeinflussen. Gleich hinter den Meilern befanden sich eine Schmiede, die jedoch verwaist war und nicht in Betrieb zu sein schien, sowie eine Schänke, die ärmlich und wenig einladend aussah. »Zum Köhler« stand auf einem morschen Holzschild, das außen an dem alten Fachwerkhaus angebracht war.

»Besser als nichts«, sagte Vernholt, als sie die Schänke betraten.

»Da bin ich mir nicht so sicher«, erwiderte Rothmann und betrachtete misstrauisch das Innere und die wenigen Gäste des Schankhauses.

Der Raum war dreckig und rußgeschwärzt, das Mobiliar so schäbig und heruntergekommen, dass kein normaler Reisender Lust verspürte, sich hier niederzulassen. An einem Tisch neben dem Eingang saßen drei junge Männer im Schein einer Talgkerze beim Kartenspiel und beäugten die Eintretenden wie lästiges Ungeziefer.

In seinem Wams und der pelzbesetzten Schaube hätte Rothmann nicht unpassender gekleidet sein können. Während Vernholt sich an den Wirt hinter dem Schanktisch wandte und ihm sein Anliegen erklärte, beobachtete Rothmann die Kartenspieler aus den Augenwinkeln. Ihm fiel auf, dass ihre Gesichter und Hände schwarz vor Kohlenstaub waren. Vermutlich arbeiteten sie in der Köhlerei und verbrachten ihren Feierabend in der Schänke.

»Wir haben Glück im Unglück«, wandte sich Vernholt an seinen Begleiter. »Die Schmiede ist zwar seit Jahren geschlossen, aber der Wirt sagt, wir dürfen die übrig gebliebenen Werkzeuge benutzen, um das Rad zu reparieren. Außerdem können wir hier etwas essen und sogar zur Nacht bleiben, wenn uns danach ist.«

»Mir ist keineswegs danach«, antwortete Rothmann und folgte dem Müller nach draußen. »Wir sollten so rasch wie möglich weiterfahren.«

Tatsächlich befanden sich in dem baufälligen Schmiedeschuppen noch allerlei Gerätschaften wie Hammer, Zangen und Beitel, sodass es Vernholt möglich war, das verzogene Rad ein wenig zu richten und notdürftig mit Keilen und Spangen in der Aufhängung zu befestigen. Zwar hatte die verbogene Nabe nun merklich Spiel auf der Achse, und die fehlenden Speichen minderten die Belastbarkeit des Rades, doch der Fortsetzung der Reise stand nichts mehr im Wege. Allerdings war die Sonne in der Zwischenzeit untergegangen und die Fahrt durch den düsteren Wald nicht ohne Gefahr.

»Lasst uns erst einmal einen Happen essen«, sagte Vernholt und ging zurück in die Schänke. »Der Wirt sagte, seine Frau könne uns einen saftigen Wildschweinbraten zubereiten.« Er lachte und setzte hinzu: »Hoffentlich ist es der Keiler, der uns den Schlamassel eingebrockt hat.«

Sowohl der Braten als auch das selbst gebraute Schwarzbier, das der wortkarge Wirt dazu einschenkte, mundeten den beiden Männern besser als erwartet, und auch die Gattin des Wirts unterschied sich wohltuend von den übrigen Anwesenden. Sie war eine kleine grauhaarige Frau mit hellen Augen und besorgter, aber gutmütiger Miene. Während bei ihrem bärbeißigen Mann die Mundwinkel stets nach unten gingen, lag auf ihren Lippen ein aufmunterndes Lächeln, das zugleich ein wenig traurig wirkte. Immer wieder ging ihr Blick zu ihrem Mann, als ginge es ihr nur darum, ihm alles recht und gefällig zu machen, gleichzeitig nahm sie eine gebückte und beinahe sklavische Haltung ein. War ihr Mann jedoch nicht im Raum oder mit anderen Dingen beschäftigt, dann änderte sich ihr Verhalten und Auftreten. Sie streckte sich unmerklich, zeigte ihr trauriges Lächeln, sprach leise, aber herzlich und strich Rothmann einmal sogar wie einem kleinen Kind über den Unterarm. Vielleicht hatte sie bemerkt, dass er verletzt war, und wollte ihm so ihr Mitgefühl ausdrücken.

Zu den drei Köhlerburschen hatte sich in der Zwischenzeit ein vierter, ebenfalls kohlenschwarzer Mann gesellt, der jedoch viel älter als die anderen war und von diesen äußerst respektvoll und beinahe ängstlich behandelt wurde. Das sei der alte Köhlerjannes, flüsterte die Wirtin den Gästen zu und verdrehte die Augen, als wolle sie sagen: Nehmt Euch vor ihm in Acht! Laut setzte sie hinzu: »Mein werter Herr Schwager.«

Der Köhlerjannes nickte und lächelte den Männern zu.

Als es schließlich ans Bezahlen ging, unterlief dem Müller ein verhängnisvolles Missgeschick. Anstatt dem Wirt die passend abgezählten Münzen in die Hand zu drücken, nahm Vernholt seinen Lederbeutel aus der Manteltasche, öffnete ihn und kramte umständlich darin herum. Bernhard Rothmann bemerkte, dass die Köhler ihr Kartenspiel unterbrachen und interessiert zu ihrem Tisch herüberstarrten. Und dann passierte das Unglück. Vernholt rutschte der Beutel aus den Händen, die großen Silbermünzen fielen zu Boden und kullerten über die Bretter. Zwar hatte der Müller die Taler mithilfe des plötzlich sehr eilfertigen Wirts bald wieder eingesammelt, doch die überraschte Bewegung am Köhlertisch war Rothmann nicht entgangen. Als er zu ihnen hinüberblickte, wandten sie sich ab und steckten die Köpfe zusammen.

»Wollt Ihr nicht über Nacht bleiben?«, fragte der Wirt und machte einen tiefen Bückling, nachdem er ein ordentliches Trinkgeld erhalten hatte. »Es geht auf Mitternacht zu, und der Weg durch den Wald ist sehr beschwerlich.«

Im Hintergrund sah Rothmann die Wirtin möglichst unauffällig und dennoch erkennbar mit dem Kopf schütteln. Der Wirt hatte dies bemerkt und fuhr sie unwirsch an: »Scher dich weg, Weib!«

»Der Mond ist beinahe voll«, beeilte sich Rothmann einzuwenden, »das Licht sollte reichen. Es ist ja nicht mehr weit bis Altheim.«

»Wir werden den Weg schon finden«, bestätigte Vernholt, lachte unbeschwert und verstaute den Geldbeutel in seinem Mantel. »Habt Dank für Speis und Trank.«

Wieder bemerkte Rothmann eine Bewegung am Tisch neben dem Eingang. Die Köhler erhoben sich schlagartig und wie auf einen unhörbaren Befehl hin, dann nickte der Köhlerjannes seinem Bruder, dem Wirt, zu, und die vier Männer verließen grußlos die Schänke.

»Wir sollten schleunigst aufbrechen«, flüsterte Rothmann dem Müller ins Ohr.

»Ganz Eurer Meinung«, sagte Vernholt und rieb sich den

Bauch. »Auch wenn ich jetzt ein Verdauungsschläfchen vertragen könnte.«

Als sie zu ihrem Wagen kamen, sahen sie den alten Köhler mit einer Forke vor dem abgebrannten Meiler stehen. Wieder lächelte er und winkte ihnen zu.

»Komischer Kauz«, knurrte Vernholt, winkte aber dennoch zurück und stieg auf den Kutschbock. »Was macht Ihr da, Bernhard?«

»Ich bringe das Werkzeug zurück«, antwortete Rothmann. Er stand in der Schmiede und steckte heimlich einen der Beitel, die sie für die Reparatur benötigt hatten, hinter seinen Gürtel. Ihm war aufgefallen, dass die drei Köhlerburschen nirgends zu sehen waren, weder vor der Schänke noch bei den Meilern oder im Köhlerhaus, und er wollte gewappnet sein, falls die Kerle ihnen wieder begegnen sollten.

In der Dunkelheit kamen sie nur langsam voran. Das Mondlicht drang kaum durch das dichte Laub, und sie fühlten sich wie Blinde, die sich tastend und nach Gehör voranwagten. Doch weil der Weg so tief ausgefahren war, gerieten sie nicht aus der Spur, und nach etwa einer halben Meile vernahmen sie ganz in der Nähe das Plätschern des Ahlbachs.

»Gleich haben wir es geschafft«, sagte der Müller erleichtert und klopfte dem anderen auf den Oberschenkel. »Der Bach führt uns aus dem Wald und direkt nach Altheim.«

Im selben Augenblick scheute das Pferd und kam schliddernd zum Stehen. Diesmal war es kein Wildschwein, das ihm vor die Hufe gelaufen war, sondern ein Mann mit kohlenschwarzem Gesicht. Er stand mitten auf dem Weg und hielt einen Knüppel oder Flegel in der Hand. Bevor der Müller reagieren konnte, hatte der Mann das Pferd an der Kandare genommen, und ein zweiter Mann sprang von einem Ast aus in den hinteren Teil des Wagens. Mit einer blitzschnellen Bewegung zückte er ein Messer, riss mit der anderen Hand den Kopf des überraschten Müllers zur Seite und schnitt ihm die Gurgel durch.

Bernhard Rothmann war wie behext. Er sah nur Schemen und Umrisse und hörte das seltsame Gurgeln und tonlose Keuchen und Wehren des Müllers. Wie gefesselt starrte Rothmann auf den unter Zuckungen sterbenden Mann und war nicht in der Lage, sich zu rühren. Er begriff nicht, was vor sich ging, obwohl er doch die ganze Zeit nichts anderes befürchtet hatte. Erst als ihn ein dritter Mann seitlich vom Kutschbock zerren wollte und ihn grob an der linken Schulter fasste, schrie Rothmann auf und setzte sich zur Wehr. Der Schmerz hatte ihn aus seiner Lähmung befreit. Wie in einer Raserei trat und schlug er nun um sich und konnte den Angreifer mit einem heftigen Tritt gegen den Unterkiefer außer Gefecht setzen.

Der Mann im Wagen hatte inzwischen den Mantel des toten Müllers durchsucht und den Beutel mit dem Silbergeld gefunden. Er grinste, wollte es einstecken und erstarrte mitten in der Bewegung. Bernhard Rothmann hatte ihm den Beitel von unten bis zum Anschlag in den Leib gestoßen. Entsetzt starrte der Köhlerbursche auf den Holzgriff, der aus seinem Bauch ragte, machte einen Schritt nach hinten und kippte vom Wagen. Den Geldbeutel hatte er vorher fallen lassen.

»Hüah!« Rothmann ergriff die Zügel und knallte sie auf die Kruppe des Pferdes, das einen plötzlichen Satz nach vorne machte und den Mann auf dem Weg zwang, beiseite zu springen. Der Wagen setzte sich nur langsam in Bewegung, der Mann holte mit dem Knüppel weit aus und traf Rothmann mit voller Wucht an der verletzten Schulter. Die Rippen knackten, und für einen kurzen Moment nahm der Schmerz ihm den Atem, doch dann griff Rothmann nach der Peitsche und zog sie dem Mann durchs Gesicht.

Vor Schmerz gekrümmt ließ er von dem Wagen ab.

»Los, Schwarzer!«, rief Rothmann und drosch mit den Zügeln auf das Pferd ein. Die Kutsche nahm rasch Fahrt auf, schlingerte in den ausgefahrenen Spuren und kippte beinahe um. Heinrich Vernholt sackte nach vorne, verharrte einen Moment wie in Gebetsstellung, fiel dann seitlich vom Kutschbock und blieb wie die drei vor Schmerz winselnden und fluchenden Köhlerburschen im Wald von Altheim zurück.

Sechstes Kapitel

Beginnt mit einer Beerdigung und endet an der Landwehr

»Habt Ihr die drei Männer getötet? Oder waren sie nur verletzt? Haben sie Euch verfolgt? Oder konntet Ihr Euch verstecken?« Wortlos und fasziniert hatte Ambros der Erzählung des Täufers gelauscht, doch nun sprudelten die Fragen nur so aus ihm heraus: »Wie seid Ihr aus dem Wald gekommen? Und wieso hat man den Meister Vernholt im Ahlbach gefunden?«

»Nein, ich habe die Kerle nicht getötet«, antwortete Rothmann und schien lange zu brauchen, um wieder in die Gegenwart zurückzukehren. »Höchstens einen von ihnen, aber auch das ist nicht gewiss. Dennoch sind sie mir nicht gefolgt, zumindest haben sie mich bis zum Waldrand nicht eingeholt. Vermutlich mussten sie sich erst um die eigenen Verletzungen kümmern und die Leiche des Müllers beiseite schaffen.« Nachdenklich setzte er hinzu: »Sie haben den braven Vernholt also in den Bach geworfen?«

»Das hat Simeon behauptet«, antwortete der Junge und nickte eifrig, »und der Weg soll voller Blut gewesen sein. Den Halunken habt Ihr es aber gezeigt!«

»Gottes Wille hat meine Hand geführt«, sagte der Täufer.

»Dann hat Gott es den Halunken gezeigt.«

Rothmann nickte und betrachtete schweigend die Flamme der Öllampe, die merklich kleiner geworden war und bläulich schimmerte.

»Wie ging es weiter?«, wollte Ambros wissen.

»Um Altheim habe ich einen großen Bogen gemacht, allerdings

habe ich stets darauf geachtet, den Ahlbach nicht aus den Augen zu verlieren. Ich bin gefahren, bis mir die Augen zufielen. Das war kurz vor Sonnenaufgang. Ich habe den Wagen in der Heide hinter einer Düne versteckt und mich unter einen Wacholderstrauch gelegt. Wie lange ich dort geschlafen habe, weiß ich nicht, aber es muss ein halber Tag oder mehr gewesen sein. Meine Wunde war durch den Schlag mit dem Knüppel aufgebrochen und hatte sich entzündet, und das Fieber war zurückgekommen.«

»Trotzdem habt Ihr es bis Ahlbeck geschafft«, sagte Ambros und nickte beifällig. »Und an der Mühle seid Ihr dann in Ohnmacht gefallen.«

»Das weißt du doch«, antwortete Rothmann knapp.

»Wieso habt Ihr Euch als Meister Vernholt ausgegeben?«

»Weil es mir ratsam und sicher erschien. Ich besaß das Sendschreiben des Bischofs, das sich in der Reisetasche befand, und die Silbertaler, die der Räuber im Wagen verloren hatte. Vernholt kannte niemanden in Ahlbeck, und kein Hiesiger kannte ihn. Als namenloser Fremder hätte ich zu viel Neugier erregt, als Heinrich Vernholt war ich vor Entdeckung sicher. Zunächst jedenfalls.«

»Und dann habt Ihr mich mit dem Medaillon zum Pastor geschickt«, fügte Ambros hinzu und deutete zu dem auf dem Boden liegenden Boeckbinder. »Seht, Herr! Er hat die Augen geöffnet!«, rief der Junge plötzlich und sprang auf die Beine. »Aber er guckt so komisch und rührt sich nicht.«

Rothmann beugte sich über den immer noch reglosen Pastor, fühlte an dessen Hals, legte seine Hand auf die blutige Brust, nickte dann und schloss Boeckbinders Augen.

»Bruder Johannes ist tot. Der Herr hat ihn zu sich genommen.« Wieder beugte Rothmann sich über den Toten, küsste ihn auf den Mund und sagte: »Lieber Bruder, Gottes Friede sei mit dir!«

»Amen«, sagte Ambros und machte ein Kreuzzeichen. Dann räusperte er sich und fragte: »Habt Ihr nicht vergessen, ihm die Sterbesakramente zu geben? Die Wegzehrung und die letzte

Ölung. Als die alte Frau Timmermeester gestorben ist, hat sie eine Wegzehrung bekommen, das hat mir Bernhard erzählt. Ich hab mich noch gewundert, weil eine Tote doch gar nichts essen kann, aber Bernhard hat gesagt, das sei ein heiliges Sakrament.«

»Es gibt kein solches Sakrament«, erwiderte der Täufer ernst. »Das ist papistischer Unfug. Es steht nicht geschrieben.«

»Ach so«, sagte Ambros, kniff die Augenbrauen zusammen und schob die Unterlippe vor. Wirklich verstanden hatte er das mit den echten und falschen Sakramenten nicht, aber das war vermutlich nicht so wichtig. »Sollten wir jetzt nicht für den Pastor beten?«, wandte er sich an Rothmann. »Wo er doch tot ist. Ich meine, wegen dem Seelenheil, damit er gleich in den Himmel kommt und nicht so lange im Fegefeuer schmort?«

Als der Junge den finsteren Blick des Täufers sah, fragte er: »Kein Himmel?«

»Kein Fegefeuer«, antwortete Rothmann und strich dem Toten beinahe zärtlich übers Gesicht. »Das ist nichts als Faselei und erdichteter Betrug. Glaub mir, mein Junge, Bruder Johannes ist längst an einem besseren Ort. Er bedarf keiner Fürbitten und bezahlter Seelenmessen.«

»Weil es nicht geschrieben steht?«, fragte Ambros.

»Richtig.«

Der Junge lächelte stolz und sagte: »Aber beerdigen sollte man ihn schon. Oder wollt Ihr ihn hier liegen lassen?«

Bernhard Rothmann schüttelte den Kopf, stand schwerfällig auf, hielt die Lampe in verschiedene Richtungen und schaute sich um. In der östlichen Mauer der Krypta befand sich ein Grab, dessen gemauerter Verschluss herausgebröckelt war. Die Öffnung befand sich etwa in Hüfthöhe und war sehr viel größer als die anderen, womöglich weil hier einst ein dickerer Priester bestattet worden war. Rothmann nickte, deutete auf das Grab und sagte: »Komm, hilf mir!«

»Aber …«, murmelte Ambros, zuckte dann jedoch mit den Schultern.

Gemeinsam versuchten sie Boeckbinder in die Höhe zu heben, Ambros fasste seine Füße, Rothmann hielt ihn an den Schultern. Da der Junge nicht sehr stark war und der Täufer nur einen Arm benutzen konnte, hatten sie einige Mühe, den Toten von der Stelle zu bewegen. Schließlich jedoch hatte Rothmann den Oberkörper so weit angehoben, dass sie den Pastor in das bereits belegte Grab hieven konnten.

»Schieb!«, befahl Rothmann.

Ambros strengte sich an, doch Boeckbinder steckte mit der Schulter fest.

»Wir müssen ihn drehen«, sagte der Täufer.

»Dann liegen sie ja wie zwei Liebende«, entfuhr es Ambros.

»Halt deinen dreckigen Mund!«

Ambros tat, wie ihm befohlen, fand es aber dennoch merkwürdig. Sie drehten den Körper des Pastors, zerrten an seinen Kleidern, und plötzlich fiel etwas aus der Tasche seiner Soutane und landete klimpernd auf dem Steinboden.

»Das Medaillon!«, rief Ambros, nachdem sie Boeckbinder so weit wie möglich in die Aushöhlung geschoben hatten. Er bückte sich und hob die Münze auf. »Das Erkennungszeichen mit dem unsinnigen Wort!«

»Sagtest du nicht, du kannst nicht lesen?«

»Ludger kann's«, antwortete Ambros kleinlaut. »Ich meine, er konnte es.«

»Wenn du willst, kannst du sie behalten«, sagte Rothmann und winkelte Boeckbinders Beine an, damit sie nicht aus der Öffnung ragten.

Ambros überlegte einen Moment, betrachtete die Medaille von beiden Seiten, schüttelte dann den Kopf und sagte: »Sie gehört dem Pastor. Einen Toten bestiehlt man nicht.« Und er legte die Kupfermünze ins Grab.

Inzwischen hatte Rothmann in einer Ecke des Raumes einen großen, fast kugelförmigen Sandstein gefunden, der einst als Sockel für eine Statue gedient haben mochte, und ihn zur Ostmauer gerollt. Wieder schafften sie es mit vereinten Kräften, den mächtigen Stein anzuheben und das Grab damit zu verschließen. Er passte wie hineingegossen. Nichts deutete noch darauf hin, dass zwei Leichen darin bestattet waren. Nur der Blutfleck auf dem Boden erinnerte daran, dass Pastor Boeckbinder an diesem Ort gestorben war.

»Nichts wie weg«, sagte Ambros und wandte sich zur Eisentür.

Rothmann zögerte noch, stand vor dem Grab, hielt die Öllampe in der Hand und bewegte die Lippen, ohne dass der Junge irgendwelche Worte verstehen konnte. Vermutlich betete er, dachte Ambros und machte vorsorglich ein Kreuzzeichen. Allerdings war er sich nicht sicher, ob Kreuzzeichen in der Heiligen Schrift geschrieben standen oder ebenfalls papistischer Unsinn waren. Er unterdrückte das Bedürfnis, den Täufer danach zu fragen.

Etwa eine Stunde später schlichen zwei Gestalten in gebückter Haltung durchs Ahlbecker Moor in Richtung Norden, ein kleiner Junge vorneweg, ein erwachsener Mann in seinen Fußstapfen. Es war kurz vor Sonnenaufgang, im Osten hellte der Himmel bereits ein wenig auf. Anders als am Vortag waren keine Wolken zu sehen, ein herrlicher Sommertag kündigte sich an. Ein Kranich trompetete sein klangvolles »Gurruh« in den beginnenden Morgen, ein Kiebitz antwortete aus der Ferne mit beinahe verschämtem »Wit-wit-wit«.

Während Ambros sich im unwirtlichen und trügerisch friedlichen Hochmoor bewegte, als wandele er bei helllichtem Tag auf einer befestigten Straße, und sich nur selten aufrichtete, um sich zu orientieren, folgte ihm Rothmann auf dem feuchten und nachgebenden Untergrund mit zögerlichem Schritt.

»Vorsicht, Moorloch!«, sagte der Junge plötzlich und hob die Hand.

»Links oder rechts?«, fragte der Täufer.

»Links und rechts«, antwortete Ambros wie abwesend. In

Gedanken war er immer noch am Molenkotten, den sie gerade erst verlassen hatten. Der Junge hatte Proviant beschaffen und dem Täufer einige Kleidungsstücke seines Vaters geben wollen, in denen Rothmann nicht so auffällig aussah wie in der pelzbesetzten Schaube und dem engen Wams. Ambros hatte bereits überlegt, wie er dem Vater die Sachen entwenden wollte, ohne entdeckt zu werden, doch dann hatte der Junge erstaunt festgestellt, dass der Vater gar nicht im Haus war. Auch Müntzer, den Ambros am Abend im Kotten eingeschlossen hatte, war nirgends zu finden.

Der ersten Erleichterung war bald eine Verwunderung und schließlich ein böser Verdacht gefolgt. Vermutlich hatte der Vater wieder dem Schnaps zugesprochen, hockte volltrunken in der Heideschänke oder schlief, vom treuen Müntzer bewacht, am Wegesrand seinen Rausch aus. So viel zu den feierlichen Versprechungen und Beteuerungen der vergangenen Nacht, dachte Ambros, zog den Rotz hoch und spuckte verächtlich zu Boden.

»Was ist?«, fragte Rothmann hinter ihm und schaute sich bange in alle Richtungen um. Bei jedem Geräusch zuckte er zusammen, jedes Quaken eines Moorfrosches beunruhigte ihn, und wenn er über eine Wurzel stolperte oder mit einem Bein in ein Wasserloch geriet, benahm er sich, als habe sein letztes Stündlein geschlagen. In der Krypta hatte der Täufer noch gebieterisch und wie ein strenger Schulmeister gewirkt, im Moor jedoch benahm er sich wie ein unbeholfenes Kind. Hier hatte Ambros das Sagen und die Befehlsgewalt.

»Seid unbesorgt, wir sind gleich an der Landwehr«, antwortete der Junge belustigt, konnte seine düsteren Gedanken jedoch nicht verscheuchen. Irgendetwas lag in der Luft. Unheil bahnte sich an. Das hatte er gleich gespürt, als sie die Krypta verlassen und auf den Friedhof hinausgetreten waren. Ambros hatte über die Mauer zur ehemaligen Dorfschänke geschaut und erstaunt bemerkt, dass die bischöflichen Soldaten verschwunden waren. Sie lungerten nicht mehr vor der Kirche oder unter der Dorflinde herum, keine Pferde standen vor der Schänke, niemand hielt auf dem Platz Wache, wie es der Hauptmann am Abend befohlen hatte. Eigentlich hätte das den Jungen beruhigen sollen, doch das Gegenteil war der Fall. Das Verschwinden der Soldaten hatte etwas zu bedeuten, aber Ambros konnte es sich nicht erklären. Darum hielt er nun umso konzentrierter Ausschau und schien auf etwas zu warten. Je näher sie der Grenze kamen, desto aufmerksamer wurde er.

Die Altheimer Landwehr bildete seit Jahrhunderten die Grenze zwischen der Provinz Overijssel und dem Bistum Münster, sie zog sich als mannshoher und an den meisten Stellen doppelter Wall mitten durch Moor und Bruchwald. Durchlass für Reiter oder Kutschen gab es nur auf dem Hessenweg, in unmittelbarer Nähe des Galgenbültens, doch auch zu Fuß war es nicht einfach, den holzverschalten Doppelwall zu überwinden, vor allem wenn man ein kleiner Junge oder ein verletzter Mann war. Allerdings kannte Ambros zwei Stellen, an denen dies – als Folge einer launischen Natur – ohne weiteres möglich war. Der günstigste Ort, um unbemerkt auf holländisches Gebiet zu gelangen, befand sich direkt nördlich des Molenkottens. Ambros hatte die Stelle eher zufällig beim Schafehüten entdeckt. Bei einem Sturm vor einigen Monaten war eine morsche Schwarzerle umgeknickt. Der mehr als fuderhohe Baum, der unweit der Landwehr gestanden hatte, war zur Seite gekippt und auf den Wall gestürzt. Da sich selten ein Mensch ins Hochmoor verirrte und niemand einen Anlass gesehen hatte, den Baum zu entfernen, bildete er nun eine Art Brücke über die Landwehr.

»Da vorne ist es«, sagte Ambros und deutete auf das Baumgerippe, das sich in der Dämmerung abzeichnete. »Dort kommen wir über die Landwehr.«

»Das wage ich zu bezweifeln«, erwiderte Rothmann, wies mit der Hand in eine andere Richtung und warf sich ins Torfmoos, das wie ein nasser Schwamm auf dem schwankenden Boden wuchs.

Jetzt sah auch Ambros, was den Täufer alarmiert hatte, und stieß einen Fluch aus: »Gott verdamm mich!«

»Hüte deine unflätige Zunge!«, sagte Rothmann und drohte dem Jungen mit dem Zeigefinger. »Du sollst den Namen des Herrn nicht missbrauchen.«

»Davon verschwindet der Kerl auch nicht«, antwortete Ambros mürrisch.

Auf der Landwehr, nur einen Steinwurf von der umgestürzten Schwarzerle entfernt, stand ein uniformierter Mann, mit Rauschebart im Gesicht und Muskete auf dem Rücken. Es war einer der Wachsoldaten, die der Junge am Abend auf dem Dorfplatz befragt hatte. Deshalb waren sie also nicht in der Schänke! Ambros erinnerte sich jetzt, dass der Schulze gesagt hatte, er werde die Landwehr bewachen lassen. Allerdings hatte der Junge angenommen, Gerwing werde seine Söhne oder die Knechte damit beauftragen und sich auf den Grenzübergang am Hessenweg und den Ahlbach beschränken. Dass sie es nun mit einem bewaffneten Soldaten zu tun hatten, schmeckte Ambros gar nicht.

»Es gibt noch eine zweite Stelle«, flüsterte er Rothmann zu und wies in westliche Richtung. »Ein Tümpel unter der Landwehr. Aber es ist eine halbe Meile entfernt. Gleich hinter der Kolkmühle.«

»Meinst du den Ahlbach?«

Ambros schüttelte den Kopf. »Am Bach hat der Schulze bestimmt seine Leute postiert. Nein, ich meine einen Wassergraben am Rande des Bruchwalds. Letzten Winter ist die Landwehr vom Wasser unterspült worden, eine Senke hat sich unter dem Holzwall gebildet, und die ist im Sommer nur halb gefüllt.«

»Auch dort werden Wachen sein«, meinte Rothmann skeptisch.

»Mag sein, aber der Hauptmann hat nur vier Soldaten zurückgelassen, und die kennen die Stelle nicht«, antwortete der Junge, »Vielleicht haben wir Glück, und Euer Gott steht Euch ein weiteres Mal bei.«

Rothmann schnappte empört nach Luft, hob drohend die Hand und wollte dem Jungen eine Ohrfeige geben, doch Ambros hatte sich längst abgewandt und kroch auf allen vieren in westlicher Richtung davon.

»Beeilt Euch, Herr«, murmelte er, »bald geht die Sonne auf.«

Der Junge führte den Täufer auf dem gleichen Weg zur Kolkmühle, den sie vor gut einer Woche mit der Kutsche genommen hatten. Nach einiger Zeit hatten sie das morastige Brachland hinter sich gelassen und schlugen sich durch den Bruchwald, der das Moor ringsum wie ein breiter Saum umgab. Das Wasser reichte ihnen bis zu den Knien, sodass sie nur mühsam vorankamen, doch obwohl ein Baum wie der andere aussah und das dichte Laub das Dämmerlicht verschluckte, ging der Junge wie traumwandlerisch durch den Bruch.

Es war die zweite Nacht, in der Ambros kaum ein Auge zugetan hatte. Gestern war er zwar im Morgengrauen am Tisch des Molenkottens eingeschlafen, aber Erholung hatte der kurze Schlaf nicht gebracht. Dennoch spürte er im Augenblick keinerlei Müdigkeit, keine Ermattung. Vielleicht gewöhnte sich sein Körper an den ständigen Schlafentzug, oder die Aufregung und die Anspannung belebten seinen Geist derart, dass er hellwach und voller Tatendrang war. Auch das blaue Auge und das geschwollene Gesicht spürte er kaum, keine Schmerzen, nur ein leichtes Ziehen am Augenlid, das inzwischen die Farbe und Größe einer reifen Pflaume angenommen hatte.

Die Erinnerung an die vergangene Nacht ließ Ambros einen Gedanken durch den Kopf gehen, der dort schon längere Zeit geschlummert hatte. In der Krypta unter der Kirche hatte er den Täufer bereits fragen wollen, doch es hatte sich keine rechte Gelegenheit ergeben. Nun aber war es an der Zeit.

»Kennt Ihr das Niesing-Kloster?«, fragte Ambros, als sie die ersten Ausläufer der hügeligen Wacholderheide erreicht hatten und linker Hand der Galgenbülten aus dem Wald ragte.

»Das ehemalige Schwesternhaus in Münster?«, wunderte sich

Rothmann. »Natürlich kenne ich es. Aber das gibt es schon seit anderthalb Jahren nicht mehr. Es wurde wie alle Klöster der Gottlosen aufgelöst. Wieso fragst du?«

»Meine Mutter hat dort vermutlich gelebt, nachdem sie uns verlassen hat«, antwortete der Junge, hob die Hand und deutete nach vorne. »Gebt Acht, der Hessenweg!«, sagte er und setzte hinzu: »Sie heißt Euphemia.«

»Ein schöner Name.« Rothmann folgte dem Jungen durchs Dickicht und über den Weg und stutzte dann. »Sagtest du nicht, dass deine Mutter tot ist?«

»Das ist eine lange Geschichte«, erwiderte der Junge. »Habt Ihr den Namen Euphemia schon mal gehört? Kennt Ihr meine Mutter?«

Rothmann schüttelte den Kopf und sagte: »Wenn sie bei den Augustinerinnen gelebt hat, dann hat sie womöglich einen Ordensnamen angenommen.«

Sie befanden sich inzwischen auf dem buchengesäumten Weg, der zur Kolkmühle führte. Das Mühlenwehr war weit und breit die einzige Brücke über den Ahlbach, und wenn sie zu der Senke an der Landwehr gelangen wollten, dann mussten sie an der Mühle vorbei. Auch auf die Gefahr hin, von dort postierten Wachen entdeckt zu werden. Ambros betrachtete nachdenklich die schwarze Mühlenruine und das Müllerhaus mit dem frisch gerichteten Dach und den erneuerten Türen und Fenstern. Der Vater und der alte Timmermeester hatten in den wenigen Tagen ganze Arbeit geleistet und das Haus wieder bewohnbar gemacht. Von Soldaten war nichts zu sehen.

»Meine Mutter war eine sehr schöne Frau«, nahm Ambros seinen Gedanken wieder auf, »eine Friesin mit blonden Locken und blauen Augen. Ihr Vater war auch ein Prediger. Sein Name war Sudema. Er ist auf dem Schulzenhof gestorben.«

Rothmann nickte und sagte: »Nach der Räumung des Klosters wurden die zugereisten Brüder im Niesing untergebracht.«

»Was habt Ihr mit den Schwestern gemacht?«

»Sie wurden bekehrt und auf dem Marktplatz getauft. Falls sie sich weigerten, den rechten Glauben anzunehmen, mussten sie die Stadt verlassen. Die meisten haben allerdings die Taufe empfangen.« Rothmann legte dem Jungen die Hand auf die Schulter und setzte hinzu: »Wenn deine Mutter in der Stadt Zion geblieben ist, dann ist sie vielleicht bei der Erstürmung gestorben. Viele tapfere Frauen haben ihr Leben gelassen.«

Der Gedanke war ihm auch schon gekommen. Ambros nickte und schüttelte die Hand des Täufers ab. Dann schlug er sich in nördlicher Richtung durch die Büsche. Von der Mühle aus war es nicht mehr weit bis zur Landwehr. Bald würden sie in Holland sein.

»Auf jeden Fall aber hat deine Mutter wieder geheiratet«, sagte Rothmann.

»Wieso das?« Ambros fuhr ein Schauer über den Rücken.

»Keine erwachsene Frau durfte in der Stadt ohne Mann leben«, erklärte der Täufer, der Mühe hatte, dem immer schneller laufenden Jungen zu folgen. »Die Frau hat dem Mann untertan zu sein und sich einen Gatten zu suchen, um Unzucht und Laster zu vermeiden. So lautet das Gesetz.«

»Ihr habt die Frauen gezwungen?« Ambros blieb stehen und schaute den Täufer grimmig an. »Steht das auch in der Bibel geschrieben?«

Bevor Rothmann eine Antwort geben konnte, fuhr ihm ein solcher Schrecken in die Glieder, dass er erstarrte und kein Wort herausbrachte.

»Was ist mit Euch?«

»Ein Bär!«, rief Rothmann keuchend.

Angsthase, dachte Ambros und schüttelte den Kopf.

»Da vorne!« Der Täufer wies zu einer Senke vor der Landwehr, die nun am Rande des Bruchwalds zu erkennen war.

»Tatsächlich«, sagte Ambros, als er den zotteligen braunen Pelz in der Kuhle sah. »Und dummerweise liegt er in unserem Graben. Er versperrt uns den Weg.«

»So ein Bär ist gefährlich«, sagte Rothmann.

»Ach was!«, rief Ambros, bückte sich und griff nach einem Stück Wurzelholz, das am Boden lag. »Die sind scheu wie Rehe und haben mehr Angst vor uns als wir vor ihnen. He, Brauner, aufwachen!«, rief der Junge und warf das Holzstück nach dem Bären. »Verschwinde! Das ist unser Graben!«

Tatsächlich fuhr der Bär in die Höhe. Er schien in der Grube geschlafen zu haben und hatte Mühe, sich aufzurappeln. Statt jedoch davonzulaufen, wie Ambros es vermutet hatte, stellte sich das Tier auf die Hinterbeine, brüllte ohrenbetäubend und zeigte seine mächtigen Eckzähne. Irgendetwas stimmte mit dem Bären nicht, er wirkte unruhig und gehetzt, trampelte auf der Stelle und machte keine Anstalten, die Flucht zu ergreifen. Wieder brüllte das Tier und streckte die linke Vorderpfote in die Höhe.

Erst jetzt sah Ambros, warum der Bär sich so seltsam verhielt. Er war verletzt, die rechte Pranke hing schlaff herunter, und wenn der Junge es in dem Dämmerlicht richtig erkannte, war das Fell an der Seite blutverschmiert. Also hatte der Brookbauer den Bären doch getroffen, als er vorgestern auf der Jagd nach ihm gewesen war. Und ein waidwundes Tier konnte zur wütenden Bestie werden, auch wenn es sonst lammfromm war.

»Lasst uns verschwinden, Herr«, sagte Ambros und wich einen Schritt zurück. »Aber langsam, damit er sich nicht erschreckt.«

»Also ist das Tier doch gefährlich?«

Wie als Antwort stürzte der mächtige Bär plötzlich auf sie zu. Und obwohl er nur auf drei Beinen über den morastigen Boden lief, war er erstaunlich flink und geschickt. Der Bär brüllte, richtete sich auf und fletschte die Zähne. Während Ambros schleunigst davonrannte und wie ein Eichhörnchen auf den nächsten Baum flüchtete, blieb Rothmann wie angewurzelt stehen und rührte sich nicht vom Fleck.

Ambros schloss die Augen, um nicht sehen zu müssen, wie der Bär den Mann mit seiner riesigen Pranke totschlug.

Plötzlich knallte es. Der Bär heulte auf. Als der Junge die Augen öffnete, sah er, wie das Tier tödlich getroffen zu Boden ging.

»Wusste ich doch, dass ich ihn erwischt hab«, kam eine donnernde Stimme von der Landwehr. Der Schulze strich sich genüsslich über den Vollbart, legte die Muskete beiseite und nahm die Armbrust vom Rücken. »Hände hoch!«, rief er und legte auf den Täufer an. »Sonst ergeht es Euch wie dem Meister Petz!«

Bernhard Rothmann streckte die Hände in die Höhe.

Siebentes Kapitel

Bringt ein Ende und einen Anfang

Als Geert am späten Abend nach einem langen und mühsamen Tag an der Kolkmühle zum Molenkotten zurückkehrte, war er überrascht, seinen Sohn nicht im Haus vorzufinden. Bei den Schafen war der Junge nicht mehr, denn die Sonne war bereits untergegangen und der Holländerhund Müntzer, dessen Hilfe beim Schafehüten unverzichtbar war, wartete sehnsüchtig in der Stube und begrüßte den Molenkötter mit freudigem Gebell und wedelndem Schwanz. Ein untrügliches Zeichen, dass der Hund schon einige Zeit eingesperrt gewesen war.

Eigentlich war es für Geert kaum Besorgnis erregend, dass Ambros nicht im Kotten war. Der Junge trieb sich oft in der Gegend herum, und selten unterrichtete er seinen Vater von seinen Unternehmungen. Ambros war ein ebenso eigenwilliger wie selbstständiger Junge, viel erwachsener und unabhängiger, als es sein Alter vermuten ließ. Er ging schweigsam seiner Wege und wusste genau, was er zu tun und zu lassen hatte. Ebenso wie Geert – früher einmal. Doch fast immer hatte Ambros seinen Hund bei sich, die beiden Streuner waren unzertrennlich und unternahmen alles gemeinsam. Dass er seinen innig geliebten Müntzer im Kotten gelassen hatte, wollte Geert wie ein böses Omen erscheinen. Wenn der Junge nur keine Torheiten anstellte.

Eine seltsame Unruhe erfasste den Molenkötter. Er musste etwas unternehmen, nach dem Jungen suchen, sich kümmern. Noch vor wenigen Tagen hätte er lediglich geflucht, Ambros zum

Teufel gewünscht und sich dem Schnaps zugewandt. Doch das war nun vorbei. Er hatte es versprochen. Und deshalb gab er dem Hund mit einem Pfiff den Befehl, ihn durchs Moor zu begleiten. In Ahlbeck waren im Laufe des Tages seltsame Dinge geschehen, wie er von Melchior Timmermeester und dem Juden Simeon erfahren hatte. Womöglich war genau das der Grund für Ambros' Verschwinden, auch wenn Geert sich nicht erklären konnte, was der Junge mit dem Pastor und dem verschwundenen Müller zu schaffen hatte.

Es war bereits nach Mitternacht, als der Molenkötter den Kirchplatz erreichte. Keine Menschenseele war zu sehen, wenige Lichter brannten hinter den Fenstern. Ein leichter Brandgeruch lag über dem Ort, und die verkohlten Überreste der alten Eiche und des Krummhauses waren im silbrigen Licht des Halbmondes hinter der Kirche auszumachen. Der Trödlerjude war am Nachmittag mit seinem Planwagen an der Kolkmühle erschienen, um dem Zimmermann einige Werkzeuge aufzuschwatzen, und hatte ihnen berichtet, wie es zu dem Brand des Pfarrhauses gekommen war und dass sich der Pastor während des Gewitters in Luft aufgelöst hatte. Die riesige Rauchsäule war bis zur Mühle zu sehen gewesen und hatte den Männern im Müllerhaus einen Heidenschreck eingejagt. Es sei nicht mit rechten Dingen zugegangen, betonte Simeon, sie seien Zeugen eines gottverdammten Wunders gewesen. Der Pastor sei vor ihren Augen in den Himmel aufgefahren, mit Blitz und Donner.

Vor der ehemaligen Lindenschänke standen einige Pferde sowie ein leichter Einspänner, wie ihn der Schulze besaß. Im Inneren brannte Licht, und Schatten huschten über die zerrissenen Vorhänge. Geert betrat das Gasthaus, hob die Mütze zum Gruß und blickte in die müden Gesichter mehrerer Soldaten, die aufgeregt mit Lubbert Gerwing debattierten.

»Hier hat nur einer das Sagen«, knurrte der Schulze, ohne den Eintretenden zu beachten, »und das bin ich.« Er verschränkte die Hände vor der Brust und setzte hinzu: »Wenn der Droste morgen zurückkehrt, könnt ihr euch ja bei ihm beschweren. Aber das wird euch nichts nützen, denn er hat mir freie Hand gelassen. Und jetzt schert euch zur Landwehr.«

»Der Oberst hat befohlen, wir sollen den Kirchplatz bewachen«, erwiderte ein Soldat mit Schmerbauch und Vollbart. »Vom Moor war nicht die Rede.«

»Papperlapapp!«, schnauzte der Schulzenbauer. »An der Kirche und auf dem Friedhof gibt es nichts zu bewachen. Das hast du vorhin selbst gesagt. Auf die Grenze kommt es an. Wenn die Kerle erst mal in Holland sind, nützt uns morgen die beste Treibjagd nichts. Dort haben wir keine Handhabe.«

»Der Pastor ist tot«, beharrte der Schmerbauch mit finsterer Miene. »Und der andere ist längst über alle Berge. Wir stehen uns nur die Beine in den Bauch.«

»Wovor habt ihr dann Angst?«

»Angst?«, empörte sich ein zweiter Soldat. »Wer hat hier Angst?«

»Wir bestimmt nicht«, sagte ein dritter, noch sehr junger Mann.

»Na also«, erwiderte Gerwing grinsend und nahm ein Windlicht vom Schanktisch. »Dann los!«

Während die Soldaten murrend ihre Sachen zusammenpackten und widerwillig die Schänke verließen, wandte sich Geert an den Schulzen: »Was ist geschehen, Herr? Was wollt Ihr an der Landwehr?«

»Hast du nicht gehört, was passiert ist?«

»Doch«, antwortete Geert, »der Pastor ist in den Himmel aufgefahren.«

Lubbert Gerwing lachte, trat hinaus und klopfte dem Molenkötter auf die Schultern. »So kann man es auch sehen«, sagte er, befestigte das Windlicht an dem Wagen und bestieg den Kutschbock. »Aber um Boeckbinder geht es nicht. Der Droste hat es vor allem auf den Müller abgesehen.« Nachdenklich setzte er hinzu: »Der übrigens gar kein Müller ist.«

»Sondern?«

Gerwing lächelte viel sagend, zeigte seinem Gegenüber die Innenfläche seiner Hände und schwieg.

»Und warum die vielen Waffen?« Der Molenkötter deutete auf die Muskete und die Armbrust unter dem Kutschbock. »Ist der Kerl bewaffnet?«

»Das ist kaum anzunehmen«, sagte der Schulze und griff nach den Zügeln. »Aber wer weiß, was einem sonst noch so vor den Lauf kommt. Bernhard hält am Hessenweg Wache und hat behauptet, dass er einen Bären gesehen hat. *Meinen* Bären. In der Nähe der Kolkmühle. Und diesmal hol ich mir den Braunpelz.« Wieder lachte er und sagte: »Kannst mich gern begleiten. Ich könnte einen Mann gebrauchen, der sich im Moor auskennt. Und der Hund kann auch nicht schaden.«

»Morgen bei der Treibjagd werde ich zur Stelle sein«, antwortete Geert und hob bedauernd die Achseln. »Heute bin ich auf der Suche nach meinem Jungen.«

»Zum Teufel mit der eigenen Brut!«, knurrte Lubbert und knallte mit der Peitsche. »Nichts als Ärger mit den Kindern! Ludger hab ich schon seit Tagen nicht gesehen, und ehrlich gesagt, ich hab ihn nicht vermisst.«

Während der Einspänner davonfuhr und die berittenen Soldaten dem Schulzen missmutig folgten, schaute sich Geert auf dem Dorfplatz um. Wieder ging sein Blick zum Friedhof und zu der Eiche, deren bizarre Umrisse nur undeutlich zu sehen waren. Für einen kurzen Augenblick glaubte Geert, etwas im Geäst zu erkennen, einen schwachen Lichtschimmer, der sich hin und her bewegte. Wie ein Winken. Vermutlich ein Vogel, in dessen Gefieder sich das Mondlicht gespiegelt hatte. Allerdings war der Mond nicht sonderlich hell, es ging auf Neumond zu.

Beinahe gegen seinen Willen betrat Geert erneut das Wirtshaus. Unzählige Male hatte er hier am Schanktisch gesessen und sich voll laufen lassen. Hier hatte er seine Euphemia verflucht und seine Eifersucht in Branntwein ertränkt. Hier hatte er mit dem Müller Dennekamp gesessen und sich von ihm Wacholder ausgeben lassen. Seit Jahren war die Lindenschänke verwaist, der Wirt war vor langer Zeit samt seinen Fässern und Flaschen in die Heide gezogen, Spinnweben hingen unter der Decke, und Dreck sammelte sich auf dem Boden, doch noch immer glaubte Geert den säuerlichen Geruch von Bier und Schnaps wahrzunehmen. Er schüttelte sich, fuhr sich mit der Hand über die Nase und schaute durch eines der schmutzigen Fenster auf den Dorfplatz.

»Nanu!«, murmelte er plötzlich und schien seinen Augen nicht zu trauen.

Schlichen dort nicht zwei Gestalten an der Friedhofsmauer entlang? Obwohl es draußen noch dunkel und die Scheibe viel zu dreckig war, um irgendetwas mit Bestimmtheit erkennen zu können, war Geert sich sicher, zwei Personen gesehen zu haben. Die eine groß, die andere klein. Oder hatte die Alkoholabstinenz ihm einen Streich gespielt? Geert wusste von Trinkern, die absonderliche Gestalten und seltsame Dinge sahen, sobald sie auf dem Trockenen saßen. Er selbst war in den vergangenen Tagen mehrmals Opfer solcher Trugbilder gewesen.

Zögerlich verließ er die Schänke, schaute sich auf dem Platz um und näherte sich schließlich dem Friedhof. Doch was auch immer er vorhin im Schatten der Mauer gesehen hatte, es war verschwunden. Nichts rührte sich, kein Ton war zu vernehmen. Kurz überlegte Geert, ob er rufen oder den Gestalten folgen sollte, doch dann entschied er sich dagegen. Vermutlich hatte er sich getäuscht.

»Lass uns verschwinden!«, sagte er zu seinem Hund.

Müntzer jedoch stellte plötzlich die Ohren auf, knurrte leise und lief wie von ferne gesteuert zum Krummhaus. Geert runzelte die Stirn und folgte seinem Hund durch die offen stehende Pforte auf den Friedhof. Wenig war von dem Pfarrhaus übrig geblieben, das Dach war eingestürzt, und auch von den Außenwänden stand nur noch die eine, die sich an die Friedhofsmauer lehnte. Hätte man nicht gewusst, dass dies einmal das Haus eines

Pfarrers gewesen war, hätte man es für die Überreste eines Pferdestalls halten können. Das Feuer hatte leichtes Spiel mit den dünnen Wänden und dem schäbigen Dach gehabt. Auch im Inneren, das der Molenkötter nun betrat, waren die Möbel in sich zusammengesackt oder zu Asche verglüht. Verbrannte Papierfetzen bedeckten den Boden, vermutlich die Überreste der Gemeinderegister und Kirchenbücher. Nur ein gusseiserner Herd in einer Ecke hatte den Flammen getrotzt. Geert kletterte über verkohlte Dachbalken, tastete sich voran und räumte sich den Weg frei, als habe er plötzlich eine Ahnung, wonach er suchte. Auch Müntzer schien etwas zu wittern, er hielt aufgeregt die Nase in den Wind und lief zur Herdstelle, wo er mit den Vorderpfoten in der Asche wühlte und seltsam heulte. Als Geert die Stelle erreichte, an der der Hund immer heftiger scharrte und fiepende Geräusche von sich gab, starrte er gebannt und mit offen stehendem Mund auf den Boden.

»Oh, mein Gott!«, entfuhr es ihm.

Was er sah und ihn derart entsetzte, war weder aus Holz oder Eisen, es war kein Möbelstück, kein Steingut, sondern ein zur schwarzen Fratze verzerrtes kindliches Gesicht. Verkohlt wie alles in dem Haus, aber mit großen, leeren Augenhöhlen und einem weit geöffneten, unverkennbaren Mund. Eine große Lücke klaffte in dem Oberkiefer des kleinen Schädels. Wie bei einem Hasen.

Müntzer schnupperte, leckte dann liebevoll über das verbrannte Gesicht und heulte schließlich wie unter Schmerzen auf.

Der Molenkötter fuhr zusammen und nahm Reißaus, als sei ihm der Teufel auf den Fersen. Er rannte davon, ohne auf den Weg zu achten oder ein wirkliches Ziel zu haben. Das Gesicht des verbrannten Jungen trat immer wieder vor seine Augen, starrte ihn aus leeren Höhlen an, und er schämte sich, weil er beim Anblick der Leiche erleichtert gewesen war. Es war nicht Ambros gewesen. Denn das hatte er zunächst befürchtet. Doch durfte er erleichtert sein? Wie qualvoll musste der kleine Ludger in den Flammen gestorben sein. Geert mochte und konnte es sich nicht vorstellen, darum rannte er sich die Lunge aus dem Leib. Lief vor den Bildern in seinem Kopf davon.

Er kam erst wieder zur Besinnung, als der Hund laut kläffend an ihm hochsprang. Geert stand mitten auf dem Hessenweg, direkt an dem Abzweig zum Schulzenhof, und rührte sich nicht vom Fleck. Ihm war heiß und kalt zugleich, der Schweiß lief ihm über die Schläfen und in den Nacken. Er hatte keine Ahnung, wie lange er schon so dagestanden hatte, vielleicht waren es nur wenige Augenblicke gewesen, vielleicht aber auch Stunden. Im Osten hellte es bereits merklich auf.

Und plötzlich wusste Geert, was zu tun war. Darum lief er zur Landwehr.

Wie der Schulze gesagt hatte, war Bernhard Timmermeester zur Sicherung der Grenze am Hessenweg postiert. Allerdings wachte er nicht am Übergang, sondern schlief tief und fest, als Geert die Landwehr erreichte. Und auf die Frage, wo der Schulze sei, deutete der Knecht schlaftrunken gen Südwesten.

»An der Kolkmühle?«

»Am Ahlbach.«

»Und die Soldaten?«

»Die hat er ins Moor geschickt.« Bernhard lachte und setzte hinzu: »Aber vorher hat er ihnen noch einige Schauermärchen erzählt, damit sie sich auch anständig fürchten. Die Kerle haben vielleicht die Augen aufgerissen, als sie von den kopflosen Heiden und dem schwarzen Priester gehört haben!«

»Hast du sonst jemanden gesehen?«

Der Knecht schüttelte den Kopf. »Wenn du mich fragst«, sagte er und tippte sich mit dem Zeigefinger an die Stirn, »dann ist das alles dummes Zeug. Hier ist niemand. Ein bloßes Hirngespinst.«

Geert nickte, ließ ihn kurzerhand und ohne weiteren Kommentar stehen und schlug sich mit Müntzer in südwestlicher Richtung durch die Büsche. Er hielt sich immer in der Nähe der Landwehr, die sich wie eine schwarze Wand durch den Bruchwald zog, und watete durch das morastige Wasser, das nach dem Wolkenbruch des vergangenen Tages knöcheltief war. Nach kurzer Zeit hatte er die Stelle erreicht, an der der Ahlbach plätschernd die Grenze überschritt und auf holländischer Seite zur Albeek wurde. Vom Schulzen war jedoch weit und breit nichts zu sehen. Der Bach war nicht bewacht.

Plötzlich knallte ganz in der Nähe ein Schuss.

»Los!«, rief der Molenkötter seinem Hund zu, schwamm durch den Bach und lief am anderen Ufer im Schatten der Landwehr weiter. Die Grenze beschrieb hier einen Bogen, verlief nun fast in südlicher Richtung und näherte sich wieder der Kolkmühle. Nur einen Steinwurf vom Ahlbach entfernt wurde Geert schließlich Zeuge einer seltsamen Szene.

Im grauen Licht der Dämmerung sah er den Schulzen mit angelegter Armbrust in der Nähe der Landwehr stehen. Zu seinen Füßen erkannte Geert das zottelige Fell eines erlegten Bären. Doch es war nicht das Tier, auf das Lubbert Gerwing zielte, sondern Meister Vernholt oder wie auch immer er tatsächlich heißen mochte. Der falsche Müller hatte die Hände in die Höhe gestreckt und rührte sich nicht.

Was den Molenkötter beinahe ebenso irritierte wie der Anblick der beiden Männer, war die Tatsache, dass der Kolkmüller Hosen und Hemd aus fleckigem Leinen trug, die Geert sehr bekannt vorkamen. Den auffälligen roten Flicken auf dem Hemd hatte er selbst aufgenäht, und auch die grüne Hose mit dem Riss am linken Knie stammte von ihm. Das war der Grund, warum Geert nicht aus dem Schatten des Walls heraustrat, sondern reglos zuschaute und seinem Hund mit einem Handzeichen bedeutete, ruhig zu sein. Müntzer hatte irgendeine Witterung aufgenommen, er wedelte aufgeregt mit dem Schwanz, blickte jedoch nicht zu den beiden Männern oder dem toten Bären, sondern in südliche Richtung, zum Bruchwald. Geert konnte zwar im Dickicht nichts erkennen, wusste aber, was das bedeutete.

Zwei Gestalten hatte er vorhin im Schatten der Friedhofsmauer gesehen, die eine groß, die andere klein. Verdammter Lausebengel!

»Ihr werdet brav mitkommen und keinen Ärger machen!«, befahl der Schulze in diesem Moment. »Ich bin im Umgang mit der Armbrust ebenso gewandt wie mit der Muskete. Solltet Ihr fliehen wollen, kämt Ihr nicht weit.«

Der andere sagte kein Wort, nickte jedoch und schaute für einen Moment zur Seite, als halte er nach etwas Ausschau.

»Seid Ihr allein?«, fragte der Schulze, dem die Bewegung offenbar nicht entgangen war.

Der Kolkmüller erstarrte zur Salzsäule und schwieg.

Geert hatte sich inzwischen einer Art Senke genähert, die sich unter der Landwehr gebildet hatte. Direkt vor sich, in unmittelbarer Nähe der Landwehr, entdeckte er die reichlich verzierte Muskete des Schulzen. Mit dem Gewehr hatte Gerwing offensichtlich den Bären erschossen, nun lag es nutzlos auf dem Boden. Geert nahm die Waffe an sich, bedeutete dem Hund, sich auf den Boden zu legen, und näherte sich dem Schulzen langsam und geräuschlos von hinten.

»Sprecht, Kerl!«, fauchte Gerwing. »Wo ist Pastor Boeckbinder?«

»Bruder Johannes ist tot.«

»Ihr seid also allein?«

Der Kolkmüller zögerte und schien nicht zu wissen, ob und was er antworten sollte, sah aber in diesem Moment den Molenkötter hinter dem Schulzen auftauchen und machte eine überraschte Miene. Geert schüttelte heftig den Kopf und hob warnend den Zeigefinger. Der Kolkmüller verstand und sah den Schulzen direkt und eindringlich an.

»Was gibt's da zu glotzen?«, knurrte Gerwing und machte eine Bewegung mit der Armbrust.

»Vielleicht steht Bruder Johannes gerade in diesem Augenblick hinter Euch«, sagte der Kolkmüller und nahm die Hände herunter.

»Für wie dämlich haltet Ihr mich«, erwiderte der Schulze und lachte abfällig. »Mit so einer billigen Finte legt Ihr mich nicht herein. Und jetzt die Hände wieder hoch, sonst schieße ich.«

»Ganz wie Ihr meint«, sagte der Kolkmüller und gehorchte dem Befehl.

Geert stand nun direkt hinter dem Schulzen. Er holte mit dem Gewehr aus und zog Gerwing den Kolben mit einer kräftigen und gezielten Bewegung über den Hinterkopf. Der Schulze ließ die Armbrust fallen und ging wie ein Stein zu Boden.

Beinahe im selben Augenblick raschelte es unweit im Bruchwald, und Ambros sprang von einem Ast zu Boden. Müntzer lief kläffend auf den Jungen zu und tanzte unbändig um ihn herum.

»Aus!«, befahl Ambros, lachte jedoch, klopfte dem Hund auf den Rücken und näherte sich mit strahlendem Gesicht seinem Vater. »Das war ein Schlag«, sagte er und wies auf den Schulzen, der direkt neben dem Bären auf dem Boden lag.

»Du Rotzlöffel!«, fuhr Geert den Jungen an und holte zu einer Ohrfeige aus, überlegte es sich jedoch im letzten Moment anders und hielt mitten in der Bewegung inne. »Darüber reden wir noch, wenn wir zu Hause sind. Nichts als Scherereien hat man mit dir. Verdammter Bengel!«

»Ihm dürft Ihr keine Vorwürfe machen«, sagte der Kolkmüller und hob beschwichtigend die Hände, »er hat es nur gut gemeint und wollte helfen. Ich trage die alleinige Verantwortung und bitte Euch um Verzeihung. Gebt mir die Schuld, nicht ihm. Auf Euren Jungen könnt Ihr wahrlich stolz sein, Meister Vortkamp.«

Auch wenn die Verärgerung über seinen Sohn noch nicht verflogen war, erfüllten den Molenkötter die Worte des anderen tatsächlich mit Stolz. Ja, einen guten Jungen hatte er, auch wenn dies nicht unbedingt Geerts Verdienst war.

»Wie kann ich Euch danken?«, sagte der falsche Müller, den Geert in Gedanken immer noch Vernholt nannte. »Warum habt Ihr das getan?«

»Ich hatte noch eine Rechnung mit Lubbert Gerwing offen«,

sagte Geert achselzuckend und deutete auf den bewusstlosen Schulzen. »Schon lange habe ich mir gewünscht, ihn auf diese Weise niederzustrecken. Er hat es nicht anders verdient. Das könnt Ihr mir glauben, Meister Vernholt.«

»Ich bin nicht …«, begann der andere, wurde aber augenblicklich von Geert unterbrochen.

»Ich will nicht wissen, wer Ihr seid«, sagte er und hob die Hand. »Das hat mich nicht zu kümmern. Je weniger ich weiß, desto besser. Für mich seid Ihr der Kolkmüller, und wenn Ambros es für richtig hält, Euch zu helfen, dann soll mir das reichen. Aber Ihr solltet schleunigst verschwinden, bevor der junge Timmermeester hier ist. Er hat den Schuss bestimmt gehört.« Geert wandte sich an seinen Sohn: »Das gilt auch für dich, Lümmel. Wenn man dich hier sieht, wird man Fragen stellen.«

»Ich begleite Bruder Bern … ähm … ich bringe den Meister … also den Müller …« Ambros verzettelte sich vollends, räusperte sich und verstummte.

»Kennst du das Haus des alten Boudewijn?«, fragte der Molenkötter.

»Vor den Toren der Stadt?« Ambros nickte eifrig. »Natürlich.«

»Es ist ein Fachwerkhaus kurz vor dem Stadtgraben von Enschede«, wandte sich Geert an den falschen Müller und wies in nördliche Richtung. »Boudewijn ist ein Schäfer wie ich, ein kauziger und wortkarger Einsiedler, der wenig Kontakt zur Außenwelt hält. Er wird Euch aufnehmen und keine neugierigen Fragen stellen, wenn Ihr ihm sagt, dass ich Euch schicke. Bei ihm seid Ihr erst einmal sicher. Aber beeilt Euch, die Sonne geht bereits auf!«

»Werdet Ihr nicht Schwierigkeiten bekommen?«, fragte der Mann, der nicht Vernholt hieß, und deutete auf den Schulzen.

»Was habe ich damit zu tun?«, erwiderte Geert und grinste schelmisch. »Er lag bereits am Boden, als ich hier auftauchte. Wer will etwas anderes behaupten?«

»Ihr seid ein guter und tapferer Mann!«

»Da seid Ihr aber der Einzige, der das denkt.«

»Gott wird es Euch vergelten«, sagte der andere und reichte dem Molenkötter die Hand, »und ich werde es Euch niemals vergessen.«

»Ich auch nicht«, mischte sich Ambros mit stolzgeschwellter Brust und strahlendem Grinsen im Gesicht ein.

»Verschwinde endlich!«, schnauzte Geert, um nicht lachen zu müssen, und fuhr seinem Jungen durch die strubbeligen Haare. »Nichtsnutz!«

Während die beiden in die Senke stiegen und durch das knietiefe Wasser auf die andere Seite der Landwehr krochen, blieben Geert und der traurig winselnde Müntzer zurück und starrten auf den Wall, als hätten sie gerade eine Erscheinung gehabt.

Schließlich wachte Geert wie aus einem Traum auf.

»Hör auf zu heulen!«, befahl er dem Hund und kümmerte sich um Gerwing, der immer noch ohnmächtig am Boden lag und kein Lebenszeichen von sich gab.

»Was ist geschehen?«, erklang plötzlich eine Stimme aus dem Bruchwald.

Es war Bernhard Timmermeester, der sich von Süden her näherte. Vermutlich hatte er den Weg über das Mühlenwehr zur Kolkmühle genommen, um sich den beschwerlichen Weg entlang der Landwehr und über den Ahlbach zu ersparen.

»Ist er tot?«, fragte der Knecht und kniete neben seinem Herrn nieder.

»Nur bewusstlos«, antwortete Geert und trat zur Seite.

»War es der Bär?«

»Nein, ich habe zwei Männer gesehen. Sie sind nach Holland geflohen.«

»*Zwei* Männer?«, wunderte sich Bernhard. »Bist du sicher?«

»Der eine stand mit erhobenen Händen vor dem Schulzen«, bestätigte der Molenkötter, »und der andere hat ihn mit dem Gewehr niedergeschlagen. Ich wollte den Herrn warnen, aber ich kam zu spät.«

In diesem Moment regte sich der Schulze, stöhnte leise auf

und starrte die beiden Männer verständnislos an. Es dauerte eine Weile, bis er zu sich kam und sich zu erinnern schien. Er fasste sich an den Hinterkopf, stieß einen Schmerzensschrei aus und fluchte: »Wo ist der verdammte Bastard?«

»Es waren zwei«, sagte Bernhard und half Gerwing auf die Beine. »Der Molenkötter hat sie wegrennen sehen.«

»Und ich war mir sicher, dass es eine Finte war«, knurrte der Schulze und rieb sich den Nacken. »Ich hätte nie gedacht, dass Boeckbinder tatsächlich hinter mir steht. So ein feiger Hund!« Erst jetzt schien er zu bemerken, dass neben seinem Knecht noch ein weiterer Mann stand. Er funkelte Geert an und fragte: »Was treibst du denn hier?«

»Ihr hattet mich doch gebeten, Euch auf der Jagd zu begleiten.«

»Hast du deinen Lausebengel aufgetrieben?«

Geert nickte und dachte an den anderen Jungen, den er im Krummhaus gefunden hatte. Doch es schien ihm nicht der richtige Zeitpunkt, den Schulzen vom Tod seines jüngsten Sohnes zu unterrichten. Stattdessen sagte er: »Wie ich sehe, hattet Ihr meine Hilfe nicht nötig. Einen prächtigen Burschen habt Ihr da erlegt, Herr! Alle Achtung!«

»Nicht wahr?« Gerwing lächelte stolz, griff nach seiner Muskete und klopfte auf das Fell des Bären. »Es war eine erfolgreiche Nacht. Trotz allem.« Wieder fuhr er sich über den Schädel und setzte hinzu: »Das andere muss ja niemand wissen.«

»Was meint Ihr, Herr?«, fragte Bernhard.

»Dass mich der jämmerliche Pfaffe niedergestreckt hat.«

Geert und Bernhard schauten sich erstaunt an.

»Die Leute lachen ja über mich, wenn sie das hören. Wie sieht denn das aus!« Der Schulze strich sich über den Vollbart, schaute zunächst seinen Knecht und dann den Molenkötter an und setzte hinzu: »Geht ja keinen was an.«

»Aber …«, begann Bernhard, doch als er Gerwings drohenden Blick sah, fügte er hinzu: »Natürlich nicht, Herr!«

»Gut«, sagte der Schulze und klatschte in die Hände. »Jetzt brauchen wir einen starken Ast, um den Meister Petz fortzuschaffen.«

»Und die Treibjagd?«, wollte Geert wissen.

»Wird wie geplant stattfinden«, antwortete Gerwing, »sobald wir den Bären zum Hof getragen haben.«

»Aber die beiden sind längst in Holland«, wandte Bernhard verständnislos ein. »Geert hat doch gesehen, wie die Männer …«

»Was hast du gesehen?«, fuhr der Schulze den Molenkötter an.

»Ich, Herr?«, erwiderte Geert und wich einen Schritt zurück. »Nichts hab ich gesehen. Gar nichts.« Er räusperte sich und suchte nach Worten. »Einen Schuss hab ich gehört, dann bin ich hergerannt und hab ich Euch mit dem erlegten Bären gesehen. Von zwei Männern weiß ich nichts. Hier war niemand außer Euch.«

»Wollte ich doch meinen«, knurrte Gerwing und schlug dem Molenkötter auf die Schultern. »Wer was anderes behauptet …«

»… ist ein verdammter Lügner!«

»Richtig«, sagte der Schulze. »Und wenn wir die beiden Ketzer heute nicht aufspüren, dann ist es auch nicht schlimm. Der Droste wird's verschmerzen. Und Gott wird die Halunken früher oder später für ihre Sünden bestrafen.«

»Amen«, sagte Geert und nickte.

Die Sonne stand inzwischen über den Wipfeln der Schwarzerlen. Ein heißer Sommertag kündigte sich an. Am wolkenlosen Himmel sah Geert das schwarze Kreuz eines segelnden Kormorans, und es erschien ihm wie ein gutes Zeichen. Ein verheißungsvoller Tag.

Epilog – Der braune Koffer

Manches von dem, was ich auf den vorangegangenen Seiten beschrieben und aus den im braunen Koffer gefundenen Dokumenten geschlussfolgert habe, wird bei Geschichtsexperten und Kirchenhistorikern vermutlich auf Skepsis, wenn nicht gar Ablehnung stoßen. Sie werden sagen, es seien nichts als Spekulationen und unbewiesene Behauptungen. Dies gilt vor allem für die Geschichte des Täuferpredigers und Reformators Bernhard Rothmann, dessen Schicksal nach der Eroberung der Stadt Münster nie abschließend geklärt werden konnte. In vielen Publikationen wird vermutet, er sei bei den blutigen Kämpfen in den Straßen von Münster ums Leben gekommen, doch obwohl die Bischöflichen nach ihm fahndeten und ihn auch unter den Getöteten suchten, wurde er nie gefunden – weder lebendig noch tot. Lange Zeit ging das Gerücht, er sei entkommen, ein Steckbrief wurde aufgesetzt, und aus unterschiedlichen Teilen des Reiches kamen Meldungen, Rothmann sei an diesem oder jenem Ort gesehen worden. Im Herbst 1537 wurde in Wismar ein Mann als vermeintlicher Stuten-Bernd verhaftet, musste jedoch später wieder freigelassen und mit einer stattlichen Haftentschädigung aus der münsterischen Stadtkasse versehen werden.

Die meisten Historiker gehen inzwischen davon aus, dass Bernhard Rothmann sich den Männern um den ebenfalls aus Münster entkommenen Heinrich Krechting angeschlossen hat. Letzterer fand, wie erwähnt, Unterschlupf beim Grafen von Oldenburg und gründete eine Täufergemeinde, deren Aktivitäten bis nach Utrecht und Münster reichten. Die Oldenburger bekannten sich nach wie vor zum Königreich Zion und ließen davon auch nach der Hinrichtung ihres Königs, Jan van Leiden, im Jahr 1536 nicht ab. Sie verwarfen die Kindertaufe, den Heiligenkult, die Marienverehrung und die Menschwerdung Christi, sie erwarteten das nahe Ende der Welt und lebten weiterhin in Polygamie. Die Vermutung der Historiker, Rothmann habe sich Heinrich Krechting angeschlossen, beruht vor allem auf der Aussage eines niederländischen Täuferführers, unter den Oldenburgern habe sich ein »Täufer Bernhardus« befunden und dieser sei ein »großer Mann« gewesen. Krechting selbst hat sich übrigens einige Jahre später vom Täufertum losgesagt und dem Calvinismus zugewandt. Er starb im Jahr 1580 in hohem Alter als angesehener reformierter Gemeindeführer.

Es gibt keine amtlichen oder überprüfbaren Dokumente über den Verbleib Bernhard Rothmanns. Auch Johann von Raesfeld, der bischöfliche Feldherr und spätere Droste, erwähnt den münsterischen Reformator mit keinem Wort. Vielleicht war Raesfeld die Rolle, die er selbst bei dem Verschwinden des Täufers gespielt hatte, nicht geheuer. Und eine amtliche Untersuchung hätte beleuchtet, wer den Drosten auf die Spur des Flüchtigen gebracht hatte. Er zog es vor, dieses unvorteilhafte Detail und seine Freundschaft mit dem flüchtigen Krechting unerwähnt zu lassen.

Den Skeptikern und Kritikern meiner Geschichte kann ich nur entgegenhalten, was mein Urahne Ambros Vortkamp im Jahr 1536 in krakeliger Schrift in seiner Kladde festgehalten hat. Womöglich beruht alles, was in diesem Oktavbüchlein geschrieben steht, auf der allzu wilden und zügellosen Fantasie eines kleinen Schäferjungen, der seine Mußestunden in der Heide damit zubrachte, abstruse Geschichten zu erfinden. Doch das glaube ich nicht. Ich bin überzeugt, dass sich Bernhard Rothmann im Sommer 1535 unter falschem Namen in Ahlbeck aufhielt und mithilfe des kleinen Ambros ins holländische Enschede fliehen konnte, wo er eine friedliche und zurückgezogen lebende Täufergemeinde gründete, die dort noch im Jahr 1876 aktiv war. Außer dem mir vorliegenden Büchlein habe ich dafür keinerlei Beweise. Die zum freimaurerischen Geheimbund gewandelte Gemeinde hat sich noch im neunzehnten Jahrhundert aufgelöst oder ist in eine Freimaurerloge aufgegangen. Die Vermutung des Molenkötters, der Einfluss der Freimaurerei werde das Ende der Täufergemeinde bedeuten, sollte sich als richtig erweisen. Auch das alte Fachwerkhaus am Ende der Mauritsstraat, in dem die Täufer ihren »Tempel« hatten, steht längst nicht mehr. Die Arbeitersiedlung »De Krim« wurde zu Beginn der 1930er-Jahre vollständig abgerissen. Im heutigen Stadtbild von Enschede erinnert nichts mehr an die winzigen Backsteinhäuser und die riesigen Dampffabriken, in deren Schatten sie einst standen.

Nach dem Abriss des Molenkottens vor etwas mehr als dreißig Jahren stehen auch in Ahlbeck von den in diesem Buch beschriebenen Gebäuden nur noch die Kolkmühle und die Katharinenkirche. Nach der geheimnisvollen Krypta unter der Sakristei wird man allerdings vergeblich suchen; zahlreiche Renovierungen, Erweiterungen und Umbauten haben sowohl den Grundriss als auch die äußere Gestalt die Kirche radikal verändert. Nur der alte Turm mit dem Treppengiebel ist noch in ursprünglicher Form erhalten. Bei Abbrucharbeiten im Jahr 1970 machten die Arbeiter jedoch im Keller der Kirche einen erstaunlichen Fund. In der Ahlbecker Pfarrchronik heißt es dazu lapidar: »Bei der Anlegung der neuen Heizung im Altbau werden dort viele Gräber aufgedeckt, von denen einige sorgfältig gemauert waren. Einen Plan der Grabstellen, Fundamentreste etc. legt man nicht an.«

Der Friedhof neben der Kirche wurde ebenfalls eingeebnet und ein neuer in der Nähe des Ahlbachs angelegt. Auf diesem findet sich in einer unscheinbaren Ecke, gleich neben den Kompostbehältern, eine stark verwitterte Statue, die einen Priester mit gezücktem Schwert und Kreuz darstellt. Die einstige Inschrift im Sockel der Statue ist nicht mehr zu entziffern.

Was aus Ambros und seinem Vater Geert geworden ist, vermag ich nicht zu sagen. Ob der Junge seine Mutter Euphemia jemals wiedergesehen hat, lässt sich aus den mir vorliegenden Texten nicht ersehen. Über Euphemias Verbleib ist nichts bekannt. Da Ambros keine weiteren Angaben zu seiner Mutter macht, ist anzunehmen, dass sie niemals nach Ahlbeck zurückkehrte. Die Vortkamps aber lebten weiter im Molenkotten, inmitten von Moor und Heide.

Bevor ich meine Erzählung beschließe, möchte ich noch einmal auf Hermann Vortkamp, meinen Ur-Ur-Großvater, zu sprechen kommen. Einige der Urnen und Gefäße, die der Altertumsforscher in der Nähe des Kolks ausgegraben hat, sind heute im Museum Dortmund sowie im Westfälischen Museum für Archäologie in Münster ausgestellt. Das Skelett des Haermöllers, das Hermann in dem Hünengrab fand, wurde auf dem Ahlbecker Friedhof in einem namenlosen Grab bestattet. Es konnte nie geklärt werden, wer der Mann gewesen und woran er gestorben war. Sein Tod blieb, wie manch anderes Verbrechen in dieser Geschichte, ungesühnt. Nie hat Maria, die verwitwete Johannvaterin, herausgefunden, was ihrem Geliebten Guus zugestoßen ist. »Es gibt einen Ort, wo ihn niemand finden wird«, hatte der Brookbauer zu seiner Schwester gesagt. »Nicht in hundert Jahren.«

Leider ist von den beiden Dolmengräbern am Kolk nichts mehr zu sehen; sie sind der zunehmenden Bewirtschaftung des Landes sowie dem Torfabbau zum Opfer gefallen. Die großen Steine wurden in späteren Jahren zur Ausbesserung des Mühlenwehrs verwendet. Auch der Kolk selbst ist inzwischen völlig eingetrocknet und durch Düngung zu Ackerland geworden. Wer die einstige Lage des morastigen Tümpels nachvollziehen will, muss mit alten Landkarten vorlieb nehmen. Nur der Name der Mühle erinnert an ihn.

Wie meine Existenz und mein Geburtsort Ahlbeck beweisen, ist Hermann Vortkamp nach den hier geschilderten Ereignissen in dem kleinen Moordorf geblieben und nicht als Archäologe nach Münster zurückgekehrt, geschweige denn als Forschungsreisender nach Amerika oder Afrika gefahren. Ob ihn sein steifes Knie, der verletzte Stolz oder die verlorene Liebe zurückgehalten hat, ist mir nicht bekannt. Auf jeden Fall aber hat Hermann fortan im Molenkotten gelebt und wenig später geheiratet. Aus den Erzählungen meines Opas Heinrich weiß ich, dass dessen Großmutter den Vornamen Emilie trug. Es ist nicht schwer zu erraten, dass es sich bei dieser Emilie um jene »hässliche Deern«, die Enkelin des Magisterbauern handelte, die dem verletzten Hermann mit der neuartigen Karbolsäure das Leben rettete und ihn anschließend gesund pflegte. Wie sein schrulliger Großonkel soll Hermann ein Spökenkieker gewesen sein, von dem noch heute seltsame Geschichten im Dorf kursieren.

Lisbeth Gerwing hat nach der Heirat mit Henk van Weyck das Dorf verlassen und in dem herrschaftlichen Haus der Familie ihres Mannes im holländischen Oldenzaal gelebt. Zwar hat sie nie einen Fuß auf ein Schiff gesetzt, und die fremden Länder und fernen Kontinente blieben ihr zeitlebens ein unerreichbarer Traum, doch ein gefügiges und untertäniges Eheweib, wie es sich der Fabrikantensohn erhofft hatte, war Lisbeth keineswegs. Sie schenkte ihrem Gatten vier Kinder, allesamt Mädchen, und hatte dennoch Zeit, sich nebenbei für die Belange der Frauen und die Arbeiterrechte einzusetzen. Dabei schreckte sie auch nicht davor zurück, die unmenschlichen Bedingungen in den Textilfabriken ihres Schwiegervaters anzuprangern. Sie sei eine verkappte Sozialistin, hieß es in Ahlbeck, und eine Frauenrechtlerin (was beinahe noch schlimmer war). Aber sie sei ja schon immer ein Wildfang und eine Amazone gewesen. Selbst als Fabrikantengattin soll man sie mitunter in Hosen und mit Schlapphut auf der Jagd gesehen haben. Den Hof ihres Vaters hat sie nie wieder betreten, und auch das Ahlbecker Moor hat sie bei ihren Ausritten stets gemieden.

Viel ist auf diesen Seiten von Geistern und Gespenstern die Rede gewesen, und ich muss gestehen, dass dieser Aspekt der Geschichte mir einiges Kopfzerbrechen bereitet hat. Obwohl ich ein Vortkamp und also ein Spross der Spökenkiekerfamilie bin, ist mir in meinem ganzen Leben noch kein Geist erschienen. Ich besitze weder seherische Fähigkeiten noch ein zweites Gesicht, auch ein Junge mit Hasenscharte und Wolfsrachen hat mich niemals in schlaflosen Nächten heimgesucht. Ich bin von Kindesbeinen an mit den Erzählungen von Moorteufeln und kopflosen Heiden groß geworden, doch weder der verräterische Widimar noch ein anderer Untoter ist mir jemals im Moor begegnet. Vielleicht haben wir in unserer heutigen modernen Zeit den Bezug zu jener anderen Welt verloren, vielleicht aber hat es diesen Bezug nie gegeben, und nur die Unwissenheit und der Aberglaube konnten solche Spukgeschichten entstehen lassen. Das vermag ich nicht zu sagen. Was ich jedoch besitze und untersucht habe, ist jenes Glasnegativ, das Hermann Vortkamp von seiner Lisbeth geschenkt bekommen hat und das ihn vor dem Hünengrab am Kolk zeigt. In seinem Tagebuch beschreibt Hermann, dass er auf dem Negativ, direkt hinter seiner Schulter, das Gesicht eines Jungen erkannt hat. Ich habe in einem Speziallabor großformatige Abzüge des Fotos anfertigen lassen, und tatsächlich ist an der beschriebenen Stelle ein weißliches Oval zu sehen, das dort eigentlich nichts zu suchen hat. Mit einiger Fantasie kann man sogar die aufgerissenen Augen und die Nase erkennen, die Hermann in seiner Eintragung beschreibt. Er weist ebenfalls darauf hin, dass man damals vermutete, mit der Fotografie könne man nicht nur körperliche, sondern auch geistige Dinge sichtbar werden lassen. Es gibt eine Vielzahl von Bildern aus dieser Zeit, auf denen Astralleiber und Lichtgestalten zu sehen sein sollen.

Ich habe mich lange mit einem Mitarbeiter des auf alte Filme und Kameras spezialisierten Labors unterhalten, und er erklärte mir, bei den meisten dieser so genannten Geisterfotografien habe es sich lediglich um dreiste Fälschungen und Doppelbelichtungen gehandelt. Das Werk von Scharlatanen. Auf meinen Hinweis, dass dies im vorliegenden Fall nicht in Betracht käme, da von einer betrügerischen Absicht nicht die Rede sein könne, bot er eine zweite Erklärung an. In der Frühzeit der Fotografie waren die hölzernen Apparate oft nicht zu hundert Prozent geschlossen, die langen Belichtungszeiten führten zudem dazu, dass einfallendes Licht, so winzig die Menge auch sein mochte, zu absonderlichen Mustern auf den Glasplatten führen konnte. Der ovale Fleck sei also vermutlich nichts weiter als ein unbeabsichtigt festgehaltener Lichtreflex. Kein Geist, kein toter Junge mit Hasenscharte. Nur ein Versehen.

Wenig mehr bleibt mir zu berichten. Noch heute leben die Gerwings und die Vortkamps in Ahlbeck, und obwohl es keine Schulzenbauern, Landwehrmänner oder Molenkötter mehr gibt, sind sich die Sippen nicht grün. Es ist mir nicht eine einzige Verbindung der Familien bekannt, die durch eine Heirat oder Liebesbeziehung zu Stande gekommen wäre. Man bekriegt und befehdet sich nicht mehr oder macht sich gegenseitig das Leben zur Hölle, doch innige Freundschaft zeichnet das Verhältnis der beiden Familien wahrlich nicht aus.

»Trau nie einem Lanvermann«, hätte mein Großvater gesagt, seinen braunen Koffer gestreichelt und vom Fluch der Vortkamps und der unseligen Mühle am Kolk erzählt. Wie ich es an dieser Stelle getan habe.

Michael Vortkamp, im Mai 2006

Anhang

Anmerkungen und Übersetzungen

S. 9 **Molenkotten**: Mühlenkotten, Kotten: (niederd.) Bauernkate, Haus eines Kötters (landarmer Klein- oder Pachtbauer)

S. 10 **Pfahlbürger**: Alteingesessene; ursprünglich die in den mit Pfählen umgrenzten Dörfern wohnenden Bürger; im MA. die Bewohner des platten Landes, die das Bürgerrecht einer Stadt erworben hatten

Galgenbülten: Bülten (niederd.), Hügel, Anhöhe

S. 11 **Kolk**: (niederd.) Wasserloch, Tümpel

S. 15 **Oktavbüchlein**: Buchformat in Achtelbogengröße; entspricht etwa DIN A5

Holzmonat: (veralt.) von Karl dem Großen eingeführte Bezeichnung des Monats September

S. 19 **Erntemonat**: (veralt.) August

S. 20 **Venn**: auch Fenn, (nordd.) Sumpf, Moorland

Schaube: weiter, vorn offener Mantelrock des MA.

S. 22 **Schilling**: kleine Silbermünze (entspricht etwa 1/32 Taler)

Müntzer: Thomas Müntzer, * 1468 (?), † (enthauptet) 1525, Theologe und Revolutionär

S. 26 **Schulze**: (ahd.) Vorsteher eines dörflichen Gemeindewesens, der mit der niederen, häufig auch höheren Gerichtsbarkeit betraut ist

S. 28 **Bischof Franz**: Franz von Waldeck, * um 1491, † 1553, seit 1532 Fürstbischof von Münster (auch Bischof von Osnabrück und Minden), sympathisierte zunächst mit dem Luthertum, wurde 1534 von den Wiedertäufern vertrieben, eroberte die Stadt 1535 zurück und rekatholisierte Münster

S. 33 **Klafter**: (altes dt. Längenmaß) Entfernung der Fingerspitzen der beiden Mittelfinger bei seitlich ausgestreckten Armen, etwa 6 Fuß oder 1,7 Meter

S. 36 **Lucht**: (niederl.) Luft- und Lichtöffnungen neben der Tenne, die dem Gesinde als Wohnnische dient

Flett: (niederd.) quer zur Tenne gelagerter Wohnbereich im niederd. Hallenhaus

S. 47 **Droste**: (nordd.) Verwalter, Amtmann

S. 50 **Wat heeft dat te betekenen?**: (niederl.) Was hat das zu bedeuten?

S. 56 **Zion**: (hebr.) Tempelberg in Jerusalem, als Synonym für Jerusalem benutzt

S. 58 **Spann- oder Handdienste**: Frondienste (z. B. Ackerbestellung, Erntearbeit), die die Bauern für den Grundherrn zu leisten hatten

vor einigen Jahren im fernen Thüringen: Bauernkrieg, der Aufstand der Bauern Süd- und Mitteldeutschlands 1524/25; in Thüringen gab Thomas Müntzer dem Bauernkrieg eine radikal-religiöse Färbung, die von Luther strikt abgelehnt wurde

S. 61 **König Karl**: Karl der Große, * 742, † 814, König der Franken, röm. Kaiser, unterwarf und christianisierte die Sachsen in den Sachsenkriegen (772–804)

Widukind: * ?, † um 812, westfälischer Häuptling, Herzog und Führer der Sachsen gegen Karl d. Gr., unterwirft sich 785 und lässt sich taufen

Katharina: Katharina von Alexandria, Märtyrerin im Anfang des 4. Jahrh., Patronin der Philosophen, wurde gerädert und enthauptet

S. 65 **eine halbe Meile**: eine deutsche Meile entspricht etwa sieben Kilometern

S. 69 **Kräuterweihe**: auch »Unser Frauen Würzweih« genannt, die Segnung eines Kräuterbüschels an Mariä Himmelfahrt (15. 8.), für Dtl. seit dem 9. Jahrh. nachgewiesen
Grutbier: anderer Name für Porstbier; Porst: ein Heidekrautgewächs, auch wilder Rosmarin oder Mottenkraut genannt

S. 80 **Blattern**: (veralt.) Pocken

S. 89 **Judenhut ... der gelbe Fleck**: Judenzeichen, erzwungene Abzeichen bzw. Kleidung der Juden im MA.

S. 90 **Schmuel**: (verächtl./rotwelsch) Jude, eigentlich: Samuel
Schalom: (hebr.) Friede

S. 92 **Verbum Domini**: (lat.) Das Wort des Herrn
Deo gratias: (lat.) Dank sei Gott

S. 95 **Ave Maria ... gratia plena ...**: (lat.) Gegrüßet seiest du, Maria, voll der Gnaden. Der Herr ist mit dir. (kath. Gebet)
Benedicta tu es ...: (lat.) Du bist gebenedeit unter den Frauen.
Credo: (lat.) kath. Glaubensbekenntnis
Et in unum Dominum Jesum Christum ...: (lat.) Und an den einen Herrn Jesus Christus, Gottes eingeborenen Sohn

S. 96 **Deum de Deo, lumen de lumine ...**: (lat.) Gott von Gott, Licht vom Licht, wahrer Gott vom wahren Gott
Genitum, non factum: (lat.) Gezeugt, nicht geschaffen
Bauernaufstände: Bauernkrieg 1524/25, Siehe Anm. S. 58

S. 97 **Agnus Dei**: (lat.) Lamm Gottes, Bezeichnung u. Sinnbild für Christus
Stuten: (westf.) längliches Weißbrot
Ite, missa est!: (lat.) Gehet, es ist entlassen!, Entlassungsformel der römischen Messliturgie

S. 100 **Aspergill**: (lat.) Weihwasserwedel der kath. Kirche

S. 105 **Spökenkieker**: (niederd.) Geisterseher, Hellseher

S. 107 **Athenaeum Illustre**: höhrere Lehranstalt, wurde 1877 zur Universität von Amsterdam

Heinrich Schliemann: * 1822, † 1890, dt. Kaufmann und Altertumsforscher, Wiederentdecker Trojas (1870)

S. 114 **Zichoriensud**: Zichorie, Pflanzengattung der Korbblütler, als Kaffeeersatz verwendet

S. 118 **Pius IX.**: eigentlich Giovanni Maria Mastai-Feretti, * 1792, † 1878, Papst seit 1846, erließ das Dogma der Unbefleckten Empfängnis (1854), berief das Erste Vatikanische Konzil 1869–70 ein (Dogma der päpstl. Unfehlbarkeit)

Reichskanzler Bismarck: Otto Fürst von Bismarck, * 1815, † 1898, der Gründer und Kanzler des Deutschen Reichs von 1871, trat seit 1872 mit den Liberalen in den letztlich erfolglosen »Kulturkampf« gegen die Zentrumspartei und die kath. Kirche ein

S. 128 **Baumberge**: Höhenzug westlich von Münster, z. T. bewaldet

S. 129 **Kölnische Volkszeitung**: der Zentrumspartei nahe stehende Tageszeitung

S. 133 **der heilige Liudger**: * um 744, † 809, Missionar und Heiliger, erster Bischof von Münster

S. 136 **Dr. C. A. Cornelius**: Carl Adolf Cornelius, * 1819, † 1903, Historiker, trat nach dem Vatikan. Konzil zum Altkatholizismus über; das im Text genannte Buch über die Wiedertäufer erschien 1853

S. 141 **Tilbury**: leichter zweirädriger u. zweisitziger Wagen mit aufklappbarem Verdeck

S. 143 **mijn schatje**: (niederl.) mein Schatz

S. 144 **Alexandrine Tinné**: Alexandra Petronella Francina Tinné, * 1839, † 1869, holländische Afrikaforscherin, wurde im Fessan (im heutigen Libyen) von einem Tuareg ermordet

S. 146 **Godverdoemme!**: (niederl.) Gottverdammt!

S. 149 **Mevrouw**: (niederl.) Frau

S. 154 **Jan van Leiden**: eigentlich Johann Beuckelszon oder Bockelson, * 1509, † 1536 (hingerichtet), machte sich zum »König von Zion« des von ihm ausgerufenen Reiches der Wiedertäufer in Münster

S. 159 **Bauernbefreiung**: die Lösung der Bauern aus allen herrschaftlichen Bindungen durch die preußischen Agrarreformen des frühen 19. Jahrhunderts

S. 160 **Klün**: (westf./niederd.) schwarze Moorschicht mit festen, fast braunkohleartigen Torfstücken, die wegen ihres hohen Heizwertes geschätzt waren

S. 171 **Mijnheer**: (niederl.) Herr

S. 174 **Megalithgrab**: auch Hünengrab, Megalith: (griech.) großer Stein

Dolmengrab: Dolmen: (breton.-fr.) Steintisch

S. 177 **Klüngrepen**: Grepe (niederd.) Forke, Heu-, Mistgabel

S. 182 **Gauch**: (veralt.) Narr, Tor; eigentlich: (ahd.) Kuckuck

Deern: (niederd.) Mädchen

S. 191 **Heumonat**: (veralt.) Juli

S. 205 **Bischof Friedrich**: Friedrich III. von Wied, * ?, † 1551, Bischof von Münster, dankte 1532 resigniert ab und verkaufte sein Amt

Spillendreier: (niederd.) Spindeldreher

S. 209 **Stuten-Bernd**: Spottname für Bernhard Rothmann, * 1495, † ?, Priester, Reformator und Führer der Wiedertäufer in Münster, Haupttheologe und Prediger der Täufer, wurde zum Worthalter am Hof des »Königs von Zion«

Heinrich Krechting: * um 1501, † 1580, Führer der Täuferbewegung, Kanzler und »Geheimer Sekretär« des Königs Jan van Leiden, entkam 1535 bei der Eroberung Münsters

Gograf: der Leiter eines mittelalterlichen Gogerichts, Go: unterster Gerichtsbezirk, Heinrich Krechting war

1532 Gograf des größten münsterischen Gogerichts »zum Sandwelle«

Sein Bruder Bernd: Bernd Krechting, * vor 1500, † (hingerichtet) 1536, Priester und Täuferführer, gehörte zum Rat des Königs von Zion

S. 223 **Johann von Raesfeld**: Oberst Johann von Raesfeld, bischöflicher Oberbefehlshaber, war als Feldherr an der Eroberung Münsters beteiligt

S. 224 **Schreiner Gresbeck**: Heinrich Gresbeck, ehemals begeisterter Täufer, floh im Mai 1535 aus der belagerten Stadt und ermöglichte dem Bischof durch Verrat die Eroberung Münsters, Gresbeck verfasste später einen umfangreichen Augenzeugenbericht des Täuferreichs zu Münster

S. 225 **Graf von Oldenburg**: Graf Anton von Oldenburg, * 1505, † 1573

S. 226 **Bernhard Rothmann**: siehe Anmerkung zu Stuten-Bernd

Euer Bruder Gerrit: Gerrit Boeckbinder (auch Gerrit thom Cloester), Sendbote und Apostel der holländischen Täufer, zuvor Priester in Deventer, kam im Januar 1534 mit Jan van Leiden nach Münster, um die Erwachsenentaufe zu predigen, starb bei der Eroberung Münsters

S. 250 **misschien**: (niederl.) vielleicht

S. 251 **verloofde**: (niederl.) Verlobte

S. 257 **De boer is de baas**: (niederl.) Der Bauer ist der Herr

S. 260 **Halbling**: (veralt.) uneheliches Kind

S. 261 **Stickfluss**: (veralt.) Lungenödem

S. 264 **Bartholomäustag**: 24. August

S. 280 **Balken**: (westf.) Dachboden

S. 287 **Hildegard von Bingen**: * 1098, † 1179, Benediktinerin und Äbtissin, dt. Mystikerin und Naturwissenschaftlerin, in ihren Schriften beschreibt sie zahlreiche Volksheilmittel

S. 310 **Sprengstoff des Herrn Nobel**: 1867 erfand Alfred Nobel das Dynamit

S. 317 **Hermann Burmeister**: * 1807, † 1892, Zoologe und Insektenforscher (v. a. in Brasilien, Argentinien und Uruguay)
Niebuhr: Carsten Niebuhr, * 1733, † 1815, Forschungsreisender, erforschte das südl. Arabien und das nördl. Rote Meer
Reiss und Stübel: Wilhelm Reiss, * 1838, † 1908, Geologe; Alfons Stübel, * 1825, † 1904, Geologe und Vulkanologe; gemeinsame Südamerikaexpedition 1868–1877

S. 325 **Welcher heiratet ...**: 1. Korinther 7,38

S. 326 **Mijn neef**: (niederl.) Mein Neffe
Goedendag: (niederl.) Guten Tag
Je bent de oudheidkenner?: (niederl.) Du bist der Altertumsforscher?

S. 327 **Fitzebohnen**: (westf.) Schnittbohnen

S. 329 **Goedenavond ... Je bent niet welkom**: (niederl.) Guten Abend ... Du bist nicht willkommen

S. 330 **De dopers**: (niederl.) Die Täufer
Dank je wel: (niederl.) Danke (dir) schön

S. 335 **Mennoniten**: evang. Taufgesinnte, eine im 16. Jahrh. aus der Täuferbewegung entstandene Religionsgemeinschaft, die von Menno Simons (* 1496, † 1561) geführt wurde und heute vor allem in den Niederlanden und den USA zu finden ist

S. 336 **Massel**: (hebr.-jidd.-Gaunerspr.) Glück

S. 352 **Kaiser Wilhelm**: gemeint ist Wilhelm I., * 1797, † 1888, seit 1871 dt. Kaiser, auch König von Preußen

S. 355 **Lasset die Kinder ...**: Matthäus 19,14

S. 378 **Eigenhandig**: (niederl.) eigenhändig

S. 381 **Sammelt euch nicht Schätze ...**: Matthäus 6,19–21

S. 382 **Ihr könnt nicht Gott dienen ...**: Matthäus 6,24

S. 386 **Es sei euer Jawort ...**: Matthäus 5,37
Was siehst du den Splitter ...: Matthäus 7,3

S. 387 **willst du deine Hand in meine Seite legen ...**: Johannes 20, 27

Wasserland: gemeint ist die nordholl. Weidelandschaft Waterland, in der Nähe von Amsterdam; Wasserland war in der Gaunersprache ein Synonym für Holland

S. 389 **Was macht ihr euch Sorge …**: Matthäus 6,28

S. 390 **Karbolsäure**: Der englische Chirurg Joseph Lister führte 1867 die antiseptische Wundbehandlung mit Karbolsäure ein, seine Veröffentlichungen wurden erst 1912 ins Deutsche übersetzt.

S. 391 **Steh auf, nimm dein Bett …**: Matthäus 9,6

S. 393 **Macht euch daher nicht Sorge …**: Matthäus 6,34

S. 403 **Kraushammer**: Müllerwerkzeug zum Abschrägen der Luftfurchen eines Mühlsteins

S. 409 **Godverdoemde rotzak!**: (niederl.) Gottverdammter Bengel!

S. 410 **Wechselbalg**: (veralt.) nach Volksglauben ein missgestaltetes Kind, das den Wöchnerinnen anstelle des eigenen Kindes untergeschoben wird

S. 411 **Een heks en tovenares**: (niederl.) Eine Hexe und Zauberin

S. 412 **De vrouw van den drommel**: (niederl.) Die Frau des Teufels

S. 452 **Werft eure Perlen …**: Matthäus 7,6

S. 453 **Überwasser**: Stadtteil von Münster, westl. der Aa (vom Dom aus gesehen »über dem Wasser«)

S. 454 **Sankt Mauritz**: Stiftskirche vor den Toren Münsters, im heutigen Stadtteil Mauritz

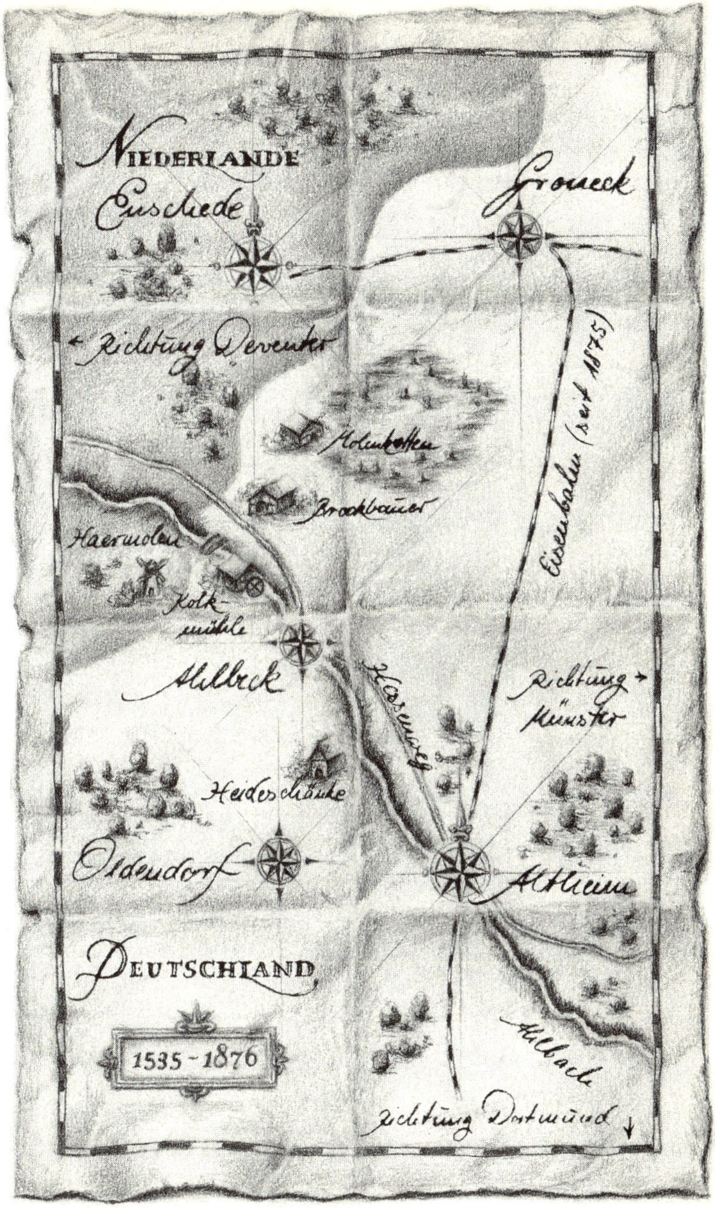

NIEDERLANDE
Enschede
Groneck
← Richtung Deventer
Molenkotten
Brockbauer
Eisenbahn (seit 1875)
Haermolen
Kolk-
mühle
Ahlbeck
Richtung →
Münster
Heideschänke
Oldendorf
DEUTSCHLAND
1535 - 1876
Ahlbach
Richtung Dortmund ↓

Die Kinder des Gral, das Ende der Kreuzzüge – die abenteuerliche Welt des Peter Berling

Peter Berling
DER KELIM
DER PRINZESSIN
Roman
528 Seiten
ISBN-13: 978-3-404-15539-2
ISBN-10: 3-404-15539-4

Als um 1250 die Kreuzritter des Abendlandes die gefürchteten Mongolen im Kampf gegen den Islam zu Hilfe rufen, ahnen sie noch nicht, dass die Gräueltaten der Mongolen bald schon im eigenen Lager für Entsetzen sorgen. Bagdad und Aleppo sind bereits zerstört, nun steht Damaskus auf dem Plan. Nur eine geheime Bruderschaft, die sich die Versöhnung von Abendland und Orient auf die Fahnen geschrieben hat, kann die Eskalation noch aufhalten: Das junge Königspaar Roc und Yeza, Erben des legendären Gralsgeschlechts sollen die Hoffnungsträger für den Frieden sein. Doch dann sind die beiden Königskinder plötzlich spurlos verschwunden ...

Bastei Lübbe Taschenbuch

Liebe und Verrat im Schatten der Inquisition

Stefan Fandrey
HEXENGERICHT
Historischer Roman
448 Seiten
ISBN-13: 978-3-404-15534-7
ISBN-10: 3-404-15534-3

Rouen 1347. Während die Flammen der Scheiterhaufen in ganz Europa gen Himmel lodern, wartet die Korbflechterin Anne Langlois im Hexenturm von Rouen auf ihre Verurteilung. Nur der junge Dominikanermönch Raphael glaubt an ihre Unschuld. Aber seine Bemühungen sind vergebens – gegen den Inquisitor Henri le Brasse verliert er den Kampf um Annes Leben. Als er selbst in das Visier des Hexenjägers gerät, beginnt eine abenteuerliche Flucht durchs ganze Land nach Avignon. Dort will Raphael den Papst von Henris Machenschaften in Kenntnis setzen. Doch die Verfolger sind ihm dicht auf den Fersen. Und Raphael ahnt den Grund: Er weiß als Einziger, warum Anne in Wahrheit sterben musste.

Bastei Lübbe Taschenbuch

Kaiser und Könige, Huren und Häscher –
und eine Frau in tödlicher Gefahr

Uwe Westfehling
TANZ DER DÄMONEN
Historischer Roman
688 Seiten
ISBN-13: 978-3-404-15525-5
ISBN-10: 3-404-15525-4

Köln 1531. Heilloses Gedränge in den Gassen. Kaiser Karl V. und sein Gefolge erregen die Neugier der Schaulustigen. Im Schutz einer Gauklertruppe hat sich auch die junge Katerine van der Weyden in die Domstadt aufgemacht, nicht ahnend, dass ihr Weg sie an den Hof des Herrschers führen wird – und in tödliche Gefahr. Denn auf der Suche nach ihrem Vater rührt sie an finstere Geheimnisse und entfesselt die Dämonen einer chaotischen Zeit.

Bastei Lübbe Taschenbuch